国家出版基金项目
NATIONAL PUBLICATION FOUNDATION

"十二五"国家重点图书
出版规划项目

《东南亚研究》第二辑

梁立基 著

印度尼西亚文学史

YINDUNIXIYA WENXUE SHI

中国出版集团

世界图书出版公司

图书在版编目（CIP）数据

印度尼西亚文学史/梁立基著. —广州：世界图书出版广东有限公司，2014.11
　　ISBN 978-7-5100-8753-0

　　Ⅰ．①印…　Ⅱ．①梁…　Ⅲ．①文学史—印度尼西亚
Ⅳ.①I342.09

中国版本图书馆CIP数据核字（2014）第249529号

印度尼西亚文学史

项目策划：陈　岩
项目负责：卢家彬　刘正武
责任编辑：程　静
出版发行 世界图书出版广东有限公司
　　　　　　（广州市新港西路大江冲25号　邮编：510300）
电　　话：020-84459579　84453623
http：//www.gdst.com.cn　**E-mail**：pub@gdst.com.cn
经　　销：各地新华书店
印　　刷：湛江南华印务有限公司
版　　次：2014年12月第1版
印　　次：2014年12月第1次印刷
开　　本：787mm×1092mm　1/16
字　　数：550千
印　　张：29.25
ISBN 978-7-5100-8753-0/I·0328
定　　价：86.00元

《东南亚研究》第二辑

《东南亚语言文化研究》丛书编辑委员会

总　序

　　东南亚是指亚洲的东南部地区。根据地理特征，东南亚可以分为中南半岛和马来群岛两部分，包括位于中南半岛的越南、老挝、柬埔寨、泰国、缅甸和位于马来群岛的菲律宾、马来西亚、文莱、新加坡、印度尼西亚、东帝汶共11个国家。东南亚大部分地区位于北回归线以南，跨越赤道最南抵达南纬11度。该地区北接东亚大陆，南邻澳大利亚，东濒太平洋，西接印度洋，是沟通亚洲、非洲、欧洲以及大洋洲的交通枢纽，也是中国从海上通向世界的重要通道。

　　由于地理上的邻近、民族关系的密切和文化上的相通，早在两千多年前东南亚各国就与中国建立了较为密切的政治、经济和文化联系。新中国成立后奉行睦邻外交政策，我国与东南亚各国的友好关系有了新的发展。进入21世纪后，中国政府明确提出了"与邻为善，以邻为伴"的思想，制定了"大国是关键、周边是首要、发展中国家是基础、多边是重要舞台"的外交方针，进一步强调"积极开展区域合作、共同营造和平稳定、平等互信、合作共赢的地区环境"。

　　本着这一精神，中国与东南亚国家展开了各种双边与多边合作，形成了多方位、多层次的合作框架，增进了彼此间的信任。随着2011年11月中国—东盟中心的正式成立，中国和东南亚国家间的务实合作关系得到了进一步提升，呈现出强劲的发展势头。世界上，像中国和东南亚这样，在两千多年时间里绵延不断地保持友好关系、进行友好交往的实属罕见。这种源远流长的友谊，成为双方加强合作的基础。

　　作为多样性突出地区，东南亚各国在民族、语言、历史、宗教和文化等方面五彩缤纷，各具特色。加强东南亚国别与地区研究，特别是加强东南亚语言文化的研究与交流，可以更好地帮助国人加深对东南亚的了解。为此，解放军外国语学院亚非语系集东南亚语种群自1959年办学以来之经验，在完成2012年度国家出版基金项目《东南亚研究》第一辑的基础上，与世界图书出版广东有限公司一道，再次成功组织并申报了2014年度国家出版基金项目《东南亚研究》第二辑，本丛书便是该项目的最终成果。

参加本丛书编写的同志主要为解放军外国语学院东南亚语种群的专家学者，北京大学、广东外语外贸大学、广西民族大学外国语学院的部分专家（学者）也应邀参加了本丛书的编写。丛书参编人员精通英语和东南亚语言，有赴东南亚留学和工作的经历，熟悉东南亚语言文化，在编写过程中多采用第一手资料，为高质量地完成丛书奠定了基础。我们希望这套丛书的编辑出版有助于读者加深对东南亚国家国情文化的认识，有助于促进中国与东南亚国家间的文化交流，共同营造和平稳定、合作共赢的地区环境。

由于丛书涉及面广，囿于资料收集和学术水平诸多因素的限制，书中的描述与分析难免存在疏漏与不足，恳请同行专家和广大读者不吝批评指正。

《东南亚语言文化研究》丛书编辑委员会

2014年10月 于洛阳

目　录

导　论 …………………………………………………………………………… 1

古代时期的口头文学

第一章　印度尼西亚古代时期的社会 …………………………………………… 1

第二章　古代时期的神话传说 …………………………………………………… 5

第一节　古代时期的解释性神话 …………………………………………… 5

第二节　古代时期的唯美性神话 …………………………………………… 9

第三节　古代时期的民间故事 ……………………………………………… 15

第四节　动物故事 …………………………………………………………… 21

第三章　古代时期的咒辞歌谣 …………………………………………………… 25

第一节　咒辞和歌谣 ………………………………………………………… 25

第二节　板顿诗 ……………………………………………………………… 31

封建社会前期的文学

第一章　印度尼西亚封建社会初期的文学 ……………………………………… 40

第一节　最早出现的王朝及其有关的碑铭 ………………………………… 40

第二节　中爪哇印度教王朝和佛教王朝并存的时期 ……………………… 45

第三节　印度的宗教文学和古爪哇语文学 ………………………………… 47

第四节　古爪哇语的《罗摩衍那》 ………………………………………… 51

第二章　东爪哇王朝初期的宫廷文学 …………………………………………… 57

第一节　达尔玛旺夏王时期的"篇章文学" ……………………………… 57

第二节　有关《摩诃婆罗多》的"篇章文学"作品 ……………………… 58

第三节　"篇章文学"中《罗摩衍那》的《后篇》·········· 64

第三章　东爪哇宫廷的格卡温文学·········· 66

第一节　格卡温诗体的兴起·········· 66

第二节　恩蒲·甘哇和《阿周那的姻缘》·········· 67

第三节　柬义里王朝时期著名的格卡温诗人和作品·········· 70

第四章　新柯沙里王朝时期的格卡温文学·········· 79

第一节　新柯沙里王朝时期格卡温文学的变化·········· 79

第二节　恩蒲·丹阿贡和《卢甫达卡》·········· 80

第五章　麻喏巴歇王朝时期的文学·········· 84

第一节　麻喏巴歇王朝的兴起和文学的发展·········· 84

第二节　麻喏巴歇王朝时期的格卡温文学·········· 86

第三节　麻喏巴歇王朝时期的吉冬诗·········· 94

第四节　麻喏巴歇王朝时期的历史散文作品·········· 98

第五节　爪哇班基故事·········· 101

封建社会后期的文学

第一章　封建社会后期伊斯兰文化文学的传播和影响·········· 107

第一节　封建社会后期印度尼西亚的伊斯兰化和殖民地化·········· 107

第二节　伊斯兰文化文学在印度尼西亚的传播和影响·········· 110

第三节　伊斯兰教先知故事·········· 113

第四节　穆罕默德先知伙伴故事和伊斯兰教英雄故事·········· 119

第二章　马来伊斯兰王朝的历史传记文学·········· 126

第一节　马来王朝历史传记文学的兴起和《巴赛列王传》·········· 126

第二节　《马来纪年》·········· 129

第三节　其他的王朝历史传记作品·········· 138

第三章　马来伊斯兰王朝的宗教经典文学·········· 144

第一节　马来宫廷的伊斯兰教经典文学·········· 144

第二节　布哈里·乔哈里和《众王冠》……………………………………145

第三节　努鲁丁和《御花苑》…………………………………………………150

第四章　马来传奇故事——希卡雅特……………………………………154

第一节　马来传奇故事的兴起和取材于印度史诗故事的作品…………154

第二节　伊斯兰教传入前后的希卡雅特作品……………………………158

第三节　取材于阿拉伯、波斯传奇故事的希卡雅特作品………………161

第四节　取材于爪哇班基故事和其他民间故事的希卡雅特作品………164

第五节　《杭·杜亚传》……………………………………………………166

第五章　马来古典诗歌沙依尔……………………………………………172

第一节　沙依尔诗歌的出现和哈姆扎·凡苏里…………………………172

第二节　取材于传奇故事的沙依尔作品…………………………………174

第三节　历史事件纪实类的沙依尔作品…………………………………180

近代过渡时期的文学

第一章　印度尼西亚的近代社会和近代文学……………………………185

第一节　印度尼西亚的近代殖民地社会…………………………………185

第二节　印度尼西亚近代文学概貌………………………………………188

第三节　阿卜杜拉·门希和《阿卜杜拉传》……………………………191

第二章　华裔马来语文学……………………………………………………200

第一节　华人社会文化的形成……………………………………………200

第二节　华裔马来语文学的产生及其特色………………………………202

第三节　早期的华裔马来语诗歌…………………………………………205

第四节　早期的华裔马来语小说…………………………………………209

第三章　通俗马来语文学中的土生印欧人作家和原住民作家…………218

第一节　土生印欧人阶层的形成和对通俗马来语文学的贡献…………218

第二节　主要的土生印欧人作家及其作品………………………………219

第三节　通俗马来语文学中的原住民作家及其作品……………………223

荷兰殖民统治时期的印度尼西亚现代文学

第一章 印度尼西亚现代民族运动与早期的现代文学 ·················· 227

第一节 印度尼西亚的现代民族运动 ·················· 227

第二节 印度尼西亚现代文学的诞生和早期的发展 ·················· 231

第二章 印度尼西亚早期的无产阶级革命文学 ·················· 236

第一节 无产阶级革命文学的兴起 ·················· 236

第二节 无产阶级革命文学的主将马尔戈 ·················· 239

第三节 司马温的革命小说《卡迪伦传》 ·················· 246

第三章 印度尼西亚早期的民族主义文学 ·················· 251

第一节 印度尼西亚的民族觉醒与早期的民族主义文学 ·················· 251

第二节 民族主义文学先行者迪尔托·阿迪·苏里约 ·················· 254

第三节 耶明和他的新诗 ·················· 258

第四节 反帝诗人鲁斯丹·埃芬迪 ·················· 263

第五节 浪漫派诗人沙努西·巴奈 ·················· 270

第六节 阿卜杜尔·慕依斯及其小说《错误的教育》 ·················· 275

第四章 印度尼西亚早期的个人反封建文学 ·················· 280

第一节 图书编译局与个人反封建文学 ·················· 280

第二节 20年代兴起的个人反封建文学和图书编译局作家 ·················· 283

第三节 马拉·鲁斯里和《西蒂·努尔巴雅》 ·················· 287

第四节 图书编译局的主要作家努尔·苏丹·伊斯坎达 ·················· 291

第五章 20年代后的华裔马来语文学 ·················· 294

第一节 20年代后华裔马来语文学的发展 ·················· 294

第二节 杰出的华裔作家郭德怀及其代表作《波偿·地辜儿囚岛悲喜剧》 ········ 298

第六章 30年代"新作家"时期印度尼西亚现代文学的发展 ·················· 303

第一节 东西方文化论战和《新作家》的创立 ·················· 303

第二节 30年代"新作家"时期印度尼西亚现代文学的发展 ·················· 306

第三节　达迪尔·阿里夏巴纳的《扬帆》及其他小说 ···················· 309

第四节　尔敏·巴奈及其代表作《枷锁》 ····························· 312

第五节　"新作家"时期其他作家的小说创作 ························ 314

第六节　"新作家"时期的桂冠诗人阿密尔·哈姆扎 ··············· 319

第七节　高举民族主义火炬的诗人阿斯玛拉·哈迪和30年代的重要诗人 ······ 325

第八节　30年代沙努西·巴奈的戏剧创作 ··························· 330

日本占领时期的印度尼西亚现代文学

第一章　日本占领时期印度尼西亚文学的变化 ····················· 336

第二章　日本占领时期的文学创作 ································· 340

第一节　诗歌创作 ·· 340

第二节　小说和散文创作，伊德鲁斯和他的短篇小说 ············· 345

第三节　戏剧创作的发展和主要的剧作家 ······················ 349

独立后的印度尼西亚现代文学

第一章　"八月革命"时期的文学发展与变化 ···················· 355

第一节　"八月革命"时期的民族独立战争和文学 ··············· 355

第二节　凯里尔·安瓦尔与"45年派" ·························· 357

第三节　普拉姆迪亚·阿南达·杜尔的小说创作 ················· 365

第四节　伊德鲁斯的《泗水》和阿赫迪亚特·卡尔达·米哈查的《无神论者》··· 371

第五节　莫赫达尔·鲁比斯和乌杜依·达当·宋达尼 ··············· 375

第六节　其他作家 ·· 378

第二章　"移交主权"后两种文艺路线斗争时期的文学 ··········· 382

第一节　"移交主权"后的国内形势和两种文艺路线的斗争 ········· 382

第二节　人民文化协会的文艺路线 ····························· 385

第三节　人民文协的创作活动和主要作家 ······················ 388

第四节　"文艺危机"之争和当时文学的发展 ···················· 393

第五节　50年代的"最新一代派"和新生代作家 ·· 401

第六节　普拉姆迪亚·阿南达·杜尔加入人民文协前后的创作 ·············· 409

第三章　1965年"九·三〇事件"以后的文学发展 ······························· 415

第一节　"九·三〇事件"与"66年派" ··· 415

第二节　"新秩序时期"的"通俗文学" ··· 418

第三节　"新秩序时期"的"反思文学"和"侨民文学" ························ 421

第四节　现代派小说的兴起 ··· 427

第五节　回归本土文化的小说 ··· 430

第六节　"新秩序"时期的诗歌 ··· 438

第七节　80年代普拉姆迪亚·阿南达·杜尔的布鲁岛四部曲小说 ·········· 443

导　论

　　我国的东南亚近邻印度尼西亚是世界最大的群岛国家，由13600多个大小岛屿组成，其中2000多个岛屿有人居住，陆地面积超过190万平方公里，海域比陆地大4倍。这个美丽富饶的"千岛之国"，一向以其绮丽的热带风光和丰富多彩的多元文化为人们所称道，被誉为"缠绕在地球赤道上的翡翠宝带"。

　　印度尼西亚又是世界第四人口大国，现有人口两亿多。这个由多元民族和多元文化而组成的国家历史悠久，而其文学发展的历史更是独具一格：世界四大文化——中国文化、印度文化、阿拉伯伊斯兰文化和西方文化——在不同的历史时期，都给它以直接的影响。所以，印度尼西亚文学可以说是博采世界四大文化之长的文学，既有很强的兼容性，又不失其特有的民族性。具有这种特色的文学在世界上也不多见。

　　印度尼西亚民族的渊源

　　1890年在中爪哇的梭罗河畔发现60万年前"爪哇直立猿人的化石，1931—1934年在梭罗河畔的堪塘又发现生活在1.5万—3.5万年前"梭罗人"的头盖骨化石，这证明了原始人类很早以前就已在印度尼西亚土地上繁衍生息。但是构成现代印度尼西亚民族主体的是后来从亚洲大陆东南部（不少学者认为是从中国的云南一带）迁移过去的原始马来族。约于公元前1500年，大批原始马来人已南下东南亚定居，把原有的小黑人族、维达族等或同化掉或挤往深山老林的边远地区。公元前200—300年，从亚洲大陆南部又来了大批已开化的续至马来人或叫次生马来人。他们与早先来的原始马来人相融合，构成现在印度尼西亚原住民的主体。他们虽源于一个民族共同体，但由于后来长期处于分隔状态而逐渐演化成在语言文化上自成一体的各部族，其中最重要的部族有爪哇族、马来族、巽达族、巴厘族等。

　　除原住民外，印度尼西亚还有不少外来移民，主要有中国人、印度人和阿拉伯人，而其中来的较早和数量最多的是中国人。唐代就已有小批的中国人南迁，到荷兰殖民统治时期开始出现中国移民的高潮。现在印度尼西亚的华裔公民将近2000万人，他们在中国与印度尼西亚的政治、经济、文化交流中起着桥梁的作用。根据以上特点，现在的印度尼西亚民族是由上百个部族和外来移民殊途同归而组成的多元一体的民族。

印度尼西亚民族统一语言的形成

由于民族和历史的原因，在进入现代阶段之前，印度尼西亚没有统一的民族共同语。现代的印度尼西亚语乃是20世纪初民族觉醒和民族运动的产物，是从马来语演变而来的。马来语本是马来族的语言，是印度尼西亚许多部族语言中的一种。马来族不是印度尼西亚最大的部族，所以使用马来语的人远不及使用爪哇语的人多，但它传播的范围和领域比爪哇语更加广泛。

早在7世纪室利佛逝王朝时期，古马来语已在相当大的范围内通行。除了苏门答腊岛的巨港、邦加、占卑一带发现四块7世纪用古马来语写的碑文外，在中爪哇甘达苏里也发现9世纪用古马来语写的碑文。7世纪唐朝高僧义净曾在室利佛逝研究和翻译佛经十余年。他在自己撰写的《大唐西域求法高僧传》中多次提到"昆仑语"，并提到有不少中国僧人"善昆仑语"和"解昆仑语"。多数学者认为义净提到的"昆仑语"就是室利佛逝王朝时期通行的古马来语。

14世纪前后，伊斯兰教的传入使大批阿拉伯、波斯和印度的穆斯林商人来到马来群岛经商和从事宣教活动，对马来语产生了很大的影响。后来苏门答腊北部马来伊斯兰王朝的建立，特别是在马来半岛南部崛起的满刺加（马六甲）王朝，成为东南亚伊斯兰教的宗教文化中心，古马来语也发展成为中古马来语，并成为传播伊斯兰教的重要工具以及马来宫廷和古典文学使用的语言。

17世纪初，荷兰殖民开始入侵，西方的基督教也利用马来语作为传教的工具，教会在各地办的学校大都借用马来语作为课堂用语。到了19世纪下半叶，随着岛际和跨族商业活动的发展，特别是市场经济的形成，马来语已成为各族间进行商业活动和各种交流所使用的一种混杂语，其传播的范围更加广泛。19世纪末20世纪初，通俗马来语已成为印度尼西亚近代文学重要的表达工具，而迅速发展起来的民族新闻事业也多采用马来语作为新闻媒体的语言。荷兰殖民政府为了有效地统治全印度尼西亚，也不得不借助马来语来传达统治者的意志，甚至当时殖民地的"人民议会"也不得不同意马来语作荷兰语以外的正式官方用语。这样，马来语在成为市场用语、各宗教的传教用语、学校的课堂用语、新闻媒体的用语、近代文学的用语和行政机构的用语之后，实际上已经担负起全国各族间的交际用语的职能。此时的马来语已分成两类：一类叫"高级马来语"，即宫廷和官方以及古典文学所使用的马来语，通行于宫廷、官方和上层社会之间；一类叫"低级马来语"，又叫"市场马来语"，是市场上所广泛使用的混杂马来语。二者实同属一种语言，其差别只在文白雅俗而已。"市场马来语"后来发展成为报刊使用的新闻语言和通俗文学使用的文学语言，在印度尼西亚全国各地日益普及化。印度尼西亚的华裔在这方面做出了重要的贡献。

20世纪初，印度尼西亚开始民族觉醒，反封建主义反殖民主义的民主民族运动需要有一种统一的民族共同语作为团结各族人的工具和共同对敌斗争的武器。已成为各族人之间的交际用语并已在全国通行的马来语便顺理成章地被选中为民族的共同语。1928年全国青年代表大会发出的"青年誓言"把马来语正式宣布为惟一的民族共同语，改称"印度尼西亚语"。在民族运动的推动下，"印度尼西亚语"成为发展、普及最快的现代语，并成为民族独立斗争不可或缺的强大武器。在民族斗争的过程中，"印度尼西亚语"不断得到丰富和提高，在取得民族独立后，又在法律上被正式定为国语，并不断规范化和标准化。所以，现代的印度尼西亚语与原来的"高级马来语"和"低级马来语"都有一定的区别，但仍是源与流的关系。当马来语变成印度尼西亚语而担负起统一的民族共同语的职能时，一个统一的印度尼西亚现代文学便相应而生。印度尼西亚文学也开始从多民族多语言的文学大踏步地向现代的统一民族和统一语言的文学迈进。

印度尼西亚的文化历史

印度尼西亚的文化有悠久的历史，可追溯到石器时代。新石器时代始于距今4000—7000年之间。新石器是由原始马来人带过来的。公元前300年左右，续至马来人又带来了"东山文化"，印度尼西亚的有些地方开始进入铜铁器时代，出现大小不同的部落联盟，原始文化有了进一步的发展。约于1世纪，当印度的阿育王向南印度扩张势力时，大批南印度人逃亡到印度尼西亚，与当地的部落居民通婚而相融合。他们不但带来了印度的宗教文化，也促使印度尼西亚奴隶制国家的产生。我国《后汉书》卷一一六西南夷列传有一段记载："顺帝永建六年（公元131年——引者），日南徼外叶调王便遣使贡献，帝赐调便金印紫绶。""叶调"系"Yavadvipa"之对音，可能指今之爪哇。"调便"乃国王名，系"Deva Varman"之对音。二者均为印度的梵文名称。如果说，当时在爪哇确实已有"叶调"国，那证明在2世纪就已有受印度文化影响的奴隶制国家了。

印度尼西亚的早期文化是分散发展的，最早的文化产生于原始社会时期。当时分布在印度尼西亚各主要岛屿上的各部族各据一方，根据各自的自然条件、生产方式和原始信仰创造了各具特色的文化，如不同的图腾、宗教、祭祀活动、音乐舞蹈、神话传说、咒辞歌谣等。一般来说，那些原始文化尚未受到外来文化的影响，流行的范围也不出本部落。后来，随着生产力的发展，一些部落从原始公社逐渐过渡到奴隶社会，在受印度影响的地方出现印度模式的奴隶制王朝，其原始文化也开始受印度宗教文化的影响，例如在其神话传说中已搀杂印度神话传说的成分。那个时期还没有记载手段，许多神话传说都是口耳相传下来的，产生的年代无法稽考。早期的王朝都是小王朝，且很分散，除了几块碑文和出土文物，没有留下可供考证的文史资料，所以无法了解其全貌。

在印度尼西亚有碑铭可印证的最早王国出现于4世纪或5世纪，即加里曼丹的古戴王国和西爪哇的多罗磨王国。这两个王国都信奉印度的婆罗门教。5世纪曾滞留爪哇的我国东晋高僧法显在其《佛国记》中也提到，"其国外道婆罗门兴盛，佛法不足言"。这段历史仍然十分模糊，除几块碑铭外，没有其他的有关记载可供稽考。

7世纪在苏门答腊崛起的佛教王朝室利佛逝，是印度尼西亚第一个最强盛的封建王朝，也是当时东南亚的佛教文化中心。8世纪在中爪哇出现的夏连德拉王朝也是佛教王朝，建造了举世闻名的婆罗浮屠大佛塔。这证明从7世纪至10世纪，印度的佛教在印度尼西亚曾盛极一时，与我国的宗教文化交流也相当频繁。从当地发现的碑铭和我国的史料记载来看，室利佛逝王朝的文明程度已经相当高，佛教文化十分发达。这时，古马来语已成为室利佛逝王朝的官方语言，用于研究和翻译佛经以及记载王朝文治武功的政绩。室利佛逝王朝延续了好几个世纪，照理会有发达的佛教文学，但不知何故，至今仍未发现由该王朝流传下来的佛教文学作品。

10世纪后，东爪哇成为政治文化中心，从马打兰王朝到麻喏巴歇（满者伯夷）王朝达5个世纪之久，都是印度教占主导地位。印度教的文化文学，特别是印度的两大史诗，给爪哇的文化文学打下了深深的烙印，史称这个时期为"印度文化影响时期"。在这个时期里，以宫廷为中心的古爪哇语文学得到迅速的发展，诗人辈出，佳作连篇，是印度尼西亚封建时期文学的第一高峰。现在所能看到的印度尼西亚最早和最有影响的古典文学作品大都出于这个时期。

麻喏巴歇王朝是最强大的也是最后一个的印度教王朝。14、15世纪，伊斯兰教已在商业发达的沿海地区立足，并被新兴的商港领主们作为精神武器用于对抗印度教的麻喏巴歇中央王朝。当麻喏巴歇王朝走向衰亡的时候，苏门答腊北端出现了第一个伊斯兰王朝——须文答刺—巴赛王朝。接着在爪哇和其他地方也纷纷出现了伊斯兰王朝，而15世纪在马来半岛南部建立的马六甲王朝是这个时期最强盛的伊斯兰王朝。从此，伊斯兰文化的影响便取代了印度文化的影响，对印度尼西亚文化文学的发展起主导作用。马来古典文学的兴起就是伊斯兰文化文学直接影响的结果，史称这个时期为"伊斯兰文化影响时期"。

然而，伊斯兰教大发展之时，也正是荷兰殖民主义者大肆入侵之日。伊斯兰教还没有来得及从小王朝发展成为全国性的大王朝，已面临西方殖民势力的侵略。

于是，伊斯兰教便从对抗印度教和佛教王朝的精神武器转变成为反对西方殖民入侵的精神堡垒。这也是伊斯兰文化在印度尼西亚得以长期发挥重大作用的一个重要原因。西方的殖民入侵使印度尼西亚封建社会的发展发生扭曲，从封建社会变成了封建殖民地社会，而其文学的发展也处于停滞不前的状态。随着荷兰殖民统治在全印度尼西亚的确立，到19世纪末，西方文化文学的影响终于占据主导地位，给20世纪民族觉醒后的印度尼西亚现代文学以全面的影响。

从印度尼西亚历史发展的轨迹中，可以看到以下几个特点：一、与我国的历史发展不同，印度尼西亚过去的历史，从原始社会、奴隶社会到封建社会，基本上是各自分散发展的历史，出现的大小王朝都属于部族性和地区性的，处于封建割据的状态，没有形成统辖全国的中央政权，因而没有出现过一统天下的局面。所以印度尼西亚的历史不是一脉相承的朝代演变史，各王朝的历史发展自成一脉，往往缺乏继承性和延续性。二、比起中国和印度这两个东方文明古国，印度尼西亚是属于社会文化发展比较后进的国家。当印度尼西亚进入奴隶社会并开始出现早期王朝时，中国和印度早已建立起具有相当完备的上层建筑和意识形态的奴隶制和封建制的国家了。中国文化和印度文化均属世界四大文化，印度尼西亚新兴的统治阶级必然要向其中的一个进行借鉴，而他们之所以选择印度，是因为印度文化是宗教文化，更适合他们的需要，可作为精神支柱为巩固政权的基础服务。所以先是印度的婆罗门教，接着是佛教，最后是印度教成为印度尼西亚各王朝的精神支柱，使印度文化在印度尼西亚的影响延续上千年之久。作为世界四大文化之一的阿拉伯伊斯兰文化也是宗教文化，印度尼西亚后来新兴的沿海领主们正需要有新的精神武器用于反抗印度教王朝的统治和限制，于是伊斯兰教的传入大受他们的欢迎。当最后一个印度教王朝麻喏巴歇覆灭时，"印度文化影响时期"也就宣告结束，从此进入了"伊斯兰文化影响时期"。三、当印度尼西亚封建社会发展到更高阶段的时候，荷兰殖民入侵开始了，使印度尼西亚封建社会的正常发展受挫变形，第一次出现东西方文化的冲撞和较量。印度尼西亚的封建文化堡垒终究抵挡不住更为先进的西方资本主义文化的冲击而败下阵来。随着殖民统治的巩固，西方文化的影响也在逐渐扩大，最终占了上风。四、印度尼西亚沦为荷兰殖民地后，民族矛盾上升为主要矛盾。20世纪初印度尼西亚开始出现现代的民族觉醒，反帝反封建和争取民族独立成为时代的主旋律。现代的民族斗争需要把分散的部族意识上升为统一的现代民族意识。这促使了统一的民族共同语——印度尼西亚语的形成，使印度尼西亚从分散的各族文化文学走向统一的民族文化文学，实现"殊途同归"的民族理想。五、经过长期的民族斗争，特别是第二次世界大战后"八月革命"的武装斗争，印度尼西亚终于挣脱了殖民主义的枷锁，取得了完全的民族独立。从此印度尼西亚成为东南亚最大的发展中国家，在世界舞台上发挥越来越重要的作用。

印度尼西亚文学及其历史分期

在谈论历史分期之前，有必要先弄清楚什么是印度尼西亚文学。这个本来不应该成为问题的问题，却一直困扰着不少人。其实问题就出在"印度尼西亚"这个称谓上。众所周知，"印度尼西亚"这个词，是20世纪现代民族觉醒和民族运动兴起后才被起用的，以表达与过去不同的现代民族意识。达迪尔·阿里夏班纳说："我们民族中间出现的印度尼西亚这个词，是与印度尼西亚的感情和精神分不开的。而印度尼西亚精神是20世纪的产物，是身心觉醒的体现。……印度尼西亚精神，从内容到形式，是一个崭新的事物。它不依托于过去。……有必要明确地指出，印度尼西亚历史是从20世纪开始的，当时在努珊达拉范围内[①]出现新的一代人，他们自觉地要为自己的民族和国家开辟一个新的道路。在这以前的时代，一直到19世纪末，是印度尼西亚的史前时代，是印度尼西亚意识仍处于朦胧状态的时代，当时只知道有东印度公司史、马打兰史；亚齐史、马辰史等。印度尼西亚的史前时代，印度尼西亚意识仍处于朦胧状态的时代，顶多只能说明我们对产生印度尼西亚时代的看法和认识，但千万不可把印度尼西亚时代视为以前时代的延续和继承，因为二者之间在内容和形式上截然不同。为新的一代人所向往的印度尼西亚不是马打兰王朝的延续，不是万登王朝的延续，不是米南加保或马辰王朝的延续。按照这个观点，印度尼西亚文化也就不可能是爪哇文化的延续，马来文化的延续，巽达文化的延续或其他文化的延续。"

把印度尼西亚历史看做是与过去的历史无传承关系的全新起点的历史，显然不妥，但这种观点对确定印度尼西亚文学史的历史分期却有相当的影响。不少人把印度尼西亚文学的范畴限定在"印度尼西亚"这个词被使用之后的文学，或者限定在20世纪才被确定的"印度尼西亚语"的文学。阿育普·罗希迪说："在全努珊达拉范围内的所有用本地语言写的文学统称努珊达拉文学，而被称作印度尼西亚文学的只有用印度尼西亚民族语言写的文学。"持同样观点的B.P.希杜莫朗也说："所谓印度尼西亚文学是用印度尼西亚语写的文学，而用地方语言写的文学叫地方文学或叫努珊达拉文学……"乌斯曼·埃芬迪也从这个观点出发写他的《印度尼西亚旧文学》和《印度尼西亚新文学》。他认为印度尼西亚文学是当前用印度尼西亚

---

① 指马来群岛，除印度尼西亚，还包括马来西亚、文莱、新加坡等——引者。

语写的文学和过去用与现在印度尼西亚语相对应的语言写的文学。马来语是印度尼西亚语的前身，所以他在《印度尼西亚旧文学》中，只记载马来语古典文学而把其他语的古典文学一律排除在外。

显然，要正确界定印度尼西亚文学就必须从印度尼西亚的实际出发，必须根据印度尼西亚历史的特点，否则难以讲清。上已述及，在20世纪出现民族觉醒以前的印度尼西亚历史，基本上属分散的各族的发展史，彼此间虽互有联系，但大体上各自为政，自成一体。所以，如果把印度尼西亚文学界定为出现"印度尼西亚"这个词之后的文学，这就意味着只有印度尼西亚的现代文学才是印度尼西亚文学了。同样，如果把印度尼西亚文学界定为包括现代的"印度尼西亚语"的文学与过去的语言（与现代印度尼西亚语相对应的语言）的文学，那么所谓印度尼西亚文学也就是现代印度尼西亚文学加上过去的马来古典文学了。而马来古典文学是在15世纪伊斯兰教影响占主导地位之后才发展起来的。在此之前，印度尼西亚难道就没有文学了吗？历史证明，在此之前的印度尼西亚土地上，早已有十分发达的古爪哇语和中古爪哇语文学，其影响面不但超出爪哇，甚至超出了印度尼西亚的范围。古爪哇语和中古爪哇语文学完全可以代表中古时期印度尼西亚文学的最高成就，如果把它排除在外，印度尼西亚的文学史就会出现一大段的历史空白。从印度尼西亚历史的特点出发，应该说，印度尼西亚文学是产生在印度尼西亚领域内的从古至今的所有文学，是由过去的各族语文学（其中以爪哇古典文学和马来古典文学最发达和最有代表性）和现代的印度尼西亚语文学所组成，是从长期分散的各族语文学于20世纪民族觉醒后走向统一民族语的文学。

由于缺乏古代史料，印度尼西亚早期历史还有不少模糊不清的地方，逐代逐朝地弄清印度尼西亚文学史的发展脉络更是难以办到。这里只能从印度尼西亚的实际及其历史的特点出发，依据有限的史料和文学发展的自身规律来探索推测印度尼西亚文学发展的历史轨迹，了解其历史的概貌。据此，我们把印度尼西亚文学发展的历史分成以下几个时期：

一、古代时期的文学　　从原始社会过渡到奴隶制社会时期的最初文学，属口头创作，尚无文字记载，也很少受外来文学的影响。

二、封建社会前期的文学　　以爪哇的古典文学为代表，深受印度宗教文学的影响，故又称印度文化影响时期的文学。

三、封建社会后期的文学　　以马来古典文学为代表，深受伊斯兰文学的影响，故又称伊斯兰文化影响时期的文学。

四、近代过渡时期的文学　　在荷兰殖民统治下开始受西方文化影响、从古典文学向现代文学过渡的新旧交替的文学。

五、民族独立前的现代文学　反映现代印度尼西亚民族觉醒和争取民族独立的历史进程，以反殖民统治和反封建为时代的主题的文学。

六、民族独立后的当代文学　反映独立后印度尼西亚的民族建设过程，以国内的社会矛盾和社会变革为主要内容，更广泛地接受世界各种文艺思潮的影响的文字。

印度尼西亚的文学史有其独特的地方，从其发展的历史长河中，可以看到世界四大文化在不同的历史时期里，对印度尼西亚文学的发展产生了直接间接的影响。但是，外来文化文学的影响再大，也只是外因，而印度尼西亚社会和文化文学本身发展的需要才是内因，外因只有通过内因才能起作用。

如今印度尼西亚文学正面临"全球化"的挑战，如何正确处理好"世界性"与"民族性"的关系以及发扬传统与不断创新的矛盾，将是今后长期存在的问题。了解印度尼西亚的文学史，不但有助于了解印度尼西亚民族的特性，也有助于了解世界文化交流中的一般规律和特殊规律。

第一章　印度尼西亚古代时期的社会

印度尼西亚是人类最早的发祥地之一，几十万年前就已出现原始人群。在更新世晚期和上旧石器时代，爪哇已有梭罗人和瓦查克人等古人。同样，苏拉威西在旧石器时代也已出现原始人群。当时散布在印度尼西亚群岛的人种是属澳大利亚—尼格罗大种族系的小黑人族。其典型文化在苏门答腊为砾石文化，在爪哇为骨器文化，在苏拉威西为石片文化。

1万多年前，印度尼西亚已进入母系氏族社会。目前的米南加保族还保存着母系氏族社会的某些残余，例如土地所有权属于母系家族，氏族家产为集体所有并由母系继承，族中重大事情有氏族会议按照习惯法裁决，婚姻制度规定男人赘，所生子女由母方抚养等等。

距今4000—7000年，印度尼西亚开始进入新石器时代。在这个时期，中国的南方和印度支那的生产力已有很大的提高，人口也增加很多，于是开始出现向南的移民潮。这可以从挖掘出来的石器看出其中的关联。例如在印度尼西亚散布的方角石锛和圆筒石斧与印度支那的方角石锛和圆斧相一致，并与我国的云南、广东、福建、台湾等地发现的石锛和石斧有相当密切的关系。考古学家认为，从分布的路线来看，印度尼西亚的上述石器可以上溯到中国。在整个石器时代，从北方来到印度尼西亚的迁移浪潮一直没有间断过。据认第一次的迁移浪潮发生在公元前3000年左右，那些迁过来的原始马来人带来了新石器文化，推动了生产力的发展，使印度尼西亚从渔捞狩猎时代逐步发展到畜牧业和锄耕农业时代。由于畜牧业和农业的发展，男人在生产中的地位日益重要，而母系氏族中作为母系家族公社最年长的妇女的男性亲人，如舅舅或舅公，在氏族部落的公共事务中的权力日益增强，有些地方的母系氏族社会便逐渐过渡到父系氏族社会。这时，家族公社内的财产继承关系开始发生变化，母系本位的世系变为父系本位的世系，子女留在父系家族里，财产继承权归男子，女子从父系氏族嫁到其他氏族去，取消了"入赘"制。被认为是原始马来人的巴达族至今仍保留着某些父系氏族社会的残余，例如按父系分成许多氏族，同一氏族的人不能通婚，氏族的土地公有，迄今他们的语汇中还保留着氏族集体所有制的某些用词，如"同吃"、"共有财产"等。

公元前200—300年，续至马来人的到来带来了铜器文化（或叫"东山文化"）。从实际情况来看，在印度尼西亚并没有单独存在过青铜器时代，青铜器大多与铁器同时出现，故有人称之为钢铁器时代。在差不多同一时期，原始马来人的新石器文化也已演变成巨石文化，形成金石并存的时代。巨石文化是石器文化对石器崇拜的发展，其前期特征是石桌、立石、石地坛等，其后期特征是石墓葬、石棺、石像等，反映氏族部落从团结和巩固走向分化和特权阶层的出现。一般来说，青铜器文化属于续至马来人的文化，巨石文化属于原始马来人的文化，但二者并非完全隔绝和互不交融。从分布的情况来看，表明两种文化的部落之间曾有过相互斗争、冲突和融合的过程。从生产方面来说，青铜器文化部落大都属农业部落，而巨石文化部落大都为畜牧业部落，后来两种文化的相互交融促使了农业生产和畜牧业生产的相互交融。

铜铁器的出现促进了生产力的进一步发展，有的氏族部落扩大而成为部落联盟，这为奴隶制国家的出现创造了内部条件。而1世纪前后，印度势力的东渐，为印度尼西亚奴隶制国家的出现又创造了外部条件。当印度阿育王朝的势力向南印度扩展时，大批的南印度人逃亡到印度尼西亚，其中有贵族和婆罗门教僧侣。他们与当地部落的特权阶层相结合，以婆罗门教为精神支柱创立印度式奴隶制王朝，从此印度尼西亚便开始步入奴隶制社会。但应该指出的是，由于岛屿的分散和海域的辽阔，各岛屿的居民大都处于孤立状态，彼此间难以来往，故各地的发展极不平衡。最初只有在内部条件具备了的少数地区部落才有可能出现奴隶制国家，且规模较小，其他大部分地区则仍处于氏族社会的后期。印度尼西亚的奴隶制度不很发达，大多属家庭奴隶，其中还保留着好多氏族公社的残余。由于当时还没有文字记载，详细情况无法了解。

以上说明，印度尼西亚民族也与其他民族一样，经历了从母系氏族社会、父系氏族社会到初期的阶级社会这一人类的童年时代。与社会形态和生产力的发展相适应，在人类童年时代的印度尼西亚土地上，较普遍地存在着图腾主义。图腾主义是在一定的生产力基础上表现的对自然的崇拜。各氏族往往从所处的自然环境和生产方式出发，拿一种动物或植物作为氏族的图腾。例如南部巴达人的巴比雅特氏族以虎和豹为图腾，东布尔氏族以狗为图腾，西里格尔氏族以猿和山羊为图腾等等。这些氏族大概都属于狩猎氏族，而以水牛为图腾的米南加保族，则可能属于畜牧业或农耕业为主的部落氏族。另外，从发现的中石器时期的手印画，可以看出当时人们对能创造工具征服自然的手也怀有崇拜之心。而后来新石器时期的人对石斧石锛的崇拜，可以说是手崇拜的延续。这种崇拜表现了与自然崇拜的对立统一，自然以其威力压迫人类，而人类则以其手及工具征服自然。从图腾崇拜到手和工具崇拜反映了原始社会生产力的进一步发展。

印度尼西亚原始氏族社会的生产力还很低下，科学认知能力较低，在此基础上所产生的原始信仰是"万物有灵论"，即相信一切具有生长或活动现象的东西诸如动物、植物、河流、日月等都跟人一样有"灵魂"或"精灵"。"精灵"有善的，也有恶的，前者造福人类，后者危害人类，人们试图通过对"精灵"的崇拜活动来求得自身的平安。

根据"万物有灵论"，人们首先相信人有灵魂存在于人的躯体之中，人死后灵魂便离开了躯体四处徘徊。于是人们给灵魂赋予各种具体的形象，如飞鸟、兽类、榕树等，以便加以膜拜和召唤。他们相信人死后灵魂不散，不离开自己的部落，并随时监护着自己部落的人。由此而产生的对祖先的崇拜，在印度尼西亚各地相当盛行。人们经常举行各种祭祀仪式来和祖先的灵魂联系，求祖先灵魂保佑子孙后代安康幸福和免遭祸害。这种祭祖仪式和活动是印度尼西亚很多歌、舞、剧的源头，比如爪哇盛行的"瓦扬皮影戏"和一些地方流行的"竹马舞"（骑着竹编的马舞蹈，带有浓厚的巫术神秘色彩）据说都源于祭祖活动。

根据"万物有灵论"，人们还相信一切与人类有关的自然物都有"灵魂"或"精灵"，并可影响人类的祸福。因此精灵崇拜——尤其是对某些自然物的崇拜——在印度尼西亚特别盛行，认为其"精灵"可帮助实现自己的愿望。例如大榕树就深受印度尼西亚民族的崇拜，认为在大榕树下许愿，就一定可以如愿以偿。后来从精灵崇拜又发展成为对天神的崇拜，认为凡是与人类有关的自然物如稻谷、大树、山川、湖泊等都有守护神守着，人们必须经常祭祀他们才能求他们的佑助。

此外，古代的印度尼西亚人还信仰"超自然力"，这大概与原始社会的生产方式有关。原始社会的生产劳动是集体性的。人们在进行集体生产劳动时，为了协调动作和统一步伐，便根据筋骨的张弛和配合劳动工具的运用，自然地发出劳动号子。这种劳动号子并无含义，但具有一定的升降调和统一的节拍，从而产生强烈的节奏感。人们从劳动实践中逐渐体会到，这一倡一和的呼声，不仅能协调动作和提高劳动效率，且能减轻疲劳和激发热情。于是人们对声音和以声音为基础的语言产生神秘感，以为它具有唤起某种超自然力以满足人们某种需要的能力。在原始人类的头脑中，那些与人类生活密切相关的和随时能威胁人类生存的自然物和自然现象往往非人力所能驾驭，但人们相信有一种"超自然力"可以做到这一点，而人又可以用自己的语言去呼唤它为自己效劳。这实际上反映了早期印度尼西亚人的人可胜天的朴素思想，印度尼西亚古代的咒辞就是在此基础上产生的。

由图腾主义到万物有灵论和人格化的天神论所形成的原始宗教，一方面对自然物和自然现象加以人格化并给以生命和灵魂，赋予超凡的神秘力量而尊之为神，一方面又赋予人自身以神秘的魔法和巫术，使人能驾驭之。于是，在部落社会里，开始出现被称为"巴旺"（Pawang）的祭司和巫师等特权人物，他们越来越有权威，成为人上人，为阶级社会的出现奠定了初步的阶级基础。

以集体生产劳动和原始宗教信仰为特征的氏族社会生活是印度尼西亚古代文学口头创作的基本源泉。最早出现的咒辞歌谣和神话传说无不与此有关。在原始公社时期，口头文学的内容主要是反映人和自然的关系，如宇宙起源神话、人类起源神话、物种起源神话等，其中还看不到人与人之间的社会矛盾。当原始公社解体和阶级社会初步形成之后，口头文学的内容便开始复杂化，从各种神话中可以间接地看到社会的阶级矛盾和被压迫者与压迫者的斗争，同时可以看到开始受印度文化影响的痕迹。

第二章　古代时期的神话传说

第一节　古代时期的解释性神话

茅盾在《神话研究》一书中说，神话是指"一种流行于上古民间的故事，所叙述者，是超乎人类能力以上的神们的行事，虽然荒唐无稽，但是古代人民互相传述，却信以为真。"他把神话分为两大类：一类是解释性神话；一类是唯美性神话。他说："解释的神话出于原始人对于自然现象的惊异。原始人看见自然界的种种现象，如日月之运行，风霜雨雪之有时而降，以及动物之生死等等，都觉得很诧异。世界从哪里来的？万物从哪里来的？第一个人是怎样生出来的？一切动物是怎样来的？火是怎样来的？这些问题，都是原始人所最惊异而切求解答的。我们现在自然有科学来回答这些问题，但是原始人没有科学，就只能创造出一个故事来解释宇宙间的神秘和万物的历史。"

印度尼西亚的各族人都有自己古老的解释性神话。各族人的解释性神话，一方面由于所处的自然环境和社会形态的不同而各具特色，一方面又由于同源于一个种族而彼此间互相渗透。有的神话传说甚至还可能与我国的某些神话传说有渊源关系。

印度尼西亚最初的神话大多为解释性神话，是古代人为解释人和宇宙万物的起源以及大自然的种种变幻莫测的现象而臆造出来的故事。这与当时的生产力水平和原始信仰有关，反映人与自然亲密无间的关系。解释性神话一般比较简单古朴，主要有三类：宇宙起源神话、人类起源神话和景物起源神话。

1. 印度尼西亚远古的宇宙起源神话都非常简朴，大致可分两类：一是神的创世神话；一是物的创世神话。

古代印度尼西亚的原始信仰是"万物有灵论"，后来虽有天神论，但一般还没有形成一个主神的观念。所以，关于神的创世神话，往往是多神共创宇宙，而且那些神都是与人关系最密切的大自然神。例如在印度尼西亚东部群岛，流传着天公（太阳）地母（大地）创世神话，说宇宙是由天上的太阳神和地下的大地神共同创造出来的，这可能是最原始的创世神话。

流传在苏门答腊尼亚斯的创世神话则认为宇宙是由女神创造出来的。初始，宇宙为一团"混沌"，后来"混沌"开裂而走出女神，她创造了这个世界。这种神话可能出自母系氏族社会,"女神"代表了女性在氏族社会里的主导地位。

另外,在巴达克人地区流传的创世神话已比较完整,说有一天安邦神正靠着一棵大榕树休憩,忽然一个树枝掉下来落入大海。从树枝上立即生出鱼类和海洋生物。接着又掉下一个树枝,从中生出各种昆虫。从掉下的第三个树枝上生出各种野兽,而从掉下的第四个树枝上则生出各种家畜家禽。后来从第三个树枝上生出的鸟中,有一雄鸟叫巴迪拉贾和一雌鸟叫曼都旺曼杜英,二者交配后产下一蛋。一天,刚诞生不久的地球忽然发生地震。鸟蛋被震破,从中走出人类的祖先。

这个神话看来产生的时间比较晚,至少是在畜牧业时代,而且是在多地震的地区。

物的创世神话是指非神的创世神话,而物也可以是生物或无生物,其中包含着非常古朴的唯物思想。印度尼西亚西部有这样一个创世神话,说有一天一块巨石从天上掉到水里,一条蚯蚓在巨石上钻洞便溺,其粪便和泥沙相混后变成了大地。加里曼丹的一个创世神话说,宇宙是由海上漂浮的一座金山和另一座金刚石山相碰撞而生成的。起初宇宙只分上下两界,上界的金刚石宇宙树被互相争斗的上界雄犀鸟和下界雌犀鸟所毁,其碎片掉落下界而变为山川万物。两只犀鸟身亡后则变成了世界上的第一对男女在海上四处漂流。造物主用太阳和月亮的碎片造了一把土扔到海中,那把土即刻变成陆地。那一对男女也结束了漂流生活,定居在陆地上繁衍生息。宇宙在两界外又多了一个中界,即大地。

2. 印度尼西亚远古的人类起源神话也是非常简朴的,也可分神造人型和物造人型两种。常见的神造人型神话是神用泥土造了人的祖先,也有神用植物造人的,如塞兰岛的乌厄瓦勒人说的,人是太阳神图瓦勒用香蕉花造出来的。而巴达克人则说,人是曼加拉布兰神的女儿用蘑菇培育出来的。这些神话虽然说的是神造人,但用的材料却大多为印度尼西亚古代人所常吃的植物。

物造人型神话的物也多为与人关系密切的植物或动物。例如弗罗列斯的一个神话说,人是从竹子里出来的,男人出自竹之上节,女人出自竹之下节。这里多少已有男尊女卑的意思,可能产生于父系氏族社会。在后来的印度尼西亚传奇故事中常见到的公主是从田垄里出来的,王子是从象头上出来的,大概也是源于古老的物造人型神话。

伴随人类起源神话而来的是族源神话,而族源神话是与图腾主义相联系的。在原始社会,人与动物的关系是密不可分的,人与兽之间无时不在打交道。根据"万物有灵论",印度尼西亚的古代人相信人兽之间可以相通,人可以变兽,兽也可以变人,由此而产生许多人兽易形的神话故事。

在古代印度尼西亚，以动物为图腾的现象较为普遍，不少氏族是以狗为崇拜对象的。中加里曼丹流传的一个犬变人的神话较为典型。话说一位叫巴卡拉的族长养了一只非常善于狩猎的猎犬。族长非常喜爱它，每次喂食都用木棍先敲击盘边，爱犬闻声便立刻赶来。有一天外出狩猎时，遇上一只硕大无比的野猪，猎犬拼命追赶，野猪狂奔而跳进湖中。猎犬在湖边狂吠，顿时狂风大作，雷雨交加。野猪变成了一块巨石矗立在湖中央，而猎犬也变成了人。不久，在那里出现一个村落，人称朗康村。村长娶了一个美丽的妻子，生了两个孩子，过着美满的生活。巴卡拉族长失去爱犬之后便四处寻找，最后来到了朗康村。那时村长正在修盖屋顶。巴卡拉族长在思念爱犬时，无意识地用木棍敲打盘子。村长闻声立刻从屋顶上滚了下来，身上长出尾巴和长毛，恢复猎犬的原貌。原来猎犬是康朗村人的祖先。据说那里的居民至今仍会长出两指长的尾巴，女人肚皮上还有两排黑点，好比母狗的奶头。盛行于西爪哇地区的桑古利昂的故事也含犬人结合的神话，看来也和早先的狗崇拜有关。以狗为源头的族源神话可能产生于游猎部落，因为狗在狩猎中的作用十分重要。

除了狗以外，有些氏族把与人的生活关系十分密切的其他动物如鸡、老鼠等也看做是自己的族源。苏拉威西的托拉查人自认是公鸡神的后代，是公鸡神踩着天梯把稻谷和禽畜从天上带到人间的，后来因为人间的子孙偷走了天上的火种，天梯才被拆毁。至今托拉查人家家门户的墙上都画有公鸡，且每家都要饲养至少一只公鸡。

鼠生人的神话出现在好些地方，其中以龙目岛的萨克人和苏门答腊岛的巴达克人的鼠变人神话最为典型。

在龙目岛流传这样的神话：一只母鼠在村长的菜园里因喝了村长的尿而怀孕，足月后产下一可爱的女孩。女孩长到六岁时被村长发现，村长把她带回家里领养。母鼠则每晚必来村长家偷偷看望女儿。女孩长大后，村长娶她为妻，第二年便生了个女儿。每当村长不在家时，母鼠便过来照顾外孙女。有一天，村长突然回来，发现摇篮里有只老鼠，便一棍将它打死，扔进山沟里。妻子获悉后非常伤心，经常偷偷跑到山沟里哭祭母鼠。后来村长知道母鼠原来是妻子的母亲，便予以厚葬。

苏门答腊岛巴达克人的鼠变人神话也有点类似。话说一樵夫在林中发现一美丽少女，便百般向少女求婚。少女最后讲出她的母亲是只老鼠，要樵夫许诺娶她后决不讥笑和伤害母鼠。樵夫满口答应，结婚后两人相安无事，生活得很美满。后来生了个女儿，母鼠前来祝贺，被樵夫乱棍打死。妻子见状痛不欲生，转身逃往森林，从此失踪无影。樵夫追悔莫及。

　　以上鼠变人的神话故事可能产生于母系氏族社会时期，反映当时存在"民知有母，不知有父"的现象。而以老鼠作为母系的祖先，可能是因为老鼠代表一种繁殖能力，希望自己的家族能人丁兴旺。

　　在印度尼西亚许多地方还盛行人虎易形的神话故事。古代原始部落附近的热带丛林野兽经常出没，对部落民威胁最大的莫过于猛虎。以氏族血缘关系为基础的古代人幻想从血缘上与老虎拉上关系，以免遭到猛虎的袭击。于是人们编造了人变虎、虎变人的人兽易形神话，至今好些地方的人仍相信人死后会变虎。有这样一个神话传说：山村里有一家住着祖孙二人，两人一直相依为命。后来爷爷死了，数日后突然来了只老虎向孙子乞食，孙子给了它鸡蛋吃。于是，那老虎便经常来，且从不伤害孙子，因为那只虎就是他爷爷变的。有一天，虎爷邀孙子去见虎王，驮着孙子进丛林。到了虎国，众虎闻到生人味都想吃掉孙子。虎爷说明原委，众虎便不去伤害他。虎王端坐在旷野的中央，被一条铁链拴住，一旦铁链被挣断，地球便完结。虎王附近有两座池，一池可使虎变人，一池可使人变虎。据说虎变的人有个特征，就是上唇无人中。这个神话传说看来不全出于迷信，可能是出于古代人对人兽相通和血缘相亲的联想，希望人和虎能和睦共处。

　　3. 印度尼西亚的景物起源神话相当丰富，涉及面也很广，包括了人类起源之外的各种动植物的起源以及各种自然景象的由来。古代人对经常看到的大自然现象，如日出月落、山崩地裂、山川湖泊的出现等总要与人自身的生活实践相联系，为其起因和来历找出他们认为合理的解释。例如巴达克族就有这样一个神话解释日出月落的自然现象：

　　古时，月亮与太阳本相处在一起。有一回，太阳逞威，以其热力焚毁万物。月亮及其子女也不堪其苦，便求助于天神。天神教月亮将自己的子女藏匿起来，而后架锅烧火煮食，邀太阳共餐。太阳起先拒绝，经云彩说项，方允赴宴。席间，太阳问月亮锅里所煮何物。月亮答曰系自己子女之血，谓已将子女全宰了，并劝太阳效法，以便同谒天神。太阳信以为真，回去也将子女全宰煮，而后邀月亮同去谒见天神。但月亮却百般推托，不肯前往。翌年，太阳复邀月亮，但见其家子女满堂，顿起疑心，追问孩子来历，月亮谎称系她年内所生。太阳不信，而月亮又不肯如约一同谒见天神，遂大怒而归。从此两家结仇，永不相见。凡太阳出，月亮必没；太阳落山了，月亮才出来，而两家互相争斗的结果则化为雨水从天而降。月亮的满堂子孙就是晚上伴随她的漫天星星。

　　这个神话故事已比较完整，可能经后人加工过，不过还是可以看出其原始古朴的面貌。例如古代人把日出月落的现象看做如同两个氏族部落之间的矛盾，最后导致彼此互相仇视和互不来往的结果。关于宰子煮食的描述，也可能是原始社会吃人习惯的反映。而对太阳的贬抑，则可能反映地处热带的印度尼西亚古代人对烈日酷暑的怨恨情绪。

印度尼西亚也是个多地震的国家。地震这一可怕的自然现象当然为古代人所畏惧和关注，人们切求解释其起因，于是出现好多有关地震起源的神话。

米南加保人的神话说，地球是顶在牛角上的，只有等到地球上的人类绝迹，牛方可将地球卸下。为了弄清地球上是否还有人存在，每隔一段时候，牛便晃动脑袋，这就是地震了。这时米南加保人便赶紧敲锣击鼓并高喊"我们还活着"。牛听见人的呼喊声，知道地球上还有人在，便停止晃动脑袋了。

望加锡和沙巴斯地区的神话则说，地球是被一只巨蟒缠绕着。巨蟒老沉睡不醒，但偶尔也会松动松动筋骨，这就发生地震了。一旦巨蟒的首尾相接，地球也就毁灭了。

以上的地震神话在解释地震起因时，已带有原始信仰的成分，例如米南加保人的神话，看来与他们所崇拜的图腾牛有一定的联系。

在物种起源神话中，有关谷物起源的神话最丰富，且类型最多，有动物运来型的神话，有通过人的机智从天上偷来的机智盗种型的神话，有天神恩赐型的神话，还有神、人或动物尸体变成谷物的尸体发生型的神话等等。这些神话反映稻谷是印度尼西亚农耕社会的主体，是人靠自己的努力和智慧从大自然中夺取过来的民食之本。此外，有关山川、湖泊、岛屿等的起源神话也很盛行，传播面也很广泛。上述神话含有丰富的人的想像力，其中已有人物和故事情节，能引人人胜，可列入唯美性神话之范畴。

第二节　古代时期的唯美性神话

茅盾在《神话研究》一书中说："唯美的神话则起源于人人皆有的求娱乐的心理，为挽救实际生活的单调枯燥而作的。这些神话所叙述的故事多半不能真有，然而全很奇诡有趣。这些神话所描写的人物及其行事，和我们的日常经验都隔得很远，但是他们却那样的入情入理，使闻者不禁忽笑忽啼，万分动情；他们所含的情感又是那样的普遍，真挚，丰富，以至不论何处的人，不论男女老幼，听了都很愉快，很感动。总而言之，唯美的神话先将我们带开尘嚣倥偬的世界，然后展示一个幻境；在这幻境里，人物之存在，只有一个目的，就是娱乐我们，而他们之所以给予愉快，就靠了他们的'美'。"

显然，唯美性神话要比解释性神话晚出许多，不仅内容已比较复杂，有主人公和故事情节，而且还包含一定的主题思想和对善恶的褒贬。有些唯美性神话也含有解释性神话的内容，可能是由解释性神话进一步加工而成的。总之，唯美性神话更加丰富多彩，更具有文学价值，反映古代人多方面的生活风貌，表现古代人的思想感情和最初的审美观。

印度尼西亚的唯美性神话大多来源于古代的生活实践。在生产力水平还很低的古代社会，人们要向自然界索取生活资料往往需要付出巨大的努力，甚至要与天斗、与神斗。自古以来，印度尼西亚人的主要生活资料是稻米，所以好多地方都流传着有关稻米来源的神话。此类神话往往带有绝地通天的情节，把人与自然的斗争拟人化和神话化。

苏拉威西流传的稻谷来源神话比较完整，表现人与天斗的曲折过程：古代有一对兄弟，父母双亡，哥哥有残疾，靠捕鱼为生。一天，哥哥在湖里捕鱼，遇上七仙女，便尾随其后踩着彩虹上了天国。他看到晒着的一堆金黄色的颗粒，以为是金沙。物主告诉他那是人类从未见过的稻谷，并让他第一次尝到香喷喷的大米饭，但严禁他把稻谷带回人间。哥哥想方设法去获取稻谷，趁物主哄赶麻雀时，抓了一把稻谷放进嘴里含着，然后朝来时的路奔跑。物主顿起疑心，马上追赶过去。哥哥刚踩上彩虹就被抓住，而且脚被剐破了。哥哥不得不把嘴里含的稻谷吐了出来，央求物主收留他养伤。物主见他可怜，便让他留下看守晒场。哥哥仍不死心，同时也挂记着人间的弟弟，于是再想办法去偷谷种。这次他想出一个绝妙的办法，把谷种藏在伤口里，然后以回去照顾弟弟为由向物主告别。物主搜了他的全身，未发现稻谷，便放他走了。哥哥回到人间后，立刻开出一块地把稻谷种上。自从人间种上稻谷后，天上的稻谷就再也不结穗了。物主想探个究竟，派麻雀去调查。麻雀到了人间，看到田里的稻谷丰收，便饱吃一顿，回去后谎称什么也没看见。物主不信，派山雀跟去再查，如麻雀撒谎就将它掐死。到了人间后，发现麻雀撒谎，山雀便掐住麻雀的喉咙。麻雀拼命挣扎，以至嗉囊移到脖梗上。所以至今麻雀还常飞到田里吃稻谷，而且其嗉囊仍在脖梗上。

以上神话反映了印度尼西亚古代人相信自己有与天夺粮的能力，这可能是手崇拜和工具崇拜文化在农耕时代的进一步发展。

加里曼丹的稻谷神话也较完整，表现了英雄人物为拯救全族而自我牺牲的崇高精神，具有更深的思想内涵。神话讲的是抗旱的故事：有一年，加里曼丹的灵沃村遭到严重的旱灾。族长焚香祷告，求祖先的灵魂指点迷津。祖先的灵魂告诉他大旱的起因是族里人违背祖先戒律而胡作非为，故遭此惩罚。要想摆脱旱灾就必须让有罪的人自愿献出性命，用他的血浇润干裂的土地。然而没有一个有罪的人敢出来自我牺牲，只有天真无瑕的族长女儿卢英挺身而出，愿为拯救全族人而献出自己年轻的生命。她含笑倒在血泊里，血慢慢渗入干裂的土地。顿时雷雨大作，雨整整下了一天一夜。次日，大地重新披上绿装，而在卢英流血的地里，长出了结有金穗的植物，那就是今天的稻谷。卢英也被族人尊为稻谷女神。

在印度尼西亚流传的《谷种的故事》(Cerita lnduk Padi)则可能产生于阶级社会出现之后，表达了贫苦农民对地主老财们的不满和劳动者爱憎分明的感情。故事叙述七粒谷种如何变成七个兄弟到人间寻找可让他们安居乐业的住处。他们先后去过几家地主老财的深宅大院，都因看不惯地主老财们不劳而获和任意糟蹋粮食而愤然离去，并把地主老财们粮仓里的稻谷全部卷走。最后七兄弟来到一贫苦农民的家，看到这家人不但勤苦耐劳，而且十分珍惜粮食。七兄弟便决定留下在那里安家落户。从此那家贫苦农民种的稻米便年年获得大丰收。

印度尼西亚长期处于农耕社会的阶段，从这些神话传说中，可以看到稻米在印度尼西亚人心目中的地位和分量，同时也可以看到从农村公社到阶级社会演变的某些痕迹。有关稻谷神话在印度尼西亚散布得很广泛，而且久传不衰，就是在印度文化影响已经很深的地区，也可以看到原始的稻谷神话与印度神话的结合。巴厘岛是至今印度教文化影响最深的地区，那里就流传着这样的神话：相传巴厘有一位暴君，为臣民所痛恨，后来为僧侣们所杀，从暴君口里吐出一婴孩，取名普莱图。他与死去的暴君刚好相反，是善的化身。他接替王位后，一心要为百姓谋幸福，不忍心看百姓靠喝甘蔗水过活，要土地娘娘为他们准备耕地，同时要因陀罗大神传授他们耕作方法。因陀罗大神拒绝，普莱图王便与他交战。因陀罗大神不敌，向毗湿奴大神求援。毗湿奴大神的妻子吉祥天女告诉他们大神已下凡化身为普莱图王。天女正准备下人间去协助丈夫完成使命，否则夫妻不能团聚。他们后来去向湿婆大神讨教。湿婆大神教四只鸟把四种种子带到人间，吉祥天女隐身于稻谷种子里。普莱图王得到种子后，因陀罗大神答应传授耕作方法，从此巴厘人才有大米吃。而吉祥天女一直留在稻谷中，成为稻谷的保护神。这个神话原先可能是属于神鸟送来型的稻谷神话，后来把印度教的三大主神也结合进去，看来是印度教已占主导地位之后的故事了。

在唯美性神话中，有关自然景物由来的神话占有很大的比重。印度尼西亚各地的古代人在自己居住的环境中看到奇峰异石或平川高湖不免要产生种种遐想，凭自己的想像力和亲身感受编造出许多美丽动人的神话来叙述其来历。这里举几个流传最广的此类神话作为典型的例子。

在西爪哇巽达地区流传的《桑古里昂》(Sangkuriang)可以说无人不晓。这是关于万隆附近著名的覆舟山由来的故事。话说古时有个卡鲁国，国王酷爱打猎。有一天国王又去林中狩猎，他在那里解手的尿水被一只野母猪喝了。野母猪因此而怀孕，生下一女孩。后来国王在林中发现了那女孩便领回去抚养，视同亲生女，取名达扬·宋碧公主。长大后，公主不但貌若天仙，且精于织布。各地王孙前来求婚，均遭拒绝。一天，她织布织累了，手中的梭子无意中滚进竹楼底下。她懒得起身去捡，便信口许诺：谁能帮她捡回梭子，她就嫁给谁。不料被一只公狗听见，公狗立即把梭子捡了起来交给她。公主大吃一惊，但说出的话不能反悔，只好嫁给公狗。后来生了一男孩，取名桑古里昂。长大后，桑古里昂经常带公狗去林中打猎，并把猎到的鹿心带回给母亲吃。有一回，他又带公狗去林中打猎，遇上一只母野猪。他命令公狗去追逐那只母野猪，可公狗一动也不动，原来它知道那母野猪就是达扬·宋碧的母亲，也就是它的岳母。桑古里昂一气之下便把公狗刺死，取出它的心当鹿心带回给母亲吃。后来达扬·宋碧知道她吃的是公狗也就是她丈夫的心，不禁勃然大怒，拿起梭子朝桑古里昂的脑袋扔去，把桑古里昂的脑袋打破而鲜血直流。达扬·宋碧拂袖离去，从此隐居山林。桑古里昂苏醒后也离家出走，朝太阳升起的地方走去。后来拜一高人为师，学艺习武。数年后，桑古里昂学成回家，在半路的一个深山密林里遇见天仙般的美女，两人堕入爱河。那美女实际上就是达扬·宋碧，因修行而青春永驻。当她摸到桑古里昂脑门上的伤疤时，证实了她所爱的男人正是她自己的儿子。可是桑古里昂已不顾一切，执意要和达扬·宋碧成婚。达扬·宋碧为了制止乱伦，想出了一个办法，即要求桑古里昂在一夜之间于日出之前把山地变平湖，同时造出一艘大船供两人在湖上泛舟，方允成婚。达扬·宋碧以为这样苛刻的条件是无法办到的，殊不知桑古里昂一一照办。到了半夜，眼看平湖和大船就要完成，达扬·宋碧急中生智，她把织的白布抛向天空挥舞。公鸡见天空道道白光误以为天已破晓，便一起打鸣。桑古里昂终于功亏一篑，一气之下便把船一脚踢翻，过去追赶达扬·宋碧，但一直没有追上。那被踢翻的大船就是今天的覆舟山。

这个神话传说的原始部分可能相当古老，还保留着兽生人的古老传说。此外，桑古里昂杀父娶母的情节也反映了古代从群婚制向血缘婚姻制的转变。桑古里昂的最后失败表明群婚制的消亡和人伦观念的确立。这个神话传说显然已经涉及更为复杂的社会现象，在流传中不断被人添油加醋，以至于出现好几种传本。另外，还需要指出的是，类似达扬·宋碧施计使桑古里昂修湖造船的努力功亏一篑的故事情节，在印度尼西亚好几个地方的神话传说中都可以找到。例如中爪哇关于罗罗·章格朗的传说，东爪哇关于唐吉尔和巴多山的传说，苏门答腊关于占卑的传说等，都有类似的故事情节。尽管时间、地点、人物不同，但基本情节大同小异。更令人惊异的是，在我国西南地区的传说里，竟然也有类似的故事情节。四川泸州一带有这样一个传说：古时鲁班要在泸州管驿嘴修一石桥。观音菩萨恐桥建成后会将战火延及这方百姓，便设法予以制止。观音提出一个苛刻的条件，要鲁班在一夜之间把桥建成，否则停止建桥。鲁班满口答应，因为他会施法术。到了下半夜，眼看桥就要建成，观音急中生智，捂嘴学鸡鸣。鲁班以为天已破晓，一夜的努力前功尽弃，只好扔下石块愤然离去。这就是乱石山的由来。鲁班、观音这些名字看来是后人采用的，这里重要的是，其故事情节与桑古里昂的故事情节，何其相似乃尔。从民间口头文学的流传性和变异性来看，虽然无法知道哪里是源头，如果说其中有一定的渊源关系也并非不可能。

　　苏门答腊的多巴湖是印度尼西亚最大的淡水湖，关于它的由来也有美丽的神话传说。相传多巴湖原先是沃野千里，大河横贯其中。一个叫西里亚的渔夫，每天都要到河里捕鱼。有一回，他忙了一天什么也没有捕到，在下最后一网时幸运地捕到了一条大鱼，心里无比高兴。他把鱼带回家，但家里没有大锅可容下这条大鱼。他便去邻居家借大锅，回来时发现网里的鱼变成了美丽的少女。他惊喜之余，一再向少女求婚，少女最后答应，但有个条件，就是决不许泄露她的身世。西里亚满口答应，两人婚后过着美满的生活，且很快就有了儿子。儿子长到十二岁时，身体魁梧，食量惊人，全家人的饭不够他一人吃。一天，西里亚疲惫地带回一网鱼当晚餐。妻子刚把煮熟的鱼虾端上来，就被儿子全部吃光了。西里亚不禁大怒，破口大骂儿子是"鱼杂种"。骂声刚落，顿时狂风大作，雷雨交加，大地开缝，河水泛滥。西里亚被淹死，妻子也变成了大鲨鱼。那里的沃野变成了大湖，也就是今天的多巴湖。

　　这个神话也含人兽相通的原始古朴思想，可能产生的年代比较久远。鱼变美女跟人结婚，这样的故事情节在印度尼西亚的其他地方也有。此类故事在某些地方又与我国田螺姑娘的故事有点相似。这里有什么关系则不得而知。

　　有些景物由来的神话含有更深刻和更广泛的社会意义，如对忘恩负义和忤逆不孝的行为进行严厉的谴责。流行于苏门答腊的民间故事《马林·昆当的故事》（Cerita Si Malin Kudang）就属此类故事。马林·昆当从小与母亲一起过着贫困的生活，母亲把一切都给了他。长大后，马林·昆当决定去外岛谋生。临走时母亲为他准备了一大包饭并含泪送他直到村头。过了好多年，一直没有儿子的一点消息，母亲望穿了秋水。一天，忽然来了一艘满载货物的大船。当人们知道船主是马林·昆当时，便立刻告诉他的老母亲。母亲又准备了一大包饭，匆匆赶去看望日夜思念的儿子。如今马林·昆当已成大财主，带着高贵的妻子回来。当他看到母亲穷酸潦倒的样子，感到脸上无光，便不认养育他多年的母亲而叫手下人把她轰走。伤透了心的母亲对天赌咒，不孝子和他的大船将变成石头。果然，当船刚离开码头不远，突然狂风大作，雷雨交加，大船瞬间变成石头。这就是现在巴当市甜水岸附近的那块巨石。据说每当月色晴朗，就可听到哀怨的浪涛声，那就是马林·昆当的忏悔声。

有关爪哇的"千岛"由来的神话传说几乎与上面讲的故事一样。相传雅加达的安枣河边住着一位贫苦的老妈妈。她有个十二岁的儿子好吃懒做，脾气暴躁。有一天，老妈妈到河边洗米，不小心摔了一跤，一篮子米掉进河里。正伤心时，一只鳄鱼浮出水面，把篮子送还给她，可篮子里装的不是大米，而是亮晶晶的珍珠。儿子想这下要发大财了，便拿了珍珠乘船到外地，想找个机会卖掉。他到了一个大城市，在那里住上几年，俟情况摸清后，便把珍珠脱手。他一下变成了大富翁，还娶了一个财主的女儿为妻。几年后，他想起老母亲了，便带着妻子衣锦还乡。老妈妈日夜盼着儿子归来，听说儿子的大船来了，便立即前往迎接。船上的人看到衣衫褴褛的穷老太婆前来认亲，无不笑她是个老疯婆。已成大财主的儿子也感到羞耻，便翻脸不认人，狠心地把老母亲轰走。老妈妈伤透了心，向苍天祈祷，要求给大逆不道的儿子以惩罚。霎时间，狂风大作，雷雨交加，儿子的大船被摔个粉碎，碎片撒在海面四周，后来形成无数小岛，这就是今天闻名的"千岛"。

南加里曼丹关于巴纳瓦石头山由来的起源故事也与《马林·昆当的故事》如出一辙。巴卡特村附近的巴纳瓦石头山状如沉船翘起的船尾，据说那就是当年不孝子的大船被母亲赌咒而沉没所留下的遗迹。每当暴风骤雨过后，可听到山顶上苍鹰的哀叫，那就是不孝子的悲鸣。以上三个故事看来出自同一本源，可见这故事的传播面相当广泛。

东爪哇流传的有关"香水河"由来的传说也含有较深刻的思想内容，是对忠贞烈妇的歌颂，带有悲剧色彩。相传爪哇东端有一个强大的王国，征服了海峡对面巴厘岛的格隆贡王国。有一天，东爪哇王国的王子班德兰到林中打猎，在小溪边遇上一少女，疑为仙女下凡。少女原来是被征伐的格隆贡王国的公主苏拉蒂，她离宫逃难而来到此地。王子把她领回宫里，两人相爱而结为夫妻。后来苏拉蒂公主失散的哥哥找上门来，要苏拉蒂公主协助他去报杀父之仇，把班德兰王子及其父王全杀掉。苏拉蒂公主陷入两难境地，最后不能不拒绝，因为班德兰王子救了她一命并一直对她恩爱有加。哥哥诅咒妹妹，愤怒而去。过不久，王子又去林中打猎，一个乞丐前来告密，说公主的哥哥来找过公主，两人密谋杀王子及父王，公主的床垫下藏有她哥哥的头巾可以作证。其实那乞丐就是公主的哥哥。班德兰王子回去后，果然在公主的床垫下找到了头巾，便不由分说地把公主拉到河流的出海口准备将她处死。公主再三表白也无济于事，便对王子说，她愿意投河自尽以表清白。如果她死后河水散发出香味，那就证明她忠贞无瑕。说毕便纵身跳进奔腾的河水中，瞬间一股香气从河水中飘溢上来。班德兰王子见状大惊失色，痛悔错怪了自己的爱妻，从此他饮恨终身。

古老的解释性神话和唯美性神话可以说是印度尼西亚文学的最初小说作品。这些神话传说所叙述的故事大都非人间之真有，与人的真实生活隔得很远，但其主体仍然是人，以人作为一切的出发点和归宿，人的生活实践是他们创作的惟一源泉。关于早期的宇宙万物起源的解释性神话可以看做是古代人力图摆脱蒙昧状态，用自己的智慧去解释自然的奥秘和解释自身存在的最初尝试。这是印度尼西亚人的祖先走出蛮荒时代的开端，而唯美性神话是解释性神话的进一步发展，表现了印度尼西亚古代人已开始迈向最初的文学创作，触及文学的本质，那就是"美"。古代印度尼西亚还没有文字，那些神话传说都是口头集体创作的作品，经过漫长的口耳相传的过程才保留了下来。因此，今天记录下来的都是后人之所为，且经过不断的加工和增补，以至于难以确定其原貌。不过我们仍可以看到从神话传说中所反映的印度尼西亚古代原始社会和原始信仰的某些时代特征。

第三节　古代时期的民间故事

在印度尼西亚早期口头文学中，民间故事是非常丰富多彩的。很早以前，根据各自的社会文化的发展特点，印度尼西亚的各族人，都有许多民间故事传世。在流传中，各族的民间故事互相交流和渗透，有些故事情节互相借用，以不同的面貌在不同族的民间故事中出现。一般来说，民间故事的主题比较鲜明，曲折地反映社会现实中善与恶、美与丑、正义与非正义的矛盾和斗争，表现劳动人民的思想感情，深受民众的喜爱，因而代代口耳相传，从未中断过。

在印度尼西亚的民间故事中，从主题上看，歌颂忠贞爱情和宣扬善恶报应的占有相当大的比重。此类故事的人物性格比较鲜明，情节起伏跌宕，大多以善恶有报和有情人终成眷属为结局，反映了早期印度尼西亚人的价值观和审美取向。这里举一些较有代表性的民间故事作为范例。

在爪哇巽达地区流传的民间故事《迷途黑猴》(*Lutung Kasarung*)可以说是家

喻户晓了。故事讲的是七个公主的善恶报应和纯洁爱情经受的严峻考验。相传从前有个年迈的国王想隐退山林修行，让七个公主中的一个来继承王位。七个公主都长得很美，但性格各异。大公主布巴拉朗非常能干，雄心勃勃，但为人奸刁狠毒，是邪恶的典型。二公主到六公主都是平庸之辈，胸无大志。惟有年幼的七公主布巴沙丽，不但容貌出众，且心地善良，十分温顺谦让，是善良的典型。国王考量再三，最终决定把王位传给七公主，让大公主暂时当摄政王。大公主非常恼火，决定利用权势设毒计除掉七公主。她以七公主去深山修炼为借口，把七公主放逐到极端贫瘠的荒山野林中，欲置之于死地。话说天上安布女神王的儿子谷鲁敏达因梦见情人酷似母王而犯了天规被谪下凡变成黑猴。其实它到人间有两个目的，一是除奸安良，维护正义；一是寻找梦中情人。黑猴被抓进宫里，从大公主到六公主没有一个愿意收留丑陋的黑猴，而黑猴看六位公主虽然都很美，却没有一个和它梦中见到的情人相像。后来大公主命令把黑猴交给荒山野林中的七公主当陪伴。七公主高兴地收留了它，而黑猴见到七公主尽管面容憔悴黝黑，眼睛和身上却散发着异彩，正是它梦中见到的情人。黑猴悉心保护七公主免遭伤害，公主也待它如知己。大公主见一计不成又生一计，要七公主把七座荒山变良田，然后比粮食产量，如输了就处死。柔弱的七公主哪能负此重担，幸亏得黑猴神助，七公主又躲过了这一劫。后来大公主一再施展各种毒计加害七公主，提出种种不可能办到的要求来陷害七公主，都被黑猴对付过去，化险为夷。最后大公主把七公主和黑猴叫到大殿，企图当众羞辱七公主的情人是丑陋的黑猴。但就在此刻，黑猴脱掉黑毛皮而立即恢复原形，一个容光焕发的英俊武士站立在大庭广众的面前。大公主的阴谋彻底败露，落个可耻的下场。布巴沙丽公主与谷鲁敏达结成美满的婚姻，共同治理国家，从此百姓过着安居乐业的日子。

这个故事还保留着人、兽、神相通的神话，但表现的是人间的善恶斗争。布巴沙丽公主美丽纯朴，温良恭顺，逆来顺受，从不反抗，当时被看做是女人的最高品德。而谷鲁敏达不为外貌所惑，激浊扬清，追求真爱，被视为真正男人应有的气概。人们在津津有味地听故事中受到了启迪，因此乐此不疲。后来这个故事还被人编成板顿诗反复吟唱，世代相传。

在巽达地区还有一个著名的民间故事叫《钟·瓦拉纳》(Cung Warana)也是叙述善恶之间的斗争，其故事有点类似我国的《狸猫换太子》。阴险毒辣的大王妃已生一王子，如今想要陷害正在分娩的小王妃，以小狗换掉小王妃刚生下来的王子，诬蔑善良的小王妃为妖孽，把她打入冷宫，把王子装进盒子里，然后扔进河中。盒子被一家穷苦的渔夫捡到，王子得救，渔夫把他当亲生子扶养成人。后来王子通过斗鸡赢得半壁江山。大王妃的阴谋败露，两个王子大打起来。国王以河为界，把国土分两半传给两个王子，要兄弟两人从此和睦相处。

有些民间故事在讴歌忠贞爱情的同时，对残暴无道的统治者也进行有力的鞭挞。巴厘的《查雅布拉纳》（Jayapurana）就是此类著名的民间故事。查雅布拉纳是一个孤儿，从小被宫里收养。长大后，他成为武艺超群、英勇无比的武士，以其忠诚和赫赫战功而赢得国王的宠信和百姓的爱戴。为了表示对他恩宠有加，国王决定做主为他娶亲，让他自己物色他所最喜爱的女人。查雅布拉纳看上了一个美丽的姑娘，两人一见钟情。当国王主持他们俩的婚礼时，才发现新娘的绝世美貌，心中悔恨没有抢先拿到手，遂萌霸占之心。国王设了个圈套，佯言敌人犯境，要查雅布拉纳前往御敌，暗中埋下刀斧手将他杀掉。国王把查雅布拉纳的妻子召进宫，假惺惺地告她查雅布拉纳的死耗，然后千方百计逼她从己。查雅布拉纳的妻子坚贞不屈，最后自刎而死，以身殉情。这个带有浓厚悲剧色彩的民间故事一直为人们所传诵，成为千古绝唱。揭露统治者的残暴无道和欺压行为是民间故事的一个重要内容，但不都是以悲剧形式出现，也有以百姓的胜利和暴君的灭亡为结局的，表达了被压迫者的心声。例如在马丁达斯与嫔甘的故事里，企图霸占渔夫妻子的暴君最后就死在渔夫妻子的手里。

此外，还有一些爱情题材的民间故事与我国羽衣型的七仙女故事相类似。流传于苏拉威西一带的民间故事《马曼奴亚与乌兰昆陶》（Mamanua dan Ulankundau）讲的就是一位年轻的庄稼人与化作天鹅的仙女结亲的故事。话说苏拉威西的托那地湖畔住着一位年轻的庄稼人叫马曼奴亚，以种甘蔗为生。他发现种的甘蔗经常被人偷吃，于是便躲在湖边地里去探个究竟。不久，来了九只天鹅，卸下天鹅羽衣后，立刻变成九个美丽的仙女跳进湖里嬉戏。上岸后她们便到蔗田里大吃甘蔗，吃够后又穿上天鹅羽衣，变回天鹅飞回天宫，天天如此。有一天，马曼奴亚偷偷地把一件天鹅羽衣藏了起来。九个仙女上岸后各自找到自己的羽衣飞走了，只留下最小的仙女因找不到自己的羽衣而无法飞走。正当她急得大哭的时候，马曼奴亚出来安慰，并向她求婚。小仙女因无法回天宫而只好答应，不过有个条件，就是绝不可弄断她一根头发。马曼奴亚一口答应，两人便结为夫妻。他们俩一起劳动，过着和和美美的日子。第二年他们生了个男孩，取名乌兰昆陶，备受宠爱。有一天，马曼奴亚不小心弄断了妻子的一根头发，血流不止。妻子只好含泪告别，飞回天宫治疗。父子二人日夜思念，决心上天宫去寻找。他们历经艰辛，几度失败，最后得神狗相助方能到达天宫。天神还要对他作最后的考验，让九个仙女并排坐着，由他前去认妻。九个仙女长的一模一样，马曼奴亚无法辨认。他便让神狗闻妻子穿过的衣服，终于把妻子认出来了。一家三口重新团聚，在天宫过了好几年幸福的生活。乌兰昆陶长大成人后，执意要回到人间。临走前，外公天神送他一个包裹。回到人间后，他把包裹打开，滚出一粒大蛋。蛋摔破了，从中走出一美丽少女是来给他做伴侣的。少女手中捧着一小盒，里面装着五谷杂粮和各种水果的种子。从此村里便有了庄稼和果树，人人过着丰衣足食的生活。这个羽衣型民间故事还带有族源神话和物种起源神话的痕迹，说明民间故事与古代的神话传说还是有传承关系的。

类似的羽衣型民间故事也流传于好些地方，如苏门答腊的《马林·德曼的故事》(Hikayat Malim Deman)就是其中的一个。这个故事讲的是七个仙女下人间洗澡，最小的仙女的羽衣被马林·德曼偷走而回不去，只好跟他结婚。后来生了个儿子，马林·德曼态度变冷淡。小仙女在抽屉中找到她的羽衣，穿上后便带着儿子飞回天宫。马林·德曼后悔，最后追到天宫，终于团圆。故事里有位叫卡巴延老奶奶的，是林中专门给人指点迷津的神秘人物，这个人物经常在民间故事里出现，成了一种象征。《马林·德曼的故事》似乎更接近于我国的七仙女故事。

在印度尼西亚民间故事中，有一类笑话故事是人们所喜闻乐见的，因为这类故事不但能起娱乐解颐的作用，让人开怀大笑，而且还有振危释惫、痛砭时弊的效果，发人深思。它以巧妙的戏剧结构和夸张的喜剧人物讽刺懒人的愚昧落后，暴露统治者的残暴无知。所以此类故事大多属"暴露笑话"，归单相笑话类，其主角往往只有一人，而且是被讽刺的对象。拿《笨大伯的故事》(Cerita Pak Pandir)为例子，主角笨大伯就是被嘲笑的蠢人，他所做的一系列蠢事令人捧腹大笑。例如他的妻子叫他给孩子洗热水澡，他竟不知道热水与开水之区别，把孩子放进滚烫的沸水里，结果把孩子烫死了。他还以为孩子很喜欢热水，所以不吭声。当妻子告诉他孩子死了，他才号啕大哭。为了给孩子做丧事，妻子叫他去买头水牛回来，他竟不知水牛为何物。妻子告诉他能啃草的就是，他便买回一把镰刀，因为他看见人们用镰刀割草。妻子叫他把长老请来，长老的特征是下巴有长胡子，他却牵回一只山羊。诸如此类的笑话层出不穷，最后他也死于他的愚蠢行为，被滚烫的煮香蕉噎死。

在巽达地区遐迩闻名的笑话故事《希·卡巴延》(Si Kabayan)也是专门讽刺那些整天好吃懒做的人。因为懒，他非常无知；为了偷懒，他心计特多。希·卡巴延住丈人的家，吃丈人的饭，却好吃懒做，整天睡大觉，日过三竿才起床，起床后就吃，吃后又呼呼大睡，天天如此。丈人对他十分恼火，决定让他到树林里去找点活干。他却去林里休闲睡大觉，回来时两手空空，只对丈人说见到一大蜂窝。

丈人责怪他为什么不把蜂蜜采回来，以后再见到就拿火把烧其尾部，蜜蜂跑了就可取其蜂蜜。第二天他又进树林，但忘了蜂窝之所在，在另一地方见到一只大雄鹿正躺在草丛中睡觉。他便照丈人所说的拿火把去烧其尾部，雄鹿惊醒，奋力逃跑。他回去后又挨丈人骂，要他下回再见到时就用矛去刺。他又去树林，这次带着长矛。一女人迎面走来，他照丈人所说的用矛去刺，把那女人刺死。就这样希·卡巴延一再做出愚不可及的蠢事，说明人懒就愚昧无知。但在躲避劳动方面，他却诡计多端。丈人要他帮忙开荒，他会突然闹肚子装病。从烧荒、开垦到下种，他都会想出种种办法躲避劳动，把丈人气得要死。收成时，丈人决定一点也不分给他，可他却想出一妙计对付。他用白木棉粘满一身，装成土地的保护神去吓唬丈人，要丈人把收成的一半分给希·卡巴延，因为他是保护神的曾孙。迷信的丈人不敢不从，甚至把全部的收成交给了希·卡巴延，并再也不敢去责骂他了，因为怕得罪神。希·卡巴延代表了好吃懒做的一类人，在巽达地区已成为典型人物。

《倒霉的小长老》(Lebai Malang)则把讽刺的锋芒对准那些贪心不足的村里体面人。一般来说，小长老是村里人所敬畏的长者，但在这个笑话故事里却成了被嘲笑的对象。小长老住在河中游，有一天他同时受到上游的一家和下游的一家的宴请。上游的一家比较近，只宰一头牛，但菜肴做得好。下游的一家比较远，宰了两头牛，但烹调技术较差。小长老犹疑了半天，后来决定划船去下游的一家。没走多远，他想起上游的一家菜香味美，便调转船头，朝上游划去。走了一段路程之后，又想起下游宰了两头牛，饭菜一定更丰盛，便又调转船头顺水而下。就这样变来变去，最后到了上游的一家时，那里宴席刚刚结束。于是他立刻掉转头来，朝下游的一家匆匆赶去，到达时那里的宴席也刚完。倒霉的小长老因过于贪心而最后落得一场空。故事里讲的都是小长老的倒霉事，把一个体面人物描绘成贪婪小丑。

在"暴露笑话"中，也有通过正反面人物的斗争来揭露和讽刺权贵们的，此类笑话故事多为双相笑话。正反面人物是处于对立地位的，彼此之间充满斗争，故又称作"斗争笑话"。这里可以拿《勃拉朗大伯的故事》(Cerita Pak Belalang)作为典型例子。勃拉朗大伯是个极普通的人，因他有个儿子叫勃拉朗，人们便称他为勃拉朗大伯。他家贫如洗，日子很不好过。他看到人们的愚昧迷信，便想出一个骗钱的办法。他自吹通天书，善卜卦，知吉凶。他叫儿子把人家的一头牛偷偷牵走藏在一个地方，然后让失主找他卜算。他当然非常灵验，于是名声大作。后来王宫七箱宝物被盗，国王也叫他去卜算，限令几日内把宝物全找回来。这下可把勃拉朗大伯害惨了，他绞尽脑汁也想不出办法来。盗国王宝物的七个贼听说请了勃拉朗大伯来破案，他们也紧张起来，便一个个偷偷地跳进勃拉朗大伯的院子里进行窥探。屋里的勃拉朗大伯正在冥思苦想，妻子在隔壁厨房做烙饼。当听到妻子往铛里放下第一张饼时，他无意识地跟着喊："第一个"，这时第一个贼刚好跳了进来。接着放第二张饼时，他又跟着喊："第二个"，刚好第二个贼也跳了进来。一直喊到"第七个"时，七个贼都进来了，个个吓得发抖，以为勃拉朗大伯全算出来了，便跪下求饶，把藏宝地点告诉了勃拉朗大伯。宫里失盗案破了之后，勃拉朗大伯更是被视为神人。国王对他不能不加防范，三番五次地考验他，都侥幸地被他蒙混过去。国王越发对他不放心，决意寻机把他除掉。一天，国王带勃拉朗大伯出宫，行至半道突然抓住不知什么东西在手心里，要勃拉朗大伯当场猜猜看，猜错了就得杀头。勃拉朗大伯想，这下难逃厄运了，不禁想起儿子来了，便长叹道："勃拉朗，勃拉朗，唉，勃拉朗！"以为再也见不到儿子了。国王听勃拉朗大伯连喊三声"勃拉朗"，不禁大吃一惊。"勃拉朗"的意思就是蚂蚱，而国王手里捏的正是蚂蚱。勃拉朗大伯又逃过了这一关。他知道情况越来越不妙，想想以后不会总是走运的，回家后便立刻放火烧屋，宣布他的天书已毁于大火，再也不能给人卜算了。勃拉朗一家从此也得以过上安稳的日子。

《希·仑采的故事》也是以统治者作为讽刺的对象。希·仑采是个苦命的孤儿，几次求见国王都被拒绝。有一天，他见到了国王，便大哭起来，说国王使他想起了自己死去的父亲。国王听了勃然大怒，下令将他扔进河里淹死。宫卫们把他装进麻袋里，用船运走。他教宫卫们唱支船谣："希·仑采带着他的大南瓜，别管他！别管他！"宫卫们学唱起来，他趁机跳进河里，见到的人喊叫起来，可宫卫们齐唱："别管他！别管他！"但这回没能逃成，他被抓了回来。半道，当听见鹿鸣，希·仑采又生一计。他告诉宫卫们一只鹿已掉进他设的陷阱里，要他们快去抓来。宫卫们都跑到岸上了，把他装进麻袋留在船上。有一位商人走过，希·仑采在麻袋里哭喊起来，说他不愿意同公主结婚。商人听了之后，赶紧把希·仑采从麻袋里放了出来，由他去顶替，因为他非常愿意同公主结婚。最后希·仑采跑掉了，而麻袋里的商人成了替死鬼，被扔进河里淹死。希·仑采穿商人的大袍回来了，自称是希·仑采的魂灵，奉国王在天父母之命前来传达旨意，教国王和大臣们念祷辞，同时仰望天空，如看不到国王的父母便证明国王是杂种。国王边念祷辞边仰望天空，什么也没看见，但嘴里直说看见了，众大臣也点头附和说看见了。希·仑采又约国王去见国王的父母，把国王装在大箱子里而他站在箱子顶上，然后用绳子慢慢吊进深洞里。到了一定的深度，他趁机跳到一边，把绳子割断，箱子掉进深渊。看到国王死了，他便对上面的大臣们说国王已见到父母，不准备回去了，由希·仑采取代王位并与公主成婚。数日后，希·仑采登基并与公主完婚，但当晚就被识破其诡计的公主所刺死。

印度尼西亚民族是喜欢诙谐的民族，笑话故事是他们所喜闻乐见的一种口头创作形式，各地各族一般都有自己的笑话故事，而且往往有一个喜剧性人物当主角，如马来族地区有笨大伯、勃拉朗大伯、希·仑采等，爪哇地区有班吉儿、卓戈·波托等，巽达地区则有希·卡巴延。这些人物已成了某种典型的代表，其名字经常被借用来讥讽某种人的德性。

第四节　动物故事

印度尼西亚的动物故事也属民间故事的范畴，但比较完整地自成一体，由一个主角贯穿始终，形成系列故事的总汇。印度尼西亚的动物故事寓意最深刻，传播最广泛，其流传面甚至超越印度尼西亚的范围，具有很高的文学价值。动物故事已不属于人兽易形神话，它是以动物世界的弱肉强食来反映人类社会的阶级矛盾和斗争，表现抑强扶弱、伸张正义、为被压迫的弱者除暴安良这一基本主题。故事里有正反两大类型的形象。属正面形象的都是弱小动物，如小鹿、小山羊等。它们善良机智、团结友爱、富有同情心和正义感。属反面形象的都是丛林里称王称霸的猛兽，如老虎、鳄鱼等。它们凶暴贪婪，欺压弱小，但又十分愚蠢。故事里，弱小动物不断遭到凶暴猛兽的侵袭，但通过弱小动物之间的精诚团结和通力合作，以及发挥高度的机智，一次又一次地挫败了猛兽们的侵扰，以强败弱胜而告终。显然，这些动物都被拟人化了，赋予了人的个性，因此不难看出，它们之间的矛盾和斗争，实际上是人类社会的阶级矛盾和斗争的反映，表现了被压迫阶级的心愿和爱憎感情。

印度尼西亚的动物故事是由许多相对独立的故事所组成，以小鼷鹿作为自始至终的主角。故动物故事集的名称叫《聪明的小鼷鹿》(*Cerita Kancil yang Cerdik*)。小鼷鹿体形小巧，性情温顺，动作敏捷，形象可爱，是印度尼西亚人民十分喜爱的动物。由于它在动物故事里所扮演的出众角色，印度尼西亚人民已把它看做是足智多谋、不畏强暴、见义勇为的象征。下面不妨拿其中的几个故事作为例子。

一个是《小鼷鹿解羊群之难》的故事，是讲小鼷鹿如何维护弱者的生存权利和争取和平的生存环境而做出的重大贡献。话说有一群山羊住在山之一侧，每日总要失踪几只。它们不知山之另一侧有虎群，经常把羊叼走。一天，小鼷鹿从山脊走过，看到虎群就住在羊群的另一侧，不禁为羊群捏把汗，把危急情况告诉了羊群。羊群听了慌成一团，不知所措，向小鼷鹿求救。小鼷鹿十分同情山羊的命运，想出一个妙计，吩咐羊群明天一早就去树林里觅食熟透了的草莓，如见有虎过来，就如此这般地对付。交代完之后，第二天一早小鼷鹿跑到山之另一侧，向虎群谎报羊群造反，说羊群正吃起老虎来了。虎群半信半疑，便派虎前往侦察。羊群见有虎前来，便个个站立起来咩咩狂叫，嘴上流出鲜红的草莓汁。老虎见状大吃一惊，误以为是虎血，掉头就跑，回去向虎群报告。虎群听了也惊慌失措，向小鼷鹿求救。小鼷鹿表示愿意进行调解，把双方召集到山头上来，要它们画地为界，立下诺言，从此双方互不越界，和平相处。双方对小鼷鹿的英明裁决都心悦诚服，于是共同推举小鼷鹿为丛林之王。

这个故事似乎有点阶级调和的味道，但应把它看做是古代处于弱势地位的被压迫阶级企图通过调和矛盾的办法求得生存权利的一种幻想。小鼷鹿对羊和虎的态度是有根本区别的。对受害的弱者山羊，它是充满同情的，并主动为它们排忧解难。对欺负弱小的强者老虎，它是鄙视的，并用自己的机智挫败它们，使其就范，不再为非作歹。至于羊和虎最后都拥立小鼷鹿为丛林之王，这实际上反映了被压迫阶级的一种心愿，希望能有一个公正贤能的人治理天下，好让他们能过上安稳的日子。

另一个是《鳄鱼恩将仇报》的故事，是带寓言性的，奉劝善良的人不要去怜惜恶人。话说有一条鳄鱼在旱季的时候被困在一条干涸的小河道里奄奄待毙。过路的一只雄牛看见起了恻隐之心，便把鳄鱼从河道里拉上岸来，然后驮往有水的大河道里。鳄鱼恢复了生机后，不但不知感恩，反而想吃掉救它的雄牛，说它现在十分饥饿，要雄牛救人救到底，干脆把身上的肉也给他充饥。雄牛到处找人评理，都无人为它主持公道。最后找到小鼷鹿，要它当判官。小鼷鹿以弄清案情为借口，要雄牛把鳄鱼驮回干涸的小河道，然后把救鳄鱼的经过重新演示一遍。当雄牛把鳄鱼驮回小河道时，小鼷鹿叫它把鳄鱼扔下后就立刻跑掉。鳄鱼知道上当了，但已无可奈何。这个故事使人想起我国中山狼的故事，主题思想和基本情节颇为相似。在东南亚好些国家，也有类似的动物寓言故事，如缅甸的《貌波与老虎》，柬埔寨的《鳄鱼与车夫》，老挝的《老虎与车道》等。除了人物地点不同外，故事的主题思想和基本情节如出一辙，其中不知有无渊源关系。

在动物故事里，鳄鱼与小鼷鹿是老对手，交锋过好多次。鳄鱼被认为是最凶残的动物，特别遇上成群结队的鳄鱼，谁也休想逃命。但柔弱的小鼷鹿却能以它的智慧战胜那些貌似强大而实则愚蠢的敌人。有一天，小鼷鹿到河边饮水。鳄鱼早就躲在水里，伺机报复。小鼷鹿的脚刚踩进水里，就被鳄鱼一口咬住。小鼷鹿想挣脱已来不及，看到身边有一枯枝，便急中生智，一手抓住枯枝，边拿给鳄鱼看边说这才是它的脚。鳄鱼听了立刻放掉嘴里咬住的小鼷鹿的脚而去咬那枯枝。小鼷鹿一脱身就跳到岸上，边跑边嘲笑鳄鱼是个大笨蛋，把鳄鱼气得半死。鳄鱼决心报仇雪耻，找了一群鳄鱼商量对策。它们想出一个办法，一起到小鼷鹿经常去的河边，大家浮在水面上一动不动，形成一块陆地的样子，把小鼷鹿引过来。小鼷鹿果然上当，它不知道自己已站在鳄鱼群的背上。当它发现不妙时，鳄鱼群已游到河中心了。但小鼷鹿临危不惧，仍能想出脱身之计。它说那么多鳄鱼要吃掉它一个，很难做到公平和人人有份，不如大家列个队让它一个个数，免得有的吃不着。鳄鱼群听了觉得有理，便排列成一行。小鼷鹿开始数数，它喊"一"就跳到第一个鳄鱼的背上，喊"二"就跳到第二个鳄鱼的背上，一直喊到最后一个数，它也跳上岸来了。小鼷鹿以胜利者的姿态向鳄鱼告别，鳄鱼群只好眼睁睁地看着它从自己的嘴边溜跑了。

　　小鼷鹿是智慧的化身，弱者的救星，正义的维护者，它劳苦功高，为大家所颂扬，但动物故事里并没有把它神化或把它描写成十全十美的完人。它和常人一样，身上也有缺点和毛病，例如会骄傲自满，会瞧不起比自己更弱小的动物等。对于这些缺点当然要给予批评。《小鼷鹿与田螺赛跑》的故事就是针对这些缺点的。话说小鼷鹿由于屡屡得胜，不免有些趾高气扬，当见到田螺在慢吞吞地爬行时，便加以嘲笑。田螺决定要与小鼷鹿沿河边赛跑，比个高低，以挫其傲气。赛前，田螺与其伙伴们商定了对策。比赛开始，小鼷鹿根本不把田螺放在眼里，沿着河边慢慢地走了一段路，然后回过头看，田螺已没有踪影，它以为已被远远抛在后面了，便嘲笑地喊："田螺你在哪儿啦？"话音刚落，田螺就在它前面的河边冒出来，答应道："我在这里呢呢！"小鼷鹿大吃一惊，赶紧加快步伐超过田螺。又走了一段路，小鼷鹿想，这回肯定把田螺抛得更远了，便又骄傲地喊："田螺你在哪儿呢？"殊不知前面河边又冒出田螺，答应道："我在这里呢！"小鼷鹿开始有点慌了，它又加快了步伐。如此多次，田螺总是出现在它面前。最后小鼷鹿拼命地奔跑，到达终点时田螺早已在那里等候多时了。小鼷鹿十分难为情，悻悻离开，躲进丛林，好久不敢见人。其实小鼷鹿不是在斗勇上而是在斗智上输给田螺，原来田螺的伙伴们事先已埋伏在河边的沿途，只要听到小鼷鹿一喊，前面的田螺就冒出来答应，小鼷鹿以为是同一个田螺，上当了还不知道呢。

　　显然，与对待大猛兽不同，对小鼷鹿缺点的批评是出于善意的。这个批评不但无损于小鼷鹿的正面形象，反而使它的形象更加丰满，更富人情味，因而更令人感到亲切可爱。小鼷鹿与田螺赛跑的故事使人想起伊索寓言里的龟兔赛跑故事。

印度和东南亚好些地方都有类似的故事，如印度有《金翅大鹏与乌龟赛跑》，泰国有《兔子与蜗牛赛跑》等。看来印度尼西亚的动物故事已受外来的影响，尤其受印度的影响。东南亚好多国家都有各自的动物故事，但担任主角的小动物不一样，在印度尼西亚、马来西亚一带是小鼷鹿，在缅甸、柬埔寨、泰国一带是小兔。就是在印度尼西亚，各地动物故事的主角也不尽相同，例如在巽达地区是以猴子为主角。尽管有差别，仍可看出其中有不少是相通和相互渗透的。关于动物故事的来源和产生的年代众说纷纭。荷兰学者霍约卡斯认为部分动物故事的发源地是印度，从印度流传到欧亚其他地区。另外有学者则认为动物故事是原始社会的产物，带有普遍性，不止产生于印度一地。二者看来都有一定的道理。印度尼西亚的动物故事确实有受印度影响的成分，甚至有受其他国家影响的成分，但是有好些故事应该说是印度尼西亚民族自己的口头创作，有自己的民族印记。因此，要说动物故事的源头，恐怕不止一个。但有一点似乎可以肯定，那就是它大部分产生于阶级社会出现之后，因为它所反映的大部分是被压迫阶级的思想感情和理想愿望。

印度尼西亚的早期文学，无论是神话传说，民间故事，还是动物故事，都属口头文学，经过代代口耳相传，到后来才被人用文字记录下来，其间已经走过了一段漫长的道路，因而可能大大走样了。由于没有原始记录，人们无法考证其产生的年代，只能根据其内容所反映的社会性质和原始信仰，来估计是否属于早期作品。印度尼西亚到5世纪才见有文字记载的石碑，而见诸文字的文学作品则到9世纪以后才出现。

第三章　古代时期的咒辞歌谣

第一节　咒辞和歌谣

古代原始社会的生产劳动一般是集体性的。在劳动过程中，人们要协同动作，自然地发出劳动号子，这就是瞿蜕说的"今举大木者，前呼谔，后亦应之，此举重劝力之歌也"。在印度尼西亚，今天仍能听到这样的集体劳动号子："呼鲁比斯——滚吐儿——巴里斯！"这劳动号子本身没有含义，却富有节奏感，能起协调动作、减轻体力消耗的作用。古代印度尼西亚人相信超自然力，以为人们发出的呼声能唤起超自然力去满足人们的某种需要。万物有灵论的原始信仰又使人们相信人的有声语言具有某种魔力，能召唤神灵去为人们效劳，帮人们禳灾祛病。所以，每当从事某一生产活动或面对某一危险时，就会有一人出来呼唤，企图用有声语言去感动超自然力或神灵，帮他们克服困难。印度尼西亚古代的咒辞（Mantera），就是这样产生的。出来念咒的人，除了要声音响亮柔和外，还要善于使用动听的词语去打动神灵，而若刚好他念的咒辞起了某些效果，那么，他就会被认为具有魔力，逐渐成为专职念咒的人，在族群里越来越有威望，被奉为"巴旺"（祭师）。这类人可能就是咒辞的创作者或承传人。但当时还没有文字，所有咒辞都是由口头代代承传下来，所以没有这方面的原始记录。下面举几个咒辞的例子：

古代人容易吃上有毒的东西或被毒蛇所咬，他们没有解毒药，希望能借助咒辞之魔力消除毒素。有这样的解毒咒：

> 毒藤亦无毒
>
> 毒物亦无毒
>
> 毒蛇亦无毒
>
> 毒树亦无毒
>
> 啊！一切有毒的　亦无毒

这种不断地重复念相同的句型，不但会产生一种音响和节奏的效果，而且还能起反复强调的作用，以为这样就能使所有的毒素在咒辞声中化解了。

当人昏死时，人们相信灵魂将化作小鸟或小东西离开躯体飞走，因此必须小心翼翼地用好言好语把它劝回来。下面的招魂咒体现了这种原始信仰：

> 精灵啊，归来！

> 精灵啊，归来！
>
> 宝贝呀，归来！
>
> 小鸟啊，归来！
>
> 你不要害怕
>
> 你不要害臊
>
> 你不要误解
>
> 你不要错怪
>
> 我坐着把你夸耀
>
> 我坐着把你搂抱
>
> 我坐着把你召唤
>
> 我坐着把你抚慰

在狩猎时代，有许多咒辞是针对猎物的，在捕鳄鱼时，念的是以下咒辞，分两次念，头一次是下饵时念的：

> 啊，守鳄神灵，快收礼品
>
> 来自乐当山的伦杜公主
>
> 一个煮熟的粽子
>
> 横着捆七遗
>
> 竖着捆七道
>
> 别解开，别打开
>
> 整个把他吞掉
>
> 倘若你不收
>
> 就两天，过不了三天
>
> 横着死，卧着死
>
> 靠在堤上死
>
> 倘若你收
>
> 上岸你有的吃
>
> 下海你有的喝
>
> 我知道你的来历
>
> 你来自泥土
>
> 你来自甘蔗
>
> 你的血是蜜糖
>
> 你的胸是棕叶

你的牙是横柱

你的鳞是瓦檐

当鳄鱼上钩时，便接着念：

上水缸，下水缸

快把盖子都盖上

你瞪着眼瞧我

我把你的心脏吊起来

心叶是糯米浆

树叶纷纷坠落

我把巨大的心裹起来

我把灵活的舌吊起来

你的心已被吊住

你的肝已被拴上

头一个咒辞带有哄孩子的味道，使用的词语比较温柔动听，甚怕惊跑了所想猎捕的动物。后一个咒辞则连哄带威胁，先诱之以美食，点出其来历，引之上钩，后用强制手段置之于死地。可能因为鳄鱼是猛兽类，所以不能像对付小鹿那样温文尔雅，和颜悦色，必须以凶对凶，战而胜之。在丛林里，如遇到"恶魔"或老虎的威胁时，人们念的咒辞则是另一种样子，先用极度夸张的手法，把自己说成威力无比，然后以先声夺人之势把对方吓跑。看下面的驱魔咒：

大王驾到　地动山摇

来到左侧　左侧摇晃

来到右侧　右侧摇晃

来到头顶　推倒云霄

来到脚底　连根拔掉

再看驱虎咒：

哈！我乃镇天大神

要搅个天翻地覆

我的汗毛是铁钉

我的细绒是钢针

我的胡须是毒蛇

我的舌头是鳄鱼

我的吼声似虎啸

> 我的喊叫如象鸣
>
> 声音好比大响雷
>
> 我若把双唇紧闭
>
> 一切便纹丝不动
>
> 一旦我张口怒吼
>
> 那就会地动山摇
>
> 你也将心惊肉跳
>
> 生死全在我手心

这样气势汹汹的咒辞不只为了给自己壮胆而已，人们相信它具有魔力，以更厉害的气势震慑凶猛的老虎。

在农耕时代，刀耕火种的生产力很低，人们相信有司谷女神可以请她出来帮忙提高稻谷产量。于是在从事耕种之前，祭师得先念祈求司谷女神帮忙的咒辞：

> 司谷女神，啊，司谷女神！
>
> 快送来临盆的婴儿
>
> 奶妈们，侍儿们
>
> 别让他生病
>
> 别让他着凉
>
> 别让他疼痛
>
> 别让他头晕
>
> 小的快变大
>
> 老的快变嫩
>
> 不动的让他动
>
> 不齐的让他齐
>
> 不绿的让他绿
>
> 不高的让他高
>
> 绿犹如碧海水
>
> 高胜过卡昔山

这一咒辞在祈求司谷女神的同时，也表达了劳动者对丰收的期望。咒辞里向女神提出的要求和希望正是他们将力求去做的事，如精耕细作、加强田间管理、进行施肥让禾苗茁壮成长等。所以古代的咒辞不是纯属迷信，它往往起动员作用，念完之后便付诸行动，去实现咒辞里提出的希望，而不是消极地等待神的恩赐。

把生产劳动的对象加以拟人化是咒辞常用的手法，这样劳动者就可以直接施加影响于其劳动对象而不需要借助第三者。且看下面采椰汁酒的咒辞：

> 你好，尿频的姑娘
>
> 你的秀发如云波
>
> 我给你插上簪花
>
> 来吧，小精灵
>
> 来吧，小神仙
>
> 我搂着你的脖子
>
> 我带着象牙刀
>
> 我给你洗脸蛋
>
> 我用象牙刀割削
>
> 我用象牙镜托举
>
> 下面接你的是象牙缸
>
> 任你在象牙缸里嬉戏
>
> 这缸就叫"国王出世"

以上咒辞，把椰酒树比作尿频的姑娘并用种种动听的语言和许诺去打动她讨好她，无非是希望能提高生产率，多出椰汁酒，但也表现了劳动者对劳动对象的体贴感情。

总之，针对不同的对象、不同的目的，有不同类型的咒辞，但所有咒辞都是一种念咒的口语套式，都企图用有声语言的感染力去影响"超自然力"和四方神灵。所以，在咒辞里，人们开始讲究语言的运用，采取了许多比喻、夸张、复叠、排比等积极的修辞手段，同时特别注重周而复始的音响和节奏效果，以打动闻者之心，使它乐意出来相助。从一定意义上讲，咒辞可以说已初步具备诗歌的一些因素。但它终究还不能算是真正的诗，因为它还缺乏诗的基本要素"情"，它不是"情动于中而形于言"的结果，也不是"在心为志，发言为诗"的体现。它只不过是呓语式地反复念诵的求神祷辞，没有表现诗的意境。不过它不是毫无价值的，它可能是印度尼西亚诗歌的最早胚胎，是流传最久远、最原始的诗歌雏形。直到20世纪70年代，印度尼西亚的当代诗人苏达季还在不断挖掘咒辞里的原始之"美"，开创现代的咒辞体梦呓诗。

从咒辞里多少可以看出，古代印度尼西亚人对有声语言怀有神秘感，认为它对神灵具有非凡的感染力和影响力，能招来祸福。因此，在某种场合下，人们对语言的使用特别小心谨慎，以免冒犯神灵。基于这种信念，印度尼西亚古代人便创造一种特殊的语言表达方式，叫"讳语"。所谓"讳语"就是用一种比喻的说法去替代认为不宜直接使用的称谓，以免犯神灵的讳。比如在森林里走路时，人们就忌讳说"老虎"这个词，改用"爷爷"来称呼它，因为他们相信用"爷爷"这个尊敬的词，老虎听了会高兴而不去伤害他们。同样，在打猎时，人们也忌讳直呼动物的名字，因为动物听到就会跑掉。所以他们改用"长脖子"称呼麋鹿，用"矮胖子"称呼野猪，等等。从"讳语"中，人们学会使用明喻、暗喻、借喻等修辞手段，同时丰富了人们的想像力。后来出现的"谜语"则把"讳语"发展成为一种原始的比兴手法。所谓"谜语"不是指一般的灯谜，而是印度尼西亚人的一种独特的表情达意的方式。言者由于忌讳或不宜直言，采用一种谜语的形式，通过借喻的事物或其谐音，让闻者猜出言者所要传达的意思。例如当一方说："瓦釜不破，米饭不凉"，另一方从其谐音中即可猜出其意为："郎君不愿，奴家不想"，意思就是双方都不情愿，那就拉倒吧。又如当一方说对方是明知故问时，他只需说："有了奇南香，还要檀香木。"对方从其谐音中就知道是指"明知故问"，于是不再追问了。

在曼泰岭和巴达地区还流行一种叫"树叶语"的，性质与"谜语"相似。那里的年轻人在传达爱情时，可以不用语言而用树叶。如果小伙子给一位姑娘送去一组树叶，那么根据各种树叶名称的谐音，姑娘就不难猜出小伙子所要表达的意思了。在巽达地区还有用颜色来表达意思的，如绿色表示"相会"，黑色表示"想念"，红色表示"断绝"等，这都是根据其谐音而来的。所以当一方收到用某一颜色线绳系的物品时，他就会明白另一方的用意。此外，除取其谐音，也有取其象征意义的。例如以某种花来象征爱情，另一种花来象征死亡等。这种迂回的表达方式对后来的诗歌创作有一定的影响，板顿诗的比附兴会可能就是由此演变而来的。

印度尼西亚的古代人在共同生活中，把逐渐积累起来的社会习俗和共同经验用易于上口和精练的词句概括起来，以便加以推广和普及，使人人都知道和遵守。这就是印度尼西亚祖传下来的"古训"（Kata Adat）和"箴言"（Bidal 或 Pepatah）。

"古训"是印度尼西亚祖先定下来的必须共同遵守的规矩和习俗，在还没有法律的时候，它往往被看做是解决族里纠纷和问题的法律依据。例如族里发生命案时，该如何处置，族长就会拿"古训"作为依据。"古训"云："流血还得用血来还"，那就要把凶手处死。又如有人想改变风俗，反对者就可以拿"古训"制止。"古训"有云："习俗通古今，米斗平竹筒。"就是说习俗古来如此，不可更改。如果要人人安分守己，各守其职，也可以搬出这样的"古训"："舂米在石臼，煮饭在铁锅。"意思是各行其道，互不越轨。在等级社会里，"古训"也把各种不同身份的人给以定位："国王治天下，大夫理州县，族长管家族，父母教子女，百姓居茅屋。"氏族里遇事最后还是要靠协商来解决，这也是按这样的"古训"行事的："晚辈听族长。

族长听长老。长老听协商结果。"

"箴言"一般含劝戒之意，或提出一种经验之谈。例如"玩水湿身，玩火烫人"，这样的"箴言"就是劝戒人们不要玩火，到头来会自食其果的。又如"任性招祸，纵欲招损"，这个"箴言"是劝人不要随心所欲，要考虑后果。"懒于划桨，小舟漂远"，这个"箴言"要人勤奋，否则不进则退。"脚踩那一块地，就举那一方天"，这个"箴言"提醒人们要入乡随俗。"洗澡到下游，说话要低声"，这个"箴言"劝人在外时说话要处处谦虚谨慎，不要得罪人。诸如此类的"箴言"在印度尼西亚是非常多的，而且在民间的流传非常广泛。

"古训"和"箴言"可以说是印度尼西亚民族的一种祖传文化遗产，对印度尼西亚人的立身处世起了很大的影响。与咒辞不同，这二者在内容上已脱离对超自然力和神灵的崇拜，而直接把社会生活实践作为创作的源泉，看来其产生要晚于咒辞。不少"古训"和"箴言"反映印度尼西亚古代人的伦理观、道德观、价值观以及人生哲学。在形式上也很讲究语言的锤炼，做到言简意赅，朗朗上口。一般虽然只有两句话，但已注意使上下对称，甚至押韵，因此更有诗的特点。所以有的"古训"和"箴言"，后来被吸收而成为板顿诗的内容了。

第二节 板顿诗

板顿诗（Pantun）是印度尼西亚和马来西亚人民最喜闻乐见的传统诗体，也盛行于新加坡、文莱一带。板顿诗已有悠久的历史，产生和定型的年代无从考证，但无疑它要晚于咒辞、谜语、古训和箴言。有一种叫"速成板顿"的，可能是它最初的形式，是二言体的四句式，与谜语似乎有关，头两句以谜语起兴，后两句则为谜底。如：

> 过去宝刀
> 如今废铁
> 过去宠娇
> 如今恨切

又如：

> 有斑的，是红豆
> 鲜红的，是枸杞
> 最好的，是品德
> 至善的，是言语

虽是简单的二言体，但已含情感和思想内容，有明显的旋律，隔句押韵，具备诗的基本要素。正规的板顿诗一般为四句式的四言体诗，格律比较规整。印度尼西亚的单词一般为两个音节以上的多音词。板顿诗每句含八到十二个音节，第三句的尾音押第一句的尾音，第四句的尾音押第二句的尾音。每一句的前半句为升调，后半句为降调，中间有间歇和停顿，形成抑扬顿挫的起伏旋律，富有音乐节奏感。板顿诗以发端两句起兴，先言他物，以引所咏之辞；后两句才是正文，即意之所在。举下面的板顿诗为例：

> 要不是为了星星
> 月亮何必要升高
> 要不是为了郎君
> 妹妹何必路迢迢

前两句借物作比起兴，以高升的月亮兴起对不辞路遥的姑娘，比喻妥帖，质朴无华；起兴同时，也为后两句提供韵脚，使一、三行和二、四行押韵。一般来说，要求板顿诗都能做到兴句兼比，与正文有意义上的关联，恐难以做到。不少的板顿诗，头两句只是单纯的兴句，仅借物以起兴而与正文无关，如下面的一首：

> 月色溶溶照田埂
> 小小乌鸦啄稻茎
> 你若不信我真诚
> 剖我胸膛瞧我心

这首板顿诗的前两句与后两句看不出有什么外在或内在的联系，只兴而不比，为后两句提供韵脚而已。这一类的板顿诗为数不少，可能是由于板顿诗多为即兴创作，在唱和中脱口而出，来不及多加推敲。但也有些兴句，虽然没有直接兼比，还是能起烘托和渲染气氛的作用，如下面的一首：

> 郎若上游去洗澡
> 为妹摘朵素馨花
> 郎若辞世比妹早
> 天堂门前候奴家

素馨花对印度尼西亚人来说具有象征意义，一般种在坟地里，以示对亡者的悼念。兴句里提到它就会使人想起失去亲人的痛苦和墓地的肃穆悲凉气氛，对正文提到的生离死别起烘托作用，使全诗浑然一体。

关于兴句与正句有无关联，这个问题在学术界曾经引起长期的争论。早在1833年，荷兰学者彼纳伯尔就断言二者之间必有联系，后来英国学者威尔肯逊作进一步说明："前两句必须是以含而不露的美去表现诗的意境；而后两句则以公开外露的美来表现同样的意境。"可是荷兰学者澳黑森持不同的看法，他斩钉截铁地说，试图找出二者的关联是徒劳无益的。另一位英国学者奥夫贝克也认定二者之间毫无联系，因为板顿诗的作者往往先毕其功于正文，而后再从押韵的需要造出其兴句。荷兰学者霍约卡斯则提出一种比较折中的看法，他说："二者之间毫无关联的板顿诗诚然有之，但一首好的板顿诗，二者之间应当有联系。"从实际情况来看，说二者之间必有联系或必无联系，都未免有失偏颇。二者之间无关联的板顿诗确实大量存在，但二者之间互有联系的板顿诗也不鲜见。好的板顿诗确实做到兴中有比，比中带兴，如下面的一首：

> 月光朗朗照河上
> 鳄鱼浮上装死样
> 千万莫信男人嘴
> 敢于发誓怕命丧

这是一首非常流行和著名的板顿诗，前两句起兴兼比。人们在月色中常到河边游玩，看到浮在水面上装死的鳄鱼，千万别信以为真，否则会上大当的。后两句的正文要说明的是，有些男人在女人面前信誓旦旦，实际上从不践诺，因此不要轻信，要提防点。兴句和正文在内容上相呼应，给人以更深的印象。下面的一首也十分著名，已被人谱成曲而到处传诵：

> 天上的布谷从哪里来？
> 从树上飞到稻田里。
> 心中的爱情从哪里来？
> 从眼梢传到心坎里。

布谷鸟是从树上飞到田间找虫吃的，而爱情是从眉目传情中在心中开花的。这样的比兴既妥帖又自然，无窒碍难通的地方。再看下一首：

> 挑个地方去洗澡
> 一要海湾；要沙滩好
> 挑个姑娘当配偶
> 一要俊俏；要人灵巧

这首板顿诗在原文中是上下左右都押韵的。第二行的"海湾"（telok）和"沙滩"（pantai）与第四行的"俊俏"（elok）和"灵巧"（pandai）全部押韵，吟唱起来十分顺口，听起来也非常悦耳。以上的板顿诗都属上乘之作，故一直为人们所传诵。

板顿诗虽然只有短短的四行，却能容纳十分广泛的题材，大部分板顿诗是"感于哀乐，缘事而发"的即兴诗。人们每当感情激动或感慨万千时，常用它直抒胸臆。因此从内容上讲，板顿诗可分好几类。其中以表达爱情的一类占很大的比例。此类板顿诗多为男女求爱时和唱而成的。当男方向女方求爱时，他就会唱出这样的板顿诗：

> 天上星星何其多
> 惟有月儿最皎明
> 俊俏姑娘何其多
> 惟有妹子称我心

如果女方对男方的爱情是否专一还不放心，她就会用下面的一首来回唱：

> 醋缸打翻在地窖
> 蔷薇栽下不见长
> 但愿我俩长欢笑
> 就怕我哥变心肠

爱情板顿诗大多为率真大胆之表白，感情奔放而真挚，反映印度尼西亚劳动人民中比较开放和自由的恋爱环境。男女双方在恋爱过程中的感情波动和喜忧得失都可以通过板顿诗加以表达，许多上乘之作已成为传世名篇。

在苦难的年代，人生的不幸，世态的炎凉也是人们在板顿诗里经常倾诉的内容。下面几首是孤儿的悲歌：

> 淫雨霏霏泪潸潸
> 金环蘑菇遍地生
> 奴家好比河鸭蛋
> 母鸡怜悯才孵成

> 树上茉莉纷纷坠
> 心中念念兰花来
> 忡忡忧愁怎能退
> 娘已去世爹离开

> 石臼舂稻谷
> 瓦盆淘大米
> 孤儿何其苦
> 腰间凉湿衣

离情别绪和游子思乡是板顿诗的另一常见内容。渔民出海打鱼要长时间与心上人分离，当他望着天水相连的茫茫大海时，不免要勾起深深的相思之情。见下面的板顿诗：

三五渔船扬帆急
辞别港湾入大洋
渔民歌声悲凄凄
遥念恋人空惆怅

流落他乡的游子也常用板顿诗来寄托他的思乡情，如下面的两首：

辛卡拉城在高地
苏玛尼镇在山腰
看着云飘心哭泣
身在他乡路迢迢

苍鹰高飞在云霄
豆蔻树上暂栖息
苦苦想家心惨叫
疾病缠身空悲戚

这类板顿诗一般都是声情凄婉，唱者回肠千转，悲不自胜；闻者感慨往复，潸然泪下。远离家乡的人，在风雨之夜听到这类板顿诗，更能引起强烈的共鸣，勾起思故乡的悠悠情。

由于板顿诗非常上口，人们也常利用它进行讽谏和提出训诫，这里可能也把过去的"古训"和"箴言"改变成板顿诗。此类板顿诗辞警意丰，言简意赅，富有哲理性，又易于记诵，不少精警工巧的佳句成为世代相传的格言。下面举几个例子：

两把三把小钢刀
船头柜里收藏好
海底深浅尤可测
人心好坏实难料

茫茫原野去狩猎
只获斑鹿不堪夸
从师学艺半途歇

好比蓓蕾不开花

金黄香蕉带上船

箱里放着快熟透

欠人黄金犹可还

欠人恩情永难酬

此外还有一种叫"戏谑板顿"的，多见于年轻人对歌之中。双方各以板顿诗挪揄对方，反映印度尼西亚人活泼、开朗和幽默的性格。这类板顿诗为数不少，其中有的不只是开开玩笑而已，戏谑中还含有一定的意义，如：

柠檬树东摇西晃

大长矛烛前捆绑

山老虎浑身颤抖

看山羊扛着长枪

生菜用来拌米饭

香蕉种满林树多

自从家鸡当警探

不少黄鼬被擒获

以上两首戏谑板顿诗多少反映被压迫者对压迫者的蔑视，一旦被压迫者拿起武器和掌权，过去不可一世的压迫者就会威信扫地，成为阶下囚。当然这样的戏谑板顿诗还是少数，大部分为玩笑取乐之作，让人笑笑而已。

总之，板顿诗是印度尼西亚人民表达自己喜怒哀乐最常用的诗体，是"饥者歌其食，劳者歌其事"的民间口头创作，内容十分丰富，形式非常灵巧。每首板顿诗就好比是玲珑剔透的小水珠，透过这无数的小水珠，多少可以观察到印度尼西亚的民风、民情、民心。板顿诗是印度尼西亚的诗歌源头，也是印度尼西亚传统诗歌的宝藏，蕴含着巨大的美学价值和认识价值。

有学者认为板顿诗与我国的《诗经》有一定的关系。《诗经》里的国风民歌，如《关雎》、《樛木》等，其内容和形式与板顿诗颇为相似，甚至有这样一组板顿诗，仿佛是从《诗经·召南·摽有梅》移植过来的。板顿诗的译文如下：

杜古果坠落满地

树上还剩十之七

有心于我之君子

今日是天赐良机

杜古果坠落满地
树上还剩下三分
有心于我之君子
今日是吉日良辰

杜古果坠落满地
用箩筐将之收尽
有心于我之君子
只要你开口就行

　　只要与《摽有梅》加以对照，就不难看出，除了用印度尼西亚出产的"杜古"果替换印度尼西亚不出产的"梅子"，这组板顿诗与《摽有梅》可以说是一模一样了。所以英国学者温斯德认为，马来民歌（板顿）是受中国《诗经》的影响而定型的。另外他说："居住在马六甲这个国际性港口城市的中国人，几十年甚至几世纪以来，都是这种四行诗的热心的即兴创作者。"此说有一定的根据，因为移居东南亚的中国人大多来自山歌盛行的闽粤的地区，他们编的山歌确实有不少地方与板顿诗相似或相近。二者之间容易相互影响是不足为奇的。马来地区的客家山歌集《蕉风》就收有这样一首山歌：

手拿钓缯钓鱼干
钓到鱼干送加湾
遇到加湾不在屋
沙央加基并惹兰

　　这是一首客家山歌还是华人写的马来板顿诗，有点说不清道不明，因为不但形式相近，语言也相混，里面搀杂了许多马来语词汇，如"鱼干"即"ikan"（鱼），"加湾"即"kawan"（伙伴），"沙央"即"sayang"（可惜），"加基"即"kaki"（腿脚），"惹兰"即"jalan"（走路），都是从马来语直接音译过去的。这样的客家山歌国内的客家人肯定是听不懂的。但是定居在马来半岛和印度尼西亚的客家人，不仅能听懂，而且也不感到太别扭。此类山歌的作者大概既懂汉语又懂马来语，可能既喜欢客家山歌，也喜欢马来板顿诗。而那些已不谙汉语的华人后裔，也仍继承着爱唱山歌的传统，不过改用板顿诗来歌唱了。温斯德说："马六甲出生的中国侨生十分喜爱马来板顿诗，他们是创作这种民歌的里手，因此完全有能力使马来板顿诗变得更加完善。"那些用马来语创作板顿诗的华人对板顿诗的发展和提高无疑是有贡献的，上面提到的与《摽有梅》相似的板顿诗可能出自他们之手。但是他们的作用和贡献究竟有多大，板顿诗与《诗经》究竟有无渊源似仍难以断定，因为还缺乏这方面的相关资料。

板顿诗一般为四句式，但也有其变奏曲，一种叫"连环板顿"的就是由数首板顿诗连环组成的，如下面一首：

> 我有鲜果红毛丹
> 放出鸟儿系红绳
> 纵令桑田变沧海
> 我要涉水过海不畏难
>
> 放出鸟儿系红绳
> 水蒲桃儿长树干
> 我要涉水过海不畏难
> 但求破镜重圆便心欢

连环板顿诗的连接方式是第一首的某行成为第二首的某行，如此反复连接下去，直到最后一首。这要求较高的创作技巧，不但要求做到环环相扣，还要做到意境步步深化，一般不易做到，故数量很有限。

板顿诗奠定了印度尼西亚传统诗歌的基本格律，后来出现的各种诗体基本上是从板顿诗派生出来的。例如一种叫"大律本"（Talibun）的诗体，实际上是板顿诗的放大和扩展。看下面的一首：

> 藤树长在阿兰城
> 条条劈成四长片
> 对岸盛开爱情花
> 芳香千里江河口
> 事过何必去究根
> 今世无需再见面
> 妹子已进他人家
> 情丝已断空忧愁

这首诗仍然没有超出板顿诗的格律，前四行是兴句，后四行是正文，前后相对应的诗行押韵，因此有人不主张把它看做是另一种诗体。大律本诗长短不一，有的可长达二十行。可能技术上比较困难，而且兴句过长会使人感到拖沓，故此类诗数量很有限。

另外有一种叫"古灵旦"（Gurindam）的箴言诗是双联诗，相当于板顿诗的后两句，即只有正文而无兴句。"古灵旦"以训诫劝说为主要内容，上句与下句形成因果关系，且彼此押韵。下面举几首为例：

> 欠思考又缺智谋
> 往后吃亏自作受
>
> 袋里只要藏元宝
> 外人认亲不会少
>
> 说话刻毒和粗暴
> 灾祸临头逃不了
>
> 健康胜过万贯财
> 病魔缠身才悲哀

"古灵旦"的题材窄，容量小，带有格言性质，不能自由表达个人的思想感情，所以没有板顿诗流传广泛，主要流行于苏门答腊北部。其内容虽不乏含有哲理的警句，但也搀杂不少封建伦理的糟粕。著名的"古灵旦"诗集是寥岛阿里·哈吉编写的《古灵旦十二篇》（Gurindam Dua Belas）。

板顿诗对印度尼西亚的后世文学，尤其在诗歌方面，影响非常深远。17世纪以后盛行的叫"沙依尔"的叙事诗体，20世纪20年代流行的从西方引进的商籁体诗，也都保留着板顿诗的基本格律。印度尼西亚独立后，仍有不少现代诗人采用板顿诗体抒发情怀，取得很好的艺术效果。可见板顿诗至今仍深受印度尼西亚人的喜爱，具有旺盛的艺术生命力。

第一章 印度尼西亚封建社会初期的文学

第一节 最早出现的王朝及其有关的碑铭

印度尼西亚的封建社会前后受印度文化和阿拉伯伊斯兰文化的影响。从印度尼西亚文学发展的历史来看，我们不妨把受印度文化影响时期的文学称作封建社会前期的文学，这又可分成两个阶段，初期阶段和成熟阶段，大约延续到16世纪初。

前面提到过，《后汉书》有记载，永建六年（131年）"日南徼外叶·调王便遣使贡献"，这是最早通中国的印度尼西亚古国。从名称上看，这个古国似乎已受印度文化的影响。而在印度尼西亚本土上，有文字记录可查的最早王朝，是加里曼丹的古戴和西爪哇的多罗磨，大约建于5世纪。有关古戴王朝的记载，主要是根据在三马林达西北发现的四条石祭柱上刻的有韵律的梵文碑铭，是用拔罗婆字母写的。从这些碑铭中，多少可以知道古戴王朝的社会文化轮廓，而碑铭本身则说明了古戴王朝时期已经有了文字，同时也有了纪事文。这或许可以看做是印度尼西亚文学史上最早的见诸文字的作品，可称之为"碑铭文学"。下面先把四个碑铭的内容介绍一下：

第一个碑铭写道："至高无上的大王昆东加陛下，有个有名的王子，名阿湿婆跋摩殿下，他像太阳神一样。阿湿婆跋摩生有三个王子，犹如圣火之三光。三王子中最出名的是牟罗跋摩。他是有优秀教养的和强大而有力的国王。牟罗跋摩王在举行命名祭祀的时候，捐献了许多金子。为纪念这个祭祀，由众婆罗门建立这块石碑。"

第二个碑铭记载这样的内容："著名的众婆罗门和一切善良的人们，你们全体都听取这件事啊。无比高贵的牟罗跋摩陛下，发菩提心，施行善事。这善事就是他给予人们以许多施舍，诸如给予人们生活之资，或给予人们'希望之树'，还赠予人们以土地。由于这一切善行，众婆罗门建立此石柱以资纪念。"

第三个碑铭是写婆罗门对国王的感恩戴德："高贵而有名的国王牟罗跋摩陛下赐给众婆罗门黄牛两万头。就像圣火给安置在'婆罗羯湿婆罗'这个神圣的土地上。为了纪念圣王陛下发菩提心，行大善事，由来此土地上的众婆罗门建立此碑。"

第四个碑铭只写两句话："刻此石碑是为了纪念牟罗跋摩陛下施舍两种事物，即油腊和雕花的灯。"

这四个碑铭可说明几个问题：一、5世纪的古戴王朝已有相当的实力，尤其牟罗跋摩王在位的时期，国力最盛，能拿出许多金子和土地赐给众婆罗门和臣民们。二、古戴王朝已知道利用婆罗门教作为精神支柱，以巩固王权的基础。印度的婆罗门教已渗透到王朝的上层建筑领域。三、婆罗门僧侣已成为王朝的特殊贵族阶层和有力的支柱，他们可能来自印度，从赐给他们两万头黄牛，可以看出他们受到恩宠的程度。四、王朝统治者已知道利用婆罗门僧侣作为御用文人为他歌功颂德和树碑立传。可惜的是，除了这四个碑铭，再也没有发现其他的文字记录，以至于无法更多地了解有关这个王朝的情况。

同样，关于多罗磨王朝的记载也只根据四块石刻上的碑铭。先是在西爪哇茂物附近芝沙丹尼河上游地方发现三块石刻，后在靠近雅加达的丹绒布碌三角洲又发现另一个石刻。前三块石刻大约刻于5世纪前期，后一块石刻年代较晚，约于5世纪中期。石刻碑铭都是用拔罗婆字母写的有韵律的梵文。

在芝阿鲁通河附近发现的第一块石刻据称为最古老的一块，上面可以看到有一对脚迹印，脚迹印下刻有如下内容的文字："这对脚迹是高贵的普纳哇尔曼王的脚迹，就像毗湿奴的脚迹一样。他是多罗磨国的国王，是全世界最勇敢和威武的国王。"

第二块石刻刻有大象的脚迹，可能是国王的御象。大象往往被看做是国王权力的象征。

第三块石刻也有脚迹印，附有这样的文字说明："这是履行了自己的职责、伟大卓越的保护者、英勇无比的国王普纳哇尔曼陛下的脚迹。他首次战胜了此邦的敌人，协助忠诚的同盟者而统治了多罗磨国。"

第四块石刻是关于国王开凿运河的功德录，碑铭尚未全部破译，其内容大意如下："在高贵的普纳哇尔曼陛下在位的第22年，由于他的贤能和智慧，以及他成为所有国王的旗帜发出了无限的光辉，陛下下诏再把这条河道疏浚开凿一次，要疏浚开凿得深透，使水源净洁，并命名为果马提河。在这条河道开凿疏浚以后，我们高贵的神之父陛下，使居住在这上面的居民的土地得到了灌溉。这个工程开始于颇勒寒拿月的第八日，完成于制咀罗月上半月的第13日，只用21天的工夫。这个疏浚开凿工程全长共6122长矛（约11公里——引者），乃由众婆罗门举行落成典礼的祭祀，并赐给他们黄牛一千头。"

　　看来多罗磨王朝与古戴王朝一样，都崇奉印度的婆罗门教，婆罗门僧侣受到特别的恩宠，赐他们千头牛。而婆罗门僧侣也为国王大唱赞歌，大树国王的权威。普纳哇尔曼王开凿运河，不但有利于灌溉土地，也为内地开辟出海口，以利发展对外贸易。法显提到的"耶婆提"可能就是多罗磨王朝，那时已有可容二百余人的大船定期往来于中国。

　　8世纪在苏门答腊巨港一带崛起印度尼西亚历史上最大的佛教王朝室利佛逝。这个王朝成为当时东南亚最大的贸易中心和佛教文化中心，与我国的唐朝有着密切的经济和文化的交流关系。唐朝高僧义净曾在室利佛逝先后逗留了约14年之久，从事佛教经典的研究和翻译工作，同时也对室利佛逝的社会文化状况作了深入的考察和了解。当他于671年从海路去印度求法取经而中途在室利佛逝停留时，就被那里高度发达的佛教文化所吸引，并留下了深刻的印象。他在《根本说一切有部百一羯磨》一书中作了这样的描述："又南海诸洲，咸多敬信，人王国主，崇福为怀。此佛逝廓下，僧众千余，学问为怀，并多行钵。所有寻读，乃与中国不殊。沙门轨仪，悉皆无别。"义净发现那里的学习环境甚佳，便决定"经停六月，渐学声明"，也就是在那里留下学习梵语。看来效果不错，因此他对中国僧人提出建议，"若其高僧欲向西方为听读者，停斯一二载，习其法式，方进中天，亦是佳也"。在义净的建议下，先后有19位唐朝僧人去室利佛逝和诃陵，并有的还"恋居佛逝，不返番禺"，甚至有的"后便归俗，住室利佛逝"。

　　义净对室利佛逝僧人能直接诵读梵文经文甚感钦佩，要中国僧人也向他们学习。他说："骨仑速利尚能诵读梵经，岂况天府神州而不谈其本学。"那时古马来语大概已成为学习梵语的媒介，所以义净也很重视对古马来语的掌握，他提到了好几个掌握古马来语的中国僧人的名字，如运期"善昆仑音，颇知梵经"，大津法师"解昆仑语，颇识梵书"，孟固"解昆仑语"等。义净提到的"昆仑语"无疑是指室利佛逝王朝时期通用的古马来语，而室利佛逝王朝的势力范围北达马来半岛北部，南到爪哇岛西部，也就是说被义净称作"昆仑语"的古马来语，当时已在相当大的范围内通行了。

　　室利佛逝王朝的佛教文化如此发达，而且这个王朝存在的时间相当长，约六七百年，但却没有给后世留下佛教文学作品，原因何在？对于这个问题尚难做出确切的回答。有几点可能是其中的重要原因：一、室利佛逝是最大的佛教王朝，但灭亡后却没有接替者。后来出现的王朝是信奉伊斯兰教的，于是佛教王朝的宗教文化传统便中断了。二、室利佛逝王朝地处海边的湿地，那里没有山石，房屋基本上是木结构的，不耐腐蚀，因此留下的遗迹甚少。三、当时的记载手段还很落后，主要用贝叶，难以久藏。加上没有后继的佛教王朝加以保护，宫里和寺院里的贝叶经无人照管，任其腐烂丢失，因而失传。四、印度文化影响走向式微后，伊斯兰文化的影响取而代之，占主导地位，人们热衷于研究和传播伊斯兰教的经典和伊斯兰文学而对佛教及其文学则越来越无人问津。

目前所能看到的有关室利佛逝王朝的历史文献是留下的几个碑铭。这些碑铭不但有历史价值，也有文学价值，说明纪事散文在那个时候已有一定的水平。

第一个碑铭是在巨港附近塔唐河边的克杜坎武吉发现的，是宣布建国的告示，大意如下：

"维塞迦六〇五年（683年）吉祥之年。吠舍佳月白分之十一日。大头领希扬登上了船舶，为获得通神力，作了一次神圣的远征。在逝瑟咤吒月，白分之七日，大统领希扬自米南加塔万出发，率领两万军队和二百件行囊，用船载运，另有一千三百十二名兵士，遵陆而行，在安沙荼月白分之十五，欣然到了马塔耶普……由于胜任愉快地到达，乃筑一城……并且因为神圣的远征获得胜利和使之繁荣，命名曰室利佛逝。……"

建国第二年，在巨港的西南塔朗土沃建了第二个石碑，碑铭内容主要有二：一是鼓励发展生产，使经济繁荣："应种植各种作物，如椰子、槟榔、糖棕、西谷以及各种果树。尚需种植天竹、毛竹及其他等等。尚需开辟其他园林，要有池塘及湖沼。凡此一切，用于改善一切人等的生活，并希望有利于一切众生的繁荣。凡此众生，小论具遵行与否，皆应使具欢悦。惟有如此，方能使饥荒年月及外商旅客，足饮足食。"二是要求臣民绝对效忠国王，信佛行善："一切人等均需依照上述宗旨行事，不作恶事，不损害工作，一切眷属亦需忠诚而服从。对朋友之妻，不得调戏，若其妻忠于其夫者。不论何时何地，不得举行叛逆，中伤或杀人，不得通奸。务必互相友好，各以敬爱之心，对此菩提树，建立信念。务须敬爱三宝，勿与三宝分离。常行布施、持戒、忍受、精勤振奋，获知一切种类技艺，时时静修，获得智慧、悟性明澈的菩提心。……"

以上两个碑文可以说是室利佛逝的建国宣言和建国大纲。第一个碑文说明室利佛逝的建立是经过武力争取得来的，把领导武装斗争的大头领说成是因得通神力而获胜。第二个碑文说明新统治者深知经济基础和上层建筑的重要性。立国初期，一方面要努力恢复生产，休养生息，使国家安定和经济繁荣；一方面要从意识形态上加强控制，大力宣扬佛教。所谓敬爱三宝就是要敬爱佛、法、僧，维护和巩固王权的统治。

室利佛逝王朝建立后，便向四周开疆拓域。为了威慑四方臣民，维护国王的最高权威，在借助佛法的同时，也把传统的咒辞搬出来加以发挥。在邦加岛门杜克河附近和上占卑巴当哈里河支流梅朗印河畔各发现一块石碑，主要内容和年月都相同。门杜克的石碑是用拔婆罗字母写的古马来文，其内容实际上是个布告，警告一切敢于叛逆的人将遭毒咒而惨死，而忠于国王的人则将荣华富贵。碑铭中首先提出严厉的警告："无论何时，若在王国境内，一切人等，有作恶者，有同意他人作恶者，有唆使他人作恶者，有因被唆使而作恶者，有同情作恶之人者，有不尊重、不服从于朕所委任之达图者（一种官衔封号），凡作此种种罪恶之人，必将照应此诅咒而死亡。……如有作其他种种恶事，坏人思想者，使人发疯者，运用咒语、毒药、毒草、麻醉品以及著叶陷人致死者，或诱人以春药，或逼人犯罪而作恶多端者，又对此碑铭而予以破坏者，亦必应此诅咒而死亡，首先必事前即破坏此类人等之企图。作恶者，不服从不忠诚于朕者，行为之恶劣无以复加者，亦必应此诅咒而死亡。"接着碑铭中对忠顺者则诱之以利："但无论何时，汝等终于忠心于朕，朕将予以重用，派任达图，如若家属亦甚忠顺，则将获大幸运，吉祥临门，无疾无病，无灾无难。长此以往，则此属下地区，即臻繁荣。"

随着室利佛逝王朝势力向四方扩展，国王必须用更严厉的手段来控制臣民和归顺者，保证他们对国王的绝对忠诚。于是国王要求上自王公大臣和文武百官，下至黎民百姓和归顺者们，必须举行集体宣誓效忠的仪式，利用诅咒的威力来确保国王的绝对权威。在巨港以东的石塘地方发现的一座大石碑就是为此而立的。石碑顶上刻着七个眼镜蛇的头，是对起誓者的威慑监督。碑铭共有28行，其中写道："全体的人们，来到这里的全体人们——王子们、行政长官们、军事指挥官们、刺史们、王家财务大臣们、郡守们、大法官们……领袖们、工头们、下级种姓监督们、武器工匠们、俱摩罗摩遮、怯多婆多、阿底伽罗那、书记官们、建筑师们、海军舰长们、商人们、船长们，还有你们——国王的渔夫们、国王的奴隶们——所有你们全体将为这个祝祷的咒语而被杀；如果你们不忠诚于朕，你们将应于咒语而被杀。如果你们的行为像一个谋反者，同朕的敌人联系，策划着什么阴谋；或者你们身为一个达图而甘为敌人间谍，那你将应于咒语而被杀。"在这里王权和神权结合起来了，国王不仅拥有最高的行政权，可派达图去统治各地，他还有通神力，能用咒语给叛逆者以灾难，给忠顺者以幸福。国王凌驾于一切之上，要求万民全心全意归顺于他。

从发现的许多碑铭以及义净和我国史书上的有关记载，可以看出室利佛逝王朝在一个相当长的时期里，是东南亚最强大的佛教王朝。国王自称为"大海之王"，可以说是当时的南海霸主。而其文化的发达程度在当时的东南亚也是首屈一指的。

在一定意义上讲，上述的那些碑铭可视为最早用古马来语写的散文作品。王朝统治者不但懂得利用佛教僧人，也懂得利用传统的咒辞影响力来大树特树自己的绝对权威。然而，如此强大的国力和如此发达的文化，却没有留下佛教文学传给后世，这不能不说是一个历史的谜和遗憾。

第二节　中爪哇印度教王朝和佛教王朝并存的时期

在中爪哇葛都附近章加尔村发现一块732年用拔罗婆字母刻写的梵文石碑，记载着散查亚王在斯提朗加山上建立一座"林伽"的事迹。碑铭中首先对湿婆大神和毗湿奴大神大加赞颂，然后提到散查亚王的叔叔散纳，说他"出自有名的王族"。又说"惟此王族，功勋无比，统治所有人民，仁慈为怀，恩赐有加，发菩提心，有如慈父爱抚众子，自幼迄长，无不怜惜。征服敌人，久久统治王国，犹如圣人马奴，公平正义"。后来他去世了，"王国失此庇护，突遭分裂，饱经忧患。"王国看来遭到外族的蹂躏，是散查亚王恢复了王朝的统治，于是碑铭中对他大唱赞歌："高贵的陛下，为一切智者所敬仰。熟知众书，又复澈悟奥义。惟此国王，刚强勇敢，犹如室利·罗摩。征服周围诸国国王，其名为室利·散查亚国王陛下。功勋犹如太阳，全世光耀，使人获得幸福。"与此同时。还赞扬他治国有方："惟此国王，建此王国，以大海巨浪为腰带，以高山顶峰为乳房。因此之故，即有人深睡于大路之旁，亦无惧于恶人及其他危险。是以居民丰足，爱惜令名，生活舒适康乐。于是法官老爷只好踌躇饮泣，甚感无事之可为了。"

从这个碑铭中，至少可以得知，8世纪上半叶在中爪哇已经有一个信奉湿婆教派的散查亚王室，后来被视为前马打兰王朝的始祖。至于碑铭中提到的"熟知众书，又复彻悟奥义"，似可理解为像《奥义书》之类的吠陀经典那时已传入爪哇。而把国王比作毗湿奴大神的化身室利·罗摩则为后来东爪哇马打兰国王所沿袭。另外，这个王朝可能与我国《新唐书》上所提到的诃陵国有关。诃陵的位置大概在中爪哇，据说是个相当文明的国家，《新唐书》中有这样一段记载："国人推女子为王，号'悉莫'，威令整肃，道不举遗。大食君闻之，赍金一囊置其郊，行者辄避，如是三年。太子过，以足蹢金。悉莫怒，将斩之。群臣固请，悉莫曰：'而罪实本于足，可断趾。'群臣复为请，乃断指以徇。大食闻而畏之，不敢加兵。"章格尔的碑铭上，也把散查亚王朝描述成王道乐土，"即有人深睡于大路之旁，亦无惧于恶人及其他危险"，以至于法官老爷"甚感无事之可为了"。二者是否为同一个国家，无法印证。不过这也可以说明，在我国唐朝时期，中爪哇确实已有文明程度相当高的印度教王国了。

此外，在东爪哇也出现一个湿婆教的小王朝，可能是由躲避夏连特拉统治的散查亚王室成员所建立。泗水以南和玛琅以北的迪纳雅地方，发现首次用古爪哇字母刻写的梵文碑铭。这个写于750年的碑铭提到："卡查亚纳国王陛下，抚育众婆罗门，为人民所爱戴。陛下信奉高贵之圣者阿加斯查。陛下为了消除丧失精神力量之恶习，乃与国内众大人，共建一崇奉圣者阿加斯查的圣寺，优美无比。"碑铭中还提到圣寺落成典礼上"参加者有精通《梨俱吠陀》及其他吠陀众信徒，众婆罗门，众名僧以及国内有专门技艺之居民"。这进一步说明印度教，尤其是湿婆教派的势力已扩及东爪哇，且已有精通吠陀经典的人。那里众婆罗门备受尊崇，得到优厚的待遇，还为他们"建一大屋。设备家具齐全。供众婆罗门会客食宿之用"。散查亚王朝大力弘扬湿婆教和扶植婆罗门僧侣乃是为了对抗佛教势力的侵入。

差不多在同一时期里，也就在8世纪中期，在中爪哇出现信奉佛教大乘教的夏连特拉王朝，又称山帝王朝。建立这个佛教王朝的山帝王族是否与室利佛逝的王族有关系，目前尚无定论，但二者之间看来是有联盟关系的，使夏连特拉得以战胜湿婆教的散查亚王室而称雄中爪哇。这个王朝的建立者是跋奴王，在沙拉迪加附近的普隆普南村的大岩石上发现752年的梵文石刻，提到了要建立一个佛教建筑。后来在日惹东北的卡拉散也发现778年的石碑，是用有韵律的梵文写的，提到一座寺院是国王根据大法师的建议为供奉女菩萨多罗而建的，另外还提到"将这卡拉散村赠送给佛教僧侣公社"。佛教僧侣在山帝王朝的显赫地位可见一斑。在普兰班南平原周围还可以发现好些碑文，大都与佛教有关，其中有赞美佛教三服神的，并且说国王因陀罗（桑格拉马达楠查耶）是山帝家族的后裔，还提到在782年从印度高迪国来了一位法师库玛拉果夏，建立了一座曼殊室利菩萨像。山帝王朝留下最伟大的文化遗迹是婆罗浮屠大佛塔，可能从达尔玛咚嘎王在位时就开始建造，他死于782年，一直到山帝王朝的最后一个国王萨玛拉咚嘎（824年的卡朗登加石碑还提到他的名字）大佛塔才告完工。大佛塔规模之大和气势之雄伟令人叹为观止，而更有文化价值的是，在走廊两边墙壁上还刻有数以千计的精美浮雕，是依据《本生蔓》（Jatakamala）、《譬喻集》（Divyavadana）、《普曜经》（Lalitavistara）等佛教经典敷陈图示佛陀的生平经历。而底层的浮雕则描绘日常生活中善行和恶行如何产生报应，其人物形象栩栩如生，很有生活气息。这些浮雕说明，那个时期佛教的本生经故事，已经家喻户晓了。

根据以上事实，毫无疑问，8、9世纪在中爪哇曾出现过两个对立的王朝，一是信奉湿婆教的散查亚王朝；一是信奉佛教大乘教的夏连特拉（山帝）王朝。这中间有一段历史模糊不清，可能散查亚王朝被与室利佛逝王朝联盟的山帝王朝所征服，一部分人迁往东爪哇，增强了那里的湿婆教势力。后来山帝王朝因耗尽国力建造大佛塔，终于被散查亚王室和奴隶的联合起义所推翻，而起义者是以湿婆教为精神武器的。佛教也随着山帝王朝的灭亡而在爪哇衰败下来。

第三节　印度的宗教文学和古爪哇语文学

印度尼西亚是个多民族的国家，有上百个不同的民族语言。爪哇族是最大的部族，占全国人口的将近一半，因此使用爪哇语的人数也最多。不但如此，印度尼西亚的封建王朝多出现在爪哇，最早和最丰富的早期文献和文学作品都使用古爪哇语，因此受印度宗教文化影响的古爪哇语文学可以代表印度尼西亚封建社会前期的主流文学。

在谈论印度宗教文化影响和古爪哇语文学之前，有必要先了解一下印度与印度尼西亚的关系和印度的宗教文学。印度和印度尼西亚可能在公元前就有了交往。古希腊地理学家脱列美在公元前70年左右写的《地志》就提到，印度南部的三个港湾与金洲（一般认为是马来半岛）之间有贸易往来，同时也提到了一个叫耶婆提的地方。耶婆提是从梵文 Yavadvipa音译过去的，位于何处尚无定论，一说在今之爪哇，一说在今之苏门答腊。《罗摩衍那》的《后篇》里也提到了耶婆提，而这部分据认是公元1世纪才插入的。孔雀王朝在阿育王时期（约公元前273—232年）将其势力向东南印度扩展，迫使南印度人大批逃亡东南亚。4世纪前半叶，笈多王朝兴起，在南征时又促使南印度人大批移居东南亚。那些南印度人除了婆罗门教，也把拔罗婆文字带到了印度尼西亚，成为印度尼西亚早期碑铭所使用的文字。

一般认为，最早来印度尼西亚的南印度人大多属吠陀种姓和首陀罗种姓。至今印度尼西亚称呼兄弟朋友为sudara或saudara，无疑是从首陀罗（sudra）转化而来的。他们来印度尼西亚是为了谋生，不是为了传教布道，他们一般也不掌握由婆罗门僧侣所垄断的宗教文化。但他们在印度尼西亚的定居和他们的宗教生活为婆罗门教和佛教的传人进行铺路。到印度尼西亚大力传播婆罗门教的只能是那些在孔雀王朝和笈多王朝时期逃亡印度尼西亚的婆罗门僧侣和刹帝利种姓。而那时印度尼西亚也已开始进入奴隶社会，新兴奴隶主阶级正需要有能为奴隶社会经济基础服务的上层建筑和意识形态。于是那些印度的婆罗门僧侣和刹帝利通过联姻和其他途径便与他们相结合而建立最早的、以婆罗门教为精神支柱的印度式王朝。除了统治阶级的需要，印度宗教之容易被接受还得力于为该宗教服务的文学艺术。

通过艺术的魅力，所宣传的宗教更容易深入人心。

从历史上看，印度尼西亚有信奉婆罗门教的王朝在先，信奉佛教的王朝在后，而到10世纪以后，印度教在东爪哇王朝时期占了主导地位。其实，历代统治阶级为了充分利用印度的宗教来巩固其政权，对佛教和印度教往往采取兼容并收的态度。在印度尼西亚的陵庙里，有时可以看到印度教神像和佛像同时被人供奉。例如查威陵庙，下面部分供的是湿婆像，而上面部分供的是阿团佛像。又如查戈陵庙本是一座佛庙，可里面却刻有阿周那姻缘的故事浮雕。更有意思的是，毗湿奴哇尔达纳王的雕像，在一处是以湿婆的形象出现，在另一处则以佛陀的形象出现。这种两教相混的现象在文学作品里也时有发现，两教之间的矛盾斗争有时也会曲折地反映出来。同样，在宫廷里也可以看到两教相混的现象。宫廷里供职的，除印度教僧侣外，也有佛教僧侣。举行宗教仪式时，各执一方，各司其职。例如国王遗体的火葬仪式，一般是由五位僧侣主持的，其中四位是印度教僧侣，一位是佛教僧侣，各念各的经。这种现象在巴厘至今还能看到。

对古爪哇语文学影响最大的无疑是印度的宗教文学。印度文化是世界四大文化之一，在上古时代就已创造灿烂的文学。无论是婆罗门教还是佛教都大力借助于文学来宣传自己的宗教。古印度通行的文学语言是梵语，梵语文学的发展大致可分三个时期：

一、吠陀时期

约从公元前16世纪至公元前4世纪。这是印度从原始公社解体到阶级社会形成的过渡时期。这个时期的文学称作吠陀文学，以印度最古老的婆罗门教经典吠陀本集为主要内容，相传是古代的仙人受神的启示先诵读出来，最后由广博加以整理，用古梵文写成的。吠陀本集最重要的有四部：《梨俱吠陀》(Rgveda)、《夜柔吠陀》(Yajurveda)、《娑摩吠陀》(Samaveda)和《阿闼婆吠陀》(Atharvaveda)。其内容主要是印度上古时期的巫术、宗教、礼仪、风俗、哲学、社会思想等的记录，因此不是纯文学的作品。其中最有文学价值的是《梨俱吠陀》，其次是《阿闼婆吠陀》，里面保存不少优美的古诗。

二、史诗时期

约从公元前4世纪至公元后3、4世纪。这时，印度出现奴隶制国家，而婆罗门教成为其精神支柱。婆罗门教信仰多神，奉梵天、毗湿奴、湿婆为三大主神，认为他们是三相神，分别代表宇宙的创造、护持和毁灭。婆罗门教把人分为婆罗门（祭司）、刹帝利（武士）、吠舍（农民和工商业者）、首陀罗（无技术的劳动者）四个种姓，前三个种姓称为"再生族"，即他们可获得第二次生命，而第四种姓首陀罗则称为"一生族"。此外还有"贱民",处于社会的最底层。婆罗门教主张善恶有因果,人生有轮回之说,认为人死后灵魂可在另一躯体中复活,其转世的形态取决于他在现世的行为,即取决于他奉行婆罗门教虔诚的程度。这个时期的文学以两大史诗《摩诃婆罗多》(Mahabharata)和《罗摩衍那》(Ramayana)为代表。两大史诗也被视为婆罗门教和印度教的经典。

三、古典梵语文学时期

约从1世纪至11世纪。这个时期婆罗门教吸纳佛教、耆那教等教义和民间信仰而演化成新婆罗门教,即印度教。印度教的基本教义与婆罗门教无大区别,仍奉三大主神:一是创造之神大梵天,他有四个头,骑一只天鹅,创造了世界,但威力不大,所以不大受人重视。一是保护之神毗湿奴,又译遍入天,他有四只手,拿着神螺、神盘、神杵和莲花,在大海中躺在一条巨蛇身上。他的特点是下凡救世,最著名的是下凡化身为罗摩和黑天。他的妻子是吉祥天女,象征财富。一是毁灭之神湿婆,又称大自在天。他有三只眼睛,一柄三股叉,骑一头大白牛,头上有新月做装饰,颈上围着一条蛇。象征男性生殖器的石柱"林伽"是他的象征,这是古代生殖崇拜的遗物。他是苦行之神,终年在喜马拉雅雪山修炼,具有巨大的降魔威力,一切神都比不上他,他又是舞蹈之神。他的妻子是喜马拉雅山的女儿雪山神女,有两个降魔化身,一是难近母,一是时母,形象都十分凶恶,与本来的美女面貌完全两样。两人的儿子一是战神鸠摩罗,有六个头,十二只手臂,骑一只孔雀;一是象头人身的群主,骑一只老鼠。这都是印度教主要的神,而三大神被印度教徒视为一体,代表宇宙的创造、保全、毁灭三个方面。后来在印度教里又逐渐产生毗湿奴教派、湿婆教派和性力派三大教派。主要经典有:《吠陀》、《奥义书》、《往世书》、《摩诃婆罗多》(特别是其中的《薄伽梵歌》)、《罗摩衍那》等)。此外,这个时期的诗歌和戏剧创作也有很大成就,以迦梨陀娑最负盛名,在散文方面,《五卷书》的流传最广和影响最大。

以上讲的主要是与婆罗门教和印度教有关的古印度文学情况。而印度的佛教文学在印度尼西亚应该说也有不小的影响,婆罗浮屠大佛塔廊壁上的佛本生故事浮雕就是明证。佛教是公元前6世纪至公元前5世纪由释迦牟尼所创立的,是当时反婆罗门教的思潮之一。佛教的主要经典是经、律、论三藏。经藏的主要内容是佛陀及其弟子宣讲的佛教教义;律藏的主要内容是僧团的规则和比丘、比丘尼的日常生活戒律;论藏的主要内容是论证和阐明佛教教义。在讲经时,为了吸引听众,常借用寓言故事和生动的比喻,而且用各种不同的文体,使不少佛经含有文学成分,其中对东南亚的佛教文学影响最大的是《佛本生故事》。这是一部庞大的佛教寓言故事集，共收有547个故事，讲述佛陀释迦牟尼前生曾为国王、婆罗门、商人、女人、象、猴等所行善业功德的寓言故事，借此发挥佛教的基本教义。由于其通俗性和趣味性，在民间流传甚广。

　　对古爪哇语文学影响最为深远的是两大史诗《摩诃婆罗多》和《罗摩衍那》。《摩诃婆罗多》可以说是世界最长的史诗，约有10万颂，成书年代约在公元前4世纪至公元4世纪，经历了漫长的800年才最后完成，相传作者是毗耶娑。"摩诃婆罗多"的意思是"伟大的婆罗多族的故事"，以古代印度列国纷争为背景，叙述同属婆罗多王族的俱卢族和般度族争夺王位继承权的战争。《罗摩衍那》成书稍晚于《摩诃婆罗多》，约在公元前3、4世纪至公元前2世纪，篇幅也小多了，共有2.4万颂，相传作者是蚁蛭。"罗摩衍那"的意思是"罗摩的游行"或"罗摩传"，故事背景与《摩诃婆罗多》相似，叙述宫廷内部王位之争和列国间的争斗，以毗湿奴的化身罗摩和悉多的悲欢离合为主线。最早被翻译改写成古爪哇语的是《罗摩衍那》，但对东爪哇王朝时期的古爪哇语文学影响最深的却是《摩诃婆罗多》。

　　古爪哇语流行于中东爪哇一带，原先没有自己的文字，是借用印度的拔罗婆字母和梵语字母的。后来是如何创造自己的文字的呢？这里有一个有趣的传说：古时有一爱吃人肉的暴君，勇士阿齐沙加带两个随从准备去除掉他。阿齐沙加叫一随从在宫外看守其衣物宝剑，另一随从则跟他进宫见国王，要求国王赐他头巾大小的一块地，愿以身上肉供国王享用为代价。国王答应，命大臣按阿齐沙加的头巾大小拨出一块地，殊不知那块头巾一铺开便不断伸展，以至于国王不得不把整个国土都交给他而自己躲进山里。阿齐沙加命跟他进宫的随从出去取他的衣物宝剑，但他忘了曾吩咐过看守的随从除他以外任何人都不许给。于是两人互相刺杀而双亡。阿齐沙加闻讯十分悲痛，在贝叶上写下一首诗：

两位使者	Hana caraka
同室操戈	Data sawala
各显本领	Pada Jayanya
同归于尽	Maga batanga

　　这便是古爪哇语"卡威"（kawi）字母的由来，也是该字母表沿用至今的顺序。当然这只是一个虚构的传说，但也说明没有自己的文字是不行的。卡威文的古爪哇语究竟产生于什么年代，无从稽考。有学者认为，在苏加巫眉发现的804年的碑铭是目前所知道的第一块用古爪哇语写的碑铭，这以前的碑铭都是用梵语写的。作为替代梵语的古爪哇语里仍含有大量的梵语词汇。有人统计，在古爪哇语格卡温文学作品中有25%到30%的梵语词。但无论梵语的影响有多大，古爪哇语

还是爪哇人自己创造的语言，遵循自己的语法规则。但也有必要指出，文学作品所使用的古爪哇语并不是普通百姓所使用的语言，而是宫廷文人所使用的文学语言，属书面语言。在民间应该说还流行一种通俗的古爪哇语，属口头语言。但这个通俗的古爪哇语被宫廷作家看做是下里巴人的语言，完全被排斥在古爪哇语文学之外。有了自己的语言文字之后，才有可能产生见诸文字的古爪哇语文学。8、9世纪在中爪哇先后出现两个不同宗教的王朝，这意味着印度教与佛教在那时候就已同时存在，并且互相争斗。后来强盛的佛教王朝夏连特拉大约于9世纪中灭亡了。湿婆教的马打兰王朝在取而代之后，便大力弘扬印度教及其文化，以巩固自己的地位。巴利通王（898—910年）和达克萨王（910—919年）在位时，大兴土木建造印度教陵庙，其中以普朗班南的罗罗·章格朗陵庙最为雄伟。这是一个庞大的建筑群，中间是三大神殿，湿婆神殿居中央，左右为婆罗摩神殿和毗湿奴神殿，周围还有156个（一说190个）小庙宇。在陵庙走廊的壁上刻着《罗摩衍那》的故事浮雕，故事一直叙述到罗摩准备攻打楞伽城为止。有人说罗罗·章格朗大陵庙的建造是为了与婆罗浮屠大佛塔相抗衡，但至少可以说，是印度教在中爪哇重整旗鼓的一种表现。这两组雄伟壮观的建筑群象征着两个宗教文化在中爪哇巨大无比的影响。除了在建筑艺术方面，两种宗教文化的影响也表现在最初的文学创作上。有两部最早的古爪哇文学作品恰恰代表了这两个宗教文化的影响。第一部是《尚·希扬·卡马哈雅尼坎》（Sang Hyang Kamahayanikan），作品后面提到了辛托克王（929—947年）的名字。作品内容是有关佛教大乘教的教义，里面有不少梵文句子用古爪哇语加以解释。在阐述大乘教诸神佛的具体情况时，可以发现与婆罗浮屠大佛塔的布局相吻合。这说明山帝王朝虽已灭亡，但佛教的影响仍然存在。另一部作品是《梵卵往世书》（Brahmandapurana），是婆罗门教的经典，主要叙述大梵天的出生和他创造世界的故事。这两部最早的作品的问世可以说是古爪哇语文学的发端，说明当时印度佛教文学与印度教文学曾在中爪哇同时流传。但佛教文学在山帝王朝灭亡之后便断线了，而印度教文学则得到印度教王朝的大力扶植和推广，《罗摩衍那》就是在这个时候被翻译改写成古爪哇语的，成为古爪哇语文学之先导。

第四节　古爪哇语的《罗摩衍那》

古爪哇语文学是在印度梵语文学两大史诗的直接影响下产生的，这影响不仅表现在创作的题材来源上，也表现在文学形式的模仿上。根据普兰班南罗罗·章格朗陵庙的罗摩故事浮雕，可以推断两大史诗之一《罗摩衍那》，在10世纪以前的中爪哇，就已广为人知。而印度教的散查亚王室在推翻佛教的夏连特拉王朝之后，需要进一步大力弘扬印度教以压倒佛教的影响。于是在建造印度教神庙的同时，也有必要拿起文学这个武器，把印度教的文学经典移植过来。古爪哇语《罗摩衍那》就是被移植过来的第一部印度诗史，是古爪哇语文学的第一部采用仿梵体诗格卡温诗体的作品，也是产生于中爪哇的惟一的一部格卡温作品（关于格卡温诗体的介绍，详见下一章）。

这部被誉为"第一部典范的格卡温"作品《罗摩衍那》，其产生的年代和地点曾引起一番争论。荷兰学者克伦认为它产生于12世纪下半叶的东爪哇柬义里王朝时期，那是格卡温诗最盛的时期。但多数学者更同意印度尼西亚学者普尔巴扎拉卡的观点，他认为它是产生于中爪哇的惟一格卡温作品，当出于巴利通王在位之前（898—910年），也就是10世纪以前。其根据有以下几点：一、东爪哇所有的格卡温作品都是恩蒲·甘瓦于1028—1035年之间创作的《阿周那的姻缘》之后的作品，也就是说，都是11世纪以后的作品。东爪哇王朝时期的格卡温作品一般都采用一种叫"芒卡拉"的纪年方法，点明创作的年代，作者的名字也常见于前言后语之中，所以一般都能确认出来。而《罗摩衍那》格卡温则不然，既不表创作的年代，也无作者之名。二、《罗摩衍那》采用的韵律也不同于东爪哇王朝时期的格卡温韵律，后者更严谨和定型化，一直沿用到16世纪。三、在使用的语汇、名称和语法规则方面也有明显的差别。一些在东爪哇格卡温作品中常用的固定语汇和使用的语法规则，在《罗摩衍那》里面却见不到。而在《罗摩衍那》里常出现的大量梵语借词和提到的一些官职名称，则不见于东爪哇的格卡温作品。此外，与有关的碑铭作语言比较，也可看出其中的差异来。四、《罗摩衍那》从天然景色到风俗习惯的描写仍保持着印度的原汁原味，例如对秋景、制奶酪、候鸟北飞等等的描写，都是印度的特色，脱离了印度尼西亚的现实，显然它更忠实于原文。而东爪哇的格卡温作品都经过一个再创作的过程，都已爪哇化了，以爪哇的风光、生活习惯、审美观等取代了印度的特色。从以上几点来看，二者的差别比较明显，前者显得更加古老，更加原始，没有经过再创作的痕迹，不像东爪哇的格卡温作品，是借史诗故事来为本朝帝王歌功颂德的。

印度蚁蛭的《罗摩衍那》被称作"最初的诗"，全诗共分7篇，合2.4万颂，近10万诗句。古爪哇语的《罗摩衍那》，在篇幅上显然要小得多，而且缺《后篇》，全诗共分26章，以十首魔王罗波那伏诛和罗摩与悉多的团圆结束全篇。下面把二者作个简单的比较：

第一、二章相当于原著的《童年篇》，从十车王祭祀求子讲起，接着叙述三个王后生了四个王子——罗摩、婆罗多、罗什曼那和设睹卢祇那。四人长大后，众友仙人前来求十车王派罗摩去斩除危害仙人们修行的罗刹。罗摩偕罗什曼那随众友仙人去静修林把罗刹除掉，然后由众友仙人领他们去密提罗城参加国王遮那竭的选婿比赛。罗摩拉断了神弓，赢得了遮那竭的女儿悉多。十车王被请来主持婚礼。婚后，在归国途中罗摩又打败了持斧罗摩，从此名扬天下。

第三章相当于原著的《阿逾陀篇》，主要讲宫廷内部有关王位继承权的矛盾和斗争。十车王已经年迈体衰，拟立罗摩为太子，继承王位。这时小王妃吉迦伊在驼背侍女的蛊惑下，要求国王实现他过去许过赐她的两个恩惠。如今她提出一要流放罗摩14年；二要立自己的儿子婆罗多为太子。十车王十分为难，但为了信守诺言，便忍痛同意。而罗摩为了尽孝，也甘愿流放。悉多为了夫妻恩情愿意随夫，而罗什曼那为了手足之情也甘愿同去流放。他们三人离宫而去，前往深山密林。不久十车王为此郁郁而死。婆罗多了解真相后，立即追赶罗摩，请他回去继承王位。罗摩不肯，一定要等14年流放期满后才回去。婆罗多只好带回罗摩的一双鞋，供在御座上作为罗摩的象征，他自己代罗摩摄政。

第四、五、六章相当于原著的《森林篇》，叙述罗摩等人进入森林后的遭遇。在林中，罗摩应修行人的要求杀了滋扰和残害修行人和企图劫走悉多的罗刹毗罗陀。后来，十首魔王罗波那的妹妹首哩薄纳在林中遇到罗什曼那，缠着向他求爱。罗什曼那为了躲避她，便向她描绘罗摩如何英俊威武，要她去找罗摩，于是她转向罗摩求爱。罗摩告诉她自己只爱悉多一人，而罗什曼那尚未娶妻，让她去找罗什曼那。魔女以更粗暴的方式强求罗什曼那娶她。罗什曼那看清魔女的真面目，一怒之下割掉她的鼻子尖。魔女先求助于三个罗刹，在一场恶战中，三个罗刹都被杀。于是她跑回去求助于其兄罗波那，并向他大夸悉多之美貌。罗波那动心，派一罗刹化作金鹿，诱罗摩出来追赶。金鹿中箭后边跑边模仿罗摩的声音呼救。悉多闻声即命罗什曼那前去救援。罗什曼那恐其中有诈，不肯离开悉多。悉多怒斥他别有用心，想乘机霸占自己。罗什曼那只好从命，离开悉多前去寻找罗摩。罗波那化作出家人把悉多骗出劫走，途中被金翅鸟王阻截，经过一场恶战，鸟王一翼被砍，重伤坠地。悉多被劫往楞伽城后，拒不答应罗波那的求婚，被囚在无忧树园中。罗摩开始感到情况不对，赶回去时，悉多已不见踪影。罗摩四处寻觅，发现奄奄一息的金翅鸟王。临死前鸟王把悉多的去向告诉罗摩。后来罗摩兄弟俩救了一无头怪，无头怪劝他们去猴国找猴王须羯哩婆，同猴王结盟救悉多。

第六章的后半段和第七章相当于原著的《猴国篇》，叙述罗摩与猴王须羯哩婆结盟的经过。神猴哈奴曼奉猴王命去找罗摩，把他带到猴国。猴王要罗摩一箭射穿七棵树以证明其神力。罗摩做到了，猴王便与他结盟，答应互相帮助。罗摩帮猴王杀篡位的波林以恢复王位，猴王则帮罗摩找回悉多。于是猴王与波林展开恶战，两猴长相一模一样，罗摩无法瞄准放箭，战斗无结果。猴王对战况很不满意，罗摩想出一计，让猴王带上花环，出来再战。这下能分辨清楚了，罗摩一箭把波林射死，猴王恢复了王位。但猴王复位后耽于酒色，以至于忘了实现诺言，雨季过后，仍未见行动。罗什曼那前来问罪，这时猴王才醒悟，便立即派兵四处侦察悉多的下落。哈奴曼率一支猴兵南下，途中经金翅鸟王之弟僧波底指点，来到了大海边。面对浩瀚的大海，猴兵们只能望洋兴叹。惟有哈奴曼神通广大，他站在摩亨陀罗山，一跃便越过大海。

　　第八、九、十、十一章相当于原著的《美妙篇》，叙述哈奴曼越海侦察的经过。哈奴曼来到楞伽城，摇身一变，变成了一只兔子，乘黄昏之际潜入内宫。他四处窥探，终于在无忧树园里见到被囚禁的悉多。他隐身一旁，看了十首魔王如何诱逼悉多就嫁与他，而悉多又如何坚决反抗。哈奴曼认定悉多对罗摩忠贞不渝，便把罗摩作为信物的戒指交给她。悉多也把自己的宝石作为信物托哈奴曼交给罗摩。哈奴曼回去之前，把园中的树木捣毁。当被罗波那抓住时，便承认自己是罗摩的使者。罗波那下令将哈奴曼活活烧死，把一燃烧物系在它的尾巴上。哈奴曼带着燃烧的尾巴四处乱窜，引起宫内和全城大火。他纵身跳入大海，逃回罗摩身边。

　　第十二章至二十六章相当于原著的《战斗篇》，叙述罗摩与罗波那大战的全过程。罗摩和猴军准备大举进攻，十首魔王罗波那召开军事会议商讨迎战计划。其弟维毗沙那力主送还悉多给罗摩以求和解，遭到罗波那的训斥。维毗沙那逃离楞伽城投奔罗摩。罗摩的大军为大海所阻，无法前进。罗摩非常恼怒，拉起神弓向大海射箭，搅得鱼类和龙蛇不得安宁。海神出来求情，建议罗摩修跨海长堤。罗摩动员猴兵运料，海神则派天上工匠大神之子那罗前来助一臂之力。长堤修好后，罗摩与猴军顺利过海。在此期间，罗波那仍继续诱骗悉多，制造罗摩和罗什曼那的假首级以证明两人已死亡。悉多信以为真，准备自焚殉夫，但后来被证明两人仍健在，罗波那的阴谋被揭穿。两军展开激战，双方死伤无数。罗摩被"蛇箭"缠住而不能动弹，又讹传他已经阵亡。罗波那把悉多带到战场，让她从远处看躺在地上被蛇缠住的罗摩。悉多又信以为真，再次准备自焚殉夫。后来又被证明罗摩没有死，大战重新爆发。罗波那的五个儿子都阵亡，而罗摩和猴军被一种迷魂箭弄得个个昏迷不醒。维毗沙那命哈奴曼去喜马拉雅山取仙草，但仙草都隐蔽起来了。于是哈奴曼把整座喜马拉雅山搬过来，用仙草把所有的人救醒。大战继续进行，最后罗波那亲自上阵。罗摩用神箭一箭射穿罗波那的十首而大获全胜。罗摩让维毗沙那接替其兄罗波那当楞伽城的王。悉多出来见罗摩，但罗摩怀疑她失贞而不肯接纳，要她嫁给维毗沙那或者罗什曼那和婆罗多。悉多非常伤心，向诸天神哭喊，要他们为她做见证，她将投火以自明。悉多纵身跳进熊熊的火堆，立即化作金莲花，证明她的清白。罗摩与悉多终于夫妻团圆，十四年的流放生活宣告结束。罗摩等人凯旋回国，母后与婆罗多出来迎接。母子兄弟大团圆，全国举行了十日大庆典。

从以上的简单介绍中，可以看出古爪哇语《罗摩衍那》相当忠实和完整地保留了原著的思想内容和故事情节。罗摩作为毗湿奴大神的转世化身和王者的最高典范得到了充分的体现，特别是在宣传印度教的帝王思想方面可谓不遗余力。例如当罗摩要婆罗多回去代他摄政时，便借向婆罗多交代的机会，大讲特讲有关"统治论"的道理。又如罗摩帮猴王打败波林时，波林不服，认为罗摩有失刹帝利的精神。罗摩便详细地说明波林所犯下的罪行如何触犯正法，使波林心服口服，波林死后罗摩还以王礼厚葬。再如维毗沙那在军事会议上阐明自己的观点时，也借机大谈有关"统治论"的道理，要其兄送还悉多以求和解。至于通过不同人物的嘴对罗摩的崇高和伟大极力加以渲染则更是处处可见。例如哈奴曼被罗波那抓住时，他还向罗波那大讲罗摩的英雄业绩，要罗波那把悉多归还给他。大力宣扬统治阶级的"统治论"和颂扬罗摩的崇高伟大，正是为了满足当时王朝统治者巩固自己统治地位的需要，也是当时移植这部印度史诗的主要目的。

古爪哇语《罗摩衍那》非常忠实于原著，但在印度《罗摩衍那》的传本却不止一种，若与印度尼西亚其他地方流行的其他语言的罗摩故事相比较，也可以明显地看出不是出自同一传本。那么古爪哇语《罗摩衍那》是否是直接从印度的梵文原本译改而来的呢？荷兰学者克伦认为作者不谙梵文，因此不可能来自梵语原本，而更可能是来自某一古爪哇语的改写本，但他又拿不出实据来。确实有一部用古爪哇语改写成散文的《罗摩衍那》的《后篇》，但该篇恰恰是古爪哇语《罗摩衍那》所缺的一篇，是后来补上的，明显要晚出得多。1934年印度学者黑曼苏·布山·萨卡尔首先指出，古爪哇语《罗摩衍那》与6、7世纪，印度作家跋底写的《十首王伏诛》极为相似。另一位印度学者马诺摩汉·高斯根据对8行诗句的比较也提出同样的看法，他说："由此可以得出结论，约吉斯瓦拉的格卡温来源于跋底的诗。他把印度作品从主题到细节都搬了过去，并且还尽可能多地采用其语汇。"只是从2700行诗句中拿出8行来作为根据，这样做出的结论似乎难以令人信服。后来，荷兰学者霍约卡斯直接从原文对两部作品做逐句对比研究，他也肯定了高斯的推断。

他以充分的实例证明两部作品之间的密切关系，同时否定了爪哇作者不谙梵文的说法。但霍约卡斯同时也指出，从第十三章开始，古爪哇语作品与跋底的作品在语言风格上已有差别，而到第十七章以后二者则完全分道扬镳了。第十七章以后是取自其他传本，还是来自口传故事，不得而知。总之，古爪哇语的《罗摩衍那》大约有三分之一与跋底的《十首王伏诛》无关，说明爪哇作者有自己的选择余地，可以根据自己的需要来取舍和增减内容。例如有一长段落是专门描绘楞伽城内一湿婆神庙的，这在跋底的作品里是没有的。有学者认为，这是爪哇作者加上去的，而所描绘的实际上是中爪哇著名的普兰班南湿婆神庙。这说明，既是最忠实于原著的第一部古爪哇语格卡温作品也已表现出爪哇作者一定的自主性。

　　关于古爪哇语《罗摩衍那》的作者，有人认为是11世纪的约吉斯瓦拉，因为结尾部分提到了他的名字。其实结尾部分的诗句是这样："当诵读罗摩衍那之后，僧侣将更睿智，贤人将更圣洁。"显然，这里的约吉斯瓦拉是指僧侣而非人名。迄今为止，人们还无法知道作者是谁，可能不是一个人，但一定是精通梵文和文才斐然的宫廷作家，是仿梵体诗格卡温诗体的开创者。这部最老和最长的格卡温作品，不仅结构紧凑，故事完整，而且语言十分优美，堪称格卡温诗的极品。印度尼西亚学者普尔巴扎拉卡在阅读之后也不禁赞叹地说："在我一生中从未阅读过在语言上能与这部《罗摩衍那》相媲美的爪哇作品。"

第二章　东爪哇王朝初期的宫廷文学

第一节　达尔玛旺夏王时期的"篇章文学"

9世纪以前政治文化中心无疑是在中爪哇。许多著名的佛塔和印度教陵庙以及上一章讲到过的古爪哇语《罗摩衍那》都显示了中爪哇在文化上的辉煌成就。从930年起，政治文化中心开始向东爪哇转移，(前)马打兰王朝在那里重新扎根，而中爪哇从此则陷入历史的迷雾中，再也没有留下任何历史建筑物或文史资料了。关于政治文化中心的东移有种种说法：有的认为是天灾所致，如出现瘟疫、火山爆发、洪水泛滥等；有的认为是出于人祸，是受室利佛逝进攻的威胁而被迫迁往较远的东隅；有的认为是马打兰中央王朝遭到代表地方贵族和僧侣奴隶主势力的武装反叛而被迫东迁的；也有的认为是由于东爪哇的商业日益发达而把京都迁到离香料产地马鲁姑群岛较近的地方。以上都是推测，至今尚无定论。不过印度教的马打兰王朝与佛教的室利佛逝王朝之间的矛盾冲突和互相征讨，不仅在中爪哇时期已发生，在东爪哇时期也没有停止过。

东爪哇王朝的奠基者是辛托克王，看来他是中爪哇王室的最后一员，在930年以前的中爪哇碑铭中还出现他的名字。所以辛托克王可能是中爪哇王朝的末代国王和东爪哇王朝的立国之君。到达尔玛旺夏王执政时期（991—1007年），东爪哇王朝的政权已基本巩固。达尔玛旺夏是个雄心勃勃的国王，他于991年即位后便大力发展经济和扩大疆域，曾一度控制印度尼西亚的西部海洋并讨伐室利佛逝。《宋史》也提到"其国与三佛齐有仇怨，互相攻战"。与此同时，他也积极开展文化建设，尤其重视印度教的精神支柱作用。他积极着手建立以弘扬印度教为目的的宫廷文学，以便能从意识形态上进一步巩固王朝的统治基础。他首先要求把视为印度教经典的两大史诗全部移植过来，以解决弘扬印度教之急需。中爪哇时期已将《罗摩衍那》的前六篇改写成古爪哇语格卡温诗体了，现在有必要尽快把《摩诃婆罗多》按篇章逐一译改成古爪哇语，同时把《罗摩衍那》所缺的《后篇》也补上，使两大史诗完整地移植过来。这就是古爪哇语"篇章文学"（Sastra Parwa）的由来，也是东爪哇宫廷文学的开端。从严格意义上讲，所谓"篇章文学"实际上是两大史诗的"移植文学"，是把两大史诗的基本故事用古爪哇语译改成散文体，只做必要的删节和压缩而不加任意改动和增补，力求保留其原貌。所以说，"篇章文学"的作品并非爪哇宫廷作家的再创作作品，这个时期尚未出现知名的爪哇作家。尽管如此，"篇章文学"对爪哇宫廷文学的发展还是起了奠基的作用，它为后来的爪哇宫廷作家准备了大量的创作素材。

可惜达尔玛旺夏在位才16年，他还来不及进一步发展宫廷文学便告别人世了。1006年东爪哇王朝遭到外敌的袭击，一说是遭到三佛齐（室利佛逝）的进攻，因992年以前三佛齐曾遭到达尔玛旺夏的袭击。翌年，京城陷落，达尔玛旺夏王死于战斗中。从此"篇章文学"便宣告结束，前后只有十来年的历史。

第二节　有关《摩诃婆罗多》的"篇章文学"作品

《摩诃婆罗多》可以说是世界上最长的史诗，是《罗摩衍那》的4倍，约有10万"颂"，每"颂"有四行诗，全部加在一起共40万行左右。全书分成18篇，各篇长短不一。每篇又分成一些章，冠以另一些章名概括这些章的内容。史诗作者传说是广博仙人（毗耶沙），在书的缘起中提到了他，但不足为凭。《摩诃婆罗多》被视为印度教的圣典，所以在译改的过程中，首先要求在内容上忠实于原著，只求"把广博仙人精深的著作用明快的爪哇语翻译过来"，而不作任意增添和改动。一般来说，"篇章文学"都做到了这一点，译改者除了对与中心内容关系不大的部分做些删节和压缩外，都尽量保持故事的完整性，特别注意保持原著的精华。下面是流传至今的几部"篇章文学"的作品。

第一部是《摩诃婆罗多》的《初始篇》（Adiparwa），是史诗的开篇，里面提到了达尔玛旺夏王的名字，其内容可分两部分：

头一部分是讲史诗的缘起和后来被人传颂的经过，里面穿插了许多传奇故事作为插话。话说巴利克锡王的儿子要举行大祭，由一位叫巫当迦的婆罗门主持，他因其耳环被抢走而与龙蛇王结仇。他向国王讲解"刹帝利"武士的职责，要他为父报仇去杀那龙蛇王。原来当年国王的父亲在林中狩猎时，遇到了一位正在修行的婆罗门。国王向他提问时，他不予置理，因为他已许愿修行时不说话。国王一怒之下，将一条蛇盘绕在他的脖子上。婆罗门的儿子诅咒国王将于七日内被龙蛇王咬死。国王想方设法躲避这个诅咒，但最后仍不能幸免。龙蛇王化成一条小虫钻进水果里，国王吃了那水果便被咬死了。关于众龙蛇的来历故事占了很大的篇幅，后来它们意识到危险之来临，也举行大祭向大梵天求救。大梵天告知它们将有一个叫阿斯底迦的婆罗门前来解救它们。就在那大祭的过程中，广博仙人的弟子诵读了《摩诃婆罗多》。

第二部分开始讲般度族和俱卢族祖先的故事,从福身王、花钏王一直讲到奇武王的两个儿子持国和般度。福身王一心想娶恒河女神为妻。恒河女神提出条件,即国王不许过问她的来历和她所做的一切。国王一口答应,两人婚后过着美满的日子。但是每生一子,恒河女神就把他扔进恒河里。当生第八个孩子时,福身王再也忍不住了,大声疾呼予以制止。恒河女神责备国王违背誓愿,便带着第八个孩子跑得无影无踪,这孩子就是天誓。过了好多年之后,恒河女神把长大了的天誓交还给福身王,被立为太子。国王在阎牟那河畔散步时,遇上了美丽如仙的渔家女。他想娶她,但少女的父亲提出条件,就是必须由他女儿将来生出的王子继承王位。国王已立天誓为太子,感到十分为难,终日闷闷不乐。天誓知道后,便去找渔夫,答应让位,以满足父王的心愿。渔夫还担心将来天誓的后代会抢夺王位,于是天誓对天起誓,他将终身不娶,独身一世。当发誓愿时,天神在他头上散花,空中响起"毗湿摩","毗湿摩"的呼声。"毗湿摩"的意思是发出可怕誓言而能坚持到底的人。从此"毗湿摩"便成了天誓的称号。国王娶了渔家女,即贞信后,生了两个儿子叫花钏和奇武,两人相继为王。奇武有两个儿子叫持国和般度。持国有一百个儿子,通称俱卢族之子。般度有五个儿子,就是著名的般度五子。大儿子持国天生眼瞎,由弟弟般度继承王位。般度做王期间曾误杀仙人扮的牡鹿,被诅咒不得与女人同房。般度带贡蒂和玛德利二后隐居森林修行。二后利用求子咒一共生了五个儿子。般度后来由于不能控制情欲与玛德利求欢而死于仙人的诅咒。林中的修道人把般度五子养大到十六岁便送回象城,交付给族长毗湿摩。般度五子精通吠陀经典和刹帝利的各种武艺,以难敌为首的持国百子为此十分嫉恨,想出种种办法去陷害他们,如建腊宫将他们活活烧死等,但都没能得逞。般度五子化装成婆罗门参加般遮罗国王的选婿大典,五兄弟合娶黑公主为妻。最后族长毗湿摩出来调停,持国王把国土一分为二,般度族以天帝城为国都,俱卢族以象城为国都,分国而治。

第三部是《摩诃婆罗多》的《大会篇》(Sabhaparwa),已残缺不堪,字迹亦无法辨认,不可能复原了。此篇主要讲邀赌掷骰子的故事。

第四部是《摩诃婆罗多》的《毗罗吒篇》(Wirataparwa),叙述般度五子流放十二年后还得隐姓埋名一年的经过。在森林流放十二年之后,般度五子商量隐姓埋名一年的去处。他们决定化装成各色人物投奔毗罗吒王。坚战装扮成出家的修道人。怖军装扮成厨子和角力士。阿周那装扮成太监在内宫传授舞技。无种装扮成养马人。偕天装扮成牛倌。黑公主则装扮成宫娥侍候王后左右。就这样他们在毗罗吒王的宫殿里隐蔽下来了。后来,王后的哥哥空竹看中了黑公主,不断向她进行骚扰。黑公主忍无可忍，将情况告诉怖军，怖军设计把空竹杀死。毗罗吒王为此而大怒，命他们离去。这时离规定的隐姓埋名期限还有一个月。经再三求情，毗罗吒王方同意他们继续留下。当第十三年开始时，俱卢族即派探子四处侦察般度族的下落，但始终不见踪影。这时突然听到空竹被杀的消息，便怀疑是怖军所为。难敌决定袭击毗罗吒，以引般度族出来。般度族除阿周那外都出来帮毗罗吒王御敌。毗罗吒王被俱卢族俘虏，后为般度兄弟所救。难敌率大军进攻王都，这时城里只有王子优多罗，百姓求他出来御敌。王子装作勇气十足的样子，要阿周那充当他的御者。可是一上战场看到难敌的千军万马，便吓得扔下弓箭就想往回跑。阿周那将他拦住，向他阐明刹帝利的职责。阿周那取出藏在树上的武器，向敌人猛冲过去。当难敌发现阿周那时，十三年的放逐期昨天已期满。阿周那恢复原形，把俱卢族打得落花流水。大战胜利后，毗罗吒想把公主嫁给阿周那。阿周那只同意公主做他的儿媳，让自己的儿子激昂去娶她。

第四部是《摩诃婆罗多》的《斡旋篇》(Udyogaparwa)，叙述大战前黑天进行斡旋失败的经过。般度族和俱卢族双方都在积极备战和争取各路盟友。难敌和阿周那都在同一时间去拜见黑天求援。黑天正在睡觉，醒来后答应先到的难敌自己选择：要黑天的强大军队还是要手无寸铁的黑天本人。难敌选择了军队，而阿周那宁愿选择手无寸铁的黑天。黑天答应当阿周那战车的御者，但不直接参与双方的战斗。接着是一段长长的称作"因陀罗的胜利"的插话。般度族派出使者去见俱卢族，老持国王也派使者到毗罗吒，双方摆出各自的观点。般度族要求归还他们的半个国土，而俱卢族则强调般度族已失去任何的权利。双方争执不下而柔弱寡断的持国王一直犹疑不决，每当要取得一致意见时，总被难敌一方的敌对情绪所破坏。黑天决定为争取和解作最后的努力，亲自去象城见老持国王。谈判开始，黑天提出般度族的和平诚意，只要求他们能得到公正的对待。而难敌一方则一意孤行，拒绝一切和平建议，并阴谋杀害黑天。黑天大怒，立刻显出毗湿奴的宇宙万相，惊倒四座。最后，和平的道路全被难敌堵住了，黑天只好告别贡蒂回去了。临别前，他还想劝贡蒂之子迦尔纳倒向般度族，也失败了。黑天回到毗罗吒后立即向大家报告谈判失败的经过。按传统政治，有四个途径可循：一是争取一致的协议，二是制造分裂，三是进行贿赂，四是使用暴力。现在看来前三个途径已行不通，只剩下第四个途径了。于是般度族集合军队，准备奔赴战场。而俱卢族的军队也正严阵以待，由毗湿摩当统帅。毗湿摩与迦尔纳的矛盾在加深，迦尔纳决定在毗湿摩还活着的时候决不参加战斗，而毗湿摩则强调他对女身束发的攻击决不还手。般度族和俱卢族的一场大战已迫在眉睫。

　　第五部是《摩诃婆罗多》的《毗湿摩篇》(Bhismaparwa)，叙述毗湿摩统帅俱卢族大军驰骋沙场直到阵亡的经过。诸事齐备，大战在即，双方战士宣誓要遵从作战的传统规则。阿周那看到双方已摆好阵势准备互相残杀，他的战车向前推进到两阵的中央时要求御者黑天停车。他所面对的敌人都是自己的前辈、老师和亲人，不免伤心和犹疑起来，真想退出不符合正法的战争，甚至宁愿不反抗而被杀。这时，黑天向他进行长篇大论的说教，阐明刹帝利的正法，以消除他心中的犹疑和彷徨。对一个刹帝利来说，战斗就是正法，或战死而升天，或获胜而为王。黑天对阿周那所说的那番话称为《薄伽梵歌》(Bhagawadgita)，成了印度教的主要经典之一。阿周那听了黑天的一番教导和看了黑天显身毗湿奴的宇宙万相之后，便打消一切顾虑，不再犹疑了。他拿起武器准备战斗时，突然看到坚战卸下甲胄和武器，跳出战车徒步走向俱卢族的统帅毗湿摩。阿周那和其他般度族的人也纷纷下车跟去，他们知道坚战是要祈求前辈们和老师们的祝福的。坚战穿过层层的武装士兵的行列，来到毗湿摩的跟前，俯身摸他的脚，向他行大礼，请求开战前为般度族祝福。毗湿摩给了祝福，同时坚战也得到了德罗纳、慈悯大师、沙利耶舅舅等人的祝福。他们一回到自己的阵地，战斗便开始了。大战第一天，虽然阿周那的儿子激昂表现突出，但般度族方面还是死伤惨重。第二天阿周那表现英勇无比，俱卢族军损失惨重。第三天战斗更加惨烈，阿周那和毗湿摩大显身手，双方互有胜负。毗湿摩骁勇善战，看来他不死，般度族是难以取胜的。黑天一再催促，阿周那就是不肯攻杀毗湿摩。黑天急得差一点要亲自上阵杀毗湿摩，幸亏被阿周那制止住，阿周那答应亲自出战毗湿摩。黑天授计阿周那，要他以女人身体做掩护，用箭射杀毗湿摩。阿周那觉得不光彩，但也惟有此计可使，因为毗湿摩曾发誓不与女身交战。大战第十天，阿周那躲在束发身后攻打毗湿摩，束发是女身，毗湿摩无法还手。阿周那乘机瞄准毗湿摩铠甲的脆弱处，弯弓搭箭射去，毗湿摩应声而倒。毗湿摩的身体没有触地，全身有箭支撑着。他躺在刺进他肉体的箭床上，把头枕在阿周那插在地上的三支箭的箭头上。毗湿摩感到口渴，阿周那马上拉满弓，向毗湿摩右侧的地上射出一箭。一股泉水从箭穴中涌出，喷到毗湿摩的唇边。般度族和俱卢族双方将士都前来向毗湿摩致敬，做最后的告别。毗湿摩说阿周那天下无敌，劝难敌讲和。坚战则要求毗湿摩最后给他讲王者的神圣职责。

　　第六部是《摩诃婆罗多》的《林居篇》(Asramawasaparwa)，叙述大战后持国王凄惨的晚年生活。俱卢族在大战中全军覆灭，老持国王痛失百子，孤身一人住在坚战的宫里。坚战王对他格外体贴，嘱咐般度弟兄要善待这位老人，不可伤老人家的心。但怖军不能忘怀过去他们所受到的不公正待遇，尤其对黑公主的受辱，一直耿耿于怀，认为软弱的老持国王对这一切负有责任。因此怖军对持国王时常恶言相待。持国王伤心痛苦地生活了十五年，终于决定离宫林居修苦行。坚战一再挽留，后来在广博仙人的说服下，才答应老人出家的要求。持国王临行前向坚战讲述王者的职责，同时要求为大战死亡者举行祭奠仪式。持国王带甘陀利出宫，贡蒂不顾儿子的反对也要跟着去。三个老人鱼贯而行，后一人的手搭在前一人的肩上，样子非常凄惨。三位老人在林中苦修了三年。一天，森林突然起火，三人一起坐在地上，以打坐入定的姿势平静地死于熊熊烈火之中。

　　第七部是《摩诃婆罗多》的《杵战篇》(Mosalaparwa)。这篇最短，叙述雅度族的灭亡和黑天的归天。大战之后，黑天在多门城统治了三十六年。属于黑天的芘湿尼族、博遮族和雅度族等过着奢侈放荡的生活，放弃了所有的礼法。有一次，多门城来了几位仙人，雅度族故意戏弄他们，让黑天的儿子森巴装扮成女人要他们说出他将来会生男还是生女。仙人们对这种亵渎行为很生气，诅咒他将生出一根铁杵，而且全族将死于这跟铁杵之下。第二天，森巴果然生出一根铁杵，大家十分惊慌，立刻把铁杵磨成细分撒到海里。当雨季到来的时候，撒过铁杵粉的海岸边突然长出密密麻麻的灯心草。一天，雅度族人到海岸边寻欢作乐，后来发生口角而厮打起来。他们拔起灯心草互相攻击，灯心草立即变成铁杵，结果全族人都死于杵战之中。黑天知道自己的死日已到，他一人躺在旷野中做瑜伽功。一猎人以为是一只野兽，一箭将他射死。黑天恢复毗湿奴的原形返回天国。

　　第八部是《摩诃婆罗多》的《远行篇》(Prasthanikaparwa)，叙述般度五兄弟除坚战外一一死去的经过。雅度族灭绝和黑天逝世的消息传来之后，般度五兄弟断了尘世之念。他们立激昂的儿子环住为王，然后带黑公主一起离开京城，一只狗跟随其后。他们一路朝拜圣地，最后到达喜马拉雅山做最后的朝圣。六人和一只狗异常艰苦地爬山越岭，途中一个接一个因精疲力竭而倒下死去，先是最年轻的人，接着是黑公主、偕天和无种，然后是阿周那和体力惊人的怖军。坚战看着自己的亲人一一倒下，只剩他孤零零的一个人和那忠心的狗了，但他仍坚定安详地继续往前走。最后他到达一个山峰，那里因陀罗大神正等着用车接他上天堂。坚战拒绝上车，因为他的狗不许跟去，说是天堂里没有狗的位置。后来那只狗变回正法之王，对坚战的忠义之举甚感满意。坚战带着血肉之躯上了天堂，但在天堂他只看到难敌和他的人，而不见自己的弟兄。坚战愤愤不平，不愿留下与难敌为伍，决心去找自己的弟兄。

　　第九部是《摩诃婆罗多》的《升天篇》(Swargarohanaparwa)，也是史诗的最后一篇，叙述坚战接受最后考验的经过。坚战到达天堂之后，只见难敌端坐宝座上神光照人，女神和仙女环侍左右，而见不到自己的弟兄。他十分痛心，责备天神赏罚不公，坚决要求到自己的弟兄那里。那罗陀天神告诉他这是难敌他们应得的回报，因为他们也履行过刹帝利的正法。坚战执意要找自己的弟兄，天神便派一向导引路。他们来到一个阴森可怖的地方，四面响起惨叫声，不断向坚战呼救。当坚战知道那凄惨的呼救声是他弟兄的声音时，他再次谴责天神，痛斥正法，命向导回去禀报天神，他宁愿留在地狱里同自己的弟兄一起受煎熬。过了一天的三十分之一时间，因陀罗和阎摩出现在他面前，阴森的地狱顿时消失，化作灿烂明媚的天堂。正法之神阎摩告诉坚战，他的弟兄在人间也做过错事，所以必须受点地狱之苦，而他自己也因在人间的一些过错而必须经历一天的三十分之一时间的地狱之苦。最后，般度族的人都升天堂享福，而俱卢族的人则下地狱永受煎熬。善恶最后都得到了报应。

从以上的内容介绍来看，宫廷作家确实出色地完成了《摩诃婆罗多》的译改任务，把一部庞杂艰深的大史诗用明快的爪哇语和容易被接受的散文形式呈现在读者面前。《初始篇》中有这样一段话，国王对译改者提出要求说："寡人请爱卿原原本本地讲述事件的经过，不要加上爱卿自己的润色，不要像诗人们所常做的那样，任意加上自己的华丽词藻或其他主观因素来美化原文。就让爱卿的讲述与篇章完全一致吧，不要做改动或篡改。寡人希望爱卿不要辜负寡人的期望。"译改者也诚惶诚恐地回答："陛下，请陛下不要担忧。故事将按原来所发生的事实叙述，不加修饰或任意添枝加叶。"确实，译改者忠实地遵循了梵文原著，没有做重大的增补或任意的修改，但对于无关紧要的和过于冗长的部分则大胆予以删节压缩，使主题更加突出，结构更为紧凑。"篇章文学"可以说是古爪哇语散文作品的典范，语言简练明快，证明古爪哇语已能很好地担负起文学语言的职能。

关于译改本所依据的原本问题，目前尚未弄清。在印度《摩诃婆罗多》的传本一般可分南本和北本。南本又可分西南克斯米尔的和中央的两种。有学者指出，爪哇的《初始篇》可能以克斯米尔的传本为蓝本，因为发现有好几处二者相似。但其他学者不大同意，认为光凭一篇的几处相似，还不能下结论，不能以点概面。许多学者更倾向于北本为蓝本，但还没能从全面的比较中予以证实。

关于译改本产生的年代，也只能根据估算。在《毗罗咤篇》的结束部分，通过复杂的程序提到了史诗故事叙述的时间是996年10月14日至11月12日。另外，在《初始篇》、《毗罗咤篇》和《毗湿摩篇》的前言中也都提到了达尔玛旺夏王的名字。因此说这四篇产生于10世纪达尔玛旺夏王执政时期是比较可信的。其余各篇，从语言风格和故事结构来看，大概不会超出这个时期。篇幅比较小的最后四篇与前几篇不同，都没有前言后语，也没有提到国王的名字，看来不是因为丢失，可能是稍后才补上去的。

《摩诃婆罗多》共有十八篇，为何爪哇"篇章文学"中只得其中八篇，是残本还是就只译改八篇？目前尚无法回答这个问题。此外，没有《森林篇》(Warnaparwa)也是难以理解的，因为该篇保存上古故事传说最多，对后来的爪哇古典文学和传统的哇扬戏都有深远影响，就其重要性而言，似不应被忽略，因此失传的可能性最大。至于篇幅较长的《和平篇》，还有《教诫篇》等，主要内容是关于政治、宗教、哲学的理论和风俗习惯的规定，与故事主题关系不大，所以没有被移植过来的可能性很大。

关于谁是译改者也无法确定，不过从语言风格的比较来看，似乎不是出自一人之手。一般来说，每篇的前言都会提到译改者所祈求的某一大神，来协助他完成译改的任务。例如《初始篇》的译改者是祈求湿婆大神的，看来他倾向湿婆教派；《毗湿摩篇》的译改者更倾向毗湿奴教派。而《毗罗吒篇》的译改者则比较中立，他只向国王致敬。从所表现的立场不同，可以看出各篇的译改者不是同一个人。但也可能八篇中最后的两三篇是一人所为，不仅语言风格相似，也都没有前言后语，没有提到信仰的大神和国王的名字。

第三节 "篇章文学"中《罗摩衍那》的《后篇》

在完成对《摩诃婆罗多》的译改工作之后，有必要把所缺的《罗摩衍那》的《后篇》也译改成古爪哇语散文体，使两大史诗完整地被移植过来。从各个方面来看，这部《后篇》的散文译改本在做法上和语言风格上与《摩诃婆罗多》各篇的译改本基本相似，前言里也提到达尔玛旺夏王的名字，所不同的是，它里面还分若干小篇并各冠以梵文篇名。因此《后篇》产生于同一时期是可以肯定的。

《后篇》的内容可以分成两个部分：前部分篇幅相当长，主要追述十首王罗波那的来历，描述他如何通过严酷的修行而取得因陀罗大神的恩典，因而得以横行无忌与众天神作对并夺回了楞伽城。后部分主要叙述罗摩与悉多的第二次离合。罗摩复国后，听信流言蜚语，说悉多久居魔宫必有不贞行为，于是不作调查便命令罗什曼那把正在临产的悉多带走，遗弃于恒河对岸，再也不准她回宫。悉多忍气吞声地接受命运的摆布，蚁蛭仙人收容了她。不久悉多生下两个儿子，一叫俱舍，一叫罗婆。蚁蛭收他们俩为徒弟，作完《罗摩衍那》后便叫他们背诵。后来听说罗摩要举行马祭，蚁蛭便带两个徒弟到罗摩宫中，让他们当罗摩的面朗诵《罗摩衍那》。最后罗摩认出那两个朗诵者就是自己的儿子。于是蚁蛭把悉多领来,并证明她的忠贞和清白,但罗摩仍不肯相信,说无法取信于民。悉多不得已向地母呼救。大地顿时裂开,悉多纵身投入地母的怀抱,证明了自己的洁白。罗摩悔恨不已,埋怨地母夺走了他的妻子。罗摩又统治了一万年之久,然后把王位移交给自己的子孙,他变回毗湿奴大神返回天国。

本来《罗摩衍那》的前六篇已把全部故事都讲完了,《后篇》似乎有点画蛇添足,而且在内容的叙述上和艺术风格上也与前几篇不统一,罗摩的性格前后也有矛盾,所以学者们认为它是后加的。罗摩在前几篇的形象还富有人情味,他被描绘成十全十美的完人,一个好儿子,一个好兄长,一个好丈夫,一个英雄,一个明君。他为人正直守信,明事理,辨是非,为民除害,对悉多尽了一个好丈夫的责任,不畏艰险地把悉多从十首魔王的手中拯救出来,表现出对爱情的执著和专一。但《后篇》里的罗摩却一反常态,变成了一个不讲道理和丧失人性的暴君,为了充当封建卫道士,忍心把临产的无辜妻子遗弃在荒野里。尽管最后把罗摩神化了,但仍未能与前几篇所表现的性格特征保持首尾一致。

《摩诃婆罗多》和《罗摩衍那》是颂扬刹帝利王族的英雄故事,贯穿着印度教的基本精神,广泛宣传"达摩"或"正法"的思想。所谓"正法"就是根据种姓制度所规定的每一个社会成员所必须恪守的社会地位和职责,显然是为了保证统治阶级的地位和特权永不受侵犯。另外,史诗还大力宣传生死轮回、因果报应、天堂地狱的思想,向人们灌输宿命论的观点。还有对祭祀、苦行、诅咒、恩典等的渲染也是为了给神仙们和帝王们以超凡的力量,借此增加统治阶级的威严和影响力。这些有利于巩固统治阶级地位的思想和理论正是达尔玛旺夏王所要树立和提倡的,也是被后来的国王所继承和加以发扬的。但史诗中也包含许多有意义的人生哲理和积极的进取精神,为人民所广泛传诵。而两大史诗,特别是《摩诃婆罗多》所塑造的众多的和光辉的英雄形象以及丰富多彩和引人入胜的各种故事更是后来的古爪哇语文学取之不尽的创作源泉。所以"篇章文学"的历史作用不可忽视,它可以说是古爪哇语文学的源头。

第三章　东爪哇宫廷的格卡温文学

第一节　格卡温诗体的兴起

1006年东爪哇王朝遭到外敌的袭击，一说是遭到三佛齐（室利佛逝）的进攻。翌年，达尔玛旺夏王战死沙场，京城陷落，其女婿爱尔朗卡同一些官吏和侍从逃到山林地带隐蔽下来。三年后，也就是1010年，来了一些著名的婆罗门僧侣和一些地方代表，要他出来恢复东爪哇王朝的统治。1019年爱尔朗卡打退敌人之后，恢复了王朝的统治，在婆罗门僧侣的祝福下正式即王位。爱尔朗卡出身巴厘王室，不是辛托克王室的嫡系，由他去继承辛托克王室的王位更需要有个说法才能服众。因此，他特别需要利用已有长期影响的印度教和宫廷文学从意识形态上巩固他刚刚确立的统治地位。而达尔玛旺夏王初创的"篇章文学"，只是印度史诗文学的移植和改写，所反映的是印度的社会历史，只能起到一般的宣传印度教的作用，不能直接为爱尔朗卡王歌功颂德。在这种情况下，宫廷作家必须另辟蹊径。如今摆在他们面前的任务不是如何把广博仙人的原著原原本本地译成流畅的古爪哇语，而是如何建立起一个既能弘扬印度教，又能直接歌颂本朝帝王的宫廷文学。爱尔朗卡即位后，"篇章文学"已完成其历史使命，宫廷作家必须拿出推陈出新的作品来满足王朝新统治者的需要。他们以印度两大史诗为典范，在艺术形式上，把中爪哇时期已开始使用的仿梵体诗格卡温诗体进一步加以完善化，使之成为宫廷文学独一无二的文学式样。在内容上则以两大史诗，特别是《摩诃婆罗多》的故事为题材来源，拿史诗中某一段故事作为创作的基础，结合本民族的特点和歌颂本朝帝王的需要进行加工改造，经过民族化之后使之成为一部体现新主题的作品。因此，与"篇章文学"的作品相比，这个时期的格卡温作品不是 印度史诗的译改本，而是爪哇宫廷作家自己的创作或者再创作。每部格卡温作品一般都署有作者的名字，标出创作的年代。严格地说，真正具有本民族特色的爪哇古典文学是从这个时候才开始的，而其开创者是著名的宫廷作家恩蒲·甘瓦（Mpu Kanwa），他的名著《阿周那的姻缘》（Arjunawiwaha）成了格卡温文学的奠基作品。

所谓格卡温是爪哇宫廷诗人效仿印度两大史诗的梵文诗律而创造的一种古爪哇语诗体，在中爪哇时期就已被用于翻译《罗摩衍那》。格卡温（Kakawin）这个词的词源是梵语的"kawi"，原意是"非凡的智者"，后来演变成"kawya"而专指

"诗人"。该词被借用过来之后，加上爪哇语的前缀"ka-"和后缀"-n"便成了"ka-kawi-n"。所以"格卡温"这个词可以说是梵文与爪哇文的混合体，含意也变了，成为专指模仿两大史诗的那种仿梵体诗。史诗的梵语诗律是以诗节为单位的，每一诗节有四个诗行，分成四个音步。组成音步的方式一是按音节的数目，一是按音节的瞬间的数目。除了音节数，还要区别长短音。所谓长音一般是指用长元音、二合元音和三合元音组成的音节。而短音是由短元音后加上一个以上的辅音所构成的音节。这种诗律不讲押韵而讲由固定数长短音节所组成的音步。每一诗节有的音步全相同，有的一半相同，有的第一音步和第三音步相同，第二音步和第四音步相同，有的则全不相同，可谓千变万化。音节的数目也不尽相同，有的音步只有四个音节，有的则有二十几个音节，理论上甚至可以有几百个音节。古爪哇语的格卡温诗律基本上仿效这种模式，根据不同音步的不同音节数以及长短音的规定冠以不同的诗律名称。一般来说，有四个音步组成的诗就可以叫格卡温，但实际上，所谓格卡温诗大都采用同一诗律的好多个诗节所组成。采用同一诗律的一组诗节组成一个诗章，而各诗章的区别就在于所采用的诗律不同。可见格卡温这种诗体很适合于叙述长篇故事，它也正是专门被用来叙述史诗故事的。

第一部格卡温作品是中爪哇时期的《罗摩衍那》，东爪哇达尔玛旺夏王时期没有来得及把它继承下来，"篇章文学"才改用散文体。爱尔朗卡恢复东爪哇王朝后，恩蒲·甘哇第一个采用格卡温诗体创作《阿周那的姻缘》，取得了巨大的成功。后来的宫廷诗人群起仿效，格卡温诗体从此大行于世，成为爪哇宫廷文学的主要式样。

第二节　恩蒲·甘哇和《阿周那的姻缘》

恩蒲·甘哇生活在11世纪爱尔朗卡王统治东爪哇王朝的时期。他随爱尔朗卡王经历了王朝失而复得的战乱年代。爱尔朗卡拉王打退敌人后，恢复了东爪哇王朝的统治。"恩蒲"本意是"匠师"，专指具有特殊才能的人，后来成为赐给才华出众的宫廷文人的称号。在爱尔朗卡登上王位并将与据说是苏门答腊公主室利·桑格拉玛威查雅完婚的时刻，作为受爱尔朗卡王恩宠的宫廷作家恩蒲·甘瓦应该拿出什么样的作品向国王献大礼呢？在他之前的宫廷文学都是印度史诗的移植作品，不能满足目前形势的需要。他必须大胆革新，开辟新的创作道路。于是他从已有很大影响的印度史诗故事那里寻找可以加以利用的材料来为爱尔朗卡王歌功颂德。他发现《摩诃婆罗多》的《森林篇》中有关阿周那修行求神赐宝和为天廷除魔因而与仙女结下美满婚姻的故事，与爱尔朗卡的一段经历有某些相似之处，便以《森林篇》的《阿周那出行篇》（Arjunabighamanaparwa）、《凯拉达篇》（Kairataparwa）、《因陀罗天廷篇》（Indralokaparwa）、《阿周那与尼哇达卡哇查战斗篇》（Niwatakawacayuddhaparwa）等诸小篇为基础于1028—1035年之间写出他的第一部格卡温作品《阿周那的姻缘》。下面先介绍其故事梗概：

　　罗刹王尼哇达卡哇查正在积极备战，准备攻打和摧毁天廷。罗刹王威力无边，天廷投有一个天神能与他相匹敌。帝释天因陀罗只好求助于凡间的人，他看中了正在因陀罗峰苦行修炼的阿周那。为了试探阿周那的信念和功德，因陀罗派苏帕尔巴等七个最美的仙女去进行诱惑。七仙女来到阿周那修行的洞穴，围绕着阿周那施展各种诱惑手段，但阿周那一心修炼，不为所动。七仙女的诱惑失败后，回天廷向因陀罗汇报。因陀罗听了反而高兴，因为这说明阿周那已经功德圆满。但因陀罗还要进一步了解阿周那修行的目的是否只为他个人的利益，便亲自出马，化作出家人去考问阿周那。两人进行有关权力和富贵以及今世和永世等的对话。在对话中，阿周那说出他出来修炼的惟一目的就是要履行一个刹帝利的职责，协助他的哥哥坚战夺回自己的国土，造福全人类。因陀罗听了非常满意，显出自己的原形，并告诉阿周那湿婆大神将会助他一臂之力。罗刹王听到有关阿周那在因陀罗峰修炼的消息，害怕阿周那修炼成功，便派一罗刹化作一野猪前去进行破坏。野猪捣毁周围的树林，搅得鸡犬不宁。阿周那跑出来朝野猪一箭射去，而在同一时间，化作猎人的湿婆大神也向野猪射箭，两箭中一的，合二而一。两人都说野猪是自己射中的，于是大打起来。阿周那眼看打不过那猎人，一把抓住那猎人的脚，猎人顿时消失，湿婆大神在他眼前现形了。阿周那立刻向湿婆大神顶礼膜拜，大唱赞美歌。湿婆大神赐阿周那神箭"兽主之宝"，并向他传授各种武艺。阿周那学成后，因陀罗派仙人接他去天廷抵御罗刹王的进攻。罗刹王所向无敌，只有凡间的人才能置他于死地，但必须先知道他神通之所在。因陀罗把这个任务交给阿周那和仙女苏帕尔巴去完成。两人一起飞到罗刹国后，阿周那便隐身一旁跟着苏帕尔巴去见罗刹王尼畦达卡哇查。苏帕尔巴假意愿以身相许，只要罗刹王说出自己神通之所在。原来尼哇达卡哇查的神通就在他的舌尖上。阿周那知道后，便出来捣毁宫门，引罗刹王出来。苏帕尔巴乘乱跑掉，与阿周那一起飞回天廷。尼哇达卡哇查知道上当，立刻发兵攻打天国，一场激烈的战斗开始了。尼哇达卡哇查率罗刹兵发动强大攻势，天兵天将节节败退。阿周那佯装被败兵推倒在地，但手里已准备好弓箭，乘尼哇达卡哇查大喊大叫之际，一箭射中其舌尖，尼畦达卡哇查应声倒下身亡，天廷恢复了安宁。为表彰其功绩，因陀罗让阿周那在天国享福七天（等于人间七个月），坐上天国之王的宝座，并将苏帕尔巴等七仙女赐予他为妻。天上七天之后，阿周那向因陀罗告辞，回到人间与他的兄弟会合，去完成人间的大业。留在天廷的仙女们对他的离去依依不舍，个个痛哭失声。

全诗共分三十六章，比起原著来显然已大大压缩了，故事情节也有重大的改动，尤其所表现的主题思想已不同于原著。《摩诃婆罗多》里的这一段故事主要是为即将到来的般度族和俱卢族的大战作铺垫的，是为把阿周那塑造成大战中的无敌英雄打基础的。阿周那进山修行的主要目的是求神赐宝，以应付未来的大战。黑公主在给阿周那送行时说了一句话："我们的幸福、生命和荣誉都系在你一人身上，望你得到新武器后就回来。"这句话道出了阿周那修行的动机和目的，也概括了这段故事的主题思想。而恩蒲·甘瓦创作《阿周那的姻缘》却另有所图，他是想以史诗英雄阿周那暗喻爱尔朗卡王，歌颂他为打退敌人、统一复国所建立的丰功伟绩以及他与室利·桑格拉玛威查耶公主结下的美满婚姻。因此他必须尽量使故事内容服从于这一目的，改变原故事所要表现的主题思想。首先作者必须集笔力于美化阿周那的形象，把他刻画成扭转乾坤、济世救民的刹帝利盖世英雄。他进山修行不光是为了求神赐宝，更是为了维护正义，除暴安良，拯救人类。而天廷得以恢复安宁全靠他的大智大勇。他被封为天廷之王是对他赫赫战功的回报。至于他与仙女的完婚更是天赐之良缘。如果把阿周那的这一段经历与爱尔朗卡王的一段经历作个对比，那就不难看出作者之用心良苦。作者为了表现新的主题思想，对原故事必然要做重大的改动，把无助于表现新主题的部分大刀阔斧地砍掉，把有损于阿周那光辉形象的情节全部撤换。比如原故事里，阿周那与仙女之间有过一段不愉快的经历。一个叫优理婆湿的仙女向他求爱遭到拒绝，一气之下便诅咒他将一辈子成为阴阳人。这个仙女的凶狠形象以及她与阿周那的对立情绪，在作者看来对刻画阿周那的完美形象不利，与要表现的新主题也相悖，于是统统改掉，重新塑造一个温柔含蓄的绝色仙女苏帕尔巴，改变仙女与阿周那的别扭关系，使他们俩变成一对情投意合、难分难舍的恩爱情侣。苏帕尔巴这个仙女在原故事里是没有的，是作者专为阿周那而设计的理想情侣。为了把苏帕尔巴塑造成最美的仙女形象，作者并没有直接描写苏帕尔巴如何美貌绝伦，他只是把大神雕琢仙女的过程描述一下。当雕琢仙女的工作还在进行中，围观的众神就已经为之神魂颠倒了。仙女雕琢出来之后，需绕行众神三周致敬，这时众神更是个个目不转睛地注视着她，连大梵天也突然变出四首，因陀罗神变出千眼，以便不失尊严地一直盯着美女绕行到自己的身后而不用转身回首。作者就这样没有花一点笔墨来直接描写就把苏帕尔巴仙女之美极致地表现出来了。再看作者是如何改变阿周那与仙女的别扭关系的。阿周那与苏帕尔巴仙女奉命飞往罗刹国去窥探罗刹王的秘密。飞行时，两人互让对方先飞。阿周那坚持要求苏帕尔巴飞在前面而他跟随其后。他说这样他就可以不用时时回过头来看她了。阿周那还说，倘若他跟在后面飞，就可以像忠心耿耿的仆人随时听候她的召唤，一旦苏帕尔巴的秀发被风吹散了，他就可以立刻向前把吹散的发髻重新整理好。一路上两人就这样卿卿我我，完全像一对恩爱的情侣在谈情说爱，很有人情味。另外，在原故事里，尼哇达卡哇查是一群罗刹的总称，作者把它改变成一个罗刹王的名字，目的是让阿周那有一个集中的对立面，通过一个反面形象更好地衬托出阿周那的正面形象，把阿周那的英雄本色充分地展示出来。作者还改变了原故事中有关阿周那与罗刹王大战的叙述方式，把由阿周那返回人间后向他的兄弟倒叙改为由作者自己直接描述，这样更能把阿周那在激烈战斗中所表现的英雄气概绘声绘色地描述出来。

　　从以上的几个例子中，可以看出《阿周那的姻缘》与"篇章文学"的作品大不相同，虽然直接取材于印度的史诗故事，但已经过作者的艺术深加工，以新的面貌和主题思想展现在读者面前。荷兰学者朱·慕德尔对于恩蒲·甘瓦的第一部格卡温作品予以极高的评价，他说："从总的构思和语言风格上来看，我们可以从这部作品中看到格卡温诗尽善尽美的范例。"的确，恩蒲·甘瓦以其卓越的艺术才华开创了一个先例，即如何把印度史诗故事根据自己的需要重新加以剪裁和改造，使之成为歌颂本朝帝王的作品，同时又能体现爪哇人自己的审美情趣，显示爪哇本土的特色。看来爱尔朗卡王对恩蒲·甘瓦的《阿周那的姻缘》是非常满意的，作者在诗的结尾部分踌躇满志地写道：

　　　　　　这格卡温乃恩蒲甘瓦之首次创作和奉献
　　　　　　他心中惶恐地祈求获准能随驾出征疆边
　　　　　　天下英主啊爱尔朗卡王欣然降下了恩典

　　这说明恩蒲甘瓦的精心创作和苦心效劳已获得统治者的赏识，《阿周那的姻缘》也成为宫廷"格卡温"文学的里程碑。后来的格卡温诗人无不以恩蒲·甘瓦为榜样，采纳他的创作路子。

第三节　柬义里王朝时期著名的格卡温诗人和作品

　　爱尔朗卡王到了晚年把国土一分为二，一叫柬义里，一叫戎牙路，传给两个王子。爱尔朗卡王为什么要这样做，13世纪末的一块石碑道出其中原因："因为有两个国王互相为敌，都要继承王位。"而后来的《纳卡拉克达卡玛》则说："由于爱尔朗卡国王疼爱两个王子，所以都给他们升为国王。"看来这两方面的原因都有，而宫廷内部权力之争恐怕是导致最后分裂的主因。戎牙路最后为柬义里所灭，东爪哇12世纪的历史基本上是柬义里王朝的历史。在柬义里王朝时期，以格卡温文学为主的宫廷文学得到了充分的发展，著名的作家辈出，传世的名著连篇，可以说是格卡温文学的鼎盛时期。

柬义里王朝时期最著名的两部格卡温作品是《爱神遭焚》（Smaradahana）和《婆罗多大战记》（Bharatayuddha）。

《爱神遭焚》的作者是宫廷作家恩蒲·达尔玛查（Mpu Dharmaja），关于他的生平所知不多。他在诗中提到的国王名字叫卡默斯哇拉，而柬义里王朝时期有两个叫卡默斯哇拉的国王，卡默斯哇拉一世（1115—1130年）和卡默斯哇拉二世（?1182—1185年）。多数学者认为诗中提到的是卡默斯哇拉一世，即后来爪哇班基故事中的多情王子伊努·克达巴迪。根据这个推断，恩蒲·达尔玛查应该是柬义里王朝初期的宫廷作家。这个看法似乎比较合情合理，因为恩蒲·达尔玛查选择印度著名的爱神故事作为题材正是为了歌颂以忠于爱情著称的国王和王后。他在《爱神遭焚》的序言中就开宗明义地说，他写这部爱神的颂诗是想以此奉献给卡默斯哇拉王的。

《爱神遭焚》以爱神卡玛为拯救天廷而献身作为主题，对爱神大唱赞歌，其基本的故事内容如下：天廷遭到罗刹王尼拉鲁特拉卡的侵扰，连大梵天和毗湿奴大神都束手无策，惟有湿婆大神的儿子方能战胜他。可是湿婆大神正在潜心修炼，断绝了一切欲念。帝释天因陀罗与众神商议求助于爱神卡玛，请他设法打断湿婆大神的修行，与雪山神女乌玛结合，以便生出能战胜罗刹王的儿子。卡玛知道打断湿婆大神的修行是件极端危险的事，在帝释天和众神一再保证他的安全之后，才答应了下来。卡玛告别爱妻罗提前去执行危险的任务，罗提已有不祥的预感。卡玛来到湿婆修行的地方，对准湿婆连发几支花箭都没能奏效，花箭一个个变成湿婆身上的项链和手镯，而湿婆则纹丝不动打坐像尊雕塑。卡玛再把能穿透一切感官的最厉害的花箭射向湿婆的心脏。湿婆中箭而陷入昏睡，梦见雪山神女而激起爱欲。醒来时，他发现雪山神女就坐在身旁，知道这一切乃爱神卡玛之所为，不禁勃然大怒，变出最可怖的形象。卡玛急忙向帝释天和众神呼救，可他们早都吓跑了。卡玛被湿婆大神第三只眼睛喷出的神火烧成了灰烬。噩耗传来，罗提痛不欲生，赶到现场对着丈夫的骨灰余烬号啕大哭。这时死灰复燃，火焰呈卡玛招手状，罗提立即纵身跳进火堆，以身殉夫。帝释天和众神前来向湿婆大神求情，并说明原委。湿婆大神准许爱神夫妻灵魂再生，但仍为"无身躯者"，可转世投身人间。湿婆与雪山神女相结合，众神大喜。神女怀孕时，特意牵来一只大象在她面前走过，神女受惊，生下一象头人身，即象头神塞建陀或称群主。象头神在咒辞的魔力下很快长大起来，打败了罗刹兵，杀死了罗刹王尼拉鲁特拉卡。天廷恢复了安宁，众神感恩戴德。诗的最后一章专门叙述爱神夫妻卡玛和罗提的转生经过。最后卡玛转生为爪哇国王，即卡默斯哇拉陛下，而罗提转生为吉拉那王后。在湿婆大神的庇护下，他们成为柬义里王朝最幸福的国王和王后。

关于爱神遭焚的故事在印度早已家喻户晓，有各种传本，而以迦梨陀娑的《鸠摩罗出世》(*Kumarasambhawa*)最享盛名。恩蒲·达尔玛查的《爱神遭焚》可能多少受其影响，但二者之间仍有明显的差别。最突出的一点是，湿婆大神与雪山神女结合后生出的儿子不是战神鸠罗摩而是象头神塞建陀。象头神塞建陀在爪哇是很受人崇拜的印度神之一，许多地方都可以看到他的塑像，而战神鸠罗摩则鲜为人知，不大有人提起他。也许就是这个缘故，恩蒲·达尔玛查才以象头神取代战神的角色，以迎合爪哇人的信仰和喜爱。此外还有许多细节也存在差异，例如关于塞建陀成为象头人身和他的一只象牙被打掉的原因，关于雪山神女与湿婆大神相恋的经过，甚至关于罗提殉夫的过程，都不大一样。这说明恩蒲·达尔玛查有他自己的创作思路和审美取向，不受原故事的限制。恩蒲·达尔玛查的这部作品是为歌颂卡默斯哇拉王而写的，但他又能超越政治功利，通过突出爱神舍己为人的伟大牺牲精神以及歌颂爱神夫妻的永恒爱情，表现了自己的理想追求，给人以启迪。这可能就是《爱神遭焚》一直受到欢迎而久传不衰的原因。

在柬义里王朝时期的格卡温作品中，最脍炙人口的是《婆罗多大战记》，这部格卡温作品是献给查耶巴雅王的。查耶巴雅在争夺王位的内战中战胜了对手查耶沙巴，于1131年当上柬义里王。他授意宫廷作家以《摩诃婆罗多》十八天大战的故事为素材写一部歌颂他在争夺王位战争中取得的最后胜利，以此来树立他的绝对权威。这部作品与众不同的地方是，整个创作是由两位宫廷作家先后完成的。

《婆罗多大战记》的前部分是由恩蒲·塞达(Mpu Sedah)写的，他在序诗中极力美化查耶巴雅王，说国王是所向无敌的刹帝利，因得湿婆大神的恩助而将成为天下的霸主，在战胜所有的敌人之后，将与湿婆大神重新结合。看来恩蒲·塞达是崇奉查耶巴雅王的。后部分是由恩蒲·巴努鲁(Mpu Panulu)完成的，他在诗的结尾中提到查耶巴雅王是毗湿奴大神的化身，说在黑天和般度五兄弟升天之后，爪哇由于毗湿奴大神不在而让恶人当道，百姓处于水深火热之中。毗湿奴大神动了恻隐之心，又降回人间化身查耶巴雅王，在短期内消灭所有的敌人，使天下恢复了太平。看来恩蒲·巴努鲁是崇奉毗湿奴教的。而查耶巴雅王虽然更倾向毗湿奴教，但对湿婆教也是认可的，因为二者都有利于巩固他的统治地位。

《婆罗多大战记》写于1157年，是从《摩诃婆罗多》的《斡旋篇》开始的，一直叙述到十八天大战结束为止。思蒲·塞达从开篇写到《沙利耶篇》就写不下去了，由恩蒲·巴努鲁继续写完。为什么会出现这种情况，这里有一个涉及王后的传说。相传恩蒲·塞达写到沙利耶告别妻子上战场的一段时，需要借助一个模特儿来描绘沙利耶妻子的美丽容貌。查耶巴雅王同意让王后充当模特儿，但后来又疑心恩蒲·塞达对王后行为不检而将他处死。这个传说看来不可靠，因为没有任何证据能说明恩蒲·塞达在整个作品完成前已经死去。相反，思蒲·巴努鲁在结尾部分还对恩蒲·塞达大加赞扬。他说："一位国王的臣仆，大名鼎鼎的恩蒲·塞达以其非凡的文才写下了本诗篇的前半部，写得尽善尽美，无懈可击。"如果恩蒲·塞达已被国王处死，恩蒲·巴努鲁谅必不敢再表扬他了。另一种更可靠的说法是恩蒲·巴努鲁在后记中提到的，说恩蒲·塞达在写到沙利耶难舍难分地告别爱妻的一段时，心里极度悲伤，实在不忍心再写下去，便求他去把它续完。不管怎么说，这些传闻倒说明了一点，这是由两位爪哇作家呕心沥血共同完成的一部力作，是格卡温作品中最有分量的一部。

从故事的基本情节来看，《婆罗多大战记》并没有超出《摩诃婆罗多》故事的范围。故事始于黑天前往象城进行斡旋失败而终于马勇夜袭般度族军营，基本上与"篇章文学"有关各篇所讲的内容一致。但作者在进行再创作时，根据自己的创作意图对原故事做了较大的删节和压缩，把无关紧要的部分删掉，只保留富有戏剧性的情节和精彩的战斗场面，以突出战争中般度族的英雄人物，强调般度族的胜利是因为代表了正法，而且得到了湿婆和毗湿奴大神的直接佑助。作者试图以此来暗示，查耶巴雅王的胜利也是出于同一原因。此外，作者还有意识地增添许多适合爪哇风土人情的细节描写，使全诗富有爪哇情调。有几处的重要描写在原史诗故事里是没有的或者只是一笔带过的。比如有关妇女在十八天大战中的作用和活动，在《婆罗多大战记》里，作者用了更多的笔墨来描述她们如何送走丈夫或儿子上战场，如何为阵亡的丈夫或儿子而悲痛和殉节。其中最感人的是，沙利耶与妻子斯迪亚哇蒂生离死别的一段描述，作者以疏密有致的笔法刻意渲染他们俩缠绵悱恻的离情别绪和沙利耶阵亡后斯迪亚哇蒂亲自到战场寻找丈夫的尸体并自尽殉夫的悲壮情景。这一大段描写据说是查耶巴雅王授意加上去的，大概是为了加强对战争气氛的渲染，鼓励妇女们的殉节精神，以壮士气。

在爪哇宫廷文学里，由两人合写一部格卡温作品是绝无仅有的。关于恩蒲·塞达和恩蒲·巴努鲁的生平没有任何记载，只知道前者资格较老，是崇奉湿婆教的，后者著作较丰，是崇奉毗湿奴教的。查耶巴雅王似乎更倾向毗湿奴教，曾授意恩蒲·巴努鲁多写有关黑天的故事，而让他接替恩蒲·塞达去完成《婆罗多大战记》的创作可能也与此有关。《婆罗多大战记》以外，恩蒲·塞达再也没有其他作品问世，而恩蒲·巴努鲁则还创作几部以颂扬毗湿奴大神为主题的格卡温作品，其中受人称赞的有《诃利旺夏》(Hariwanssa)和《卡托卡查传》(Gatot kacasraya)。

《诃利旺夏》是毗湿奴世系的意思，但实际上讲的是黑天的故事。据作者称，这是他创作格卡温诗的第一次尝试。这么说，这部作品是在《婆罗多大战记》之前写的。《诃利旺夏》取材于印度的梵语文学作品《诃利世系》，该作品据说是《摩诃婆罗多》的补遗，其实它是独立成篇的，与《摩诃婆罗多》几乎没有关系，反而与《往事书》更为接近。《诃利旺夏》主要讲黑天娶亲的故事。开头部分作者就提到了毗湿奴大神和查耶巴雅王的名字。话说毗湿奴大神下凡化身为黑天为民除害，其妻吉祥仙女也下凡化身为毗陀婆国的艳光公主。公主被其父具威王和其兄宝光太子逼嫁给车底国国王童护，而公主早已爱上了黑天。婚礼前夕，公主偷偷与黑天相约，两人一同潜逃。具威王向般度五兄弟求援，于是爆发大战。坚战打不过黑天，几个兄弟相继阵亡，只剩下阿周那和黑天打得难分难解。后来两人都现了原形，原来各为毗湿奴大神的半个化身，于是又合二为一。坚战即向毗湿奴大神顶礼膜拜，求大神重新变回黑天和阿周那，并让阵亡的弟兄复活。最后双方都向毗湿奴大神膜拜。黑天与艳光公主终于美满结合，后来帮助般度族打败俱卢族，恢复了人间的正法和太平。黑天升天后，爪哇又逢争斗时期，战乱不止。众神求毗湿奴大神再次下凡拯救百姓。大神下凡化身查耶沙特鲁王（即查耶巴雅王），消灭所有敌人，恢复了爪哇的安宁。于是诗人们一起来做诗颂扬国王的丰功伟绩。恩蒲·巴努鲁也跟着写这部格卡温诗献给国王。

恩蒲·巴努鲁在诗中直言不讳地承认他是奉国王之命而写的，他说如果不是国王的授意，以他的才疏学浅是断然不敢命笔的。他还说想把这部格卡温诗作为"祭祀中献给大神的一束鲜花"，而国王是毗湿奴大神的化身，这束鲜花自然也就是献给国王的了。恩蒲·巴努鲁不满足于博取国王的欢心，他还希望他的作品能发挥更大的作用，他说"至少有助于促使国王更加无敌于天下，促使世界更加太平安宁"。作为受国王器重的宫廷作家，恩蒲·巴努鲁深知文学的意识形态作用和广泛的社会影响，所以他处处把国王与毗湿奴大神联系在一起，为提高国王的威望费尽心机。

恩蒲·巴努鲁另一部重要的格卡温作品是《卡托卡查传》，可能是他的晚年之作。诗中提到的国王名是柬义里王朝的末代君主克尔达查耶，该王在查耶巴雅王之后37年登上王位(1190—1222年)。这部作品主要讲阿周那之子激昂与黑天之女巽达丽的爱情纠葛和婚姻波折。激昂与巽达丽两人坠入爱河,但注定要经历一段磨难,因为激昂曾得罪爱神卡玛的妻子罗提,巽达丽也曾怠慢天神而遭诅咒。他们俩的幽会被人发觉,巽达丽的伯父决定趁黑天外出修行未归之际,把巽达丽赶紧嫁给难敌的儿子。激昂求助于他的堂兄卡托卡查,兄弟俩偷偷去会见愁容满面的巽达丽公主。卡托卡查让激昂和公主乘天车逃走,他自己则化作巽达丽公主留在房里等待新郎。但这个计谋败露,罗刹的儿子巴卡也化作难敌的儿子前去迎新娘。这对假新人一接触便大打起来,双方的军队都投入了战斗。卡托卡查从天空进攻,所向披靡,难敌也险些被俘。黑天回来进行排解,要大家等般度族流放回来再作定夺。阿周那回来后同意黑天的安排,让儿子激昂娶巽达丽公主,不过他已先答应毗罗吒国王让激昂娶他的女儿。所以最后决定举行两个婚礼,激昂与毗罗吒公主的婚礼和激昂与巽达丽公主的婚礼。尽管巽达丽屈居第二王妃的地位,但她在激昂的心中却占有特殊的地位。这部作品虽然讲的是小字辈人物的故事,但作为毗湿奴大神的化身黑天和阿周那所居的至尊地位仍然十分突出,因此,从根本上讲,它仍属颂扬毗湿奴大神的作品。

　　恩蒲·巴努鲁是个富有想像力和创造性的宫廷作家。他的作品虽然取材于印度的史诗故事,却又不囿于原著而能加以创造性的发挥。在爪哇古典文学里,拿黑天故事作为题材的作品为数不少,如恩蒲·特里古纳(Mpu Triguna)的《黑天传》(Krisnayana)就是比较著名的一部,但比起恩蒲·巴努鲁的《诃里旺夏》却逊色得多。前者基本上是印度故事的翻版,缺乏新意。后者则不同,经作者加工改造后,已面貌一新。其中大胆的改动是使般度族成为黑天的对立面,让阿周那与黑天直接交战。这似乎有点过头了,但以坚战的重情义,守诺言来讲,似乎又很合乎逻辑。而把阿周那与黑天说成各为毗湿奴大神的半个化身,大概是因为后来继承王位的是阿周那的孙子环住,这样就可以把他说成是毗湿奴大神的后裔了。在《卡托卡查传》这部晚期作品里,恩蒲·巴努鲁的想像力和创造性发挥得更加充分。他不但成功地塑造了巽达丽公主这个在印度史诗故事里所没有的人物,而且还塑造了具有爪哇民族性格特征的一批侍从人物,开爪哇古典文学侍从人物故事之先河。所谓侍从人物是爪哇作家自己创造的艺术形象,他们是时刻不离主人公王子左右、跟随王子出生入死、忠心耿耿的一批侍从。这些人物个性突出,形象生动,具有爪哇人的气质,故深受爪哇人的喜爱,后来成为爪哇古典文学的一大特色。恩蒲·巴努鲁的作品还富有戏剧色彩,大多被哇扬戏所采纳而成为大受欢迎的传统剧目。而他笔下所塑造的人物如黑天、阿周那、激昂、卡托卡查等,通过哇扬戏的传播，也成了家喻户晓的英雄人物了。

　　柬义里王朝时期还有一部很有影响的和最长的格卡温作品，那就是《波玛之死》(*Bhomantaka* 或 *Bhomakavya*)。这部作品长达1492节，作者佚名，产生的年代也不详。学者们根据创作的特色和语言的风格把它归入柬义里王朝时期的作品。这部作品的开头没有提到任何国王的名字，只对爱神卡玛大加赞颂，说他把美和爱撒向人间。在创作中，作者似乎更讲究对美的挖掘，是一部唯美作品。

　　《波玛之死》主要讲罗刹王波玛与黑天的战斗和最后死于黑天之手的经过。波玛本是毗湿奴大神与大地女神结合所生之子。"波玛"就是"大地之子"的意思。他得到大梵天的恩典而成为力大无比的罗刹王。天廷遭到以波玛为首的罗刹们侵扰，众神求援于黑天。黑天派儿子桑巴前往救援，桑巴带精兵与罗刹们大战于喜马拉雅山麓，将罗刹们斩尽杀绝。后来桑巴来到一个修苦行的遗址，得悉乃毗湿奴大神之子达摩德威修苦行之处。达摩德威死后，其妻雅茨娜娃蒂继续在那里修行，为夫殉情。桑巴意识到自己的前身就是达摩德威，于是怀念起雅茨娜娃蒂来了。他在恍惚中看见仙女提罗达玛向他走来，告诉他雅茨娜娃蒂已投身人间，现为北国公主，也叫雅茨娜娃蒂。在遭到罗刹王波玛的突然袭击时，其父母双亡，而她被波玛所收养。桑巴在仙女指引下，偷偷与雅茨娜娃蒂幽会，被波玛发现了，双方打了起来。桑巴打不过波玛，雅茨娜娃蒂被波玛带走，藏在另一宫殿里。桑巴回去后便病倒床上。这时天神又来求援，天廷正遭到波玛和罗刹兵的威胁。黑天决定亲自出马，直奔战场。战斗进行得非常激烈，双方死伤无数。最后波玛的头被黑天击中，身躯坠入大海，直落海底，回到大地母亲的怀抱。

　　《波玛之死》是柬义里王朝时期最长也是最复杂的格卡温作品，迄今在印度梵语文学或印度其他文学里面还找不到与此相关的作品。整个故事实际上可分两个部分：前部分有关桑巴与雅茨娜娃蒂的前后世故事在印度檀丁的《十王子传》(*Dasakumaracarita*)那里还可以看到相类似的情节。而后部分有关黑天和波玛的战斗故事则无处可值对比。从内容的庞杂程度和经常出现前后矛盾的情况来看，这部分的故事可能源出多处，甚至是作者自己编造的。作者用了很大的篇幅写战争的场面和经过，让好多史诗故事中的人物出场，最后还让阿周那出来与波玛对打，并受伤致死。这在印度般度故事里是从未有过的，因此也不必费尽心机去寻找其原本了。《波玛之死》极可能是爪哇作者自己的创作，爪哇的情调和色彩特别浓厚。后来它也成为爪哇哇扬戏的传统剧目，流传甚广，一直流传到马来地区，马来古典文学中的名著《尚·波玛传》就是从爪哇传过去的。

　　后来的格卡温作品较偏重于对美的探索和对艺术性的追求，以语言优美和辞藻华丽而著称的《死亡之花》(Sumanasantaka)就是其中较有名的一部。作者叫恩蒲·莫纳古纳(Mpu Monaguna),其生平不详。他在诗的结尾部分有这样一段自白:"这是思蒲·莫纳古纳第一次尝试用诗的形式写一部故事。哇尔沙查耶陛下作为著名的诗歌大师欣然收莫纳古纳为其门生。"这里提到的哇尔沙查耶陛下不见于任何史料,故仍无法确定作者生活的年代。

《死亡之花》是讲十车王出世的故事,而实际内容是讲罗怙王子与维达帕公主的爱情和姻缘故事,充满着浪漫的情调。故事的梗概如下:

一位叫特里纳温杜的薄伽梵潜心修炼,天神们怕他修炼成功后将无敌于天下,于是因陀罗大神派仙女哈丽妮去进行诱惑。特里纳温杜诅咒她不得回天廷,死后将转世人间。哈丽妮再三求饶,才答应让她留在天廷的情人也转世人间,投身为罗怙王的儿子,名叫阿伽。哈丽妮则投身人间为维达帕国的公主,名叫因杜玛蒂。因杜玛蒂公主长大后以美丽善良备受爱戴,国王为她举行选婿大赛。四面八方的王子云集维亚达国,罗怙王子阿伽也前来参赛,个个都想赢得公主的芳心。公主在一个个王子面前走过,没有一个她看上眼的。最后来到罗怙王子面前,有一种神秘的力量把两人吸引到一起,似乎意识到前生有过姻缘。公主把自己的项链套在罗怙王子的脖子上,两人的婚事就这样定了。婚后罗怙王子带公主一起回国,半路被不甘心失败的王子们所拦截,经过一番战斗,罗怙王子获胜,顺利地回到京城。不久阿伽王子继承王位,王后生一王子,便是后来的十车王。诅咒的期限已到,天上飞来"死亡之花"的花圈落在因杜玛蒂的胸前,她当场晕倒。阿伽国王悲痛欲绝,愤怒谴责"死亡之花"。因杜玛蒂突然苏醒,告诉国王她的爱情是忠贞不渝的,会在天国一直等候,说毕便咽气。八年后,十车王登基,阿伽结束生命回到天廷,与日夜思念的因杜玛蒂重逢,两人互吐衷肠。

《死亡之花》也是一部爪哇情调非常浓厚的格卡温作品。其故事以及故事的主人公在印度史诗故事里并不重要,也不出名,只是一带而过。迦梨陀娑的长诗《罗怙世系》(Raghvamsa)中有一段故事是讲罗怙王子阿伽的,看来《死亡之花》的一部分内容是受其影响的。但是恩蒲·莫纳古纳并没有完全采纳迦梨陀娑的故事,而只是拿其中的主要情节作为框架,然后根据自己的需要加以扩充和改造,使之成为一部全新的爪哇作品。在迦梨陀娑的《罗怙世系》里,这个故事在全诗所占的比重很小,只有293节诗,而在恩蒲·莫纳古纳的《死亡之花》里则长达1154节诗。在《罗怙世系》里,作者突出的是罗怙王子,因为讲的就是罗怙王族的世系。而在《死亡之花》里,作者更突出女主人公,从天上的哈丽妮到人间的因杜玛蒂,始终是故事的中心人物。用《死亡之花》作为书名就说明了作者所要突出的重点。另外,恩蒲·莫纳古纳还善于抓住可供利用之点，把一个简单的细节扩展成一个完整的情节，并赋以爪哇的特色。例如提到的地方、宫廷等，虽然用的仍是印度名，但通过作者的具体描述，呈现在读者面前的完全是爪哇特色的地方和宫廷，包括宫廷生活的内容和礼俗也都是爪哇的一套。所以有人说，这部作品所提供的东爪哇王朝时期的各种生活细节知识，恐怕没有其他作品可以相比拟。

第四章 新柯沙里王朝时期的格卡温文学

第一节 新柯沙里王朝时期格卡温文学的变化

1222年柬义里王朝灭亡，以杜马板为王都的新柯沙里王朝取而代之。新柯沙里王朝的建立充满着神秘的传奇色彩，其开国元君庚·阿洛，据说是农妇所生之子，被遗弃在坟地上，为一盗贼所收养，长大后与流氓赌徒为伍，偷盗嫖赌无所不为。他因屡屡犯罪，积案如山，被朝廷通缉。他无法无天的忤逆行为却被说成是一种超凡脱俗的表现，为一些不满朝廷的婆罗门僧侣所看中，帮他制造舆论，说他是湿婆大神之子，日后将使爪哇强盛。后来他被一婆罗门收为义子，把他推荐给杜马板侯国当家臣。他与侯国夫人庚·德德丝私通，后来弑主篡位，自己当上杜马板侯君。当羽毛丰厚之后，他又趁柬义里王都空虚发兵进攻，柬义里王克尔达查耶在宫中自缢，王朝遂告灭亡。庚·阿洛正式登基，成为新柯沙里王朝的第一代王。以上多为传说，不过从庚·阿洛出身卑微来看，他可能代表不满柬义里王朝的社会势力，利用农民起义推翻了柬义里王朝的统治而自立为王，成为第一个非刹帝利贵族出身的统治者。

新柯沙里王朝初期政局不稳，宫廷内部权力斗争十分激烈，庚·阿洛登基没有几年就为其继子所杀。在不长的时间内，前后有几位国王被刺而死于非命。这种动荡不安的局面直到葛达纳卡拉王即位后（1268—1292年）才算平定下来。葛达纳卡拉王致力于开疆拓域，东并巴厘和马鲁古，北占加里曼丹，西进巽达地区，势力一度扩展到马来半岛，是新柯沙里王朝的极盛时期。1289年，元朝派使节孟琪赴爪哇，要葛达纳卡拉王入朝臣服于元蒙帝国。葛达纳卡拉王将孟琪黥面，然后驱逐出境，这招致1292年元蒙军兴师问罪的讨伐。而这时王朝的内部又发生叛乱。柬义里封建领主查雅卡旺乘机进军王都，葛达纳卡拉王死于战火之中，新柯沙里王朝最后还是难逃覆灭的命运。

新柯沙里王朝的存在前后不过七十年，不但时间短，且内患频仍。这个时期文学的发展自然受到影响，作家作品不是很多。但是有一个重要的变化，即印度两大史诗的传统影响在减弱，而本民族的传统文化的作用在升温。新柯沙里王朝的建立是代表受柬义里王朝压制的地方势力的胜利。在柬义里王朝鼎盛时期，开疆拓域的结果使地方侯国的数目增多。各侯国则利用本土的古老习惯和传统来巩固自己的地位，使各部族的古老文化传统有所抬头，如有的恢复了过去部落图腾主义的做法，以动物作为部族的标志，即所谓"幡旗制"。在柬义里国王的侍从中有扎成牛头、马头帽并插上小旗的，就是代表各侯国送来的侍从，以示国王为各旗盟之主。这表明本民族的传统文化在发挥越来越大的作用，因为地方统治者不能直接利用印度教的正统来神化自己。另一方面，柬义里国王为扩大王权而加强了对宗教的控制，这使得一些宗教僧侣与王朝统治者的矛盾日益加深，他们也利用农民起义来动摇柬义里的王权统治。在这样的历史背景下，柬义里王朝灭亡后，取而代之的新柯沙里王朝就必须建立适合自己需要的宫廷文学，不宜继续沿用柬义里宫廷文学的传统做法。特别是庚·阿洛的卑微出身和他的篡权行为，已不能用正统的刹帝利精神来解释，更不能利用传统的史诗故事把自己说成是毗湿奴的化身。宫廷作家必须另辟蹊径，从其他神话故事中寻找可用来美化和歌颂新统治者的素材，使庚·阿洛的篡位合法化。所以，新柯沙里王朝建立之后，柬义里王朝时期盛极一时的印度史诗格卡温文学便日趋式微，作家们把视线逐渐转移到本国的历史和现实的题材上，而新柯沙里王朝充满神秘传奇色彩的宫廷阴谋和斗争又为后来的作家提供了十分丰富的创作素材。到了麻喏巴歇王朝时期，以本民族历史和传奇故事为内容的作品更是大量涌现，而直接取材于印度神话故事的作品则日益减少，这恰恰反映了印度尼西亚本民族的封建文学日臻成熟，而印度宗教文学的影响已不再主导一切了。新柯沙里王朝时期的文学为这一过渡准备了条件，起了承前启后的作用。

第二节　恩蒲·丹阿贡和《卢甫达卡》

恩蒲·丹阿贡（Mpu Tanakung）是新柯沙里王朝时期最重要的宫廷作家，也是这个时期最重要的格卡温作品《卢甫达卡》（Lubdhaka）的作者。关于他的身世有不同的说法。一说他与《爱神遭焚》的作者恩蒲·达尔玛查同是拉查古苏玛的儿子。拉查古苏玛据说是写于1048年的格卡温作品《罗摩衍那》的作者，而恩蒲·丹阿贡是于1128年创作《卢甫达卡》的。照此说法，恩蒲·丹阿贡应是柬义里王朝初期的作家了，这似乎不可信。另一说法则把他创作《卢甫达卡》的时间后退到15世纪中叶，也就是麻喏巴歇王朝的后期。但从语言风格等方面来看，这似乎又太晚了。比较可信的说法是，恩蒲·丹阿贡生活在柬义里王朝末期至麻喏巴歇王朝初期这一段时间内，是新柯沙里王朝时期最有成就的宫廷作家。

恩蒲·丹阿贡的个人生活似乎不大称心，"丹阿贡"乃笔名，"失去所爱"之谓也。关于他的生平无任何记载，只知道他在爱情问题上曾受到过沉重的打击。据说他所爱的姑娘被父母逼嫁给其他男人，使他痛不欲生。在他的诗抄里有五首诗表达了他当时失去恋人的痛苦心情，这可能是他笔名之由来。

思蒲·丹阿贡的早期作品是《威烈达珊查耶》(Wrettasanjaya)，可能写于束义里王朝末期。这是古爪哇语文学中惟一的一部阐述有关格卡温诗律的作品。全诗由112首诗所组成，采用以诗论诗的方式列举了94种诗律，并用一个故事串连起来。故事内容很简单，说有一位诗人为了探索美和诗的奥秘，不惜离别爱妻，一去数年不归。妻子日夜思念，寝食俱废。一日，雨过天晴，她来到湖边，见一对大雁在湖中恩爱嬉水，不禁触景生情，向大雁倾诉衷肠，求它们帮她找回丈夫。大雁十分同情，答应帮忙。大雁飞过高山峻岭，越过茫茫大海，最后在一个孤岛上找到了那位诗人，向他传达了妻子的悠悠思情。这时诗人也刚完成他的探索工作，便随大雁一同回去，与妻子团圆。整个故事是采用不同韵律的格卡温诗体叙述的，把大雁飞越高山大海所看到的如画景色，用一首首美丽的写景诗加以描绘，使整个作品情景交融，理论与实践相结合，既是一部优美感人的诗篇，又是一部格卡温诗律的指南，可谓别具一格。

恩蒲·丹阿贡最重要的格卡温作品是《卢甫达卡》，也称《祭湿婆之夜》(Siwaratrikalpa)。诗的开头提到了国王的名字叫吉林特拉旺夏，有学者认为这个名字是庚·阿洛登上王位之后取的。作者还声明这部作品是为了增加国王的洪福和权威，也就是说为了取悦庚·阿洛而写的。故事的基本内容如下：

一个猎人叫卢甫达卡，靠捕猎养活妻儿。一天，他又带弓箭进森林捕猎，到了晌午仍一无所获，这是从来没有过的。他继续寻找猎物直到太阳落山，最后来到一湖边。他爬到湖边的一棵树上等候前来饮水的动物，但白等了一天。夜色降临，只听猛兽在咆哮，他不敢下来，只好在树上过夜。为了避免瞌睡，他摘下一片片的树叶往湖里扔。这夜正好是7月14日的夜晚，是专门祭湿婆之夜的，过去从来没有人祭过。猎人扔下的一片片树叶正好落在湖中的一根石柱上，而那根石柱正是湿婆的象征"林伽"，刚好符合祭祀的要求。于是猎人变成第一个祭湿婆之夜的人，他将获得湿婆大神的恩典。翌晨，猎人空手而归，那一天一家人只好挨饿。数年后，猎人病故，其灵魂在天空中徘徊。按说猎人属低种姓，生前杀生过多，罪孽深重，死后灵魂理应下地狱受煎熬，阎罗王已派兵去捉拿。但湿婆大神念他生前夜祭湿婆至诚，也派天将去接猎人的灵魂上天。于是双方发生争执，阎罗王派去的兵被打败，猎人的灵魂被带到天堂。阎罗王不服，他查了卢甫达卡生前之所作所为，没有任何行善积德的记录，便扬言要辞职。阎罗王亲自前来告状，湿婆大神向他讲明前因后果。阎罗王听后只好作罢。从此往后，三界众生每逢7月14日晚都来举行祭湿婆大神的仪式，不敢再怠慢了。

这个故事表面上是颂扬湿婆大神的，而在湿婆教派中也确实有这种夜祭湿婆的仪式。关于这个祭祀仪式，19世纪的英国学者威尔逊作了如下描述："崇拜湿婆大神的人认为这个祭祀仪式是最为神圣的，因为可以赎所有的罪孽，保证今世所有的愿望得以实现，而且最后可以同湿婆结合，达到最后的解脱。据说湿婆大神还亲自参加那祭祀仪式并向其妻雪山神女说，如果有人以7月14日之夜来祭祀他，那么该夜将赐予他以无穷的洪福。"还说："那夜所有种姓的人都被允许祭湿婆大神。"这就是说，凡举行湿婆之夜的祭祀仪式者，不管出身等级多卑微，均可得湿婆大神之大恩典，生前的一切罪孽可一笔勾销。恩蒲·丹阿贡之所以选中这个故事，可能是因为它很适合于体现作者的创作意图。过去柬义里的宫廷作家所服务的对象是刹帝利出身的国王，借用印度史诗的王族故事很合适，王者是主人公，可以把他说成是毗湿奴的化身，宣扬刹帝利的正法思想，以此来为本朝统治者树立绝对权威。恩蒲·丹阿贡所服务的对象是低种姓出身的人，因此不能承袭柬义里宫廷作家的做法，他必须另找其他可供利用的故事。《卢甫达卡》的故事非常合适，它跨越了印度教种姓制度森严的门槛，让低种姓的人也可以进入最高的殿堂。《卢甫达卡》的主人公是一位猎人，无论是印度教还是佛教，都把猎人视为低贱的人，靠杀害生灵为生，罪孽深重，死后必下地狱。恰恰就是这样一个低贱的人，由于得到湿婆大神的恩典，照样可以上天堂。把一个非刹帝利出身的一介贫民变成宫廷文学的主人公，这已经异乎寻常，在柬义里王朝时期是不大可能出现的。这个猎人那晚上祭湿婆根本是无意的，但仍可以得到湿婆大神的恩典，不仅生前的罪孽可以不受清算，死后还可以成为天堂的一员。这似乎在暗示庚·阿洛即使出身卑贱，且做过许多坏事，但由于得到湿婆大神的恩典，仍可名正言顺地当上国王。宫廷作家创作的目的就是为了给统治者涂脂抹粉，使他成为真命天子。恩蒲·丹阿贡选择猎人与湿婆大神的故事也正是为了这个目的，为庚·阿洛的篡权夺位找到符合印度教说法的依据。

关于猎人与湿婆大神的故事在印度的一些神话故事里也有提到过，但出入很大，说法不一。有学者认为《莲花往事书》（Padmapurana）可能是《卢甫达卡》的主要源本，但经恩蒲·丹阿贡加工改编之后已成为富有爪哇生活气息的新作品。《卢甫达卡》实际上讲的是百姓故事，主人公是一位普通的猎人，生活在荒山野林里，与侈靡的宫廷生活完全不沾边。恩蒲·丹阿贡的卓越才华就表现在他作为宫廷作家仍能把握普通人物的特征，尤其对猎人一家简朴生活的描写比较接近现实，朴实无华，有浓烈的生活气息。他的语言风格也有别于过去的宫廷作家，不讲究词藻的华丽，而是落笔淡雅，谈吐自然。恩蒲·丹阿贡不仅开创了新的诗风，也把格卡温诗带出了宫廷，扩展了诗人的视野和创作的空间。这也反映印度史诗文学的影响在衰减，文学爪哇化的进程在加快，为后来麻喏巴歇王朝的文学发展更趋民族化铺路。

第五章　麻喏巴歇王朝时期的文学

第一节　麻喏巴歇王朝的兴起和文学的发展

葛达纳卡拉王执政时期（1268—1292年）是新柯沙里王朝盛极而衰的时期。国王为了实现一统天下的抱负，不惜兴师动众去开疆拓域，加深了与地方侯国的矛盾，而他黥元蒙使者的脸又招致元蒙军的讨伐，从而出现内忧外患的局面。1292年柬义里王族后裔查耶卡旺乘葛达纳卡拉王的大军远征苏门答腊而京城空虚的大好时机，发兵直捣王都，葛达纳卡拉死于宫中。其女婿拉登·威查耶后来借元蒙军之力击败查耶卡旺，接着又趁元蒙军不备进行突然袭击，把元蒙军赶回大海。1293年他宣布成立麻喏巴歇王朝，自己登基为王，号称克尔达·拉查沙。

经过多年的战乱，克尔达·拉查沙王需要与民休养生息。他大封功臣，授予高官厚禄和世袭领地，由此却引发了功臣间的权力和利益的冲突以及新臣和旧臣之间的矛盾。1309年克尔达·拉查沙去世，麻喏巴歇的各种矛盾，来自新柯沙里的王族旧势力与功臣间的矛盾，中央集权与地方割据的矛盾，以及封建统治阶层与人民大众的矛盾，全都爆发出来了。在查耶纳卡拉即位不久便发生朗卡·拉威的叛乱，1311年又爆发梭拉的叛乱。随后局势一直动荡，暴动和叛乱事件不时发生。1350年哈奄·武禄即位，在卡查·玛达宰相辅政下，励精图治，实行富国强兵政策，国内形势才趋于稳定。哈奄·武禄对内一方面振兴农业，兴修水利，使农业生产迅速发展，以致"谷米富饶，倍于他国"（《岛屿志略》），一方面武力征服地方势力，扩大势力范围，控制了全印度尼西亚，以致"甲兵为东洋诸蕃之雄"（《纪录汇编》）。他对外则实行睦邻政策，与暹罗、占婆、安南等国修好，遣使中国，与中国建立友好关系。这样，在哈奄·武禄执政时期，麻喏巴歇王朝便出现太平盛世的景象，印度尼西亚的封建社会进入了鼎盛时期。

经济的繁荣和国力的强盛促进麻喏巴歇王朝文学艺术的兴旺和发达，这在我国的一些史书里也有所记载。《岛屿志略》中提到，"爪哇即古阇婆国。门遮把逸山系官场所居，宫室壮丽，地广人稠，实甲东洋诸国"。马欢在《瀛涯胜览》中对麻喏巴歇的文化繁荣更有具体的描述："番人殷富者甚多，买卖交易行使中国历代铜钱，书记亦有文字，如锁俚字同，无纸笔，用茭樟叶尖刀刻之，亦有文法，国语甚美软。每月至十五十六夜，月圆清明之夜，番妇二十余人或三十余人，聚集成队，一妇为首，以臂膊递相联绾不断，于月下徐步而行，为首者口唱番歌一句，众皆齐声和之。到亲戚富贵之家门首，则赠以铜钱等物，名为步月行乐而已。有一等人以纸画人物鸟兽鹰虫之类，如手卷样，以三尺高二木为画斡，止齐一头，其人蟠膝坐于地，以图画立于地，每展出一段，朝前番语高声解说此段来历，众人圈坐而听之，或笑或哭，便如说平话一般。"从以上的描述，可以看出麻喏巴歇王朝的盛世，人民生活比较富裕，文化生活甚为活跃，歌舞说唱相当盛行。

麻喏巴歇王朝时期封建文化日臻成熟的主要表现是，整个文化明显地朝民族化爪哇化的方向发展。印度教文化的影响在减弱，佛教文化的影响有所抬头，而立足本土的民族化趋势在不断增强。这个时期的文学不再单一仿效印度的梵语文学，此时宫廷作家无需再借印度史诗和神话故事来影射美化自己的国王了，他们可以直接取材于本民族的历史和王朝的现实来完成歌颂统治者的任务。因此，麻喏巴歇时期的文学，从内容上和形式上都比过去的文学更加多样化和本土化。

从内容上看，麻喏巴歇时期的文学以印度两大史诗和神话故事为题材的作品日益稀少，而描写本民族王朝历史演变和本民族历史传奇人物的作品则大量涌现，使作品内容更贴近本民族的社会现实，更符合本民族的审美情趣。我们可以看到不少直接赞颂麻喏巴歇王朝繁荣昌盛和帝王将相丰功伟绩的作品，表现了爪哇民族的自豪感和自信心。同时我们也可以看到对王朝统治者和社会弊端的揭露和批评，在某种程度上表达了人民对现实的不满。这在过去的文学作品里是不可能出现的。此外，民间传奇故事的兴盛，特别是班基故事的广泛流传和大受欢迎，实质上也反映了民族化势头的进一步加强。就是在讲印度教大神的故事中，也可以看到作者在极力淡化印度的色彩，把印度大神爪哇化，或者把印度神与爪哇固有的神融合在一起。

从形式上看，在麻喏巴歇王朝时期，仿梵体诗的格卡温诗体也已失去独尊的地位而日益衰微，代之而起的是源于爪哇民间唱词的吉冬诗体。这种诗体更符合爪哇语言的特点，因而更容易为广大群众所接受。另外，本民族的历史演义故事和班基故事的问世则大大促进散文文学的发展，开创了新的文学式样。麻喏巴歇王朝时期散文作品的大量涌现是爪哇古典文学的重要发展，是文学走出宫廷而日益世俗化和普及化的重要表现。

文学内容和形式的变化必然要带动文学语言的变化。新柯沙里王朝之后，古爪哇语开始向近古爪哇语发展，到麻喏巴歇王朝时期，近古爪哇语已取代古爪哇语而成为文学创作所使用的语言。所谓近古爪哇语是指从古爪哇语向近代爪哇语过渡的语言，他逐渐摆脱了梵语的影响而日益接近社会的大众语言，所以更容易为大众所接受。这也是促使文学更加民族化爪哇化的一个重要原因。有人根据语言的这种变化，把这个时期的文学称作近古爪哇语文学。

在谈到爪哇古典文学的发展和民族化时，还必须提到爪哇民族传统戏曲哇扬所起的重要作用。哇扬戏曲以皮影戏为主，起源很早，最初可能是古代爪哇人的一种祭祖先灵魂的仪式。"哇扬"是"影子"的意思，象征祖先的灵魂。人们通过幕布上的皮影与自己祖先的灵魂进行对话。这种祭祖仪式后来逐渐演变成娱乐性质的皮影戏。据考证，哇扬戏剧早在 8 世纪就已出现，11 世纪在《阿周那的姻缘》中已有提及，柬义里王朝时期大概已经流行，到麻喏巴歇王朝时期则日臻完善而定型。马欢在《瀛涯胜览》中提到的就是哇扬戏剧中的一种，叫"瓦扬帕帕儿"（Wayang Beber），即画卷哇扬戏。哇扬戏不少为连台本戏，可连续演数夜，内容多取材于格卡温的史诗故事，后来的爪哇历史故事和班基故事也成为深受欢迎的剧目。不少爪哇古典文学作品得以保存并在民间广泛流传，哇扬戏剧功不可没。

哈奄·武禄之后，国势日衰，宫廷内部的权力之争愈演愈烈。15 世纪初，东王与西王为争夺王位打了六年内战。后来国内又陷于混乱状态，天灾人祸接踵而来，民生凋敝，地方封建势力的离心倾向日益严重，麻喏巴歇王朝走向分崩离析。这个时期，文学的内容发生重大的变化，对统治者歌功颂德的作品已不多见，而针砭时弊和讽谏统治者的作品却日益增多。最后促使麻喏巴歇王朝灭亡的大概有这几方面的因素：一、宫廷内部的王位之争大大削弱了中央的势力，使中央无法控制全局。二、地方的封建势力大搞分裂，纷纷背离中央而自我发展，尤其是商业和港口的地主阶层离心倾向更为明显，最后纷纷脱离中央而独立。三、由于伊斯兰教的迅速扩展，外岛开始出现伊斯兰王朝。地方封建势力借伊斯兰教与印度教的中央朝廷相抗衡，直接构成对麻喏巴歇王朝的威胁。四、马六甲的伊斯兰王朝日益强大，控制了马六甲海峡，使麻喏巴歇的商业贸易萎缩，以致国势日衰，一蹶不振。在印度尼西亚历史上最强大的封建王朝就这样于内外交困中土崩瓦解了。麻喏巴歇王朝最后灭亡的确切时间无法知道，估计在 15 世纪末 16 世纪初。麻喏巴歇是爪哇最后一个印度教王朝，随着麻喏巴歇王朝的没落和最后灭亡，印度宗教文化占主导地位的时代也进入了尾声。从此往后，伊斯兰文化的影响逐渐取而代之，主导了印度尼西亚近古文学的发展。

第二节　麻喏巴歇王朝时期的格卡温文学

麻喏巴歇王朝与柬义里王朝和新柯沙里王朝有传承关系，因此格卡温文学还被继承下来，不过内容上已发生重大的变化，一方面不再以印度史诗故事为题材的惟一来源，印度教已失去主导一切的地位，佛教影响有卷土重来之势，印度教与佛教既相融合又相斗争的现象也反映到文学中来；另一方面本民族的历史和本朝的现实生活已直接成为创作的源泉，作品中不但有对王朝统治者的歌功颂德，也有对王朝腐败现象的一定揭露。

麻喏巴歇王朝统治者为了加强和扩大自己的统治基础，对印度教和佛教采取兼容并用和一视同仁的方针，宫廷里的神职人员不是清一色，有印度教僧侣，也有佛教僧侣，各司其职。但两教的并存并非无矛盾，各方都想压倒对方，抬高自己，以争取统治者的更大赏识和宠信。我们可以从宫廷作家创作的格卡温作品中看到这种两教相融和相斗的现象，而王朝统治者对此似乎采取听之任之的态度。过去的王朝统治者和宫廷作家都崇奉印度教，所以几乎看不到有佛教和佛教文学的影响。而麻喏巴歇王朝的宫廷作家，看来有不少是信奉佛教大乘教的。他们即使在拿印度史诗故事作为题材，也要想方设法挽上佛教的思想，把佛祖置于印度教大神之上。此外，有的作家更索性拿佛本生经的故事作为题材，直接宣扬佛法。在此类作家中，最典型和最有代表性的是恩蒲·丹杜拉尔（Mpu Tantular）。

恩蒲·丹杜拉尔是哈奄·武禄执政时期的宫廷作家，他的第一部重要的格卡温作品是《阿周那凯旋》（Arjunawijaya），大概创作于1365至1389年之间。他在序中说，他用"丹杜拉尔"这个名字是含有"无所畏惧"、"坚定不移"、"置身度外"等的意思，这大概表明他对佛教信仰的坚定性。诗中还提到他想在他的诗中建一座佛庙，把他的诗作作为给爪哇国王及其子女的献礼，祝国王万寿无疆，王朝长治久安。这句话的言外之意是，他要把佛教献给国王及王室，在佛的保佑下国泰民安。《阿周那凯旋》的故事取自《罗摩衍那》的《后篇》，主要讲十首魔王罗波那的出身和他同千手阿周那之间的战斗故事。作为信仰佛教的人，他似乎不会主动去拿印度教的这个史诗故事作为他创作的题材，可能是奉命而写的。但恩蒲·丹杜拉尔确实高明，他能把传统的印度教史诗故事变成他宣传佛教的讲坛。《阿周那凯旋》全篇可分成两个部分，前简后繁，下面先把两个部分的基本内容介绍一下：

前部分共191节诗，从十首魔王罗波那的出世讲起，他后来由于苦修而获得大梵天的恩典，威力无边，死了还可以复活，成为所向无敌的魔王。他想征服全世界，先霸占同父异母兄弟所统治的楞伽城，后发动一系列战争，侵占一个又一个国家，无人能抵挡他。他胆大妄为，甚至竟敢去骚扰湿婆大神与雪山神女居住的神山，把山从脚底拔起加以摇晃。湿婆大神立刻摁住山头往下压，把罗波那的手指夹住，疼得他嗷嗷直叫。于是给他取名罗波那。"罗波那"即"嚎叫"的意思。

这一部分故事讲的全是有关罗波那的厉害和无法无天。

后部分共371节诗，讲千手阿周那王战胜十首魔王罗波那的经过。千手阿周那王偕王后外出游览，先来到一座庙宇，看到中间供奉佛像，周围还有湿婆、毗湿奴、大梵天等神像。接待的和尚向他们讲解佛法，同时说明佛陀和湿婆并无区别，一位国王如能建造这样的寺庙并行善积德就会获得大恩典。千手阿周那王听了十分赞赏并决定身体力行。他们继续游览，遇到毁坏了的庙宇，就让人重修，给佛教徒和出家人以种种照顾。最后他们来到纳尔马达河边，王后嫌水太深不宜洗澡捕鱼，千手阿周那王便立刻用其千只手修一堤坝。这时，十首魔王罗波那正在上游修行，河水突然上涨，淹没他的住处。当知道河水上涨的原因时，罗波那立刻调动军队攻打千手阿周那，双方展开激战。十首王的头被千手阿周那一个个砍掉在地，但一个个的头又回到罗波那的脖子上，因为罗波那死了能复活。最后千手阿周那终于把罗波那擒住了。千手阿周那凯旋而归，没想到王后因听信他已战死的谣言而自尽殉夫。阿周那痛不欲生，也想寻短见，为众人所劝阻，因为他一死，天下生灵都将遭殃。这时护河女神出来，用仙水救活王后，众人欢呼，普天同庆。一位大仙前来为其孙子罗波那求饶，千手阿周那答应，把罗波那就地释放。在千手阿周那王的治理下，由于他能广施博济，推进佛法，天下呈现一派太平景象。天上的佛祖甚感满意，众人和众神齐声赞美。

从故事的基本内容来看，《阿周那凯旋》与过去的格卡温作品似乎无多大区别，都是直接取材于印度史诗故事，为自己的国王歌功颂德。但是在故事的掩盖下，作者所极力宣扬的却是佛教思想。他借主人公游览寺庙而大讲佛法，通过释放十首魔王罗波那宣扬大慈大悲的佛教精神。表面上他也歌颂湿婆大神，但接着又说湿婆大神是"佛在修禅人心灵中的最高形象"。他也强调写这部作品是为了赞扬毗湿奴大神，但接着又说"毗湿奴大神是佛的具象化体现"。从作品中可以看到，作者处处在煞费苦心地宣扬佛高于印度教的大神。

如果说《阿周那凯旋》还没有摆脱印度史诗故事的传统影响，那么《输打梭玛》（Sutasoma）就完全是佛教文学的故事了。这部格卡温作品主要讲佛祖感化恶兽和降伏食人魔王的故事，此类故事在佛本生经故事里比比皆是。恩蒲·丹杜拉尔在这部作品中，不但大力宣扬佛的大慈大悲和普度众生，而且还让印度教的神一个个向佛祖服输，并最后皈依佛门。

《输打梭玛》讲的不是成佛前的菩萨轮回故事，而是佛祖亲自降世感化众生的故事。佛祖降世为哈斯迪纳国的太子，名叫输打梭玛。他自小慈悲为怀，乐善好施，不图享受。国王要他继承王位，而他还想济世救民，普度众生，因此趁夜黑离宫出走，赴须眉山修行。途中他遇到食人魔王布鲁沙达，此魔前世本已为佛祖所降伏，弃邪归正后转世为拉特那甘达国王。然而有一天，为国王准备的肉被狗叼走了，厨师以人肉代之，国王吃后又恢复了食人的本性。国内百姓不堪其害，盼佛早日前来解救。此刻布鲁沙达正患脚疾，他许愿毁灭之神卡拉，如能治好其病，将献上一百个国王作为祭品。众人苦求输打梭玛将食人魔王除掉，但输打梭玛不愿开杀戒。他继续上路，不久遇到象头妖苏基罗玛，此妖也食人成性，想把输打梭玛吃掉，但未能得逞。后来象头妖被输打梭玛所制服，甘心受戒，成为佛门弟子。输打梭玛继续上路，半道又遇上恶龙，他用佛法也把它降伏并收为弟子。输打梭玛为了阻止正准备吃自己幼崽的饿虎，甘心投身饲虎。他的行为最终感化老虎，使它决心皈依佛门。输打梭玛给新收的三个弟子大讲佛法，要他们出家为僧，修成正果。他自己则进山修行，远离红尘。众神担心巨魔趁输打梭玛修行的时候兴风作浪，为非作歹，于是因陀罗大神派仙女去进行诱惑，后来还亲自化作最美的仙女去干扰输打梭玛的修行，但都没能成功。这一情节可能是从《阿周那的姻缘》抄袭过来的。故事的高潮是讲食人魔王布鲁沙达被降伏的经过。布鲁沙达终于凑足一百个国王献给毁灭之神卡拉，但卡拉仍不满足，还要输打梭玛的肉。于是布鲁沙达发兵攻打哈斯迪纳国，两军交战，死伤无数。输打梭玛不忍生灵涂炭，愿献出自己的身体以换回一百个国王的性命。输打梭玛舍身救人的大慈大悲精神感化了布鲁沙达和卡拉神，他们决心弃恶从善，释放了一百个国王并请求输打梭玛收他们为弟子。输打梭玛完成善举之后便传位于太子而返回西天。

　《输打梭玛》的故事大多取自佛本生经故事，如投身饲虎的故事大概是从《佛说菩萨投身饲饿虎起塔因缘说》来的。但整个《输打梭玛》的故事源于哪一本，仍无法知晓。我们知道8、9世纪中爪哇的夏连特拉是大乘教的佛教王朝，那时佛本生经的故事应该已经流传，可能已有梵语传本或古爪哇语传本。作者也曾提到其创作源于佛经，但没有说明是哪一部佛经。一般而言，佛教文学在古爪哇语文学中不占重要地位，佛教题材的作品屈指可数。麻喏巴歇王朝时期《输打梭玛》的问世有其特殊的意义，它不但表明佛教在这个时期有回潮之势，而且还把两教的相容和相斗显示出来。恩蒲·丹杜拉尔无疑是信奉佛教的，他写这部佛本生经故事的目的当然是为了弘扬佛法，但他同时还想通过故事来贬低印度教的神，把佛置于至高无上的地位，让印度教的神也向他顶礼膜拜。这里可举几个片段作为典型的例证。故事中说，食人巨魔之所以拥有无比的威力，可胡作非为而不受惩罚，是因为得到湿婆大神的恩典。本来巨魔已被佛祖所降伏而改邪归正，后来他修苦行，楼陀罗（湿婆）便给他以超凡的威力，在战斗中还可化身为楼陀而无敌于天下。于是巨魔又恢复了食人的本性。故事中还让佛祖与湿婆直接对抗，在布鲁沙达进攻哈沙迪纳国的战斗中，湿婆大神附身于食人魔王布鲁沙巴，与佛祖的化身输打梭玛交战。湿婆大神向输打梭玛喷射火焰，但佛法使之立刻化作水，射出的箭也化作鲜花。湿婆大神的所有武器都不顶用，他怒不可遏，放出可毁灭整个世界的烈火，但仍伤不着佛身的输打梭玛。因陀罗大神急忙赶来求输打梭玛加以制止。输打梭玛禅坐静虑，纹丝不动。湿婆大神的怒火渐息，意识到输打梭玛乃佛祖本身，便脱离布鲁沙达的躯体飞走了。另外，有关象头妖的故事也有意在贬低印度教之神塞建陀（象头神），说象头妖是直接得到塞建陀的恩典而具有象头的形象和刀枪不入的魔力。输打梭玛想说服他弃邪归正，但无济于事，因为有塞建陀附身。象头妖拿各种武器攻打输打梭玛，但都失灵。塞建陀意识到他面对的输打梭玛就是佛祖本身，便离开象头妖的躯体飞回天国。象头妖服输，被佛祖收为弟子。就这样，通过一个个故事，作者让印度教的神都败在佛祖的手里而最后皈依佛教。但这时印度教的势力还是很大的，作者还得有所妥协，把二者说成一样。例如当佛身的输打梭玛与楼陀罗（湿婆）附身的巨魔打得难分难解时，众神便前来劝和，说"佛祖与湿婆的最高本质是同一体"。另外佛祖在给新收下的三个弟子讲道时，也强调二者的一致性，都是为了最后的解脱和成正果。

《输打梭玛》生动地反映了麻喏巴歇王朝时期佛教与湿婆教共处互斗的现象。作为信奉佛教的作者，当然要通过作品大力宣传佛教的胜人一筹，但作者能寓教育于故事之中，既富有哲理性，又不乏趣味性，不会让人感到枯燥。这也是它不同于其他格卡温作品的地方。这部作品至今在巴厘岛仍深受欢迎。

在同一时期，还有两部比较重要的格卡温作品《巴尔达雅茨那》（Parthayajna）和《昆加拉卡尔纳》（Kunjarakarna），也可代表印度教和佛教两种不同的倾向。两部作品的作者都不详，似乎不是宫廷作家，因为前言后语中都没有提到王公贵族的名字。作家把自己说成是村夫和"来自内地的作者"。有人把这两部作品列为宗教作品，因为其内容主要是宣传各自的宗教：前者取材于传统的印度史诗故事，宣扬印度教的思想；后者取材于佛本生经故事，宣扬佛教思想，各显神通。

《巴尔达雅茨那》的故事取自《摩诃婆罗多》的《森林篇》，讲阿周那去因陀罗峰修行之前的一段经历，可以说是《阿周那姻缘》之前的一段故事。这段故事在印度史诗里只是一带而过，只用了四个双联诗，而在这部作品里，则被大大地扩展，成为一部寻求真理的故事。故事的情节实际上非常简单：坚战赌输和黑公主受辱之后，般度五子必须去流放12年。般度兄弟商量决定让阿周那去因陀罗峰修苦行求神赐宝，以应付未来之大战。阿周那一路上展开思想斗争，不断克服情欲和战胜诱惑，他先后遇到静修林的出家人，爱神卡玛夫妻和祖先维耶沙，聆听了他们充满印度教哲理的教导，从而坚定了信心，最终到达了因陀罗峰。故事之所以变得很长，是因为加了出家人和爱神的长篇说教和阿周那思想斗争过程的描述。显然作者不重视史诗的故事性而更重视宗教的教育性。在玛朗附近的查戈陵庙可以看到有关的故事浮雕，说明《巴尔达雅茨那》在当时还是颇有影响的。

《昆扎拉卡尔纳》讲的全是佛教故事。昆扎拉卡尔纳诚心拜佛，以求在下一轮回中能从夜叉变成人。佛祖要他去地府参观那些生前作恶的人其灵魂如何受苦刑。他来到岔路口，一条宽敞大道是通地狱的，走的人很多；一条隐蔽小道是通天堂的，走的人很少。他走到地狱里，亲眼看到那些鬼魂遭受各种酷刑，惨不忍睹。他继续往前参观，来到一个地方，看到那里正忙着准备一巨锅。他获悉七天后他的亲友普尔那威查耶的灵魂就将被扔进那巨锅里煎熬十万年。昆扎拉卡尔纳赶紧回去通风报信，普尔那威查耶一家慌了手脚。他们商量一起拜见佛祖，求佛祖大发慈悲。佛祖给他们讲了四谛、轮回报应等佛法，使他们醒悟。在佛祖的庇护下，普尔那威查耶的灵魂只需受九天的煎熬，并且还可复活。他叫妻子在他尸体旁守候到第十天，等他苏醒过来。果然他死后第十天便复活了，他的妻子和全家都兴高采烈，以为从此可安享幸福的生活。殊不知普尔那威查耶复活后已看破红尘，他宣布出家修行。最后他超出生死轮回，得到解脱而升天国。昆扎拉卡尔纳已在那里恭候多时。

在爪哇，昆扎拉卡尔纳的故事早已有古爪哇语的散文本流传。《昆扎拉卡尔纳》这部格卡温作品可能就是从散文本改写过来的，其语言比较朴素淡雅，可能出自出家人之手。

麻喏巴歇时期还有一些从过去的史诗篇章文学改写而成的格卡温作品，如《苏巴特拉的姻缘》（Subhadrawiwaha）和《诃利凯旋》（Hariwijaya）。二者的故事都是取自《摩诃婆罗多》的《初始篇》。前者讲阿周那与苏巴特拉的一段姻缘，后者讲毗湿奴化作美女战胜罗刹的故事，里面讲到了有关日月食的神话。此外还有取自《毗罗吒篇》的《激昂的姻缘》（Abhimayuwiwaha）以及以黑天故事为内容的好些作品。这些史诗故事的格卡温作品，总的来说质量不高，内容陈旧重复，毫无新意，似已成过时黄花。

哈奄·武禄执政时期，有著名宰相卡查·玛达辅政，文修武偃，物阜民安，是麻喏巴歇王朝的盛世。过去的宫廷作家都是借印度史诗神话故事来歌颂本朝帝王，如今王朝已如此强大，宫廷作家完全可以把国王的丰功伟绩和国家的繁荣昌盛直接写进自己的作品加以歌颂。普拉班扎（Prapanca）于1365年写的《纳卡拉克达卡玛》（Nagarakrtagama）就是这样一部格卡温作品。这部作品是普拉班扎随驾出巡各地的见闻录。哈奄·武禄王每年都要亲自出巡视察，接受四方臣民的朝拜。每次普拉班扎都参加，他把亲眼看到的山川名胜、民情风俗等逐一记录下来，最后写成一部颂诗。所以，这部作品可以说是麻喏巴歇王朝全盛时期的真实写照，备受学术界的关注。

《纳卡拉克达卡玛》全诗共93段。其基本内容如下：诗的开头先赞颂湿婆大神和佛祖，说他们下凡为哈奄·武禄王，因能以法化世，致使国土乐丰，民众炽盛。接着把王室成员一一略表，还把京城如何市井稠密，宫阙壮丽，周围地区如何富庶繁荣描述了一番。然后以最大篇幅详细描述哈奄·武禄王每次出巡的情景。先是1353年的巴章（今之梭罗地区）之行，在那里国王住上一周才还宫。次年是拉森（今在三宝垄与南旺之间）之行。接着还有1357年的南岸之行等。而最盛大和最隆重的是1359年的拉玛章之行，也是作者描述的重点。那年8月，哈奄·武禄王率领皇亲国戚和文武百官乘辇数百辆，浩浩荡荡地从京城北上至海边，后东折到达巴那鲁干，再从那里取南路返回京城。哈奄·武禄王每到一处，都受到当地的王公贵族和黎民百姓的盛大欢迎。作者把看到的载歌载舞的热烈场面作了详细的描述，同时也写了他自己的感受。此外，在随驾出巡的过程中，作者有时还可以单独行动，或访亲探友，或探古览胜，把看到的神庙寺院，风土人情以及僧侣向他讲述的历史往事，也都写进他的作品里。这一年的东巡记载最为详尽。1360年和1361年还有出巡记录，但比较简略。后来作者的笔墨集中于描述王太后特丽娃娜逝世12周年的祭奠仪式上。1363年似乎没有出巡，可能与1362年忙于祭奠活动有关，但有提到国王去访辛槟，说他接到卡查·玛达去世的消息后立即返京安排人事和调整机构。最后作者以综述麻喏巴歇王朝的疆土领域、王陵庙宇、宫廷规仪、登基大典等结束全篇。

从以上的内容介绍来看，《纳卡拉克达卡玛》无疑具有巨大的史料价值，向我们提供了有关麻喏巴歇王朝全盛时期的社会政治、宗教文化、民情风俗等十分难得的翔实资料，这在爪哇古典文学里，可以说是独一无二的。另外，由于写的都是作者亲眼看到的和自己感受的，所以比较贴近现实，语言也比较纯朴自然，很少使用华丽的词藻，这也有别于过去的格卡温作品而独具一格。

哈奄·武禄王去世之后，麻喏巴歇王朝开始走向衰落，统治阶级内部的矛盾激化，朝政废弛，世风日下。有些诗人对王朝的前途极为担忧，对社会的腐败堕落深为不满，他们写的格卡温作品不再对统治者进行歌功颂德，而是进行讽谏和规劝。此类格卡温作品以《尼迪沙斯特拉》（Nitisastra）最负盛名。

《尼迪沙斯特拉》作者不详，从语言风格来看，可能出自麻喏巴歇王朝末期的宫廷诗人之手。其内容是有关统治论的言论，没有故事性，按不同的问题分阕论述。全诗共15阕，合120节诗。作者对王朝的礼崩乐坏和社会堕落甚为不满和忧虑，他从封建伦理道德和宗教哲理出发，采用比喻、寓意、假托等艺术手法，提出有关君臣之道、待人处世等一套训诫和行为准则，以保住王朝的统治和封建秩序免遭进一步破坏。例如在君臣关系上，作者规劝国王要爱护臣民，否则会众叛亲离而遭杀身之祸。诗云：

> 狮子乃森林守护者，却又为森林所护
>
> 倘若狮子与森林发生龃龉
>
> 一怒之下离森林而远走
>
> 森林将遭毁，林木被砍伐殆尽
>
> 而离走的狮子于空旷之地将失去藏身之处
>
> 最终必将遭人杀戮

王朝末期的统治者往往非常暴虐，伴君如伴虎，诗中也反映人臣对暴君的这种恐惧心理：

> 服侍显贵或君王
>
> 犹如于惊涛骇浪中行舟，充满风险
>
> 或者好比用舌头舐利剑
>
> 同毒蛇亲吻，与猛狮拥抱拍肩

王朝末期不但统治者无道，整个封建社会也败落，作者看到建立在等级制度的封建秩序遭到破坏，不由得痛心疾首：

> 世界失去纯洁，仙药失去神效
>
> 婆罗门、刹帝利、吠舍和首陀罗
>
> 人人自称修士，随意混住杂居
>
> 只求貌若修行人，即可为所欲为
>
> 经典、正法、瑜伽和咒语均可亵渎
>
> 妄自吹嘘，自认已获解脱

麻喏巴歇王朝末期，商业地主阶级日益得势，金钱的力量使封建贵族的地位每况愈下，作者甚感无奈：

> 诚然，劫难时期已降临，惟金钱受人尊敬
>
> 贤人勇士和僧侣工匠，全为财主俯首听命
>
> 圣贤教导付脑后，王公贵族皆卑鄙
>
> 子女狠心辱骂父母，小人从商扬名又获利

《尼迪沙斯特拉》的作者对封建王朝末期的统治者和社会的丑恶现象进行了一些揭露，反映了人们对现实的普遍不满。但作者是站在封建阶级的立场上，为了挽救封建统治而针砭时弊，因此在好些地方仍可看到封建文人的固有偏见，例如对妇女的鄙视，把社会的腐败归咎于妇女，把女人看做是祸水，说什么"除非顽石开花，女人才会走正道"等。此类思想糟粕当然要批判。但不可否认，作者根据自己的体验和社会实践总结了不少有关待人处世和辨别是非善恶的准则，写得相当精辟，言简意赅，富哲理性；因而颇受欢迎，长期以来被爪哇人奉为"生活指南"。

类似的作品还有《尼拉尔达帕拉克列达》（Nirarthaprakreta），据考证写于1459年，作者不详。书中对社会上互相倾轧的现象也作了较多的揭露，如揭露人们自私自利和损人利己的行为，看别人遭殃便幸灾乐祸，见别人幸福则设法陷害等。这实际上反映了封建社会的没落景象，也是本书较有积极意义的部分，而其他部分则净是说教之类的内容，如宣扬神秘主义哲学，劝人修身养性逃避现实等。此外还有一部格卡温作品叫《法空》（Dharmacunya），也是宣扬虚无思想的，劝人远离尘世，寻求自我解脱。其实，出现这种宣扬消极遁世思想的作品并不足为奇，它是为了满足人们在乱世之秋寻求个人解脱的精神需要。

麻喏巴歇王朝末期的格卡温作品已几乎看不到印度史诗故事和神话的影子，比较真实地反映封建没落的时代面貌。作品的数量不多，犹如夕阳之余辉，在黑夜降临前，释放最后的霞光。随着麻喏巴歇王朝的没落，几世纪以来盛行的格卡温文学在爪哇已走到其终点，只在巴厘岛还能听到其余音。

第三节　麻喏巴歇王朝时期的吉冬诗

麻喏巴歇王朝时期，在诗歌创作上打破格卡温诗体长期垄断的是吉冬诗体（Kidung）。这种诗体在柬义里王朝时期大概已在民间流行，不过一直受以格卡温诗体为正统的宫廷文学的排斥而不能登大雅之堂。当民族化爪哇化的倾向加速进行的时候，吉冬诗体才得以冲开森严的文学殿堂大门，在爪哇诗坛上崭露头角。吉冬诗与格卡温诗的最大不同在于它是土生土长的，完全不受印度梵体诗的影响。它使用的语言是近古爪哇语，其词汇和语法在许多地方有别于古爪畦语，更具有民族语言的特点。吉冬的诗律遵循爪哇语的规律，不分长短音，但有固定的音节数和韵脚，句子有长有短，随词调的不同而异。吉冬诗不但在形式上，在内容上也基本摆脱了印度梵语文学的传统影响。与格卡温作品的内容大不相同，吉冬作品很少取材于印度史诗和神话故事，而是直接取材于爪哇王朝历史和爪哇民族传奇的故事，特别是麻喏巴歇王朝初期的宫廷斗争故事。因此，吉冬作品更能表现爪哇的民族特色，更能反映爪哇的历史现实。

吉冬诗一般不属宫廷文学，诗中既没有提到国王和作者的名字，也没有标出创作的年代，往往很难断定其来历。到目前为止，对吉冬作品的挖掘、整理和研究工作还很有限，对其评价也还不够全面。下面先重点介绍几部最有代表性和最著名的吉冬作品。

第一部是《哈尔沙威查耶》(Harsawijaya)，讲的是麻喏巴歇王朝的开国元君拉登·威查耶的故事，内容与散文作品《爪哇诸王志》相同，可能出自同一来源。故事从新柯沙里纳拉辛卡得子讲起。王子取名哈尔沙威查耶。国王临终前将年幼的王子托付给其弟葛达纳卡拉，并让他当摄政王直到王子长大之后。葛达纳卡拉的摄政遭到一些王公大臣和僧侣的不满和抵制。王子长大后，葛达卡纳将其二女嫁给他，这样哈尔沙威查耶便成了葛达纳卡拉的女婿。葛达纳卡拉不顾大臣的劝阻和警告，发兵远征末罗游国。被他贬谪的马都拉领主威拉拉查唆使束义里领主查雅卡特旺乘京城空虚发兵袭击。葛达纳卡拉死于战乱之中，而哈尔沙威查耶则幸免于难，逃往马都拉，以半个国土相许而为威拉拉查所收容。后来威拉拉查向他献计，叫他向查雅卡特旺求和以求获得一立足之地。查雅卡特旺心软，划了一块荒地给他，那里长满苦涩的麻喏果。这就是麻喏巴歇(意苦涩的麻喏果)名称之由来。查雅卡特旺给哈尔沙威查雅一条生路无疑是放虎归山。哈尔沙威查耶羽毛丰满后，便联合马都拉军和蒙元军一举把查雅卡特旺消灭掉了。哈尔沙威查耶得胜后又违背诺言，拒绝把公主献给元朝皇帝，与元军交战，把元军赶回大海。最后哈尔沙威查耶正式登基为麻喏巴歇王，号称克达拉查沙。

历来的宫廷作家都要为新上台的统治者大肆歌颂一番，而《哈尔沙威查耶》则不同，对麻喏巴歇王朝的开国君主很少有溢美之词，没有把拉登·威查雅说成是毗湿奴大神的化身或者是受湿婆大神的佑助，而是时势造出来的君主，对其身上的缺点也不加掩饰。例如拉登·威查亚对元蒙军的背信弃义，对给他生路的查雅卡特旺的恩将仇报等，作者都不加隐瞒。作者甚至还把拉登·威查亚的对立面查雅卡特旺描写成受臣民爱戴、明达公正的好君主，并最后将他加以神化。对麻喏巴歇王朝的统治者贬多于褒似乎已成为吉冬作品的一个特点。这也说明吉冬作品不是直接为统治阶级服务的，其作者看来也不会是宫廷作家。至少不是当时的宫廷作家。

第二部是《朗卡·拉威》(Rangga Lawe)，讲的是麻喏巴歇王朝初期开国功臣朗卡·拉威因受到哈尔沙威查耶的不公正待遇而最后起来叛乱的故事。整个故事可分两个部分。前部分讲朗卡·拉威追随哈尔沙威查耶东征西伐，为打下江山立下了汗马功劳。这部分的内容与《哈尔沙威查耶》讲的有关部分基本相同，只是在细节上有不少差别，作者更着重于刻画朗卡·拉威的忠勇刚直的性格。后部分讲朗卡·拉威的叛乱经过。哈尔沙威查耶登基为王之后，开始分封各功臣。若论功行赏，朗卡·拉威理应在南比之上，但国王却把宰相要职给了懦弱无能和善于奉迎的南比，而朗卡·拉威只当杜板的太守。对此不公朗卡·拉威直言不讳地表示他的不满，并经常在国王面前与南比作对，许多大臣都同情他。这不免引起国王的猜忌和疑心，命南比与远征军统帅葛博·安纳勃朗率大军攻打杜板。朗卡·拉威为了维护自己的荣誉决心出来迎战。他得到许多大臣和北岸民众的支持和拥护，打退了南比的进攻。国王恼羞成怒，集中全国兵力御驾亲征。朗卡·拉威顽强抵抗，英勇无比。这时国王才意识到他将失去一员猛将。最后朗卡·拉威与葛勃对阵，战斗进入高潮，葛勃险些送命，落荒而逃。朗卡·拉威紧追不舍，在河里继续搏斗，不幸被葛勃刺死。梭拉赶到，见朗卡·拉威阵亡，一怒之下把葛勃刺死。国王得到叛乱被平息的消息后，反而感到悲伤，因为他失去了两员最勇猛的将帅。国王向朗卡·拉威的妻室表示歉意，承认自己的过失。妻妾们都回去，在丈夫的遗体旁自尽殉节。

"朗卡·拉威之乱"在历史上确有其事，但是否就像吉冬作品《朗卡·拉威》所描述的那样，却很难说，因为没有其他可靠的史料可资印证。从文学创作的角度来看，这部吉冬作品对历史人物的刻画是相当成功的。最有意思的是，被正史视为犯上作乱的逆臣朗卡·拉威，在作者笔下却成了可歌可泣的英雄人物。他那马都拉人刚直不阿、敢做敢当的性格特征得到了充分的体现。而被正史所颂扬的麻喏巴歇王朝创立者拉登·威查耶，在作者笔下却远不是一位英明君主的形象，正是他对臣民的赏罚不公才导致朗卡·拉威的悲剧结局。

与《朗卡·拉威》的内容相类似的吉冬作品还有《梭兰达卡》(Sorandaka)，着重讲麻喏巴歇王朝初期宫廷内部的阴谋和叛乱故事。作品的中心人物是野心勃勃的大奸臣马哈巴迪。他阴险毒辣，善于使用两面派手法，在君臣之间和大臣之间极尽挑拨离间之能事，把妨碍他攫取宰相宝座的人一一除掉。马哈巴迪先把矛头集中在对国王忠心耿耿的开国元勋梭拉身上，制造种种谣言使国王对他产生疑心。当梭拉带他的人上朝向国王表忠心时，便诬告他图谋不轨，当场把他处死。马哈巴迪用同样手法把开国功臣们一一剪除，最后也把南比送上断头台。马哈巴迪以为他的所有阴谋已得逞，可以当上宰相了，殊不知当国王召见时，他也落入了圈套，当场被捆绑起来，然后被带到郊外的墓地就地正法。

《梭兰达卡》写于《朗卡·拉威》之后，在艺术成就上似不如后者，但它对宫廷内部的钩心斗角和种种的卑劣阴谋描写得相当真实和生动，尤其对大奸臣马哈巴迪的刻画可谓入木三分。宫廷的一系列悲剧是由马哈巴迪一手造成的，最后他也被国王所处死。但国王的偏听偏信仍不能卸其咎，尽管作者没有直接指出这一点，读者还是可以从中得出自己的结论。

在吉冬作品中，对麻喏巴歇王朝统治者进行褒贬最深刻的是《巽达吉冬》（Kidung Sunda）。这是一部感人至深的有关哈奄·武禄王与巽达公主的婚姻悲剧故事。哈奄·武禄王看中了美丽的巽达公主，派大臣前去说亲。巽达王满心答应，第二年亲自率领大批人马乘两千艘船护送公主前往麻喏巴歇国完婚。当护送船队靠岸时，宰相卡查·玛达却极力阻止国王前去迎亲，要巽达王把公主当做妃子献给哈奄·武禄王，而不是去当王后，以便实现他征服巽达国的计划。对于卡查·玛达恃强凌弱的无理要求，巽达王严词拒绝。他宁可玉碎，不愿瓦全，决心为维护自己的荣誉而战斗到底。最后巽达王和他率领的全部人马都壮烈牺牲。王后和公主闻讯赶来，先后在国王的尸体旁自刎，以身殉国。哈奄·武禄王失去巽达公主后，陷入极度的悲痛之中，终于郁郁而死。这引起朝野对卡查·玛达的极大不满，纷纷前来问罪，卡查·玛达知道自己的末日已到，作为毗湿奴化身的他，穿上朝服和戴上各种标徽，一人在院子前面静静站着，渐渐消失在虚无之中。当军队冲进来时，早已不见他的踪影。后来在全国进行大搜捕，也毫无所获。

显然，《巽达吉冬》的故事是虚构的，不是历史的真实，因为麻喏巴歇与巽达国之战发生在1375年，而哈奄·武禄则死于1389年。据《纳卡拉克达卡玛》所载，卡查·玛达宰相是死于1362年，也与故事里说的不一致。但这部吉冬作品的意义不在于揭示历史的真实，而在于反映人们对霸权政治和背信弃义行为的不满和谴责以及对弱者和正义斗争的同情。作者紧紧抓住这个主题展开富有戏剧性的故事情节，生动地表现各种历史人物，尤其是卡查·玛达的性格特征得到充分的展示。与此同时，作者也能很好地把握巽达人与爪哇人之间的性格差别，恰如其分地加以表现。尽管作者的同情在巽达人的一边，却能克制自己，不作过分的渲染。此外，作者对哈奄武禄王火葬仪式的细致描写为我们提供了有关当时风俗礼仪的宝贵资料。作者的语言明快流畅，无窒碍难通之处，为人们所称道。正是这些方面的成就，使《巽达吉冬》成为吉冬作品中的佼佼者。

吉冬作品的作者看来不是专为帝王服务的宫廷作家，所以不像格卡温作者那样文主骈俪，重声色，精雕琢，力求迎合王朝统织者的审美情趣。吉冬作者的文风显得更为朴实无华，缺精雕细琢，有时不免粗糙，拖沓冗长，可能是受民间唱词的影响。目前看到的吉冬作品多出于巴厘岛，是后来整理出来的。由于作者和产生的年代不详，许多推论还有待进一步去考证。上面提到的吉冬作品是其中的精品，一般都对麻喏巴歇王朝的统织者有所揭露和贬谪，大概写于王朝的没落时期。当然不是所有的吉冬作品都有那么高的思想性和艺术性，其中有不少也属文学价值不高的低劣作品。

第四节　麻喏巴歇王朝时期的历史散文作品

麻喏巴歇王朝时期文学朝民族化爪哇化方向发展的另一个重要标志，是历史散文作品的出现。从柬义里王朝和新柯沙里王朝到麻喏巴歇王朝一直保持着历史的延续性，所以王朝更替过程中所发生的许多富有传奇性的历史事件在民间被当做传奇故事代代流传下来。这为后来的历史散文作品的创作提供了丰富的素材。但这里有必要指出，后来出现的历史散文作品，从严格的意义上讲，都不是历史著作，所述内容不能当做真实的历史事实看待。尽管如此，在缺乏历史资料的情况下，那些历史散文作品除文学价值外，仍有很高的历史参考价值，甚至某些历史的内容还是从那些作品中引述过来的。此类历史散文作品中，最重要也是影响最大的是《爪哇诸王志》（Pararaton）。

《爪哇诸王志》的作者佚名，产生于较晚的时期，估计在1481年以后，书中的一些故事可能早已在民间流传。本书着重叙述从新柯沙里王朝到麻喏巴歇王朝这一段时期的历史演变，比较集中地描述这两个王朝的开国君主庚·阿洛和拉登·威查耶的非凡经历。新柯沙里王朝常被视为麻喏巴歇王朝的前朝，二者的王室有姻缘关系，庚·阿洛被认为是麻喏巴歇王室的祖先，对他事迹的描述占了大半篇幅。作者为庚·阿洛树碑立传显然是为了荣耀其后代麻喏巴歇王室，且看书中是如何美化和神化庚·阿洛的：

庚·阿洛本是农民出身，书中却把他说成是婆罗门与一农妇所生之子，后来还被说成是湿婆大神的儿子。这样就把庚·阿洛的出身一下子提高到极点。庚·阿洛出世时，身上闪闪发光，异乎常人。其母将他弃于荒冢之中，后为一小偷捡走收为养子。庚·阿洛生来天不怕地不怕，偷赌杀掠无所不为，这在当时被看做是超凡脱俗的表现。柬义里王下令杜马班领主将其缉拿归案，但无法将他擒获。庚·阿洛到处流窜，一天来到勒耶山，正遇众神聚会。巴拉达·古鲁（湿婆大神）向众神宣布，庚·阿洛是大神自己的儿子，日后必将使爪哇强盛。后来一个叫罗卡威的婆罗门特地从印度前来爪哇寻找庚·阿洛，声称是得到神谕，毗湿奴大神已降生爪哇，化身为庚·阿洛，他是前来辅佐庚·阿洛完成大业的。庚·阿洛后来被杜马班领主冬古尔·阿默冬收为家臣。有一天他遇到冬古尔·阿默冬的妻子庚·德德丝，见她身上也闪闪发光。罗卡威告诉庚·阿洛谁得了这女人就可得天下。于是庚·阿洛便萌弑主夺妻之念头。他请著名的铸剑师恩蒲·甘特灵为他铸造一把克利斯剑。庚·阿洛取剑时发现尚未完工，一怒之下便用那把未完工的剑将恩蒲·甘特灵刺死。断气前，恩蒲·甘特灵诅咒庚·阿洛和他的后代七个君王都将死于那把克利斯剑之下。庚·阿洛把剑带回去后，故意借给他的伙伴格波·希佐，让他佩着招摇过市，然后偷偷把剑取回去，用剑刺死冬古尔·阿默冬。格波·希佐成了替罪羊而被处死，因为大家都看到他常佩戴那把格利斯剑。庚·阿洛阴谋得逞后，当上了杜马班的领主，并娶了庚·德德丝。后来庚·阿洛又利用束义里王朝的内部矛盾，在印度教和佛教僧侣的支持下自立为王，于1222年推翻束义里王朝的统治，建立新柯沙里王朝。庚·阿洛登上王位不到七年，便被其继子阿奴沙巴迪所谋害。阿奴沙巴迪是庚·德德丝与冬古尔·阿默冬所生之子，起初他不知道庚·阿洛不是自己的亲生父亲，只觉得常受歧视。后来庚·德德丝把实情告诉了他，阿奴沙巴迪便决心替父报仇。他唆使一武将行刺庚·阿洛，事成后却把那武将杀死以灭口。阿奴沙巴迪登上王位后不久又被庚·德德丝与庚·阿洛所生之子陀查耶所刺死。而陀查耶即位才几个月又被阿奴沙巴迪之子朗卡武尼所刺杀。就这样七位国王接连死于那把格利斯剑之下，恩蒲·甘特灵的诅咒应验了。

关于庚·阿洛的生平，记述最详的就是这部历史散文作品《爪哇诸王志》。尽管许多细节和具体过程的描述是不可靠的，但从总的方面来看，还是反映了基本的历史事实。庚·阿洛确系农妇所生，后来篡位夺妻自立为王，最后推翻束义里王朝和建立新柯沙里王朝。这都是历史的事实，不过被作者涂上了神话的色彩，使非法篡权的事实合法化。至于新柯沙里王朝建立后层出不穷的宫廷谋杀事件，当然不是恩蒲·甘特灵诅咒应验的结果，而是反映新柯沙里王朝初期宫廷内部嫡亲与非嫡亲之间争夺王位斗争的激烈程度。根据历史的记载，事实上前后被刺死的国王只有三位。

庚·阿洛之后，《爪哇诸王志》把叙述的重点转移到麻喏巴歇王朝创立者拉登·威查耶的身上。书中比较详细地描述他建立麻喏巴歇王朝的经过。拉登·威查耶原是新柯沙里王葛达纳卡拉的女婿。新柯沙里王朝为叛臣束义里领主查耶卡特旺所推翻，葛达纳卡拉王死于战火之中，而拉登·威查耶则得以幸免于难。他后来利用元朝的军队打败了查耶卡特旺。当元军要求他实现诺言将爪哇公主献给忽必烈皇帝时，他又趁元军不备来个突然袭击，把元军赶回大海。解决内忧外患后，拉登·威查耶于1293年正式登基，成为麻喏巴歇王朝的开国元君。根据历史的记载，拉登·威查耶确实曾与元军联盟打败查耶卡特旺，后又攻其不备把元军赶跑，从而建立麻喏巴歇王朝。但是说元军因索公主而遭袭击并无历史根据，很可能这只是为拉登·威查耶进行开脱而编造出来的故事。

《爪哇列王志》还记述麻喏巴歇王朝时期的许多重大的政治和暴乱事件，如"朗卡·拉威之乱"、"巽达公主殉国"等，都是常被后人所引用的，也是吉冬作品的主要取材来源。甚至在现代作家中仍有人从这部作品里寻找灵感和素材，现代作家耶明创作的历史剧《庚·阿洛与庚·德德丝》便是其中的一例。

其他的历史题材散文作品带有更多的神话色彩，且更加爪哇化了。像湿婆、毗湿奴等人们所一向崇奉的印度教大神，这时已失去印度人主神的原貌而更像是爪哇人的主神，而且和爪哇的历史结合在一起了。在此类历史神话故事中，《丹杜·邦格拉兰》(Tantu Panggelaran)是一部比较有代表性的作品。

《丹杜·邦格拉兰》是爪哇作者借印度大神自编的爪哇创世纪，叙述湿婆大神到爪哇创建人类文明的经过。话说湿婆大神在爪哇先造出一对夫妻，让他们繁衍后代。后来又派神下凡对爪哇人进行开导，使他们文明起来。起初爪哇岛处于上下漂浮不定的状态，湿婆大神命砍下须弥山背去把爪哇岛镇住使其不再摇晃。起先把山搁在西爪哇一边，爪哇岛顿时向西倾斜，于是又把山背往东爪哇，这才使爪哇岛稳定下来。而一路上掉下的土块变成了爪哇岛从西往东的几座名山。后来毗湿奴大神亲自下凡当爪哇的第一代王叫甘地雅宛。他的子孙后代便成了爪哇的王族。这个故事显然是爪哇作者自己杜撰的，在印度神话里是根本没有的。尽管是杜撰，但有其特殊的意义，表明爪哇人企图以一种创新精神自己来创造王族起源的神话。他把印度教的主神从传统的印度神话体系中抽出来加以改造，赋以爪哇人的品质，使之变成爪哇人自己的主神。这应该说也是文学进一步民族化爪哇化的一种表现。

《丹杜·邦格拉兰》在主干故事之间还穿插一些小故事，可能是从民间传说中收集而来的，内容比较生动。有这样一个故事：达哈有个大臣叫萨默格欠人一笔债，答应日落前偿还。眼看太阳逐渐西斜而还债的钱尚无着落，他急中生智立即施法术让太阳在空中停住不动。这天国王正好把斋，要等日落方可进食，但一直不见太阳下山，饿得实在难熬。萨默格只好实说，国王便帮他还债，太阳很快也就落山了。有意思的是，在我国西藏也有太阳停住不动的类似故事，是否同出一源不得而知，这在印度神话里是找不到的。有人认为《丹杜·邦格拉兰》的作者是一位民间僧侣，他可能同时受湿婆教和佛教的影响。

还有一部流传很广的爪哇历史神话散文作品是《查仑·阿朗》(Calon Arang)，讲的是爱尔朗卡王把国土一分为二由两个王子分治的历史过程，但所述与历史事实相距甚远。书中说有一个叫查仑·阿朗的巫婆寡妇，由于女儿嫁不出去而兴妖作怪，让全国染上瘟疫，死人无数。爱尔朗卡王屡次派兵讨伐都吃了败仗，只好请巴拉达大师出来除妖。巴拉达大师派其弟子巴胡鲁去娶查仑·阿朗的女儿，设法找到查仑·阿朗施妖法的经书。巴拉达大师终于把查仑·阿朗制服并将她处死，全国瘟疫随之消失了。爱尔朗卡王为报答大师的相助，决定引退出家修行。起先他想让两个王子一个当爪哇王一个当巴厘王，便派巴拉达大师过海前往巴厘岛征求那里僧侣的同意，但被拒绝了。爱尔朗卡王只好将国土一分为二传给两个王子分治。后来两位王子经常为争夺边界土地而打仗，爱尔朗卡王又求巴拉达大师出来调停，为他们划定了国界。

《查仑·阿朗》的民间神话色彩十分浓厚，作者可能也是一位民间僧侣，可以看到僧侣的作用特别突出，似乎只有僧侣才能拯救王国，也只有僧侣可以解决王室争端。其中有一个情节很有意思，就是讲巴拉达大师是踩着树叶过海到巴厘岛的。这个踩叶过海的类似故事在我国西藏也有，是否纯属巧合不得而知。

散文作品中以本民族的历史故事为题材，把印度神改造成爪哇的神，这是麻喏巴歇王朝时期封建文化日益摆脱印度文化影响的一个结果，同时也表现了爪哇民族更大的自主性。甚至在《俱卢族传》(Korawacarama)这部讲印度主神的故事中，作者也可以把爪哇人固有的主神达雅（无形之神）置于印度教湿婆大神之上。这就不只是给印度大神涂点爪畦色彩而已，而是企图以爪哇人固有的神去取代外来的神，恢复自己固有主神的地位了。

第五节　爪哇班基故事

麻喏巴歇王朝时期班基故事(Cerita Panji)的出现是爪哇古典文学朝民族化爪哇化发展的顶峰，有人把它说成是爪哇古典文学的一次"革命"。班基故事不仅对印度尼西亚的后世文学，对东南亚好些国家的古典文学也都有深远的影响，可以说是继印度两大史诗之后，在东南亚传播最广和影响最大的、具有自己民族特色的文学作品。

班基故事有多达数十种的传本，虽然都是以固里班（戎牙路）王子和达哈（柬义里）公主的爱情故事为经纬线，但编制出来的故事在细节上却千差万别。我们无法确定哪一部是原本，更无法考证其作者和产生的确切年代，很可能导源于民间的话本，具有口头性、集体性和变异性的特点，在流传中不断被人增补和修改，以至出现纷繁不一的传本。这里只能拿比较流行的和故事相对比较完整的一部传本《班基·固达·斯米朗传》(Hikayat Panji Kuda Semirang)作为代表加以介绍，下面是故事的梗概：

话说古时爪哇有四兄弟当国王，他们是固里班王、达哈王、格格朗王和新柯沙里王，彼此关系很好，过从甚密。固里班王和王后连续40天祭神求子，天上巡游的卡拉神向巴达拉·古鲁（湿婆）大神报告所见情况，而大神也正准备派阿周那下凡，遂答应满足国王和王后求子的要求。不久，王后怀孕，足月后生下一王子，取名伊努·克尔达巴迪，由大臣们的五个儿子从小为他做伴，这就是后来著名的班基五侍从。后来王后又生一男一女。王子们从小受到严格的训练，武艺乐器无不精通，伊努尤为出众。

固里班国王得子的消息传出后，其他三位国王均派特使前来祝贺。固里班王当众宣布，三兄弟中谁有美丽的公主，就让伊努娶她。达哈国王和王后获悉之后，立即举行祭祀仪式求神赐女。大神让阿周那的妻子苏帕特拉下凡投胎为达哈公主，取名赞德拉·吉拉娜，由两位侍女做伴。后来王后又生一子，取名古农沙里。

固里班王决定让伊努娶赞德拉公主，派使臣前往达哈说亲。达哈王欣然接受，并约定下月会面定亲。另外还让古农沙里娶伊努的妹妹为妻，两国朝野为这门亲事而兴高采烈，忘了祭祀酬神。卡拉神向大神报告，决定惩罚他们，让伊努和赞德拉好事多磨，须经过长期的分离和考验之后方能结合。

天上的花神昂卡尔玛扬因玩忽职守被罚下凡，投身为一村长之女，名叫玛尔达朗娥，与赞德拉公主同年，长得一样美貌无比。一天，伊努外出打猎，一只黑鹿把他引进村里，遇上玛尔达朗娥，惊为天仙，要求村长将女儿许嫁给他。伊努早把下月与达哈公主定亲的事忘得一干二净。他心里只有玛尔达朗娥，当晚就把她带回宫里，两人如胶似漆，恩爱无比。王后获知后勃然大怒，认为有失身份，且失信于达哈王，便设计杀害玛尔达朗娥。她借口想吃虎心，叫伊努出去为她猎虎。玛尔达朗娥知道王后想加害于她，便沐浴梳妆，把剪下的指甲和秀发装进金匣留给伊努，然后躺在床上等待王后的到来。伊努走后，王后便持剑进来，亲手把玛尔达朗娥刺死。伊努狩猎一无所获，心里老是忐忑不安，便策马回宫。当发现玛尔达朗娥的尸体和留下的指甲和秀发时，他当场昏倒在地，从此不思饮食，万念俱灰。

话说卡拉神路过达哈时也看到人们沉湎于欢乐之中而忘了祭神，便吹起一股狂风，将赞德拉公主及两个侍女卷走，她们落在查邦安山顶上。从此赞德拉公主改名为恩当·桑拉拉。赞德拉公主的失踪使两国朝野大为震惊，但伊努却无动于衷。他在宫里呆不下去了，便乘黑夜带着五侍从悄悄离宫出走。伊努的失踪使国王和王后悲痛不已，他的两个兄弟也告别父母，决心把伊努找回来。

伊努出走后，在山上拜师学各种武艺，学成后下山改名为班基。从此他东征西伐，所向无敌。

赞德拉公主的弟弟古农沙里也离宫寻找失踪的姐姐，最后在查邦安山相遇。不久伊努也辗转来到查邦安，见到从未谋面而今已改名为桑拉拉的赞德拉公主，长的与玛尔达朗娥一样美貌绝伦，便向她求爱。桑拉拉对他怨气未消，故意冷落，不予理睬。一天，卡拉神让他俩在河边突然晕倒，把桑拉拉摄走，带到杜马锡国附近。桑拉拉苏醒后换成男装，改名班基·古达·斯米朗，从此也闯荡江湖，南征北战，所向披靡。

伊努失去桑拉拉后便失魂落魄，像个疯子。他又改名为克拉纳·埃丹（意即疯流浪汉），到处寻找心上人，最后来到格格朗国，被国王收为义子。后来斯米朗也投奔格格朗国，与伊努相遇但未相认。伊努极力向她讨好，而斯米朗却故意冷落，以此来考验他。

梭扎温杜王想娶格格朗公主而遭到拒绝，于是兴兵攻打格格朗国。格格朗国王求助于伊努和斯米朗，要他俩挂帅御敌。敌人被打退后，斯米朗怕暴露身份便不辞而别，在达努拉查山与其弟相逢。斯米朗恢复女装，当上女王，由其弟古农沙里辅政。

伊努班师回朝后，发现斯米朗已不在，便托故告别国王，四处去寻找。在七仙人的指点下，他来到了达努拉查。那时巴厘王正在围攻达努拉查，因为他向女王的求婚遭拒绝。伊努立即参战，把敌人赶跑，在祝捷大会上见到了女王，终于真相大白，原来桑拉拉、斯米朗和女王就是赞德拉公主。历经种种磨难之后，有情人终成眷属。

以上是班基故事的基本框架，各传本在枝枝节节上差别很大，简繁不一，但一般来说，是由两个部分的故事所组成。头一部分主要讲伊努与村女（有的传本是与大臣之女）的一段爱情故事，以村女遭王后杀害而告终，是一出爱情悲剧。后一部分主要讲伊努与赞德拉的爱情磨难，经过无数的悲欢离合，终于花好月圆，是一出爱情喜剧。所谓班基故事，一般就是这爱情悲剧和爱情喜剧的组合，但二者之间并不完全一致，有一明显的断层。前一部分在思想内容上更高出一筹，表现了主人公对爱情的执著和对封建礼俗的叛逆精神。伊努王子不顾出身贵贱而舍公主娶村女，这是他叛逆精神的具体表现。而村女最后惨遭王后毒手以至他们的爱情被彻底摧残，这是对封建等级观念的有力鞭挞。班基故事最感人的部分就在这里。后来有的作品就专拿这一部分作为内容，突出伊努对爱情的执著和追求。有的则甚至还让伊努在心上人的尸体旁自刎殉情，以增强其悲剧效果。后一部分则以情节曲折、富有戏剧性和传奇性而取胜，着重于表现好事多磨和有情人终成眷属这一传统主题。这一部分在班基故事里占有很大的比重，内容比较庞杂，精华糟粕兼而有之，各传本在细节上出入较大，人物名字也五花八门。有的传本在描写伊努与赞德拉经受爱情考验的同时，也大肆渲染伊努的各种风流艳史和性爱生活。例如巨港的班基故事《昂格列妮》（Angreni）就有此倾向，该书是奉巨港王公之命写的，宫廷艳史之类的描写较多，脂粉气较重。

　　总的来说，班基故事之所以大受欢迎，是有多方面原因的：

　　首先，在于它生动地表现了具有永恒和普遍意义的主题，即男女之间的真挚和纯洁的爱情。通过伊努与玛尔达朗娥的爱情悲剧和伊努与赞德拉的爱情喜剧，这个主题得到升华，在人们的感情深处引起强烈的共鸣，所以到处为人们所传诵。

　　其次，在于它所描写和反映的是爪哇本民族的社会现实而不是印度的神话世界，有浓厚的爪哇情调。就拿故事中使用的人名和动物绰号来看，完全体现了当时爪哇社会形态的特点。例如伊努、赞德拉和王子们在征战中都使用"班基"这个名字，"班基"的意思是"旗子"，是爪哇旗盟盟主的象征。另外许多人物的名字都有一个动物绰号，如牛、马、鹿等。这些都体现了当时爪哇封建王朝特殊的统治方式。柬义里的封建王朝是建立在贵族部落联盟的基础上，有点类似我国蒙古族的旗盟组织。各贵族部落用一种兽类作为自己的徽号和标志，这大概是想利用祖先的图腾崇拜来加强贵族部落的内聚力。赵汝适的《诸蕃志》有这样一段描述："其王以五色布缠头，跣足，路行蔽以凉伞，或皂或白，从者五百余人，各持枪剑镖刀之属。头戴帽子，其状不一。有如虎头者，如鹿头者，又有如牛头、羊头、鸡头、象头、狮头、猴头者。旁插小旗，以五色缯绢为之。"从这段描述中可以看出，国王是旗盟的盟主，即各贵族部落的"旗子"（班基），而戴各种兽头帽的从者就是臣服国王的各贵族部落的代表。伊努、赞德拉等以班基为名东征西伐实质上反映了当时封建王朝统治者对各贵族部落所进行的征服经过。此外，还应该指出的是，故事虽然讲的是宫廷王子和公主的爱情纠葛，但大部分的过程却发生在宫廷外面，它越过了宫廷的厚墙而走向广阔的社会，因此反映的爪哇社会层面更加广阔。再有一点，故事中除印度大神还在起作用外，爪哇民族自己原来的主神也恢复了原有的地位而且还掌握了实权。那不断在天上巡游的卡拉神被说成是爪哇王族的祖灵，时时都在监护着王族的成员。作者实际上是想把爪哇人对祖先灵魂崇拜的原始信仰与印度教的三大神信仰结合起来，以提高自己原有主神的威望。这些都使班基故事成为最具爪哇民族特色的爪哇作品，给长期受印度史诗文学影响的爪哇古典文学注入本民族的新血液。

其三，还在于它在艺术上的突出成就，能以曲折多变的故事情节和个性鲜明的人物形象吸引住人们的浓厚兴趣。班基故事的一个突出点就是情节变化多端，波澜起伏，往往一波未平一波又起，不断给人以悬念，于峰回路转之后，豁然开朗，最后否极泰来，善恶有报，满足了人们对美满结局的良好愿望。班基故事之多变还表现为不同的传本在情节上有不同的变化，比如有的传本把伊努与赞德拉的分离归咎于阴险的小王妃所施展的阴谋，她企图用自己的女儿取代赞德拉嫁给伊努，致使赞德拉不得不离宫出走，而伊努得知赞德拉失踪后，便决心走遍天涯把自己的心上人找回来。这就在爱情考验之外加上了善与恶的斗争，赋故事以更深一层的思想内容。此外，在人物性格的刻画上，也做得很出色。尤其对主人公伊努的刻画，通过他的言谈举止和喜怒哀乐以及各种心理活动，把一个英武多情王子的形象刻画得栩栩如生。同样对赞德拉的刻画也很细致入微，她那种柔中带刚、娇媚而又矜持的性格特征也给人以深刻的印象。这两位主人公历来为恋人们所标榜，被视为爱情的象征。

班基故事的主人公伊努和赞德拉在爪哇历史上可能真有其人，据说伊努的原型就是柬义里王卡默斯哇拉一世，也就是《爱神遭焚》所影射的由爱神卡玛转世的风流国王。这只是传说，尚无可靠的论据。应该说，班基故事中的伊努和赞德拉并不是真实的历史人物，而是作者塑造出来的艺术形象，两人充满传奇色彩的故事无疑也是虚构的。故而班基故事的历史价值实际上就在于它的文学价值。它在艺术上的成功为爪哇古典文学开拓了新的创作领域，把以爪哇民族为主体的文学提到更高的地位上，为后来的爪哇文学提供了丰富的创作素材和艺术借鉴。其影响所及甚至不限于文学，在其他的艺术创作上如戏剧、舞蹈、绘画、雕塑等，都可以看到班基故事的深刻影响所留下的痕迹。就是在伊斯兰文化取代印度文化的影响之后，班基故事仍久传不衰，以至于在伊斯兰的先知故事中有的也带有班基故事的影子。可以说再也没有其他爪哇作品，能像班基故事那样产生深远而持久的影响了。

关于班基故事产生的年代众说不一。荷兰学者贝勒认为，在1277年至1400年之间它已在爪哇宫廷里流传，后来因受印度史诗文学的排斥而被拒于正统文学之外，到较晚的时候才于巴厘重放光彩。这一说法尚无可信的凭据，因为如果班基故事在1277年就已流传，人们对新柯沙里王朝必然记忆犹新，不至于把它与柬义里王朝混在一起。只有在新柯沙里王朝灭亡较长时间之后，在人们对它的记忆已经模糊的时候，才可能把两个不同时期的王朝混为一谈。另外，从语言上看，麻喏巴歇王朝以前所使用的是古爪哇语，而迄今所发现的班基故事传本，没有一部是用古爪哇语写的，也没有一部格卡温作品是以班基故事为题材的。班基故事虽是爪哇民族的传奇故事，但印度教大神和印度史诗故事的影响仍处处可见，说明印度宗教文化的影响还在起作用，而伊斯兰文化的影响则连一点影子也没有，说明它也不大可能产生于伊斯兰文化影响时期。比较普遍的看法是，班基故事约产生于麻喏巴歇王朝最盛的时期，后来发现的1400年的一处浮雕，上面有伊努及其情人夜奔的场面，说明班基故事在此之前就已流行了。

　　后来，随着麻喏巴歇王朝势力的扩展，班基故事也走出爪哇地区的范围而流传到马来西亚、泰国、柬埔寨、缅甸等其他东南亚国家，成为那些国家古典文学的重要组成部分。例如：在马来西亚就有许多班基故事的马来语文本；在泰国、柬埔寨、缅甸则以"伊瑙"故事和伊瑙剧而著称，泰国有著名的《大伊瑙》、《小伊瑙》以及各种伊瑙剧本，柬埔寨也有《伊瑙剧》，而缅甸的伊瑙剧是18世纪以来一直非常受欢迎的剧目。那些伊瑙故事和伊瑙剧都是从爪哇的班基故事改编过来的。爪哇班基故事为何在东南亚好些国家大受欢迎并被吸收而成为具有各自民族特色的古典文学作品，从文化文学交流的必然性来看，确实有许多地方是值得加以研究和总结的。

第一章　封建社会后期伊斯兰文化文学的传播和影响

第一节　封建社会后期印度尼西亚的伊斯兰化和殖民地化

伊斯兰教何时传入印度尼西亚，如何传入的，仍众说纷纭。有三种说法：一说可能是于1200年从印度南部瞿折罗传入的；一说是从阿拉伯直接传入的，因为伊斯兰教建立初期在苏门答腊已有阿拉伯人聚居点；一说是从中国和占婆传入的，879年唐朝发生暴乱，中国南方的大批穆斯林商人逃往东南亚，尤其是占婆，他们把伊斯兰教带到那里。关于这个问题迄今还没有统一的说法，主要是因为缺乏可靠的史料。其实，不管首先是从何处传入，可以肯定的是阿拉伯、印度和中国的穆斯林对伊斯兰教在东南亚的传播都起了重要的作用。我们知道，早在伊斯兰教产生之前，已有阿拉伯、波斯商人经海上"丝绸之路"到中国经商，他们途径东南亚时，自然会在那里停留，也会与东南亚开展贸易活动。伊斯兰教兴起之后，特别是阿拉伯伊斯兰大帝国形成之后，军事征战暂告结束，来东南亚沿海地区经商的阿拉伯、波斯和印度的穆斯林商人日益增多。在爪哇锦石附近发现的一座刻有阿拉伯文字的女墓碑，估计是1082年或1102年的遗物，说明这以前在爪哇可能已有穆斯林居民。1292年马可波罗从中国回国途经苏门答腊的八儿刺时，发现那里的穆斯林商人不少，居民多已改奉伊斯兰教。其实那个时候苏门答腊改宗伊斯兰教刚开始，大部分地区仍信奉印度教和佛教。《马可波罗游纪》里有这样的记载："应知此岛（指苏门答腊岛——引者）有八国八王，居民皆属偶像教徒。"而在八儿刺改奉伊斯兰教的也仅限于"城居的人"。从中国来的穆斯林最早可能是在唐末黄巢起义军攻占广州的时候。13世纪末元军南征爪哇期间又有不少穆斯林士兵留居该岛。15世纪郑和下西洋时，马欢在《瀛涯胜览》中提到，爪哇唐人"皆是广东漳泉等处人窜居此地，食用亦丰美，多有从回回教门受戒持斋者"可见华人穆斯林的队伍已进一步扩大，对传播伊斯兰教发挥越来越大的作用，在爪哇传播伊斯兰教的"九贤人"中，就有华人穆斯林或有华人血统的人。

一般来说，伊斯兰教在东南亚的传播主要是通过和平途径，是伴随商业贸易活动而来的。在伊斯兰教传入之前，印度的佛教在东南亚的北半部（中南半岛）已长期占统治地位；印度教在东南亚的南半部（主要是爪哇、巴厘）也占了统治地位。当时东南亚的两大势力是北部的佛教王朝暹罗和南部的爪哇印度教王朝麻喏巴歇。作为后来者的伊斯兰教一时无法进入信奉印度宗教的统治阶层的世袭领地，只能在离朝廷较远的属中间地带的沿海商业地区活动。所以苏门答腊和马来半岛便成了从阿拉伯、波斯、印度等地来的穆斯林商人的落脚点。他们边经商边传教，努力用伊斯兰教去影响地方势力，以利于他们开展商业活动。后来，随着商业的发达，从中得利的商港领主们与爪哇印度教的麻喏巴歇王朝之间，也就是地方与中央之间的矛盾日益尖锐。为了摆脱麻喏巴歇中央朝廷的控制和限制，同时也为了抵御暹罗佛教王朝的威胁，他们很需要有一个新的强有力的思想武器来与王朝统治者的印度教和佛教相抗衡。政教合一的伊斯兰教正好适应他们的这一需要，于是他们纷纷皈依伊斯兰教。而一旦地方统治者改奉伊斯兰教，其所管辖的地方也就全部伊斯兰化了。在麻喏巴歇王朝走向衰落的时候，那些皈依伊斯兰教的地方统治者便逐一挣脱中央王朝的控制而独立，最初的伊斯兰王朝就是这样产生的。

从地理位置上来看，海上"丝绸之路"必经之道北苏门答腊沿海地区是外来穆斯林商人的最早据点，马可波罗提到的八儿剌就坐落在该地区。所以，13世纪末那里首先出现第一个马来伊斯兰王朝——须文答剌—巴赛王朝也就不足为奇了。后来发现的第一代国王马利古儿·沙勒的墓碑所标的日期是回历696年，也就是公元1297年。关于这个王朝如何建立起来，没有什么可靠的史料可供稽考。但这个王朝的建立确实意味着伊斯兰教在马来族地区首先取得统治地位，同时也意味着伊斯兰文化的影响在马来地区开始取代印度宗教文化的长期影响。马来古典文学产生于须文答剌——巴赛伊斯兰王朝建立之后和得助于伊斯兰文学的影响看来不是一种历史的巧合。

实际上须文答剌——巴赛只是一个小王朝，在历史上起重大影响的伊斯兰王朝是后来在马来半岛南部崛起的满剌加（马六甲）王朝。这个王朝是由拜里迷苏剌于15世纪前后建立起来的。《明史卷三百二十五》的列传第二百一十三有这样一段记载："永乐元年（1403年——引者）十月遣中官尹庆使其地，赐以织金文绮、锁金帐幔诸物。其地无王，亦不称国，服属暹罗，岁输金四十两为赋。庆至，宣示威德及招徕之意。其酋拜里迷苏剌大喜，遣使随庆入朝贡方物，三年九月至京师。帝嘉之，封为满剌加国王，赐诰印、彩币、袭衣、黄盖，复命庆往。"这段记载至少说明满剌加王朝在1405年已得到我国明朝政府的正式承认。记载中没有提到拜里迷苏剌是否已皈依伊斯兰教，但后来他改名"满加特·伊斯康德沙"，无疑是改奉伊斯兰教后所取的名字。马六甲王朝扼东西海上交通之咽喉，不久即成为东南亚的一个商业贸易中心和伊斯兰教政治文化中心。该王朝北与暹罗佛教王朝相对峙，南与爪哇印度教的麻喏巴歇王朝相抗衡，把伊斯兰教势力逐渐扩大到整个马来半岛、苏门答腊岛和其他岛屿。马六甲王朝是15世纪最显赫的马来伊斯兰王朝，与中国的关系也最为密切。

伊斯兰教在爪哇也是在商业比较发达的北岸商港首先得到发展。15世纪以后，印度教的麻喏巴歇王朝日渐式微，统治阶级内部争夺王位的斗争愈演愈烈，国内长期陷入混乱状态。这时以淡目为中心的商港领主和新兴的商业地主接受伊斯兰教并用它作为精神武器迅速扩大自己的势力，与麻喏巴歇中央朝廷相对抗。1514年马六甲葡萄牙总督在一份报告中写道："爪哇沿海地区是伊斯兰教信徒的世界，在那里有非常强大的大商人和绅士自称为总督。他们拥有许多帆船，货物充斥。"可见当时伊斯兰教的势力在爪哇沿海地区已相当强大，1518年在爪哇岛终于出现第一个伊斯兰王朝——淡目王朝。而麻喏巴歇的印度教王朝也正是随着它的属国的伊斯兰化和宣布独立而土崩瓦解。麻喏巴歇的残余势力在爪哇东端的勃朗邦岸还苟延残喘了一个时期，只有对海的巴厘顶住了伊斯兰教势力的扩张，一直保持着印度教的文化传统。

16世纪中叶，淡目王朝发生争夺王位的内战，驸马阿迪威佐约夺得了王位，改号为巴章王朝。巴章王朝内部也矛盾重重，争斗不休，不久便被马打兰领主所推翻，于1586年成立马打兰王朝（又称后马打兰王朝），统治了中东爪哇的大部分地区。当淡目王朝灭亡时，西爪哇的万丹领主也乘机宣布成立伊斯兰王朝——万丹王朝。盛极一时的麻喏巴歇印度教王朝已彻底崩溃，几世纪以来印度宗教文化影响占统治地位的历史也从此宣告结束了，由伊斯兰文化的影响取而代之。

然而，伊斯兰教在印度尼西亚迅速扩张之时，也正是西方殖民主义者开始殖民入侵之日。打头阵的是葡萄牙殖民主义者，于1511年灭了马来最大的伊斯兰王朝马六甲王朝。随后荷兰、英国等殖民主义者也接踵而来，把魔掌伸向刚刚皈依伊斯兰教的马来群岛地区。马六甲王朝灭亡后，伊斯兰的政治经济文化中心转移到苏门答腊北端的亚齐。16世纪初的亚齐王朝，不仅成了西亚、南亚商人与马来群岛商人进行贸易最重要的集散地，同时也成了印度尼西亚抗拒葡萄牙和后来的荷英殖民入侵的伊斯兰政治文化中心。特别是在苏丹·伊斯坎达·慕达执政时期（1607—1636年），亚齐王朝的势力达到顶峰，与葡萄牙、荷兰、英国的殖民主义者展开了不屈不挠的斗争，曾攻下柔佛、彭亨、吉打等地，控制了马六甲海峡两岸的大片地区。这个时期，以亚齐宫廷为中心的马来古典文学也有了重大的发展。

1602年荷兰成立联合东印度公司，以巴达维亚（今雅加达）为中心，大力推行殖民扩张政策。荷兰殖民主义者首先巩固在爪哇的阵地，在马来群岛则与葡萄牙和英国争夺殖民势力范围，1641年曾一度夺取马六甲。1755年它利用封建王朝的内部矛盾，采取挑拨离间、威逼利诱等手段，逼马打兰王国签订丧权辱国的条约，把王国分割为失去主权的日惹和梭罗两个公国。1682年它用同样手法征服了万丹。但是荷兰的殖民侵略不是没有遭到抵抗，各地封建主和人民的反荷起义从未停止过。如1618年万丹包围雅加达之战，1628年马打兰苏丹·阿贡的雅加达之战，1685年的苏拉巴迪奴隶起义，一直到1825年帝波尼哥罗起义，都是历史上著名的抗荷斗争。而1740年的"红溪事件"是华人和爪哇人第一次联合抗荷的武装斗争，反映被压迫民族对殖民主义者的同仇敌忾，具有特殊的历史意义。但是这些大部分由封建主领导的地方性起义还是一一被荷兰殖民主义者残酷地镇压下去了，印度尼西亚的殖民地化进程在加速进行。

17世纪以后，印度尼西亚封建社会后期出现的历史演变有两大特点：一是迅速的伊斯兰化，一是逐步的殖民地化。伊斯兰教最初是作为反对印度教的旧封建统治者的精神武器而得到发展，后来又作为反对西方殖民入侵的精神支柱而得到加强。伊斯兰文化不仅取代了印度宗教文化的影响，也有力地抵御了西方文化的侵蚀。而当时荷兰殖民主义者则着重于扩大殖民势力范围和加强经济方面的掠夺，在文化上还没有主动地去冲击当地的封建文化，所以在一段时间里，还看不到西方文化文学对马来古典文学的影响，对伊斯兰文化文学的主导地位还没有构成威胁。然而，伊斯兰教势力的发展最终还是受到西方殖民入侵的遏制，再也没有出现大的伊斯兰王朝，就是那些较小的地方王朝也逐一失去自己的独立主权，沦为荷兰殖民统治下名存实亡的附庸国。在这样的形势下，马来古典文学后来也失去了发展的中心，以至于长期处于停滞不前的状态，落在历史发展潮流的后面。

第二节　伊斯兰文化文学在印度尼西亚的传播和影响

伊斯兰文化是以阿拉伯伊斯兰教的基本信仰为核心，经过历史的演变、融合西亚北非等多种民族文化因素而形成的一种宗教文化。它通过宗教的传播向世界四面八方辐射，成为影响巨大的世界四大文化体系之一。

伊斯兰教是由穆罕默德于7世纪初在阿拉伯半岛创立的。穆罕默德经过艰苦的传教活动和连绵不断的征战，实现了整个阿拉伯半岛的伊斯兰化，完成了半岛的统一。四大哈里发时期（632—661年），阿拉伯人向外武力扩张，囊括西亚，席卷埃及。从倭马亚王朝时期到阿拔斯王朝和法蒂玛王朝时期，阿拉伯人为传播伊斯兰教继续进行"圣战"，向四周大张挞伐，使伊斯兰教的势力自西欧比利牛斯山起，经过西班牙、北非、叙利亚、美索不达米亚、伊朗，折入中亚，一直扩展到印度的西北部和中国的西北边境，形成横跨亚非欧三大洲的阿拉伯伊斯兰大帝国，历时六七百年之久。被阿拉伯人所征服的多为世界文化发达较早的地区，在实行伊斯兰化和阿拉伯化的过程中，那里较先进的文化也被大量吸收进来，使原来以阿拉伯文化为基础的伊斯兰文化成为融合多种民族文化因素的混合性文化。可以这样说，伊斯兰文化能成为世界四大文化体系之一，正是因为它在伊斯兰教的旗帜下，不但吸收了古代西亚地区的巴比伦、希伯来文化的因素，还融合了先进的波斯文化、印度文化、希腊罗马文化，甚至中国文化的因素。具有如此丰富内容和内涵的文化，随着伊斯兰教的不断扩展而向四方传播，终于形成了延绵至今的世界伊斯兰文化圈。

　　作为伊斯兰文化重要组成部分的伊斯兰文学也同样具有融合多民族文学因素的特点。伊斯兰教兴起之前的"贾希利叶时期"，阿拉伯人自己就特喜爱诗歌这一文学形式，经常举行赛诗会，将获胜者的诗悬挂在寺院里供人欣赏，那就是著名的"悬诗"。而阿拉伯半岛的周围地区则是人类上古文学的发祥地之一，那里早已出现相当丰富的口头文学和书面文学。例如苏美尔和阿卡德的神话传说，巴比伦的神话传说和世界的第一部史诗《吉尔伽美什》，埃及的神话传说、故事、寓言和祭祀文学《亡灵书》，希伯来的犹太教文学《旧约》，波斯的琐罗亚斯德教文学《阿维斯塔》，印度的吠陀文学、神话传说、寓言故事、两大史诗《摩诃婆罗多》和《罗摩衍那》、佛教文学等等，都是人类最早的文学瑰宝。阿拉伯伊斯兰文学就是在这种多元文化的相互影响下产生的，其经典《古兰经》就吸收了多元文化的精华。它不仅成了伊斯兰教最权威的经典，也是伊斯兰文学第一部成文的最有深远影响的散文著作，是伊斯兰文学的奠基石。《古兰经》产生前的阿拉伯文学大多为口头文学。《古兰经》产生后，人们才逐渐把古代流行的诗歌、传说故事、箴言格言、演讲词和卜辞等记录成文或汇集成册，作为《古兰经》经文词义、语法修辞等的佐证。《古兰经》内所含的许多历史故事、宗教传说等，为后世穆斯林作家提供了丰富的创作题材，是他们创作灵感的一个重要源泉。

　　公元8世纪中叶，横跨亚非欧三大洲的阿拉伯伊斯兰大帝国最后形成，大规模的向外扩张战争停止了，国内出现相对的和平时期。这时帝国内的民族成分复杂化了，帝国的最高统治者实际上已不是纯粹的阿拉伯人，其中还包括大量的非阿拉伯人，尤其是波斯人。这样，在大规模伊斯兰化和阿拉伯化的过程中，便出现阿拉伯人与非阿拉伯人之间在文化文学上的相互融合和相互吸纳的趋势，特别是波斯先进的文化文学和阿拉伯的文化文学的相互融合，大大地扩展了伊斯兰文化文学的基础和内容。那时有不少著名的诗人和作家是波斯人或者是有波斯血统的人，如维新诗歌的先驱白沙尔和他的后继者艾布·努瓦斯，著名散文大师伊本·穆格法等都是波斯出生的。他们精通波斯文和阿拉伯文，能直接把许多波斯文学和传入波斯的印度文学的精品带入阿拉伯文学的殿堂。如已成为阿拉伯文苑的传世名著《卡里莱和笛木乃》，就是由伊本穆格法从巴列维文的印度《五卷书》译本改写成阿拉伯文的。还有著名的《鹦鹉故事》也是从印度的《鹦鹉故事七十则》通过波斯的译改本改写成阿拉伯文的。

伊斯兰文学，从内容上看，大体可分两大类。第一类是直接为宣传伊斯兰教服务的宗教文学，首先是伊斯兰教的经典著作，如上述的《古兰经》、《圣训》和有关阐释伊斯兰教教义、教法、伦理道德、行为规范等的著作。再就是伊斯兰教的先知故事，尤其是有关穆罕默德的各种神话传说。还有是伊斯兰教的英雄故事，穆罕默德在近23年的传教过程中不断同麦加古来氏人和麦地那犹太人打仗，其后四大哈里法时期，还是战争频仍，教派冲突不止，其中出了不少赫赫有名的捍卫伊斯兰教的英雄人物，特别在什叶派的波斯，他们传奇式的英雄故事成为很好的宗教宣传的材料，流传甚广。另一类是宗教外的世俗文学，范围内容更加广泛，有从阿拉伯、波斯、印度为主的各民族间的神话传说、动物寓言、人物传奇等提炼出来的各种散文故事书，其中最脍炙人口的是《一千零一夜》和《卡里莱和笛木乃》；有为统治者树碑立传的、以记述帝王的政绩与历史、仁政与暴政、战争与内乱、典章与制度、礼仪与习俗等为内容的列王史之类的作品，其中影响最大的是波斯费尔多西的《王书》。后一类作品大多源于各族民间流传的口头文学，是伊斯兰教之前的产物，本来与伊斯兰教无关，在伊斯兰化之后才被注入伊斯兰教的精神或者被涂上伊斯兰教的色彩，使之带上伊斯兰特色而得以继续在伊斯兰大帝国内盛行不衰，并成为伊斯兰文学的重要组成部分。

从历史上看，伊斯兰教首先是在马来地区占据主导地位，因此伊斯兰文学首先也在这个地区取代印度宗教文学的地位而对马来文学产生直接的影响。在伊斯兰教传入之前，马来地区虽然曾经出现过强大和兴盛的佛教王朝室利佛逝，但几乎没有留下什么文学遗产传给后人。马来古典文学是在伊斯兰教传入之后，在伊斯兰文学的直接影响下产生的，印度宗教文学的影响很有限，这与爪哇古典文学的情况大为不同。爪哇古典文学长期受到印度宗教文学的深刻影响，已形成自成一体的文学传统，因此伊斯兰文学传入爪哇，首先必须穿越已有的爪哇文学传统的壁垒。爪哇的伊斯兰文学是从马来地区传过去的，但已经发生变异，即经过了一番改造的过程，使之适应爪哇文学的固有传统，否则难以立足和发展。所以，在爪哇的伊斯兰文学作品里，仍然可以看到印度宗教文学留下的深深痕迹，可以看到伊斯兰文学与印度教文学相冲突和相融合的迹象，使爪哇的伊斯兰文学别具一格。

伊斯兰文学的传入是与传教紧密联系在一起的。为了更能吸引听众的兴趣，传教者首先引进了有关伊斯兰教先知的故事，特别是穆罕默德先知的故事。这些故事充满引人入胜的神话传奇色彩，能寓宗教宣传于娱乐之中，所以深受欢迎。随后，穆罕默德先知伙伴们的故事和伊斯兰教英雄们的故事也在社会上流行起来。这些伊斯兰文学作品的传入对扩大伊斯兰教的影响和巩固伊斯兰教的地位无疑起了促进作用，同时也对马来古典文学的出世起催生的作用。马来古典文学是由宫廷文学和民间文学所组成，二者都出现于伊斯兰文化文学的影响时期。

当出现第一个马来伊斯兰王朝的时候，王朝统治者意识到文学的意识形态作用，所以开始着手建立以伊斯兰教为指导思想的宫廷文学，以巩固王朝的统治基础。这个宫廷文学，一方面要大力宣传伊斯兰教和政教合一的思想，使伊斯兰教成为王朝惟一的意识形态，一方面要大力美化王朝统治者，宣扬王族的显赫历史，以树立国王的绝对权威。根据这个要求，马来宫廷文学的主要内容集中在两个方面：一方面是有关王朝的兴衰史，尽量把王族的世谱与伊斯兰教的先知英雄挂上钩，把皈依伊斯兰教的过程加以神圣化；另一方面是有关宗教的经典和教法教规的论述，把伊斯兰教思想贯彻到朝野的各个领域。

在宫廷文学之外，随着商业的发达，以民族传奇故事为内容的说唱文学在市民阶层中间也日益流行，成为马来古典文学的另一重要组成部分。这时出现两种新的文学体裁，一种是散文体裁，叫"希卡雅特"（Hikayat）的传奇故事；一种是诗歌体裁，叫"沙依尔"（Syair）的长叙事诗。这两种体裁都直接受阿拉伯、波斯文学的影响。"希卡雅特"在阿拉伯文学是指短篇故事，而在马来古典文学则成了长篇传奇故事。"沙依尔"也是从阿拉伯文来的，在马来古典文学一般是指叙事诗。希卡雅特和沙依尔都很适合于说唱故事，非常受听众的欢迎，所以一直成为马来古典文学固定不变的基本形式。

第三节　伊斯兰教先知故事

在伊斯兰教和伊斯兰文学传入之前，马来文学可以说还处于混沌状态，几乎没有什么见诸文字的文学作品传世。伊斯兰文学的最初传入是与传教活动分不开的，但从何时和从何处开始传入，包含哪些内容，仍众说纷纭，莫衷一是，恐怕争论一时也不会有结果，因为现在所能看到的早期伊斯兰文学作品都无署名，也不标年代。那些作品大都来自阿拉伯和波斯，其中有的是由在那里学习或居住的马来人翻译改写而成的，有的则由到马来地区经商的阿拉伯、波斯、南印度穆斯林商人口述改写而成的。前者译改的作品多为宗教内容；后者则带有更多的传奇文学色彩。这些译改的作品都是用查威文（借用阿拉伯字母的马来语拼写文字）写的，这也说明在阿拉伯语言文字传入一个时期之后，这些作品才成文流传于世。目前，由于史料的欠缺，看来无法从历史发展的角度去阐明伊斯兰文学传入的先后过程和来龙去脉，只能从结合早期的传教需要来考虑，按内容的不同类别加以综述。

从总体来讲，早先传入马来地区的伊斯兰文学作品有两大类：一、从穆罕默德之前的诸先知到穆罕默德先知的故事；二、穆罕默德先知的伙伴们和伊斯兰教英雄们的故事。穆罕默德之前的先知故事主要出自《古兰经》，讲穆罕默德之前诸先知如何坚持不懈地向人间传达真主的旨意，弘扬一神教，与偶像崇拜的异教徒进行不屈不挠的斗争。那些故事不是干巴巴的说教，而是以生动的人物形象和引人入胜的故事情节来展示思想主题，以达到宣传伊斯兰教的目的。

源于《古兰经》的先知故事是从真主开天辟地和阿丹（亚当）、哈娲（夏娃）的神话故事开始的，接着出现的是《古兰经》里提到的穆罕默德之前的许多先知，如伊德利斯、努哈（挪亚）、易卜拉欣（亚伯拉罕）、穆萨（摩西）、尔撒（耶稣）、优素福（约瑟）、达伍德（大卫）、苏莱曼（所罗门）等。这些先知故事都是紧紧围绕着一个中心思想和主题，那就是大力宣扬一神教的基本信仰信条，让人相信真主是创造宇宙万物的独一无二的神，反对一切偶像崇拜。

《古兰经》里的先知故事有许多与《圣经》里的故事相似，主要区别只在于一个以真主为主宰，一个以上帝为主宰。而同一个先知（阿拉伯的名字有点变化）在《古兰经》里是真主的使者，在《圣经》里则是上帝的使者。拿创世神话来说，在《古兰经》里开天辟地和创造万物的是真主，不是上帝。真主端详着他先创造出来的一颗白珠，白珠便化作水。真主再创造火，使水变成气体和泡沫，然后用之以创造天地。接着用群山固住大地，使水留在其位。真主又创造一条硕大无比的大鱼，背上有一头巨牛，其大无比，地球就搁在巨牛角上。有意思的是，米南加保的创世神话也提到地球顶在水牛角上，要等到地球上的人灭绝了，水牛方可卸下地球，所以水牛过一段时间就要晃动一下脑袋，以查明地球上是否还有人存在，这就是地震的由来。米南加保的创世神话是否源于《古兰经》的创世神话，目前尚无法断定，但米南加保也是较早接受伊斯兰教的地区，看来不会只是一种巧合。后来真主在地球上创造了各种生物，创造了70个男人生活于世上不同的时期，每人活了七万年……接下去便是各先知故事了。同样一个先知，在《古兰经》里和《圣经》里其故事有所差异，侧重点有所不同，因为需要适应各自宗教所宣传的信仰。

《古兰经》的先知故事统称《先知传》(Kisah Nabi-Nabi)，据传是一个叫吉沙伊的阿拉伯说书人于13世纪前写的。《先知传》的马来文本流传下来的多藏于伦敦、莱顿和雅加达的图书馆，版本不少。藏在雅加达博物馆图书馆里的就有六种，但不知是谁和什么时候写的，只知道其中有一部是由住在卡楞的一个叫侯赛因的布吉斯人抄录的。

第一部先知故事是讲人祖阿丹（亚当）和哈娲（夏娃）的来历和经历，与《圣经》里《创世纪》讲的不同，在《先知传》里创造亚当和夏娃是真主。真主想造人祖，便命天使吉布利勒到世间取一把泥土，但吉布利勒没能完成任务，最后由阿兹拉伊来完成。于是这位天使后来便成了专司人类死亡事务的四大天使之一。真主创造的亚当受到众神的膜拜，只有易卜劣厮不愿下拜，因而被驱出天国，成为到处诱惑不敬真主的人犯罪的魔鬼。亚当和夏娃就是因为受这魔鬼诱惑，吃了禁果而被逐出乐园，罚降到世上成为真主的代理人和人类的祖先。亚当的子孙开始分化，有的则成了异教徒，崇拜偶像，背离正道。于是真主派诸先知去点化他们信主，回到一神教的正道上来。

《古兰经》里曾提到名字的先知有25位（一说28位），其中最著名的是六大使者：阿丹、努哈、易卜拉欣、穆萨、尔撒和穆罕默德。在马来地区流行的穆罕默德以前的先知故事主要是那些比较著名和比较有影响的先知。例如被誉为"安拉的预言家"努哈（挪亚）先知的故事，其基本情节与《圣经》里的挪亚方舟故事相似，不过努哈在这里是一位笃信真主、不屈不挠地宣传真主一神教的义士。他部族的人大多不信真主，对他百般虐待，他再努力宣传，信从者也不过50人。后来他奉真主之命造船，准备从洪水中救出人类，他部族的异教徒仍不信，在他造的船上拉屎撒尿，恣意糟蹋。最后的结果是，信真主者得救，其余全被洪水吞没。显然，这个故事主要是宣扬真主的至高无上，信从者得救，违抗者必亡。

另一个广为流传的是更富有传奇色彩的易卜拉欣先知的故事。与《圣经》里的亚伯拉罕故事大不相同，这里的易卜拉欣被称作"安拉的至交"，是一神教的积极宣道者和不折不扣执行真主旨意的典范。他因捣毁偶像和劝乃父乃族放弃偶像崇拜而被众人投入火中。他听从梦中"启示"，忍痛地献子易斯马仪为祭品，后来复受"启示"而以羊代之，伊斯兰教的宰牲节就是由此而来的。易卜拉欣还奉真主之命在麦加建造克尔白，巨石上的"足印"穆斯林相信是易卜拉欣建造克尔白时留下的痕迹，迄今仍为朝觐者所膜拜。可见易卜拉欣先知在穆斯林心目中具有很高的威望。易卜拉欣先知故事里还有这样一段情节：占术师告诉残暴的南姆禄王将会有一个男孩出世毁灭他的王国，于是国王便下令禁止所有夫妻同房。但他的一个卫士的妻子后来怀孕了，占术师又来报告说，那个将出世的男孩已进入了母体。于是国王又下令搜查所有孕妇，将胎儿统统打掉。卫士的妻子躲藏在洞穴里，生下的男孩就是易卜拉欣。长大后，易卜拉欣靠真主派援的大军消灭了不愿皈依真主一神教的南姆禄王。这一故事情节常为马来民间说书人所借用，经改头换面后而成为马来传奇故事里的一个情节。

其他先知如尔撒、优素福、穆萨、达伍德、素赖曼、优努斯等各有各的故事，在《圣经》里都能找到对应的人物和故事。所不同的是，在《古兰经》里，这些先知都成了宣扬真主一神教的使者，已经被加工改造过了，与穆罕默德先知有传承关系。例如尔撒先知（耶稣），在《圣经》里他是"上帝圣子"，在《古兰经》里则成了真主的六大使者之一，是"安拉的灵气"。穆萨是《圣经》里的摩西，这里则成了"安拉的代言人"。《古兰经》里的先知及其故事能在《圣经》里找到其对应的人物和故事，他们大都属于穆罕默德出世之前已深入人心的著名先知。另外还有不少先知故事在《圣经》里是没有的，如阿尤布、埃利亚斯等先知故事。他们的故事不与其他宗教故事重叠，更直接表现了对真主的忠诚和顺从。穆罕默德以前的先知故事可以说是为穆罕默德先知的出现作铺垫，同时也为了说明真主为何最后还需要派穆罕默德作为"封印使者"来到世上的缘故。穆罕默德之前的先知们为宣扬真主和一神教做了艰苦卓绝的努力，但他们看来有些势单力薄，遇到的对手往往比自己强大得多，故难获全胜。由于那些先知都有局限性，真主便决定派最后一个也是最有权威的先知和至圣来担负完整传达真主命令、传布"安拉之道"的重大使命，这最后一个先知和至圣就是穆罕默德。

从传教的需要来讲，最早也最受人推崇的当然是有关穆罕默德先知的故事。作为真主的最后一位使者以及伊斯兰教的创始人，穆罕默德是穆斯林的至圣，享有绝对的权威。他的言行成了穆斯林的光辉榜样，流传在马来地区的穆罕默德生平故事大都来自波斯，可分三类：

第一类是讲他的生平，从出世，早年放牧，长大经商，受雇于富孀而后结婚，四十岁得真主启示而开始传教，从麦加迁徙麦地那，与麦加贵族不断进行宗教战争，一直讲到他的最后胜利和去世。这类故事带有传记性质，但含有更多的虚构成分，旨在突出他作为"封印使者"的崇高形象。在马来文学里，有两部作品比较完整地讲述穆罕默德的生平，一是《穆罕默德·哈纳菲亚传》的头一部分；一是《先知传》。另外还有一部叫《穆罕默德之灵光》(Hikayat Nur Muhammad)，也可归入此类作品。这是有关穆罕默德出世之前的神话故事，讲他出世之前真主已先造他的灵光，以此来说明穆罕默德的来历非同一般。这个故事最早的马来文本是1668年阿赫马特·杉素丁奉亚齐苏丹之命以波斯的文本为基础而写的，而波斯的文本又是从阿拉伯的文本过来的。在波斯，苏非派特别信仰穆罕默德之灵光，通过他们的作品，把这种信仰加以发扬光大。《穆罕默德之灵光》的结尾部分有这样一句话："谁每夜每日诵读它，将获得与殉教者同样的恩典。"故此，这部故事被认为具有神秘力量，经常为信仰者所传诵。下面把故事内容简单介绍一下：

在大地万物出现之前，真主创造了穆罕默德之灵光，并开始规定人们必须遵行"五功"，然后用穆罕默德之灵光创造一只华丽的鸟。鸟首为阿里，鸟的双眼为哈桑和侯赛因。鸟颈为法蒂玛，鸟双臂各为阿布·伯克尔和欧麦尔……，接着真主赐穆罕默德之灵光七大海，要它一一游过去，每游一海需时一万年，共化了七万年。游过七大海之后，真主下旨，要穆罕默德之灵光抖掉身上的水珠，从身上各处的水珠中产生了十三位先知和四大天使以及日月星辰、雷电风雨、水火土金等。其中的四要素是风、火、水、土，真主让穆罕默德之灵光去教化自高自大的风、火、水，让它们认识到自己之不足而笃信真主之至高无上并一一皈依伊斯兰教。穆罕默德之灵光对谦虚的水特别赞赏，也教它念"清真言"并入伊斯兰教。这些就是后来构成世上人类的四种气质：来自火的热烈，来自风的强劲，来自水的清爽和来自土的柔软与自谦。谁诵读、聆听和收藏了这部书，他就会得到真主的恩赐。

第二类是为证明穆罕默德是真主的"封印使者"而显示种种神迹的故事。这类故事也是神话色彩非常浓厚，直接为宣传伊斯兰教服务的，下面介绍几部较有影响的故事。

《切月记》(Hikyat Bulan Berbedah)讲的是穆罕默德如何向哈比卜国王显示神迹。阿布·扎赫尔向麦加国王哈比卜告状，说穆罕默德蛊惑人心，到处宣传他是真主的"封印使者"，过去的先知们都能拿出神迹来证明自己是真主的使者，因此也应该叫穆罕默德拿出神迹来证明自己，否则应予法办。国王在大广场上召开全民大会，把穆罕默德召来要他当众显示神迹，同时已准备好骆驼的尿粪作为惩罚用。穆罕默德在七万个天神的护送下来了，国王要他命天上的月亮下来，绕天房七圈，大声念诵两遍"清真言"，然后从穆罕默德的右袖口进左袖口出，再切成两半儿，一半儿朝东走，一半儿朝西走，最后回到天空重新结合成完美无缺的圆月。穆罕默德凭真主至高无上的威力——实现了国王提出的要求。哈比卜国王及其臣民目睹发生的一切无不心服口服，遂皈依伊斯兰教，只有阿布·扎赫尔一家仍未信服。

《先知修发记》（Hikayat Nabi Bercukur）也属此类作品，故事的开头说："谁从头到尾看完这个故事，其一切罪过均可赦免。"接着便有一个人问先知什么时候和在什么面前修发。回答是出征回来和念《古兰经》的时候，在他自己的灵光面前修发。四大天使之一哲布勒伊奉真主旨意前来给穆罕默德先知修发，让天堂的众天使出来去接穆罕默德被剪下来的头发，共126666根，每位天使接一根作为护身符，故无一根头发掉落到地面。

《先知登霄记》（Hikayat Nabi Mi'raj）也是一部著名的穆罕默德先知的神迹故事。某夜晚，真主要在天堂召见穆罕默德，派哲布勒伊天使去接，乘天马由麦加到耶路撒冷，从那里登霄，遨游七重天。在第一重天见到坏人在炼火中受煎熬。在第二重天见到六百年才能越过的乳海。在第三重天见到父母坐在火烧的大盘上，他想去救但被阻止。在第四重天见到死神坐在金宝座上，有七万个天神护着。在第五重天见到其他的先知们。在第六重天见到努哈先知和米卡伊来天使。在第七重天见到各种动物，除了狗和猪，都在赞颂真主。真主命令一天要做五十次礼拜，经再三请求，真主同意减为每日五次礼拜。黎明穆罕默德先知重返麦加。

《先知归真记》（Hikayat Nabi Wafat）讲穆罕默德临死前的交代和嘱咐，也是宗教的说教而非事实的记录。当有一天死神来造访时，穆罕默德感到最不放心的是，怕他离开人世后人们将不再笃信真主。于是他向家属和所有信徒宣布他的死期将到，要他们在他死后继续严守教法教规，并要求在死前还清他欠的一切道义上和物资上的债务。有一个叫阿卡萨的人站出来说，真主的使者在一次圣战中曾用马鞭抽打过他，现在要求清算。穆罕默德立即叫人拿马鞭来，让那个人抽打他。阿里和法蒂玛苦苦要求代受刑，穆罕默德都不同意，也遭阿卡萨拒绝，因为他只想鞭打过去曾经鞭打过他的人。阿卡萨说他被鞭打时没有穿衣服，穆罕默德毫不迟疑地脱下他的衣服敞开胸脯露出肚脐。阿卡萨非常激动，立刻跑过去吻穆罕默德的肚脐，一边喊叫："我如愿以偿了！"脸上顿时放射光芒，声音像天堂的鸟鸣。穆罕默德说："谁想看到天堂里的人脸，就看阿卡萨的脸吧。"穆罕默德一一交代和嘱咐完毕之后，便安然离开人世，天堂的门已为他打开，天使们也在夹道相迎。这个故事是要人们在世的时候一定笃信真主，严守教规，坚持五功，因为连穆罕默德先知有朝一日也要被真主召回而离开人世。

此外还有叙述穆罕默德指挥战斗的故事，如《先知的海巴尔之战》（Hikayat Nabi Perang Khaibar），里面更着重描述阿里的英勇善战。还有一些其他故事都远不如上述几个故事出名和流行。

第四节　穆罕默德先知伙伴故事和伊斯兰教英雄故事

有关穆罕默德先知伙伴和伊斯兰教英雄的传奇故事多半也来自波斯，什叶派的影响较大。故事的主人公有两类，一类是穆罕默德的伙伴密友，尤其是后来成为他的继承人的四大哈里发，一类是穆罕默德统一阿拉伯半岛和四大哈里发时期伊斯兰教的圣战英雄，他们在扩张伊斯兰教势力的征战中，在伊斯兰教上层内部的争权斗争中，在镇压氏族部落的反抗中，发挥了重大的作用，立下了汗马功劳，一向为广大穆斯林所歌颂和敬重。

故事里所讲的穆罕默德伙伴大都历史上确有其人，但讲的事迹并非其真实的经历，而是虚构的传奇神话，是为宗教宣传而编的。可以看出，这类伙伴故事受什叶派的影响较大，把阿里放在比较特殊的地位上。下面介绍几部此类故事：

《达敏·尔一达里传》（Hikayat Tamin ad-Dari）是比较古老的一部，故事的主人公达敏在历史上原是信奉天主教的人，回历7年皈依伊斯兰教。但这个故事并没讲他如何改奉伊斯兰教的实际经过，而是大讲他的种种神奇经历来说明凡违反伊斯兰教的必遭殃，反之即可化险为夷，受到保护。有一天，他就是因为不顾妻子劝阻，违反了穆罕默德先知的禁令去井边洗澡，结果被精灵俘走。阿弗里特精灵把他带到异教徒精灵那里，当时伊斯兰精灵正在进攻异教徒精灵。达敏因帮助伊斯兰精灵打败异教徒精灵有功而受到奖励，被送回麦地那。可是由于他忘念祷词，飞行中的精灵着火，他也掉进海里了。他游到岸边遇上了魔鬼易卜劣厮。坏精灵带他到一洞穴，要他帮助偷取素赖曼的戒指。他起先答应去帮，后因怕被毒蛇所咬而跑掉，这才幸免于难。后来他乘上印度王的船，而印度王因不愿缴纳天课而遭沉船之祸……就这样他经历了七年的磨难，当回来时妻子正准备改嫁别人。最后还是阿里出来帮他指证，他才得以同久别的妻子重新团圆。

《萨马温传》（Hikayat Sama'un）也是一部以宣传伊斯兰教为目的的传奇故事。萨马温出世三天后便不愿吃母奶，除非母亲入伊斯兰教。他也不认父亲，除非父亲入伊斯兰教。后来他父母都入了伊斯兰教。哲布勒伊来和穆罕默德前来预示萨马温将成为穆罕默德的英勇战友。反穆罕默德的阿布·查哈尔也来造访，被萨马温撵跑了。阿布·查哈尔唆使基曼谋刺穆罕默德，基曼误入萨马温的家，为萨马温所杀。阿布·查哈尔又去求助于沙里王巴克迪。巴克迪的女儿玛丽雅钟情穆罕默德并有情书来往。巴克迪知道后立即发兵攻打穆罕默德。萨马温英勇善战，巴克迪抵挡不住，退回城里后被大火所围困。他仍不听从穆罕默德的劝告，最后被杀。玛丽雅则从城里潜逃出来，与穆罕默德相会，最后入了伊斯兰教。

《阿布·萨玛赫传》（Hikayat Abu Samah）则以违反教规者必遭惩罚的故事来弘扬教法。阿布·萨玛赫是哈里发欧麦尔之子，他自夸念《古兰经》与穆罕默德一样动听，真主对他的狂妄决定予以惩罚。一个犹太人以酒当治病的药骗他喝，喝醉后他与一犹太女人发生不正当关系。后来犹太女人把生下的孩子带到欧麦尔面前。欧麦尔大怒，将自己的儿子阿布·萨玛赫鞭挞致死，而犹太女人则得到宽恕。骗阿布·萨玛赫喝酒的犹太人也入了伊斯兰教。这个故事有几个不同的版本，在细节上有些出入，但所要表达的基本主题都一样。

从宗教宣传的效果和对马来古典文学的影响来看，最突出的还是伊斯兰教的英雄故事。这类故事数量不少，其中对马来民族和马来古典文学影响最大的有三部：《伊斯坎达传》（Hikayat lskandar Zulkarnain）、《阿米尔·哈姆扎传》（Hikayat Amir Hamzah）和《穆罕默德·哈乃菲亚传》（Hikayat Muhamad Hanafiah）。

《伊斯坎达传》讲的是马其顿亚历山大大帝的征战故事。亚历山大的阿拉伯译名是伊斯坎达，在穆斯林心目中他是在穆罕默德先知之前第一个弘扬一神教、征服异教徒、实现政教合一的伟大统帅和英勇统治者。关于亚历山大大帝生平的传说，主要来自民间，据传最早是由一位希腊化的埃及人于公元前2世纪编写的，书名叫《伪卡利斯提尼斯》。但马来文学的《伊斯坎达传》源出何书，则说法不一。一说是从阿拉伯文本改写过来的，可又无法确定是哪一文本。另一说是从《古兰经》、波斯菲尔多西的《王书》、《伪卡利斯提尼斯》和《圣训》这四个来源编写而成的。这一说法也有待进一步证实。但有一点是可以肯定的，即《伊斯坎达传》是属于最早传入马来地区的此类英雄故事之一，因为在由果亚带回来的《马来由传记》里已引用了其中的一些故事。再就是《伊斯坎达传》里的主人公伊斯坎达（亚历山大大帝）是被当做一神教的积极传播者和政教合一的伟大统治者加以颂扬的。他率大军东征西伐，从埃及一直打到印度，每到一处，即娶当地公主为妻繁殖后代，使他所征服的地方——皈依易卜拉欣（伊斯兰教承认他是安拉六大使者之一）的一神教，消灭一切异端，建立政教合一的统治。许多伊斯兰王朝统治者都极力想把自己与他联系起来，借他的威望来荣耀王族的出身，树立王族的权威。最早的马来伊斯兰王朝的统治者也极力把伊斯坎达说成是马来王族的先祖，在马来古典文学中，《伊斯坎达传》便成了叙述马来王族起源的重要依据，使这部英雄传奇在马来王族历史和马来古典文学中占有特殊的地位。下面把《伊斯坎达传》的基本内容作个简单的介绍：

开头部分主要讲伊斯坎达出世前的神话故事。真主告诉亚当其子孙达乌德只能活到60岁。亚当答应拿出自己寿命的40年给达乌德，但到时却否认。从此真主便规定所有亚当的子孙都必须与真主作书面的协议，以防止违约。在苏莱曼之后，真主再也没有创造比伊斯坎达更伟大的国王了。接着讲伊斯坎达父母的故事。巴贝尔国王巴哈曼娶了自己的女儿胡玛妮为妻。巴哈曼去世后，胡玛妮生下一子。因听信预言说这孩子将来会篡位，她便把刚生下的婴孩装入盒子扔进河里。一个洗衣匠把婴孩救出，收为养子取名达拉卜。达拉卜长大后在军队服役，表现非常英勇善战。胡玛妮终于认回自己的儿子并让他当上国王。达拉卜王打败了罗马的飞利莆斯。娶了他的女儿阿尔吉雅，后嫌她口臭而抛弃她，另娶大臣之女苏达金生下一子，取名达拉，后来当上巴贝尔的国王。阿尔吉雅也生下一子，取名伊斯坎达，后来当上罗马的国王。达拉王要伊斯坎达王向他朝贡遭到拒绝，于是两国爆发战争。达拉王被打败而退，伊斯坎达知道他是自己的异母兄弟，本来已准备宽恕他，但达拉王已被其随从所杀。伊斯坎达在许多战争中接连获胜，不免骄傲起来，受魔鬼的蛊惑，做了许多有违真主教导的事。真主派希迪尔先知去辅导他，使他从此笃信真主。伊斯坎达开始东征西伐，传播易卜拉欣的一神教。他西征西班牙、埃及直到阿比西尼亚，东征大马士革、波斯、土耳其甚至到过中国，最后止于印度。被征服的异教徒国王或皈依伊斯兰教，或被杀掉，公主则被娶为妻。印度的希迪王也把公主巴杜尔献给了伊斯坎达。这部分的故事就是后来被《马来纪年》所引用的，成为马来王族的起源。该书的最后部分更是充满神秘色彩，讲伊斯坎达来到环球的海边潜入海底的经历。他把自己装入箱子里，然后沉入海底。一只透明的大鱼吞了那箱子，让伊斯坎达游览七重天，见到四大天使之一米卡伊来和诸天神，然后鱼又把箱子吐出来，让伊斯坎达回到他的军队那里。最后伊斯坎达来到漆黑无边的荒漠，他想一人去寻找长生不老的水井，但没有找到。最后他在伊拉克得病，没等到母亲的回信便去世了。

显然，《伊斯坎达传》里的亚历山大大帝并非历史上的真实人物而是艺术加工出来的神话人物。为什么会选这样的历史人物作为伊斯兰英雄呢？这可能是因为他建立的武功曾威震四方，所以后人出于宗教的动机，把他改造成穆罕默德之前最伟大的一神教的弘道者和政教合一的开创者。他一方面采用武力征服的办法，逼异教徒一个个弃邪归正，皈依真主的一神教，一方面采取联姻的办法，巩固他政教合一的统治。这样的故事后来为马来伊斯兰王朝统治者所用，对马来宫廷文学产生了很大的影响。

《阿米尔·哈姆扎传》则以伊斯兰教伟大捍卫者的面貌出现，他在争权斗争和"圣战"中所立下的丰功伟绩为穆斯林所敬仰和崇拜。《阿米尔·哈姆扎传》无疑是从波斯传进来的，因为其序言是用波斯语写的，里面还引了不少波斯诗歌和掺杂好些波斯的英雄故事，可以看出什叶派的影响很大。阿米尔·哈姆扎是真实的历史人物，是穆罕默德的叔父。起初他反对穆罕默德，敌视伊斯兰教，后来悔悟了，成为穆罕默德和伊斯兰教最骁勇善战的捍卫者之一。他率领伊斯兰军队不断征伐异教徒，抵抗古来氏贵族的多次侵袭，特别是在白德尔战役和吴候德战役中，战功赫赫，被视为伊斯兰教的大英雄。但《阿米尔·哈姆扎传》里的阿米尔·哈姆扎也不是真实的历史人物，而是为宣传伊斯兰教塑造出来的艺术形象。阿米尔·哈姆扎在波斯尤受尊崇，有关他的英雄传奇故事可能早已在民间流传，经后人不断加工和补充，特别是吸收了波斯菲尔多西《王书》里鲁斯坦姆的一些英雄故事和阿拉伯《一千零一夜》里的一些冒险故事，内容越来越庞杂，离历史事实也越来越远，到编成《阿米尔·哈姆扎传》时，已成为一部由91个故事所组成的、卷帙浩繁的宏著，其中有的版本长达1843页。这里只能简单介绍故事的主要情节：

阿米尔·哈姆扎生于麦加，从小身手非凡，七岁就打败了著名的角力士。长大后得神助，更是武艺高强，战胜了许多英雄豪杰，让他们皈依易卜拉欣的一神教，成为他的随从。波斯国王努希尔曼慕名把他召进宫里并加以重用。奸臣贝赫迪非常忌妒，处处与阿米尔·阿姆扎作对。阿米尔·哈姆扎爱上公主，两人偷偷相恋。贝赫迪极力破坏，设下种种圈套，欲置阿米尔·哈姆扎于死地。贝赫迪建议国王派阿米尔·哈姆扎去讨伐巨人楞德胡尔，目的是让巨人把阿米尔·哈姆扎杀掉。但巨人反而被阿米尔·哈姆扎所制服，入了伊斯兰教，成了他忠心的随从。贝赫迪又派歌女暗暗下毒，使阿米尔·哈姆扎昏迷了四十天，但没有被毒死。贝赫迪还耍各种手腕陷害阿米尔·哈姆扎，均未能得逞。后来贝赫迪又出一招，作为娶公主的条件，要阿米尔·哈姆扎征服拒交贡品的三个国家——也门、罗马和埃及。阿米尔·哈姆扎答应，他杀了也门国王，让其侄子入伊斯兰教。他征服了罗马国王，使全家信奉伊斯兰教。但到埃及时他中阿齐兹的计，被囚禁在一岛上。易卜拉欣显圣，把他救了出来。阿齐兹为阿米尔·哈姆扎所杀，其女朱拉哈入伊斯兰教。由于阿米尔·哈姆扎战功卓著，努希尔曼王终于同意阿米尔·哈姆扎与公主的婚事。但贝赫迪仍不死心，继续想方设法陷害阿米尔·哈姆扎。阿米尔·哈姆扎又经历了许多战役，基本上都是以异教徒敌人被消灭或着皈依伊斯兰教而告终。阿米尔·哈姆扎对罪魁祸首的贝赫迪终于忍无可忍，他化装为厨师把贝赫迪剁成肉酱。阿米尔·哈姆扎继续他的征战，帮助那些愿意皈依伊斯兰教的国王，消灭那些顽固的异教徒，弘扬易卜拉欣的一神教。后来，阿米尔·哈姆扎要求见穆罕默德，向他学习伊斯兰教的教法教规，全心全意执行他的一切命令。穆罕默德获悉异教徒正在聚集力量反对他，一场大战终于爆发，双方死伤无数。阿米尔·哈姆扎奋勇作战，杀了普尔·辛地。辛地的母亲联合几个国家的军队包围麦加，波斯的胡尔慕兹王也来参战。战斗进行得更加惨烈，阿米尔·哈姆扎的部将一一阵亡。阿米尔·哈姆扎仍奋不顾身，把胡尔慕兹王劈成两半。后来阿米尔·哈姆扎的马镫子掉了，这预示着他的死日已到。辛地的母亲早就埋伏好，阿米尔·哈姆扎的马一过，就一刀把马腿砍掉，阿米尔·哈姆扎从马背上摔下来，死于辛地母亲的手里。辛地的母亲怕阿米尔·哈姆扎的女儿前来报仇，向穆罕默德求饶而得到了宽恕。阿米尔·哈姆扎回到天堂，受到真主隆重的礼遇。大家齐声赞颂伟大的真主。

从以上的故事中，看不到阿米尔·哈姆扎有过反对伊斯兰教的活动，他似乎一生下来就注定要成为传播和捍卫伊斯兰教的伟大英雄。本来编写者的目的不在于写一个历史人物的传记，而在于塑造一个弘扬和捍卫伊斯兰教的英雄形象，这点可以说他已经做到了。《阿米尔·哈姆扎传》主要流传于波斯，看来非一人之作，故事内容极为庞杂，各传本的人名和细节差别很大。例如有关阿米尔·哈姆扎之死，不同传本就有不同说法，有的说阿米尔·哈姆扎在保卫麦加的战斗中消灭了无数的异教徒，但后来被包围了，他以身殉教，异教徒把他的胸膛剖开，取出他的心脏切成细片分给大家吃。在麦地那的阿里受哲布勒伊来的指示前来救援，伊斯兰军队重新反攻，打败敌人。穆罕默德找到了阿米尔·哈姆扎已经没有心脏的尸体，阿米尔·哈姆扎的心脏比一般人都大，人们终于把它找回来放回尸体，然后举行隆重的安葬仪式。

差不多在同一时期从波斯传入的《穆罕默德·哈乃菲亚传》其主人公哈乃菲亚也是历史上的真实人物。全书以歌颂阿里派为中心内容，编写者大概是波斯什叶派的人。整个故事可分三个部分：第一部分实际上是讲穆罕默德先知的生平故事，从他的出世，娶富孀赫缔彻，受天启而创伊斯兰教，直讲到他归天。第二部分主要讲哈桑和侯赛因的故事。穆罕默德的女儿法蒂玛与阿里结婚，生哈桑和侯赛因。法蒂玛死后，阿布·伯克尔当哈里发，接着由欧麦尔继任。欧麦尔被石匠刺死后，由奥斯曼继任。奥斯曼也被人刺死，由阿里继任第四代哈里发。倭马亚家族反对阿里，发兵进攻，被阿里打败，但阿里也被刺死。穆阿维叶的儿子亚齐德企图谋杀哈桑和侯赛因。哈桑被毒死，侯赛因被骗到卡尔巴拉，在那里被亚齐德的军队包围，最后殉难。第三部分才讲到哈乃菲亚的征讨故事。侯赛因在战场上被杀之后，其军队大多不是牺牲就是被俘。亚齐德欲斩草除根，准备把阿里家族的妇女统统活埋。哈乃菲亚出来把阿里家族的人重新集合起来，与亚齐德决一死战。亚齐德支持不住，向几个国家国王求援。战争继续进行，哈乃菲亚被俘。亚齐德正准备把他活埋时，救兵来了，哈乃菲亚的断手也给接回去了。亚齐德准备逃跑，掉进火坑里被烧死。哈乃菲亚立阿比丁为王，促各王侯归顺，统一于伊斯兰教的旗帜下。30年后，哈乃菲亚听说亚齐德的支持者聚集在一洞穴里，他便一人前去镇压。他进入洞穴把亚齐德的支持者杀得横尸遍野，其余的四处逃窜。这时传来神秘的声音，要他停止杀戮。哈乃菲亚大吃一惊，从马背上摔了下来，洞穴门突然关闭，从此他不知去向。所有的人为之大哭三天三夜，连动物也伤心掉泪。

　　以上两部英雄传奇故事在马来经典名著《马来纪年》里都有提到，该书第三十四章里有这样一段记载：马六甲王朝遭到葡萄牙人的侵袭，马来将士在上阵抗敌之前，要求阿赫玛德素丹为他们朗诵这两部伊斯兰教英雄故事以壮士气。这说明该两部作品较早已传人马来地区，有学者估计，在15世纪以前就已经广为流传了。此外，还可以看到，这两部英雄故事不仅在宗教宣传上，在早期反对西方殖民入侵的战斗中，也已发挥文艺的战斗作用了。

　　伊斯兰教传入爪哇后，伊斯兰教的先知英雄故事也从马来地区传过来了，但爪哇的伊斯兰教先知英雄故事有自己的特色，即多已爪哇化了。伊斯兰教传入之前，几世纪以来，爪哇的各王朝一直受到印度宗教文化和印度史诗文学的直接影响，已经拥有相当发达的古典文学和牢固的文学传统。在这种情况下，后来的伊斯兰文学必须适应爪哇古典文学的传统才能在爪哇立足，所以伊斯兰教先知英雄故事传到爪哇后就难以保持其原貌了。爪哇的伊斯兰教先知英雄故事统称"默纳故事"（Cerita Menak），大体有以下几个特点：一、为了迎合爪哇人传统的审美情趣，可以在原故事中任意添枝加叶。例如爪哇有关亚当和夏娃的先知故事《阿姆比亚传》（Kitab Ambiya）里就有这样一段情节在马来先知故事里是没有的。故事里说，亚当的子女后来有美丑之分，于是产生矛盾，都想娶美的为妻，兄弟阋墙，互相仇杀。在如何解决这一矛盾上，亚当和夏娃有分歧。亚当给子女配亲时，主张美的配丑的，丑的配美的，而夏娃则要求美的配美的，丑的配丑的。于是两人发生激烈的争吵，不少美貌的子女纷纷逃往中国，在那里繁衍后代，并改奉偶像崇拜。这一情节看来是爪哇人后加的，多少反映他们在现实生活中对中国人的印象和审美评价。他们常用"中国淑女"来比喻本族的美貌少女，而他们日常接触到的中国人也多是信神拜佛的。二、把伊斯兰教先知英雄故事与爪哇传统的史诗故事和班基故事巧妙地结合起来。经常可以看到这样的情况，讲的是伊斯兰教的先知英雄故事，但在故事展开的过程中却不时可以看到爪哇史诗故事和班基故事的影子时隐时现。例如爪哇著名的先知故事《楞卡妮斯传》（Kitab Rengganis）所叙述的主人公戈兰王子与慕卡丹公主悲欢离合的曲折经历，就容易让人想起爪哇班基故事里的伊努王子和赞德拉公主的经历。还有，在讲到楞卡妮斯假意答应嫁给马祖希以诓取他的法宝这一段情节时，也容易让人想起《阿周那的姻缘》中苏帕尔巴仙女诓骗罗刹王的一段故事。三、以伊斯兰教的先知去取代印度教大神的地位。在爪哇传统史诗故事中，胜利者总是得印度教大神佑助的一方，而在默纳故事中则改为得伊斯兰教先知佑助的一方，变成伊斯兰教战胜了异教。四、故事中有意贬低其他宗教，抬高伊斯兰教的地位。这方面的典型例子是《坎达故事》（Kitab Kanda）。这部作品内容十分庞杂，其中有伊斯兰教先知故事，也有印度和爪哇的神话故事，以亚当先知同恶魔马尼克马耶之间的长期斗争为主线，迂回地反映伊斯兰教与爪哇固有宗教和印度教之间的反复较量和斗争的过程。在整个较量和斗争中，先可以看到爪哇固有宗教的主神遭到印度教主神湿婆的排挤打击，后来印度教的影响衰减了，爪哇固有宗教的主神东山再起，压倒了湿婆大神。当伊斯兰教进来之后，爪哇固有宗教的主神和印度教的主神又统统拜倒在亚当先知及其后继者的脚下。这显然是在暗喻伊斯兰教在与先人宗教的较量中取得了最后的胜利。伊斯兰教先知英雄故事虽是后来者，但因能做到与深受印度教文化影响的爪哇文学传统巧妙地相结合而得到爪哇人的欣赏和欢迎，从而能流行于世并取得宣传伊斯兰教的好效果。

第二章　马来伊斯兰王朝的历史传记文学

第一节　马来王朝历史传记文学的兴起和《巴赛列王传》

须文达剌—巴赛王朝是出现在苏门答腊北部的第一个马来伊斯兰王朝。它南有印度教的麻喏巴歇王朝，北有佛教的暹罗王朝，为了与两强相抗衡，王朝统治者必须加强伊斯兰教的意识形态作用，用政教合一的政体来巩固王朝的统治基础。须文达剌—巴赛王朝建立后，王朝统治者从伊斯兰教先知英雄故事在马来地区的传播中，看到了文学所起的意识形态宣传作用和效果，所以在建立宫廷文学时，首先提出的任务是修王朝史，撰写王书（列王本纪），通过文学创作来神化和美化马来王族和马来王朝伊斯兰化的历史过程，确立马来王族的显赫地位。第一部马来王朝历史传记文学作品《巴赛列王传》（Hikayat Raja-raja Pasai）就是这样产生的。

伊斯兰教先知英雄故事在马来地区的传播无疑给马来王书的编撰者以启示和影响，同时也提供了可值利用的创作素材。伊斯兰教先知英雄故事像是历史人物传记，但里面多为神话传说，不能视为真正的史书。然而，它又不是与历史毫无关联，通过折射多少仍可看到其历史发展的轨迹，好些人物和事件在历史上也信有其实。因此信者还是把它们当做真正的史书看待，并常常作为历史依据加以引用，影响颇大。编撰此类作品的目的本来就是为了宣扬伊斯兰教的至高无上，通过颂扬伊斯兰教先知和英雄的非凡事迹，使人们产生敬畏和崇拜之心。因此，只要有利于此目的的各种神话传说都可以收罗过来当做史料用于编写一部完整的王朝史。《巴赛列王传》的编写基本上也是照此办理的。为了神化和美化马来王族的世系和宣扬马来伊斯兰王朝的"成败兴衰之理"，许多荒诞无稽的神话传说也都可以变成编撰者的历史依据，甚至已经流传很广的伊斯兰教英雄故事的某些内容也可以移花接木地照搬过来。

关于《巴赛列王传》的产生年代，至今仍说法不一，有的学者认为该书写于14世纪或15世纪，有的学者认为还要晚些，目前尚难断定。实际上这部传记有长的和短的两种传本。短的传本就是《马来纪元》的前身《马来传记》于15世纪所引用的那一部分，可能是最早的传本，写到马立克·查黑尔素丹去世和阿赫玛素丹即位为止。马立克·查黑尔素丹死于1326年，有人估计传记是在他死后不久写的，因为有关这个素丹的事迹占了较大的篇幅。长的传本则写到巴赛王朝最后为麻喏巴歇所灭，而且用了相当大的篇幅来记述最后一个素丹的残暴无道，这只有在王朝灭亡较久之后才可能有人去写它。所以，长的传本肯定是后来出的，里面含有更多的神话传奇成分。另外还可以肯定的是，《巴赛列王传》写于伊斯兰英雄故事传入之后，因为里面引用了一些《阿米尔·哈姆扎传》和《穆罕默德·哈乃菲亚传》的故事，同时也提到了伊斯坎达的名字。

《巴赛列王传》主要记述1250年至1350年须文达剌—巴赛王朝的兴衰过程。书的前部分主要叙述马来王族的由来、须文达剌—巴赛王朝的建立和后来皈依伊斯兰教的经过。这部分的叙述多依据神话传说或虚构臆造的故事，书中是这样写的：

有一天，穆哈玛特王在开荒时，在竹子里发现一女孩，便带回去抚养，取名竹子公主（这类故事在马来印度史诗故事《室利·罗摩传》里已经出现）。其弟阿赫玛特王在狩猎时，也从大象头上获得一男孩，收养后取名红象王子（这类故事在印度大象传奇中也已出现）。须文达剌—巴赛王朝的创建者就是竹子公主和红象王子所生的儿子麦拉·希路。而他又是如何创建王朝的，书里是这样描述的：有一天麦拉·希路巡游某地，遇见一只猫一般大的蚂蚁，认为是个吉兆。于是他把大蚂蚁吃了，决定在那里建立一个王朝，取名"须文达剌"，即"巨大蚂蚁"之意。此说当然荒唐，"须文达剌"一词可能来自梵语，乃"大湖泊"之谓，在现代印度尼西亚语里是"大洋"的意思。

穆罕默德在世时曾向他的伙伴们宣布，将来在南海会出现一个叫须文达剌的国家，到时你们应派人去那里让他们皈依伊斯兰教。果然建立须文达剌王朝的消息传到麦加后，麦加的教长派谢赫·伊斯马仪前往须文达剌去执行先知的嘱咐。沿途经过的国家都被谢赫·伊斯马仪一一伊斯兰化了。在同一时候，麦拉·希路夜里梦见穆罕默德先知向他嘴里吐唾沫，顿时满口芳香，并即刻会念清真言。醒来后，他嘴里仍不停地念诵，而且还会念诵《古兰经》，大臣们无不感到惊讶。国王说他在梦中还被告知，穆罕默德先知已派谢赫·伊斯马仪从麦加前往须文达剌主持伊斯兰教大典。翌日，伊斯马仪的船果真到达，麦拉·希路遂正式皈依伊斯兰教，被封为素丹，改名为马里辜尔·萨勒。后来马里辜尔·萨勒娶霹雳公主为妻，生了两个王子。他想再建一个国家给另一个王子，于是带着猎犬出去狩猎，来到一处高地。他的猎犬叫巴赛，对着站在高地上的一只白鹿狂吠不止。那只白鹿也对着猎犬狂叫。国王认为是个吉兆，于是决定在那里建国，以其猎犬之名巴赛命名。这就是须文达剌—巴赛王朝的由来。这段故事无非是想说明须文达剌—巴赛王朝的创建者，也就是马来王族的祖先不是普通的凡人，而是不知从何而来的神秘的竹子公主和红象王子结婚后所生的超凡的人。这里还没有把马来王族的祖先同伊斯兰教的先知英雄人物联系起来，而是同伊斯兰教到来之前的印度神话传说联系起来。有意思的是，竹子公主和红象王子的收养者用的是阿拉伯名字，而麦拉·希路这个名字却不是阿拉伯名字。这是否可以看做是从印度教佛教影响时期到伊斯兰教影响时期的一种过渡现象呢？至于说，麦拉·希路之所以把须文达剌王朝变成马来族的第一个伊斯兰王朝，是因为他直接得到穆罕默德先知口谕，这显然是出于神化马来王朝伊斯兰化的目的，以提高马来伊斯兰王朝统治者的威望。这个神话被当成了历史事实，为后来的好些马来王朝所继承，在叙述王朝皈依伊斯兰教的经过时，大多继承了这一说法。

《巴赛列王传》的后半部分主要叙述伊斯兰王朝建立后如何面对南北两个强大的异教王朝的威胁，以及如何因统治者的残暴而招致王朝的灭亡。须文达剌——巴赛王朝伊斯兰化后日益繁荣，佛教王朝的暹罗王十分嫉妒，派兵来犯，遭到顽强的抵抗，大败而退。从此须文达剌——巴赛王朝的名声更加远扬四海。可是到了阿赫玛素丹执政时，历史悲剧开始发生。阿赫玛素丹生性残暴好色，他生了三十个儿女，其中同母生的五兄妹最为出众。老大叫敦·波莱因·帕巴，非常英勇刚强；老二顿·阿卜杜尔·查利尔生来英俊潇洒；老三则以虔诚善良闻名，而两个妹妹都是美貌无比。阿赫玛素丹竟对自己美丽的女儿起了邪念，他问大臣："如果一人种庄稼，谁先尝其果实？"大臣回答："种的人自己先尝。"老大知道这个消息后，赶紧把两个妹妹藏匿起来。阿赫玛素丹对老大非常恼恨，想方设法除掉他。印度来了四大武士，在巴赛施虐，无人可匹敌。阿赫玛素丹只好召老大进宫与他们搏斗。老大把四武士击败，却反被诬带人进宫图谋不轨。阿赫玛素丹非常怕老大，他说："如果寡人不把波莱因·帕巴杀掉，寡人的王位就难于保住，也休想闻到天堂的香味。"他决心除掉老大，借口想吃虾蟹，叫老大潜入河底捕捞，然后布置武将在岸上守候，老大的头一浮出水面就乱刀砍死。但老大在水底潜游到另一处才上岸，素丹的阴谋未能得逞。接二连三的失败使素丹越发感到老大是最大的威胁，决定下最后的毒手。他给老大送去有毒的食品。老大拿一点给狗吃，狗当场毙命，给鸡吃，鸡也死了。他知道父要子亡，子不得不亡，于是准备把有毒的食品吃下去。他的一个弟弟把有毒的食品抢了过去，咬了一口马上就死去。另一个弟弟又抢了过去，咬了一口也马上死去。老大把剩下的食品吃下去了，这时因量少而使毒性大减，他只感到浑身发痒，便往一棵树上蹭，树叶马上掉落，树也枯死。他继续往前跑，身体越来越虚弱，终于中毒倒下身亡。阿赫玛素丹听到老大的死讯心里无比高兴，从外地返回宫里。话说麻喏巴歇国王要为格莫伦嬅公主选婿，在应征的九十九个王子画像中，没有一个是公主看上眼的。第一百个是老二顿·阿卜杜尔·查利尔的画像，公主一眼便相中。麻喏巴歇王派大队人马护送公主前往巴赛完婚。阿赫玛素丹非常眼红，想霸占美丽的爪哇公主，便把自己的儿子老二杀了，尸体抛入海里，漂到爪畦公主的船边。人们问巴赛国里发生何事，回答是："犀牛吃了自己的崽。"公主知道老二遇难，遂自杀身亡。麻喏巴歇王大怒，派强大海军前来兴师问罪，一举灭了巴赛王朝。

以上所述当然不是须文达刺—巴赛王朝兴衰的真正历史过程，但从宏观上来看，多少还是反映了历史的真实。须文达刺—巴赛王朝确实遭到过暹罗王朝的侵袭，后来也确实亡给麻喏巴歇王朝，不过其过程绝不会像书中所描述的那样富有神话传奇色彩。书中也揭示王朝灭亡的历史必然性，指出强大敌人的进攻是巴赛王朝灭亡的外因，而王朝统治者的残暴无道则是王朝灭亡的内因。当阿赫玛素丹面临灭顶之灾时，才后悔不该杀老大，以老大的英勇善战，是可以抵挡敌人的进攻的。另外，我们还可以从另一个角度来看待它的灭亡，那就是在长期为印度教和佛教王朝所统治的东南亚地区出现的第一个伊斯兰王朝相对来说还是比较弱小的，在当时它还抵挡不住爪哇印度教王朝的排挤，在强敌面前无法生存下去。

《巴赛列王传》是第一部马来王朝的历史传记作品，它的意义不仅限于记载了第一个马来伊斯兰王朝的历史演变（尽管是很不科学），它还是第一次定出马来王朝君臣之间应遵守的基本准则。这个基本准则是通过国王的临终嘱咐提出来的。第一代王马里辜尔·萨勒临终前把两个王子和大臣们召集到跟前，对着两个王子嘱咐说："我的孩子啊，诸爱卿，我已临近死期，我走后你们要好自为之。我的孩子呀，切记勿贪他人之财物，勿对臣民之妻女存非分之想。你们兄弟俩要和睦相处而不可相互为敌。"接着对两位大臣说："两位爱卿呀，你们要好好对待我的两个王子，不可与他们做对，要对他们忠贞不渝。"这个"君善待于臣，臣矢忠于君"的遗嘱便成为马来王朝君臣应坚持的基本准则，阿赫玛素丹就是破坏了这个基本准则才遭亡国之灾的。这个基本准则在《马来纪年》里得到进一步的发挥。

第二节　《马来纪年》

须文达刺—巴赛王朝实际上只是一个小王朝，但作为东南亚地区的第一个伊斯兰王朝，其历史作用不可低估，它为后来的马来伊斯兰王朝奠定了政教合一的初步基础，也为马来宫廷文学开了先河。须文达刺—巴赛王朝灭亡后，经过几度辗转，马来王族终于在马来半岛南边取得了立足点，在那里建立马六甲（满剌加）王朝。这个王朝后来发展成为东南亚地区最强大的伊斯兰王朝，但它仍把须文达刺一巴赛王朝视为自己的前朝，并继承其宗教文化的传统。《巴赛列王传》也被奉为马来王朝历史传记文学的开山之作，后来马来古典文学的经典之作《马来纪年》和其他地方的马来王朝所修的王书无不受其影响。

《马来纪年》（Sejarah Melayu 或 Salalat al-Salatin）这部被马来人奉为马来历史的经典著作，是马来王朝历史传记文学中最重要和最有影响的作品。该书内容十分丰富，涉及马来王族的起源、马来王朝的历史演变、伊斯兰化的经过以及马来封建社会的政治、宗教、文化等各方面的情况，可以说是一部描绘马来民族和马来王朝全部兴衰的历史长画卷，历来为国内外学者所重视，成为研究15世纪前后马来封建社会历史文化的一个重要参考。1831年马来著名作家阿卜杜拉·门希首次整理出版《马来纪年》，后来其他人又出了不同的版本，已被翻译成英、法、中等国文字。书中前言有这样一段话："寡人命宰相撰一部史书，记载马来诸先王之业绩及所定之朝纲、礼仪、习俗等，俾子孙后代得知其由来而永志不忘，并从中获得教益。"一般认为作者是曾任柔佛王朝宰相的敦·斯利·拉囊（Tun Seri Lanang），因为从书中后部分对马六甲王朝灭亡的前后、素丹的逃难和柔佛王朝的偏安所作的详细描述来看，似乎只有熟悉马来宫廷内幕和曾身历其境的人才可能写得出来。其实敦·斯利·拉囊是对先有的马来王族世谱故事以及后来从果亚带回来的《马来传记》进行加工，于1612年编定的《马来纪年》。对作者来说，他写这部史书的目的是很明确的，就是要让马来子孙后代能以先朝诸王的成败兴衰的历史为鉴，在西方殖民侵略的威胁越来越严重的情况下，在马来民族面临生死关头的时刻，不要忘记马来民族过去曾有过显赫的历史以及后来遭到灭亡的前因后果，要求子孙后代牢记历史的教训，永远保持马来民族固有的传统和民族的自豪感。所以，作者在书中除了美化和神化马来王族的祖先和封建统治者之外，同时在一定程度上也能做到"不虚美，不隐恶"，特别是能把马六甲王朝后期宫廷内部的争权斗争和腐败现象以及亡于葡萄牙殖民主义者的前前后后比较真实地反映出来，这点可以说是这部马来经典著作最为可贵的地方。

《马来纪年》全书共34章，叙述马来王族的起源、王族的系谱、第一个马来王朝的出现、马来王朝的伊斯兰化经过，直到马六甲王朝的全盛和最后灭亡这一漫长的历史演变过程。有的传本还另加续四章，写到亚齐王朝对柔佛王朝的征服经过。尽管书名叫《马来纪年》（直译是《马来由历史》），但里面所记载的史实不少是来自神话传说，特别是前面部分讲的有关马来王族的起源，第一个马来王朝的建立和伊斯兰化的过程，基本上都是根据神话传说而写成，不足为凭。但后面部分讲的马六甲王朝兴衰过程，则比较接近历史事实，有较大的史料价值。在马来民族眼里,《马来纪年》确实是惟一的一部最全面最权威阐述马来王朝发展历史的经典著作。但从严格意义上讲,《马来纪年》不能算是一部真正的史书,可又不是纯文学作品。只能算是一部历史文学作品,它所叙述的马来王朝兴衰的整个过程基本上反映了马来王朝历史的发展轨迹,里面含有丰富的史料。下面我们先把全书的基本内容作一简要的评述:

前九章主要叙述马来王族的由来和马来族第一个伊斯兰王朝建立的经过。关于马来王族的由来完全是以神话传说为依据,旨在提高马来王族列祖列宗的显赫地位。作者把伊斯坎达(亚历山大大帝)说成是马来王族的祖先,前面介绍《伊斯坎达传》时已有述及。这里作者作了进一步的发挥,使伊斯坎达与马来王族之间产生血缘关系。作者用自己丰富的想像力编造了这样一个故事,说伊斯坎达征服印度后娶了美丽的印度公主巴丽娅为妻,生一子叫阿里斯顿,传了几代之后,其后裔中一个叫苏栾王的成为印度所向无敌的国王。在征服周围所有国家之后,他想远征中国,率百万大军来到了杜马锡(新加坡)。中国皇帝闻讯后,立即召开紧急会议商讨对策。最后决定采取智谋促使苏栾王退兵。中国皇帝派几个老态龙钟、满口缺牙的老人带一盒长满锈的针和一棵结满果的柿子树乘船前往杜马锡。苏栾王接见中国老人时问中国到底还有多远。老人回答说,他们离开中国时还是十来岁的小孩,现在已成垂暮之年的老人了。然后指着长满锈的针说,离开中国时这些都是胳膊一样粗的铁棒,现在已锈成这个样子,而那柿子树在离开中国时还是刚种下的树苗,现在却已长满果实了,中国究竟还有多远可想而知。苏栾王听了之后觉得中国太遥远了,只好打消进攻中国的念头,班师回朝。一场大战由于中国人的智慧而得以避免。

苏栾王回国后,他潜入海底国,与海底的马达布尔公主结婚。生下的三个王子长大后返回陆地。他们出现在苏门答腊巨港附近的希昆当山上,被两个农妇发现,其中一个王子被命名为苏巴尔帕。不久,从浪花中冒出一个小孩叫巴达拉,向苏巴尔帕膜拜,奉他为王,这就是马来王族的第一代王。马来王族的世系就这样通过印度王族与伊斯坎达联系上了。苏巴尔帕王想要娶亲,但每个女人都要长癣。最后他向德莽·勒巴尔·达温的女儿万·孙达丽求婚。德莽·勒巴尔·达温要国王立下誓约方能答应,那就是要国王世代善待其子孙,而其子孙也将永远效忠于国王。两人结婚后,万·孙达丽没有长癣,后来生二男二女,国势日强。中国皇帝闻讯派人前来说亲,娶了大公主赞德拉·黛薇。这位马来公主生下的子女及其后代便成了中国的历代皇帝,也就是说中国皇帝也有伊斯坎达的血统,与马来王族成了姻亲。苏巴尔帕还特别器重一位中国武士的儿子,让他当巨港之王。这都说明早在第一个马来王朝建立时期，中国与马来之间就建立了非常亲密的关系。后来苏巴尔帕又当了米南加保王。他的儿子尼拉·武达玛来到杜马锡狩猎，遇上一只像狮子的猛兽，于是把杜马锡改称新加坡，即"狮子城"之意，他当上新加坡王，号称斯利'特利·布瓦纳。麻喏巴歇前来侵犯，被打败而退。从第七章到第九章的内容基本上取自《巴赛列王传》。

第十、十一章主要叙述马六甲（满剌加）王朝建立的经过。话说新加坡王巴杜卡·斯利·马哈拉查生性多疑和残暴。他因忌才而把博学的敦·查那·哈迪卜无故处死，把帮助他用智打退剑鱼进攻的小孩杀掉，因为那小孩太聪明过人，怕他长大后会威胁自己的地位。后来继位的伊斯坎达尔王更加滥杀无辜，将一个被诬陷的妃子凌迟于闹市。妃子之父乃一名大臣，对国王怀恨在心。他勾结麻喏巴歇王朝，引爪哇兵前来破城。伊斯坎达尔王仓皇出逃，几经辗转，来到马来半岛南端，在一棵大树下休憩，见那里地势甚佳，便决定就地建立一新王朝。那棵大树叫马六甲树，国王便以此树名命名新王朝。其实马六甲原是一个小渔村，1400年以前还鲜为人知。据《明史》记载，马六甲（满剌加）王朝约建于永乐初年，开国之君叫拜里米苏剌。

第十二章起着重叙述马六甲王朝如何日趋繁荣昌盛，成为东南亚的贸易和伊斯兰教政治文化的中心。传位到格吉尔·布沙王的时候，国王晚上梦见了穆罕默德先知，翌晨发现自己已行过割礼并能念诵《古兰经》，不久从朱达来的沙伊德·阿卜杜尔·阿齐兹为国王举行伊斯兰教仪式，全马六甲王朝的人都皈依伊斯兰教，国王改称穆罕默德·沙素丹。马六甲王朝的伊斯兰化过程基本上抄袭了《巴赛列王传》。穆罕默德·沙素丹开始着手按伊斯兰教的教法教规建立王朝的典章制度。在颂扬王族的同时，作者在一定程度上也能做到"不隐恶"，对宫廷内部的争权斗争有所揭露。穆罕默德·沙素丹有两个儿子，一个叫卡希姆，是有印度血统的王妃敦·娃蒂生的，另一个叫易卜拉欣，是勒坎王之女所生。穆罕默德·沙素丹顾忌勒坎王的权势，让易卜拉欣继承王位。易卜拉欣当上国王后，便把卡希姆王子驱逐出境，让他流浪国外。后来一个叫查拉鲁丁的商人认出王子，便帮他杀了易卜拉欣，夺回王位，改称穆沙发尔·沙素丹，他就是首次制定王朝法典的马来国王，使王朝走上正轨而名扬天下。

暹罗王要马六甲王称臣纳贡被拒绝，于是发兵攻打马六甲，但被打退。敦·贝拉克因战功卓著而被穆沙发尔·沙素丹提升为宰相。老宰相斯利·纳拉·迪拉查不服，与敦·贝拉克发生摩擦。穆沙发尔·沙素丹为了"将相和"，把自己的妃子也就是新宰相的妹妹赐给了斯利·纳拉·迪拉查。不久，暹罗又派阿维·迪朱率兵进攻，被马六甲人用计阻吓，不战而退。暹罗王子昭·班丹想亲征马六甲，准备大举进攻。一位法力无边的阿拉伯人从马六甲发箭，昭·班丹王子突然感到胸口仿佛中了一箭，倒地身亡。暹罗进攻马六甲的计划又告吹了。

穆沙发尔·沙素丹去世后，曼苏尔·沙即位，为称雄东南亚开始向外扩张势力，积极开展对外活动。首先征服了近邻的巴亨，派使者与暹罗修好。接着与麻喏巴歇联亲，曼苏尔·沙素丹在著名武将杭·杜亚的护送下亲自来麻喏巴歇求亲。麻喏巴歇想压服马六甲王朝，几次与杭·杜亚斗智斗勇，而较量的结果总是败给对方。麻喏巴歇终于承认马六甲王朝的强大和不可欺，遂同意把公主嫁给曼苏尔·沙素丹，与马六甲王朝建立秦晋之好。

曼苏尔·沙素丹统治下的马六甲王朝更加闻名遐迩。中国皇帝也想与马六甲（满剌加）王朝修好，派一使臣带一船绣花针去见满剌加王。中国皇帝在给满剌加王的信中提出三点：一、中国皇帝久闻满剌加国王的英明伟大，愿与他结秦晋之好；二、中国皇帝也是伊斯坎达的后裔，与满剌加王同源于一个祖先，是远亲；三、中国是世界最大的帝国，送上的一船绣花针是从一户一针征集而来的，可见中国人口之众多。曼苏尔·沙素丹领会了中国皇帝的用意，也派一使臣带一船硕莪米回拜中国皇帝，并说明这一船硕莪米是由一户一米征集而来的，由此可见满剌加王国也同中国一样地大人众。中国皇帝信以为真，便决定将汉丽宝公主下嫁给满剌加国王，这样满剌加国王成了驸马之后就得向中国皇帝跪拜了。中国皇帝命大将狄甫带五百名出生官家而又眉清目秀的童男童女作为陪嫁乘百舸护送汉丽宝公主前往满剌加完婚。中国公主的到来受到满剌加国王盛大而隆重的欢迎。曼苏尔·沙素丹让中国公主入伊斯兰教，然后举行婚礼。那五百名童男童女也都入了伊斯兰教，被安置在"中国山"居住，在那里繁衍后代。今天马六甲市的"中国山"以及那里的一口井据说就是从那个时候留传下来的。这可以说是中马关系史上的一段佳话。满剌加国王当了中国皇帝的女婿之后，当然要向中国皇帝行跪拜礼。为了取得与中国皇帝平起平坐的地位，他想了一个绝招，让中国皇帝因接受马六甲国王的跪拜而染上一身癣，其痒无比，而这种癣只有喝满剌加国王的洗脚水并用它洗脸方能治愈。中国皇帝吃了这个苦头之后，立誓他和以后的子孙再也不要满剌加国王及其子孙向他们行跪拜礼了，但仍要与满剌加王室保持亲密友好的关系。

接着讲忠臣良将的典范杭·杜亚尽忠报君的事迹和马六甲王朝的盛世。有一回，杭·杜亚遭诽谤，曼苏尔·沙素丹竟然下令将他处死，幸亏宰相把他隐藏起来。接替杭·杜亚的杭·卡斯杜里是杭·杜亚的结义兄弟，对素丹的处置很不满，在宫里公然造反而无人能制服他。这时素丹后悔杀了杭·杜亚，宰相告了实情，素丹大喜，立即召杭·杜亚进宫镇压杭·卡斯杜里。杭·杜亚为了尽忠报效素丹，不惜采取不光明的手段把为自己抱不平的结义兄弟杭·卡斯杜里刺死并株连其全家。而杭·杜亚则为此而被素丹封为海军大都督。马六甲王朝日益强盛，征服了周围许多国家，同时积极开展伊斯兰教的宗教研究活动，不少著名的伊斯兰教学者前来马六甲讲经，马六甲王朝也经常派人到巴赛研讨宗教问题。马六甲王还帮助巴赛王夺回王位和打退哈鲁王的进攻，使马六甲王朝声誉日隆。曼苏尔·沙素丹去世后，继位的阿劳丁素丹继续发展国力，他亲自微服私访抓猖獗的小偷，使马六甲的繁荣安定遐迩闻名，四方无不臣服。

　　最后几章主要叙述马六甲王朝末期统治集团内部如何腐败和互相倾轧而最后导致马六甲王朝亡于葡萄牙殖民入侵者之手。这部分写得相当生动深刻，作者通过艺术形象把促使马六甲王朝灭亡的内因和外因比较全面地揭示出来。从内因上看，马六甲王朝的灭亡乃是国王的暴虐无道和权臣的贪赃枉法所造成的必然结果。而这个必然性又集中反映在王朝末期马赫穆特素丹的黑暗统治上。马赫穆特素丹是个既重色又昏庸的暴君，继位后整日沉溺于荒淫无耻和穷奢极欲的生活。而朝廷权臣则贪赃枉法，互相倾轧，恣意鱼肉百姓。马赫穆特素丹极端好色，只要听说哪家有美女，便不择手段非弄到手不可。斯利·摩诃罗阇宰相有一女儿叫法蒂玛，美艳无比，没有让素丹知道就许嫁给大臣的儿子敦·阿里。为此素丹怀恨在心，伺机报复。那时朝廷上下贪污成风，大商贾纷纷向大臣们行贿。有一大商人重金贿赂宰相斯利·摩诃罗阇。另一大商人获悉后去贿赂大都督霍查·哈山，他是杭·杜亚的女婿，杭·杜亚死后继承大都督职位。他受贿后向素丹诬告宰相谋反篡位，马赫穆特素丹正巴不得有个报复的机会，便不作任何调查就将忠心耿耿的斯利·摩诃罗阇宰相满门抄斩，乘机把宰相的女儿法蒂玛强占过来。后来素丹又以诬告罪处死那两个大商人并抄了霍查·哈山的家。就这样朝廷的两个重臣被一一除掉，以至于后来无人可委以重任。马赫穆特素丹只好起用已退休的老臣巴杜卡·杜安当宰相，他已入耄耋之年，老态龙钟，除能吃能睡外，什么也干不了。靠这样一个老耄治国岂有不亡之理。马赫穆特素丹退位后，其子阿赫玛特素丹更加昏庸无道，他排斥所有忠臣老将，带领一班年轻人整日寻欢作乐。朝廷如此腐败，当然离亡国之日不远了。葡萄牙人第一次入侵时，马六甲王朝还没有腐败到这一程度，当时斯利·摩诃罗阇宰相尚能率领全国军民奋勇抗敌，给葡萄牙殖民侵略者以沉重的打击。葡萄牙人当时已总结出一条教训："只要斯利·摩诃罗阇宰相还健在，无论投入多少兵力也休想打败马六甲。"在葡萄牙发动第二次入侵时，马六甲王朝已彻底腐朽了，斯利·摩诃罗阇和其他忠臣良将都遭清洗，马六甲王朝灭亡的命运已无可挽回了。

从以上的内容介绍来看，《马来纪年》确实不能当做是一部真正的史书，所述的历史事件和具体过程都无法得到印证，有的则纯属神话或者与真正的历史事实相距甚远。但是从文学角度来看，作为历史传记作品，它还是能够艺术地再现马来王朝的兴衰过程，并且从中可以了解到马来王朝的社会面貌和马来民族的思想感情，可以获得许多有意义的教益。我们可以从六个方面来评价《马来纪年》的历史和文学价值。

首先，作为宫廷文学，《马来纪年》为巩固王权的统治基础做出了重要的贡献。爪哇的宫廷文学是把爪哇王族与印度教的大神成功地联系在一起。同样，马来宫廷文学也把马来王族与伊斯兰教的先知英雄成功地联系在一起。这对提高王族的威望无疑起了重大的作用。如果说在《巴赛列王传》里马来王族的祖先还是来历不明的话，那么在《马来纪年》里，就已经有了明确的交代了。马来王族祖先的血脉已经和伊斯兰教的先知英雄的血脉接通了，弥补了《巴赛列王传》之不足。至于《马来纪年》里为何要通过印度王族把马来王族的世系与被奉为伊斯兰教先驱英雄的伊斯坎达（亚历山大大帝）衔接起来，这里大概有文化影响的历史背景在起作用。在马来地区，伊斯兰文化与印度文化仍有一定的传承关系，印度文化影响在先，伊斯兰文化影响在后，而印度是伊斯兰文化传播的中转站。此外，有关马来王朝的伊斯兰化经过则完全是伊斯兰文化在起作用，印度文化一点也沾不上边，《巴赛列王传》的说法已经可以被接受，所以《马来纪年》就把它照搬过来了。这两项内容为马来王族和马来伊斯兰王朝的统治奠定了牢固的思想基础，经《马来纪年》的宣扬，便成了"历史事实"而为后人所接受和传扬。

其次，《马来纪年》奠定了马来王朝君臣应遵守的基本原则。马来第一代王苏巴尔帕代表了君的一方，德芒·勒巴尔·达温代表了臣的一方，双方订立了一个神圣的誓约。臣的一方向国王提出保证和要求："臣的子子孙孙都将忠心耿耿地当陛下的奴仆，望陛下的子孙也善待他们。倘若他们有罪，再大的罪也不要用恶言恶语去羞辱贬低他们。如果罪恶很大，就按伊斯兰教法将他们处死。"君的一方对臣的一方提出要求："希望爱卿的子子孙孙永不背叛朕的子孙，即使他品格有多暴戾和邪恶。"这个君臣之间的誓约归纳起来就是两句话：君要臣忠，臣要君仁。书中说："正是这个原因，至高无上的真主赐福马来的所有国王，让他们从不侮辱自己的臣子。臣子犯再大的罪，也不把他捆绑吊打和用恶言恶语加以辱骂。……至高无上的真主也赐福所有的马来子民，使他们从不叛变和背离自己的君王。"这种建立在封建关系上的君臣之道被认为是马来王朝兴衰的根本。马来王朝之兴衰是遵守或违反这个誓约的结果，后来则进一步把"绝对忠君"的思想放在更加突出的地位，视为马来民族的灵魂，这在杭·杜亚的身上得到充分的体现。

其三，同样有意义的是，《马来纪年》通过艺术形象比较真实地反映了马来王朝的对外关系史。马来王朝的建立首先要面对北边暹罗佛教王朝和南边麻喏巴歇印度教王朝的威胁，因此与中国建立亲密的关系成为马来王朝对外政策的一个重要基石。这在《马来纪年》里得到了充分的反映，尽管是以神话传说的形式表现出来的。书中的第一章在讲到马来王族的直接祖先，即印度的苏栾王的时候，就涉及了与中国的关系。苏栾王想远征中国，被中国皇帝用智谋使他不战自退。这在史书上是找不到有这方面的记载的，看来是臆造出来的，但它至少说明了三点：一、中马的关系源远流长，从其祖先就开始了，比其他国家都早；二、中国是富有智慧的爱好和平国家，宁可以和平方式用智谋去解决争端，也要避免流血战争；三、在历史上，中马之间确实从未发生过战争，后来的中马关系更加不断发展。当建立第一个马来王朝时，通过血缘和姻缘关系又把马来王族与中国皇族更加紧密地联系在一起，使两国的关系建立在更加牢固的基础上。而到马六甲王朝时期，两国的交往尤其频繁，关系更加密切，谱写了中马关系史上最光辉的一页。这方面《马来纪年》的第十五章作了全面的描述，上面已有介绍。当时马六甲王朝是东南亚最强盛的马来伊斯兰王朝，为了与东南亚两强暹罗和麻喏巴歇相抗衡，发展与中国明朝的亲密关系显得特别重要，而当时的明成祖也正需要发展与周边国家的友好关系，所以两国的来往特别频繁。这在《明史》都有大量的记载，不过在具体事实上与《马来纪年》之所记大相径庭。不错，是明朝皇帝于永乐元年（1403年）先派中官尹庆到马六甲"宣示威德及招徕之意"，但并没有带去一船的绣花针，也没有关于汉丽宝带五百童男童女下嫁马六甲王的记载，更没有中国皇帝喝满剌加国王洗脚水的荒唐事。这个臆造出来的荒唐事只能看做是王朝统治者惟我独尊的封建意识在作祟。根据《明史》的记载，中国皇帝确实对满剌加国王特别友好，愿意世代相好下去，在正式承认时，曾送一碑文，勒山上，末缀以诗曰：

西南巨海中国通，输天灌地亿载同。

洗日浴月光景融，雨崖露石草木浓。

金花宝钿生青红，有国于此民俗雍。

王好善义思朝宗，愿比内郡依华风。

出入导从张盖重，仪文裼袭礼虔恭。

大书贞石表尔忠，尔国西山永镇封。

山君海伯翕扈从，皇考陟降在比穹。

后天监视久弥隆，尔众子孙万福崇。

这首颂诗充分体现了中国明朝对满刺加王朝的友好态度，表达了对马来民族世代友好的感情和愿望。关于双方的大规模交往，在《马来纪年》里提到的是中国汉丽宝公主等五百余人到达马六甲的盛况，而在《明史》里提到的是满刺加第一代王拜里米苏刺访华的盛况。《明史》里是这样记载的："九年（1411年——引者），其王率妻子陪臣五百四十余人来朝。抵近郊，命中官海寿、礼部郎中黄裳等宴劳，有司供张会同馆。入朝奉天殿，帝亲宴之，妃以下宴他所。光禄日致牲牢上尊，赐王金绣龙衣二袭、麒麟衣一袭、金银器、帷幔衾稠悉具，妃以下皆有赐。"《马来纪年》和《明史》都提到两国之间曾有过五百多人组成的庞大亲善团来访，一个说的是中国公主五百余人到马六甲，受到满刺加国王亲自迎接；一个说的是满刺加国王五百余人访问中国，受到中国皇帝的隆重接待。两个不同的记载都提到了五百余人，似乎不是纯属巧合。看来《明史》的记载是可靠的，但二者都反映了当时的两国关系确实非同一般。根据明朝史书的不完全统计，前后有三位满刺加国王亲自访问过中国，共有六人次，而被派往中国的使臣也不少于二十四人。另外，满刺加王朝之所以要与明朝修好还有重要的战略考虑，即可以依靠中国来维护东南亚的和平。当时对满刺加王朝来说，暹罗是直接的威胁，曾多次兴兵入侵。《马来纪年》里提到的暹罗最后一次进攻是因暹罗王子昭·班丹中阿拉伯人的魔箭而作罢，这当然不可信。每当暹罗准备入侵时，满刺加国王即派使臣上告明朝廷，"乞朝廷遣人谕暹罗国王，无肆欺凌，不胜感恩之至"。《太宗实录》里有这样一段记载："（永乐十七年冬十月）（1419年）癸未，遣使谕暹罗国王……然闻王无故欲加之兵，夫兵者凶器，两兵相斗势必俱伤，故好兵非仁者之心。况满刺加国王既已内属，则为朝廷之臣。彼如有过，当申理于朝廷，不务出此而辄加兵，是不有朝廷矣！此必非王之意，或者左右假王之名弄兵以逞私忿。王宜深思，勿为所惑，辑睦邻国，无相侵越，并受其福岂有穷哉。……"这段记载说明了明朝廷在化解满刺加王朝与暹罗王朝的矛盾冲突中起了非常重要的作用，暹罗王停止进攻马六甲恐怕是明朝廷做工作的结果。

其四，《马来纪年》的历史价值还在于它形象地揭示了马来王朝成败兴衰之理。一个个王朝的兴衰都有其历史的必然性，特别是它的灭亡是其内因和外因的共同作用。新加坡王朝之亡于麻喏巴歇，马六甲王朝之亡于葡萄牙，都是内外因共同作用的结果。《马来纪年》在一定程度上做到了"不隐恶"，把王朝末期的腐败现象和导致灭亡的过程充分地揭示出来，让后人引以为戒。

其五,《马来纪年》在文学上的价值还在于它汇集了不少民间文学的精华。为了给马来王朝增添历史的光彩,作者搜集了不少精彩的神话故事和民间传说,把其中最富有传奇性的人物经艺术加工后改造成为马来王朝历史上赫赫有名的英雄人物,使其流芳后世。例如著名的马来民族英雄杭·杜亚就是最突出的一个例子。后人还根据《马来纪年》的记载,进一步创作《杭·杜亚传》,把这个人物形象大大拔高,塑造成马来民族天下无敌的、最完美和最理想的民族英雄的典型。还有新加坡马来王朝勇猛的武将巴当,也是一个典型的例子,他的故事更富有民间特色。巴当原是一个伐木工,有一天他抓住偷吃鱼的妖精,那妖精向他求饶并答应满足他提出的一个要求。巴当本能地想了想,对一个伐木工来说,最重要的莫过于力气,有了大力气伐木就不费劲。于是他提出的要求是给他以超凡的力气。妖精答应了,巴当立刻成为力大无比的壮汉,只要轻轻一碰,大树纷纷倒下。他的主人后来把他献给了国王,成了王朝所向无敌的武将。从巴当的出身和表现的思想感情多少可以看到劳动人民的本色。

其六,《马来纪年》还在语言方面对马来古典文学产生重大影响,它那典雅、规整和洗练的语言风格被视为马来古典文学最高的语言典范,代表了马来语言发展史上的一个里程碑。

最后还需要一提的是《马来纪年》的精神价值。为什么在马六甲王朝灭亡一个多世纪之后还要写这样一部书,过去很少有人考虑它。《马来纪年》的前言中已说明写本书的目的是要让马来子孙不要忘记自己民族的源流和王朝的兴衰历史并从中获得教益。如果联系当时的历史背景来看,实际上写这样一部书是有一定的政治含义的。马六甲王朝灭亡后,西方殖民侵略的威胁日益严重,在面对殖民化的命运中,许多人丧失了民族自信心。在这样一个时刻,《马来纪年》的问世就是要让马来民族知道自己的民族曾经有过辉煌的历史,出过像杭·杜亚那样的民族英雄,从而唤起民族自豪感,不要被外敌所吓倒。所以长期以来,《马来纪年》在马来民族心目中一直占有特殊的地位,对发扬马来的民族精神起着重要的作用。

近百年来,《马来纪年》之所以受到众多学者的关注和重视,就是因为它具有多方面的价值可供挖掘。尽管已有大量的专题论文和专著面世,但仍有不少的问题尚未得到科学的解答,有待人们去进一步挖掘和研究。

第三节　其他的王朝历史传记作品

马六甲王朝是东南亚伊斯兰教的政治文化中心,在其周围出现了好些地方性的伊斯兰小王朝。其中有些王朝也仿效马六甲王朝修王书,以《马来纪年》作为参照的样板。虽然在质和量上远不能与《马来纪年》相比,但也有各自的特色,反映不同王朝的不同面貌和特点。在叙述王族的由来和皈依伊斯兰教的经过时,有的虚构多于真实,有的真实多于虚构,有的还可以看到中国和印度文化的某些影响。下面介绍几部较有特色的作品:

《梅隆·马哈旺夏传》(Hikayat Merong Mahawangsa),讲的是吉打王朝的创建史和伊斯兰化的经过,其中虚构多于真实。前半部讲伊斯兰化以前的历史,纯系神话传说,其中也说起从竹子里生出的王子和从浪花中冒出的公主以及神象选王的故事。更有意思的是,故事的开头先讲了中国公主与罗马王子的一段姻缘。罗马国王想为王子娶中国公主而遭金翅大鹏鸟的反对。金翅大鹏鸟把中国公主劫往朗卡威岛藏了起来。罗马王命梅隆·马哈旺夏护送罗马王子去中国成亲,途中被金翅大鹏鸟拦截,船被打翻,王子被海浪抛到朗卡威岛。王子见到了中国公主,两人一见钟情,坠入爱河。金翅大鹏鸟谒见素赖曼先知,夸口它已成功地把中国公主与罗马王子分开。素赖曼先知说,有四件事是人不能自己决定的,即生计、死亡、配偶和到时的离异。然后告诉金翅大鹏鸟中国公主与罗马王子已结成一对了。金翅大鹏鸟羞愧而退,把公主和王子送回中国。奉命护送罗马王子的梅隆·马哈旺夏在翻船后并没有淹死,他漂到另一个岛上,在那里创建朗卡苏卡城并当上国王。他的儿子后来成为吉打王朝的开国元君。很显然,这段故事全系虚构,毫无史实根据,但也不是一点意义都没有。不妨说,金翅大鹏鸟(来自印度神话)、中国公主、罗马王子和素赖曼先知正好代表了四种文化背景,这正好说明吉打王朝伊斯兰化之前已受多元文化的影响。梅隆·马哈旺夏建立的朗卡苏卡国可能历史上真有其国,也就是《梁书》里提到的狼牙修。关于吉打王朝皈依伊斯兰教的过程仍然充满神话色彩,不过有一点也许比较接近事实,那就是前来传教的是实在的人,即从巴格达来的伊斯兰教贤者谢赫·阿卜杜拉。

各王朝所修王书其虚实程度差别很大,例如《班查尔与哇灵因城纪事》(Hikayat Banjar dan Kota Waringin)里所讲的加里曼丹班查尔王朝皈依伊斯兰教的过程就比较接近于历史事实。书中说,班查尔王子沙姆德拉在争夺王位时,向爪哇的淡目伊斯兰王朝求援。淡目王答应出兵,条件是班查尔必须皈依伊斯兰教。沙姆德拉王子答应,所以在取胜之后便立刻改奉伊斯兰教。从历史上看,班查尔王朝的皈依伊斯兰教确实有其政治原因,就是为了满足爪哇淡目伊斯兰王朝提出的援救条件。

《古戴世系》(Silsilah Kutai)记述加里曼丹古戴王朝皈依伊斯兰教的经过则虚

构多于真实。书中说，在马可达王执政时期来了一位叫端·栋岗的伊斯兰贤人，他劝国王入教，国王要他显示神迹方可相信。于是他变出熊熊大火，然后又变出倾盆大雨将火淋灭。国王信服，立即入教，后来成为最虔诚的伊斯兰王朝的国君。这故事使人想起穆罕默德先知显示神迹的故事。名叫端·栋岗的伊斯兰教贤人也许真有其人，但他能显示神迹纯系神话，这是真实与神话编织在一起的又一例子。从以上所举的例子中，还看不到有西方殖民势力的影响，那些小王朝的王书可能写于西方殖民入侵之前，或者西方殖民势力尚未到达该王朝的时候。

1511年马六甲王朝为葡萄牙殖民者所灭，从此东南亚的形势大变，民族矛盾逐步上升为主要矛盾，伊斯兰教也从抗拒印度教和佛教势力变成了抗拒西方殖民入侵的思想武器。这时，马六甲海峡周围地区已成为伊斯兰教势力与西方殖民势力较量的主要场所。马六甲王朝灭亡后，苏门答腊岛北端的亚齐王朝取而代之，成为17世纪伊斯兰教在东南亚的政治文化中心，也是反西方殖民入侵的主要堡垒。其他地方出现的伊斯兰王朝都是地方性的小王朝，处于封建割据状态，成不了大气候。而且各王朝之间还矛盾重重，经常打来打去，给西方殖民侵略者以渔翁之利。这种历史风云的变幻在一些王朝所修的王书里多少也有所反映，下面介绍几部较有代表性的作品。

亚齐王朝所修的《亚齐志》(Hikayat Aceh)是较早的一部，书里还表现出作者对王朝统治者的极力神化和美化。《亚齐志》写于伊斯坎达·慕达执政时期（1606—1636年），大部分篇幅用来为这位亚齐国王歌功颂德，因此有人认为不如把书名改称《伊斯坎达·慕达传》更为贴切。因为该书的前几页已佚失，书的作者不详，可能是一位学识渊博，通晓阿拉伯、波斯、土耳其等国语言的宫廷文人。下面把书的基本内容作简单的介绍：

书的开头先讲亚齐王族的由来，有些仿效《巴赛列王传》，也把亚齐的第一代王说成是一个国王和竹子公主所生的后裔，竹子公主因一根头发被国王拔掉而死去。国王的兄弟娶了天国的小公主，也因诅咒自己的孩子是精灵，小公主一气之下拿了羽衣飞回天国。接着叙述亚齐王族的世系，也说成是伊斯坎达王的后裔。以上部分都是根据神话传说，有的还是来自民间的羽衣型故事，没有什么史料价值。

接下来的部分主要讲亚齐历代王的事迹和王朝的演变，其中也揭露了宫廷内部的权力之争。例如穆沙发尔·沙与伊纳亚特·沙的斗争就是一场权力之争。这两人分治亚齐王朝，不断发生内战，相持不下。后来穆沙发尔·沙改用计谋行刺伊纳亚特·沙，他派人送结婚聘礼而里面装的却是武器。伊纳亚特·沙被刺后，亚齐王朝重归统一。另外还提到了几起宫廷政变，如斯利·阿兰姆王的短命统治，他继位后因极不得人心而被大臣们拉下了台。其继承者柴纳尔王更加残暴，整日爱看斗象，甚至让人互相格杀取乐，百姓不堪其苦。后来大臣们把他带出宫去，再也没有回来。众王公大臣拥立阿拉·阿丁·沙为王，从此亚齐王朝才日趋安宁繁荣。

本书的重点是讲伊斯坎达·慕达的出世和他的非凡事迹。他出世之前就祥瑞涌现，有一天，曼苏尔·沙素丹晚上做梦小便，于是全国成了一片汪洋。宫廷宗教师说，这预示着亚齐将出现威镇四海的国王。当伊斯坎达·慕达还在母胎的时候，亚齐非常繁荣，其母还做了许多奇异的梦，如以月亮为发髻等。他出世后更是表现得异乎寻常，五岁能骑象，六岁爱玩大象，七岁能套大象，八岁乘船玩海战，九岁精通各种武器，十岁向葡萄牙人显示高超的骑术，十一岁人们再次预言他将成为举世无双的国王，十二岁单枪匹马杀死一头野牛，十三岁能熟练诵读《古兰经》和其他伊斯兰教经典，同时精通武功。十四岁能捕象和活捉老虎。暹罗、罗马等国的使臣回去后把他超凡的表现大加宣扬而传遍四海，甚至连伊斯兰教的圣地麦地那都在传诵他的超凡事迹。这种采用神话的极度夸张描写，是想把亚齐王伊斯坎达·慕达塑造成伊斯兰教英雄式的人物和政教合一的英明君主，以提高他在伊斯兰教王朝和反西方殖民入侵中的威望和号召力。

书的最后部分还讲到亚齐王朝与柔佛王朝的矛盾冲突。柔佛王因帮助外逃的戈利统帅和接受当戈利王的要求而得罪亚齐王朝。亚齐王前来兴师问罪，战争进行得很激烈，双方死伤无数。柔佛王终于不支而败逃，亚齐王穷追不舍，把他围困在城里。柔佛王求和遭拒绝，决定死守到底。最后亚齐军队因粮尽而只好退兵。

伊斯坎达·慕达执政时期是亚齐王朝的最盛时期，这部书可以说在一定程度上表现了当时在西方殖民威胁面前，亚齐王朝统治者还有很强的自信心。它企图通过宣扬亚齐王族和王朝的非凡历史来唤起亚齐人的自豪感，努力发扬亚齐人不畏强敌、敢于战斗的光荣传统。这对反抗西方殖民侵略起了一定的鼓舞作用。可惜的是，亚齐人的自认强大不是建立在真实和科学的基础上，因而很难变成真正的物质力量。

18、19世纪，随着西方殖民势力的不断扩张和伊斯兰教势力的节节败退，除了亚齐王朝实力较大，其余的都是一些地方性的小伊斯兰王朝。各王朝统治者之间为了各自的利益又不断互相攻打征伐，有的还不惜向西方殖民者求助并与之合作来对付敌手。而西方殖民者也充分利用各马来王朝统治者之间的矛盾，支一方，打一方，扩大自己的殖民势力。这个时期扮演历史重要角色的是布吉斯王族，马来王族以及荷兰殖民主义者。三者在马六甲海峡两岸不断展开你攻我伐，争夺控制权。《柔佛国传》（Hikayat Negeri Johor）、《寥国列王记》（Sejarah Raja-raja Riau）、《马来和布吉斯王族世系》（Silsilah Melayu dan Bugis dan Sekalian Raja-rajanya）和《珍贵礼品》（Tuhfat al-Nafis）这几部历史传记作品比较集中地反映了这段错综复杂的历史。

《柔佛国传》和《寥国列王记》所着重讲的是柔佛国的马来王族与寥国的布吉斯王族之间的争斗以及荷兰殖民主义者的插手参与。其中布吉斯王族扮演了重要的历史角色，特别是哈吉王对柔佛国的控制，曾左右局势的发展。书中所记甚详，且甚琐碎，然而大都为实录，时间地点都标得很清楚，有较大的史料价值。

《马来和布吉斯王族世系》和《珍贵礼品》为拉查·阿里·哈吉所作，他是著名的布吉斯王哈吉王的孙子，曾长期留学麦加，回寥岛后为其兄辅政，很熟悉布吉斯王族的历史。《马来和布吉斯王族世系》写于1865年，主要讲布吉斯王族在加里曼丹、寥群岛和马来半岛这一广阔地域里至1737年所进行的种种活动和所起的政治作用。布吉斯王族的世系从鲁乌克的女王希蒂·梅朗盖开始讲起，一代一代地讲，一直讲到第一个信奉伊斯兰教的布吉斯王拉·马杜萨拉特。布吉斯王族以寥岛为中心参与多处马来宫廷的内部斗争，特别是乌布·达延·波拉尼五兄弟以骁勇善战著称，经常插手马来宫廷的政治角逐。马来王族的世系则从新加坡王开始讲起，一直讲到马六甲王朝的最后一个素丹曼苏尔·沙。然后接着讲柔佛王的世系。布吉斯王族与马来王族之间不但在政治上，在婚姻上也有千丝万缕的关系。马来王族常借助于布吉斯王族的力量来解决王位之争，把公主嫁给援助的布吉斯王族，以加强二者之间的联盟。这部作品的特点是，对布吉斯王族不断参与马来的宫廷斗争和出现的混战局面记载得相当详细，不带神话色彩。再有一个特点是，在叙述一个事件之后都要用诗歌加以总结。若把所有的诗编在一起，可成为一部相当出色的史诗。

《珍贵礼品》写于1866年，是拉查·阿里·哈吉的力作，被认为是继《马来纪年》之后最重要的一部马来王朝历史传记作品。它记述马六甲王朝灭亡后马来和布吉斯王族的延续历史，从柔佛、锡亚克、丁加奴、雪兰莪、寥岛等王朝的建立和相互间的混战一直讲到英国殖民者莱佛士在新加坡的开埠。作者作为布吉斯王族后裔当然要特别突出布吉斯族的作用和地位。书的前部分先讲马来王族的世系，从建立新加坡王朝的斯利·特利·布瓦纳王讲起，直讲到满剌加王朝为葡萄牙所灭和最后的素丹马穆特·沙被害和宰相的篡位。这部分与《马来纪年》的记载基本相似。接着是讲锡亚克王室的世系，从拉查·格吉讲起，他是马穆特素丹的庶子。在争夺柔佛和寥国的王位斗争中，拉查·格吉成为布吉斯王族的死对头，双方不停地你攻我打，直到消亡。紧接着讲布吉斯王族的世系，作者对王族的祖先和历来的赫赫战功极力加以美化和宣扬，甚至把王族也说成是穆罕默德先知的后裔。以上各部分的内容与《柔佛国传》、《寥国列王记》的内容无多大差别，甚至有三分之二的内容取自《柔佛国传》。往后的部分主要讲布吉斯王族在马来政治舞台上的纵横捭阖，反映19世纪前后殖民地化过程中各地马来王朝的相互矛盾和相互争斗，以至于给荷兰和英国殖民侵略者以可乘之机。舞台中心是布吉斯王族控制的寥王朝，与此发生密切关系的有柔佛、锡亚克、丁加奴、雪兰莪、吉达、坤甸、巨港等地的王朝和统治者。在错综复杂的关系中，布吉斯王族扮演了包打天下的重要角色，不是干预某一马来王朝的宫廷斗争，就是帮某一马来王朝抵御另一王朝的侵袭，由此而不断地进行征战。而西方殖民主义者也利用了这个机会浑水摸鱼，逐步控制那些小王朝，使它们名存实亡。这个时期是荷兰和英国殖民主义者加紧进行所谓"前进运动"的时期，也就是加速殖民地化的进程。因此常出现马来王族、吉斯王族和荷兰殖民主义者三方的混战。这里不妨举一个例子：话说布吉斯的哈吉王与荷兰人曾订下协议，将获得的战利品对半分，但荷兰人背信弃义，因而双方爆发了战争。荷兰人向波聂亚岛大举进攻，战争延续了将近一年而不分胜负。当双方相持不下时，雪兰莪的易卜拉欣素丹乘机攻打荷兰人盘踞的马六甲城，荷兰被迫退兵马六甲。哈吉王和雪兰莪王联合把马六甲城团团围住，眼看胜利在望。但后来由巴达维亚派来的三十多艘战船和数千名士兵的荷兰援军到了，被围困的荷兰督察官又买通了锡牙克的穆罕默德·阿里素丹一起攻打格打邦湾。哈吉王最后在那里阵亡。荷兰人准备把他的尸体运回巴达维亚，据说哈吉王的灵柩突然冒出火光，运输船随之起火爆炸。这样带有神话色彩的描述在书中是极少见的，可能是为了让布吉斯族这个最著名的哈吉王的英名永垂青史。从这个事件中可以得知，最终获利的是荷兰殖民主义者，他们就是这样利用各王朝之间的冲突以及马来王族与布吉斯王族之间的矛盾，采用狡猾的手段逐步实现其"前进运动"计划的。后来那些马来小王朝逐个与荷兰殖民者签约而放弃主权，成为接受荷兰殖民者俸禄的傀儡土邦。从文学角度来看，这部作品内容过于繁杂分散，缺乏明确的主题和故事的连贯性，只是对一个个事件的发生和过程作不分巨细的描述。但与以往的历史传记作品不同，书中几乎没有什么神话故事，所记接近于实录，每个事件都标出发生的时间和地点以及资料的来源，甚至有的是来自宫廷档案，因此大都有案可查。在马来历史传记作品中，《珍贵礼品》可以说最全面地反映了19世纪前后马来地区殖民地化的历史过程，其价值也就在于此。

第三章　马来伊斯兰王朝的宗教经典文学

第一节　马来宫廷的伊斯兰教经典文学

　　宗教经典文学主要是为确立王朝的伊斯兰教意识形态的主导地位服务的。伊斯兰教最权威的经典是《古兰经》，其内容主要是阐述伊斯兰教的教义教法，规定伊斯兰教最基本的信仰信条，即：一、信真主，这是伊斯兰教信仰的核心；二、信使者，承认诸先知是真主的使者，而穆罕默德是真主的最后使者；三、信天使，他们是听候真主的调遣、传达真主旨意的天神，尤其是向穆罕默德传达"天启"的吉布利勒（迦伯利）；四、信经典，承认《古兰经》是真主的"启示"，还有《旧约》、《圣经》也是"天启"的经典；五、信前定，世间一切都是真主预先安排好的，只能顺从；六、信后世，人在今世死后转后世，世界末日之时，死人将复活，接受最后的审判，善者进天堂，恶者下地狱。地位仅次于《古兰经》的经典是穆罕默德的言行录《圣训》，是穆斯林生活和行为的准则，是伊斯兰教立法的重要依据。另外各派经注学也对伊斯兰教意识形态的形成起着不同的作用。马来王朝的伊斯兰教经典文学就是以伊斯兰教这些基本的经典为指导和基础、结合本王朝的特点和需要而建立起来的、具有巩固意识形态作用的文学。

　　《马来纪年》里提到了马六甲王朝的宗教活动相当活跃，经常有外来的伊斯兰教学者前来讲经或者派宗教学者出去与其他伊斯兰王朝的学者进行有关伊斯兰教问题的研讨。马六甲当时无疑已成为东南亚伊斯兰教的研究和传播中心，但还没有关于伊斯兰教经典方面的作品问世。王朝的宫廷作家首先致力于撰写王书，把王族与伊斯兰教的著名英雄联系起来，把王朝的伊斯兰化说成是先知的安排，借以提高国王的威望和伊斯兰教的正统地位。

　　马六甲王朝灭亡后，伊斯兰教的中心转移到亚齐王朝，伊斯兰教学者和教师也纷纷转到亚齐并深受王朝统治者的青睐，不少人在宫廷里担任要职，充当御用学者。亚齐王朝成为马来王朝伊斯兰教经典文学的基地。在传播伊斯兰教的过程中，出现两种对立的神秘主义派别：一个是以哈姆扎·凡苏里和山素丁·尔—苏马特拉尼等为代表的苏非派。山素丁曾任亚齐王伊斯坎达·慕达的宗教师，很受器重，所以苏非派在宫廷里一度占了上风，曾起过重要的作用。他们撰写了好些宣传该派教义教法之类的书，有相当的影响。一是以努鲁丁·阿尔—拉尼里等为代表的正统派，在伊斯坎达·慕达和山素丁去世之后得到新亚齐王伊斯坎达·塔尼的支持。努鲁丁受到重用，使正统派在宫廷里日益得势。他极力反对苏非派，把苏非主义视为异端邪说加以严厉排斥，把哈姆扎·凡苏里和山素丁的著述和作品全部焚毁。为了消除苏非派的影响，确立正统派的意识形态在王朝里的主导地位，同时也为了对付西方殖民主义日益严重的威胁，王朝统治者和正统派认为有必要加强伊斯兰教意识形态的建设，编写正统派的宗教经典，宣扬正统派的宗教思想和观点，以正视听。这样，在亚齐王朝的宫廷里，除历史传记文学外，伊斯兰教经典文学也得到充分的发展。神秘主义正统派学者最有影响的是布哈里·乔哈里和努鲁丁·阿尔—拉尼里，他们的作品成为马来王朝统治者的治国理论基础和穆斯林的行为准则。

亚齐王朝时期还有一些知名的伊斯兰学者，如阿卜杜尔·拉乌夫·辛格尔等，也有不少著述，但其影响远不及布哈里和努鲁丁。由于这些正统派学者得到王朝统治者的信赖和支持，他们的作品流传甚广，所宣扬的宗教观点和伦理思想，渗透到东南亚穆斯林精神和文化生活的各个领域，影响非常深远。

亚齐以外地区，特别在巨港，也有一些有关伊斯兰教的经典类作品问世，其中流传较广的有《一千个问答》(Hikayat seribu Masalah 或 Masa'l Seribu)，原著是用阿拉伯文写的，年代不详，1762年已经有人提到它，1865年被人从波斯文翻译成查威文。该书以穆罕默德先知回答犹太修士阿卜杜拉所有的提问的方式来阐明伊斯兰教的教义教法等。犹太修士阿卜杜拉提出的问题可归纳为三大类：一类有关万物起源和生死末日；一类有关地狱和天堂；一类有关大自然的现象和本质。阿卜杜拉对穆罕默德先知的答复非常信服，于是皈依伊斯兰教。

还有一部较有影响的作品《鲁克曼·哈金遗训》(Hikayat Lukman Hakim)也是从阿拉伯原文译改过来的。鲁克曼的名字在马来古典文学里经常提到，他被视为早期的智者和修士，善于写寓言故事，留下的遗训和箴言以及处世之道常被后人所引用。

巨港还有一些较知名的作者，如希哈布丁、格玛斯·法鲁丁、阿1、杜儿·萨玛特等，他们的作品多半也是从阿拉伯文作品译改过来的。

第二节　布哈里·乔哈里和《众王冠》

《众王冠》(Taj Us-Salatin)是马来地区最早也是最有影响的伊斯兰教的宗教经典，作者叫布哈里·乔哈里(Bukhari Al-Jauhari)。有学者认为"乔哈里"是"珠宝商"的意思，"布哈里"是中亚的一个地名，因此作者可能是一位中亚布哈里的珠宝商。该书是于1603年从波斯作品译改过来的，因为里面有大量的波斯语汇，采用了不少波斯诗体，甚至王子大臣也多用波斯名。[①]

《众王冠》是一部带有"统治论"性质的马来王朝伊斯兰教宗教经典类作品，其内容涉及面相当广泛，讲到人类的起源以及人类同真主的关系，君臣和各阶层庶民百姓的职责和义务，人们应遵守的道德准则和处世哲学等等。总之，要求所有帝王臣民都得遵照伊斯兰教的教导行事，把这部书当做自己的行为指南书而随身携带。书的前言有这样一番话："所有的国王谁携带了这部书，并随时阅读它，听从它的教学，理解它的含义，谁就是一位完美有德的国王，是无愧于戴王冠的国王。"这部作品的确影响很大，新加坡王和爪哇的日惹素丹和梭罗素丹在制定政策和做出决断时往往参考这部书，甚至亚齐的伊斯坎达·塔尼素丹选王后的时候也是依据这部书提出的条件而定。英荷殖民主义者同地方马来王朝打交道时，也往往参考这部书。后来努鲁丁想以他的《御花苑》取代《众王冠》的地位都没能得逞，可见其受人重视之程度非同一般。

《众王冠》共有24章，每章含一个中心内容：

第一章讲的是人若要认识自己，认识自己由何而来和人的本质是什么，就必须先知己而后知真主，正如先知说的："谁认识了自己，实际上等于认识了他的真主。"人从胚胎，出世为男或为女，长大成人后走的人生道路直到生命的终结，都是真主前定的，所以应当知道真主是全能的、全知的、大仁大慈和独一无二的。

第二章讲真主是宇宙万物的创造者、恩养者和惟一的主宰，因此必须绝对顺从。

第三章讲什么是世界，人何以生存于世界。

第四章讲今世的暂时性和后世的永恒性。时时勿忘人的死亡和最后的归宿。人的寿命是真主给的，不是永恒的，时候一到，死神就会来的。这里引用了这样一个故事：从前有一位叫阿查姆的国王，自以为自己至高无上，世上没有其他国王比得上他有财有势。为了炫耀自己的财富权势，他在一广场上举行豪华而又盛大的聚会，四方臣民和各国王公都盛装出席，向他朝拜。在盛会进行中，突然来了一个衣衫褴褛的穷汉，谁都阻挡不住他。那穷汉径直来到阿查姆王跟前轻轻地对他说："我是死神，现在就要拿走你的性命！"国王听了直冒冷汗，向死神哀求让他回去见妻儿最后一面和作最后的交代，但被死神拒绝，因为那么多年他都忘掉

[①]　有学者则持不同意见，认为作者是来自柔佛的阿拉伯裔马来人，他用马来语于1603年在亚齐写了这部著作。毋庸置疑，在内容和语言上该书的确深受阿拉伯和波斯的影响，但那个时期的其他马来作品何尝不是如此。

了一切。国王当场从马背上摔下猝死。这个故事可能取自《一千零一夜》，是要告诉人们人的生命是渺小的，只有真主最伟大，要绝对信真主是至高无上的。

　　第五章讲王者的职责和作为王者所必须具备的十个条件。其中的第十个条件是王者必须是男人，但如无男性继承人，女人也可以继承王位。这一条看来是根据亚齐王朝的特殊需要而定的，因为在亚齐王朝第一位女王莎菲亚杜丁去世后，接连还有三个女王执政。在讲王者的职责时，为了更形象，作者拿了一些过去著名的先知和哈里法的事迹作为榜样。其中有一个是优素福的故事。他在统治埃及的时候，身体日益消瘦虚弱。大臣们问他究竟得了什么病，该吃什么药。他说得的是饥饿病，最有效的药是吃东西。大臣们又问为何不吃东西，优素福回答说："我怕吃饱了肚皮后，就不知道在埃及还有挨饿的人，不知道他们的处境和困难。当末日到来的时刻，问起我玩忽职守，忽视国内的所有饥民，不去体察民情以尽我保护之责时，我将如何回答无所不知的万能的真主呢?"另外还有一个是欧麦尔的故事，他统治麦地那时拒绝接受报酬，他要靠自己的劳动去养活妻小，以减轻百姓的负担。所以每天办完公事后他就到郊外去制砖，在清真寺做完礼拜后也去郊外制砖，天天如此。这类模范事迹，强调了为王者应体察民情，善待真主的奴仆。这点多少表达了老百姓的期望。

　　第六章讲有关国王的公正行为。"在世之时国王行为公正，末日之时他就可以坐在珍珠台上"。

　　第七章讲如何当一位公正贤明的国王。这里也引用了一些典型的事例，如哈伦王的故事。一天，哈伦王与大臣们议论治国大政，一位宗教师奏明国王，真主已为他准备地狱之门和三件治国之宝：一是财库，用于赈济所有穷人，使他们不再为盗，抢夺他人财物；二是宝剑，用于处死无故杀人者，使人们尊重他人性命；三是罚鞭，用于鞭打那些不遵从伊斯兰先知教导的人，让他们知道应该维护真主的宗教。如果国王不这样做，那么国王就得先进地狱之大门，然后其他有罪的人跟着进去。宗教师还说，国王是水源而文武百官好比河流，只有水源清，所有河流才会清。第五章提到过的欧麦尔的故事在这里得到进一步的发挥。有一天，欧麦尔去郊外时，遇见一妇女和三个孩子在火堆旁抱头痛哭。当问起原因时，那妇女哭着说："万能的真主呀，让吃饱睡足的欧麦尔也尝尝我和孩子们挨饿的苦楚吧。"欧麦尔问她火上的锅里煮的是什么，她回答说是水，是为了让孩子们以为煮的是饭，好哄他们入睡。欧麦尔听后，马上回麦地那到粮店买一袋面粉，再到肉铺买肉，然后扛着朝郊外走。欧麦尔的随从要帮他扛，他拒绝说："如果你来扛这沉重的袋子，谁来扛我那深重的罪过。还有，她因怨恨而向真主告发我的失责之罪又有谁能为我去开脱呢。"在封建时代，这样贤明公正的统治者在现实中恐怕是没有的，那只是被统治者的一种渺茫希望罢了。

第八章讲如何对待异教徒的国王。这一章特别强调国王要公正，要施仁政。公正的异教徒国王同样会受到赞赏："公正者连同其异教信仰将长久不衰，而暴虐者则不会长久。"为了说明这一点，书里举了几个公正的异教徒国王广施仁政的生动故事。其中特别有意思的是有关中国皇帝的故事：中国皇帝十分关怀百姓的疾苦。有一次他得重病而导致双耳失聪，以致再也不能亲自倾听百姓的呼声。为此他悲痛不已，不思饮食，身体日益消瘦虚弱。众大臣劝慰说，他们的耳朵可以代替皇上的耳朵去倾听百姓的呼声。但皇帝说："末日到来时，有关百姓的事是找朕问而不是找大臣们问。所以朕必须亲自倾听他们的呼声，了解他们每日的疾苦。"后来皇帝想，他没有耳朵但还有眼睛，于是昭示全国谁有冤情和困难可以穿上红衣衫把要告的事写在上面，然后直接面君。这样皇帝又等于能直接听到百姓的呼声，可以亲自及时加以处理了。拿中国皇帝作为例子，固然是因为中国不是伊斯兰教国家，但也说明中国在东南亚有相当大的影响。书中还提到在天堂与地狱之间有一叫阿拉夫的去处是专为非伊斯兰教的公正帝王而设的。作为异教徒他们将来是进不了天堂的，但也不用下地狱，因为他们生前公正和施仁政。这一章多少反应了普通百姓对统治者施仁政勿施暴政的企盼。

第九章讲残害百姓的无道暴君，最后必遭灭亡，这里也举了一个巴斯拉国暴君的例子。这个暴君坑害百姓无所不用其极，他到处设关卡，过往的人每人必须交一个迪尔罕。有一个穷汉，靠毛驴驮货过日子，妻子已经怀孕。他们日子实在无法过了，决定到外地谋生。他们来到关卡，守吏要他们交纳两个迪尔罕。穷汉说，他连一个迪尔罕都交不起。凶狠的守吏说，那就交四个迪尔罕。穷汉只好回去，但守吏说回去也得交四个迪尔罕，否则休想走。穷汉交不出，守吏们就把他毒打一顿，把他的妻子从驴背上推倒在地以致流产，把驴尾割掉，然后把穷汉赶走，他的妻子则被守吏抢占。穷汉离开巴拉斯国，哭喊着向真主控诉。突然从天上传来神秘的声音，要他回过头看。穷汉回头一看，整个王宫所在地连同国王和所有文武百官以及全部的财宝都在陷落。这是真主的惩罚，从陷落的地方冒出滚滚的黑水。暴君的苛政在这个故事里被暴露无遗，但能消灭这个暴君及其苛政的只有万能的真主。

第十章讲大臣要贤能和称职，说一个王朝要靠四根顶梁柱：一、深谋远虑的稳重老臣；二、英勇善战的武将；三、善于理财的大臣；四、信息灵通的情报官。与此同时，还阐述了君臣之道和为人臣的27条准则。

第十一章讲文字的重要性，真主创造的第一件物就是笔，因为只有通过文字人们才能知晓真主创造一切的始末。世上靠两物，一是剑，一是笔。笔比剑重要，笔可代剑，剑不能代笔。人只有靠阅读经书典籍才能有知识。

第十二章讲做一个使者的职责，一个使者首先要不折不扣地传达国王的旨意和反馈对方的意见，不可私自改动。他必须是相貌堂皇，谈吐文雅，口齿伶俐，知识渊博，品德高尚，宗教信仰坚定，因为使者代替了国王的眼睛、耳朵和舌头，代表了国王的形象。

第十三章讲朝廷官员的职责。朝廷的大小官员首先要颂扬国王的伟大，听从国王的旨意，使国王能很好地料理一切朝政。这里也提出为官的25个条件，而首要条件是维护真主的至高无上，了解国王也是真主的奴仆，予夺之权在真主。

第十四章讲对子女的教养，出生后第七日就要举行剪发仪式，六岁要教礼貌，七岁要分床睡，十三岁要做礼拜，不做礼拜就要打，十六岁给他娶亲，然后让他自立，靠真主保佑。孩子生来纯洁，父母的好坏决定孩子未来的好坏。

第十五章讲简朴之意义。简朴乃立身之本，王公贵族也因能简朴而流芳后世。里面列举了一些具体的事例。

第十六章讲为人之品德，待人处世之方和修身养性之理。有德者区别于无德者有七点：一、以德报怨；二、谦虚恭谨；三、办事认真；四、疾恶如仇；五、敬畏真主；六、言行一致；七、求主保佑。

第十七章讲为君之道，提出做公正明君的十个条件：一、设身处地，公正待人；二、爱护百姓，体察民情；三、效仿明君，清心寡欲；四、好言相待，从轻量刑；五、信守教法，遵照经典；六、关心朝政，为民造福；七、求贤若渴，倾听良言；八、戒骄戒躁，体惜臣民；九、赏罚分明，以儆效尤；十、明察事理，分清好坏。

第十八章讲有关伊斯兰教的若干教义，提出认识伊斯兰先知、贤人、人之本质和认识论的四个学说。

第十九章讲有关相术征兆之类的学问，如头大智慧之相，头小愚钝之相，耳大有德之相，耳小冥顽之相等等。

第二十章讲国王应如何善待穆斯林百姓，提出20个要求，按照伊斯兰的教导给以多方面的照顾和保护。

第二十一章讲伊斯兰教国王应如何对待他统治下的异教徒百姓，也提出20条规定，如不准盖新的庙宇，不准穿穆斯林服装和使用穆斯林的名字，对穆斯林要像奴仆对主人那样恭敬，不许私藏兵器，禁止出售烈酒，异教徒死了家属不许哭丧等等。

第二十二章讲以乐善好施为友和以吝啬刻薄为敌。乐善好施者为真主所好，到处受人尊敬。吝啬刻薄者为真主所恶，到处受人鄙视。

第二十三章讲信守诺言和忠贞不渝的重要性。

第二十四章是结尾，作者向四种类型读者提出希望：第一类是虔诚公正的国王，希望本书能成为他忠实的伙伴，把百姓治理好；第二类是文武百官，希望本书有助于他们去治国安邦；第三类是有信仰的百姓，希望本书能使他们忠于国王；第四类是抄录者，希望他们能正确无误地抄录本书，忠实的抄录者将得真主恩典，歪曲的抄录者将遭真主惩罚。

布哈里的《众王冠》可以说是马来地区第一部系统地用伊斯兰教教义教法阐述马来王朝君臣之道的统治论著述。严格来讲，它不是一部文学作品而是宗教的宣教作品，但在连篇累牍的说教中引入了许多生动的故事和比喻，使这部作品具有一定的文学价值，传播面和影响面相当广泛。19世纪著名的马来作家阿卜杜拉·门希在《吉兰丹航游记》一书中提到："所有国王都应拥有《众王冠》而每日不离手，要找精通的学者向他求教，接受贤者的一切教诲，以便了解一切有关明君与暴君之分野。"

第三节　努鲁丁和《御花苑》

马来伊斯兰王朝的另一部有很大影响的宗教经典类作品是《御花苑》（Bustan al-Salatin），作者努鲁丁（Nuruddin Ar-Raniri）是激烈反对苏非派的正统派御用学者。他不是地道的马来人，据说是阿拉伯古来氏的后裔，生于印度瞿折罗的拉尼尔城，从小就在那里学习马来语。1618年他移居亚齐王朝管辖下的彭亨，并开始用马来语撰写有关伊斯兰教正统派学说的著作。当时他就提出了源于印度的文学作品如《室利·罗摩传》等，如果没有提到真主的名字就应予排斥。亚齐王朝在伊斯坎达·慕达统治时期，苏非派受到重用，山素丁当了素丹的宗教师，手下门徒众多。在伊斯坎达·慕达素丹和山素丁去世之后，亚齐王朝的新素丹伊斯坎达·塔尼倾向于正统派，努鲁丁于1637年再度来到亚齐，受到伊斯坎达·塔尼素丹的重用，任宫廷宗教师和御用学者，享受优厚的待遇。他在伊斯坎达·塔尼素丹的支持下大力发展正统派的势力，发表大量正统派的宗教论著，斥苏非派言论为异端邪说，进行残酷的迫害，焚烧他们的所有著述。他的过激行为引起人们的不满，但得到伊斯坎达·塔尼素丹的支持。伊斯坎达·塔尼在位才五年便去世，继位的达朱尔·阿兰素丹对努鲁丁也不满，撤了他的职。他于1644年不得不离开亚齐回到拉尼尔，1658年在那里去世。

努鲁丁奉伊斯坎达·塔尼素丹之命于1638年撰写《御花苑》，其目的在于肃清苏非派言论的影响和系统宣扬正统派的宗教论理观点。在他写《御花苑》之前，《马来纪年》《众王冠》和《亚齐志》已经问世，看来这三部作品都给了他一定的启示和影响，他甚至想使自己的作品能超过它们。为此他拟了一个庞大的写作计划，内容包罗万象，从古到今，从外到内，各个方面都涉及，成为马来伊斯兰教经典类著作中最大的一部。《御花苑》的编写方式和篇章安排基本上仿效乔哈里的《众王冠》，全书分七篇，篇之下设章，总共有1250书稿页之长。

第一篇分10章，讲七重天地之形成、日月星辰和风雨雷电的出现、天使魔鬼的产生等创世神话。

第二篇分13章，从上古西亚、埃及、印度等诸王的谱系，一直讲到马六甲、彭亨和亚齐王朝诸王的谱系。

第三篇分6章，讲明君贤臣的职责，当君王应具备的条件，哈里发和君王们应有的德行，当宗教法官、宰相、文武官员等应具备的条件等。

第四篇分2章，讲君王出宫修行，履行教规义务和过去先知圣人的故事。其中第一章讲有关易卜拉欣的故事，有相当一部分与《易卜拉欣素丹传》相同。

第五篇分2章，讲暴君和奸臣的恶行以及最后遭到真主的惩罚。

第六篇分2章，讲乐善好施的人和在征讨异教徒的圣战中无所畏惧的勇士。

第七篇分4章，讲人类的学问、相面术、医学、门第、婚姻、妇道等。

全书在说教中穿插了许多神话故事和历史记载，所以具有一定的文学和史料价值。特别是第二篇的第十三章所讲的亚齐王朝的历史基本上是根据事实所作的记录，即使有的地方有所夸张，也是出于美化统治者的需要，不是拿虚构的神话传说当做历史的真实事迹。这部分可以说是书中最真实和最有史料价值的精华。该章重点讲亚齐王朝从第一代王到作者所效忠的王这一段的历史。作者采取平铺直叙的方式，直截了当提出建立亚齐王朝的第一代王是阿里·慕哈雅特·沙素丹而没有讲他的什么神奇来历。说他也是第一个信奉伊斯兰教的亚齐王而没有把亚齐王朝的伊斯兰化过程加以神化。这可能是因为事隔不太久，伊斯兰教的影响已占主导地位，无需再大加渲染。接下来对后来继任的素丹一一作了介绍，也都比较简练，只举作者认为重要的事迹讲一讲。作者讲得最集中和最详细的是有关伊斯坎达·塔尼素丹的事迹，因为该素丹是作者的恩主和监护人，有必要用浓墨重彩大加歌颂和赞美一番。有关这位素丹的记载占了整章的大半篇幅，在74页中占了47页。与《亚齐志》里讲伊斯坎达·慕达一样，也是从小时讲起，所不同的是前者采取近乎神话的极度夸张的手法，而后者则比较实际合理，虽有所夸张，仍可被接受。伊斯坎达·塔尼本来不是伊斯坎达·慕达的儿子，但却成了王位的继承人，其中必有原因。书中是这样交代的：伊斯坎达·塔尼是巴亨素丹的儿子，为伊斯坎达·慕达所看中。为此伊斯坎达·慕达发兵征服巴亨王朝，把七岁的伊斯坎达·塔尼带回亚齐。伊斯坎达·幕达看到伊斯坎达·塔尼脸上异彩焕发，充满吉祥的征兆，心想："他将来必成世代的王上王而名扬四海，他是伊斯坎达·朱卡纳因王（亚历山大大帝）的后裔，理应由我来扶养。"于是决定收他为子，九岁就把女儿斯丽·阿兰公主嫁给他，十岁举行盛大仪式，向全国隆重宣布他为王位继承人。伊斯坎达·慕达素丹自己有个亲生子，本应由他去继承王位，素丹去世前十五天却把他杀了。据荷兰人的说法，是因为王子的品行不好，素丹怕他会出来夺权，所以先把他杀了。关于伊斯坎达·慕达的亲生子，书里一点也没有提及。以上提出的原因似乎不足以说明问题，应该有更深层的原因。巴亨王朝是马六甲王朝灭亡后的直系王朝，把巴亨王子从小就俘过来并收为驸马，然后让他继承王位，这里是否有意要把亚齐伊斯兰王朝与马六甲伊斯兰王朝联系起来，以便使亚齐王朝成为马来正统的伊斯兰王朝。伊斯坎达·慕达看中巴亨王子不就是因为他是"伊斯坎达·朱卡纳因王的后裔"吗？伊斯坎达·塔尼继位后为何突然转向正统派，书中未加说明。但他重用正统派的努鲁丁并严厉打击伊斯坎达·慕达所重用的苏非派，看来与宫廷内部的权力斗争不无关系。作者极力为伊斯坎达·塔尼树立绝对权威，说伊斯坎达·慕达选他做王位继承人是因为得到真主的启示，当万民大会上宣布王位继承人时，全国上下无不欢欣鼓舞，弹冠相庆。当伊斯坎达·塔尼登上王位时，作者感到非常庆幸，欣慰地说："由他伊斯坎达·朱卡纳因的子孙来治理这个王国了。"同时还写了一首鲁拜诗表示热烈的庆贺：

他所向无敌英勇无比
一代传一代纯素丹裔
他衷心感戴真主恩赐
王号为伊斯坎达·塔尼

伊斯坎达·塔尼上台后，作者用了大量的笔墨来为他歌功颂德，说他如何得到真主的恩赐而使国家繁荣昌盛，宗教发达，百姓安居乐业，四方前来朝拜。但作者没有说明为何伊斯坎达·塔尼执政不到五年就突然死去，只提到曾有人阴谋毒死素丹而没能得逞，因为有真主的保佑。作者更没有提及伊斯坎达·塔尼的死因，但死的年月日却记得很详。而继承王位的是王后，也就是亚齐王室的直系伊斯坎达·慕达的女儿斯丽·阿兰公主。她一上台，努鲁丁便失宠。这位亚齐的直系女王执政长达35年之久。书中作者对许多方面的描述都相当具体翔实，而在这要害问题上却采取回避态度。好些令人疑惑的问题从他的记载中是难以找到明确答案的。

作为宫廷文学中的宗教经典，《御花园》主要是为巩固王朝的上层建筑服务的，把正统派的主张变成王朝的建国思想基础。所以，《御花园》的内容以宗教方面的说教为主，作者引用了《古兰经》、《圣训》等伊斯兰教权威经典的话来论证正统派有关宗教哲理，君臣之道，伦理纲纪等各个方面的主张，使之成为人们的信条和行为的指南。但是，作者生活的时代与过去已有所不同。伊斯兰王朝正面临西方殖民侵略的威胁，这一现实多少也反映到他的作品中来。尤其在讲亚齐王朝历史的部分，可以看到亚齐素丹对西方侵略者的敌对态度。书中讲到阿劳丁素丹为了加强国防力量，从罗马招聘了铸造大炮的匠师，企图用先进的大炮来保卫亚齐的王都。而素丹本人也参与了抗击葡萄牙侵略的战争，亲自率军攻打马六甲。还有伊斯坎达·塔尼对葡萄牙人也不姑息，有几个葡萄牙人前来假意道歉，求伊斯坎达·塔尼素丹对他们过去的罪过予以宽恕，实际上他们是前来营救被关押的葡萄牙人。他们的假心假意被揭穿后，伊斯坎达·塔尼素丹毫不留情，立即下令将他们全都斩首。另外，作者是个外来者而且非马来人，对过去亚齐宫廷的内部斗争是个局外人。他在这方面着墨不多，但还是比较客观地作些实录。例如侯赛因素丹之后，亚齐宫廷内部不稳，几个素丹都很短命。斯利·阿兰王因性情暴烈和昏庸而被杀，在位才两个月零五天，一说五个月。柴纳尔·阿必丁素丹不见人血不吃饭，也因残暴嗜血而被杀，在位十个月零十天，一说六个月。后来接替的素丹也很短命，没有一个是自然死亡的，不是被杀，就是被拉下马，一直到伊斯坎达·慕达即位国内才比较稳定。这一段的历史记载近乎实录，虽很简要，但也反映了亚齐王朝在一个时期内的动荡，宫廷内部的斗争从不间断。

努鲁丁著述甚丰，约有29部，大都属于宣传其宗教思想的作品，如《人类的认识灵魂和真主的秘诀》、《贤者拒绝异教徒信念的论据》、《宗教论述》等等。

第四章　马来传奇故事——希卡雅特

第一节　马来传奇故事的兴起和取材于印度史诗故事的作品

马来古典文学中最主要的散文形式是一种叫"希卡雅特"（Hikayat）的传奇故事，产生的年代无法确定，因为此类作品都无署名，也不标写作日期，故事发生的时间、地点、人物几乎都是虚构的。最初的希卡雅特作品是借用阿拉伯字母的查威文写的。"希卡雅特"一词也是从阿拉伯语借用过来的，所以一般认为，马来"希卡雅特"传奇故事的兴起，当在伊斯兰文化文学传入马来地区之后。

伊斯兰文学首先在马来群岛商业比较发达的地区得到传播，逐步取代了印度宗教文学的影响。而富有传奇性的伊斯兰教先知英雄故事的传入，又刺激了日益扩大的市民阶层对文学的兴趣。他们在劳累了一天之后，很需要有娱乐性的文学作品来调剂精神，于是出现以说唱为职业的艺人叫"讲故事者"或"消闲艺人"。他们就是"希卡雅特"传奇故事的制作者和传播者。他们说唱的传奇故事一般是由上辈口耳相传下来的，经不断加工增补，最后才被记录下来成文字。希卡雅特作品以主题鲜明，人物形象突出，故事情节起伏跌宕和语言通俗而备受市民阶层的喜爱，成为说唱文学中人们最喜闻乐见的文学形式。

希卡雅特是一种为"作意好奇"而编的人物传奇故事，讲的大多为天上人间王子公主的爱情悲欢离合和冒险故事，充满神奇色彩，与现实生活相距甚远，但在一定程度上表达了人们对爱情的向往和对善恶的爱憎感情。从故事的取材来看，大致可分三类：第一类是取材于印度故事，是过去印度宗教文学影响的余波，属于较早的作品；第二类是取材于阿拉伯、波斯故事，是伊斯兰文学影响的直接结果；第三类是取材于本国的民间故事，具有民族特色，但也可以看到印度宗教文化和阿拉伯伊斯兰文化的混合影响。

从印度宗教文化在东南亚传播的历史来看，印度两大史诗故事在马来地区应该早已流传开来，但在马来古典文学中的印度史诗故事大部分是从爪哇传过去的。在伊斯兰王朝出现之前，马来地区曾经有过强大的佛教王朝室利佛逝和一些印度婆罗门教的小王朝，然而却不像爪哇的印度教王朝那样留下受印度史诗影响的文学作品。后来的伊斯兰王朝更不会保存和继承印度教王朝时期的文学遗产。印度两大史诗故事在马来古典文学的地位与在爪哇古典文学的地位截然不同。在爪哇它是被当做印度教的经典看待，是作为王朝的意识形态而受到统治者的大力提倡和推广，是爪哇宫廷文学的主要内容。在马来地区它只是流传于民间的、旨在娱乐听众的传奇故事，后来成为希卡雅特作品的一个故事题材，在马来伊斯兰王朝的宫廷文学中根本没有它的位置。

在希卡雅特作品中，最古老的印度史诗故事是《室利·罗摩传》(Hikayat Sri Rama)。关于这部希卡雅特作品产生的年代以及其依据的原本一直众说纷纭。一般认为，它不是从蚁蛭的原著《罗摩衍那》那里改写过来的，但也与爪哇的罗摩故事不大一样，至今仍找不到它直接的原本。实际上《室利·罗摩传》有好几个不同的传本，内容比较混杂，说明它可能不是来自单个源头，也可能并非为一个人所写。《罗摩衍那》在东南亚的传播和影响远比《摩诃婆罗多》广泛，因为它也能为佛教王朝所容纳。在马来民间早已口头流传罗摩故事，有的可能源于南印度人带来的罗摩通俗故事，有的可能源于爪哇或东南亚其他地区的民间流传故事，也很可能是几个不同来源的故事糅在一起而成的。《室利·罗摩传》中讲到悉多的扇子有十首王罗波那的画像因而遭罗摩驱逐，这一情节是12世纪后才出现于印度的传本。所以有人认为，《室利·罗摩传》的出现绝不会早于12世纪。

马来古典文学中的《室利·罗摩传》显然是在伊斯兰文化影响占主导地位之后才出现的，它不但已失去印度教经典的性质，而且里面还搀入不少伊斯兰教的成分，以迎合信仰伊斯兰教的马来读者听众的口味。例如在印度教眼里是反面人物形象的十首罗刹王罗波那，这时已被改造成正面的人物形象。这个具有十个头二十只手的魔王被放逐在斯兰迪布山。他把脚悬挂在空中使头朝下、以最严酷的自虐方式苦修了十二年，从而赢得真主的垂怜。真主派亚当先知前去问他有什么要求。他向真主提出让他统治人间、天上、地下和海里的四大王国。真主恩准，条件是他必须主持公道，不得违背戒律。罗波那让自己的三个儿子当天上、地下和海里三大王国的国王，而他自己则当人间王国的国王，在楞伽城修建宏伟的宫殿，以贤明公正而赢得天下人的归顺。这段情节在传统的罗摩故事里是没有的，显然是信奉伊斯兰教的人后加的。由此罗波那已被重新塑造成类似公正素丹的形象了。更有趣的是，加工者甚至把悉多也说成是罗波那的女儿，这样罗摩便成为罗波那的女婿了。而哈奴曼也竟然成了罗摩和悉多的儿子，其经过是这样：罗摩和悉多流放森林时，一位大仙告诉他门林中有两个池子。一池水清，一池水浑，千万不可在水清的池子里洗澡，因为洗了之后会变成动物。但他们忘了嘱咐，还是到水清的池里洗澡，结果变成猴子。后来罗什曼那把他们扔进水浑的池子里，才变回原样。不过悉多怀孕了，生下一只猴崽，便是哈奴曼。这样，罗波那、罗摩、悉多和哈奴曼便成了祖孙三代了，而罗波那还是老祖宗呢。

另一部作品《室利·罗摩故事》(Cerita Sri Rama)走得更远，除主人公还保留罗摩这个名字，其他的都改了名，但仍然可以对得上。十首王罗波那这里改名为杜瓦纳，他变成一只金羊（不是金鹿）把罗摩引开，然后把悉多（这里改名斯昆冬公主）劫走。后来罗摩求神猴哈奴曼（这里改名格拉·格吉尔）帮忙，答应如果能把悉多（也就是神猴的母亲）找回来就承认他这个儿子并将带回宫里。罗波那把悉多劫走之后，认出她原来是自己的女儿，本打算立刻把她送回去，但为了考验罗摩对自己女儿的忠诚，才决定暂时把她留下，让罗摩前来解救。哈奴曼救出悉多后，罗摩与他父子相认，一起回到宫里。哈奴曼看上蕾妮克公主，求父亲向什叶·戈巴王为他说亲。什叶·戈巴王不敢违抗，只好叫女儿认命与猴子成婚。婚后哈奴曼每晚都把身上的猴皮脱掉。有一晚，蕾妮克公主把猴皮烧掉，从此哈奴曼变成了人，后来继承王位。这个故事使人想起著名的民间故事《迷途黑猴》，不知其中有无关联。

马来古典文学的罗摩故事花大力气把罗波那从反面形象改造成正面形象，看来是有其宗教动机的。罗波那之所以能从反面人物变成正面人物，主要是因为他能以虔诚苦修而赢得真主的垂怜和恩典，同时也因为他是印度教大神毗湿奴的化身罗摩的对立面。有人还写了一部叫《罗波那大王传》的希卡雅特作品，专门为罗波那树碑立传。而作为毗湿奴大神化身的正面人物罗摩，在马来的罗摩故事里，却成了凡夫俗子，有的甚至把他贬为酗酒的牧象人，完全失去了原印度教中的神性光华。同样是印度《罗摩衍那》的故事，在爪哇古典文学和在马来古典文学中的地位和作用何以差别如此之大，其根本原因就在于马来的罗摩故事是在印度教势力和影响衰退而伊斯兰教的势力和影响占上风的时期从爪哇传过去的，不是作为印度教的经典，而是作为说唱文学的故事内容而流行于民间的，所以只偏重于其故事性和趣味性，改写者可以不用严格地忠实于原作而可以根据自己的宗教信仰和读者听众的好恶任意加以增删更改。

同样现象也见之于取材《摩诃婆罗多》故事的希卡雅特作品，统称"般度故事"。马来古典文学的般度故事大多也是从爪哇格卡温作品和爪哇哇扬戏改编过来的。所谓改编实际上是拿几部格卡温作品的故事作为材料重新加以组编，而不是对某一作品的直接改写。所以马来的"般度故事"往往成为东拼西凑的大杂烩，着重于故事的趣味性。

拿著名的般度故事《般度五子传》(Hikayat Pandawa Lima)来讲，内容可分三部分。第一部分讲般度族与俱卢族矛盾之由来，之前先讲天廷和各国王之间的矛盾和征战故事作为很长的引线，然后从坚战（这里改名达尔玛·旺夏）与难敌掷骰子下赌讲起。难敌用欺骗的手段使般度五子输得精光而沦为奴隶。难敌还非把他们置于死地而后快，便以半个国土相许，叫他们潜入龙潭取箭，实际上是想让巨龙将他们全吃掉。但他们被巨龙吞食后，却能从龙肚子里破肚而出，然后化名投奔瓦尔夏·德哇。接着讲黑天嫁女儿巽达丽给阿周那的儿子激昂的故事，在卡托卡查的帮助下，巽达丽和激昂终于成亲。般度五子回到了国内，坚战派人向难敌索取半个国土，难敌又食言，要般度五子先流放十二年十二个月又十二天，方能答应。在黑天的劝导下，般度五子接受了这个条件。他们考虑到将来可能爆发大战，决定派阿周那进山修行求神赐宝。这部分的故事显然是从《卡托卡查传》、《阿周那的姻缘》等拼凑而成的。第二部分从黑天斡旋失败讲起，婆罗多大战终于爆发，战斗进行得非常激烈，双方死伤惨重，最后以俱卢族的彻底失败和般度族的胜利而告终。这部分的故事主要取自《婆罗多大战记》。第三部分集中讲俱卢族诡计多端的沙恭尼所进行的最后反扑。沙恭尼死而复生，他重新纠集俱卢族的残兵，布下重重疑阵攻击般度族，使他们蒙受惨重的损失，坚战也被弄得昏迷不醒。但最后沙恭尼还是失败了，他的尸体被烧成灰撒入大海。接着还有难敌鬼魂附在阿周那身上作祟的插曲，阿周那由于难敌的鬼魂附体而叛离般度族。后来坚战发现是难敌的鬼魂作祟，把鬼魂赶走后阿周那才清醒过来。坚战原谅了阿周那的叛逆行为。最后般度五子的死辰已到，各自以不同的方式结束自己的生命。他们的妻子也一个个自尽殉夫。这就是马来古典文学著名的般度故事，与爪哇格卡温的史诗故事相比，几乎闻不到印度教的气息了，人们只把它当做神怪传奇故事看待，以满足娱乐的需要。

其他般度故事还有《伟大的般度族传》（Hikayat Pandawa Jaya）、《般度族外传》（Hikayat Pandawa Lebur）、《般度族五杰》（Pandawa Panca Kelima）等，基本上都是重新改编而成的作品。有的作品的内容已被改编得面目全非，改编有很大的随意性。不过各作品仍有各不同的侧重点和中心人物，其中阿周那、卡托卡查、黑天等人物最受厚爱，成为故事的主角或被特别突出的人物。例如《伟大的般度族传》就特别突出黑天和阿周那的形象，在黑天去象城进行斡旋时，用了大量笔墨去渲染他的风采，全城妇女都被他弄得神魂颠倒。而阿周那在婆罗多大战中的英勇表现也被描绘得淋漓尽致。《般度族外传》则以卡托卡查作为中心人物，描述他的非凡事迹。有这样一段插话：卡托卡查的精液从天上掉进正在修炼的维达达丽仙女的口中，于是仙女怀孕，生出的儿子取名阿迪·勃拉姆，他从未与父亲谋面。班查瓦迪被巨魔所围困，他悬赏谁能前来解救他就可以娶公主。阿周那曾来尝试，但失败而退。最后还是卡托卡查的儿子阿迪·勃拉姆把巨魔杀了并娶了公主。在回国途中，他与卡托卡查相遇，两人发生纠纷而打了起来。双方都施出全部本领，搅得天昏地暗，连天廷也差点被捣毁。天神下来向阿迪·勃拉姆说明原委。战争停止，阿迪·勃拉姆向卡托卡查膜拜，全国欢庆。卡托卡查是怖军的儿子，属小字辈人物，在般度故事里把他放在突出的位置上，可能是因为他与印度教不大沾边。

在马来古典文学里还有一部著名的印度史诗故事，那就是《尚·波马传》（Hikayat Sang Boma）。这部描写"大地之子"的故事如果不是全部，至少大部分是从爪哇格卡温作品《波玛之死》改写过来的。但也有人认为它实际上是爪哇瓦扬故事集，是爪哇瓦扬戏的入门书。这部希卡雅特作品在马来地区流传相当广泛。

第二节　伊斯兰教传入前后的希卡雅特作品

希卡雅特作品是用查威文（阿拉伯字母）写的，希卡雅特这个词也是从阿拉伯语借用过来的，但这不等于说马来传奇故事要在伊斯兰教传入之后才出现。应该说，在印度文化影响时期，除了史诗故事，印度的其他传奇故事也已经在马来地区流传，但那时不叫"希卡雅特"而叫"故事"。那些来自印度的传奇故事经改写后成为有马来特色的传奇故事，在民间深受欢迎。伊斯兰教进来之后，从文化影响来讲，有个过渡期，即旧的印度文化影响还存在，而新的伊斯兰文化影响还没有深入。在好多作品中，可以看到这种变化的过渡现象。原来受崇拜的印度教的主神已被伊斯兰教的神或者真主所取代，在叙述印度神话故事的过程中注入了伊斯兰教的说教。例如在《夏赫·马尔丹传》（Hikayat Syah Mardan）里，就出现了鲁克曼大讲伊斯兰教的基本信仰信条的细节。在《伊斯玛·雅丁传》（Hikayat Isma Yatim）里则出现主人公向国王宣讲伊斯兰教教法教规的场面。越后来出现的作品，伊斯兰教的色彩就越浓厚，甚至在故事里也出现了伊斯兰教的先知和伊斯坎达王等人物，大讲起伊斯兰教的教义教规，如主人公每娶一妻（一般不超过四个）总要向新妻交代有关伊斯兰教的礼仪等等。此外，从书名的变化中也反映出这种过渡阶段的特征。不少希卡雅特作品有两个书名，一是印度书名，一是带伊斯兰教色彩的阿拉伯书名，后者更广为人知。例如《马哈卡尔马传》（Hikayat Mahakarma）就不如《穷人传》（Hikayat Si Miskin）有名，《因陀罗·扎雅传》（Hikayat Indera Jaya）或《彼克拉马·达雅传》（Hikayat Bikrama Datya）就不如《夏赫·马尔丹传》（Hikayat Syah Mardan）有名，《斯朗卡·巴尤传》（Hikayat Serangga Bayu）就不如

《阿赫玛特·穆哈马德传》（Hikayat Ahmad Muhammad）有名等等。这也反映伊斯兰教的影响已压倒印度教的影响。以上可以说是新旧过渡期希卡雅特作品的几个特点，这里不妨介绍几部比较有代表性的作品：

《布斯巴·威拉查传》（Hikayat Puspa Wiraja）是一部比较老的希卡雅特作品，里面可以看到印度、阿拉伯、波斯还有爪哇文学的影响交相辉映。这部作品讲的是国王落难的故事。布斯巴·威拉查王的弟弟企图篡位和霸占王后，国王带着王后和两个王子离宫逃难。他们来到河边，在一棵树下休憩，见树上一鸟窝里有两只小鸟，两王子吵着要。国王明知拿走小鸟会遭报应，还是抓来给王子玩。玩过之后，把小鸟放回窝里。母鸟回来时闻到小鸟身上有人的气味，便把两只小鸟啄死。于是报应来了，国王一行要过河，因河水太深，国王只能一个一个带过对岸。国王先带王后过去，回来接王子时，王子不见了，已被渔夫带走。国王再赶到对岸时，王后也不见了，被一船长劫走了。国王十分悲伤，在森林里日夜奔走，最后来到一国都，在城郭外倒下睡着了。这个国家已多日无君，大臣们让神象去选新王。神象径直跑到城外，把布斯巴·威拉查驮在背上，他被选定为新王。一天渔夫把长大了的两个孩子带去见国王，国王很喜欢他们，因为很像自己失去的两个孩子，便把他们留下当侍从。不久，那抢走王后的船长也来见国王。国王设宴招待他，让两个侍从去看守客人的船。哥哥为了给弟弟解闷，讲了他们过去的经历。关在船舱里的王后听见了，便跑出来相认，母子抱头大哭。被惊动的船员们跑来将他们捆住，告他们对船长妻子行非礼。国王大怒，立即下令推出问斩。两兄弟被带到城东门，守兵拒绝开门，因为天还没有亮。守兵给他们讲了一个遇事欠思考而后悔莫及的故事。接着两兄弟又被带到西门，然后到北门和南门，各门守兵都拒绝开门并各讲了一个遇事欠思考而后悔莫及的故事。国王知道后，还来得及纠正自己的错误。妻离子散的厄运结束了，一家重新大团圆。这部作品已经采用印度、阿拉伯、波斯故事里常用的大故事套小故事的叙述方式，而且有的故事可以在那里找到其源头。

《朗朗·布瓦纳传》（Hikayat Langlang Buana）也是一部比较老的希卡雅特作品，受印度和爪哇的影响较大，讲的是天上人间的爱情故事。天上的格苏玛公主已许配给因陀罗·沙王子。她的画像被人偷走拿给人间的因德拉·布玛雅王子看。王子爱上了公主，决心四处寻找公主的下落。经过长途跋涉，历经千辛万苦和各种磨难，在公主的爷爷朗朗·布瓦纳的帮助下，终于找到了公主并最后成了亲。因德拉·布玛雅王子不愿留在天上，带公主一起回国，受到热烈的欢迎。

《因德拉·帕德拉传》（Hikayat Indera Patera）这部早期的希卡雅特作品的流行

范围更广，菲律宾、占婆等地都有这个故事。17世纪这部作品在亚齐深受欢迎，以至于正统派的努鲁丁向人们提出警告，不许阅读此类书。这部作品讲的也是王子落难的故事。因德拉·帕德拉是一位英武有为的王子，但命途多舛，幼年就被金孔雀衔走，掉落在卡巴延奶奶（这个人物经常出现在希卡雅特作品里，专门收留落难的王子和公主）的园子里，被她所收养。后来因德拉·帕德拉也被宰相收为养子。国王夏希安无子，因德拉·帕德拉自告奋勇去入迹罕至的高山向一知名的大仙求药。他战胜了各种妖魔鬼怪，获得了各种法宝，最后完成了取仙药的任务。王后吃仙药后便怀孕，生下美丽的月光公主。因德拉·帕德拉遭人诽谤，被扔进大海，漂流到一个国家。该国国王非常敬重因德拉·帕德拉，送他能治百病的神帕。月光公主得重病，国王悬赏谁能治好公主的病便收他为驸马。因德拉·帕德拉把公主的病治好了，但还是不能娶公主。忌妒的大臣们和王子们想方设法陷害他，三次被杀都被他的三个妻子救活。因德拉·帕德拉战胜种种阴谋和阻力后终于和月光公主成婚，这样他一共有了四个妻子，符合伊斯兰教的规定。他带四个妻子一起回国，后来继承王位。有学者认为这部希卡雅特作品是伊斯兰教之前地道的马来作品，这可能是因为在印度没有与此相对应的故事。伊斯兰教进来之后，故事中也插入一些与伊斯兰教有关的故事，比如因德拉·帕德拉也曾帮过伊斯兰的精灵打败异教徒的精灵等。

《穷人传》(Hikayat Si Miskin)也是一部受印度传奇故事影响较深的著名希卡雅特作品，在印度的一些民间传奇里可以找到某些相类似的故事情节。《穷人传》以表现人的穷富命运变幻无常为主题，反映人生的多变，世道的炎凉。一对穷人夫妻本是天上的一国之君，被谪下凡人间乌有国而成为穷人。他们俩一无所有，靠捡垃圾糊口，常挨人们用石头木块的攻击，备受欺凌。后来穷人妻怀孕了，想吃王家花园里的芒果和菠萝蜜。乌有国国王同意施舍给她。穷人妻生下一个眉清目秀的儿子，取名玛拉卡尔玛。从此穷人的命运开始转变，他在地里挖出大量的金银财宝，一夜之间成了暴发户，自己也建立一个王国，叫布斯巴·沙利并当了国王，穷人妻成了王后。后来他们又生了一女儿，取名妮拉·格苏玛公主。乌有国国王非常忌妒，买通占星术士，说穷人的两个子女是克星，将给父母带来灾祸。穷人信以为真，狠心地把给他们带来好运的两个孩子驱逐出境。兄妹两人被赶走后，穷人的命运马上发生变化，布斯巴·沙利国突然被大火所吞没，穷人夫妻又恢复老样子，一贫如洗。故事的大部分讲玛拉卡尔玛被放逐后的种种冒险经历。兄妹被赶出家门后，四处流浪，曾一度分离。玛拉卡尔玛历经千难万险，中间还被卡巴延奶奶收留过，最后兄妹得以重逢。玛拉卡尔玛回到布斯巴·沙利时，只见原宫殿一片荒凉，杂草丛生，他的父母靠捡柴火为生，十分凄惨。玛拉卡尔玛决心重建布斯巴·沙利国，把妹妹和妻子接回来。布斯巴·沙利重新繁荣起来，这又引起乌有国的妒忌。乌有国国王发兵入侵，最后被打死。玛拉卡尔玛当了墨尔朱·尼卡拉的素丹，治国有方，天下太平。

《纳霍达·慕达传》(Hikayat Nakhoda Muda)讲的是一位聪明的妻子如何使丈夫回心转意的故事。此类故事的核心部分在印度的梵语作品里可以找到。曼苏尔素丹因妻子希蒂·莎拉不育而想抛弃她，声言除非她能使仓库堆满金银财宝，使母马怀小驹，而她自己也怀上素丹的孩子，否则不再回来了。丈夫走后，希蒂·莎拉化装成商人，取名纳霍达·慕达。她追赶丈夫，与丈夫一起下赌。纳霍达·慕达赢了素丹所有的财富连同他带的马。晚上纳霍达·慕达谎称自己是船长的妍头与素丹幽会而怀上了孕。回国后，她把丈夫叫来。曼苏尔素丹看到仓库里堆满财宝，母马怀了小驹，而他的妻子也有了身孕，只好信守诺言，回到妻子的身旁。这个故事以妻子为主角，表面上是女人赢了，其实男人并没有输，因为妻子必须满足丈夫提出的条件，男尊女卑的封建思想并未受到触动。

此类希卡雅特作品较有名的还有《因陀罗·邦沙万传》(Hikayat Indra Bangsawan)、《巴朗·本丁传》(Hikayat Parang Punting)等。前者讲一对孪生王子如何以公平竞争和互相爱护的方式解决王位继承的问题。弟弟得神助而得胜，当了国王。哥哥也在弟弟的帮助下，当了另一国的国王，皆大欢喜。后者讲公主绣球选婿的故事，充满神怪色彩，不出印度故事的俗套。

以上大致概括了此类希卡雅特作品的主题内容和故事题材，大都与印度的传奇故事有关联，其中有的故事情节互相串用。可以说没有一部作品，是直接反映现实生活的。但通过美丽的幻想世界和不寻常的非现实情节还是表达了人民的爱憎感情和对美好事物的向往。有的作品一方面对不公正和不合理的现象以及统治者的荒淫残暴进行鞭挞，一方面对勇敢善良、为民除害的英雄人物加以歌颂，体现了人民一般的审美取向。所以此类作品在民间久传不衰，19世纪以前是以卡威文的手抄本而流行于世，19世纪以后才有印刷本。

第三节　取材于阿拉伯、波斯传奇故事的希卡雅特作品

随着伊斯兰文化文学影响的深入，继伊斯兰先知故事和伊斯兰英雄故事之后，盛行于阿拉伯、波斯的大故事套小故事警喻性寓言故事和神话冒险故事也成为马来地区希卡雅特作品的重要题材和素材来源。最受欢迎的有《卡里来和笛木乃》

（Hikayat Kalilah dan Diminah）、《聪明的鹦鹉传》（Hikayat Bayan Budiman）、《巴赫迪尔传》（Hikayat Bakhtiar）、《戈兰传》（Hikayat Golam）等。

　　《卡里来和笛木乃》实际上是印度《五卷书》（Pancatantra）的翻版。其实印度的《五卷书》早在13世纪就已有爪哇文的译本，当时叫《丹特拉的故事》（Tantra Cerita）。在印度，《五卷书》一般被视为是统治论的一种，用一些动物寓言故事把统治人民之术传授给王子们。书的开头是引子：南印度的一个国王要一个婆罗门用六个月的时间把三个愚顽的王子教好统治论。为此那婆罗门写了五卷书，即《朋友的决裂》、《朋友的获得》、《乌鸦与猫头鹰从事于和平与战争等等》、《已经得到的东西的丧失》和《不思而行》，供王子们学习。伊斯兰教进来之后，流行于爪哇的《丹特丽·卡曼达卡》（Tantri Kamandaka）替代了《丹特拉的故事》，里面在好多地方已受到阿拉伯的影响。例如开头的引子就采用了《一千零一夜》的开头故事：国王被宰相之女丹特丽每夜所讲的故事所深深吸引，从而改变了他残暴的本性。《五卷书》于6世纪中叶被译成古波斯的巴列维语，8世纪中叶阿拉伯著名的作家伊本·穆格发再把它译成阿拉伯语，同时加进一些新内容，并以书中的重要角色两只狐狸的名字卡里来和笛木乃定为书名。《卡里来和笛木乃》是随着伊斯兰教的传入而流行于马来地区的，从几种不同的传本来看，大概是经过几次和不同的途径传进来的。马来文本共有16章，各章长短不一，包括了五十来个寓言讽喻故事，每一个故事都有一个道德教训，有一个伦理意义。第一章"狮子与黄牛的故事"是全书的开场。百兽之王的狮子没有见过黄牛，听到洪亮的牛叫声大为恐慌。狮王侍从中的两只狐狸卡里来和笛木乃聪明狡猾，摸透了狮王的心理，他们把黄牛骗来献给国王，满以为从此可以高升，殊不知狮王反而重用黄牛，视为心腹。于是笛木乃使尽挑拨离间和造谣中伤之能事，使狮王听信谗言而误杀忠心耿耿的黄牛。最后笛木乃的诡计被识破，它也被狮王处死。在卡里来与笛木乃以及同其他人物的对话中不断插入带有寓言性的小故事，使故事中有故事。寓言故事的主人公大多为飞禽走兽，但讲的是人的语言，表达的是人的思想感情，反映的是人与人之间的关系。这部作品就是借这些动物的形象来向人们进行思想教育和伦理道德的说教而又不让人感到枯燥乏味。因此对作者来说，故事的内容和情节并不重要，一般都比较简单，甚至有些重复，重要的是如何使引出的人生哲理和处世之道能发人深思。就这样，书中通过大小故事向人们展示了丰富多彩的安邦定国之道、处世待人之理以及人生经验之谈。例如狮子与黄牛的故事就是规劝帝王要防范奸臣，不要听信谗言，误杀忠良。狼与大鼓的故事是告诫人们不要被貌似强大的表象所吓倒。狼起先被震耳的鼓声所吓倒，以为是什么庞然大物。当它把大鼓戳穿时，才发现"身体庞大、声音如雷的东西"，里面却空空如也。小兔与狮子的故事说明弱者用智慧可以战胜强者。小兔把每天要吃掉弱小动物的狮王骗到井边，让它与自己的水中影子搏斗，从而淹死在井里。诸如此类的寓言故事数量很大，给人以启迪。此外还有许多人生经验的总结，如聪明人必须注意三点：第一，过去的利弊，凡是有利的事，就加以保持和发扬，以过去的弊端为戒，避免重蹈覆辙。第二，现时的幸福，使幸福增长，灾祸消除。第三，注意未来，遇事小心谨慎，防患于未然，求得未来的幸福。还有"敌人虽弱，不可小视，敌人的帮手，尤宜谨防"等等。此类警世性的话语常被人当做至理名言。当然其中也有不少消极的内容，如宣传宿命论、歧视妇女等封建思想。由于许多故事最初来自民间，是普通百姓的生活感受，所以故事里的鸟虫鱼兽所表现的思想感情基本上是百姓的思想感情，对待人生的态度是积极的、肯定的和切合实际的。如在困难的面前不是无所作为和束手待毙，而是用集体的智慧去努力克服它。《卡里来和笛木乃》就是因为有这些方面的积极内容而在马来地区备受欢迎，其中有不少富有教育意义的小故事被改头换面而成为自己的民间故事。

《聪明的鹦鹉传》也是从波斯传来的，但其本源是印度的《鹦鹉故事七十则》。它在马来地区有许多传本，就其语言风格来看，似比《室利·罗摩传》更为古老，可能在15世纪马六甲王朝时期就已传入，现存的最早传本大概是1600年的。《聪明的鹦鹉传》也是采用大故事套小故事的叙述方式。故事开头讲一大商贾的儿子整天与妻子做爱而不求上进。一天他买回一只鹦鹉和一只鹩哥。这两只鸟能说会道，每天给他讲故事，终于使他醒悟过来。他决定出远门经商，把妻子托付给这两只鸟。丈夫走后，妻子感到十分寂寞无聊，后来遇上一王子，两人产生恋情。妻子要去赴约会，鹩哥直言相劝而被她杀了。聪明的鹦鹉则采取诱导的办法给她讲讽喻性的寓言故事，使她每次都忘了赴情人的约会，一共讲了25个故事。就这样一天一天地过去了，直到丈夫远出归来。聪明的鹦鹉不仅完成了主人的嘱托，也挽救了一个堕落的灵魂。这个故事传到爪哇又有所变化，那里书名叫《赞德利》（Cantri），开头故事改用《一千零一夜》的开头故事，插入的故事有的也不一样，含有更多的动物故事，有些是从《五卷书》里挪过来的，故有人把它视为《五卷书》的另一爪哇文本。

《巴赫迪尔传》也是相当流行的一部来自波斯的传奇故事。在马来文本中，有简繁两种。简本曾被荷印殖民政府指定为土著民的读物，于1881年在巴达维亚（雅加达）印刷出版。简本的主干故事是这样：有一国王被其弟篡位而离宫出逃，中途王后分娩，只好把新生婴儿留在森林里，后为一富商所收养，取名巴赫迪尔。逃难的国王最后来到一国度,该国国王刚殁,他被神象选中而当上该国的国王。富商带着巴赫迪尔前来朝贺。巴赫迪尔深受国王的赏识,被留在宫内当国王的侍从并受到重用。大臣们非常忌妒,设法陷害他,诬告他与王妃有染。国王下令将他处死,他通过讲一个又一个的故事来拖延死刑的执行。到了第十七天,他的养父来了,说明事情的真相。父子终于团圆了,诬告的大臣们被处死。后来巴赫迪尔继承王位,在他治理下,国泰民安,天下太平。繁本的内容比较庞杂,包含的故事多达67个,其中有16个故事取自《聪明的鹦鹉传》。因此有人把它看做是波斯、阿拉伯的故事汇编。其实这种互相串用的现象在希卡雅特的作品里是屡见不鲜的。上面提到的《布斯巴·威拉查传》就是明显的一例。

类似的作品还有《戈兰传》(Hikayat Golam)、《摩诃拉查·阿里传》(Hikayat Maharaja Ali)等。前者是从阿拉伯文本译改过来的,其主干故事与《巴赫迪尔传》相似,只是收养王子的不是富商而是强盗,插入的九个故事中有五个来自《卡里来和笛木乃》。后者有点东拼西凑,像个大杂烩,没有多少新意。

第四节　取材于爪哇班基故事和其他民间故事的希卡雅特作品

除了印度、阿拉伯和波斯的故事,希卡雅特作品有不少是取材于爪哇的班基故事。爪哇的班基故事本来就有多种传本,各传本之间,在人物和故事情节上出入很大。传到马来地区的班基故事,就有各种不同的传本。希卡雅特的班基故事往往只采纳其中的故事框架和基本情节而在枝节上却任意添加和发挥。流传最广的爪哇班基故事有三部:《班基·固达·斯米朗传》(Hikayat Panji Kuda Semirang)、《班基·斯米朗传》(Hikayat Panji Semirang)和《泽格尔·哇侬巴迪传》(Hikayat Cekel Wanengpati)。爪哇班基故事本来是印度教王朝时期的产物,印度教的影响十分明显,而马来的班基故事是作为说唱故事的一个内容,以娱乐听众为目的,故印度教的色彩已被淡化,只突出男女主人公的爱情悲喜剧。

《班基·固达·斯米朗传》和《班基·斯米朗传》是从比较老的传本改写过来的。前者比较完整,包括班基故事的悲剧和喜剧的两个部分。在悲剧的部分里有意抬高第一情人的地位,从村长之女变成大臣之女,使她能与赞德拉公主平起平坐。后者则更突出赞德拉公主的角色,把她的形象塑造得更丰满和更完美。在这个故事里,赞德拉的离宫出走是被邪恶的小王妃及其女儿所逼。固里班国王要为儿子伊努王子娶达哈王后生的赞德拉公主,小王妃巴杜卡·利固想让自己的女儿卡鲁·阿橙取而代之,便毒死王后,使赞德拉孤立无援,整日在母亲墓前痛哭。固里班国王派人送两个聘礼，一个是用丝绸包的银娃娃，一个是用破布包的金娃娃。卡鲁·阿橙先抢了丝绸包的聘礼而得银娃娃，后又要抢赞德拉得到的破布包的金娃娃。赞德拉坚决不给而离宫出逃，化装成男人改名为班基·斯米朗。从此她闯荡天下，所向无敌。固里班国王又派人送礼给达哈王，中途被班基·斯米朗拦劫，要伊努亲自来认领。伊努成为班基·斯米朗的好友，但班基·斯米朗一直隐瞒自己的身份。伊努继续前往达哈国，国王企图把卡鲁·阿橙嫁给伊努。新婚之夜，班基·斯米朗前来捣毁结婚用品，伊努也拒绝穿新郎礼服。两人又各分西东，各自经历了无数的征战，最后都来到卡格朗国。班基·斯米朗化装成戏子随剧团而来。伊努要戏子演他一直思念的班基·斯米朗的故事并偷偷盯住戏子的一举一动，发现戏子私下在抚玩金娃娃。于是真相大白，伊努和赞德拉历经千难万苦后终于找到了心上人，以圆满结合为结局。

《泽格尔·哇侬巴迪传》可能是从比较晚的爪哇一巴厘传本改写过来的，故事情节比较曲折复杂，有时嫌它拖沓冗长。但有一点比较突出，那就是对歧视平民的等级观念有所触动。故事中提到伊努有过一段"平民"身份的经历：话说伊努王子与赞德拉公主举行订婚庆典时，全国都沉浸在欢乐之中而忘了祭神还愿。卡拉大神盛怒之下让梭扎王绑架伊努王子并强迫他与梭扎公主结婚。伊努王子不从便被拷打半死，然后扔进河里，幸亏为其侍从所救。此后伊努王子化装成"平民"，改名为泽格尔·哇侬巴迪。他听说赞德拉公主被巨魔掳走，达哈国王悬赏谁能救公主就收他为驸马。改名为泽格尔的伊努王子杀死了巨魔并救出了公主，但国王嫌他是"平民"而毁约。又有一次，国王外出狩猎，遇上一只金鹿。赞德拉公主十分想要那只金鹿，国王又悬赏谁能活捉那只金鹿便把公主许配给他。伊努王子又一次获胜，但达哈国王还是嫌他是"平民"而再次食言。再有一次，达哈国王遇到麻烦，一大师出两道谜语，扬言如猜不着就得把赞德拉公主许嫁给他。伊努王子帮国王猜对了，但国王仍嫌他是"平民"而不肯把公主许嫁给他。后来达哈国遭到外敌袭击，伊努王子帮国王御敌，讹传他战死沙场。赞德拉公主听了这个消息，便离宫出走，从此改名换姓，浪迹天涯。伊努王子也四处寻找赞德拉公主，几经风雨，最后在卡拉大神的帮助下，两人才有美满的结局。在这个故事里，当伊努王子以"平民"身份出现时，他立再多的功也无法娶到赞德拉公主，而他改为"亲王"身份后就没有什么障碍了。这固然反映了当时封建等级观念的根深蒂固，但多少也揭露了封建统治者为维护封建等级制度而不惜背信弃义。

班基故事在马来地区之所以深受欢迎，是因为它展现的爱情永恒主题，鲜明的人物形象和悬念迭起的故事情节能扣人心弦，引人入胜。以班基故事为内容的希卡雅特作品不下十部，但基本上都是以上三部的变种。

爪哇班基故事之外，各地著名的民间传奇故事也有被提炼为希卡雅特作品的。这些作品带有浓厚的地方色彩，如《昂昆·吉·冬格儿传》(Hikayat Anggun Cik Tunggal) 和《沙拜·南·阿鲁伊》(Sabai Nan Aluih)，是取材于米南加保地区十分流行的神话传奇和人物传奇，特别是后者描写女儿为父报仇的故事，多少反映在米南加保仍有母系氏族制残余的社会里，妇女的地位还比较突出。《马林·德曼传》(Hikayat Malim Deman) 是七仙女下凡之类的羽衣型神话故事，不但在米南加保和亚齐地区，在中国也流传甚广，其中有无渊源关系，无从稽考。一般来说，希卡雅特作品讲的似乎是某国的历史和人物的故事，但实际上都是子虚乌有的，既无历史根据，也不反映历史事实，但也并非毫无意义和价值。其意义和价值就在于它保留了民间故事的好多精华部分，通过美丽的幻想和超现实的离奇情节，表达了人们对诚挚爱情的向往和对善恶有报的企望，同时在一定程度上也对统治者的残暴无道有所揭露，对为民除害的英雄人物有所讴歌，所以希卡雅特作品主要流传于民间。然而这种脱离现实生活的作品必然会越来越落后于时代前进的步伐。当近代文明的曙光开始在东方的地平线上出现时，它终究要被历史所淘汰而逐渐衰亡的。

第五节　《杭·杜亚传》

在希卡雅特作品中，《杭·杜亚传》(Hikayat Hang Tuah) 是一枝独秀，被人誉为"惟一地道的马来故事"、"最马来的马来传奇"和马来文学的《奥德赛》。这部描写14至17世纪马来民族传奇英雄杭·杜亚一生光辉业绩的长篇名著，几世纪以来，一直为人们所传诵，几乎家喻户晓，其流传之广，影响之大，没有其他希卡雅特作品可以相比，至今仍成为国内外学者研究和评论的重点对象。

《杭·杜亚传》是马来古典文学的经典著作，这已不成问题，但它应归入哪一类作品，学者中间仍有不同的看法。有学者认为应把它与《马来纪年》同等看待，都归马来历史传记类作品。但大部分学者认为，它是以历史人物为主人公的传奇小说，是历史题材的文学作品。其实历史上的杭·杜亚究竟是怎样的一个人物，尚有待研究和考证。他最早出现于《马来纪年》，据书中记载，是与麻喏巴歇王朝的宰相卡查·玛达 (卒于1364年) 同一时代的人物，但直到1641年荷兰与葡萄牙争夺马六甲时，他仍然活着。这就是说，他竟然活了二三百年而不死。因此在这部作品里，与其说他是真实的历史人物，毋宁说是马来民族为自己塑造出来的一个最高的民族英雄艺术形象更为确切。

《杭·杜亚传》的产生年代也无法查考，但成书估计不会早于17世纪，至少是在荷兰和葡萄牙争夺马六甲之后。作者是谁也无法知晓，因为没有署名，不过有几点可供参考：一、从《马来纪年》的记载来看，杭·杜亚在15世纪马六甲王朝最盛时期已负盛名，后来在民间则以英雄传奇人物而广为流传。在马来语"杜亚"乃"洪福"之意，他是被马来民族视作民族"洪福"的象征而加以歌颂的，"杭·杜亚在，马六甲王朝便兴盛；杭·杜亚不在，马六甲王朝便灭亡"。而杭·杜亚的最高力量象征是马来民族传统的格利斯剑。有了格利斯剑，他就所向无敌；失去格利斯剑，他就病魔缠身，再也不能为国效命了。由此可见，杭·杜亚在人民心目中，象征意义要大于现实意义。应该说，他是人民根据自己的理想共同创造出来的民族英雄人物的最高典型。二、在《马来纪年》里没有提及杭·杜亚的出身，而在传奇故事里，则明说他出身低微，来自社会的最底层，因此在他身上还保留着劳动人民的某些品质。他是靠自己的实际本领和贡献而当上海军大都督的。三、在《马来纪年》里，杭·杜亚并非十全十美的人物，他在敌人的面前曾经胆怯过，也会忌妒和诽谤德高望重的宰相，后来也会老死，由他儿子继承他的职位，因此可以说是比较接近真实人物的。而在《杭·杜亚传》里，那些作为凡人的缺陷和弱点都不见了，把原属他人的优点和功劳也统统加在他的身上，使他成为十全十美的完人，活了二三百年之后才隐退山林，不知所终。显然，这是后来不知经过多少人的不断加工增补的结果。现在我们看到的《杭·杜亚传》，从所表现的思想倾向、故事情节的完整和语言风格的统一，可能出自一文人之手，他可能是最后的加工者。《杭·杜亚传》成书之后大受欢迎，已知的传本不下二十种，已出版的有三个比较完整的版本，即希勒贝尔版本（1908年）、图书编译局版本（1948年）和卡希姆·阿赫玛德版本（1964年）。内容的大同小异，说明《杭·杜亚传》在长期流传过程中一直被完好地保存下来。

《杭·杜亚传》的出现并非偶然，有其时代背景和需要。1511年马六甲王朝覆灭后，马来民族面临西方殖民主义者的全面侵略，国土一天天沦丧，民族遭到空前浩劫。这时人们格外怀念自己有过的民族光荣史，同时也企盼着能有战无不胜的盖世英雄出来拯救民族于危难，恢复民族的地位和尊严。《杭·杜亚传》的问世就是为了满足这一时代的需要，杭·杜亚这个人物就是作为这样的一位理想的民族英雄典型而被塑造出来的。几世纪以来，《杭·杜亚传》成为印度尼西亚和马来西亚人民精神力量的一个源泉，鼓舞着他们为捍卫民族独立和尊严与殖民主义者开展不屈不挠的斗争。但是《杭·杜亚传》受其历史的局限性，在精华之外，也不免会有封建的糟粕，导致人们对它的评价和看法不一，这也在情理之中。下面先把《杭·杜亚传》的故事梗概介绍一下：

杭·杜亚出身贫寒，父母在民丹岛开小饭铺。他自幼在家劳动，帮父母担水劈柴。他和杭·直巴等四人结拜兄弟，他们都学得一身好武艺，杭·杜亚尤其出众。十岁起，杭·杜亚就大显身手，和他四个结义兄弟一起奋力击退受麻喏巴歇唆使前来骚扰的一股海盗。后又平息岛上的一起暴乱，为宰相解了围。宰相把他们引荐给民丹国王当侍从卫士，杭·杜亚以智勇双全和人品出众尤受国王器重。后来国王从民丹岛迁往马六甲，在那里建立马六甲王朝。

马六甲王朝国势日盛，国王想娶因陀罗布拉宰相之女敦·德佳而不成，另派人去爪哇向麻喏巴歇公主求亲。麻喏巴歇国王答应，但必须由马六甲国王亲自前来迎亲。于是马六甲国王在杭·杜亚的护卫下带一批人马来到麻喏巴歇。那时麻喏巴歇王朝称雄东南亚，早已觊觎马六甲王国。宰相卡查·玛达企图利用马六甲王前来娶亲的机会，迫使马六甲王臣服于麻喏巴歇王。但他发现杭·杜亚武艺非凡，若不除掉难以实现其征服计划。于是他先后十来次设计陷害杭·杜亚，然而每次都被杭·杜亚的大智大勇所挫败，连著名的象征权力的大明刹利格利斯剑也落入杭·杜亚手中。最后的结果是，麻喏巴歇王朝赔了公主又折兵。卡查·玛达宰相还不死心，多次派人侵扰马六甲，每次都败在杭·杜亚的手里。杭·杜亚与卡查·玛达之间惊心动魄的斗争，实质上反映了马六甲王朝与麻喏巴歇王朝在东南亚争雄的斗争。杭·杜亚的胜利意味着维护了马六甲王朝的独立和尊严，提高了马六甲王朝在东南亚的地位。杭·杜亚也由于功勋彪炳而被提升为海军大都督，掌管全国军权，备受国王的恩宠。

杭·杜亚的飞黄腾达不免要引起宫廷贵族和佞臣们的嫉恨，他们串通起来合谋陷害杭·杜亚，诬告他与宫廷嫔妃调情。国王听信谗言，把杭·杜亚逐出国门。杭·杜亚为表白自己对国王的一片忠心，设法将国王仍在思慕的因陀罗布拉宰相之女敦·德佳拐来献给国王。从此杭·杜亚重新获得国王的宠信，他也更加忠心耿耿地为国王效命，做出许多惊天动地的事，例如为王后攀登无人能攀登的高树去摘取象牙椰子，为王子奋不顾身地从粪坑里救出骏马，为满足国王的好奇心让人把他活埋以便实地了解地府的情况，等等。之后，杭·杜亚又率军南征北战，屡建奇功，名声更加显赫。贵族佞臣们对他的嫉恨也有增无减，多方进行陷害。国王又误信谗言，这次竟下旨处死杭·杜亚，幸亏宰相把他藏匿起来。杭·直巴被提升接替杭·杜亚的职务，统管全军。但杭·直巴不满国王对自己义兄杭·杜亚的处置，在宫里公然造反，无人能制服他。国王被迫离宫逃到宰相府里避难，直后悔杀了杭·杜亚，因为只有他才能制服杭·直巴。宰相乘机向国王奏明实情，国王大喜，立即召杭·杜亚进宫镇压杭·直巴。为了效忠国王，杭·杜亚不惜用不光彩的手段将为他抱不平的结义弟兄杭·直巴刺死。

小说接着用相当大的篇幅详述杭·杜亚远涉重洋出使中国、印度、罗马及阿拉伯诸国的情景以及他的种种冒险经历，显示了全盛时期马六甲王朝的国际地位。在当时人们的想象中，中国、印度和罗马代表了世界最强大的三个国家。杭·杜亚受到这三个国家的破格接待，意味着马六甲王朝的国际地位得到了大国的普遍承认。其中出使中国的一段描述颇为详细和生动。杭·杜亚因懂得华语和了解中国的风俗习惯而受到中国皇帝的破格接待。一般的外国使节最高的待遇是由四大臣接见，而杭·杜亚则由中国皇帝亲自接见。杭·杜亚为了能亲眼目睹中国皇帝的"龙颜"，还设了一巧计，借夹吃长蘸菜的机会抬头偷视，这已犯了"天规"，论罪当斩，但中国皇帝予以赦免，以示友好。这段情节虽属虚构，但也反映了当时中马关系十分亲密和友好。

最后，小说着重描述杭·杜亚英勇抗击葡萄牙殖民侵略的几场战斗。在出使中国期间，杭·杜亚第一次遇上葡萄牙人的挑衅。为了捍卫马来民族的尊严，杭·杜亚在海战中给了葡萄牙殖民主义者以狠狠的教训。葡萄牙殖民主义者不甘心失败，调遣庞大舰队卷土重来，直犯马六甲。这时，马六甲国王的王冠掉入海里，杭·杜亚未能把它找回来，反而把大明刹利格利斯剑也丢了，这预示着马六甲王朝的气数将尽。但是杭·杜亚仍抱病亲自迎敌，奋勇拼杀，击毙敌帅，而他自己也身负重伤。打败敌人之后，杭·杜亚告老引退，从此遁入山林，不知所终。后来，葡萄牙人再度进犯。由于杭·杜亚已不在，马六甲终于被葡军用狡猾的计谋所攻陷，显赫一时的马六甲王朝遂告灭亡。

《杭·杜亚传》全部情节的展开都是为了突出举世无双的马来民族英雄杭·杜亚这个中心人物。通过他一生的光辉业绩，生动地表现了马来民族的勇敢机智和高度的爱国精神。而杭·杜亚为马来王朝所建立的丰功伟绩象征着马来民族历史上最光辉的一页。这是一部具有深刻历史含义的文学作品，而不是一般的供人消遣的希卡雅特神话传奇故事。但也无需讳言，后来的加工文人有意把《杭·杜亚传》写成一部以其毕生精力只为一个国王效忠卖命的忠臣传。小说副题上这样写着："这里讲的是关于无限忠于其君主、处处为其君主效力的杭·杜亚的传记。"毫无疑问，小说里的杭·杜亚是个典型的忠臣形象，特别是后来经过封建文人的加工，他的"忠"更带有封建愚忠的色彩。例如明知自己遭到诬陷而要被国王处死，他却抱着"君要臣死，臣不得不死"的封建观念而俯首听命，毫无怨言。又如他为了效忠国王而不惜用卑鄙手段杀了为他抱不平的结义兄弟杭·直巴。这都十分突出地表现了杭·杜亚愚忠的一面。正因为有这方面的问题，50年代便有人对杭·杜亚作为民族英雄的典型置疑，认为他是封建卫道士，真正的英雄应该是有正义感和独立个性的杭·直巴。如何评价《杭·杜亚传》和杭·杜亚这个人物，似应采取历史的观点。如果把《杭·杜亚传》仅仅看做是一部描写封建忠臣为其君主效命的故事，把杭·杜亚看做是一个对国王俯首帖耳的忠实奴仆，那就大大降低了它的历史和文学价值，它也不可能长期起到鼓舞民族精神和启发爱国思想的战斗作用。综观全书，马六甲国王并不是一个重要的角色，甚至连他的名字都没有提到。实际上他只不过是马来民族最高统治者的象征。国王在提高民族威望、维护民族独立和尊严的斗争中几乎没有起什么作用。相反，从他的一贯表现来看，他可以说是一个十足的庸碌昏君。他只关心王冠和美女，沉溺于声色犬马。当有人诬告其弟有篡位企图时，他不作调查就下令处死自己的亲手足。杭·杜亚也两次被诬告而险遭杀身之祸。不言而喻，这样的一个国王当然不可能起鼓舞民族士气的作用。然而，杭·杜亚作为封建王朝的臣子，不管国王是明君还是昏君，他只有尽忠国王才能报效国家。杭·杜亚的"忠"必然要带上"忠君"的封建色彩，这是封建时代的民族英雄不可避免的历史局限性。在当时的历史条件下，杭·杜亚的忠君和忠于民族应该说是相一致的，二者是无法分开的，在民族受到西方殖民侵略威胁而处于生死存亡的时候，尤其如此。从杭·杜亚的整个表现来看，他之所以为人们所爱戴和歌颂，首先在于他为马来民族的振兴立下了不朽的功勋，为捍卫马来民族的独立和尊严进行了不屈不挠的斗争，而不在于他对国王一人的鞠躬尽瘁。杭·杜亚实际上是马来民族精神的体现，在他身上集中了马来民族的一切优秀品质，也寄托了马来民族的一切希望。

从文学创作上看，对杭·杜亚人物形象的塑造和刻画是下了极大的熔铸工夫。小说里出场的人物不下160人，但大部分的笔墨都用在杭·杜亚一人身上，使他的形象显得既高大又丰满。前已述及，在《马来纪年》里的杭·杜亚，并非十全十美的完人，他会胆怯，会忌妒，会说别人坏话，他的"海军大都督"的头衔最初是伙伴们给他取的诨号。在《杭·杜亚传》里的杭·杜亚则不一样，加工者把他变成了一个高、大、全的人物，他既是勇猛善战的武将，又是治国安邦的能臣，满腹经纶，通晓天文地理，能上天入地，掌握多国语言，集所有的美德和功劳于一身，简直是个全才。对杭·杜亚性格特征的刻画集中在三个字上：忠、勇、智，也可概括为两句话：忠勇双全，智谋过人。杭·杜亚的"忠"不仅表现在他对国王的忠心耿耿，更重要的是表现在他为捍卫民族独立和尊严而进行不屈不挠的斗争和舍身为国的精神上。他与卡查·玛达之间十来次的生死斗争，他与葡萄牙殖民侵略者的浴血奋战，都是围绕着捍卫民族独立和尊严而进行的。他不畏艰险远涉重洋出使各国，也是抱着为国争光的目的而置个人生死于度外。所以他的"忠"是建立在深厚的爱国精神的基础上。杭·杜亚的"勇"，就是他的大无畏精神，从小就显示出来。十二岁就敢挺身而出抗击来犯的海盗和平息岛内暴乱为宰相解围。后来在麻喏巴歇他一个人曾面临多次的死亡威胁而毫无惧色。在葡萄牙人的洋枪洋炮面前他奋勇无比，身先士卒，克敌制胜。杭·杜亚的"智"就是善于用谋，能审时度势，随机应变，化险为夷。他的足智多谋并非与生俱来，而是他勤奋好学的结果。他到处求师学艺，还向华人义父学华语，所以他不但文韬武略，还懂得12种语言和了解各国国情。忠勇双全，智谋过人，这正是马来民族所憧憬的民族英雄的最高典型。有了这样品质的民族英雄就能带领大家把外来的侵略者赶出大海，恢复民族的独立和尊严。

杭·杜亚的"忠"、"勇"、"智"这三个字的性格特征是通过对他一次又一次的严峻考验和浴血奋战的具体描写，通过起伏跌宕和富有戏剧性的情节安排步步深入地展示出来，使人物形象显得有血有肉，栩栩如生，给人留下深刻的印象。小说充满着传奇色彩和浪漫主义的情调，同时又具有深刻的思想内涵和感人的艺术魅力。杭·杜亚忠于民族的最高利益，勇于捍卫民族的最高利益，智于应付对民族的各种挑战，这正是富有航海冒险精神的马来民族性格的艺术体现，也是他具有旺盛的生命力和广为歌颂的原因之所在。

第五章　马来古典诗歌沙依尔

第一节　沙依尔诗歌的出现和哈姆扎·凡苏里

在伊斯兰文化文学传入东南亚之前，马来群岛地区流行的诗歌形式是板顿，这是一种四句式的民歌体，每句含八至十二个音节，隔句押韵，发端两句起兴，后两句才是正文。这种板顿诗体一直延续下来，直到阿拉伯伊斯兰文化影响进来之后，才出现叫"沙依尔"（Syair）的新诗体。"沙依尔"是一种长叙事诗诗体，其格律与板顿诗基本相似，也是四句式，但无比兴之说，每节押同一个韵脚，可根据叙事的需要一节一节地延续下去，长短不限，视叙述故事的需要而定，有的可长达数千行乃至上万行。看来沙依尔诗与板顿诗有传承关系，但其产生的年代无法确定。有学者把1380年在亚齐地区发现墓碑上的一篇诗文看做是最古老的沙依尔诗。那是一篇祷文，共有八行，用古苏门答腊文写的，其中含有古印度和阿拉伯的语汇，说明该碑文刻于苏门答腊正值改变宗教信仰的过渡时期。[①]有学者认为，沙依尔诗是受波斯鲁拜诗的影响，最早采用这种诗体的是17世纪上半叶的马来苏非派诗人哈姆扎·凡苏里（Hamzah Fansuri）。沙依尔这个词是来自阿拉伯语的借词，原指一般的诗歌而不是特定的一种诗体。哈姆扎·凡苏里创作的诗第一次采用押同一韵脚的四句式诗体，当时他称之为"鲁拜诗"，意思是四行诗，但并非照搬波斯的鲁拜诗体。哈姆扎·凡苏里的四行诗只是作为一首长诗的一个部分，即一个诗节，而不是一首独立的诗，同时每行诗的音节数和韵律仍继承板顿诗的传统。哈姆扎·凡苏里最初的诗就是由几首他所称的"鲁拜诗"所组成，有时他也称之为"沙依尔"。显然，哈姆扎·凡苏里的沙依尔诗比板顿诗更为灵活，能容纳更多的内容，所以当他的诗受到欢迎时，人们也仿效他用之于抒发较复杂的感情和叙述较复杂的故事。这样沙依尔便成为一种特定的长叙事诗体了。特别是在说唱文学兴起之后，沙依尔诗成了人们最喜闻乐见的一种艺术形式。说唱艺人边吟诵故事边击手鼓，产生较好的艺术效果。后来沙依尔诗体也传到爪哇，在那里称作"沙聂尔"。

哈姆扎·凡苏里是17世纪上半叶亚齐王朝苏非派的代表人物，大概是努鲁丁

---

① 　但有学者持不同看法，认为该文并非沙依尔诗，而是来自印度的一种叫"乌巴雅迪"的诗体。

的同代人，但在宗教观点上两人代表着势不两立的两派。关于他的生平，少有记载，只说他来自凡苏里。"凡苏里"是外商取的地方名，当地叫"巴鲁斯"，是苏门答腊北端的一个商业市镇。哈姆扎·凡苏里的意思就是来自凡苏里的哈姆扎，他写过三部宣传苏非派教义的散文著作，后来开始用诗歌来抒发他的宗教感情和宣扬"神人合一"的苏非主义思想。他在一首诗中这样写道：

> 我以真主的慧眼观察一切
>
> 我以真主的双耳倾听一切
>
> 我以真主的口舌品尝一切
>
> 我就是真主

在伊斯兰文学传入东南亚的初期，波斯的影响很大。在诗歌方面，波斯苏非文学对马来诗歌的发展起了十分重要的作用。哈姆扎·凡苏里是马来古典诗歌的第一位知名诗人，他的苏非主义思想和诗歌的创作风格就直接受波斯著名的苏非派诗人阿塔尔的影响，以神秘主义为特征，奉行内心修炼，通过沉思入定达到人神合一。哈姆扎认为真主无所不在，甚至存在于自我之中，只要自身内心苦修就行，无须到别处去寻找或听从宗教长老的说教。他在一首诗中写道：

> 哈姆扎·凡苏里来到麦加，
>
> 寻找真主于天房底下。
>
> 从巴鲁斯到古杜斯人困马乏，
>
> 最后发现就在自己的家。

苏非派诗人常用隐喻的方式诠释《古兰经》，把修行的过程比拟为"道路"，称修行者为"旅者"等。他的著名诗篇《舟之歌》(Syair Perahu)(有人怀疑不是他的作品，因为诗中没有提到他的名字)表现了苏非派诗人的这一特色。他在诗中写道：

> 这是一首心灵之歌，
>
> 用华美的诗句编织。
>
> 上下求索人生正道，
>
> 惟信仰能结出真果。
>
> 你要每时每刻牢记，
>
> 海水森森一望无际。
>
> 狂风恶浪其险无比，
>
> 莫让小舟沉入海底。
>
> 倘若你能时刻铭记，
>
> 风暴自会销声匿迹。

纵然波涛翻腾不息，

小舟也能安抵福地。

良辰吉日如今已到，

风平浪静时不可抛。

旅者啊，快扬帆起锚！

带着全部行囊上道。

小舟啊，是真主的形；

木桨啊，是真主的影；

船舵啊，是真主的灵。

信主啊，是船夫的名。

……

哈姆扎·凡苏里在诗中不仅宣扬苏非主义思想，也强烈地表现自我意识和自我追求，为马来古典诗歌开创了一种带有神秘主义色彩和个人抒情的浪漫诗风，给人以清新之感。但可惜的是，由于遭到正统派的严厉打击和迫害，他的作品大部分已被销毁，流传下来的不多，有人收集了32篇。其中著名的有《不死鸟之歌》（Syair Burung Pingai），可能受波斯苏非派诗人阿塔尔著名叙事诗《百鸟朝凤》的直接影响。还有《女人海》（Syiar Bahr An—Nisa'）和《漂泊者之歌》（Syair Dagang）等。前者把婚娶比作在女人海上航行，既充满享受又面临风险，只有船只牢固（指好的女人）和舵手英明（指正确的导师）才能平安到达彼岸。后者叙述漂泊者的命运，当他飞黄腾达时高朋满座，一旦穷困潦倒就举目无亲。有学者怀疑这两首诗非哈姆扎·凡苏里所作，因为有悖于他的苏非主义思想。哈姆扎·凡苏里所开创的诗风起初还有几个追随者，如哈山·凡苏里、阿卜杜尔·扎玛尔等。苏非派遭排斥后，再也没有人去继承了，马来古典诗坛再也没有苏非派诗人出现。

第二节　取材于传奇故事的沙依尔作品

哈姆扎·凡苏里可以说是马来最早的宗教诗人，他是为宣扬苏非主义的宗教思想而从事诗歌创作的。后来的沙依尔诗大都以叙故事述历史为内容，是为文艺欣赏和娱乐读者听众而写的，与宣传宗教没有直接的关系。17世纪起，沙依尔诗大行于世，这大概与当时商业城市说唱文学的兴起不无关系。沙依尔诗更接近于说唱文学，多以神话传奇故事为主要内容，有的还是从希卡雅特散文作品改写过来的。作者只扮演叙故事者的角色，不带个人的感情色彩，也无个人的语言风格。后来的沙依尔作品一般都无署名，所以无法知道作者是谁，无法确定是个人还是集体的创作，也无法知道其产生的年代。沙依尔作品虽然不是为宗教宣传服务，但仍不免要受伊斯兰教思想的明显影响，因为其作者和读者对象大多为穆斯林，而且是在伊斯兰教占主导地位之后才兴起的。所以伊斯兰教的宗教思想和宗教情绪会不时出现在作品之中，这是不足为怪的。沙依尔诗的内容大体可分两大类，一是神话传奇故事类，一是历史事件纪实类。

神话传奇故事类的沙依尔作品数量最大，内容也最庞杂，有不少是取材于爪哇班基故事的。15世纪爪哇班基故事已在马来地区的民间流传，说唱文学兴起之后，才被改写成希卡稚特和沙依尔作品。最受欢迎和最引起学者们兴趣的班基故事沙依尔作品是《庚·丹布罕》(Syair Ken Tambuhan)。关于这部沙依尔作品的产生年代说法不一，有学者认为它产生于15世纪马六甲王朝最盛的时期，因为诗中含有不少古爪哇语汇和印度神话。有学者持不同看法，认为它的产生不大可能早于1650年，因为沙依尔诗体的出现始于哈姆扎·凡苏里，当时是以宗教诗的面目出现的，而要把它改变成叙述传奇故事的诗体恐怕需要再过一些时日。至于出现古爪哇语词汇，在马来的瓦扬故事里是常有的事。《庚·丹布罕》的故事取自班基故事的悲剧部分，叙述拉登·门德里(即伊努王子)和庚·丹布罕(即玛尔达琅娥)缠绵悱恻的爱情故事，特别突出其悲剧的结局：狠毒的王后反对拉登·门德里与庚·丹布罕的结合，故意要拉登·门德里为她去林中猎鹿，然后命刽子手把庚·丹布罕带进密林里杀害。庚·丹布罕恳求刽子手将她尸体置于木筏上用鲜花覆盖，任其顺流而下。拉登·门德里及其伙伴正在下游休憩，忽闻花香飘逸，见一木筏顺水而下。众人前去拉木筏，那木筏就是拉不过来，而拉登·门德里一出现，那木筏便不拉自来。众人都说那木筏只认王子一人。当拉登·门德里发现木筏上躺着他最心爱的庚·丹布罕的尸体时，如同遭到五雷轰顶，在极度的悲痛中，他拿起格利斯剑当场自刎殉情，倒在庚·丹布罕的身旁。本来故事到此应该结束，但后来湿婆大神让他们复活，由悲剧转为喜剧。这部作品一直深受欢迎，除故事内容感人肺腑，语言优美流畅也是其中原因之一，特别是对两个主人公的刻画细致入微，给人以栩栩如生之感。

以班基故事为题材的沙依尔作品还有不少，大多是从希卡雅特作品改写过来的。例如《班基·斯米朗之歌》(Syair Panji Semirang)是从希卡雅特作品《班基·斯米朗传》改写而成的。《昂格列尼之歌》(Syair Angreni)是从希卡雅特作品《班基·昂格列尼传》改写而成的，等等。有的则只取其故事而不用其名。一般来说，沙依尔作品的班基故事情节比较简单，只拿整个故事中的某一部分作为题材，例如《温达坎·阿贡·乌达雅》（Syair Undakan Agong Udaya）只讲班基装扮成艺人改名温达坎·阿贡·乌达雅在达哈的一段经历。

除了班基故事，沙依尔作品的题材不少是取自印度、阿拉伯和各地民间流传的神话传奇故事，而且往往把几种来源的故事糅合在一起进行加工。《贝达沙丽》（Syair Bidasari）是其中很著名的一首，据说是在伊斯兰教和西方殖民者在印度尼西亚同时扩张势力的时候在巨港写的，先有散文本，不过已经失传。《贝达沙丽》是讲一个公主落难和苦尽甘来的故事：肯巴雅特国被金翅大鹏鸟所摧毁，国王带着怀孕的王后逃难。王后在林中分娩，生下美丽的小公主，只好把她留在河边。后来被一富商发现，收为养女。长大后，小公主格外美丽动人。话说因陀罗布拉国的王后美艳无比，她问国王如果有一位同她一样美丽的女人是否会娶那个女人，国王给予了肯定的回答。王后记恨在心，派人四处寻访，如有比她更美的女人就杀掉。贝达沙丽终于被发现，被带进宫里。王后把她折磨得不成人样后才放她回家。其养父怕王后再来进行迫害，把贝达沙丽一人藏在密林里。一天，国王去林中狩猎，发现了贝达沙丽，知道她的遭遇后决定娶她。这时肯巴雅特国已经恢复，国王获得有关贝达沙丽的消息，带王后来到因陀罗布拉国，全家大团圆。贝达沙丽也原谅了因陀罗布拉王后，一起过和美的日子。这是一部比较典型的传奇故事沙依尔作品，深为人们所喜爱，有十部以上的传本。

《苦儿救母记》（Syair Yatim Nestapa）也是一部著名的沙依尔作品，讲宫廷阴谋的故事：因陀罗吉达国王有四个王妃，心地善良的小王妃最受国王宠爱。三王妃十分忌妒，设毒酒谋害小王妃，不料阳错阴差，毒酒为国王所喝，当场毙命。小王妃遭三王妃诬陷，被关进大牢。她生的王子阿斯玛拉·德瓦和公主英丹·查哈雅也被囚禁，幸亏为好心的宫女所营救，离宫出逃。途中遇巨龙挡道，巨龙怜其不幸，放了兄妹过去，还赐王子一颗能治百病的神宝石。兄妹俩来到卡巴延奶奶的茅屋，有了栖身之所。话说因陀罗布斯巴国的公主被毒蛇咬伤已病入膏肓。国王悬赏凡能救活公主者即招为驸马。阿斯玛拉·德瓦用神宝石治愈了公主，被招为驸马并当上王储。后来阿斯玛拉·德瓦举兵讨伐因陀罗吉达，从大牢中救出母妃，沉冤得到昭雪，阴毒的三王妃也得到报应，被判死刑。故事最后以大团圆结束。

《阿卜杜尔·慕禄》（Syair Abdul Muluk）讲的是巾帼英雄救驾的故事，实际上在影射伊斯兰教战胜印度教，寓宗教褒贬于故事之中。这部闻名的沙依尔作品，据说其作者是拉查·哈吉·阿里，其实他只是文字加工者，真正的作者相传是他的妹妹莎丽哈。故事的梗概如下：巴尔巴里国的统治者是英明的素丹阿卜杜尔·哈密特·沙（从素丹的名字就知道是一个伊斯兰王朝的统治者）。他的儿子阿卜杜尔·慕禄先娶了美丽的希蒂·拉赫玛为妻，并继承了王位。后来阿卜杜尔·慕禄想出访他国，来到了班国。该国公主希蒂·拉菲娅，据占术士的预言，将成为丈夫的救星。于是阿卜杜尔·慕禄又娶了她并带回本国。希蒂·拉赫玛把她当亲姐妹看待，三人过着和和美美的日子。不久，印度斯坦国（可能是指某一个印度教王朝）来犯，阿卜杜尔·慕禄和希蒂·拉赫玛被俘。印度斯坦国王看中希蒂·拉赫玛的美色，用威迫利诱的手段想占有她而未能得逞，只好把她同阿卜杜尔·慕禄一起关进囚牢里。正在怀孕的希蒂·拉菲娅由于装自杀身亡而得以逃离宫外，在森林里为一位伊斯兰长老所收留。她生完孩子后决心去救丈夫，把孩子交给长老抚养。她女扮男装千里寻夫，来到了巴尔巴罕国。她协助该国国王扎马鲁丁从其叔手中夺回政权。国王将妹妹拉哈特许配给女扮男装的拉菲娅作为答谢。后来她潜入印度斯坦国探听虚实，发现上下均对国王不满，便借助巴尔巴罕国的军队里应外合攻下印度斯坦国，把阿卜杜尔·慕禄和希蒂·拉赫玛从牢中救了出来。阿卜杜尔·慕禄未能认出女扮男装的希蒂·拉菲娅。希蒂·拉菲娅把准备许嫁给她的巴尔巴罕国王的妹妹献给了阿卜杜尔·慕禄，自己也恢复了女装。阿卜杜尔·慕禄双喜临门，欣喜无比。不久，拉菲娅在森林中出生的儿子也前来寻找父母，一家终于大团圆。从整个故事的内容来看，这部作品深受印度、阿拉伯和爪哇班基故事的影响是很明显的，也可以看做是一般的传奇故事。但若从宗教背景来看，这部作品实际上在宣扬伊斯兰教王朝最终必将战胜印度教王朝。而阿卜杜尔·慕禄与几个妻子的美好生活也是在肯定和赞扬伊斯兰教的一夫多妻制。

另一部著名的沙依尔作品《希蒂·朱拜达与中国之战》（Syair Siti Zubaidah Perang China）也在影射伊斯兰教最终战胜了其他宗教的势力。这部超过1.5万行的长篇叙事诗，讲的可能是中南半岛伊斯兰化了的占婆王朝与越南王朝之间的战争故事，但把越南误说成是中国（可能从肤色、宗教、文化和历史，分不清中国人与越南人的区别）。下面是故事的主要内容：

14世纪有一个叫肯巴稚特的伊斯兰国家（有学者考证，认为说的是古占婆国），王后求神赐子而生柴努尔·阿比丁王子。王子从小由四大臣之子陪伴，一起学《古兰经》和练习武功，长大后王子登基为素丹，四人成为他的贴身侍卫。这里可以看到班基故事的影响。

一天来了一艘中国货船，中国船主因与当地的商贾发生商业纠纷而被捕入狱，货船也被扣留，当地商贾却私下把货船烧了。中国船员纷纷落水而逃，回去后向中国朝廷告状。这时中国皇帝正在生病，所以没有采取行动。中国皇帝有六个公主，个个人才出众，掌管着朝廷各项大权。

　　烧船事件发生时，阿比丁素丹外出打猎，回宫后无人敢向他禀告，所以他确实不知情。老王要为他娶亲，他却愿意自己去找心上人，便带着四侍卫出游，来到勃灵吉岛，受到岛上伊斯兰长老的款待。晚上回去时，忽闻女人的诵经声，极柔美动听。阿比丁素丹设法面见诵经者，她就是美若天仙的希蒂·朱拜达。阿比丁素丹一见钟情，两人结成美满的姻缘。

　　阿比丁素丹把朱拜达带回国，路过也门国。该国国王由于拒绝婚事，正与异教徒的孟加拉国王打仗。阿比丁素丹帮他出退兵之计，结束了战争。为了报答，也门国王把莎查拉公主许配给阿比丁素丹。

　　阿比丁素丹带两个妻子回到肯巴亚特国，受到热烈的欢迎。但老王后却嫌弃朱拜达，认为她出身不高贵。朱拜达很伤心，想要回去而被阿比丁素丹所劝阻，只好留下，每天教大臣们的儿子念诵《古兰经》。

　　烧船的事件又被提出来，中国皇帝非常震怒，决定兴师问罪，由七个公主率领大军进攻肯巴雅特国。阿比丁素丹感到震惊，当他知道前后的原因时，又感到羞愧，但不得不出来迎战。战争进行得很激烈，阿比丁素丹战败，被俘往中国，囚在一毒井里。

　　朱拜达偷偷出宫寻夫，林中遇到卡巴延奶奶，被收留下来，并获悉丈夫已被俘往中国。她继续上路，来到伯坎·基斯坦，在林中分娩。她把自己的戒指戴在孩子手指上，然后把孩子留下继续去寻找丈夫。

　　朱拜达的哥哥是伊拉坎·基斯坦的素丹，与印度斯坦王、波斯王、葡萄牙王、汉达兰王相友好，结成同盟。一天，五位国王在林中一起打猎，忽闻婴儿的哭叫声，找到婴孩时发现他手指上的戒指，伊拉坎素丹知道是妹妹留下的婴孩，便把他收养起来。

　　朱拜达来到一高山，遇见榆南国公主鲁吉娅，她因与其兄不和而出走。两人结成莫逆，一起向一伊斯兰长老学文习武。学成后，两人一起下山，女扮男装潜入榆南国，把国王抓住，囚进牢里，朱拜达自己当上榆南王。朱拜达仍然想念丈夫，两人偷偷离宫前往中国。

　　到了中国之后，两人化装成舞蹈演员进行舞蹈演出。她们俩优美的舞姿吸引了中国七公主，公主们要她们留下。一天晚上，朱拜达听见宫女在聊天，说毒井里有人哭泣，边喊朱拜达的名字。朱拜达立刻把阿比丁素丹从井里救了出来，逃回榆南国。

　　阿比丁素丹恢复健康后，决心要报仇雪恨，集中各路盟军，由葡萄牙军打头阵，向中国大举进攻。在激烈的战斗中，中国七公主纷纷落马被俘。后来把她们全释放，让她们皈依伊斯兰教。小公主吉兰·查哈雅嫁给了阿比丁素丹，其他公主也嫁给各国素丹，全都伊斯兰化了。

祝捷大庆过后，阿比丁仍在想念离散七年的朱拜达，决心要去找她，以七天为限。到了第七天，朱拜达卸下男装，换回女装出来。阿比丁素丹见了大喜过望，原来榆南国王就是他日夜思念的朱拜达。这里又可以看到班基故事的影子。朱拜达要阿比丁素丹也把鲁吉娅娶来，这样他就有了四个妻子，符合伊斯兰教的规定。不久，失散的儿子也回来了，以全家大团圆结束全篇。

有人把这部沙伊尔作品列入历史纪实类作品，这似乎过于牵强。作品里所提到的国家和人物都无法考证其虚实，所述的那几场战争在中国史书上绝无相关的记载。但作为一部历史题材的文学作品，尽管大部分是虚构的，在宏观上还是曲折地反映一定历史时期的时代变迁。从文化层面上加以考察，这部作品多少也反映了四种文化——印度文化、阿拉伯伊斯兰文化、中国文化和本土文化——相互交融的情形，而以伊斯兰文化战胜其他文化作为主线。这里还看不到西方文化的影响，但把葡萄牙的军队扯了进来，描述他们的洋枪洋炮多么厉害，杀伤了大批中国将士，这似乎也在说明西方的先进武器已被当地的人们所领教了。

传奇故事类的沙依尔作品数量较大，以上几部最有代表性，其特色大致可简单归纳如下：一、所述故事均系子虚乌有，在历史上和现实生活中并不存在。二、其主题思想以表现忠贞爱情和善恶报应为主。主人公总要历经一番先苦后甜的曲折过程最后才能大团圆。这几乎成了俗套，但人们却乐此不疲。这也许是符合当时新兴市民阶层的心理要求和审美情趣。三、广泛吸收了印度、阿拉伯和爪哇班基传奇故事的精华，把它们糅合在一起重新加工而成为新的具有马来情调的传奇故事。四、使用的语言比较畅晓易懂，适合于吟唱，易于普及。

此外，还有不少以动物为主角的沙依尔作品，也深受欢迎，因为讲的实际上还是人间的爱情悲欢。那些动物都被拟人化了，代表着不同的人物典型，通过它们的命运遭遇可以看到社会矛盾的折光。此类作品最有代表性的是《猫头鹰之歌》（Syair Burung Pungguk），故事讲的实际上是人间爱情为封建等级观念所摧残的悲剧。一个出身低微的名叫猫头鹰的青年爱上了出身高贵的月亮公主。在天堂鸟的帮助下，两人偷偷在月宫里幽会，互吐衷肠，愿永结同心。临别时，月亮公主赠送猫头鹰一块绸巾。猫头鹰把绸巾披在肩上依依不舍地告别月亮公主回去。途中猫头鹰遇到大鹏鸟，一眼便被认出他身上披的是月亮公主的绸巾。大鹏鸟立即下令逮捕敢冒犯天规的猫头鹰。猫头鹰英勇抵抗，终于寡不敌众，惨遭杀戮，尸体坠入河边木筏旁。不久，木筏旁长出蘑菇，呈鸟禽状，化作猫头鹰。从此，每当明月当空，猫头鹰必栖在树枝上对月哀鸣，倾吐心中悠悠的恩情。印度尼西亚有句成语"鸱鸺恋月"，是指因出身差别而无法实现的爱情，只能单相思。是否典出于此，不得而知，但寓意基本相同。不过《猫头鹰之歌》的故事似乎更感人和带有反封建的意味。

《鲱鱼曲》（Syair Ikan Terubuk）也是一部寓意深刻的沙依尔作品，表达弱者对强权的不满，据说是影射马六甲王与锡亚克公主的一段纠葛。鲱鱼是统治马六甲海的大王，看上了住在小池塘里的小鱼公主，决意不择手段把它弄到手。泥鳅前来告密，把小鱼公主吓得不知所措。它极不愿嫁给大海里的鲱鱼，只有向天神求助。霎时间，风起云涌，波浪翻滚，小鱼公主跳到漂来的树枝上逃生，这时正赶上鲱鱼率领虾兵蟹将前来侵犯，它们统统落入狂风卷来的鱼网里，只有鲱鱼得以逃脱。回到本国后，鲱鱼终日闷闷不乐，怨天公不作美。从作品中所表露出来的对强权的贬责和对弱者的同情来看，作者可能是属于弱者或者是站在弱者一边的人。

还有不少以动物为主角的沙依尔作品是属于爱情诗的，如:《鹦鹉曲》（Syair Nuri）或《蔷薇曲》（Syair Bunga Mawar）是以鹦鹉对蔷薇花的热恋来歌颂对爱情的专一和执著。《蜜蜂与茉莉花之歌》（Syair Kumbang dan Melati）是以蜜蜂向茉莉花求爱失败来倾诉失恋者的痛苦。《玫瑰花之歌》（Syair Bunga Air Mawar）则表现爱情的错综复杂，天堂鸟爱上玫瑰花，派鹦鹉去说项，玫瑰花拒绝，因为天堂鸟已有妻室，而玫瑰花真正所爱的实际上是鹦鹉。此类作品常用借喻和比拟的手法来表现人间爱情的悲欢，别有一番情趣。

第三节　历史事件纪实类的沙依尔作品

历史事件纪实类的沙依尔作品则比较接近于历史真实，所描述的事件也是历史上真有其事的，所以宗教和神话色彩较少，一般也能知道其作者是谁。这类沙依尔作品出现较晚，有不少是描写殖民战争的。18世纪以来荷兰人频频发动殖民战争，印度尼西亚人民奋起反抗，出现许多可歌可泣的历史事件，为人们广泛传诵。所以在此类诗中，战争题材占有很大的比例，而且具有较高的文学和史料价值。

最早的战争诗可能是《望加锡之战》（Syair Perang Mengkasar），作者叫恩吉·阿敏，望加锡的马来族人，是果亚素丹的文书，他很熟悉那里的情况。他的诗深受哈姆扎·凡苏里诗的影响，但他并非宗教诗人，可能是第一个写战争诗的诗人。《望加锡之战》创作于1669—1670年间，描述荷兰殖民主义者攻打望加锡和望加锡人上下进行英勇抵抗的经过，其主要内容如下：

荷兰殖民官希伯尔曼收买布吉斯王子巴拉卡，如能战败望加锡就立他为布吉斯王。于是巴拉卡前去攻打望加锡，荷兰也派舰队前往相助。望加锡人民与素丹一起奋起抵抗。由卡拉昂指挥的望加锡人被打败，卡拉昂向敌人投降。

话说德尔纳德的素丹想协助荷兰人攻打望加锡，而果亚的素丹则想帮助望加锡抵抗荷兰人的进攻。作者对果亚素丹大加赞扬。战争又重新爆发，达尔罗克素丹打败了布吉斯人，凯旋回到望加锡。这时荷兰舰队增援来了，猛烈炮轰望加锡周围地区。希伯尔曼派去的使者遭到望加锡人的侮辱，荷兰舰队转而攻打望加锡。但久攻不下，无法战胜，荷兰人便与望加锡人议和，签订和约。

后来投敌的望加锡人卡拉昂建议荷兰人攻打珊德拉波纳。战事又起，望加锡人增援珊德拉波纳，挫败了荷兰人的进攻。战斗中英国人的货栈被烧，不久战火重起。整个望加锡城被大火包围，望加锡人败退，转移到果亚。最后作者指出望加锡人是败于饥饿，而非战败之罪。

这部作品不但叙述了望加锡之战的全过程，且表现了作者鲜明的爱憎立场。作者一方面揭露荷兰殖民者以夷治夷的策略，谴责投敌的民族败类，一方面歌颂望加锡人民的抗荷斗争，尤其赞扬他所效劳的果亚素丹的正义行为，为战争诗开了个好头。

战争诗中最出名和最有代表性的作品是《荷兰人和华人打仗的故事》(Cerita Welanda Berperang dengan Cina)，描述1740年震撼全国的"红溪事件"的经过。作者据说是久居雅加达的班查尔人（或叫阿卜杜尔拉赫曼）的一名文书。这部作品大概是事件发生20年之后写的，因为有些看起来不大但很重要的事实显然有误。全诗共2400行，故事的基本内容如下：

荷兰人在锡兰申请修建商馆，修成之后，以为羽毛已丰，便对锡兰人下手，巧取豪夺，引起锡兰人的愤慨和反抗，从而爆发战争。荷兰五次从雅加达派兵增援，均无济于事。于是派印霍夫前去处理，他成功地与锡兰王达成协议，战火平息了。印霍夫想修复遭到战争破坏的商馆，急需劳动力。他建议巴达维亚总督法肯尼尔在当地征集失业华人，把他们运往锡兰当劳工。巴达维亚总督认为他发财的机会来了，故意歪曲建议，扩大要求，把巴达维亚所有的华人统统运往锡兰当劳工，这样他可以中饱私囊数百万银元。

巴达维亚的华人极为不满，群情激昂，很快聚集在施班章（意"高个子"）的周围，准备向巴达维亚大举进攻。荷兰人得到消息后惊恐万状，内部乱作一团。法肯尼尔总督准备投降，交出巴达维亚。这时已回到巴达维亚的印霍夫则极力反对，主张武力镇压，与法肯尼尔发生激烈的争吵。印霍夫把象征总督权力的冠冕抢了过来，实际上就是夺权，由他来发号施令。他立刻下令军队做好准备，由他亲自指挥战斗。华人在施班章的指挥下向巴达维亚发动第一次猛攻，但没能成功。施班章重新部署力量，从三个方向再次发动猛攻。战斗进行得非常激烈，双方死伤无数。最后华人被打败，向密林后撤。荷兰人虽然得胜，却赢得一个空荡荡的死城。

施班章收集残部，重新集结力量，向中爪哇梭拉卡达（梭罗）转移，与梭拉卡达王结盟，包围了荷兰人在那里的商馆。反抗的荷兰人被杀，有的被逼入伊斯兰教。后来施班章又集中所有兵力去包围三宝垄。

在巴达维亚，法肯尼尔与印霍夫的矛盾进一步激化，双方互相指责对方是这场战火的罪魁祸首。法肯尼尔总督下令逮捕印霍夫，把他遣返荷兰治罪。但是印霍夫在朝内也不乏支持者，加上他能言善辩，结果他成了功臣而被提升为巴达维亚总督，法肯尼尔反而成为阶下囚。

在华人的包围下，三宝垄的荷兰人快支持不住，向巴达维亚再三告急。很快大批援军赶到，梭拉卡达王临阵倒戈。施班章大怒，占领了梭拉卡达。梭拉卡达王逃往梭罗，在那里另盖宫殿。

印霍夫实行怀柔政策，华人被允许回来，巴达维亚逐渐复苏，开始恢复昔日的繁华。荷兰人为了扶植新王子向马都拉发动战争。查克拉宁拉特战败而逃往马辰，最后被捕。不久，印霍夫去世，有的稿子说他最后皈依伊斯兰教。

历史上的"红溪事件"是华人与印度尼西亚人第一次联合起来共同反抗荷兰殖民压迫的空前壮举。巴达维亚华人的抗暴起义始于1740年10月9日晚，前仆后继战斗了十二个昼夜。撤往中爪哇后，又与当地人民联合抗荷，并肩战斗持续到1743年，给荷兰殖民者以沉重的打击。这是印度尼西亚反殖斗争史上由两族人民共同写下的最光辉的一页。而在印度尼西亚文学史上《荷兰人与华人打仗的故事》是惟一的一部以这个惊天动地的历史事件为题材的传世作品。

这部沙依尔作品是以真实的历史事件为依据的，尽管可能依据的资料来自荷兰官方的报道，有的地方不免有些扭曲和夸张，尤其对镇压两族人民起义的荷兰殖民头子印霍夫不无美化之嫌，但总的来看，基本上还是符合历史的真实。作者对事件和人物的描写相当生动，尤其荷兰殖民官吏在华人进攻面前所表现的惊慌失措的丑态被描绘得惟妙惟肖。诗中是这样描写的：

　　　　　城楼上的人东张西望

　　　　　焦急如焚意乱心发慌

筋骨如散架全身瘫痪

总督椅上四脚朝天仰

法肯尼总督和众官吏

面面相觑两腿直战栗：

"何来此巨人庞大无比

城堡被他踢必毁无疑"

印霍夫为人足智又开窍

心中暗思忖必是人所造

"如此大躯体人间岂能有？"

印霍夫心里已经全知晓。

法肯尼总督恐惧难言状

对着众官吏把想法明讲：

"眼前的华人无法去对抗

巴达维亚城我拱手相让"

所有的官吏都如丧考妣

两眼泪汪汪拭来又拭去

现在要全听总督的旨意

是好还是坏我们全跟你

　　这一小段的描写已把荷兰殖民官吏色厉内荏的面目暴露无遗，接着描写殖民统治内部的矛盾，印霍夫跳出来向法肯尼尔夺权，成为"挽狂澜于既倒"的枭雄。作者用了很多笔墨来描写他，以致有人把这部沙依尔作品的题目改作《希莫普诗》（Syair Hemop）。这部作品的作者显然不如前者立场鲜明，但还保留一定的客观态度。

　　早期的战争诗一般可以看到各地人民积极抗荷斗争的事迹，如：《加里翁伍之战》（Syair Perang Kaliwungu），叙述1763年三宝垄人民起来抗荷斗争的经过。《锡亚克之战》（Syair Perang Siak），写于1764年，叙述锡亚克的王室纠纷和以劣势武器抗拒荷兰殖民入侵的经过。《门登之战》（Syair Perang Menteng），叙述1812—1819年巨港发生的历史事件，是在荷兰1819年讨伐失败之后写的。这类战争诗虽不带宗教色彩也不是为了宣传宗教，但在叙述战争的经过时，仍可看到伊斯兰教作为精神武器所起的作用。这类战争诗一般纪实性强，不宜用虚构的神话来夸大伊斯兰教的作用，所以伊斯兰教所起的作用和影响基本上是符合历史真实的。

　　后来荷兰殖民者加速实行其"前进运动"的计划，频频发动征服各地封建主的战争，而有的封建主也投靠荷兰殖民者甘当鹰犬，反过来镇压起义的人民。与过去战争诗有所不同的是，这时的战争诗往往是从反面来描述人民的抗荷斗争。《马辰之战》（Syair Perang di Banjarmasin）可以说是这一类战争诗的代表。马辰之战发生于1886年，诗中这样描述：

荷兰殖民官弗尔斯佩克当州长时期，马辰发生暴乱，希达雅杜拉领导的乱匪把马辰搅得天翻地覆。谢里夫·哈希姆亲王奉命前去镇压。乱匪的气焰越来越嚣张，一个荷兰县长竟遭杀害。谢里夫·哈希姆亲王向乱匪的据点发动猛攻，希达雅杜拉支持不住，便率部投降。但当他听说将被押往巴达维亚受审时，又设法逃身。谢里夫·哈希姆亲王到处追捕他而无结果，便把他的妻小扣押起来。希达雅杜拉被迫出来自首，被押送到巴达维亚。谢里夫·哈希姆亲王剿匪有功，被封为马农嘎尔王并授予金质勋章。

对乱匪的清剿工作在继续进行，一个叫德芒·王刚的匪首向州长提出归顺要求，但迟迟未得答复，便率部继续攻打马辰。荷兰殖民当局派援军来救，把匪徒们打跑了。谢里夫·哈希姆亲王被派往各地去进行安抚工作，宣传荷兰殖民当局的"德政"，马辰又恢复了平静，再无匪徒作乱了。

《马辰之战》由69个章节所组成，头13章为寥岛的哈兹·达乌德所写，后56章由锡亚克的哈比卜·穆罕默德完成。两人看来都是归顺荷兰殖民当局的王公贵族，因为诗的开头先对荷兰殖民政权的英明大加赞颂。他们把造反起义者说成是专门从事杀人越货的乱匪，而把帮殖民统治者镇压起义者的封建亲王视为除暴安良的英雄，可谓颠倒黑白。这种战争诗，从思想内容上来看，当然不可取，应予批判，但从另一角度来看，它也暴露了荷兰殖民者以夷治夷的狡诈阴谋和卑鄙手段以及甘为其鹰犬的封建贵族的丑恶嘴脸，就这一点来讲，仍有其认识价值。另一部战争诗《王刚之战》（Syair Perang Wangkang）也有类似的作用，讲的是加里曼丹的封建主如何为荷兰人镇压王刚的暴乱。尽管荷兰人获胜，王刚仍不低头，拒绝与荷兰人合作，继续到处造反。这从相反的一面表现了抗荷人民决不屈服的顽强战斗精神。

哈姆扎·凡苏里之后，沙依尔诗歌朝两个方向发展。一个方向越来越脱离现实，以神怪传奇故事为主要内容，多为说唱艺人所采用，旨在娱乐读者听众，为他们消愁解闷。一个方向贴近现实，记录发生的重大历史事件，以昭示后人，由战争诗开其先河。19世纪后期出现的报刊文章，继承战争诗的纪实传统，报道社会上的重大事件，这类报刊文章常用沙依尔诗体，使这一诗体的题裁更加贴近现实生活，消除了脱离现实的偏向。到了近代，沙依尔诗体仍然被广泛地运用，甚至在相当长的时期里是印度尼西亚诗歌的主流。

第一章　印度尼西亚的近代社会和近代文学

第一节　印度尼西亚的近代殖民地社会

19世纪的70年代，印度尼西亚历史开始进入近代期。这时，荷兰国内的工业资本和金融资本有了很大的发展，统治阶级内部就殖民地的掠夺方式出现了尖锐的矛盾。在印度尼西亚殖民地实行的强迫种植制显然大大限制了荷兰工业资本和金融资本的进一步发展。殖民地的人民也由于强迫种植制的实施而处于水深火热之中，大量最肥沃的土地被侵占，40年代连年发生饥馑，1849—1850年中饿死的居民达30万人以上。强迫种植制已经走到了尽头，荷兰殖民宗主国不得不改变对殖民地的掠夺方式，于1870年颁布了"糖业法"，取消甘蔗的强迫种植制度。同年，又颁布了"土地法"，宣布凡不能证明其所有权的土地均归国家所有，政府可以把土地租赁给任何私人资本，期限75年，土地私有者也可以把土地租给外侨，期限25年，但不能出卖。这就是荷兰在印度尼西亚实行的所谓"自由主义"的新殖民政策。这个新殖民政策为荷兰和欧洲的其他的私人资本进入印度尼西亚大开放便之门。随着苏伊士运河的开通，西方的私人资本开始涌入印度尼西亚，荷兰的爪哇银行、荷兰商业银行、涵塘银行、殖民银行以及各大公司纷纷出现，很快就控制了印度尼西亚殖民地的经济命脉。而荷兰殖民政府也从"自由主义"政策中获得大量好处，每年的总收入结存5000万盾以上。

荷兰实行"自由主义"的新殖民政策后，印度尼西亚便逐渐成为西方资本输出的场所、商品倾销的市场和廉价劳动力的来源。随之，印度尼西亚殖民地社会也开始发生历史性的变化，由旧封建割据的殖民地社会逐步过渡到半封建的近代资本主义殖民地社会，其时代特征主要表现在以下几个方面：

一、西方资本的涌入把资本主义的生产方式带进了印度尼西亚，使印度尼西亚经济开始从分散的自然经济向统一的市场经济过渡，成为世界资本主义经济体系的附属部分。为了给资本主义生产方式提供必要的辅助，各种近代化基础设施的建设蓬勃地开展起来。1873年建成第一批铁路：三宝垄—梭罗线和巴达维亚—茂物线。19世纪末20世纪初铁路的总长度已达3,500公里。1873年雅加达的第一个近代化港口丹戎布绿建成，随后几年，泗水、望加锡、勿拉湾等地也纷纷建造的近代化港口。1882年出现第一家电话公司，几年后建立的电话公司多达34家。近代化的资本主义企业和种植园也迅速发展，垄断了石油、矿产、橡胶、椰油、蔗糖、奎宁等重要经济部门，其中由加里曼丹石油起家的荷兰皇家贝壳石油公司后来发展成为世界最大的石油托拉斯之一。这意味着19世纪70年代西方先进的生产力和管理技术开始被大规模地引进印度尼西亚。然而，市场经济的建立还需要开辟遍及全国的大小商业流通网络，而这又必须依靠勤劳勇敢、不畏艰险、富有拼搏精神而又善于经营的人去开拓。根据当时的历史条件，定居印度尼西亚的华人最具备这种素质。他们披荆斩棘，足迹遍及穷乡僻壤，建立了遍及全国的商业网点，使市场经济得以迅速发展起来。所以印度尼西亚华人对推动印度尼西亚从自然经济向市场经济过渡起了十分重要的作用。印度尼西亚华人已成为全面参与推动印度尼西亚社会朝近现代社会发展的积极力量。

　　二、资本主义生产方式和市场经济的建立使印度尼西亚殖民地社会发生了结构性的变化。首先是出现相当规模的产业工人队伍和从破产农民中转来的大批种植园工人。他们是印度尼西亚殖民地最早的无产阶级队伍，而他们面对的剥削者主要是西方资本家，因此在他们身上民族矛盾和阶级矛盾交织在一起。当民族矛盾逐渐上升为主要矛盾时，他们便成为印度尼西亚殖民地最早民族觉醒的群体。与此同时，市场经济也使一部分原住民走出自然经济的世袭领地，从封建地主转变成近代地方工商业者，后来逐渐演变成为最早的民族资产阶级。他们的发展也受到殖民主义的严重限制，当民族矛盾上升为主要矛盾时，他们也就成为印度尼西亚殖民地最早民族觉醒的群体。在印度尼西亚历史舞台上，这两个阶级的出现是现代民族觉醒的前提。印度尼西亚的民族觉醒可以说酝酿于近代而产生于现代，所以，从这个意义上讲，印度尼西亚的近代期是印度尼西亚民族觉醒从自发走向自觉的一个过渡期。新殖民政策实施之后，印度尼西亚的生产方式发生了质的变化，生产力有了很大的发展，但是印度尼西亚社会仍然是畸形的殖民地社会，它是建立在种族歧视和种族压迫的基础之上，使整个社会结构呈金字塔形，中间有条不可逾越的种族界线。西方白人（也包括后来的日本人）居于种族界线之上，享受殖民特权，是统治者和压迫者。原住民、华人和其他有色人种居于种族界线之下，丧失平等权利，是被奴役者和被压迫者。种族界线把二者严格隔开，由此民族矛盾便不可避免地成为整个殖民地社会的主要矛盾。

　　三、东西方文化的正面冲撞和西方文化影响的上升。过去西方和荷兰殖民者着重于经济掠夺，对印度尼西亚的封建社会文化没有正面的触动，而印度尼西亚的封建统治者及其文人对西方文化大都采取排斥抵制的态度，因此西方文化文学对于印度尼西亚的古典文学几乎没有什么影响。实行"自由主义"的新殖民政策之后，不仅引进了西方资本主义的生产方式，也把西方资本主义文化带进印度尼西亚封建社会的"土围子"里。荷兰殖民当局开始兴办学校，说是为了"勿使政府丧失教育方面的控制权"，而实质是要用西方教育，培养新殖民政策所需人才。另外，大批西方殖民官吏、工商业者和自由职业者的陆续到来也促使印度尼西亚殖民地白人社会的壮大，他们的文化和生活方式完全不同于当地原住民的传统，甚至形成了鲜明的文化反差。而受雇于西方殖民政权机构或工商企业的原住民文人也有机会直接接触到近代的西方人及其文化和思维方式，从而对西方文化有了感性的认识。从现实的对比中，他们看到了西方资本主义文化的先进性和本民族封建主义文化的落后性，于是有人开始进行西方文化的启蒙宣传，要求本民族向先进的西方文化学习，摒弃封建落后的旧文化。这种东西方文化的冲撞也开始反映到近代的文学创作中，出现了公开宣扬西方文化先进性的作品。后来西方文学作品也陆续被介绍过来，从内容到形式给印度尼西亚近代文学的发展以深远的影响。

四、过去印度尼西亚的历史是各王朝各据一方的分散历史，没有出现过"一统天下"的局面。19世纪70年代后，市场经济的发展必然要促使全国统一市场的形成，封建割据和各自为政的闭关自守已经不可能了。为了建立全国统一的市场，必然要求有一个全国统一的行政管理，"荷属东印度政府"的建立就是为了适应这一需要。从此整个印度尼西亚便置于统一的行政体系之中。这也就是说，在印度尼西亚历史上第一次出现"一统天下"的局面，尽管它是荷兰殖民统治下的"一统天下"。这种"一统天下"的局面在客观上把整个印度尼西亚变成了一个"统一体"，而这个"统一体"又为印度尼西亚现代统一民族的产生奠定了基础，这恐怕是荷兰殖民统治者始料不及的。

五、近代马来语为民族统一语言—现代印度尼西亚语的诞生准备了条件。全国统一市场的形成使各族和各地区之间的商品交流和贸易往来日益频繁，这就需要有能沟通各族的语言作为各族间传递信息的工具，而近代马来语实际上已担负起这个职能。语言又是文化文学的载体，近代马来语逐渐成为各族间的交流工具后，建立印度尼西亚统一的民族文化文学便成为可能了。所以当出现现代民族觉醒时，马来语便顺理成章地被推举为全民族的统一语言，改称印度尼西亚语，成为印度尼西亚现代文学统一使用的文学语言。

从以上几点来看，印度尼西亚的近代期显然具有过渡性的时代特征，它是印度尼西亚历史发展中的一个非常重要的阶段，是印度尼西亚走向现代的历史起点，从政治、经济、文化等方面为印度尼西亚的现代民族觉醒准备了必要的条件。

第二节　印度尼西亚近代文学概貌

印度尼西亚的近代文学是在东西方文化冲撞中从旧文学向新文学转型的过渡性文学。它产生于封建的旧殖民地社会向半封建的现代殖民地社会过渡这一重要的历史时刻。它所跨的年代最短，从19世纪的下半叶到20世纪初叶，前后不过半个世纪左右，但它是新旧文学的转折点。印度尼西亚近代文学发展的走向是：从地方化的分散性文学走向全国化的统一性文学。过去印度尼西亚长期处于自然经济中的封建割据状态，其文学是由各地方的各族语言文学所组成，深受印度文化和伊斯兰文化的影响，彼此间虽互有交流和渗透，但各有自己的传统，自成一体。转入市场经济之后，随着全国统一市场和统一局面的形成，马来语逐渐成为各族间的交际工具，于是开始出现跨地区和跨族的近代马来语文学，它在内容上和形式上受到西方文学的影响，与旧马来文学有了质的区别，成为印度尼西亚近代文学的主流。

马来语本是印度尼西亚多民族中的一个民族的语言。伊斯兰文化传进来之后，它成为马来古典文学的文学语言。这种古典马来语通行于宫廷和文人的范围内，被人称作"高级马来语"。另外，在19世纪70年代，由于市场经济发展的需要，另一种通俗的马来语流行于市场，成为各族人的交际工具，被人称作"低级马来语"或"市场马来语"。这种通俗的马来语带有混杂语的特点，多为非马来族人使用，尤其土生华人和土生印欧人多以它为母语。这种通俗马来语起初很不规范，发展成为新闻语言和文学语言之后不断得到丰富和提高，成为通行于全国的近代大众化的语言。是跨地区和跨民族的交流无不用它作为语言工具，所以，全国性报刊也都用它作为媒介语，对印度尼西亚民族统一语言和统一文化文学的形成起了至关重要的作用。印度尼西亚的近代文学就是用近代"高级马来语"和"低级马来语"写的、反映印度尼西亚近代殖民地社会基本矛盾和现实生活的文学。

近代马来语文学中使用"高级马来语"的被人称作"高级马来语文学"，它是从马来古典文学沿袭下来的；使用"低级马来语"的被人称作"低级马来语文学"，它是从市民阶层中产生的，比较通俗化和世俗化，称之为"通俗马来语文学"更为确切。"高级马来语"和"低级马来语"本质上同属一种语言，只有雅俗文白之分，它们最根本的区别其实不在语言上而在社会属性上。"高级马来语文学"是马来族上层社会的文学，反映的主要是马来封建社会上层阶级的物质和精神生活，其作家多为马来贵族和马来封建文人，读者面比较窄，只限于马来上层社会的范围内。但"高级马来语"是荷兰殖民统治者实行全国政令统一所借助的语言，具有准"官方语言"的地位，而"高级马来语文学"又是受荷兰殖民统治者推崇的文学，被视为马来文学的正统在官办学校里加以推广，所以在知识分子中间影响较大。"低级马来语文学"是殖民地城市的市民文学，反映的是近代迅速发展起来的殖民地城市各族各阶层市民的现实生活和精神面貌。其作家大部分为"土生华人"和"土生印欧人"，他们生活在印度尼西亚近代殖民地社会的夹层中，受多种文化的熏陶和影响，所以他们的创作最能反映近代殖民地社会的时代特色。而其读者是全国各城市广大的中下层市民，读者面显然要比"高级马来语文学"广泛得多。然而"低级马来语"一向被殖民地上层社会和荷兰殖民统治者所排斥，被视为不登大雅之堂的粗俗语言。而"低级马来语文学"同样受到歧视和排斥，在一个时期里甚至不被承认是印度尼西亚近代文学的一个重要组成部分，被企图抹煞它对印度尼西亚文学发展所起的重大历史作用和所作出的巨大贡献。

在印度尼西亚的近代历史中，"高级马来语文学"的进展比较缓慢，其文学成就也比较有限，这与其社会属性有关。"高级马来语文学"的作家主要是依附于封建阶级的文人，他们是在旧传统文化的环境中和熏陶中长大的。他们的思想意识、文艺观点和创作风格仍停留在旧文学的水准上，没能跟上时代前进的步伐而推陈出新。他们创作的作品，无论是内容还是形式都没有摆脱旧文学的窠臼。沙依尔和希卡雅特仍然是诗歌和散文的主要形式，而内容则远远脱离于近代的现实生活，仍沉溺在神话世界之中。当封建阶级日趋没落时，他们在创作上更难有所作为，只有少数的文人遇上历史的机遇，接触到先进的西方文化并从中得到启迪，才突破了旧思想的樊篱，开始接受新事物。他们以先进的西方文化作为参照系，用新的目光重新审视本民族的传统文化并批判其封建落后性。而第一个站出来进行西方文化启蒙宣传的是著名的马来作家阿卜杜拉·门希。可惜的是，他只是孤身一人在呐喊，没能形成一股新思潮和新流派，因而没能从根本上改变"高级马来语文学"的落后面貌。

与"高级马来语文学"形成鲜明的对比，"通俗马来语文学"，即所谓"低级马来语文学"却异军突起，在较短的时间内就有了迅猛的发展。它是印度尼西亚近代殖民地社会各族各界层的市民文学，与马来古典文学几乎没有直接的传承关系。"通俗马来语文学"的作家多数为非马来族人，其中最活跃和最有成就的是华裔作家和印欧血统的作家。他们都是土生土长的马来人，以他们生活其中的近代殖民地社会的现实生活作为他们创作的基础和源泉。所以，他们的作品最贴近近代印度尼西亚殖民地社会的现实，也最能反映近代印度尼西亚殖民地社会的时代特征。

在"通俗马来语文学"中，贡献最大的是华裔作家，他们不但人数最多，成就最突出，且从事创作的年代最长久，从19世纪的下半叶至20世纪40年代荷兰殖民政权垮台为止，前后延续将近一个世纪。华裔作家可以说是"通俗马来语文学"的主力军，有人把他们创作的文学称之为"华裔马来语文学"（详见下一章）。其次是土生印欧人作家，他们是欧洲人（主要是荷兰人）与土著妇女生的混血儿，在印度尼西亚土生土长的。土生印欧人在19世纪下半叶已逐渐形成印度尼西亚殖民地社会里的一个特殊阶层，介于殖民统治阶级与被统治阶级之间。他们的父亲是享有殖民特权的白人殖民统治阶级，有较高的文化修养，居于殖民地社会"种族界限"之上，可以作威作福。母亲是受殖民统治的土著人，大多没有受过教育，不少是文盲，居于殖民地社会"种族界线"之下，无权无告，任人欺压。在文化上，他们既受来自父系的西方文化的影响，又受来自母系的本土文化的熏陶，使他们的文化具有东西文化相互交融的特点而别具一格。在一个时期里，他们的社会地位没有确定，他们因有土著血统而被纯白人社会打入另册，可土著社会又把他们看作是属于"种族界限"之上的白人社会而不敢接近他们。他们徘徊在两个截然不同的社会中间，被人称作"上不着天下不着地的人"，既不能随父而享有纯白人的全部特权，又不甘心随母而被人踩在脚下。他们一般掌握两种母语，对父亲讲荷兰语，对母亲讲通俗马来语，这样的社会地位和文化背景造成了他们矛盾和特殊的文化心态。他们在两种文化面前徘徊不定，但作为混血儿他们难于在纯白人的文化阵地上立足，不能很好反映他们这个特殊阶层的心声。于是他们中有一部分人，便开始另辟蹊径，以通俗马来语作为载体去开辟自己的文艺阵地。土生印欧人的通俗马来语文学就这样应运而生了。但他们的文学创作只持续到20世纪的头十年，当他们的社会地位得到改善时，大多数人都回到父系的白人社会文化圈里了。从此，他们所从事的通俗马来语文学创作便没有后继者，进入现代民族觉醒阶段之后更是无声无息了。

无论是华裔作家还是土生印欧人作家的通俗马来语文学，都是印度尼西亚近代殖民地社会的历史产物，他们从一开始就以印度尼西亚近代殖民地社会的现实生活作为创作的源泉，直接取材于当时殖民地社会的真人真事，使长期脱离现实生活的马来文学回到了现实生活当中。就这点来讲，他们的创作远比"高级马来语文学"更能反映印度尼西亚近代殖民地社会的本质特征，更富有时代的生活气息，而在创作方法和写作技巧上也更大胆地吸收了西方文学的优点，为印度尼西亚文学迈向现代开辟了前进的道路。

第三节　阿卜杜拉·门希和《阿卜杜拉传》

　　荷兰和英国殖民主义者在东南亚经过两个世纪的角逐之后，于1824年签订伦敦条约，最终划定两国在马来群岛的势力范围—马来半岛、新加坡、北加里曼丹归英国，整个印度尼西亚归荷兰。但是在现代民族觉醒以前，就马来文学而言，基本上还是统一的，不为两个殖民势力所分隔，今日的印度尼西亚和马来西亚都把它看作是自己近代文学的组成部分。

　　划分殖民势力范围之后，荷兰和英国两个殖民国家便致力于各自势力范围内的所谓"前进行动"，即在其殖民势力范围内开展全面殖民化的行动。19世纪上半叶，英国派莱佛士到马来半岛任各邦总督代办。他积极推行"前进行动"计划，在马来半岛大肆扩张其殖民势力，马六甲和新加坡先后成为英国殖民统治的政治、经济、文化中心，那里不但聚集大批英国的殖民官吏、传教士、商人和人类学家，也招徕了一些马来文人充当各种文职雇员。那些受雇的马来文人与白人朝夕相处，有机会接触和观察白人与他们迥然相异的西方文化和生活方式。在东西方文化的冲撞和对比中，他们感受到近代西方文化的先进性，从而产生对西方文化的崇慕和向往。他们成为最早接受西方文化洗礼的马来文人，而阿卜杜拉·门希是第一个站出来公开为西方文化大唱赞歌的马来作家。

　　阿卜杜拉·门希全名为阿卜杜拉·宾·阿卜杜·卡迪尔·门希（Abdullah bin Abdul Kadir Munsyi），1769年生于马来半岛南部的马六甲，1854年卒于赴麦加朝觐的途中。他的曾祖父是也门阿拉伯人，是位伊斯兰宗教师和语言学家。其祖父也是宗教师和语言学家，后移居马六甲并与当地宗教师的女儿结婚而生下他的父亲阿卜杜·卡迪尔。父亲继承祖业，也当宗教师和语言学家，同时给英国的语言学家马斯顿当助手。阿卜杜拉·门希就出身于这样的世代书香门第，在他身上有阿拉伯和印度血统，不是纯粹的马来人。他的父亲对他管教极严，从小就让他受马来伊斯兰文化的熏陶和严格的语言训练，14岁已通晓马来语、阿拉伯语和泰米尔语。他又是在英国殖民统治下的殖民地城市马六甲长大的，后来在新加坡长期为白人做事，有机会与许多西方人直接接触。这样的家庭背景和生活环境使他日后能靠自己的语言文化知识在英国殖民统治下自由谋生而不必像一般文人那样依附于封建统治者充当御用文人。

　　阿卜杜拉·门希于1819年被英殖民者的急先锋莱佛士雇用为他的马来语文书和私人马来语教师。从此他跟随莱佛士从马六甲到新加坡，与英国的上层殖民官吏、传教士、商人、学者等过从甚密。他给好些英国人讲授马来语，介绍马来的社会文化和风俗人情，同时又向那些英国人学习英语，了解西方的文化与科学知识。他接触的英国人多是文化层次较高的人，莱佛士本人就是一位人类学家。他从这些英国人身上感受到近代西方文化的先进性，看到西方民主、科学和法制精神的一些具体表现，使他对西方文化无比钦佩，赞扬不已。相比之下，他越加感觉到马来封建主的愚昧腐朽以及马来封建文化的落后性，从而对此产生反感和强烈的不满。正因为与马来民族的封建统治阶级没有依附关系，同时又生活在英国殖民统治下的社会并受到英国殖民统治者的器重和保护，他才有可能比较超前和比较清醒地看到马来封建阶级的腐朽性和封建文化的落后性并成为第一个敢公开抨击马来封建统治者和封建旧文化的马来作家。

阿卜杜拉·门希大半生都为英国人效劳，而英国人也一直很器重他，让他参与许多重大的历史事件，使他在时代风云变迁中能亲眼目睹东西方文化的较量和马来封建统治的没落过程。1838年他写的《阿卜杜拉赴吉兰丹航行记》(Kisah Pelayaran Abdullah ke Kelantan)可以说是他的第一部揭露马来封建统治者腐朽本质的作品。这部航行记描述了他从新加坡航行到吉兰丹的沿途见闻，是他第一次离开英国殖民统治下的新加坡前往马来封建主统治下的马来三个州进行实地考察的实录。

1838年他接受信使任务，冒着生命危险前往战火纷飞的吉兰丹州向该州国王递交英国人的信函。他在航行中要经过彭亨州和丁加奴州，也都是马来封建主统治下的土邦。这部航行记主要记载的就是他在这三个马来封建主统治下的州所看到的贫困落后的情景。

在彭亨停留期间，他目睹那里的自然条件虽然很好，但人民的生活却极端贫困和落后的现象。他通过调查得出了这样的结论："依我看，彭亨州所以会变得贫穷，主要原因是州内的人经常担心受拉惹（指土邦王—引者）的迫害。拉惹和那班显贵贪得无厌，因此人们都这样想：我们勤劳有什么用？一旦我们稍微有点积蓄和存粮，就会被那班显贵看上，并被抢走。""因此他们终身都在贫困和懒散中生活。我敢断言：该州的人不能过愉快和安宁的生活，是因为政令不好。所有祸根都出自拉惹及其亲戚所犯的罪行。我想除此之外，没有其他原因。"他把看到的彭亨封建统治者的残暴专制和社会的贫困落后与他生活的新加坡殖民地社会作对比，他说："我一直在独立思考，并作比较，我想起人们在英国统治下安居乐业，每个人过着拉惹式的生活，不必互相害怕，也不能互相欺压，因为所有的法律和刑罚都是为了一个大前提，那就是造福人群。"

在丁加奴州他看到同样的现象，那里的土地也很肥沃，百姓却很贫穷。他说："那种现象的存在，是他们的拉惹暴虐及不善于统治的结果。人们都感到灰心，他们的想法是：我宁可这样穷一辈子，省得麻烦，只要可以度日就够了。假如他们有财产和房子，或者有园丘和大片田地，拉惹就会想尽各种办法向他们要或索取，若是不给，就动手抢；如若反抗，连其子女都会被杀害或受处罚。这就是丁加奴州不会繁荣的原因，外人都不敢进入，商人更不敢问津。"

吉兰丹州的贫困落后情况有过之而无不及，那里为争夺王位正在进行战争，百姓不堪其苦。吉兰丹州的王位继承权是这样决定的：让几个王子之间去互相厮杀争夺，谁能取胜，他就继承王位。王子在百姓眼里"简直就像留下恶虎在民间作恶"。百姓向阿卜杜拉·门希诉苦说："整天都是为拉惹做事，而对我们妻儿的生活概不负责，全部要由我们自己来承担。而且，不论是我们的船，还是庄稼、牲畜，拉惹要的时候，不付代价就被拿走。如果我们家里有财产和漂亮的女儿，一旦被拉惹看上了，就被他拿去或带走。拉惹的欲望是不可阻止的，有人敢阻止或反抗，就会被刺死。"阿卜杜拉·门希告诉他们"在英国人统治下人们的生活是如何自由和愉快"。他们听了之后无不羡慕，对阿卜杜拉·门希说："这就是我们住在马来人的国家里的情况，犹如生活在地狱里一般，所以我们希望搬到洋人统治的地方，以便能过着自由和愉快地生活"。有的人甚至说："我要请求真主，别让我生长在马来人的国度里，同时让我远离拉惹，因为与拉惹接近犹如与毒蛇为伍。只要有一点差错，眼球就会被它啄掉。"

这部航行记显然不是一般游山玩水的记录，作者几乎没有讲到山水风景和名胜古迹，他把目光完全集中在封建主统治下的马来社会问题上。他看到马来封建社会到处都是贫困、落后和愚昧，并找出了其根源就是封建统治者的专制、暴虐和无道。他能第一个指出封建制度的腐朽本质并预言"他们的王国和他们的习俗最后将会灭亡，他们绝对无法长此下去"，这在当时是不同寻常的，也是很超前的。但是他极力美化英国的殖民统治，把英国殖民统治下的地方视为人间天堂，甚至说出这样的话："感谢真主，因为我在英国的旗帜下长大，可以过着安稳的生活，不像那些生长在愚昧和险恶环境里的人，要受尽各种折磨和灾难"，在这点上他却完全站错了立场，他看不到殖民统治的罪恶实质。阿卜杜拉·门希这种矛盾的是非观和反封建主义但不反殖民主义的立场贯穿在他后来的作品里，而且表现得更为明显和突出。

阿卜杜拉·门希的代表作是他的传记性作品《阿卜杜拉传》（Hikayat Abdullah），这部400多页的书是19世纪马来文学中最有分量和最有影响的经典之作。该书序言说，作者是应英国朋友的要求于1840年写的。他的英国朋友是想通过他写的自传去了解马来民族的社情民风。然而，阿卜杜拉写这部传记却有他自己的意图，他想把自己在为英国人效劳的大半生中所感受到的近代西方文化的先进性和本民族封建传统文化的落后性，通过一件件具体事实的鲜明对比写进书里，以此来向马来民族进行西方文化的启蒙教育。所以严格地说，这部作品主要不是写作者的个人传记，有关作者个人的生平写得并不多，全书27章中只有前三章写到作者孩提时代的经历和受到过的旧式教育，特别详细描述了当时他就读的学校所盛行的种种野蛮体罚。其余各章则着重写作者从14岁受雇于莱佛士起至1843年止这段时间他所亲眼目睹的马六甲、新加坡以及马来半岛逐渐沦为英国殖民地的历史变迁。这个时期政治历史舞台上的主角是英国殖民者和马来封建阶级，他们在相互矛盾和相互勾结中的言行举止和种种表现，作者作了颇为详实和生动的描述，让人们从这些人物的所作所为中看到东西方文化在较量中的优胜劣败和马来封建社会的没落及殖民地化的历史过程。

　　作者所接触的英国人主要有三类：英国殖民地驻扎官、基督教传教士、人类学家。通过这三类人，作者实地看到了西方的近代生活方式和民主法制精神。作者用了相当多的笔墨描写英国殖民主义者的头面人物，如法夸尔上校、明多勋爵、莱佛士等。作者生长在马六甲，首先为法夸尔统治马六甲叫好，说什么"马六甲的四大民族都很钦佩法夸尔。当时的马六甲呈现一片太平景象。四面八方都与马六甲进行贸易。所有的穷人都能找到生计，有钱人更加舒服"。明多勋爵是前来视察马六甲殖民地的英国高官，作者把他描绘成处处关怀殖民地百姓的青天大老爷，说他为人非常谦虚，"大家见他那么和蔼可亲，心里都很兴奋，并且为他祝福"。他把监狱里的拘留犯和债奴都放了，犯人们"欢呼着出来，边向勋爵致谢，祝愿真主赐他长寿，让他战胜所有的敌人"。他还下令把黑牢里荷兰时代留下的各种惨无人道的刑具统统烧毁，赢得了人们的赞扬。其实明多勋爵所做的一切都是为英国的殖民统治收买人心，而作者则完全被表面现象所迷惑，跟着为英殖民主义者歌功颂德。至于作者对莱佛士，更是钦佩得五体投地。在作者眼里，莱佛士简直是西方进步文明的化身。作者处处为他评功摆好，书中用专章描述他待人接物的绅士风范和办事治学的科学态度以及其家庭生活的高度文明。作者首先把莱佛士看作是超凡的人，说"他那宽阔的额头，象征着思想丰富，他那圆圆向前突出的额头，代表着多才多艺；他那赤褐色的头发，象征着勇敢；他那宽大的耳朵，象征着见多识广，他那眉毛浓密，左眼有点斜视，鼻梁高直，两颊有点凹陷，嘴唇细薄，象征着能言善辩"等等。对莱佛士的夫人也是赞不绝口，说她和丈夫一样整天忙碌，"工作有条不紊，待人和颜悦色，不论对富人还是对穷人讲话都是那么客气"。作者赞扬他们俩是"真主配好的一对，犹如国王和大臣，戒指和宝石，牛奶和白糖那样般配，他们俩应该成为后来所有人的楷模"。作者在赞扬那些英国绅士的同时，不忘拿马来封建阶级的丑恶表现作为其反面加以对比，孰优孰劣，让人一目了然。

同样，作者在赞扬英国人的法治精神时，也拿马来封建主的野蛮专制做对比。书中有莱佛士与马来素丹的一段对话。莱佛士问马来素丹："如果老百姓向他们的国王如此造反，马来法律将如何处置呢？"素丹回答说："按照马来人的习俗，那个人连同妻子儿女及家族将统统被斩尽杀绝，他的房子连同其地基将被掀掉和拆除，然后扔进海里。"莱佛士说："那样处罚欠公平。谁犯罪谁就该受制裁，为何其妻子儿女也要无辜受罚？"接着他又当面对马来素丹和官员们说："英国法律明文规定：凡是造反的人都要被吊死，既使抓不到活的，死了的也要吊起来。他的妻子儿女则由公司发给抚恤金直到她改嫁或儿女能自立为止。这就是白人的习俗。"作者接着说："他们（指专制的马来封建主—引者）全然不知英国制度的优异。别说是王族，就是国王自己，如做了违法之事也可以被起诉。如果他无故杀人，也得被处死，因为英国法律不允许任何人滥杀无辜，不论是大人物还是小人物，不论是君主还是庶民，法律面前一律平等。"作者通过此类对比，既揭露了封建专制的残暴无道，又宣扬了西方的法治文明，给人以深刻的印象。

此外，阿卜杜拉对西方的科学技术等新鲜事物也持欢迎的态度。例如他十分欣赏西方的近代印刷术并积极学习，使他自己成了较早掌握这门技术的马来人。他还对马来社会的陈规陋习和迷信思想痛下针砭，赞扬西方的精神文明和科学思想。他还十分重视马来语言文化，对马来人不尊重自己的语言文化而把稀有的马来文善本卖给洋人表示强烈的不满，认为是败家子的行为，将给马来文化造成无法弥补的损失。这些可以说是他作品中的可取之处。

书中阿卜杜拉·门希表现的亲英态度和立场是十分明显的，但他对英国殖民主义者所犯下的种种罪行和背信弃义的行为仍无法加以掩盖。作为纪实作品，那些铁的历史事实是他必须面对的，在写的过程中自觉或不自觉都要涉及的。例如在讲到马六甲百姓如何看待初来的英国殖民侵略者时，他不能不如实地加以描述："人们见到英国人如同见到老虎，因为他们既放荡又凶恶。遇有一两艘英国船停泊在马六甲，人们立刻把门窗关闭起来。在各街巷里，一些喝得烂醉的水兵在敲破人家的门窗，追逐在街上行走的女人；有的则自相吵架，打得头破血流，骚扰得很厉害。他们经常追赶行人，在市场上抢劫人家的财物；也有一些喝醉了的水兵掉进河里丧命。人们对这一切都感到非常害怕，当时见不到一个脸色白净的英国人，个个都喝得满脸通红。每当孩子哭闹时，母亲就会喊：'快静下来，喝醉酒的英国人来了！'孩子一听，吓得马上就静下来了。人们无论在什么场合见到英国人，都要远远躲开。只要有英国船只出现在海上，就没有一个妇女敢在街巷里行走，别说良家妇女，就是女佣人也看不到，都怕遭到英国人的调戏和蹂躏。"对阿卜杜拉·门希来说，他作如此翔实地描述并非出于对英国殖民主义者罪行的憎恨和揭露，而是因为当初英国人的所作所为引起的民愤确实太大，他不能视而不见。

阿卜杜拉·门希作为莱佛士的马来语文书亲自参与了不少重大的历史事件，其中他对英国殖民主义者攫取新加坡的过程记述得十分详尽和真实，我们可以从中看到英国殖民主义者是如何老奸巨滑和背信弃义的。莱佛士先用甜言蜜语把封建主东古·隆从寥岛引出来，然后把他扶上新加坡素丹的宝座上当傀儡，每月给他俸禄四百一十六元两角半（后来增加到每月一千元），双方签订的条约上规定："如同南印度人和孟加拉人为英国公司所管辖那样，华人和马来人由双方共同管辖。"同时还规定："新加坡如有收入，无论多少都要分成两份，英国公司拿一份，素丹·胡赛因·沙拿一份。"这实际上意味着马来素丹把一半的主权卖给了英国，而实权却在英国人手里。当新加坡繁荣起来的时候，英国殖民主义者便开始背信弃义，先以公司财政拮据为由故意一再拖欠素丹的每月俸禄，使素丹不得不亲自上门索取。这时英国殖民主义者便逼素丹交出新加坡全部的主权作为代价，签订了如下的丧权条约："此文特此宣告：寡人素丹·胡赛因·沙乃已故柔佛和巴亨的素丹马赫穆特·沙之子，即今之新加坡素丹，郑重承认寡人自愿将新加坡及其统治权全部交给英国公司。而英国公司则向素丹立下许诺，如素丹有意从新加坡迁往他处，公司则除了给素丹奖赏三万三千元，给天猛公两万六千八百元外，还答应每月付给寡人生活费一千三百元，给天猛公七百元。又及，公司只在素丹在世的时候每月支付上述的费用。此协议书于公历1824年8月2日在新加坡签订。"马来素丹以三万多元就出卖了新加坡的全部主权给英国，而当他去向英国公司索款时，岂知已被七扣八扣所剩无几了，这时他才大呼上当。

《阿卜杜拉传》中还记载了一些有关新加坡华人社会的情况。当时的新加坡华人已经是一个举足轻重的社会力量，作者对新加坡华人的反英活动以及他们对鸦片战争的反应作了一些实地调查。新加坡华人社会中最有组织和最有影响力的是"天地会"，它曾把新加坡殖民地搅得天翻地覆鸡犬不宁。作者对华人的"天地会"特感兴趣，有一章专门讲"天地会"秘密结社的情况及其反英活动的"猖獗"，那都是作者亲自冒险深入"天地会"秘密据点进行调查的实录。可惜的是，作者只看到表面现象，把"天地会"看作是为非作歹的黑道非法组织，只着重描述其帮会特点和打家劫舍的活动而看不到其反帝的一面。这与他的亲英态度有关，他往往站在英国人的立场上看问题，对英国不利的则持否定的态度。同样，在鸦片战争的问题上，他也偏向英帝国主义者，相信英国人的诽谤，说"英国人要打中国是因为中国人在其国内对待英国人过于残忍，多次听到英国人惨遭杀害，有的被割去耳朵，有的被挖掉鼻子，还有其他各种暴行；再就是不准英国人在其国内贩卖鸦片。以上两点使英国忍无可忍，于是要向中国开战。"当时新加坡华人对英帝国主义的侵略行径是如何回应，作者书中作了如下描述："消息在新加坡传开时，大家都不相信英国能战胜中国，尤其是华人。他们听说英国要去攻打中国时都发笑：英国人发狂，既使他们派一千艘船去也打不赢的，中国人不必反抗，只需大家坐在那里任由英国人砍杀，十年都杀不完！有些人则说：中国人撒把尿就足以把英国淹没。"当英国打败中国的消息传来时，马六甲和新加坡的华人仍不肯相信，他们说："那都是英国人散布的谣言，英国人岂能进入京城，他们的船那能进得去？就是进去了，也必将成为灰烬。"作者讥讽那些华人是井底蛙，后来消息得到了证实，华人无话可说了，作者便对华人说："现在你们亲自尝到了英国人的滋味吧！"尽管作者作了负面的描写，但我们仍可以感受到，当时新加坡华人是如何同仇敌忾地反对英帝国主义发动的鸦片战争。作者的立场是站错了，但他并不是有意敌视华人，而是由于他过分崇拜英国人以致分不清正义战争与非正义战争的界限，不自觉地为英帝国主义的侵略行径开脱，把英帝国看作是文明的传播者。正是阿卜杜拉·门希的这种过于"崇洋"的表现使他经常遭到人们的非议，使他反封建的积极一面因此而受到损害。但从另一个角度来看，在当时历史条件下，阿卜杜拉·门希的"崇洋"思想似乎也可以看作是对西方近代文明进步的向往和对封建愚昧落后的厌弃，不完全是消极的。但这仍然无法否认作者的立场是有问题的，当时民族觉醒尚未出现，作者显然缺乏民族意识，往往被西方文明进步的一面所惑而看不到西方殖民主义给马来民族到来的深重灾难。这是作者最大的局限性，也是这部作品的主要缺陷。

阿卜杜拉·门希还有一部未完成的作品《阿卜杜拉赴吉达航行记》（Kissah Pelayaran Abdullah ke negeri Jeddah）（1854）以及一部沙依尔诗歌作品《新加坡大火记》（Syair Singapura Dimakan Api）（1838），都属纪实之作。此外，他还整理出版马来经典著作《马来纪年》和翻译出版《卡里莱和笛木乃》，对马来语言文学的发展作出重要的贡献。

阿卜杜拉·门希的创作，特别是《阿卜杜拉传》的问世具有重要的历史意义。

有人甚至说是马来文学的一场"革命",这未免言过其实。但不能否认的是,它确实给马来旧文学以巨大的冲击,打破了马来文学的旧传统,带来了新的思想内容和新的创作手法,主要体现在以下几个方面:

一、长期以来,马来文学以非现实的人物情节和脱离社会现实的虚幻故事为内容,使文学与现实相脱节。阿卜杜拉·门希的作品则以他生活其中的现实社会为创作的基础,采取写实的手法直接反映时代变迁中的现实生活,描写现实社会中各种代表人物的精神风貌和文化心态,把文学拉回到现实中来,跟上历史发展的步伐。

二、过去的马来文学以希卡雅特传奇故事为主要形式,一成不变,固步自封。阿卜杜拉·门希的创作是对旧形式的重大突破。他的航行记和传记一反马来旧文学贯用的非现实人物和非现实情节的夸张手法,开创了以纪实为主的文学新式样,给人以耳目一新之感。因为作者本人是历史的见证人,书中不乏具有历史和认识价值的生动记载,所以除了文学价值外,还有重要的史料价值。

三、马来旧文学作品一般无作者署名,作者的创作主体性在马来旧文学中是看不到的,作者在旧文学作品中只扮演"讲故事者"的角色,丧失了自我。阿卜杜拉·门希的作品则把作者放在创作主体的位置上,强烈表现出作者的自我意识和对周围事物的个人评价。

四、与旧文学不同,阿卜杜拉·门希的作品表现了作者个人的语言风格,尽管尚未脱尽旧文学语言的影响。由于以现实生活为创作基础和采用写实的手法,作者开始注意吸收社会生活中的生动语言,使他的文学语言有别于旧文学的语言而更接近于近代社会的语言。

阿卜杜拉·门希宣告了新文学的时代即将来临,但他自己还不是新文学的开创者,因为在他身上还看不到一丝一毫民族觉醒的迹象。相反,他的过分崇洋,没有揭露西方殖民主义者残暴和丑恶的本质,则可能会产生负面的影响。因此后来人对他的评价一直有争议,褒者说他是"新文学的曙光"、"最伟大的革新者"、"第一个现代作家"等等,贬者则说他是洋奴的典型、死心塌地的"亲英派",讥讽他这位穆斯林为"阿卜杜拉神父",因为他为西方传教士效劳,给基督教传教会当翻译。看来过褒过贬都有失偏颇,我们应该用历史的观点去分析,才能给以恰如其分的评价。应该看到,在他那个时代还没有出现民族觉醒,他对先进的西方文化的赞扬和对落后的马来文化的批判并非出于民族意识的觉醒,而是出于对两种文化的比较所看到的优劣事实。所以,在他的作品中还看不到民族意识的初步觉醒并不足为怪。另外,他的创作在形式上和语言上也还没有完全摆脱旧文学的传统，处于半新半旧的状态。从这两点来讲，他还不能说是新文学的开创者，更不能说是"第一个现代作家"。然而也不应否认，在他的创作中确实可以看到旧文学里所没有的新因素，应该说，他已经冲出旧文学，但尚未进入新文学，是一位过渡性的作家。

　　阿卜杜拉·门希最大的贡献在于他从旧文学向新文学的过渡中迈出了历史性的第一步。然而他似乎过于超前，当众人还在沉睡的时候，他已梦醒而起，欢呼新曙光的到来。因此他只好孤军作战，他的革新呼声成了独行者的空谷足音，没有响应者，也没有后继者。一些较有名气的作家，如廖岛的拉查·阿里仍归旧文学的行列，他于1866年创作的《珍贵礼品》，从内容到形式都没有走出旧文学的老套。阿卜杜拉·门希的儿子穆罕默德·易卜拉欣也想继承父业，写了航游记之类的作品，但在质量上大为逊色，没能引起反响。阿卜杜拉·门希之后，"高级马来语文学"实际上处于停顿状态，再也没有出现过能反映时代新面貌的作家和作品。只有到20世纪出现民族觉醒之后，才出现转机，而那时候的印度尼西亚文学已开始迈入现代文学的阶段了。

第二章　华裔马来语文学

第一节　华人社会文化的形成

中国人移居印度尼西亚已有上千年的历史，在中国的史书上，从唐代起就开始有了记载。唐高僧义净于671年通过海路去印度取经时，曾在苏门答腊的室利佛逝王朝所在地停留六个月"渐学声明"，即在那里学习梵语。从印度取经回来时，他又在室利佛逝长住，从事佛经的翻译和研究。他在室利佛逝先后住了十多年，成了中国和印度尼西亚文化交流的先驱者。当时在义净的倡议下，有不少中国僧人前往室利佛逝学习梵语，研究佛经，还有的定居下来了。义净在其著作中提到，有的"恋居佛逝，不返番禺"，有的甚至"后便归俗，住室利佛逝"。那时有一些中国僧人已掌握古马来语，义净在《大唐西域求法高僧传》里提到了他们中几个人的名字，如运期法师"善昆仑音，颇知梵经"，大津法师"解昆仑语，颇识梵书"，孟固法师"至佛逝国，解昆仑语"等。义净说的"昆仑语"无疑是指室利佛逝王朝时期通行的古马来语。但应当指出，那时定居印度尼西亚的中国人为数尚少，到唐末黄巢起义时，才有较多的华南中国人为避乱而移居印度尼西亚。

宋代以降，中国与印度尼西亚的海上贸易有了很大的发展，两国来往增多，中国商人到印度尼西亚深受欢迎，《宋史》中提到"中国贾人至者，待以宾馆，饮食丰洁"。《诸番志》里也提到"厚遇商贾，无宿泊饮食之费"。到北宋末年，中国商人在印度尼西亚谋生而久居不归的越来越多，他们有的娶了土著妇女生儿育女，从而开始出现"土生唐人"（那时称华人为"唐人"）这一新生代。"土生华人"作为华人移民的后裔生于斯长于斯，几代人下来，大都已不谙华语而以地方语作为母语。他们与土著居民长期杂居，两种不同文化和风俗习惯互相渗透和交融，逐渐产生土生华人社会文化的雏形。

到了明代，在印度尼西亚定居的华人已具规模。他们在当地扎根，与原住民一起建设美好的新家园。郑和下西洋到印度尼西亚时，其助手马欢在《瀛涯胜览》中就有这样的典型记载："于杜板投东行半日许，至新村，番名曰革儿昔。原系沙滩之地，盖因中国之人来此创居，遂名新村。至今村主广东人也，约有千余家。各处番人多到此处买卖。其金子诸般宝石一应番货。民甚殷富。自新村投南船行二十余里到苏鲁马益，番名苏儿把牙。其港口流出淡水，自此大船难进，用小船行二十余里始至其地。亦有村主掌管番人百余家，间亦有中国人。"这段记载说明了当时的华人已经和当地原住民亲密无间并同甘共苦，并且为当地的经济发展作出了重要的贡献。看来这时的华人社会已初具规模，但以现代的观点来讲，那时移居印度尼西亚的中国人，数量终究还是有限的，且比较集中在几个点上。

大规模的中国移民潮出现在西方资本主义为资本原始积累而向东方大肆殖民扩张进行经济掠夺的时期，他们中有不少是被西方殖民侵略者掳去当劳工的。1623年荷兰总督燕·彼德逊·昆在一份备忘录中就明目张胆地说："巴达维亚、摩鹿姑、安汶、班达等地区目前正需要很多工人去开发，世界上没有比中国工人更适合这种工作的。现在季候风正好，我们可以派遣战舰前往中国海岸，俘虏中国男女幼童以归。若与中国战争，须特别注意多捕华人，妇女幼童更好，移住于巴达维亚、安汶、班达等地，决不让其妇女归国，也不能让他们到公司以外的地方去。"西方殖民入侵之后，有相当多的中国人就是这样被掳到印度尼西亚当劳工的。此外，广东福建沿海一带的中国人，也有因天灾人祸或反清复明的活动而移居印度尼西亚谋生的，他们大多为单身男人，定居下来之后有不少娶土著女人为妻，使混血土生华人的人口不断扩大，但他们仍然是华人社会的成员。荷兰殖民者一方面要利用华人的劳动力去进行开发，一方面又怕华人的经济力量日益壮大而会同原住民联合起来反对荷兰的殖民压迫，所以他们采取了既利用又限制和分而治之的政策，对华人实行"居住区条例"、"通行证条例"和"警察裁判权"制度。这些限制条例在客观上使华人比较集中地聚居在一些指定的地区，从而逐步形成保留自己文化特色的华人社区。但应当指出的是，各地的华人社会并非排他性的封闭式社会，它同原住民社会一样，是整个殖民地社会里被统治被压迫族群的社会，后二者之间可以说是同命运共患难的，因此经常联合起来反抗荷兰的殖民压迫，1740年的"红溪事件"就是典型的实例。

19世纪70年代实行"自由主义"的新殖民政策之后，印度尼西亚开始从自然经济向市场经济转型，这需要有更多勤劳勇敢、富有开拓精神的人去全国各地开辟商业网点。在这个历史背景下，向印度尼西亚移民的中国人便以空前的速度递增。据统计，1860年在印度尼西亚的华人不过22万人，到1930年已达123万人，70年之内猛增一百多万人。新来的中国移民被称作"新客"，他们的到来不但壮大了华人社会的力量，也加深了土生华人间的中华文化情结。随着市场经济的发展，华人的经济力量也在增长，使华人有能力发扬重视文化教育的传统。他们想方设法让自己土生的子弟受到中国教育，当时主要有三种途径：第一种是由华人"公馆"倡办的一些"义学"，带有公益事业的性质，招收一些贫困华人的子弟入学；第二种是开办私塾，从中国延聘旧文人讲授四书五经之类的古文，学生多为有钱人子弟；第三种是荷印殖民政府开设的荷兰学校，1860年后允许少数华人官员和富家子弟入学。前两种的中国教育比较陈旧落伍，收效不大，学了几年仍不能掌握粗浅的汉语。所以土生土长的华人子弟有很多还是以地方语或通俗马来语作为自己的母语。他们除了受中国文化的熏陶，与本土文化的关系一直比较密切。后一种的西方教育使部分的土生华人较多地接触西方文化，并深受其影响而更倾向于"西化"，但他们一般仍以通俗马来语作为母语。

在兴办教育的同时，华人对文化的需求也在增长。当时经常有从中国南方来的说书人和地方戏曲，如福建的高甲戏、布袋戏等来各地的华人社区巡回演出中国的传统剧目，如《三战吕布》、《赵云救主》、《武松杀嫂》、《山伯英台》等。这些戏曲演出，使中国的三国、水浒之类的演义小说和梁祝等民间故事在华人社会中不再陌生了。而那些演出也受当地原住民的欢迎。到了近代，当地的华人社会可以说已经成了中国和印度尼西亚文化交流的一个重要纽带。

华人社会中土生华人占有较大的比例，他们在印度尼西亚殖民地具有双重国籍的身份。中国的清朝和后来的民国政府实行的是"血统主义"政策，即父母为中国人的，其海外子女均为中国籍民。而荷兰殖民政府实行的是"出生地主义"政策，即在印度尼西亚出生的华人均为荷兰的海外属民。而深受殖民压迫的印度尼西亚华人绝大部分都以"华侨"自居，认同于中国，尤其是受康梁维新思想和孙中山革命运动的影响，民族意识在增强。从文化上来讲，当时的华人社会还保留着浓厚的中国文化特色，而在土生华人身上则表现出与本土文化及西方文化更多的相互交融，形成独特的土生华人文化。

总的来说，在19时末20世纪初，印度尼西亚的华人社会受中国本土民族觉醒的影响，表现出越来越强烈的对中华文化认同的倾向，从1900年中华会馆的成立和尊孔活动的盛行到孔教的出现，便是其中的具体体现。

第二节　华裔马来语文学的产生及其特色

从19世纪末到20世纪60年代初，在印度尼西亚存在一种独具一格的文学—华裔马来语文学。这种文学长达半个多世纪的存在，过去一直被人们所忽视贬抑，甚至有人不承认它是整个印度尼西亚文学发展史上重要的一环。1981年法国学者克劳婷·苏尔梦发表一部专著《印度尼西亚华裔马来语文学》，以大量的详实资料，无可辩驳地证明了它的存在和贡献，这才引起国内外学者们的广泛重视和充分肯定。

华裔马来语文学是印度尼西亚殖民地社会近现代历史发展的特殊产物，它是属于印度尼西亚整个社会的，反映整个印度尼西亚殖民地社会在一个历史时期里的现实，并对印度尼西亚整个社会文化的历史进程，尤其是对印度尼西亚文学的现代化进程，起了重要的促进作用。华裔马来语文学有其历史的特殊性和复杂性，是由中国文化、本地文化和西方文化相互影响而产生的融合性文学。

华人是在特定的历史条件下参与推动印度尼西亚近现代文学的发展的。在市场经济的形成过程中，华人在商业流通领域里的作用越来越大，他们在印度尼西亚殖民地社会所处的中间地位越来越重要。由于从事商业活动，他们与原住民社会和白人社会都建立了广泛的联系，他们经常与三种不同文化背景的社会来往，特别是与原住民社会的来往更为密切，因为同样都属于被统治和被压迫的民族。在华人社会中，土生华人所受的教育使他们有可能更多更直接接触中国文化、西方文化和本土文化，融中国文化、西方文化和本土文化于一身。他们也得到较好的语言训练，除了通俗马来语，有的还掌握了华语、荷语或英语，这为他们日后从事文学创作提供了前提条件。随着经济条件的改善，受过一定教育的土生华人必然对文化生活会有更多更高的要求。他们对文学的兴趣越来越大，而现有的"高级马来语文学"远远不能满足他们的需求，于是他们便向中国古典文学，后来也向西方文学寻找更多的精神食粮。他们先是用"通俗马来语"大量翻译改写中国的古典和通俗文学作品，后来也包括西方文学作品。经过一段时间之后，他们自己也开始用通俗马来语从事创作，反映印度尼西亚近代殖民地社会的现实生活。华裔马来语文学就是这样应运而生的。

土生华人是从大量翻译改写中国古典和通俗小说开始走上文学道路的。最早被翻译改写过来的中国小说可能是《周文玉之子周德观传》(Boekoe Tjioe Tek Koan anak Tjioe Boen Giok)，于1882年出版，是从《海瑞小红袍全传》的后十章翻译改写而成的。紧接着被称作明季"四大奇书"中的三部《三国演义》、《水浒传》、《西游记》也陆续被译介过来。最早的《三国演义》马来语译改本叫《三国》(Sam Kok)，于1883年至1885年分12册出版，全书共900页。后来又由不同的译者再出不同的译本，至1912年已出六种之多，可见大受欢迎的程度。《水浒传》的第一部译本也于1885年出版，书名叫《宋江》(Song Kang)，1910年出第二种译本，一直到1986年还有人从英译本转译《水浒传》。《西游记》也有多种译本，第一部译本叫《西游》(See Yoe)，于1896年出版，是全译本，分24册，共1924页。从19世纪80年代起。以雅加达为中心，土生华人用通俗马来语翻译改写中国明清小说已蔚然成风，其数量之大，范围之广，令人惊叹。除上面提到的名著外，还有中国的历史演义小说，如《列国志》、《东西汉演义》、《隋唐演义》等，历史人物传记，如《英烈传》、《昭君和番全传》、《薛仁贵征东全传》、《岳飞全传》等，公案小说，如《包公案》等，志怪小说，如《封神演义》《聊斋》等，武侠小说，如《三合明珠宝剑》等以及著名的民间故事如《梁山伯与祝英台》，《白蛇传》，《陈三五娘》等，几乎囊括明清各方面较著名的小说。据法国学者苏尔梦的不完全统计，从19世纪的70年代到20世纪的60年代被翻译改写过来的中国古典通俗小说不下759种。

为什么19世纪80年代会出现中国古典通俗小说热？华裔马来语作家梁友兰在《中华—印度尼西亚文学》一书中作了分析，提出了以下四个方面的原因：

1. 作为华裔他们生活在中华文化氛围中；

2. 当时的雅加达经常有中国戏曲演出，把中国人民的英雄人物搬上舞台；

3. 在雅加达市里若干繁华街道的旁边常有中国的说书人，边击小鼓边讲中国的各种故事，向听众索取少量的报酬；

4. 荷兰殖民政府实行的"居住区制度"限定华人居住在规定的地区内，禁止与其他种族杂居。这个制度对土生华人的文艺取向起了不小作用，因为它无情地把一般华人禁锢在他们自己的文化高墙内而不允许与其他文化接触。

以上的四点应该说都属外因，而且第四点似乎过于绝对，仿佛华人社会是封闭式的，不与其他文化相接触。其实在华人社会里，与其他文化上的相互交流就一直没有停止过。

毫无疑问，产生中国古典通俗小说"热"，必然有其内因和外因。从内因上讲，主要是当时在土生华人社会中已具备必要的条件，即：

1. 已拥有一批有能力用通俗马来语从事文学翻译改写的人才，这是华人重视教育的结果，在土生华人中已造就一批知识分子。

2. 有出版和流通的聚道，当时华裔已拥有自己的新闻出版事业。1860年创办的《马来号角》(Selompret Melajoe)和《泗水之星》(Bintang Soerabaja)可能是最早的华裔马来语报纸，而那时的《马来号角》已开始连载中国古典小说《三国演义》的译文。据1896年的统计，印度尼西亚当时已拥有17种杂志和13种马来语和爪哇语报纸，在全国已初步形成报刊的发行网。与此同时，华人也拥有了自己的出版社和印刷厂以及书刊的发行渠道。当时只有这些华裔办的马来文报和出版社才会给华裔马来语作者提供发表作品的园地和渠道。

3. 有文学产品的广大消费者，也就是读者群。当经济状况得到改善和有了受教育的机会之后，土生华人对文学的需求便不断增长。他们成为通俗马来语文学产品的主要消费者。实际上不止他们，掌握通俗马来语的原住民和其他族的人都可以成为此类作品的热心读者。

只有以上三个条件具备之后，也就是说供求方面都有了之后，才能"热"得起来。

在需求不断增加的情况下，华裔除热衷于翻译改写中国的文学作品，后来也尝试翻译改写西方的文学名著。最早被翻译过来的西方小说可能是法国韦尔纳的《八十天环绕地球》，于1890年在三宝垄出版。接着李金福于1894年也同韦格斯合译了法国大仲马的《基督山伯爵》。其他西方名著如《三剑客》、《双城记》、《悲惨世界》、《鲁滨逊漂流记》等也在19世纪末20世纪初陆续被译介过来。此外，由于不少华人受荷兰教育而掌握了荷兰语，他们也翻译了许多属西方文学的荷兰小说，或者是荷兰作家写的以印度尼西亚殖民地社会为背景的近代小说。所以在印度尼西亚文学史上，华裔不但是中国文学的主要传播者，也是西方文学的最早引进者之一。

华裔从19世纪80年代起的大量文学翻译实践，不仅起到了向印度尼西亚介绍中国文学和西方文学的作用，也造就了华裔的写作人才。他们中间有不少人，就是由从事文学翻译进而从事文学创作的。因为到了一定程度，人们便不再满足于那些"舶来品"文学了，特别是日益壮大的市民阶层更希望能看到反映他们自己社会现实的作品，而作者也希望能通过自己的创作直接表达自己对现实生活的感受和看法。这个时候，报刊有关社会问题和重大事件的大量报道也为他们的创作提供了丰富的素材。而许多华裔作者本来就出身于新闻界，往往当记者或编辑在先，从事文学创作在后。他们的作品也往往先在报刊上连载，然后才印成书发行。所以早期的华裔马来语文学作品大都带有纪事文学的特点，以真人真事为创作素材，这也不足为怪了。

第三节 早期的华裔马来语诗歌

华裔作家用通俗马来语从事文学创作可能是从诗歌开始的。不少土生华人早就是写马来诗歌板顿和沙依尔的行家里手。后来他们常用这类诗歌形式叙述见闻或抒发胸臆，反映他们所看到的社会现实、表达他们的感受。他们的诗作大都直接取材于当时殖民地社会所发生的重大事件，以真人真事为基础，而不是脱离现实和子虚乌有的宫廷神话故事。就这点来讲，他们的创作就已是对马来古典诗歌在内容上的重大突破，开其先河的作品是长叙事诗《暹罗王驾临巴打威》。

《暹罗王驾临巴打威》(Sair kadatangan Sri Maharaja Siam di Betawi) 发表于

1870年，作者佚名。暹罗王是应荷兰殖民政府的邀请第一次正式访问印度尼西亚的，诗中以纪实的方式详细报道了暹罗王在巴打威六天访问活动的情况。第一天是国王的驾到，诗中具体地描述国王如何受到盛大的欢迎，鸣礼炮，全城升旗，官民相迎，万人空巷。第二天是国王参观军营、学校、医院等，晚上举行盛大的宴会和演出，华人也像元宵节一样张灯结彩，舞龙舞狮。第三天上午在甘米埔广场举行盛大的阅兵式和举行从未有过的军事演习，下午参观孤儿院，晚上在球馆举行盛大宴会，成千上万的民众在外围观。第四天参观工厂、议会、华人医院等，所有让国王看到的地方都完美无瑕。第五天参观动物园，看到各种动物得到很好的保养，国王心情十分激动，过后还参观洋教堂，下午五点起在广场上有原住民各种的戏曲舞蹈演出，晚上大放烟花爆竹，可谓热闹非凡。第六天举行隆重的告别仪式，国王离开巴打威前往三宝垄继续访问。另外还加两首叙事诗作为补充，一首专门介绍暹罗国王，一首专门介绍暹罗神圣的白象。这是第一次用沙依尔诗歌形式对一个重大历史事件进行跟综报道。从这首长诗中，可以看到当时巴打威（雅加达）殖民地城市各族人在现实生活中的不同地位和不同风貌。尽管作者只是把他看到的景象作了客观的报道，不加任何个人评价，但荷兰殖民政府如此隆重地接待暹罗王决不是出于好客，必然有其政治目的。当时暹罗（泰国）是荷兰、英国、法国在东南亚争夺殖民势力范围的缓冲国，荷兰殖民政府邀请暹罗王访问巴打威是想向他显示荷兰殖民统治的实力和"业绩"，以博取暹罗王对荷兰殖民统治者的好感。荷兰殖民政府安排的各种参观节目都是为了让暹罗王对荷兰的殖民统治留下深刻的印象，这从诗歌的描述中多少可以感觉到。例如安排暹罗王参观动物园，目的不在于看看各种动物而已，而是要让暹罗国王看到荷兰人的治理有方，诗中写道：

> 第五天的大清晨
>
> 暹罗王已经起程
>
> 前往参观动物园
>
> 许多珍兽供观赏
>
> 动物园在芝敬尼
>
> 暹罗王到了此地
>
> 放眼看井然有序
>
> 对公司[①]赞不绝口

---

① 指荷兰东印度公司。

华裔写的此类纪实性叙事诗，有的还真实地反映了当时殖民地社会在走向市场经济的过程中基本建设蓬勃发展的情况，展示了各族不同阶层在其中的经历以及他们的悲欢心情。陈登举（Tan Teng Kei）于1890年发表的长叙事诗《铁路歌》（Syair Jalanan Kreta Api），就记录了当时新修铁路的全过程。这首长叙事诗对整个修路工程的始末，从勘察路段、拆迁民房、招募劳工，开路架桥等作了详细的描述，其中可以看到各族人在工程建设中的地位和作用。担任工程师、管理员、监工等高级职务的都是荷兰人。当承包商和建设材料供应商的大多是华人。而从四面八方招募的筑路劳工多数为贫困的原住民，他们不但流汗而且还流血。作者在诗中有一大段专门描写他看到的工伤事故，有的劳工断了手，有的断了腿，相当悲惨。

荷兰殖民政府不惜工本修建铁路完全是为了发展殖民地的市场经济，有利于外国资本家和庄园主，而不少原住民却可能因此而断了生计，诗中有这样一段描述：

> 芝卡朗建火车站
>
> 那里买票通四方
>
> 地主老财乐开心
>
> 只因运米太便当
>
> 马车夫心情两样
>
> 雇主们不再造访
>
> 割草人更加发慌
>
> 从此马儿少人养

工程竣工和通车后，地主和财主们得利，而当地不少百姓可能因此而失业，真可谓几家欢乐几家愁。用诗歌来反映印度尼西亚近代殖民地社会的发展建设，这可能是第一首。

陈登举于1891年和1898年先后还发表了长叙事诗《俄罗斯王太子访问巴打威记实》（Syair dari hal datangnja Poetra Makoeta Keradjaan Roes di Betawi）和《花之歌》（Syair Kembang）。从诗歌的语言风格来看，他很可能也是第一部纪实叙事诗《暹罗王驾临巴打威》的作者。

以社会重大新闻和真人真事为内容已成为华裔诗歌创作的特点，其中不少诗作具有认识价值和史料价值。例如爪哇梭罗王于1903年访问三宝垄时，就有一首长诗《梭罗王苏苏胡南陛下出访三宝垄》（Boekoe Sjair Jang Maha Mulia Sri Padoeka Kandjeng Toewan Soesoehoenan di Solo datang ka Semarang），详细记述其盛况。T·B·H·于1907年发表的《庆祝中国舰队和杨思慈太监访问爪哇岛记》

（Peringetan akan Kadatengannja Eskader Tiongkok dan Taij Qjin Jang Sze Tze Ka Poelo Djawa）可以说是有关中国舰队第一次访问爪哇的重要历史纪录。而谢吉祥于1905年写的《中华会馆举办慈善夜市纪实》（Boekoe_Sair Tiong Hwa Hwe Kwan Koetika boekanja Pasar Derma）则记录了雅加达第一个华人社团的活动情况，对了解当时的华人社团很有参考价值。

除了纪实叙事诗，华裔创作的抒情诗也深受欢迎。其中著名的有陈吉川的抒情诗集《飞鸟诗与梦幻诗》（Saier Boeroeng dan Saier Mengimpie）。前部分飞鸟诗是以两只不同类型的鹦鹉为主角的讽喻诗，但与马来古典文学中的《聪明的鹦鹉传》无关，作者说"本诗乃新作，并非仿制品"。后部分的梦幻诗是爱情诗，以哥妹相称呼，互诉衷肠，情词深挚，很受年轻人的喜爱。该诗集于1882年第一次出版，至1923年已再版四次。

把马来传奇故事和中国演义小说改写成故事诗也一度相当时兴。第一个把马来传奇故事改写成故事诗的可能是李金福，他的故事诗《希蒂·阿克巴丽》（Sair Tjerita Siti Akbari）是从马来传奇故事《阿卜杜尔·慕禄克传》（Hikayat Abdul Muluk）改写过来的，含1954节四行诗，长达200页，于1884年首次出版，至1922年已再版三次。后来它还被搬上舞台和银幕，可见这第一部华裔马来故事诗一问世便赢得众多读者，被人誉为"土生华人文学中的一颗璀璨的明珠，在土生华人文学的整个宝库中没有一个能超过这块瑰宝的"。第一部从中国演义小说改写过来的故事诗可能是《王昭君和番》（Shair Ong Tjiauw Koen Ho Hian，1888），接踵而来的是《五虎平西》（Boekoe Sjiair Ngouw Tjiang，1890）、《薛仁贵传》，（Boekoe Sjair Tjerita Sih Djin Koei，1891）等。而当华裔马来语小说一问世，也很快被人改写成故事诗。例如吴炳亮于1903年发表的第一部小说《罗宏贵》，当年就有人把它改写成故事诗。同样，1906年出版的小说《黄淡巴》也被人改写成长达129页的故事诗。

20世纪以前，华裔创作的诗歌作品一般以抒情叙事为主，虽然与现实生活比较贴近，也反映了社会的某些矛盾，但总的来说，还很少涉及政治，还看不到有民族觉醒的迹象。进入20世纪之后，特别是1900年中华会馆成立之后，民族意识和民族主义思潮开始在华人社会中迅速滋长起来。但应该指出的是，由于双重国籍现象的存在，当时大多数华人都以华侨自居，他们的民族意识和民族主义思想主要受孙中山先生民族民主思想的影响而倾向于中国。尽管如此，它与印度尼西亚后来的民族运动却有着共同的时代特征，那就是反帝反殖反封建和争取民族的独立和解放。从那以后，华裔的诗歌创作开始表现出一定的政治倾向性。而在反封建方面，首先表现在对待"辫子"的态度上。在当时，"辫子"的去留也是"保守派"和"革新派"的一个政治分野。"革新派"大都是年青人，他们极力主张剪掉辫子，跟上时代的潮流。他们在当时的马来语报刊上发表了不少诗作，如黄强盛的《从辫子的困厄中解脱出来》(Sjair Bebas dari Kesoekeran Thauwtjang, 1902)，陈京侨的《关于辫子问题的答复》(Sair Djawaban tentang hal Thautjang, 1902)，谢吉祥的《年青人剪掉辫子的好处》(Boekoe Sair Kabaikannja Orang jang hendak melepas thautjang dari fihak Kaoem muda, 1905)等，都以鲜明的态度批判了保守派的落后思想，号召青年人剪掉辫子，接受新思想。

另一种进步的表现是，华裔妇女也敢打破深闺清规，积极参与诗歌的创作，公开发表自己的诗作，这点尤其难能可贵。1887年陈清娘发表长诗《三少女受丹冷侨生拐骗记》(Sair Tiga Sobat Nona Boedjang dieret oleh Baba Peranakan Tangerang)，提醒妇女们切勿上贪财男人的当，要洁身自好。这部作品发表后大受欢迎，再版过六次。1906年K·P·Nio发表的《为华裔妇女的进步而歌唱》(Boekoe Sair boewat Kemadjoean bangsa Tionghoa fihak Prampoean)则显示了民族意识和涉及了妇女解放问题，更有进步意义。

以上是华裔马来语诗歌早期创作的简单情况。据不完全的统计，从1886年至1910年发表出版的华裔马来语诗歌已超过40部，作者约27人，可以说已初具规模。尽管作品的艺术性还不算高，缺乏精雕细琢，语言也不大规范，但能直接反映印度尼西亚近代殖民地社会的生活现实，具有浓厚的时代气息，就这点来说，华裔马来语诗歌已经走在前头了。

第四节　早期的华裔马来语小说

与诗歌相比较，华裔马来语文学的小说创作成就更为突出，影响也更加深远。前已述及，华裔的小说创作是与马来报刊的出现分不开的，华裔作家很多是记者出身的，他们大都以报纸所披露的社会重大事件和真人真事作为他们的创作素材，所以他们的作品大都重写实。华裔马来语小说创作始于19世纪末20世纪初，最早涌现出来的作家中，影响和成就最大的有李金福、吴炳亮、张振文等。

李金福(Lie Kim Hok)可能是第一位华裔马来语作家，1853年生于展玉，1912年卒于雅加达。12岁以前他在家里受中国传统文化的教育，后入荷兰教会学校，两年后迁往茂物，入官办的土著学校，还向一位荷兰牧师学习马来语。所以他是在中国文化、西方文化和土著文化的熏陶下长大的，马来语造诣较高，还懂荷兰语。他一生从事文化事业，是位诗人、作家、记者和出版商，同时也是1900年创建中华会馆的发起人之一，热心于弘扬孔子学说。他于1884年出版的《巴打威马来语》（Melaju Betawi）是华裔写的第一部有关通俗马来语的专著，为华裔马来语文学的发展奠定了语言基础，故此他被誉为"华裔马来语之父"。

李金福是位多产的作家，已发表的作品多达25部。他从1884年开始从事创作，前面提到的故事诗《希蒂·阿克巴丽》是他的第一部也是最重要的作品。同年出版的《儿童之友》（Sobat Anak-anak）是短篇小说集，供学习马来语用的儿童读物。他在文学上的最大贡献是，比较早地通过翻译改写或再创作的途径大量介绍中国和西方的文学作品。20世纪以前，他译改的作品主要是中国小说，如《二度梅》（Dji Touw Bwe, 1885）、《梁天来》（Nio Thian Lay, 1886—1887）、《绿牡丹》（Lek Bouw Tan, 1886）,《七粒星》（Tjhit Liap Seng, 1886—1887）等，还有是宣传孔子思想的作品，如《百孝图》（Pek Hauw Thouw, 1886）和一版再版的《孔夫子传》（Hikayat Khong Hu Tjoe, 1897）等。20世纪以后，他译改的作品主要是西方小说，有的是他和土生印欧人作家韦格斯合译的，如法国名著《基督山伯爵》（1894—99），有的是他自己译改的法国小说，如《佛兰贝克甲必丹》（Hikayat Kapitein Flamberge, 1908）等，有的是从荷兰小说改写的，如《被出卖的女人》（Prempoean jang terdjoeal, 1927）等。李金福从事翻译改写中西小说，不但促进了各种文学的交流，把许多有名的中西方小说介绍到印度尼西亚来，也把外国近代小说的写作技巧引进来了，对华裔马来语小说创作的兴起起了重要的驱动作用。

张振文（Thio Tjin Boen）是近代华裔马来语文学的先锋，1885年生于北加浪岸，1940年卒于万隆。他受的是马来语教育，也受过荷兰语的初级教育。他是记者出身的作家，曾在几家马来语报纸当编辑。他的小说更着重于反映印度尼西亚近代殖民地在走向市场经济的进程中，华人社会与原住民社会的密切关系以及两个民族的自然融合。

他于1903年发表第一部小说《黄习的故事》（Tjerita Oey Se）是根据发生在中爪哇的真人真事的故事写的，描写一个华裔暴发户罪恶的发家史。黄习本是一个做咖啡买卖的贫穷小贩，经常到穷乡僻壤做生意。有一次，他经过一偏僻的山村，无意中发现一土著小孩正在玩的风筝竟是用新出的纸币糊的。那些纸币是哪里来的呢？原来孩子的父亲有一天遇到过路的荷兰人，见他带两个沉甸甸的箱子，以为里面一定是宝货，便起了歹念，把荷兰人杀了，抢走那两个箱子。当拿回家打开一看，里面尽是纸片，心里非常懊丧，本想烧掉，又觉可惜，似乎尚可"废物利用"，便拿来糊破墙，还给孩子糊风筝玩。当时仍处在自然经济中的偏僻地区土著人还不知道纸币为何物，那些纸片正是一张张面值十盾的钞票。黄习立刻让孩子带他去见其父亲，然后以一分钱一张买下所有的纸币，连糊在墙上的也被摘了下来。用十四盾的钱币买下了五百万盾的纸币，黄习一夜之间变成了爆发户，他欣喜若狂。但他很狡猾，知道那一大笔钱来路不正，为了避免暴露，便先拿出一小部分用来开小店铺，然后慢慢加以扩大，使人以为他是做生意发家的。不久黄习便成了地方首富，遐迩闻名。一个与他做生意的外地荷兰大富商因为怕旅馆不安全，把锁着的两箱金币寄存在他家里。黄习见财起心，暗中叫人配钥匙把那两个箱子打开，把里面的金币换成了银币。荷兰大富商因此而破产，最后自杀身亡。黄习更加富有，但心里有鬼，反而日夜不得安宁。后来，恶有恶报，他的爱女金娘受土著县长诱骗，卷巨款私奔，改宗伊斯兰教与土著县长结婚，从此脱离父女关系。黄习一气之下在后花园修一坟冢，墓碑上写上"爱女金娘之墓"，权把女儿当作已经死亡，然后举家迁往雅加达。有一天，已当土著县长太太的金娘去看故居，在后花园里发现她的墓碑，精神受到极大打击，从此一病不起，不久便离开人世。作者认为这就是对黄习的报应。

这部小说在揭露黄习为富不仁的同时，也展示了他精明能干的一面。黄习得到一大笔横财之后并没有拿去花天酒地乱挥霍，而是拿它作为本钱去开展商业活动，使他成为地方的第一大商家，把生意做到新加坡，甚至于欧洲。他成为首富之后，荷兰殖民官吏和土著官吏纷纷与他结交，官商沆瀣一气，从中捞到许多好处。这多少反映了当时在市场经济的金钱支配下殖民地社会各族上层人物之间的人缘关系。作者还把善恶有报的思想贯穿于小说之中，黄习在做伤天害理的事情时，内心是恐惧的，怕遭到报应。当听到被他害的荷兰富商自杀的消息时，他不禁心惊肉跳，感到自己罪孽深重。那荷兰富商在给他朋友的遗书中诅咒黄习将受到上帝公正的惩罚。他爱女金娘对他的背叛就是他作恶多端的现世报。在小说结尾的后面，作者写下这样一句话："读者若喜欢这部小说，希望尽可能地领悟其内涵，那就是谁喜欢做坏事，最后必将得到报应。"

1906年出版的小说《黄淡巴》(Tambahsia)被认为是《黄习的故事》的续集，但其作者是谁，与张振文有无关系，都不得而知。这部二百来页的长篇小说主要叙述黄习（在这部小说里改称黄泰罗）的儿子黄淡巴在继承巨大财富之后如何荒淫无耻，胡作非为，以至于最后身败名裂。这可能也是对黄习的一种报应。黄淡巴是典型的恶少和败家子，生活糜烂，挥金如土，为了显示其财富，把钞票当手纸，用后扔掉让人争抢取乐。他雇用一批狗腿子抢美女霸人妻，无法无天。他用五千盾买下一"新客"的妻子，当那"新客"反悔时便让狗腿子将其杀掉，然后又把狗腿子杀了嫁祸于仇人。他还绑架一怀孕少妇，使她死于流产。他到处树敌，作恶多端，最后恶贯满盈，他的几宗谋杀案终于败露。他被绳之以法而死于绞刑。这部小说的人物情节都写得相当生动，尤其在生活细节方面描写得细致入微，展示了19世纪下半叶雅加达的社会风情。印度尼西亚文学评论家耶谷·苏玛尔卓给这部小说以很高的评价，他说："不可否认，这部小说对读者来说，具有令人着魔的力量。那是因为其无与伦比的写作技巧，加上其充实的内容具有社会学文献资料的性质。而所用的语言，又是当时人们平时自己习惯用的语言，即通俗马来语。"小说一问世便大受欢迎，后来还常被伊斯丹布剧团搬上舞台演出，1922年还被人改写成长篇叙事诗。

　　张振文于1917年出版的小说《苏米拉姨娘的故事》(Tjerita Nyai Soemirah)，在思想内容和写作技巧上又更上一层楼，已达到现代小说的水平。这是第一部以华裔与原住民之间异族恋爱和通婚为主题的长篇小说，分上下两部。上部又称《人的命运》，下部又称《复仇的失败》，整个故事情节围绕着土著女人苏米拉和土生华人陈美良的恋爱婚姻问题而展开。他们俩的纯真爱情和执著的追求终于越过了不同种族的风俗习惯和宗教文化的障碍以及世俗偏见而得到了完满的结局。苏米拉是一位美丽善良的爪哇贵族少女，在一次宴会上与英俊有为的华裔青年陈美良不期而遇，两人一见钟情。苏米拉的表兄阿尔迪是个恶棍，因谋财害命而成为在逃犯，也在死命追求苏米拉。他雇人绑架苏米拉，幸亏陈美良前来搭救而得以脱险。苏米拉母女非常感激陈美良的救命之恩，请他来家作客。经过一段时间的接触，埋在两人心里的爱情种子很快就开花结果了。两人立下山盟海誓，结下生死恋。苏米拉的母亲发现两人相恋，认为一个土著贵族的女儿嫁给华人是土著贵族社会所不容的，逼女儿与陈美良断绝关系。但苏米拉只看中爱情专一和富有正义感的陈美良，坚决顶住母亲的压力，非陈美良不嫁。母亲没有办法，只好转而去求陈美良，甚至跪下求陈美良放过她的女儿。陈美良不忍心看老人家的苦苦哀求，便答应了下来。陈美良暗中给苏米拉写诀别信，声明他永远忠于她，今生今世不会结婚了。苏米拉感到绝望，正准备上吊自尽时，突然传来陈美良被送往医院抢救的消息。她以为陈美良也自杀身亡，便不顾一切奔向医院去见她心上人最后一面。到医院后，她才知道陈美良是因为她而被阿尔迪所暗害，经抢救后已脱离危险。陈美良不愿报警，因怕会败坏苏米拉的名声。苏米拉的母亲很赞赏陈美良的为人，看到女儿对陈美良的真情流露，同时知道女儿差一点要为陈美良殉情，便不再阻拦他们俩的结合了。苏米拉再也不能容忍其表兄阿尔迪的罪恶行为，向官府告发这个改名换姓的在逃犯。阿尔迪被判刑流放20年，他发誓20年后会回来报仇。小说的上半部到此结束。下半部讲的是20年后的事。陈美良和苏米拉结婚后在万隆过着幸福美满的日子，生有一男一女。20年后阿尔迪刑满释放，来到万隆伺机复仇。他利用他的已成孤儿的外甥女罗卡雅，让她去投靠姨妈苏米拉家探听虚实，以便下手。苏米拉把她当作自己的女儿看待，多方照顾，还让她跟荷兰家庭教师接受教育。罗卡雅发现苏米拉姨妈一家都是心地善良的好人，与阿尔迪说的完全两样。不久，苏米拉的儿子喜佳与罗卡雅坠入爱河，苏米拉发现后坚决反对两人的结合，因为她不想让儿子遭到同其父亲同样的命运，由于娶了土著女人而遭到谴责。阿尔迪的复仇阴谋和苏米拉的反对使罗卡雅陷入极度的苦闷和矛盾之中。有一天，当全家坐车出游时，阿尔迪偷偷交给罗卡雅一包毒药，要她趁机毒死陈美良和苏米拉。罗卡雅无法摆脱他舅舅的可怕阴影，痛苦不堪。坐在旁边开车的喜佳见她满脸泪痕便极力劝慰，这使他注意力分散，以至来不及急转弯，把车开进悬崖里去了。喜家伤势最重，被送往医院抢救。罗卡雅受轻伤，她以为喜佳已经死了，便吃下那包毒药，倒在喜佳身旁，以死相报。陈美良赶紧叫医生抢救，医生发现罗卡雅吃的不是毒药而是安眠药。原来阿尔迪是向一位中医用高价买那包毒药的，那中医看出来他为人不善，便以安眠药冒充毒药卖给他。罗卡雅没有死，喜佳也被救活了。苏米拉被他们俩的真情所感动，不再反对他们的结合。阿尔迪的复仇计划彻底失败，最后他被一个疯子所刺死。

《苏米拉姨娘的故事》的中心人物是土著女人苏米拉。在当时嫁给外族人（主要是华人和欧洲人）的土著女人统称"姨娘"（Nyai）。一般来说，"姨娘"的出身很贫寒，是被迫给外族人当"侍妾"或"姘妇"的，就是作为人妻也没有正式的法律地位，任人欺压。"姨娘"在当时殖民地社会里是属被侮辱和被损害的人，是民族矛盾和社会矛盾的一个焦点，经常成为通俗马来语小说的中心人物。但这部小说的女主人公苏拉米并非一般意义的"姨娘"，她是贵族出身，嫁给华裔是她自主的婚姻选择，是她追求个人爱情的结果。就这点来讲，她与一般"姨娘"不同，她不听从别人的摆布，不逆来顺受，敢于同命运抗争，去追求自己的爱情和幸福。在她身上已表现出一种带有反封建意味的叛逆精神。在那个时代，论苏米拉的条件，她完全可以嫁给爪哇的贵族大官，过荣华富贵的日子。但是她决不会接受没有爱情和没有人格的婚姻，她对母亲说："我不希罕像我父亲那样的县太爷和王公，如果我的心不喜欢的话。倘若我的心不喜欢，就是被人顶礼膜拜又有什么意义？为了掩饰流血的心而戴上贵夫人的桂冠又有什么意义？"接着她又说："倘若我必须嫁人，我只能按照我的心愿。我不愿被当作没有灵魂和头脑的商品被人拿去作交易。"陈美良也正是看中苏米拉对爱情的忠贞不渝而全心全意地爱上了她。他们俩对爱情的执著追求，克服了种族肤色、风俗习惯、宗教文化的差异和障碍而终于结成了美满的夫妻。通过两代人的经历，作者企图表达对两族通婚的看法，他认为最根本的一条是，婚姻必须建立在两厢情愿的纯真爱情的基础之上，他说："哪里有爱情，哪里才有幸福"。这种不顾种族和门户偏见的自由恋爱观，在当时确实难能可贵，比起其他作家，张振文已经走在前头了。

张振文作为新闻工作者一直关注华人的社会问题，他写的小说往往带有社会问题小说的性质。1917年发表的长篇小说《金姑娘，一个女人的忏悔》(Nona Kim, seorang Prampoean jang bertobat)，讲的是万隆一个堕落成妓女的华裔姑娘的最后忏悔。这部小说据说是借鉴法国小仲马的名著《茶花女》写的，金姑娘扮演的就是茶花女的角色。1920年发表的长篇小说《两分钱发家》(Dengan Duwa Cent Djadi Kaja)更有教育意义，主要讲华人社会中存在的坏的和好的两种截然相反的风气。小说主人公李有福以自白的方式讲述自己大起大落的命运。他是一个有钱人家的独生子，从小娇生惯养，过着养尊处优的生活。父母去世后，他经不起诱惑而堕落，吃喝嫖赌，大肆挥霍，后来被账房和他养的姨娘卷走了他所有的财富而彻底破产，最后他身上只剩下两分钱。他本想自杀了此一生，后又想起父辈都是靠勤劳而白手起家的，他为何不能效法他们呢？于是他决心以剩下的两分钱为本钱从头做起，发扬华人刻苦耐劳的精神以及经商的本领和智慧，由小而大逐步地发展起来，终于重振了家业。通过李有福的大起大落，作者想告诫年轻华人不要被坏的社会风气所惑而当败家子，而在摔倒之后，只要能发扬华人好的传统，就可以重振旗鼓，东山再起。小说还对华人社会中的各种陋习和迷信行为，对"新客"和"侨生"中的一些偏见有所批判。

近代华裔马来语文学的另一位先锋是吴炳亮(Gouw Peng Liang)。他1869年生于雅加达，1928年卒于同一地方。他小时在私立荷兰学校受教育，未念过中国书。他所受的教育使他对西方文学和印度尼西亚殖民地的白人社会较为熟悉。1900年他开始投身马来语报界，在《巴打威之星报》当记者，1909年任《商报》主笔。据说他起初思想保守，曾支持满清政府，后来转变立场，支持孙中山的革命运动，在中华会馆的创建中发挥重要作用。在从事新闻工作的同时，他也从事翻译改写西方文学作品，主要是翻译改写在荷兰报刊发表的和在荷兰书籍中看到的西方小说，尤其是荷兰作家写的以印度尼西亚近代殖民地社会为题材的小说。他的文笔十分流畅，极受推崇，著名的华裔马来语作家郭德怀给他以这样的评语："吴炳亮先生在这方面是最了不起的记者。他翻译的东西，全从荷兰报刊和书籍中来的，非常受读者的喜爱。他在《巴打威之星报》登载的许多作品，人们一旦读了就会爱不释手，因为不但译得十分精确，且文字非常洗练明快，非他人所能企及。"郭德怀还说："他首创的拼写法现已普及几乎整个印度尼西亚，我们相信必将战胜和彻底推翻受政府庇护的廖岛马来语或奥黑森马来语。"

吴炳亮于1903年发表的《罗宏贵》（Lo Fen Koei）是很有代表性的最早华裔马来语近代小说之一。作者是根据发生在爪哇岛波那湾州的真人真事写的，描写一华裔地主兼鸦片承包商罗宏贵罪恶的一生和最后的可耻下场。罗宏贵是个心狠手辣的好色之徒，利用自己的财势任意霸占女人。他看上了菜农的女儿陈姗娘，逼婚不成便用栽赃鸦片的手法陷害菜农入狱。他用同样的手法陷害一裁缝，把他的妻子霸占过来。一位富有正义感的青年苏义堂对罗宏贵的作为产生怀疑，暗中进行调查，发现了罗宏贵所使用的伎俩。罗宏贵感到受威胁，便设计陷害苏义堂，买通男佣沙米里将毒耗子药偷偷放进苏义堂为妻子煎熬的草药里。妻子喝了之后当场毙命，苏义堂则以谋财害命之罪名被捕入狱。苏义堂有个忠实的职员叫黄国民，与土著少女拉米拉相爱。毒死苏义堂妻子的男佣沙米里也在死命追求拉米拉，经常到她家里纠缠。有一次，沙米里又去拉米拉家，走时把烟袋落在那里，被黄国民拣到，发现里面有一封罗宏贵给其帮凶写的一封信，要他赶紧把剩余的毒药从沙米里那里取走。黄国民在拉米拉的帮助下，找到了那瓶剩余的毒药。他带着有力的证据立刻向华人的长官甲必丹举报，以便救出他的东家苏义堂。有了确凿证据之后，警察立刻前来逮捕罗宏贵。恶贯满盈的罗宏贵知道事情全败露了，便吞枪自尽。被他陷害入狱的苏义堂等人都被释放出来了。最后，苏义堂和菜农的女儿陈姗娘喜结良缘并当了甲必丹。黄国民也被提升为襄理，与土著少女拉米拉结为恩爱夫妻。这部小说是根据当时报上刊登的社会重大新闻写的，但作者的意图不是写一部报告文学，仅叙述事情发生的始末而已，而是想通过这个轰动一时的谋杀案来表现善恶之间的斗争，最后善有善报，恶有恶报。小说的结尾有这样一段话："请读者牢记，谁为无辜者挖陷阱，最终他自己会掉进去，就像这部小说所讲的那样。"这部小说还通过黄国民与土著少女拉米拉的纯洁和真挚的爱情反映了当时华裔与原住民之间的感情交流已经超越了种族障碍。

吴炳亮于1911年发表的长篇小说《克拉拉·韦尔德瑙小姐的故事》（Boekoe tjerita Nona Clara Wildenau），从创作技巧上看，可以说已达到现代小说的水平。这部长达282页的小说是从荷兰的殖民地小说翻译改写而成的，描写西爪哇勃良安州一家荷兰人的庄园里所发生的真实故事。原作者不详，经吴炳亮改写后的小说看不出有翻译的痕迹。小说的主人公是一位贵族出身的、美丽而又善良的德裔姑娘克拉拉。她因家道中落从德国流落到爪哇岛，在一富有的荷兰庄园主那里当家庭教师。尽管已沦落他乡，克拉拉美丽端庄的容貌，高雅脱俗的举止，以及多才多艺的天赋仍令人倾心。荷兰庄园主对她十分照顾，这不免引起印欧混血的太太强烈的不满和嫉恨。庄园主太太对她进行百般的刁难和诬陷，想方设法把她撵走。小说通过狠毒的庄园主太太对克拉拉的再三迫害和善良的克拉拉的一再忍让，展示了善与恶和美与丑的搏斗。小说在人物形象的刻画和对人物内心世界的描写是相当成功的，特别是把女主人公克拉拉的形象刻画得栩栩如生。对华裔马来语小说来讲，这部小说的重要意义在于其创作方法和写作技巧已相当成熟，不亚于印度尼西亚早期比较优秀的现代作品。

吴炳亮创作的作品从内容到形式都比较西化，他的许多作品是从西方小说改写而成的。此外，他当记者的职业又使他偏重于现实的社会题材，不但涉及华人和土著人社会，还涉及白人社会。特别是涉及白人社会的题材恐怕只见于他的作品。如《戴安娜姑娘的故事》(Tjerita Nona Diana) 就是讲巴打威白人社会中发生的真实故事。

20世纪头十年的华裔马来语小说，有好些是以土著"姨娘"为中心人物的，如黄水中(Oie Soei Tiong)于1904年发表的《阿丽玛姨娘》(Njai Alimah)。这部小说长达319页，可以说是当时最长的一部，讲的是一个发生在东爪哇有关"姨娘"的真实故事。里面涉及殖民地的各族社会，小说人物有土著人、华人、白人，甚至阿拉伯人。还有一部佚名小说《林芭娘夫人的故事》(Tjerita Njonja Lim Pat Nio)也是讲华人与土著"姨娘"的故事，华人地主的土著仆人爱上了其主人的"姨娘"，由此而产生种种矛盾和冲突。

另外，有好些作品是讲发生在华人社会的真实故事，如郑登辉(The Teng Hoey)于1909年发表的小说《争夺财产》(Reboetan Harta)，是讲西爪哇一个甲必丹家庭为争夺遗产而发生的种种家庭纠纷。施显龄(Sie Hian Ling)于1910年发表的《杨顺霞的故事》(Tjerita Yang Soen Sia)是讲一华人官员儿子的爱情婚姻悲剧，在经历种种痛苦之后，他杀了妻子，最后他自己死于狱中。赵雨水(Tio Ie Seoi)于1911年发表的小说《孤儿施宝玉的故事》(Tjerita Sie Po Giok)是讲华人社会中以德报怨的故事。施宝玉从小父母双亡，寄养在叔叔家，常受堂兄弟的诽谤和诬陷，使叔叔错怪了他，把他看作是无可救药的坏孩子。后来真相大白，施宝玉却能以德报怨，救其堂兄弟免受惩罚，从而感动了常对他使坏的人，从此改邪归正。施宝玉后来被他发了财的舅舅接回中国，在上海受教育并成了舅舅财产的继承人，好人总是有好报的。作者重视小说的教育作用，借小说提倡恕道，反映20世纪初孔子学说已在华人社会中深入人心。

20世纪的头十年是华裔马来语小说的初创时期，已显示出与传统的马来古典文学迥然相异的风格与特色。它同时受中国文化、原住民文化和西方文化的影响，归纳起来有以下几个特点：

1. 它大都取材于报纸刊登的社会重大新闻，以真人真事为依据，小说题目下面往往写上"某时某地发生的真实故事"，故带有纪实文学的特色；

2. 主题和题材多样化，与社会现实紧密相联，反映当时印度尼西亚殖民地社会现实的诸多方面，除华人社会外，也涉及原住民社会和白人社会；

3. 小说的主人公是当时印度尼西亚殖民地社会的各种典型人物，其中被称作"姨娘"的土著侍妾扮演了很重要的角色，她是当时殖民地社会备受欺压的典型人物，通过她的身世遭遇可以看到当时错综复杂的民族矛盾和社会矛盾的一个侧面；

4. 创作方法和写作技巧都突破了马来古典文学一成不变的传统模式，向现代小说创作的方向迈进了一大步；

5. 采用了大众化和通俗化的"低级马来语"，从而打破了"高级马来语"对文学的垄断，把"低级马来语"提高到文学语言的水平，并普及全国，为马来语日后发展成为印度尼西亚语打下了群众基础。

无可否认，华裔马来语文学是印度尼西亚近代过渡时期的历史产物，是整个印度尼西亚近代文学的极其重要的组成部分。它走在其他文学的前头，对印度尼西亚文学向现代化发展起了积极的推动作用和作出了不可磨灭的贡献，应当还它以本来的历史面目，给它以应有的历史评价。荷兰著名学者德欧教授最后也承认"华裔马来语文学是通往现代印度尼西亚文学的发展链条中的主要一环"。

第三章　通俗马来语文学中的土生印欧人作家和原住民作家

第一节　土生印欧人阶层的形成和对通俗马来语文学的贡献

　　荷兰对印度尼西亚的殖民侵略始于17世纪，来印度尼西亚长住的荷兰人和白种人有许多是单身汉，他们或娶土著女人为妻，或养土著女人为姘妇，建立种族混合型的家庭，繁衍后代。他们所生的子女被称为"土生印欧人"，到了19世纪下半叶已形成一定数量的社会阶层。他们的社会地位既不同于纯白人，又有别于土著人。从父系来讲，他们应属白人子弟，生活在种族界线之上的白人社会，然而他们还是比纯白人低一等，不能享受纯白人的待遇，享有殖民统治者的特权。从母系来讲，他们已脱离土著人社会，也不愿生活在种族界线之下受殖民统治的土著人中间。所以土生印欧人在当时殖民地社会里被看作是上不上下不下的族群，处于游离和摇摆不定的状态。

　　从文化上讲，土生印欧人从小受的是西方文化教育，因而认同西方文化，但与土著人有血缘关系，不能不受土著文化的影响。他们一般掌握两种母语，在家庭里与父亲讲的是荷兰话，而与母亲讲的是通俗马来语或本地方言。他们特殊的社会地位和双重文化的背景，造成了他们矛盾和特殊的文化心态。他们的发展面临两种文化选择，作为印欧混血儿，他们在纯白人的文化阵地上是难以出头的，也不能很好地反映他们这个阶层的呼声。他们必须开辟自己的文化园地，于是他们中的一部分人便开始以通俗马来语作为载体，首先向报界和出版界进军。在市场经济发展起来之后，传递信息的新闻媒体和满足精神食粮需要的文化市场也应运而生。当时除了有供荷兰人阅读需要的荷兰语报刊和文化出版物外，还得有供更广泛的市场需要的马来语报刊和文化读物。根据当时的历史条件，荷兰人和印欧人成了最早创办马来语报刊的人，因为他们不但具有办报的财力和人力，也拥有一定的消费市场，即读者群。从1858年至1900年，由他们创办的报刊(包括日报、周报和月刊)，在雅加达就有14家，在泗水也有6家。当时已有华人和原住民在他们的报社里当记者或编辑，如李金福、马拉·苏丹等都有了一定的知名度。

　　从19世纪的下半叶至20世纪初，土生印欧人在通俗马来语的新闻出版界已拥有相当的实力和自己的文化阵地。为了满足市场对精神食粮的需要，他们开始把西方小说和荷兰人写的以印度尼西亚殖民地为背景的小说翻译成通俗马来语，成为最早在印度尼西亚传播西方文学的人。从19世纪70年代起，土生印欧人便开始翻译介绍一些西方小说，如《鲁宾逊漂流记》(1875)、《一个女人环游世界的故事》(1877)等，还有据说是从法国小说改写而成的《红蜘蛛》(1875)。他们从译介西方小说中学到了西方小说的写作技巧，而从新闻报道中积累了丰富的创作素材，所以到了一定程度，他们自己便开始从事小说创作，直接反映他们所看到的社会现实。就这点来讲，他们从事创作的过程与华裔作家有相似之处，不过他们没有中国文化的背景。

土生印欧人的作家大都出生于新闻界，他们创作的小说多以殖民地白人社会中荷兰人与土著人混合型家庭的真人真事为基础，带有纪实文学的特点。他们在政治态度上也各有不同，有的偏向父方，维护白人殖民统治的地位；有的偏向母方，对印度尼西亚人民的反殖斗争甚至持一定的同情态度，对白人殖民统治者的狰狞面目予以一定的揭露。有不少作品以土著"姨娘"为主人公，描述她们丧失人格尊严和遭白人主子蹂躏的悲惨命运，揭露殖民地社会存在残酷的民族压迫的事实。他们所使用的通俗马来语受西方语的影响较大，对提高马来语的素质，使之适应近代社会发展的需要，其功也是不可埋没的。

土生印欧人的马来语文学始于19世纪末，盛于20世纪的头十年，荷兰殖民政府宣布新的国籍法之后，土生印欧人的社会地位得到改善，大多数回到了父系的白人社会圈。从此，他们从事的马来语文学创作便没有后继者。在进入现代文学阶段之后，土生印欧人可以说已经完全退出印度尼西亚的文坛了。

第二节　主要的土生印欧人作家及其作品

土生印欧人从事马来语文学创作的时间虽然不长，但也出现一些颇有成就的作家并留下颇有价值的文学作品。他们所从事的马来语文学创作对印度尼西亚文学的发展也作出了一定的历史贡献，同样应视为印度尼西亚文学发展链条中的一环。土生印欧作家中最有代表性的是韦格尔斯、戈麦尔和弗兰西斯。

韦格尔斯(F·Wiggers)生卒年不详，他在19世纪末20世纪初已享誉马来语报界，曾担任成立于1906年的第一个马来语新闻记者组织"马来语记者协会"的副主席和多家马来语报纸的编辑和主笔。他也当过荷印政府的行政官员，用马来语译过不少荷印政府的条例和法规，对当时印度尼西亚殖民地社会的状况有较深的了解。从在新闻界的活动和在文学创作上的表现来看，他对受殖民压迫的土著民和华人怀有一定的同情心。他出版了好些有关华人问题的著作，如《荷印国土上，特别是1740年华人暴动时期，巴打威土地上的华人》等。由于对华人持同情态度，他常遭白人种族主义者的非难和排斥。

19世纪末，韦格尔斯开始积极从事文学活动，与李金福一起合译《基督山伯爵》，是最早通过翻译把西方文学作品介绍到印度尼西亚的人之一。他也很重视介绍荷兰作家写的反映印度尼西亚殖民地社会历史的小说。他于1898年发表的长篇小说《从奴隶到国王》(Dari Boedak Sampe Radja)就是描写17—18世纪印度尼西亚著名的抗荷奴隶起义领袖苏拉巴迪富有传奇色彩的一生经历。这部长达402页的小说是从一位笔名叫"爪哇茉莉花"的荷兰女作家所写的小说译写过来的。这部小说的重大意义，不仅在于它是第一部用西方小说的创作方法和技巧来描写印度尼西亚反殖斗争史上的第一个奴隶起义领袖苏拉巴迪，同时也在于它是第一部反映印度尼西亚殖民地社会错综复杂的民族矛盾和东西方文化的初次交锋。苏拉巴迪从小当荷兰人的家奴，他与主人的女儿苏珊娜暗地真诚相爱并生了一私生子。两人的纯真爱情遭到白人种族主义者的残酷摧残。苏珊娜怀着对苏拉巴迪的至爱含恨而死，儿子从未与父母谋面就被遣送荷兰收养，取名罗勃特。苏拉巴迪不堪忍受种族压迫，参加抗荷的起义军，经过艰苦卓绝的长期斗争，终于当上了与荷兰相对抗的东爪哇的国王。小说的主要人物苏拉巴迪、苏珊娜、罗伯特和苏拉巴迪的土著王后代表着不同的人物典型，扮演着不同的历史角色。苏拉巴迪是坚决抗荷的民族英雄，由于他从小生活在荷兰人的家庭里，受西方生活方式的影响较大，他在王宫里的卧室家具都是欧式的，他与荷兰姑娘结下了生死恋。苏珊娜是生活在殖民地的白人姑娘，她非常纯洁和善良，能超越种族和门户偏见而真心实意地爱着苏拉巴迪至死不悔。罗勃特是苏拉巴迪与苏珊娜生的儿子，从小生活在荷兰并受荷兰教育，自认是荷兰人并决心誓死效忠荷兰王国。土著王后和她生的子女则代表宫廷的旧势力，只热衷于争夺王位。这四种不同典型的人物在奴隶起义的烽火中各自亮相，充满矛盾和冲突。苏拉巴迪与儿子罗勃特处于敌对阵营，罗勃特被俘后才父子相认。苏拉巴迪基于对苏珊娜无法磨灭的爱情，同时也看到罗勃特身上具有与他相似的气质，便认定只有他继承王位王国才能保住。在一次战斗中苏拉巴迪受了重伤，临终前要罗勃特继承王位，但遭到拒绝，因为罗勃特不能违背他效忠荷兰的誓言。苏拉巴迪死后，宫廷便爆发争夺王位的内战。荷兰殖民军队乘机发动进攻，在罗勃特的帮助下一举消灭苏拉巴迪建立起来的王朝。这部小说经韦格尔斯翻译成通俗马来语之后对印度尼西亚的民族觉醒产生积极的影响。苏拉巴迪成为印度尼西亚人民心目中反抗荷兰殖民统治的民族英雄，好些地方的抗荷起义者都打着苏拉巴迪的旗号。印度尼西亚著名的现代作家阿卜杜尔·慕依斯在1913年就宣布他将写一部书名叫《苏拉巴迪》的连载小说，但到1950年他的长篇小说《苏拉巴迪》才得以问世，该小说无疑受到上述作品的影响。

20世纪头十年，韦格尔斯陆续发表了几部他创作的小说，如《伊莎姨娘》（Njai Isah，1901）、《格拉蒂姑娘》（Nona Glatik，1902）、《有生命的桥》（Djembatan Berdjiwa，1902）、《醒世录，一个有关一位伊斯兰教妇女法蒂玛的故事》（Boekoe Peringatan Mentjeritain dari halnja seorang Prampoean Islam Tjeng Kao bernama Fatimah，1908）等。他的小说大多以土著妇女的不幸命运为主题，以真人真事为依据，反映近代殖民地社会中原住民的辛酸生活，表现了作者对他们的一定同情。韦格尔斯还发表了一部沙依尔诗《爪哇银行遭劫》（Sair Java Bank dirampok），属纪实报道作品。

韦格尔斯还可能是一位最早的剧作家和戏剧评论家。他从1892年至1898年以小册子的形式陆续发表他翻译的《君斯坦丁堡宫廷秘史》，有人认为20世纪初风行一时的"伊斯坦布儿"戏剧其名称就是由此而来的。"伊斯坦布儿"是"君斯坦丁堡"的马来语译名。伊斯坦布儿戏剧是一种带有商业性质的、以娱乐市民为宗旨的早期现代剧，流行于印度尼西亚和马来群岛沿海一带的商业城市。韦格尔斯于1901年发表的独幕剧《副税收员拉登·贝·苏里越·勒诺》（Boekoe Lelakon Ondercollecteur Raden Beij Soerio Retno）可能是最早的具有现代剧特征的剧本。

戈墨尔（H·Kommer）也是很有代表性的土生印欧人作家，关于他的生平无可稽考，只知道他是19世纪末20世纪初一位知名的马来语报的记者和马来语作家。据说他家境比较贫困，与华人和土著人来往较多，对他们的情况比较了解和同情。印度尼西亚现代著名作家普拉姆迪亚认为戈墨尔是"那个时代小说创作的顶尖作家"。戈墨尔的作品比较偏重于描写华人和原住民的社会生活，不仅反映了近代印度尼西亚殖民地华人和原住民社会的某些真实情况，而且还表现了对荷兰殖民压迫的一定批判和谴责。他的代表作是《孔红娘夫人》和《拜娜姑娘》，刚好一个讲土生华人的故事，一个讲土著人的故事。

《孔红娘夫人》（Njonja Kong Hong Nio）发表于1900年，据作者说是根据一百年前在西爪哇一华人农庄里发生的真实故事写的。小说以华人社会的传奇式女强人孔红娘为主人公，描述她为了生存和自身的权利而自强不息地奋斗了一生。孔红娘出身贫寒，命途多舛，先嫁给一老郎中，生下一女后便成了寡妇，后再嫁给已有三个儿子的华裔老农庄主。她帮丈夫重振家业，使事业蒸蒸日上。老农庄主死后，三个儿子串通争夺家产，与孔红娘展开你死我活的斗争。他们施展种种阴谋诡计，收买了孔红娘的土著贵族出身的监工和她身边一个没落贵族出身的土著女仆，最后将孔红娘夫人毒死。但那三个儿子最终也没能逃脱法网，主犯都被抓获并处以绞刑。这部小说写得相当精彩，尤其对孔红娘人物性格的刻画，可谓入木三分，给人以深刻的印象，而故事情节的起伏跌宕和悬念迭起同样引人入胜。普拉姆迪亚对这部小说予以高度的评价，他说："无论其形式还是其内容，可以说都已经现代化了。反映的社会问题很突出，超出了所有的其他作品，甚至可以说是一部关于私领地生活的文献纪录。至于土著贵族的没落悲剧，小说描写得如此富有戏剧性，以至使人感觉到那虚构的现实比社会的现实更为真实。"

《拜娜姑娘》(Nji Paina)也发表于1900年，是根据不久前发生在东爪哇一家荷兰糖厂的真实故事写的。拜娜是一位美丽纯洁的土著姑娘，她的父亲在一家荷兰人的糖厂当文书。新来的荷兰厂长看上了拜娜的美色，欲强娶她为姨娘而为拜娜的父亲所拒绝。于是荷兰厂长便施诡计栽赃诬陷拜娜的父亲贪污公款，使他身陷囹圄。拜娜为了救父亲，答应以身许给荷兰厂长。荷兰厂长大喜过望，准备迎接拜娜姑娘。拜娜要求宽限几天，她准备以特殊的方式来惩罚这白人恶棍。她跑到天花疫区里故意与天花患者接触，使自己染上天花，然后梳妆打扮一番亲自上门。荷兰厂长乐不可支，但不几天便染上天花死去，拜娜姑娘活了下来，但已经从美丽的姑娘变成了麻子。这部小说的故事相当震撼人心，作者一方面揭露了作威作福的白人殖民者的丑恶嘴脸，一方面讴歌了捍卫自己尊严的土著姑娘的不屈精神，表现了对前者的憎恶和对后者的同情，这在当时可以说是一部不可多得的好作品。戈墨尔应该还有好些作品，可惜都已失传。

弗兰西斯(G·Francis)是在印度尼西亚的一个英国望族的后裔，生于1860年，卒于1915年。他爷爷在19世纪初英国殖民统治印度尼西亚时期当过低级官吏，后来在荷兰殖民政府当高官，有非常丰富的阅历。他的父辈不少也是殖民官吏出身，在印度尼西亚颇有声望。弗兰西斯出生于这样的家庭，曾当过几家马来语报刊的编辑和主笔，自然对原住民社会比较熟悉。

他发表于1896年的、以土著姨娘的悲剧为内容的小说《达希玛姨娘的故事》(Tjerita Njai Dasima)曾轰动一时，很快被搬上舞台，有一剧团连演了127场，后来还三次被拍成电影，可见其受欢迎的程度。

这部小说是根据1813年在西爪哇发生的一个骇人听闻的社会惨案写的，主人公是给一个英裔白人当姨娘的土著女人达希玛。她美丽而又单纯，深受白人主子埃沃特的疼爱。但在殖民地社会里，土著姨娘是没有正式身份的，处于无权无告的地位，极易受到伤害。应该说达希玛还是很幸运的，因为埃沃特非常爱她，两人生了一个可爱的女儿，生活得很不错。但是厄运还是降临到她的头上，一个叫沙米温的土著贵族瞄中了她的美貌和财富。沙米温充分利用姨娘可悲的社会地位和不同宗教的信仰对她进行百般诱骗，向他灌输这样的思想：一方面说她的白人主子随时可以把她遗弃，因为姨娘只是一个姘妇，到时她将一无所有；一方面说她是一个穆斯林，嫁给异教徒是要入地狱的，因此必须赶紧离开那白人主子，而沙米温愿意和自己的太太离婚而正式娶她。在不断的诱偏下，达希玛终于决心与埃沃特分手。埃沃特和女儿苦苦哀求她留下，埃沃特甚至愿意与她马上办正式结婚手续，都没能改变达希玛的决心。埃沃特给了她一大笔钱，然后含泪把她送走。达希玛来到沙米温家之后，情况开始发生变化，那土著贵族一旦掌握了达希玛的钱财之后便立刻翻脸，从此把她当女佣看待。达希玛不堪一家人的虐待，要求退还她的钱财，否则她就向埃沃特求救。沙米温十分害怕，便起了杀心。他雇一杀手把达希玛骗到荒郊野外，用极残酷的手段将她杀死，然后把尸体扔进河里喂鳄鱼。但达希玛的尸体没有被鳄鱼吃掉而漂流到埃沃特家后院的河边，被埃沃特所发现。那土著贵族和凶手终于全部被捉拿归案。

《达希玛姨娘的故事》写得有声有色，动人心魄，而且有一定的深度，能发人深思。达希玛的悲剧就在于她无法摆脱殖民地社会种族歧视法律对她的束缚和压迫，同时也无法摆脱本族传统宗教意识对她的控制和影响。他的悲剧命运带有她那个时代的典型特征，因此能引起当时社会的广泛共鸣。弗兰西斯除了这部小说，再也没有其他作品面世，也可能其他作品都已失传。

以上三位土生印欧作家及其作品可以代表土生印欧人在马来语文学创作中的表现和特点。他们的作品比较着重于反映华人和土著人的社会风貌和现实，对生活在种族界线之下的华人和土著人怀有一定的同情，但没有同殖民统治的罪恶联系在一起，只是出于路人的恻隐之心。他们在政治上大部分仍然站在父亲的一边，虽然对自己比纯白人低一等的地位感到不满，但对殖民主义的本质并没有认识，一般更不会反对殖民统治。因此，当他们的社会地位得到改善后，便没有人写类似的作品了。他们像流星一样在殖民地的夜空中闪过一道光芒后便永远消失了。

第三节　通俗马来语文学中的原住民作家及其作品

19世纪的马来文学，在阿卜杜拉·门希之后，基本上处于停滞不前的状态。生活在自然经济中的马来族文人仍依附于马来封建阶级，墨守陈规，他们的创作没有突破马来古典文学的旧传统。通俗马来语文学是在远离马来族的商业城市中发展起来的，传统的马来族文人基本上没有参与，只有那些在印欧人和华人办的报社里工作的非马来族原住民才有机会参与从事通俗马来语的文学创作。因此通俗马来语文学中的原住民作家为数极少，且没有一个是马来族出身的。

在很有限的原住民作家中，最知名和最有成就的是米纳哈萨族人庞格玛南（F·D·J· Pangemanann）。他生于1870年，卒于1910年，是最早投身马来语新闻工作的土著人之一，也是成立于1906年的第一个马来语新闻工作者协会的发起人之一，并担任该协会的书记。他在《巴打威之星报》工作时，已开始写连载小说发表在该报纸上。他从事小说创作主要在20世纪的头十年，其代表作是《大盗希·佐纳的故事》和《罗欣娜的故事》。

《大盗希·佐纳的故事》（Tjerita Si Tjonat）发表于1900年，是庞格玛南的第一部小说。希·佐纳是19世纪中叶流窜在雅加达—万登—茂物一带令人谈虎色变的江洋大盗。他原是村长的儿子，从小被娇宠坏了，走歪门邪道，13岁为抢人家水牛而把小牛倌杀了，后又把帮他卖牛的伙伴杀了。他离家出走，在赌场烟馆里鬼混多年。后来他在一白人家里当佣人，勾引主人的土著姨娘，卷走大笔钱财私奔。当挥霍完了之后，他又把那姨娘杀了。他纠集一伙盗匪为害一方，打家劫舍，奸淫烧杀，无恶不作，百姓叫苦不迭，警察奈何不了他。后来他又迷上了一个美丽的华人少女李五娘，把她绑架带回匪窟藏匿起来。李五娘的未婚夫赵信尚是个有为青年，只身前去搭救，与希·佐纳展开生死决斗。希·佐纳被打败，逃进匪窟把李五娘刺伤，幸亏赵信尚及时赶到，救出生命垂危的李五娘。最后希·佐纳落入法网，被处绞刑。赵信尚和李五娘经历惊涛骇浪之后终于结成美满夫妻。这部小说是讲一个曾经轰动一时的匪首的故事，里面涉及到白人社会和华人社会，出现了土著姨娘这样的典型人物。另外，小说中的华裔青年赵信尚则被描绘成敢于同凶恶盗匪拼博的孤胆英雄，是他把罪恶滔天的匪首希·佐纳制服的。作者似乎对华人的胆识和勇气颇为赏识，认为华人是最后能够成功的一个重要因素。这个故事在当时曾被改编成地方戏，流行过一阵。

庞格玛南的代表作是《罗欣娜的故事》（Tjerita Rosinna），写一个土著女奴在白人庄园里的悲惨遭遇。罗欣娜是巴厘人，从小被拐卖给白人庄园当女奴，长大后成了一个绝色美人。庄园的女主人非常心狠歹毒，对人人喜爱的罗欣娜十分嫉恨，深怕自己的丈夫被迷住，因此对她进行百般的虐待，后来索性把她嫁给一个又老又丑的土著男仆阿波尔。阿波尔心地善良，处处保护罗欣娜，但还是不能阻止女主人对罗欣娜的虐待。有一次，当看到罗欣娜的手臂被女主人用煤油烧伤时，他恨得咬牙切齿，决心伺机报仇。有一爪哇青年叫卓戈，早已偷偷盯上罗欣娜，用种种许诺诱骗罗欣娜偷主人的钱财和他一起逃跑。罗欣娜因忍受不了女主人的百般虐待，轻信卓戈的甜言蜜语而跟他跑了。阿波尔回来时，发现妻子失踪，以为已被女主人所害，狂怒之下便把女主人连同她的两个孩子一起砍死在地，然后落荒而逃。罗欣娜刚逃出虎穴，岂知又进了狼窝，原来卓戈是个作恶多端的匪首，他把罗欣娜带到匪窟里占为己有。八年后，雅加达一荷兰医生的女儿安妮被土匪绑架，那土匪就是卓戈。他把安妮带回匪窟里，逼她成亲。这时，多年寻找妻子的阿波尔刚巧来到匪窟附近，发现了罗欣娜和安妮。于是他立刻向警察报案，并带领警察进行围剿，救出罗欣娜和安妮。阿波尔因剿匪有功，免了他过去的罪，还得了一笔奖金。他与罗欣娜得以重新团聚，从此过着安稳的生活。

这部小说通过庄园女主人对罗欣娜的迫害集中地反映了殖民地社会的民族压迫和原住民被奴役的事实。罗欣娜这个人物带有象征意义，她在殖民地社会里最没有地位和人权，可任人宰割。女主人不但可以任意对她进行残酷的折磨而不受法律的制裁，而且还可以任意剥夺她个人的婚姻幸福而把她嫁给又老又丑的男仆，把一朵美丽的鲜花插在牛粪上。无助的罗欣娜只能认命，尽管阿波尔待她很好，很体贴她，但年龄的悬殊和没有爱情的夫妻给罗欣娜带来多大的精神痛苦是可以想象的。罗欣娜之所以上当受骗，跟着貌似君子的卓戈逃跑，对她来说，是出于对自己命运的抗争和对个人幸福的追求，只可惜她看错了人。罗欣娜后来被救出来了，重新做阿波尔的妻子并过上了安稳的日子，这对她来说，难道真的是一个美满的结局吗？罗欣娜注定是殖民统治时代的悲剧人物，因为她最后还是丧失自我，听任命运的摆布。小说的不足是没能进一步揭示悲剧的根源，因而没能对殖民统治有所触动。这是受当时历史局限性的制约，作者无法超越，似不应对他过于苛求。

从以上两部小说来看，通俗马来语文学中的原住民作家，在创作题材和风格上与华裔和印欧人作家没有太大的差别。不过，他们更加关注生活在殖民地城市或白人庄园里下层原住民的命运，同情他们的不幸遭遇。这是原住民作家在创作上的侧重点和比较突出的地方。但应该指出，那个时候印度尼西亚还没有出现民族觉醒，他们写的小说既使在某些方面反映了一定的民族矛盾，也并不意味着他们已经有了民族意识的觉醒，他们的作品还不属于以反帝反封建为基本特征的现代文学的范畴。

总之，原住民从事通俗马来语文学创作多少是受华人办的马来语报刊和华裔马来语文学的启迪。原住民民族觉醒的先驱者迪尔多·阿迪苏尔约在1909年《绅士报》上发表的一篇文章中说："华人非常重视报纸，有点阅读能力的人，甚至没有阅读能力的人都订报让人给他念，非常注意报纸的内容。"这就是说，他从华人那里看到了报纸的舆论作用和社会影响，所以他也积极创办通俗马来语报纸和从事通俗马来语的文学创作，以此作为唤起民众的斗争武器。20世纪初印度尼西亚民族觉醒的萌发和民族运动的兴起首先是在城市里开始的，由城市里受西式教育的新型知识分子和现代产业工人队伍充当先锋队，其中通俗马来语报纸和通俗马来语文学所起的作用是相当重要的，也是不可否认的。所以说，近代的通俗马来语文学与现代的印度尼西亚语文学有源流和传承的关系，是殖民统治下印度尼西亚文学发展史中具有独特性的一面。

第一章　印度尼西亚现代民族运动与早期的现代文学

第一节　印度尼西亚的现代民族运动

　　荷兰殖民统治者实行"门户开放"的新殖民政策之后，西方资本开始涌入印度尼西亚。到20世纪，涌入的西方资本呈跳跃式增长，从1900年至1914年增加了一倍以上，从1914年至1930年又增加了一倍以上。西方资本涌入印度尼西亚首先投资于农业，大肆掠夺土地，开辟各种种植园，而大批印度尼西亚农民在丧失土地之后，便成了种植园的劳动力大军。西方资本在矿业方面也进行大量的投资，特别是石油部门，成了荷兰、英国和美国资本剧烈争夺的对象。西方资本的大量涌入，把印度尼西亚从自然经济迅速推向资本主义市场经济。这时，荷兰殖民统治者必须采取重大的政策措施来适应殖民地市场经济迅速发展的需要，改善行政管理的机制，于是在进入20世纪的时候，便推出所谓的"道义政策"。

　　"道义政策"最初是由代表荷兰工商企业主利益的一位名叫德芬特尔的律师提出的。他在1899年发表一篇文章，题为《道义上的债务》，说荷兰宗主国在1867年至1877年的十年之内从印度尼西亚殖民地得来的收入达1.8亿盾，使荷兰对印度尼西亚殖民地负有道义上的债务。因此，荷兰政府为了国家的"荣誉"，必须拨出一定的款项为殖民地人民"谋幸福"和"办好事"。他提出要大力开展三项事业：一、兴办教育；二、兴修水利；三、实行移民。不难看出，提出"道义政策"的实际目的是为了适应印度尼西亚殖民地现代市场经济发展的需要，加强荷兰的殖民统治和照顾荷兰大工商企业主的利益。例如提出兴办现代教育，决不是为了开发民智，提高印度尼西亚人民的文化素质。他们在教育制度上实行双轨制：一种是为平民而设的初级教育，给以起码的"读、写、算"训练，只念到小学毕业为止。显然，这是为了满足现代企业和行政管理部门对"低级职员"的需求。另一种是为贵族和有钱人子弟而设的荷语学校，小学毕业之后可以升中学，甚至可以升到较高级的专科学校，如医科、农科、法学等专科学校。这是为了满足越来越多的对较高级和专业人才的需求，因为白种人在印度尼西亚的数量终究有限。所以"道义政策"提出的兴办教育，实际上并没有普遍提高印度尼西亚人民的文化素质，到二次世界大战前夕，印度尼西亚的文盲仍占97%。而有机会受较高等教育的更是少而又少，且大都出身于封建贵族和有钱阶级的家庭。就是给了如此有限的教育，殖民统治者还是很不放心，怕印度尼西亚人民会因为有了文化而觉醒起来。荷兰官吏棱格斯在庆祝荷兰女王威赫尔敏娜登基25周年大会上的讲话中说："目前实施的初等教育主要是为了提高人民的智力，但做的还是不够，同时还需要防范，不要因为提高了阅读能力和思维能力而惹事生非，要防止那些能力被利用于从事不正当的事情，以至破坏国家的秩序和安宁。""道义政策"提出的兴修水利，实际上也是为外国种植园主的利益服务的。农田水利的设计和灌溉系统的规划大都以外国大种植园为中心，印度尼西亚农民实际受益甚少，有的地方还给农民带来了灾害。至于"道义政策"提出的"实行移民"，也是从西方资本对劳动力的需要出发，把爪哇岛上过密的人口，部分移民到外岛去，尤其是地广人稀的苏门答腊和加里曼丹，以解决那里的外国种植园和矿场劳力紧缺的问题。由此可见，"道义政策"不仅可以为丑恶的殖民统治者涂脂抹粉，更可以冠冕堂皇地为西方资本的利益效劳。所以1901年荷兰女王在其演讲中便宣布要在印度尼西亚实行"道义政策"。

在实行"道义政策"的同时，荷兰殖民统治者还实行罪恶的"种族歧视政策"，使印度尼西亚殖民地社会的结构进一步两极化。它把印度尼西亚殖民地社会划分几个等级，像一座金字塔，顶端是纯白种人，其次是印欧混血儿。这两层是属白种人阶层，特别是顶端的纯白种人享有绝对的殖民特权。接着有一道不可逾越的"种族界线"，把白种人阶层与有色人种阶层隔离开来。"种族界线"下的一层是印度尼西亚的贵族和有钱阶级以及其他有色人种的有钱阶级，而塔的底层是最受压迫的广大印度尼西亚劳动者和其他有色人种的劳动者。"种族界线"是荷兰殖民统治者为维护自己的殖民特权而设的一道防线，它使白种人可以骑在有色人种头上作威作福，而有色人种却只能当牛作马，任人宰割。但这也使民族矛盾越来越尖锐，成为这个时期的主要矛盾。"道义政策"和"种族歧视政策"可以说是20世纪后支持荷兰殖民统治的两大支柱，一直支持到日本帝国主义侵占印度尼西亚为止。

资本主义市场经济的迅速发展和"道义政策"的实施进一步改变了印度尼西亚社会的阶级结构，首先是现代无产阶级队伍的迅速扩大。印度尼西亚无产阶级是西方资本涌入后才出现的，主要受雇于西方资本家，受民族和阶级的双重压迫。它比印度尼西亚民族资产阶级出现得早，队伍也庞大得多。19世纪中叶，靛蓝厂的工人总数已达20万以上。到20世纪糖业发达，1924年爪哇181家糖厂的固定工人就有51000人。据1930年的统计，印度尼西亚人靠工资收入的约有600万人，其中70万是现代产业工人，而爪哇大城市的固定工人数已占城市人口的21.6%。此外，印度尼西亚的工人阶级队伍还有一个特点，那就是外国种植园的农业工人数量相当庞大，据1939年的统计已有将近140万人。工农之间已形成天然的联盟。

印度尼西亚的民族资产阶级出现较晚，且先天不足。他们大部分是从封建地主阶级分化出来的，人数不多，资本也少，大多从事小型的地方性工商业，特别是花裙业。然而其知识分子阶层却是获得较高的西方现代教育的新一代知识分子，最早受先进的西方文化和新思想的熏陶，所以也是最早觉醒的阶层。至于封建贵族和地主阶级则已没落而成为荷兰殖民统治的附庸，代表着印度尼西亚保守的反动势力。

印度尼西亚民族觉醒和民族运动的兴起有其外部和内部的原因。从外因上讲，西方先进文化的影响，20世纪东方被压迫民族的觉醒，尤其是中国、土耳其等国的民主民族革命运动的兴起，还有俄国的十月革命和宗主国荷兰的无产阶级革命者到印度尼西亚进行的革命活动，都给印度尼西亚民族以启示和鼓舞，特别是对印度尼西亚新一代知识分子的觉醒起了直接的作用。从内因上讲，主要是无产阶级和民族资产阶级及其知识分子阶层的出现为民族觉醒准备了阶级基础，而殖民统治下民族矛盾的尖锐化则成了民族觉醒直接的催化剂。20世纪初，在内外因素的作用下，印度尼西亚的现代民族运动便正式拉开帷幕。

印度尼西亚无产阶级是早期民族运动的两大主力军之一。他们受到民族的和阶级的双重压迫，因此其革命性和战斗性以及反帝精神表现得尤为突出。他们同时也是最早组织起来进行革命斗争的阶级，1905年成立了第一个职工会"国营铁路工会"，会员不仅有印度尼西亚的铁路职工也有荷兰的铁路职工，不过会员大部为中上层职工，群众面不够广泛。1908年印度尼西亚工人在三宝垄成立了第二个铁路工会"铁路职工联合会"，吸收广大基层工人参加，并出版刊物《坚定者》，加强了在工人中间的宣传鼓动工作。其他行业的工人也纷纷成立自己的工会，如邮电工会（1905年）、农园工会（1907年）、糖业工会（1908年）等。印度尼西亚工人运动起来之后，需要有革命的政党来领导，于是1914年在荷兰马克思主义者史尼佛利特的倡导下，在泗水成立了第一个马克思主义政党"东印度社会民主联盟"。该党在纲领中明确提出"争取印度尼西亚独立"的口号，还提出"以社会主义知识教育人民"的主张。1920年东印度社会民主联盟改名为印度尼西亚共产党，全面加强对革命运动的领导，使印度尼西亚无产阶级成为早期民族运动中最有组织性和战斗性的革命队伍，把以工农为基础的民族运动迅速推向高潮。

在共产党的领导下，1920年至1923年，爪哇和苏门答腊地区不断发生各种罢工斗争，而斗争的胜利又大大激发了工人的政治热情和战斗意志。共产党还以伊斯兰联盟的"红派"为基础成立了外围组职"人民同盟"，成员达31000多人，把广大农民团结到自己的周围，面对越来越高涨的革命形势，荷兰殖民政府加强了镇压措施，如禁止集会，搜查工会办事处，封闭共产党和人民同盟办的学校，禁止进步报刊出版，逮捕和迫害共产党和工会领导人等等。与此同时，荷兰殖民政府对印度尼西亚人民加深剥削和压榨，苛捐杂税多如牛毛，招致人民此起彼伏的抗税斗争。民族矛盾呈白热化的趋势，1926年终于爆发了由共产党领导的第一次民族大起义。起义从雅加达开始，很快蔓延到各地，勃良安、梭罗、柬义里等地的革命群众都立刻响应而行动起来，1927年起义之火已蔓延到苏门答腊西部西龙岗。但由于力量悬殊，起义很快就被荷兰殖民政府残酷地镇压下去。印度尼西亚共产党被宣布为非法，进步工会被解散，革命报刊被取缔，先后有2万人被捕，4500人被判5年至20年徒刑，间有被判死刑的，1300多人被流放到西伊利安岛上疟疾猖獗的地辜儿集中营。从此，由印度尼西亚共产党领导的民族运动便转入低潮了，印度尼西亚共产党也不能公开活动了。

　　印度尼西亚的民族资产阶级也在20世纪初开始登上历史的政治舞台。1908年5月20日医学专科学校的学生在雅加达成立了第一个民族文化运动的团体"至善社"，提出六点纲领：一、兴办教育，使人人有受教育的机会，设立各种奖学金，资助清贫学生到欧洲留学；二、发展农牧业和贸易，繁荣经济；三、发展工业和技术；四、发扬民族文化，重视民族艺术；五、宣传崇高品德；六、改善人民生活，使印度尼西亚民族成为一个有尊严的民族，不是卑贱的民族。从提出的纲领来看，"至善社"的成立标志着印度尼西亚民族的觉醒，所以这一天后来被定为印度尼西亚的"民族觉醒日"。1908年在荷兰留学的印度尼西亚学生也成立了"东印度协会"，后改名为"印度尼西亚协会"，其机关刊物《东印度之子》也改名《独立的印度尼西亚》，把争取印度尼西亚民族独立作为奋斗的目标。另外，从事工商业的民族资产阶级也企图借助伊斯兰教来聚集自己的民族力量，以对付外来资本和外商的剧烈竞争。他们以日惹、梭罗的花裙业主为首，于1911年成立伊斯兰商业联盟，1912年改名为伊斯兰教联盟，提出"穆斯林团结起来实行互助合作"的口号，以维护他们的商业利益。印度尼西亚人民有近90%信奉伊斯兰教，所以这个联盟很快就成为具有广泛群众基础的宗教政治组织，许多工人和农民也都参加进去。到1916年，伊斯兰教联盟各地分支的成员人数共达80万人，形成一股强大的群众力量。荷兰殖民政府害怕伊斯兰教与民族主义相结合，威胁到自己的殖民统治，便想方设法加以遏制，极力使伊斯兰联盟的领导层变成对殖民统治无害的温和派，以致造成伊斯兰联盟内部的分裂，使这个组织在民族运动中不能发挥更大的作用。

　　印度尼西亚共产党领导的1926年民族大起义失败之后，印度尼西亚的民族运动并没有停止不前，有两件大事表明民族运动仍在进一步发展。一是在苏加诺倡导下，于1927年成立了民族主义的政党印度尼西亚民族党，继续高举反殖民主义的旗帜，把争取民族独立的斗争继续进行下去。一是1928年10月28日第二届全国青年代表大会在雅加达的召开，大会通过了著名的"青年誓言"，誓词中宣布："我们，印度尼西亚的儿女，承认我们是属于一个民族，即印度尼西亚民族。我们，印度尼西亚的儿女，承认我们只有一个祖国，即印度尼西亚。我们，印度尼西亚的儿女，承认我们只有一种共同语言，即印度尼西亚语。""青年誓词"标志着印度尼西亚的民族觉醒已经到了成熟的阶段，意识到印度尼西亚民族是统一的民族，要求全民族团结一致，反对殖民主义者"分而治之"的阴谋；意识到印度尼西亚祖国是统一的，反对封建割据和地方分裂主义；意识到印度尼西亚需要有一个统一的民族语言作为统一全民族力量进行反对殖民主义的斗争武器。大会还作出决定，将红白旗作为印度尼西亚的国旗。与会代表怀着满腔的激情高唱青年作曲家苏勃拉曼谱写的《大印度尼西亚歌》，这首歌后来成了印度尼西亚的国歌。这些都说明殖民主义的白色恐怖阻挡不了印度尼西亚民族运动的历史车轮继续前进。为了削弱印度尼西亚民族主义的力量，荷兰殖民统治者从各方面加强打击和分化工作。在政治上，他们对持不合作态度的激进民族主义者进行政治迫害，把民族党领袖苏加诺加以逮捕，然后把他流放到外岛，迫使民族党解散。而对荷兰持合作态度的民族主义右翼则加以扶植，称他们为"健康的民族主义者"。在文化教育上，他们则大力推行奴化政策，灌输洋奴思想，千方百计阻碍民族运动的健康发展。荷兰殖民统治时期的民族运动就这样在血雨腥风中艰难地发展下去，一直延续到1942年荷兰殖民政权垮台为止。

第二节　印度尼西亚现代文学的诞生和早期的发展

　　印度尼西亚现代文学是印度尼西亚现代民族觉醒和民族运动的直接产物，也是西方文化直接影响的结果。独立前的现代文学随着现代民族运动的兴起而兴起、发展而发展，与民族运动血肉相连，直接间接为民族运动服务。印度尼西亚的民族运动以反帝反封建和争取民族独立为斗争目标，这也是民族独立前印度尼西亚现代文学的基本特征和所要反映的时代主题。

　　20世纪初至1942年荷兰殖民统治时期是印度尼西亚现代文学的开创和成长时期。这时期的文学主要反映印度尼西亚民族的觉醒和民族运动从初兴到逐渐成熟的历史进程，以反殖民统治和反封建为时代的主旋律。印度尼西亚的无产阶级和民族资产阶级是最先觉醒的两个阶级，代表初兴时期民族运动两支主要的民族力量。这两个新兴阶级受到西方文化不同阶级思潮的影响，同期登上印度尼西亚现代历史的政治舞台，在民族运动初期各领风骚。作为观念形态的文学，必然也要反映这两个阶级的思想意识和社会存在。所以，在早期的印度尼西亚现代文学中，有两种不同阶级属性的文学：一种是无产阶级的革命文学，一种是民族资产阶级的民族文学。前者诞生于印度尼西亚的无产阶级革命运动中，受宗主国荷兰革命思潮和俄国革命运动的影响，与印度尼西亚的无产阶级革命运动紧密相连；后者诞生于印度尼西亚民族资产阶级领导的民族运动中，受西方资产阶级文化的影响，与民族运动的起落息息相关。

印度尼西亚无产阶级的革命文学直接产生于20世纪20年代前后印度尼西亚无产阶级领导的民族斗争洪流中，具有鲜明的革命性和战斗性。当无产阶级领导的民族运动逐渐走向高潮时，为了发挥文艺的宣传教育作用，一些革命的进步的报刊开始刊登革命诗歌和通俗小说，无产阶级革命文学就这样应运而生。其特点是，作家队伍都不是专业的，而是印度尼西亚共产党和工会的干部，甚至是领导人，其读者主要也不是受西方教育的新一代知识分子，而是共产党和工会的基层人员和普罗大众。所以早期的无产阶级革命文学从一开始就以通俗马来语为工具，面向劳苦大众，突出政治思想内容，集中反映当时无产阶级领导的民族斗争，宣传共产党的斗争纲领，揭露殖民统治的罪恶，歌颂无产阶级的革命精神，努力发挥文艺作为革命战斗武器的作用。而在艺术性方面，则显得不大考究，缺乏艺术上的深加工，且使用的语言是被认为不登大雅之堂的通俗马来语，因此，一些资产阶级学者以其政治性太强和艺术性不高而无视其存在，甚至在写现代文学史时，连提都不提一笔。然而，无产阶级革命文学的存在是历史的事实，是印度尼西亚现代文学史上不可缺少的一页。它在殖民统治时期之所以能存在，除了革命斗争的需要，还因为有它得以生存的土壤，即当时出版的革命和进步报刊。由共产党和工会创办的报刊，是无产阶级革命文学的主要阵地，不但提供了发表作品的园地，也准备了热心接受的读者。无产阶级革命文学的兴起和发展离不开无产阶级的革命运动，它应革命斗争之需而生，随革命运动之发展而发展。当革命运动遭到挫折时，它也就失去了继续生存的可能。这就是为什么早期的无产阶级革命文学在印度尼西亚现代文学中只有短暂的历史，1926年大起义失败之后，便销声匿迹，以至后来逐渐被人所淡忘。然而，早期印度尼西亚无产阶级革命文学的存在及其历史意义是不容抹煞的。尽管它的文学成就很有限，也没有出现大作家和大作品，但它真实地反映了印度尼西亚民族运动初期曾经叱咤风云的无产阶级的一段战斗历程。

民族资产阶级开创的现代文学也是与反殖民主义和反封建主义的民族运动紧密相连的，从表现的思想内容和创作特点来看，大致可分两种类型：一是以反殖民主义和宣扬爱国主义为主的民族主义文学；一是以要求个性解放和反对封建礼教为主的个人反封建文学。

民族主义文学是民族觉醒和民族运动的时代产儿。20世纪初，一些觉醒的先驱者和先进的知识分子，为了唤起民众，宣传民族主义思想，也开始运用文艺作为武器，在民族报刊上发表带有民族主义倾向的文学作品。在20年代前后，民族运动逐渐高涨，受荷兰学校教育的青年学生纷纷建立地区性的青年组织，如爪哇青年联盟、苏门答腊青年联盟等。其成员中的先进分子积极主张发扬民族文化，使用民族语言进行创作，以激发民族意识，弘扬爱国主义精神。不过他们的民族主义思想起初带有地方民族主义的色彩，他们的祖国概念多限于自己的乡土。后来，随着民族运动的浪潮席卷全国，才逐步发展成为全国统一的民族主义思想，表现为大印度尼西亚主义。人们可以从他们的作品中看到这种从地方民族主义向全国统一的民族主义发展的轨迹。与无产阶级的革命文学相比，民族主义文学表现的革命性和战斗性显然没有那么强烈，其作者往往采取间接的隐喻和象征手法来表达民族情怀，揭露荷兰殖民主义者的罪行和奴化政策，但他们大都受过西方教育，文化素质较高，能直接吸受西方文化人文主义的自由、平等、博爱思想，借鉴西方文学的创作方法和文学式样，因此他们能弃旧文学之传统开现代文学之新风，如在诗歌创作上，他们引进了西方的商籁体诗，在小说创作上，他们采用了西方现代小说的写法等。

个人反封建文学是以反对旧习俗和封建包办婚姻为基本主题的，也产生于20年代前后。作者也多为受西方教育的印度尼西亚新一代知识分子，他们大多出身于封建贵族和地主家庭，接受西方教育之后，思想意识发生了深刻的变化。西方文化的人文主义思想给了他们以启迪，使他们萌发反封建的意识，要求个性解放。他们力求摆脱的首先是本民族的封建礼教和旧习俗，特别是在爱情和婚姻问题上对他们个人的束缚。20年代初，他们开始发表的现代小说都着重于描写封建家庭中受西方教育和资产阶级自由主义思想影响的年轻一代知识分子与代表封建保守势力的老一代人之间的矛盾和冲突。可惜的是，作者只是从个人出发反封建，主要反对摧残个人幸福的封建强迫婚姻和束缚个性解放的陈规陋习而没有从根本上去反对封建制度本身，更没有与反殖民主义的民族运动相联系。正因为这种个人反封建的小说对殖民统治者没有构成威胁，所以官方的图书编译局才乐于予以大量出版。从20年代起，图书编译局便大力扶植和推广此类个人反封建小说，并雇用了米南加保的文人在语言上把关，使此类小说的语言符合荷兰殖民政府规定的"高级马来语"的要求，从而形成所谓的"图书编译局风格"，影响了20年代的小说创作。个人反封建小说能在20年代风行一时，图书编译局无疑起了重大的作用。有人把个人反封建小说的出现说成是印度尼西亚现代文学的开端，而图书编译局也成了印度尼西亚现代文学的摇篮。这是对历史事实的片面歪曲，应该说，个人反封建文学只是早期印度尼西亚现代文学的一个组成部分而不是其全部，不能以点概面。

实际上民族主义文学和个人反封建文学并非截然分开的，因为其作家都是代表民族资产阶级的新一代知识分子。有的作家兼顾二者，既写带民族主义倾向的作品，也写带个人反封建色彩的作品。由于他们都受到较好的现代西式教育，受西方文化文学的直接影响，采用的创作方法和文学语言也都很相似，故而其创作特点和语言风格无多大差别。这两种文学的作品，无论是质或量，都被认为代表了20年代印度尼西亚现代文学最高的发展水平。

在早期的印度尼西亚现代文学中，还有一支创作队伍不容忽视，那就是华裔作家。前已述及，华裔马来语文学是印度尼西亚近代文学史中的重要一环，对印度尼西亚文学的发展发挥了重要的作用。20世纪印度尼西亚民族运动和现代文学兴起之后，华裔马来语文学继续存在和发展，并逐渐向主流文学靠拢，也以反殖民主义和反封建为创作的主题，甚至其主人公也多以原住民为主。华裔作家继承了及时反映社会重大题材的传统，敢于写当时政治上十分敏感的问题。如1926年的民族大起义，只有在华裔作家的作品里，才能看到其社会的强烈反响。这时期华裔作家写的作品在深度上和广度上都有了很大的提高，在艺术上和语言上也更加成熟，有的华裔作家的文学成就甚至可以和同时期的最著名的原住民作家相媲美。

综上所述，20年代是印度尼西亚现代文学的初兴时期，当时出现了四种文学类型：无产阶级的革命文学、民族资产阶级的民族主义文学、个人反封建文学和华裔通俗文学。从语言上来讲，又可分成两类：一类是用通俗马来语写的文学，如早期无产阶级的革命文学和民族主义文学以及华裔马来语文学；一类是用高级马来语写的文学，如20年代的民族主义文学和个人反封建文学。

在民族运动出现第一次高潮的时候，无产阶级的革命文学和民族资产阶级的民族主义文学曾经同领风骚。1926年民族大起义失败后，无产阶级革命文学暂时被迫退出文艺阵地，而在殖民主义的白色恐怖下，民族主义文学的发展也大受限制。当民族运动转入低潮的时候，民族斗争的重点便从政治转移到文化，集中表现在30年代东西方文化的论战上。文化论战的争论焦点是：要建立怎样的民族新文化，是全盘西化的新文化还是东方为体西方为用的新文化。这个文化论战实质上是民族运动的延续，对印度尼西亚现代文学的发展走向起了非常重要的影响。30年代的"新作家派"就是在这个背景下成立的，大部分的创作活动也都围绕着文化争论的焦点而进行，并一直延续到荷兰殖民政权垮台为止。"新作家派"时期是荷兰殖民统治下印度尼西亚现代文学的成长时期，打破了图书编译局的垄断，把作家队伍扩大到全国，使创作的体裁题材更加多样化，尤其诗歌、小说和戏剧的创作有了长足的进步，涌现出一批具有代表性和影响深远的作家和诗人，出版了好多部具有重大影响的佳作。"新作家派"成了30年代印度尼西亚现代文学的主流，一直到40年代日本帝国主义侵占印度尼西亚后才被迫停止一切活动。战后"新作家派"的一些代表人物企图东山再起，但时代已经变了。印度尼西亚宣布独立后，"新作家派"再也无法恢复原来的作用和影响了。

第二章　印度尼西亚早期的无产阶级革命文学

第一节　无产阶级革命文学的兴起

在印度尼西亚现代民族运动史上，无产阶级的出现是最早的，其觉醒也是最早的，20世纪初就已经有了工会组织。印度尼西亚的无产阶级革命运动直接受宗主国荷兰革命者的影响。在欧洲无产阶级革命高涨的时候，一些荷兰的革命者前往印度尼西亚传播马克思主义的革命思想，并协助印度尼西亚的无产阶级建立第一个革命组织东印度社会民主联盟。为了加强革命的宣传鼓动工作，该联盟于1915年出版了荷文报《自由呼声》，1918年又出版印度尼西亚文报《人民呼声报》。荷兰的革命者斯尼佛里特是该联盟的主要领导人之一，他很重视革命舆论的作用，亲自写文章号召备受苦难的印度西亚无产阶级向俄国革命看齐，鼓励大家起来闹革命。他大声疾呼说："……俄国的胜利钟声将传到这个国家的各个城市和乡村。在这个国家里，人民过着悲惨的生活，长年累月地穷困潦倒。……俄国革命给我们上了一课。在俄国，经过连续不断的斗争之后，现在他们终于得到了胜利。我们目前的斗争是艰巨的，但决不能气馁，迟疑，动摇和失去信心。这要求我们全力以赴地进行斗争和发挥大无畏的精神。难道你们没有听到那胜利的钟声吗？继续斗争下去吧，其结果不会是别的，只能是爪哇和印度（指荷属东印度—引者）的人民最终取得和俄国人民一样的胜利。"在东印度社会民主联盟改组成为印度尼西亚共产党之后，党的领导对革命的宣传鼓动工作更加重视，从中央到地方出版了各种革命报刊，如中央的机关报《人民呼声》（Suara Rakyat）、雅加达的《火焰》（Nyala）、万隆的《警号》（Titir）、三宝垄的《火》（Api）、泗水的《无产者》（Proletar）、东苏门答腊的《我们的呼声》（Suara Kita）、西苏门答腊的《斗士》（Djago-djago）、坤甸的《勇敢》（Berani）等。这些革命报刊除了及时报道革命形势的发展外，也经常刊登革命诗歌和散文小说，用文艺武器去揭露资本家的剥削本质，鼓舞革命群众的斗志。

最初，革命报刊经常刊登二句式板顿诗，以揭露资本家的残酷剥削，如下面几首：

> 泗水市乞丐窝，
> 资本家造的果。

印尼产品成倍加，

百姓生活更贫乏。

倘若官府发了财，

百姓就要断粮柴。

　　这几首短诗直截了当地揭露了资本家剥削的本质，大企业越赚钱，百姓就越穷困，殖民政府的盘剥，使百姓没法过活。简单几句话便揭示了百姓生活的绝对贫困化是资本家和殖民政府残酷压榨的结果，同时也表达了劳动人民对资本主义和殖民主义的强烈不满。

　　后来，随着工人运动的兴起，揭露资本主义剥削的诗歌愈来愈多而且更加完整，如下面几首：

资本家哀声哭泣

全由于经济危机

工人们决不乞讨

保持着队伍整齐

　　　　载《勇敢》报

全世界的资本家

让我们贫困交加

切记住你们所为

将我们不停压榨

切记住清算之日

将你们坚决斗跨

我们的队伍强大

把罪孽全部冲刷

　　　　载《火》报

资本家的真理

就是名誉

就是权力

就是石油

其他全不在意

载《火焰》报

革命报刊上刊登的革命诗歌都无署名，看来不是诗人的作品。那些诗直接揭露资本家对工人的剥削和压榨，而所指的资本家主要是外国资本家，如外国石油企业、糖厂等，反映当时斗争的矛头主要是针对外国垄断资本及其维护者殖民政府。工人所表达的对资本家的阶级仇恨其中含有强烈的民族仇恨的成分。

有些革命诗歌在揭露资本家剥削本质的同时，也直接配合当时斗争的需要，号召工人阶级行动起来，投身到战斗中去，如下面几首：

> 资本家顽固到底，
> 工人们团结奋起。

> 世道充满不公，
> 工人必须罢工。

> 资本家都在哭泣，
> 是害怕共产主义。

这些短小精练的诗句往往成了当时工人们的战斗口号，起了鼓舞和动员的作用。早期的革命诗歌就是这样成了无产阶级手中有力的战斗武器，为无产阶级领导的革命运动摇旗呐喊。当1926年的民族大起义爆发时，在革命报刊上可以看到当时号召响应起义的诗歌。下面是刊登在《热血》报上的一首：

> 全体印度尼西亚人民
> 不分种族和宗教信仰
> 起来迎接起义的来临
> 燎原之火将烧到此乡

革命者在大起义中所表现的无比坚定的革命信心和不屈不挠的大无畏精神也在当时的革命诗歌中得到充分的表现。下面这首诗集中地表现了起义者大义凛然的英雄气概：

> 人可以被判苦刑
> 可以被剥夺生命
> 然而其终生理想
> 不能被消灭干净

印度尼西亚无产阶级早期的革命诗歌是在战斗的熔炉中锻烧出来的，直接为当时政治斗争的需要服务，其革命性和战斗性表现得非常突出，但其艺术性较差，有些标语口号式，缺乏诗的意境，语言只求大众化，不讲究修辞。然而那些革命短诗却真实地反映了早期印度尼西亚无产阶级革命运动的真实情况，表现了当时无产阶级的战斗风貌。除了马尔戈和他的诗集《香料诗篇》，报上刊登的革命诗歌都不知作者是谁，且只散见于各报，无人加以收集整理和出版。起义失败后，那些革命诗歌都被销毁，以致大部失传，今日已难见其全貌。

总的说来，印度尼西亚无产阶级早期的革命诗歌是印度尼西亚现代反殖民主义诗歌的先声，它在形式上采用的仍然是传统的板顿和沙依尔诗体，没有多大变化，但在内容上则是全新的，反映了印度尼西亚现代殖民地社会的本质矛盾，表现了新兴的印度尼西亚无产阶级的精神风貌。尽管其艺术性不高，创作技巧还不成熟，但它是最早把诗歌带出文人吟风咏月的象牙塔而直接投入到民族斗争的洪流里，使诗歌与民族斗争紧密相结合，就这点而言，其历史意义不容低估。

除了诗歌，革命报刊也刊载用通俗马来语写的散文小说，但这方面的资料更少，目前所能看到的只有几个印度尼西亚共产党的当时领导人写的几部小说。那些小说大都直接取材于无产阶级的现实斗争，有的着重于揭露荷兰殖民统治者的罪恶，有的则着重于描述无产阶级知识分子的成长过程。小说的主人公主要是知识分子，大都出生于封建贵族家庭，他们走上革命的道路都有一个转变阶级立场和改变世界观的过程，这是此类革命小说所着重表现的一个主题。此外，小说也通过主人公对真理的探索，大力宣传印度尼西亚共产党当时提出的革命纲领和斗争路线。所以，有人把那些小说视为政治宣传品而不是文学作品，从而将其排斥在印度尼西亚现代小说发展史之外。这当然是一种偏见，是对历史事实的无视。那些革命小说与革命诗歌一样，尽管其艺术性有所不足，但也是印度尼西亚现代小说的先声，其历史意义同样不容抹煞。

第二节　无产阶级革命文学的主将马尔戈

印度尼西亚无产阶级革命文学是应革命之需而起，为革命之需而作，是无产阶级进行革命斗争的武器。许多作品是由战斗在革命第一线的共产党和工会的干部写的，所以革命文学的作者首先是革命者，甚至是革命的领导人。文学创作对他来说，只是他从事革命斗争的宣传工具，文学创作的过程也是他从事革命斗争过程的一部分，其中最有代表性的作家是马尔戈，他是无产阶级革命文学的主将，是个诗人、作家和民族新闻工作者的先锋。

马尔戈全名玛斯·马尔戈·卡多迪克罗摩（Mas Marco Kartodikromo），笔名苏曼德里（Soemantri），1878年生于直布，青年时期就投身革命运动和新闻工作。1914年成立东印度社会民主联盟时，他是积极分子，改组成为印度尼西亚共产党后，他是最早的党员之一。当民族报业兴起时，他在万隆的《绅士论坛报》（Medan Prijai）当编辑。后来他移居梭罗，任《沙拉多摩报》（Saratomo）的编辑。不久他自己创办《世界动荡报》（Dunia Bergerak），同时开始从事创作。他的第一部小说是用爪哇文写的《宫廷秘密》（Rasia Keraton），着重揭露梭罗封建宫廷的腐败内幕。稍后又用通俗马来语写了一部反殖民主义的小说《疯狂》（Mata Gelap），着重揭露荷兰殖民统治者对印度尼西亚人民的疯狂压榨。马尔戈为此而受到了双重迫害，先是他以触犯新闻条例的罪名被殖民政府判七个月的徒刑，刑满后又被梭罗当局驱逐出境。他不得不离开梭罗迁往雅加达，在《新闻纪事报》（Pancaran Warta）当编辑。

马尔戈在新闻工作中继续高举反帝反殖民主义的旗帜。1916年他代表土著新闻工作者联盟到荷兰出席新闻工作者会议，目睹了荷兰资本主义社会的种种弊端，加深了对荷兰殖民统治本质的认识。回国后，他更积极地进行革命宣传鼓动工作。他意识到报刊是革命和反革命斗争的主要舆论阵地。1919年在梭罗召开的印度尼西亚新闻工作者第一次代表大会上，他做了题为《黑色报刊与白色报刊，两种不同性质报刊的对立》的报告，第一次明确划清两种不同性质报刊的界限。他说："报刊有两类：第一类是反殖民主义的；第二类是维护殖民主义的。"他进一步分析说："黑色报刊是掌握在印度尼西亚人民手里的反对帝国主义的报刊，而白色报刊是掌握在帝国主义手里的压迫印度尼西亚人民的报刊。"他指出，"黑色报刊受到殖民法律的迫害，而这种迫害又得到白色报刊的支持，因此白色报刊是黑色报刊的敌人"。他号召黑色报刊团结起来，互相支援，反对共同的敌人。为此，他又接连遭殖民政府的逮捕，几次被关进监狱。然而殖民统治者的迫害，不但没有使他气馁，反而使他的斗志更加旺盛。出狱后，他继续投入战斗，担任印度尼西亚共产党梭罗专区委员会主席和梭罗人民联盟主席。在1926年民族大起义时，他积极领导该地区的起义斗争。起义失败后，他和党的其他领导人一起被捕，被拘留十个月之后便被放逐到西伊里安地辜儿流放地。1928年经"甄别"之后，他被列为"无可救药的政治犯"而被关进丹拿定宜的二级隔离营备受虐待，1930年死于严重的肺病。

马尔戈的一生是革命战斗的一生，他从事的新闻工作和文学创作是他反帝斗争的主要舆论阵地，而他的文学创作是在他几次入狱后成熟起来的。从他的文学创作中可以看到殖民统治者对他打击迫害越甚，他的反抗就越强，他的革命意志也就越坚定。所以他的作品爱憎分明，具有两个鲜明的特点：一是反帝反殖民主义的坚定性，对敌人的揭露和鞭挞从不留情；一是革命的彻底性，对革命充满信心，表现革命者的大无畏精神。他的代表作品都陆续发表于这个时期，如1918年的诗集《香料诗篇》(Sair Rempah-rempah)，1919年的中篇小说《大学生希佐》(Student Hidjo)和1924年的最后一部也是最重要的一部小说《自由的激情》(Rasa Merdika)。

《香料诗篇》是马尔戈的诗集，也是唯一有署名和正式出版的早期革命诗歌集。这部诗集大部分为马尔戈狱中所作，共收了八首长诗。头一首长诗《人人平等》(Sama Rasa dan Sama Rata)一开头就这样写道：

> 这首诗来自监狱
>
> 我刚被判刑服役
>
> 牢房在韦特雷登
>
> 刑期要十二个月

看来这首诗是马尔戈入狱不久有感而作的，全诗共192行，着重表达他对革命不可动摇的信心。马尔戈在诗中揭露世间的不平等，认为真正的大窃贼不是狱中的小偷小贼而是外面的有钱有势者。他号召人们要为实现一个平等的世界而继续奋斗，不要半途而废。他自己一再表决心要做一个真正的革命者。他在诗中写道：

> 那里世界人人平等
>
> 没有苦难没有贫困
>
> 能把天下变成大同
>
> 才能称作真正的人

这种革命决心和战斗到底的精神在以下几首长诗里得到进一步的体现。《独立自由》(Kemardikaan)可以说是作者的战斗宣言，他在诗中公开宣布了自己一生的奋斗目标：

> 我等追求的独立自由
>
> 是我民族的人格尊严
>
> 让我的民族也能拥有
>
> 与其他民族同样体面

马尔戈意识到他选择的道路充满艰险，但他义无反顾，决心要走到底，尤其是作为一个革命的领导人，他意识到自己的历史责任，因而更高地要求自己。他在228行长诗《领导者》(Penoentoen)中全面地提出了一个革命领导者所应具备的品德：为人正直，大公无私，为受苦百姓求翻身，为民族谋自由平等，不怕敌人的威胁迫害，随时准备坐牢和牺牲自己，同时要人们警惕那些假公济私和卖友求荣的假革命伪君子。这些长诗真实地表现了当时印度尼西亚无产阶级革命者的高风亮节和勇往直前的革命气概。

诗集里有不少篇以揭露殖民统治的罪恶为主要内容，表现了作者反帝的坚定性和彻底性。第二首长诗《放牛娃》（Botjah Angon）就是其中之一，作者采用象征和比喻的手法揭露荷兰殖民主义者对印度尼西亚进行的殖民侵略。放牛娃和他的水牛象征着印度尼西亚土地的主人，但他却不能到祖传的牧地里放牛，因为那里已经被一个"女神"和她的一群猛兽所霸占。所谓"女神"是暗指荷兰女王政府，她用欺诈的手段从放牛娃的祖先那里掠夺了那块肥美的牧地。放牛娃决心要夺回那牧地，他向水牛发出战斗的号召：

> 水牛啊！让我们去那块牧地
>
> 去饱餐鲜嫩的苜蓿
>
> 别害怕他人的阻挠
>
> 我们已经饥肠辘辘
>
> 我已经准备好鞭子
>
> 与疯狂的敌人抗拒
>
> 别忘了你也有尖角
>
> 能戳穿敌人大肚皮

当看到放牛娃和他的水牛决心夺回牧地时，"女神"企图用小恩小惠麻痹他们的斗志，但放牛娃已认清殖民主义者的本质，他说：

> 你的承诺全是谎言
>
> 把我们的全体民族
>
> 推进了苦难的深渊
>
> 你们却有无尽财源

放牛娃向水牛继续发出战斗号召：

> 我的水牛切莫信她
>
> 嘴里说的全是空话
>
> 我们反抗英勇不屈
>
> 以便享受世间荣华

与此相类似的长诗《海盗》（Badjak Laoet）则以"海盗"比作荷兰殖民侵略者。这些海盗先以通商为幌子，继用欺诈手段得寸进尺地扩大地盘，后用武力全部霸占，把印度尼西亚人民变成他们的牛马。尽管采用了象征和暗喻的手法，人们却十分清楚矛头之所向。所以作者在诗歌后面煞有介事地发表声明："本人马尔戈·卡尔多迪克罗摩郑重声明，本人于1918年12月23日在《东印度之光报》第255号发表的诗中所提到的'海盗'不一定是指荷兰人，而是指来东印度的那些居心叵测的外国人……"。这个奇特的声明无疑将会引起人们对这首诗更加广泛的关注，从而取得更好的宣传效果。

马尔戈的另一首长诗《爪威雅》(Djawijah)则从历史的高度和世界三大文化的影响艺术地概括了印度尼西亚民族的发展历程。爪威雅是一个美丽姑娘的名字，象征着印度尼西亚，先引起印度僧人的爱慕，前来向她求爱，把印度文化带到了印度尼西亚，后阿拉伯人前来传教，爪威雅嫁给了阿拉伯哈吉，伊斯兰文化传遍印度尼西亚。最后西方人也对爪威雅垂涎三尺，打头阵的是葡萄牙人，后来荷兰人用种种诡计霸占了爪威雅，把西方文化带了进来，从此印度尼西亚人民当牛作马。这首诗比较有深度，马尔戈形象地再现了印度尼西亚民族历史变迁的过程，要人们从历史发展的观点去思考问题，号召爪威雅的子女们起来拯救苦难中的母亲。

无论是思想内容的深度，还是艺术加工的精度，马尔戈的诗歌可以说代表了早期无产阶级革命诗歌的最高水平。马尔戈本人有较高的文化艺术修养，他受过荷兰教育，通过他掌握的荷兰语阅读了不少西方文学名著，就在这部诗集里他多处提到了托尔斯泰的名字并引用了其名言。但马尔戈写诗，除了抒发自己的革命情怀，以诗言志，更重要的是为了宣传动员群众起来与殖民统治者进行顽强的斗争。所以他采用的诗体是群众喜闻乐见的传统的板顿和沙依尔诗体，使用的诗歌语言是大众化的通俗马来语，其间还参杂了好些荷兰词句。他这种有深度而又通俗的作品看来深受革命群众的欢迎，他们不顾荷兰殖民政府的种种阻挠，想方设法帮马尔戈将其作品传播到各地。为此马尔戈深受感动和鼓舞，他在《来自荷兰国》(Dari Negri Blanda)一诗中描述了当他被关进监狱时，革命群众如何积极传播他的作品：

> 当时印度[①]出现动乱
> 殖民政府惊慌不堪
> 我写的书全被没收
> 他们视若洪水猛兽
> 我的民族勇气十足
> 悄悄寻找另外出路

---

① 指荷属东印度。

> 好让本地所有子弟
>
> 人人都能读我的书
>
> 我要感谢姐妹兄弟
>
> 将我的书到处传递
>
> 送到各个农村乡里
>
> 为求早享平等待遇

马尔戈早于其他现代诗人把诗歌变成反帝斗争的战歌，而且在革命群众中间广为传播。他无疑是印度尼西亚现代诗歌的先驱者之一，但对于他的诗歌创作却由于政治原因而无人加以研究，更没有予以应有的历史评价。除了诗歌，马尔戈在小说创作方面的成就也斐然可观。

1919年他发表小说《大学生希佐》，通过发生在宗主国荷兰和殖民地印度尼西亚的两起丑闻，有力地揭露荷兰的资本主义社会和殖民地社会的腐朽本质，戳穿"白人是优越民族"的神话。发生在荷兰的丑闻是这样：印度尼西亚的贵族子弟希佐在荷兰留学期间寄宿在一荷兰人家里。荷兰房东的女儿贝吉为了谋取希佐的钱财，不惜"降尊"追求白种人所看不起的土著人希佐，对他进行无耻地百般勾引，使希佐沉溺女色而荒废学业。在同一时间里，在印度尼西亚发生另一丑闻：一个荷兰督察官叫瓦尔特，与荷兰女人同居并使她怀了孕，但这个荷兰官员看中了土著县太爷的女儿翁妍，企图抛弃同居的荷兰女人拼命向她求婚。为了掩盖自己的丑事，他逼怀孕的荷兰女人打胎，后来东窗事发，他声名狼藉，只好跑回荷兰躲风。最后的结局是希佐终于醒悟，断绝了与贝吉的不正当关系，留下银行存折回国，回到本族人那里与本族未婚妻翁妍完婚。而瓦尔特回到荷兰后与贝吉勾搭上了，两个臭味相投的人沆瀣一气。很明显，这部小说不是在讲一般饮食男女的情场逸事，而是在揭露资本主义和殖民主义社会的某些丑恶现象。作者企图通过主人公希佐在荷兰资本主义国家的经历和荷兰督察官瓦尔特在印度尼西亚殖民地的丑行告诫本族人不要被"白种人是优越民族"的神话所蒙蔽，本族人还是应该回到本族人那里，要增强自己的民族自信心。

马尔戈的代表作是《自由的激情》，也是他的最后一部小说，发表于1924年。这部小说集中地描写一个贵族出身的新一代知识分子如何冲破封建家庭的束缚一步一步地走上革命的道路，最后成为坚定的革命者。主人公苏占莫是土著副区长的独生子，在荷兰殖民统治时期能当上副区长对土著贵族来说已经是高官厚禄了。儿子继承父业当荷兰殖民政府的忠实奴仆是这类封建贵族所追求的仕途。所以当苏占莫快到弱冠之年时，父母便逼他去当荷兰官府的"见习生"。苏占莫是个受过荷兰学校教育的新一代知识分子，他心地善良，富有正义感，向往自由，最不能忍受白人对土著民的作威作福。起初他拒绝父母的要求，不愿步父亲的后尘，但经不起年事已高的父母苦苦哀求，他最后答应去试一试。父亲带他去见荷兰督察官，平时在土著民中很威风的父亲在荷兰人面前却变成低声下气的奴仆，对荷兰人说话都要蹲下身子。对父亲奴颜婢膝的样子他感到非常难过。后来在荷兰官府的见习中他自己也要同其他土著人一样，必须蹲着跟荷兰上司说话，对此他再也忍受不了，便决定辞职不干。荷兰督察官以为他是"社会主义分子"，便不再留他了。苏占莫决定离家外出闯荡，寻找工作和探索真理。一路上他目睹殖民地社会的种种不平等现象，白种人和有钱人不劳而获，整日花天酒地，而劳动者每天在烈日下干重活却得不到温饱。对社会上存在的种族歧视、劳资对立、贫富悬殊等不公平的现象苏占莫感到迷惑不解。后来他来到P城，在一家荷兰私人企业找到工作，寄宿在同事沙斯特罗的家里。沙斯特罗夫妇是革命派的积极分子，成了苏占莫的革命引路人。苏占莫在他们的带领下参加了有关"民族主义"和"国际主义"的政治辩论会。所谓"民族主义"是代表民族资产阶级的政治主张而所谓"国际主义"是代表无产阶级的政治主张，两派人物在会上展开针锋相对的辩论。"国际主义"派在反驳"民族主义"派的观点中重点阐述马克思主义的基本原理，使苏占莫茅塞顿开，解答了他长期疑惑的问题。他在会上认识了美丽的新女性苏碧妮，两人一见钟情，志同道合，双双坠入情网。在相恋的过程中，两个代表觉醒了的时代新青年对天立下了山盟海誓，决心在今后的人生征途中一起共同奋斗，生死同心……

这部小说似乎还没有完，作者在最后部分留下了半句话："下一章我们将看到他们俩……"。看来两个主人公的故事还将有进一步的展开，可惜的是，再也没有见到其下文了。可能当时的国内形势已经很紧张，马尔戈在全力准备迎接1926年的民族大起义，无暇顾及小说的创作了。

《自由的激情》充分显示了当时革命小说的基本特色，即为现实的革命斗争服务。小说描写一个知识青年的革命成长过程，但并不注重于人物性格的刻画，也不刻意于故事情节的曲折。尽管也不乏爱情场面的描写，可作者真正的着力点却放在政治宣传上。作者有意识地借主人公苏占莫与沙斯特罗夫妇的议论，借辩论会上"国际主义"派的讲演，甚至借苏占莫与苏碧妮的谈情说爱，大力宣传马克思主义的基本观点，如社会的发展史，阶级和私有制的产生，农村的破产和资本主义的兴起，贫富阶级的对立，劳动人民贫困化的根源等，努力做到寓政治宣传于文学欣赏之中。当然这可能会影响其艺术性，尤其不能被持不同政治观点的人所接受。但是，这部小说的历史意义是不容否认的，它真实地反映了当时印度尼西亚无产阶级在反帝斗争中的思想状况和战斗风貌，是一部非常难得的历史文献纪录片。

第三节　司马温的革命小说《卡迪伦传》

司马温（Semaoen）是印度尼西亚共产党成立时的主要领导人之一，他从事文学创作的情况不详，因为没有留下什么资料，不过他于1919年写的小说可以说是印度尼西亚现代文学史上的第一部反帝反封建的长篇小说。这部202页的小说在序言中提到："本人因被控触犯新闻条例而被关进监狱四个月，于是本人在狱中写了这部小说"。这说明小说是司马温的狱中之作，也只有被关在监狱的期间，作为一个党务工作非常繁忙的革命领导人，他才可能有足够的时间去从事长篇小说的创作。所以并不奇怪，这部小说出版之后，他再也没有其他作品问世，因为他出狱后又忙于革命工作，再也没有多余时间去从事创作了。

《卡迪伦传》主要讲印度尼西亚殖民地早期革命知识分子的成长过程。卡迪伦起先走的是改良主义的道路，他企图通过当一名勤政廉政和全心全意为老百姓谋福利的好官来改善本民族的贫困落后面貌。但实践证明，靠个人的清廉和努力，是无法改变殖民官僚机构的腐朽本质的，老百姓的生活仍然每况愈下。他终于觉醒了，决定走另一条道路，辞官当一名革命者，投身到革命运动中去，把一生献给无产阶级的革命事业。下面先介绍小说的基本内容：

卡迪伦是一位村长的儿子，聪明能干而又心地善良，同情弱者并乐于助人。他被破格录入只有土著贵族才能入的官办公务员学校。毕业后他以头榜的成绩被分配到石孟岸区当警官。该区的副区长是个典型的殖民政府土著官吏。他是县太爷的儿子，是卡迪伦的对立面，对白人主子奴颜婢膝，阿谀奉承，对本族百姓则骄横自大，作威作福。一天，区公所来了两个告状人，一是荷兰人，糖厂的行政总管，他的一只公鸡昨夜被盗；一是村里的贫苦农民，他赖以生存的一只水牛也昨夜被盗。副区长对两人的态度截然不同，对荷兰人丢了一只公鸡，马上当作区里大事亲自抓，雇用一贼首去破案。那贼首借机陷害曾经抗拒过他的一个老实村民，副区长用严刑逼供，要那无辜的村民承认自己是偷鸡贼，好向荷兰主子报功。而副区长对丢了水牛的贫苦村民则不屑一顾，全不当回事，推三推四之后便交给卡迪伦去处理。卡迪伦对这两起案子有自己的看法，特别对失去水牛的贫苦农民十分同情，决心帮他把牛找回来。他亲自到现场仔细侦察和寻找线索，经过几天的努力终于破了案。偷荷兰人公鸡的原来是一只黄鼠狼，那被诬陷的老实村民当场被释放了。而偷牛贼恰恰是副区长所雇用的那贼头，牛也被找回来了。想博取荷兰主子欢心的副区长结果是丢尽脸面，而卡迪伦反而得到上司的赏识，被提拔当一个偏僻山区的副区长。

卡迪伦在偏僻山区当副区长已经四年了。他作风正派，工作勤奋，政绩卓著，深得民心。他管辖下的各村村民都能安居乐业，只有一个莫罗格村例外。莫格罗村的村民仍然非常贫困，但村长却很富有。卡迪伦决定亲自下去调查，一人骑马朝莫罗格村走去。途中遇到一个背着沉重箩筐的村女，想前去帮她，被婉言谢绝。那村女的容貌和品德给卡迪伦留下了极深刻的印象，后来又见了几次面，不知不觉地爱上了她。那村女叫阿迪娜，也对卡迪伦很有好感。卡迪伦真心爱着阿迪娜，决定不顾出身贵贱要向她求婚。一天，卡迪伦又去莫罗格村，见到阿迪娜正在伤心痛哭。听了阿迪娜的诉苦后，卡迪伦几乎晕倒。原来阿迪娜出身微寒，从小没有母亲，与父亲相依为命，父亲病危时要她嫁给村长，好有个依靠。但嫁过去之后，她才知道受骗，原来村长早有妻室。她非常同情村长妻子的痛苦遭遇，坚决要求村长解除与自己的婚约，但遭村长断然拒绝。由于阿迪娜的反抗，从此她便遭到村长的百般虐待，每天叫她干最累最脏的活。阿迪娜希望卡迪伦能助村长妻子一臂之力，让自己与村长离异，让村长回到妻子那里。卡迪伦起先一口答应，后来仔细一想，觉得不妥，人们会认为他趁火打劫，借权势夺下属之妻。这不但会败坏自己的名声，更会让村民大失所望。所以他决定回避，让副手去处理。他向上级请14天假回家探亲。他的请假被批准，同时上级还通知他已被提升为勒佐区的正区长。

勒佐区离莫格罗村较远，卡迪伦想离开阿迪娜后会将她渐渐忘掉，但深埋心底的爱情怎能就这样消失呢。卡迪伦到勒佐区莅任后，一心扑在工作上。他先听属下四个分区的副区长汇报，三个分区的副区长都说今不如昔，老百姓生活越来越苦，只有四分区副区长说百姓生活已大大改善，人人安居乐业。卡迪伦决定从调查研究入手，亲自深入到他管辖下的四个分区去掌握第一手材料。他从各分区的社会调查中发现百姓生活普遍今不如昔，分析其原因是农村的小农经济已被商品经济所挤垮，农民丧失土地，无法维持生活，不得不转为糖厂工人，或外出谋生，因此农村越来越贫困化。同时他发现官场的种种弊端，副区长们和村长们个个欺下瞒上，当官做老爷，根本不管百姓死活。他决定整顿吏治，深入基层，想方设法帮助贫困百姓解决困难。为此他深得民心，百姓把他当作自己的衣食父母，但却遭到土著官吏们越来越大的忌恨和抵制，对他阳奉阴违和肆意诽谤，使他只能孤军作战，一人整天忙得不可开交，以至累出病来了。

卡迪伦当了两年区长，他想采取一些有利于民而不利于大糖厂的改革措施，但由于没有得到殖民政府的认可且由于下级官吏的百般抵制和阻挠而收效甚微。老百姓的生活贫困如故，他也心力交瘁，未老先衰了。就在这个时候，印度尼西亚共产党出现了，领导史无前例的反帝反封建的革命运动，向旧世界宣战，动摇了荷兰的殖民统治。当时对共产党领导的革命运动有支持、反对和观望三种态度。卡迪伦持第三种态度，他想先了解共产党的性质和政治主张才做决定。于是他以调查印度尼西亚共产党的活动为借口，亲自参加一个共产党的宣传大会，并对该党书记吉德罗在大会上的发言和底下的反映作了详细的记录，写成一个报告呈交副州长。那份报告详尽地阐明印度尼西亚共产党的思想路线，从印度尼西亚的最初历史讲到后来被荷兰的殖民统治以及现在"道义政策"的实施，从一般的社会发展史讲到资本主义的出现，阶级的分化和对立，阶级斗争的激化，工人阶级最后成为资本主义的掘墓人。报告也对印度尼西亚共产党的政治纲领作了具体的介绍，如主张工农组织起来，建立工农联盟，开展政治斗争，最后争取民族独立等。报告还详细阐明什么是"共产主义及其制度"，记载当时社会不同阶层对共产主义学说和主张的不同反应。卡迪伦显然被共产党的学说和主张所深深吸引，但他暂时还不能明确表态，因为如果公开表态支持共产党，他就会立刻丢掉乌纱帽。他决定先采取暗中支持的办法，再观察一段时间。

《人民之光报》因刊登一篇署名"探索者"的文章而被检察院传讯，要主编萨里曼说出"探索者"究竟是谁，因为他触犯了新闻条例。萨里曼为了保护文章作者准备自己承担责任，但文章作者不同意，他要自己承担。双方争执不下，最后通过抓阄来决定，文章作者赢了。文章作者不是别人，正是卡迪伦。在法庭上卡迪伦成功地为自己的文章辩护，驳倒了检察官的指控，法庭只好宣布卡迪伦无罪。这件事引起社会的轰动，支持他的土著民众兴高采烈，纷纷写信道贺，而反对他的殖民官吏和封建保守分子则个个暴跳如雷。新来的年轻荷兰副州长企图用莫须有的罪名罢他的官，但没能得逞。后来老荷兰州长向他提出三种选择：一、升官当县太爷，但必须脱离革命运动，不再写文章；二、继续当区长，如果写的文章触犯法律，后果自负；三、自动辞职，不再当官，走自己的路。卡迪伦考虑再三：第一种选择可以马上享受高官厚禄但必须放弃自己的理想。第二种选择要一心两用，二者矛盾很大，无法兼顾两头；第三种选择可以全心全意投入革命，实现自己的理想，但一切待遇没有了，生活将非常艰苦。卡迪伦最后决定采取第三种选择，他宁可不当俸禄极高的县太爷而甘心当待遇菲薄的《人民之光报》的编辑。这意味着他决心放弃改良主义的道路，与旧我决裂，从今改走与工农相结合的革命道路了。

卡迪伦在《人民之光报》工作后成了布衣，与官场断绝一切关系。他寄宿在主编萨里曼夫妇家里，三人志同道合，成了莫逆之交。萨里曼是当地共产党的主要领导人之一，他出身贫寒，小时无钱上学，但极渴望学习。他认识现在当共产党书记的吉德罗，当时吉德罗正在上小学，他便向吉德罗学小学的课堂知识，两人互助互学，就这样靠自学而成才了。卡迪伦从萨里曼身上看到了一位共产党领导人大公无私的革命品质，他有远大的革命理想，渊博的革命理论知识，饱满的革命热情。卡迪伦决心以他为师，向他学习，而他也视卡迪伦如手足，不但关心卡迪伦的成长，也关心卡迪伦的婚姻问题。当他知道卡迪伦还念念不忘过去与阿迪娜的一段关系后，便亲自到莫罗格村去了解阿迪娜的情况。阿迪娜一直坚持与村长斗争，最后迫使村长解除了与她的婚约。如今阿迪娜只身一人被老人们所收养，她一直不愿结婚。萨里曼了解情况之后便把阿迪娜带回去见卡迪伦。这一对情侣经过种种磨难之后久别重逢了，在卡迪伦父母的同意下最后结成了美满的一对。到此小说似完未完，因为作者最后还留了这样一句话："暂时到此为止，以后若无其他障碍将继续讲下去。"

司马温作为当时印度尼西亚共产党的主要领导人写这样一部长篇小说主要是为了宣传共产党的思想路线和政治主张。卡迪伦、萨里曼、吉德罗等代表了当时寻求真理和民族出路的革命青年知识分子的典型。特别是卡迪伦，他的成长过程更有典型意义，他有志为民造福，走过一段改良主义的道路，但结果失败了。在接触共产党之后，他的思想和立场开始发生根本性的转变，从此决定走革命的道路，与旧我一刀两断。卡迪伦找到和认识共产党的过程为作者提供了宣传共产主义的渠道。例如上面已经提到的卡迪伦给副州长写的关于吉德罗在印度尼西亚共产党宣传会上讲演内容的报告，实际上是当时印度尼西亚共产党的宣传纲领。这个长达35页的题为《吉德罗的演讲和会议的动向》的报告第一次采用历史唯物论和阶级观点对印度尼西亚殖民地社会做全面的分析，指出印度尼西亚民族的出路在于摆脱殖民统治的枷锁，争取民族独立。此外，作者在小说中揭露各种殖民官吏丑恶嘴脸的同时，也赞扬了同情印度尼西亚劳苦大众的荷兰人道主义者，特别是荷兰的社会主义者。他们不顾遭受迫害而坚决支持印度尼西亚人民的革命斗争，充分体现了当时无产阶级的国际主义精神。小说还显示了印度尼西亚早期的无产阶级革命家是如何从宗主国荷兰那里学到马克思主义的。例如萨里曼和吉德罗都是通过荷兰才阅读到《共产党宣言》《资本论》等，从而成为最早掌握马克思主义学说的革命领导人。

除了反帝，作者在小说中也较早触及到反对封建强迫婚姻的主题，主要体现在卡迪伦和阿迪娜的婚姻上。作者通过卡迪伦和阿迪娜的结合热情赞扬纯真的爱情，大力强调婚姻必须建立在双方真正相爱的基础上，反对父母的封建包办婚姻。卡迪伦能不顾阿迪娜出身微寒和寡妇身份而娶了她，这在当时就是对封建习俗的公开挑战，具有反封建的进步意义。在爱情婚姻问题上，司马温的小说可以说也远远走在资产阶级个人反封建小说的前面。

司马温只写了《卡迪伦传》这样一部长篇小说，他也不是一位专业作家，但他在印度尼西亚现代文学史上应占有一席地位。他的这部小说所蕴含的意义实际上已超出文学的范围。诚然，从文学艺术的角度来分析，这部小说确实有许多不足之处，如人物性格的刻画和故事情节的安排都比较平淡，其中政治宣传的成分过多等等。但从印度尼西亚现代民族解放运动史，特别是从印度尼西亚的无产阶级革命史来看，这部小说具有重要的历史文献价值，因为它不但向人们展示了早期无产阶级革命者的革命实践和战斗风貌，而且提供了有关当时印度尼西亚共产党一整套的政治理论和斗争纲领。这点是非常难得的，也是印度尼西亚早期无产阶级革命文学的一个共同特点。

第三章　印度尼西亚早期的民族主义文学

第一节　印度尼西亚的民族觉醒与早期的民族主义文学

20世纪前后，西方文化影响的加深和殖民地民族矛盾的加剧激发了新一代知识分子的民族意识，出现像卡蒂妮、迪尔托、德万托罗等一些走在时代前面的民族觉醒先驱者。他们为唤醒民众而大声呐喊，吹起了反殖民主义和封建主义的时代号角。

卡尔蒂妮（R.A.Kartini）是印度尼西亚最著名的妇女解放运动的先驱者，也是印度尼西亚最早具有民族觉醒意识的新一代知识分子的代表。她1879年出生于封建官僚家庭，父亲是扎巴拉县的县太爷，母亲原是贫穷的种植园女工，后来被县太爷纳去为妾。卡蒂妮上过荷兰学校，交了许多荷兰朋友，经常与荷兰友人书信来往。她从小就受到两种截然不同文化的影响。从家庭那里本民族的封建文化把她紧紧地束缚住，12岁起她就被深锁闺中待嫁。从荷兰学校和荷兰朋友那里，西方文化的人文主义思想启发了他反帝反封建的意识，渴望民族和个性的解放。她进步的思想言论主要通过与荷兰友人的书信来往表达出来，后来编订成一部书扎集，取名《从黑暗走向光明》（Habis Gelap Terbitlah Terang）。她在给荷兰友人的信中一再表示反对封建旧式婚姻，反对封建习俗对妇女的压迫，要求妇女有受教育的权利，有独立的人格，取得与男人平等的地位。她强调要通过斗争去争取妇女的自由和平等权利，她对荷兰友人斯特拉说："我要，我要争取我的自由。我要，斯特拉，我要，你听见了吗？如果我不去斗争，怎么能取得胜利呢？如果我不去寻求，怎么能获得胜利呢？没有斗争就不可能有胜利。"她以实际行动实现她的理想，创办了印度尼西亚第一所女子学校。她还认识到争取妇女解放必须依靠群体的力量，她在一封信中说："如果单独一个人，就显得无能为力，但如果年轻志士们团结在一起，依靠团结的力量，就可以获得成功。"卡蒂妮办学不仅仅为了给妇女以受教育的机会，也为了对付荷兰殖民统治者的愚民政策。她在一封信中说："现在我才明白为什么荷兰人不喜欢我们爪哇人进步，因为爪哇人如果有了知识，那就不会对上面唯命是从了。"卡蒂妮对荷兰兴起的社会主义运动也抱同情的态度，她在一篇文章中说："我非常同情社会主义者的理想，同时相信有人在成立警察大队的会上所说的话，即最大的坏人不在阿姆斯特丹的贫民窟里，而是在绅士和帝王街上。"以上表明卡蒂妮作为印度尼西亚妇女解放运动的先驱者和现代民族觉醒的早期代表已经有了比较强烈的反帝反封建的意识，对资本主义和殖民主义的本质已有所认识。她本来打算去荷兰和欧洲考察妇女运动的情况，殖民地政府的教育宗教工业部长也答应支持和资助她到荷兰留学，后来却变了卦，因为发现卡蒂妮思想进步，同情社会主义，怕她学成回来后将不利于荷兰的殖民统治。卡蒂妮于1904年过早地去世，当时年仅25岁，没来得及为印度尼西亚的妇女和民族解放斗争作出更多的贡献。但她是向殖民主义和封建主义投出第一枪的现代最杰出的女性之一，她的思想光辉一直激励着后人在妇女和民族解放的征途上勇往直前。

在同一时期出现另一位民族觉醒的先驱者迪尔托，他是印度尼西亚现代民族运动的开路先锋。他的一生充满传奇色彩，为了唤醒民众，他成为民族新闻事业的开创者，用舆论工具作为武器向荷兰殖民统治进行不屈不挠的斗争。他还以民族报刊作为阵地从事文学创作，写了许多反映殖民地社会现实和印度尼西亚民族苦难的小说，成了印度尼西亚现代小说的开拓者(详见下一节)。

还有一位具有代表性的先驱者是基·哈查尔·德万托罗 (Ki Hadjar Dewantoro)，生于1889年，小时上荷兰小学，后毕业于师范学校。他早先也从事新闻工作，1912年曾在土生荷人陶威斯·德克尔领导的《快报》当编辑，并参加了以陶威斯·德克尔为首创立的东印度党。该党第一个提出"东印度是东印度人的"这个要求独立的口号。所谓东印度人是指所有生长在印度尼西亚的各族人，包括原住民、土生荷人、华裔、阿拉伯裔、印度裔等外来民族在印度尼西亚的后裔。陶威斯·德克尔在成立大会上说东印度党的成立意味着"纳税的殖民地奴隶向征税的殖民地王国宣战"。1913年荷兰殖民政府要在印度尼西亚举行荷兰挣脱法国拿破仑统治宣布独立一百周年的隆重庆祝大会，要求印度尼西亚人民出钱出力。德万托罗认为这是对印度尼西亚民族的压榨和侮辱，他在报上发表一篇文章，题为《假如我是荷兰人》，公开谴责荷兰殖民统治者的无理行为。他在文章中说："假如我是荷兰人，我就不会在那被我们剥夺了独立的国度里庆祝荷兰的独立。"还说："命令印度尼西亚人捐款庆祝荷兰的独立，这不仅是不合理的，也是不妥当的。这样做简直是对印度尼西亚人民的侮辱。"这篇文章发表后在印度尼西亚人民中间引起强烈的反响，同时也引起殖民统治者的极大恐慌，立刻把德万托罗以"扰乱治安"的罪名加以逮捕并被流放到荷兰去。由此可见，当时的德万托罗已经是一位勇敢和坚定的反殖民主义的民族斗士，但他在民族运动中的主要贡献还是在民族教育方面。他是第一个在教育战线上向荷兰殖民奴化教育宣战的人，后来被人誉为"印度尼西亚民族教育之父"。他敏锐地看到荷兰殖民统治者的"道义政策"所实行的教育计划实质上是在培养为殖民统治服务的洋奴人才而不是在提高印度尼西亚民族的文化素质。他们所培养出来的知识分子"西化"现象很严重，越来越脱离本民族的文化传统而逐渐丧失自己的民族意识。为了阻止殖民奴化教育给印度尼西亚民族带来的危害，德万托罗决定自己创办民族教育，于1921年成立第一所民族学校"学生园地"（Taman Siswa），提出"从面向西方改为面向民族"的教学方向。他说："我们的人民在面向未来时感到迷茫。我们经常被一些看来似乎对我们的生活是必要的和合适的现象所迷惑，其实那都是为了外国人的需要……。"他还说："我们往往看重单纯知识的教育，其结果是把我们带进了失去独立自主的生活浪潮，使知识分子脱离了人民。在这迷惘的时代，我们应该以我们自己的实际和我们自己的文化作为出发点，寻求符合我们本性的和给我们带来安宁的新生活。"他指出，只给少数人的教育对民族是无益的，必须给大部分的人民以充分的教育。他说："民族和国家的力量在于其人民的力量总和，因此与其致力于不利于普及化的提高教育不如致力于人民大众的普及教育。"德万托罗强调要自力更生办民族教育，他说："虽然我们不拒绝他人的援助，但如果那种援助将减少我们的独立自主，那么我们就加以拒绝。"德万托罗的教育思想和主张具有鲜明的反殖民主义的时代特征，是印度尼西亚民族觉醒的一个具体表现。提倡民族教育就是提倡民族文化，反对殖民奴化政策，这正是当时民族主义文学所力求表现的一个主题。由于德万托罗在民族教育事业上的突出贡献，他的生辰后来被法定为印度尼西亚的"民族教育节"。

以上三位先驱者代表了印度尼西亚民族觉醒初期的风云人物，他们从事的反殖民主义的斗争为印度尼西亚的现代民族运动鸣锣开道，在青年学生当中产生了巨大的反响。1915年爪哇的青年学生成立了"三项崇高目标协会"，1918年改名为"爪哇青年联盟"。1917年在爪哇学习的苏门答腊青年学生也成立了"苏门答腊青年联盟"，他们大力鼓吹爱国主义思想，提倡发扬本民族的语言文化。他们中的一些先进分子通过文学创作来实践他们的主张，用知识分子在学校使用的"高级马来语"写新诗和小说，抒发民族情怀，表达对殖民地现实的不满和对民族前途的冀盼。这样，在通俗马来语文学之外，知识分子中间开始兴起用高级马来语写的民族主义文学，而同时兴起的个人反封建文学也是用高级马来语写的，于是高级马来语文学在20年代便成了印度尼西亚文学发展的主流了。

首先用"高级马来语"进行创作的是在爪哇的一些积极主张民族统一语言和文化的苏门答腊青年学生。他们创作的新诗成了20年代印度尼西亚民族主义文学的先声。他们的诗作不但表达了民族主义的思想感情，也突破了板顿和沙依尔旧传统形式的束缚，开创了更加自由的现代新诗体。他们直接引进西方的商籁体，使这种诗体在20年代的诗坛上大行于世。他们在诗中所表达的民族主义思想往往比较婉转和隐蔽，以免遭殖民当局的迫害。他们常用暗喻和象征的手法来表达他们的爱国情怀及民族意识，或借景寄情，或托物言志，浪漫主义的情调比较浓厚。他们的民族主义思想起初也比较狭隘，带有地方民族主义的色彩，所歌颂的祖国往往只限于自己的出生地。但随着民族运动向全国发展，他们的民族主义思想也逐渐发展成全国统一的民族主义思想，而他们歌颂的祖国也超越了自己的乡土范围而包揽了整个印度尼西亚的山山水水。在最早的民族主义诗人中，最有代表性的是耶明、鲁斯丹·埃芬迪和沙努西·巴奈，他们都是印度尼西亚现代诗歌的开拓者。

在早期的民族主义文学中，长篇小说的创作显然要比诗歌的创作困难得多，但仍有像阿卜杜尔·慕依斯这样一位杰出的民族主义者能排除种种困难，写出一部划时代的批判殖民主义种族歧视和奴化政策的现实主义小说。他也被公认为独立前印度尼西亚文坛上最卓越的小说家（详见下一节）。

第二节　民族主义文学先行者迪尔托·阿迪·苏里约

迪尔托·阿迪·苏里约（Tirto Adhi Soerjo）1880出生于爪哇布罗拉，父亲是税务局职员，祖父曾是苯佐尼哥罗县太爷，因不愿对白人上司阿谀奉承而被革职。他在家乡就读于荷兰小学，毕业后前往巴达维亚（今雅加达）入医科专门学校深造并开始投身民族运动。他是1906年印度尼西亚原住民的第一个现代组织"绅士协会"的创立者，1908年加入"至善社"，1909年参与伊斯兰商业联盟和后来的伊斯兰联盟的创建工作。但他的主要精力放在民族新闻事业上。1901年他任《巴打威新闻》主笔，后来担任过《绅士论坛》、《东印度妇女》、《正义之光》等报的主编。他是原住民中最早用新闻媒体作为武器与殖民统治者进行斗争的人。殖民政府曾三次请他出任官职，三次都被他拒绝。由于他坚持民族立场，经常抨击殖民统治，因而屡遭迫害，还被流放过。他也因此而被人誉为"印度尼西亚新闻事业之父"，赞扬他是"早期印度尼西亚民族主义运动最重要的人物"。甚至连一些开明的荷兰人也对他十分钦佩，弗利斯说他"一个人能完成十个、百个同胞所不能完成的工作。……他每时每刻都在为民族的进步而工作，把自己的一切成就都奉献给大众，而他自己却从不考虑钱财。"

迪尔托不但是民族新闻事业的开拓者，也是印度尼西亚民族主义文学的先行者。他在年轻的时候就开始进行创作，他的第一部小说是《争夺一位姑娘》

（ Pereboetan Seorang Gadis ），于1902年开始在《巴打威新闻》连载，共32期。这部小说是根据真人真事写的，可惜第一部分发表完之后便中断，可能他已被迫离开《巴打威新闻》，所以停止刊登他的小说了。1904年《巽达新闻》连载了他的另一部小说《列车情缘》(Menemoe Tjinta Dalam Kereta-api)，也可惜连同他的另外两部小说《失败的姻缘》(Pertoenangan Sia-Sia)和《找好运》(Mencari Oentoeng)都没能留传给后人。

迪尔托作为民族新闻工作者非常关注本民族在殖民地社会中的现实处境和悲惨遭遇，他尤其同情本民族倍受蹂躏和践踏的"姨娘"(Nyai)们的命运。所谓"姨娘"是指当有钱有势者侍妾或姘妇的土著妇女，她们是19世纪末20世纪初印度尼西亚殖民地社会的畸形产物，也是印度尼西亚民族可悲命运的象征。"姨娘"大多出身于贫民家庭，她们一是美丽，二是贫穷，因此成为有钱有势男人的追猎物和发泄情欲的工具。"姨娘"不但没有社会地位，更没有法律保障，被男人玩腻了可以随时抛弃。最可怜的是当本族封建贵族官僚的侍妾，既拿不到多少钱，还受封建家庭的压迫，被抛弃后往往身无分文而流落他乡。当白人殖民者侍妾的"姨娘"一般来说情况反而要好些，因为白人殖民者大多为资产阶级，不但很有钱，也比较自由。当白人的"姨娘"收入较丰，且可以自由分手，被遗弃后还有足够的钱置田买屋。"姨娘"是男人的玩物，红颜薄命，没有爱情，丧失做人的一切权力。她对命运的一种抗议就是有钱后偷养男人和玩弄男人，把男人掌握在自己的手心。所以社会上往往把"姨娘"视为玩世不恭和肉欲横流的下贱荡妇，是社会罪恶的一个根源。其实"姨娘"是殖民统治下最不幸的土著女人，她的人性全被扭曲了。她何尝不想有真正的爱情和幸福的家庭呢？迪尔托对"姨娘"的命运充满同情，看到她们是民族压迫和阶级压迫的直接受害者，他写的小说《拉特纳姨娘的故事》(Tjerita Njai Ratna)集中地揭示了"姨娘"的悲惨命运和内心深处对真正爱情的渴望。

小说的主人公拉特纳长得非常美，然而她的命运非常惨。她先当本族封建贵族官僚的侍妾，既无地位又无钱财，备受蹂躏和欺压。她被遗弃后又当了白人船长的侍妾，看起来像个"阔太太"了。其实她的生活非常孤独和空虚，白人船长一出海就数月不归。有一天，她与医科学生山泊托路上邂逅，两人一见钟情，不久便坠入爱河。这次拉特纳才尝到真正的爱情，两人尽情享受蜜月般的生活。后来白人船长退休了，要带拉特纳移居三宝垄。拉特纳决心与白人船长分手，同心爱的人永远在一起。但山泊托不敢接受，因为他还在学习，而且家里也不会同意。山泊托还是让她跟白人船长走了，从此杳无消息。多年后，山泊托从报纸上才知道拉特纳遭到不幸，那白人船长投资失败而自杀身亡，拉特纳不知去向。过了一段时间，山泊托又从报纸上看到拉特纳的消息，她被控谋财害命，把自己的丈夫——一位荷兰老人——毒死了。由于证据确凿，拉特纳罪责难逃。山泊托不禁怆然泪下，他内心深处仍在爱着拉特纳，暗自说道："拉特纳如此美丽，如此宽厚，如此善良，竟变成如此凶残，杀了自己的丈夫。"他百思不得其解，从此再也不敢与"姨娘"接触，娶了名门闺秀当个好丈夫，拉特纳从他的记忆中逐渐消失了。突然有一天来了一位雍容华贵的妇人，戴着面纱和太阳镜。当那贵妇人把面纱和太阳镜摘下时，山泊托大吃一惊，原来那贵妇人正是拉特纳。拉特纳跪在山泊托面前请求宽恕，一边从头到尾讲述她不幸的遭遇……

这部小说于1909年在《绅士论坛》上连载，可惜该报已残缺不全，故事后来如何发展不得而知。但从上面已经讲到的故事来看，这部小说决不是一般的通俗艳情小说。拉特纳的命运象征着荷兰殖民统治下印度尼西亚民族的悲惨命运。人们看完这部小说之后都要深思，为什么这样一位美丽善良的土著姑娘会变成杀人凶手呢？小说给人的启示恐怕就在这里。

20世纪初的印度尼西亚殖民地社会已经成了商品社会，在各种社会矛盾中都可以看到金钱的主宰作用。白人可以任意欺压印度尼西亚人，除了拥有殖民特权，还因为他们拥有金钱。1909年迪尔托在《绅士论坛》发表的另一部小说《金钱夺妻》（Membeli Bini Orang）对当时殖民地社会的这一本质现象进行了深刻的揭露。

小说的主人公也是一位"姨娘"，名叫恩泽。她是本族老哈吉的新妻，两人很不般配。在一次看赛马中，她遇上一位放高利贷的土生荷兰人阿克特。两人眉来眼去，阿克特被恩泽的妖艳弄得神魂颠倒，决心把她弄到手做自己的"姨娘"。阿克特利用金钱的力量派人去说项，用金银首饰去打动恩泽的心。后来趁老哈吉向他借高利贷的机会，一步一步逼老哈吉交出恩泽抵债。就这样那位土生荷兰人阿克特利用金钱的力量夺走了土著人的妻子。但是他最后也得到了报应，恩泽当阿克特的"姨娘"后掌握了他的一切秘密，便越来越不守本分，在外与许多男人乱搞。阿克特不敢做声，只好关在家里忍受耻辱。

以上迪尔托的几部小说着重于揭露殖民地社会的丑恶现象，通过典型人物"姨娘"的遭遇掀开民族命运悲惨的一面，以启发人们对民族命运的关注。这是迪尔托从事小说创作的主要动机。除了自己的作品，他也为其他人的此类作品提供了发表的园地，例如哈吉·慕克迪的《希蒂·马丽娅传》（Hikajat Siti Mariah）就由《绅士论坛》于1910年开始长篇连载。而最能表现他的民族主义思想的是1912年在《绅士论坛》上连载的他最后一部小说《布梭诺》（Busono）。这部小说实质上是作者的自传，主人公布梭诺就是作者本人，他投身民族斗争的经历正是作者自己实际的人生经历。

《布梭诺》是传记式小说，集中讲布梭诺的奋斗史，从他离开医科专门学校讲起。他一生为之奋斗的目标是创办不受荷兰人控制的民族新闻事业，借舆论的力量揭露和抨击殖民政府贪污腐败的官员，为百姓造福，同时号召大家振兴民族，发展民族企业，兴办民族教育，使印度尼西亚民族能同白人民族平起平坐。为了实现原住民独立办报的目标，他拒绝了当俸禄优厚的殖民官吏，牺牲了自己的爱情和婚姻。他白手起家，孤军作战，艰苦地创办第一家民族报刊。由于敢于在报上揭露殖民官吏鱼肉人民的丑行，为百姓说话，他深受人民的爱戴，同时也遭到殖民官吏和封建势力的诬陷和迫害。他快要举行的婚事被人破坏了，他的名誉被人玷污了，他不得不辞去报馆编辑的职务，躲到勃良安偏僻的农村另起炉灶。而当他开始事业有成时，封建旧势力又向他恶意攻击，诬告他侵吞他人钱财而叫他吃官司。

以上是目前所能看到的《布梭诺》部分内容，由于后来的报纸失传，接下去如何已不得而知。从迪尔托本人后来的经历来看，应该还会遇到急流险滩和惊涛骇浪，不会到此为止。迪尔托的民族主义思想主要体现在布梭诺的言行上，概括起来有几点：一、主张教育兴邦，认为"爪哇人如果能受到同白人一样的教育，就可以拥有和白人同等的地位"。自己办教育就是为了让本民族的男女儿童都能上进，将来成为有用之才。二、向西方学习，鼓励本民族集资，发展民族企业，参与市场竞争，为民族教育提供经费。三、组织起来互助合作，提高劳动生产力，掌握市场规律，发展农村经济。布梭诺在勃良安农村巴西查贝的创业过程就是在具体实践他的上述主张。他先办《爪哇使者报》在群众中间广泛开展宣传教育，启发他们的民族意识，然后成立合作社性质的供销企业，把农产品直接销往城市，减少中间盘剥，使农民收入倍增。接着他根据市场需要发展适销对路的经济作物，使农村面貌大为改观，家家富裕起来了。有了钱之后，布梭诺又领导村民办校，发展农村教育事业，使农村越来越兴旺。这当然只是作者想象中的乌托邦，但已把作者民族主义思想的蓝图全部勾勒出来了。这部小说可以说是第一部反映早期民族主义思想的作品，具有历史的开创意义。

迪尔托的小说是用"通俗马来语"写的，他为什么不用"高级马来语"写呢，这里有他自己的政治考虑。他认为"通俗马来语是荷兰殖民地被统治民族的共同语言"，而"书本马来语（指高级马来语）是统治者的语言"。他是为"被统治民族"而办报和写小说的，是给"被统治民族"看的，所以使用"通俗马来语"正是他民族主义立场的必然选择。

　　迪尔托于1918年12月7日与世长辞，年仅38岁。他是被过重的工作负担和殖民统者不断迫害和摧残而夺走生命的。他不但开创了印度尼西亚的民族新闻事业，也栽培了第一代民族新闻工作者，马斯·马尔戈就是其中的一个。马斯·马尔戈在纪念文章中对迪尔托的历史贡献予以高度的评价，说迪尔托是"土著新闻工作者之父，同时也是把土著民从沉睡中唤醒的第一人。他由于维护弱者而屡遭流放，第一次被流放到勃东湾两个月，最后一次被流放到安汶六个月，其原因就是他"过于坚持维护小民"。迪尔托对民族新闻事业的贡献已得到公认，独立后印度尼西亚政府也正式封他为"印度尼西亚新闻事业之父"。然而，他在印度尼西亚现代文学史上的地位和贡献，却远没有得到应有的评价，甚至被排除在外。这可能是因为他的作品散见于报刊上，而早期的报刊多已残缺不全，故而无从评说。再就是可能因为他使用的是"通俗马来语"，这种语言被官方和一些学者视为不登大雅之堂的语言，用这种语言写的作品都被当作毫无文学价值而不屑一提。这是一种长期存在的偏见，是不公正的。通俗马来语文学是印度尼西亚近现代殖民地社会的历史产物，应该用历史的观点去评价此类文学作品。迪尔托用通俗马来语写的小说反映了印度尼西亚民族觉醒初期的时代面貌，表现了最初的民族主义思想，这是没有其他同代人的高级马来语作品可以相比的。迪尔托是印度尼西亚现代文学的先行者，他在文学上的贡献同样是毋庸置疑的。

第三节　耶明和他的新诗

　　20世纪的头十年，无论是民族报刊还是早期的现代文学，使用的语言都是"通俗马来语"，因为这种语言最大众化，而且跨族群化。民族运动的先驱们为了唤起全国民众和组织全国民众都要借助于这个通俗化的语言。"高级马来语"是在民族运动起来之后才成为印度尼西亚现代文学的语言。20年代前后，在荷兰学校学习的青年学生一般都用荷兰语作为交际用语，荷兰化现象比较严重，与民族运动相脱节。为了改变这种状况，跟上民族运动发展的形势，一些在雅加达学习的苏门答腊青年学生积极主张弘扬民族语言文化，有意识地用自己的"民族语言"写诗，表达他们的爱国心和民族情感，以此来唤起人们民族意识的觉醒。他们所谓的"民族语言"就是他们在学校里学的"高级马来语"。这样，在20年代前后，"高级马来语"便开始进入印度尼西亚的现代文学。这里需要指出，这时的"高级马来语"与马来古典文学使用的"高级马来语"已有所不同，它已经发展成为现代语言了。

　　第一个采用"高级马来语"写诗的诗人是耶明（Muhammad Yamin）。他是米南加保人，1903年生于沙哇仑多，小时在马来学校念书，后就读于荷兰师范学校，曾在茂物农业专科学校学习，1927年在日惹官办中学高中毕业后入雅加达高等政法学校深造，于1932年毕业并获法学学士学位。耶明早在青年时代就已投身青年学生运动，是苏门答腊青年联盟的活跃分子，1926—1928年曾任该联盟的主席。他最早意识到语言与民族有着不可分割的关系，于1921年发表的诗《语言与民族》（Bahasa, Bangsa），充分表达了他的这一认识，诗中写道：

> 生于自己的民族，使用自己的语言
>
> 左邻右舍都是一家的成员
>
> 马来土地把我们抚养成高尚的人
>
> 在欢乐的时刻，还是在悲痛之中
>
> 手足之情把我们紧密相连
>
> 从语言中听到了情谊绵绵
>
> ……
>
> ……
>
> 亲爱的安达拉斯[①]，生我养我的土地
>
> 从孩提时代和青年时期
>
> 直到死后埋入黄土里
>
> 自己的语言从不忘记
>
> 青年们要记住，苦难的苏门答腊呵
>
> 没有了语言，民族也就消逝

耶明在1926年发表的《我们印度尼西亚未来的语言和文学的发展可能》一文中对民族语言的问题进一步阐明了自己的观点，他说："在商品经济和政治领域里，马来语已经占据首要地位。如果要在已有的基础上进行建设，我们就必须了解历史的发展道路。对我来说，我坚信马来语迟早将成为大众的交际语言或者说成为印度尼西亚民族的统一语言。而未来的印度尼西亚文化将由这个语言来体现。"

耶明在1921—1922年的《苏门答腊青年》杂志上发表了好些用"高级马来语"写的新诗，开印度尼西亚现代新诗之先河。他的诗一般都是抒情诗，借景抒情，以歌颂祖国的山山水水来表达个人的民族情怀，富有浪漫主义的情调。起初他所歌颂的祖国只限于他的出生地或者最多也不出苏门答腊岛的范围。例如他在1920年发表的第一首诗《祖国》（Tanah Air）就反映了他当时的祖国概念还是很狭隘，

---

① 苏门答腊的别称。

诗的最后一段这样写道：

> 站在巴里杉山脉的终端
>
> 遥望岸边那美丽的海湾
>
> 水波连天，浩浩淼淼
>
> 啊，那里就是印度洋，广阔浩瀚
>
> 瞧波涛滚滚而来，汹涌澎湃
>
> 冲向沙滩，浪花四飞
>
> 仿佛在高声呼喊：
>
> 啊，安达拉斯，苏门答腊岛
>
> 为她争光吧，让她扬名四海！

　　耶明写这首诗时才17岁，他的所谓"祖国"就是他的出生地苏门答腊，还没有形成整个印度尼西亚的祖国概念，但爱国的拳拳之心已溢于言表。后来他的"祖国"概念随着民族运动的发展而越过了地域的界限，从地方民族主义的"祖国"变成了大印度尼西亚民族主义的"祖国"。这特别强烈地表现在他的长诗《印度尼西亚，我的祖国》(Indonesia, Tumpah Darahku)。这是耶明为1928年全国青年代表大会写的献诗，共88节，每节7行，加在一起共616行。诗人以全部的激情歌颂祖国各地美丽的江山和整个民族过去辉煌的历史，抒发他的民族情怀，倾诉他对民族美好未来的期望。他在诗中唱道：

> 我的祖国呵，岛岛相望
>
> 日月漂浮在汪洋大海之上
>
> 宛若湖里碧绿的浮萍
>
> 黑夜里熠熠生辉
>
> 月光下灿烂辉煌
>
> 寰宇呵浩浩，四海呵茫茫
>
> 我的民族在这里繁衍生长
>
> 印度群岛呵，我的故里
>
> 是我心中至高无上的圣地
>
> 我来到人世就把你歌颂
>
> 一直唱到灵魂与肉体分离
>
> 我们都是同胞兄弟
>
> 印度尼西亚是我们的降生地

　　与他的第一首诗《祖国》相比，这里耶明所歌颂的祖国已经不是苏门答腊一个岛了，而是整个东印度群岛，即号称"千岛之国"的印度尼西亚。他用相当多的篇幅描述和赞美祖国的锦绣山河，也用相当多的篇幅讴歌印度尼西亚民族过去光荣的历史，其目的只有一个，就是为了恢复人们的民族自信心，激扬民族的自豪感。他在诗中唱道：

> 请听现在年轻人的歌唱
>
> 和我唱的赞歌曲调一样
>
> 他们在唱历史上民族的威望
>
> 尽管那时是太平盛世
>
> 记忆朦胧，但仍有印象
>
> 在光荣的印度尼西亚
>
> 我们祖先奋斗的业绩辉煌
>
> ……
>
> ……

接着耶明把印度尼西亚历史上各著名的王朝和抗敌的民族英雄一一加以赞颂，他是要以史为鉴，要求现代青年不要忘掉自己民族辉煌的历史，要继承民族的光荣传统，为重振民族雄风而斗争。最后他发出响亮的号召：

> 把面前的明灯重新拨亮
>
> 让它重放灿烂的光芒
>
> 把我们独立的原野照亮

这首长诗以爱国主义和民族主义作为基调，唱出了时代的最强音。全诗慷慨激昂，铿锵有力，艺术地体现了"青年誓词"所提出的民族号召，在当时的青年学生中间引起了强烈的反响，直到现在，每当举行"青年誓词"纪念大会时，都要把这首诗拿出来重新朗诵一番，可见其历史意义非同一般。

除了在思想内容上，在诗歌形式上耶明也是有所突破和创新，他是第一个把西方商籁体诗引进印度尼西亚现代诗歌的人。源于意大利的商籁体诗在19世纪的80年代风靡荷兰诗坛，再由荷兰传入印度尼西亚。商籁体是一种十四行诗，采用四四三三的句式，前两节的四四好比板顿诗的兴句，后两节的三三是意之所在，同时还保留着板顿和沙依尔诗的传统格律韵律，所以很容易被人们所接受。商籁体诗可以给诗人提供比板顿诗更大的空间来抒发胸臆，因此深受青年诗人的欢迎和喜爱。耶明在1922年出的诗集《祖国》，除头一首外其余都是商籁体诗，后来的诗人也纷纷仿效，使商籁体诗在20年代的印度尼西亚诗坛上风行一时。

为了宣扬民族统一的思想，耶明在诗歌之外还写了一部历史剧《庚·阿洛克与

庚·德德丝》(Ken Arok dan Ken Dedes)，在1928年青年代表大会的文艺晚会上首
次演出，获得了巨大成功，至今已被人演过39次。这部历史剧是根据《爪哇列王
志》中有关庚·阿洛克的传奇写的，讲12—13世纪爪哇王朝分裂后又统一的一段历
史。11世纪爱尔朗卡王晚年把国土一分为二，传给两个王子，从此国土分裂，战
乱不止。到13世纪，一个农民出身的年轻人庚·阿洛克杀了昌卡拉侯王冬古尔·阿
默冬，夺了他的妻子庚·德德丝，然后推翻柬义里王朝，建立统一的新柯沙里王朝。
庚·德德丝生有两个儿子，长子叫阿努沙巴迪，是她和冬古尔·阿默冬所生之子。
次子叫旺·阿特楞，是她和庚·阿洛克所生之子。庚·阿洛克实际上是毗湿奴大神
的化身，他下凡的是为了把分裂的国土重新统一起来。如今实现统一的任务已经
完成，他召集宫廷会议，准备把王位传给次子，遭到大臣们的反对。阿努沙巴迪
常受到父王的奚落，终日闷闷不乐。他一再追问母后为什么他一直受父王的歧视。
庚·德德丝只好告诉他庚·阿洛克不是他的生父，他的生父是冬古尔·阿默冬。阿
努沙巴迪继续追问他的父亲的死因，这时冬古尔·阿默冬的灵魂突然出现，告诉
儿子他是被人刺死的，临走留下三句话：

> 刺死人者必被刺死
> 用格利斯剑刺死人者必被格利斯剑刺死
> 罗加威知道秘密！

　　所谓"秘密"就是：为实现国家统一的人，他必须付出自己的生命作为代价。
庚·阿洛克欣然接受恩莆·甘德磷的这一诅咒，为统一祖国，心甘情愿地献出生命。
庚·德德丝为了忠于自己的丈夫，也用格利斯剑自刎殉情，临死前要求把王位按
正统传给长子阿努沙巴迪而让旺·阿特楞当统帅并提出三个信条：一、信奉神意；
二、为民族和国家效力；三、忠于拉查萨王室。这三个信条的含义是，要人们顺
天意，为祖国，忠民族，以维护民族的和睦和团结。

　　在历史上庚·阿洛克是真有其人，他是新柯沙里王朝的开国元君。关于他的
传说很多，充满着浓厚的印度教神秘色彩。但耶明拿庚·阿洛克的传奇故事作为剧
本的中心内容，却另有所图，那就是借古喻今，寓民族主义思想于历史传奇故事之
中，宣扬民族统一的思想和为民族统一敢于自我牺牲的精神。耶明从历史中似乎找
到了有关民族统一的灵感。后来他写的历史人物传记《卡查·玛达》(Gadjah Mada)
(1946)、《迪波尼可罗亲王》(Pengeran Diponegoro)(1950)都是为了弘扬民族统一
的精神和讴歌维护民族利益的英雄。

第四节　反帝诗人鲁斯丹·埃芬迪

与耶明差不多同期出现的诗人是鲁斯丹·埃芬迪（Rustam Effendi），他是20年代反帝的民族主义精神表现得最激进和最坚决的新一代诗人。鲁斯丹1903年出生于苏门答腊的巴东市，从小在荷兰学校受教育，后来在武吉丁宜和万隆的师范学校学习，曾在巴东当过几年教师。他在念书的时候就爱好文学艺术，20年代后开始从事新诗创作并有志于对伊斯丹布尔戏剧进行改革。

鲁斯丹的第一部诗集《沉思集》（Pertjikan Perenungan）发表于1926年，收集了这以前他主要的诗作。对祖国命运深深的忧患意识和对自由独立的热切向往构成了整个诗集的基调，这在他的一对商籁体诗《悲叹》（Mengeluh）中得到充分的体现：

悲叹

I

我不是踩着簇簇鲜花

从生活中走向坟场

我无时不在受难中

深仇大恨填满我胸膛

看人间血雨腥风，我暗自悲泣

无权无告，人人一贫如洗

这就是祖国的命运呀

被人榨干而枯瘦无比

是啊，我怎能开怀欢乐

人民在受苦，哀鸿遍野

我的心阵阵作痛如刀割

是啊，我怎能倾听衷肠

声音哽咽，欲说无言

我的诗被重重挤压在心房

II

大地呀，什么时候花开满人间

让纤纤十指任意撷拣

让无拘无束的双手尽情撒播

用人民自由的翅膀高高奉献

　　　　　城门呀，什么时候大放自由的光芒

　　　　　将无尽的苦难一扫而光

　　　　　独立之风啊，什么时候吹到人寰

　　　　　把我心中的积郁全部涤荡

　　　　　到那时，我将祈求上苍

　　　　　在花丛中把我的躯体埋葬

　　　　　再用我的诗编织成美丽的花环

　　　　　到那时，我才心花怒放

　　　　　即使生命宣告结束

　　　　　因为夺回民族至宝已如愿以偿

　　诗的第一部分给人以沉重压抑之感，痛诉印度尼西亚民族遭到的巨大苦难，表达诗人伤时忧国的沉重心情。在殖民统治下看到了自己的民族处在水深火热之中，他怎能不心急如焚，明知自己选择的道路将充满风险，也决不后悔。这道出了爱国者的共同心声。第二部分则以豪壮的声音表达诗人对民族独立和自由的殷切企盼，并表示愿意为民族理想的实现献出自己的生命，表现了坚定的反帝战士义无反顾的悲壮气概。

　　鲁斯丹的诗比耶明的诗更富有战斗气息，他也写了一首题为《祖国》的诗，比耶明的《祖国》表现出更为强烈的民族主义精神。同样都在歌颂祖国，他的诗更具战斗性，在赞美祖国江山的同时，强烈地谴责了殖民统治者对祖国的蹂躏。他在诗中这样描述祖国的命运：

　　　　　啊，我的祖国，苦难无比

　　　　　哀叹和呼喊着命运的悲凄

　　　　　低头弯腰双手擎着耻辱

　　　　　任人践踏让苦难折磨自己

　　　　　汗水撒满地，鲜血流成河

　　　　　啊，我的祖国，苦难无比

　　对祖国的悲惨命运诗人有切肤之感，殷切期待祖国翻身的日子快点到来，以便清算那些为虎作伥的人。他接着唱道：

　　　　　啊，我的祖国，命途多舛

　　　　　期待的日子何时降临

　　　　　把你从迷茫不安中彻底解放

　　　　　清算那些媚敌的民族败类

> 因为他们只顾自己享权
>
> 啊，我的祖国，命途多舛

鲁斯丹也喜欢借景抒情，以物言志，如他的诗《母亲的怀抱》（Pangkuan Bunda），把祖国比作自己的母亲，倾诉他爱国的胸臆，感人至深。他的另一首诗《榕树》（Batang Beringin）则把榕树比作祖国。榕树曾世世代代为人们遮日挡雨，如今人们却不在意它昔日曾枝繁叶茂而今凋零枯萎，从不来倾听它的叹息声。而诗人听到了那榕树的呼声，并决心响应号召，以身报国，他最后唱道：

> 没有一个人前来问榕树
>
> 问问为何要向他哭诉
>
> 失去的欢乐呀，何时能恢复
>
> 我的民族等待得全身抽搐
>
> 榕树在哭泣，向我细声低诉
>
> 声音传到了我的耳鼓
>
> 啊，我的祖国，我的至爱
>
> 我的心在燃烧，等待你的传呼

在殖民统治下，鲁斯丹不能直接表达对自由独立的向往，只好借物以寄情。他把对自由的憧憬寄情于自由翱翔的飞禽，《鸽子》（Merpati）便是其中的一个典型例子，诗人对着白鸽唱道：

> 啊，白鸽
>
> 为何你总是乐呵呵
>
> 仿佛不知世间有困苦
>
> 飞到东来飞到西
>
> 难道你就没有忧伤过？
>
> 啊，白鸽
>
> 你在飞禽中最幸福
>
> 从来没有悲伤过
>
> 啊，我真愿当只飞鸟
>
> 因为飞鸟是自由的生物
>
> 啊，白鸽
>
> 飞翔吧，冲上云宵
>
> 在那里把我的诗歌传播
>
> 让我的心得到安宁吧

"想起那故乡的大门

愁云密布，心情郁闷

因看到那些无信仰的人们"

当民族运动出现日益加剧的内讧时，作为激进的民族主义者的诗人不能不感到焦虑万分，他极希望各对立的党派和团体之间能通过爱来化解矛盾，要求彼此互相宽容，精诚团结，共同对敌。《互相爱吧》(Bersayang — sayangan)表达了诗人的这种急切愿望：

你们都是芸芸众生，互相爱吧

让爱在你们的胸中生根

让爱成为你们的行为准绳

你们心灵所能享受到的

将是这花果含藏的甘醇

你们都是芸芸众生，互相爱吧

让爱成为化解仇恨的甘泉

拼弃互相仇杀和摧残

因为那是一切罪恶的源头

是我们所惧怕的临头大难

你们都是芸芸众生，互相爱吧

用爱约束你们的舌尖

别让悔恨伴随终生

舌尖是怨仇的祸根

只有爱才能消释旧嫌

你们都是芸芸众生，互相爱吧

多少悔恨使人涕泣悲楚

别等把朋友送进墓穴

才来捶胸嚎啕大哭

向无言的死体请求宽恕

你们都是芸芸众生，互相爱吧

把爱种在你们的心田

让爱成为你们行为的准绳

你们将会品尝到爱的全部甘甜

那是人生幸福的源泉

诗里提的"芸芸众生"是指在殖民统治压迫下的印度尼西亚人民大众,这里是有明确的民族界限的,因此诗人"互相爱吧"的呼吁是向民族运动中的各种力量发出的。他主张人民之间要以"爱"为基础,互相爱护、宽容和体谅,这样才能团结一致,完成民族独立的大业。别等到民族独立斗争因内讧而失败了才"向无言的死体请求宽恕",那已经毫无意义。

《沉思集》可以说已经基本上把鲁斯丹激进的民族主义思想和他的诗歌风格展示出来了,但最能完整表现他的反帝和要求民族解放的民族主义思想的是他的三幕诗剧《贝巴沙丽》(Bebasari)。这是印度尼西亚现代文学史上的第一部诗剧,是在1926年民族大起义的风暴中诞生的。鲁斯丹有无直接参与这次起义不得而知,但他当时作为激进的民族主义者似乎不可能置身于革命风暴之外。他必然会为迎接民族斗争高潮的到来而摇旗呐喊。然而,与马尔戈所代表的无产阶级革命文学不同,鲁斯丹的创作不是直接为政治服务的,他采用的是高级马来语,是面向新一代知识分子的。他写《贝巴沙丽》的目的就是要号召知识界的新青年起来迎接民族运动高潮的到来,勇敢地向殖民统治者进行冲击。

《贝巴沙丽》是一部具有高度象征意义的诗剧,以富有浪漫主义色彩的神话故事来表现非常严肃的反殖民主义和争取民族解放的时代主题。剧中每一个角色的名字都赋以一定的象征意义。例如女主角的名字"贝巴沙丽"是从"Bebas Hari"合成的,是"解放之日"的意思,象征着期待解放的印度尼西亚。男主角的名字"布昌卡"是从"Bujangga"来的,象征着"青年学子"。其他角色的名字也都有象征意义,如"沙巴里"是从"Sabar"变来的,象征在殖民统治下宁愿苟且偷生的人;"达卡拉迪"是从"Dakar Hati"变来的,象征意志坚定和敢于斗争的人等。而反面角色的名字"罗波那"则取自印度尼西亚人民十分熟悉的《罗摩衍那》的反面人物十首魔王的名字,象征着荷兰殖民主义者。

整个神话故事都是带象征性的,象征印度尼西亚遭到荷兰殖民侵略的悲惨历史和觉醒了的印度尼西亚青年夺回民族自由的决心。诗剧的开头是布昌卡在睡梦中听到贝巴沙丽在深牢里不断向他发出凄惨的呼救声,贝巴沙丽把自己重获自由的希望全寄托在他的身上。布昌卡醒来后感到非常震惊,求父亲为他解梦。父亲无法再隐瞒,只好告诉儿子贝巴沙丽原来是他的未婚妻,把前前后后的经过叙述一番。父亲所叙述的实际上就是印度尼西亚祖国遭受西方殖民侵略的经过,他说祖国原是一片乐土,以其美丽富饶而扬名四海,但由此也招徕了从西边来的罗波那的海盗式侵略。父亲说:

……

......

> 罗波那异常狡猾而又铁石心肠
>
> 有七个头颅和千只眼睛在身上
>
> 手持巨杖能喷出火药与硝烟
>
> 脸上抹了厚厚的白粉，不知羞耻在何方
>
> 把虚伪的面孔罩上了威严的面纱
>
> 罗波那貌似正人君子嘴蜜坏心肠
>
> 掠夺俘虏财富恣意践踏人权
>
> 把人民像牲口捆绑，卖身契紧捏在手上

......

......

对印度尼西亚人来讲，罗波那象征谁是一目了然的。"脸上抹了厚厚的白粉"是暗示罗波那乃白人殖民侵略者，而能喷出火药硝烟的巨杖就是洋枪洋炮。罗波那来了之后恣意掠夺他人财富，把人民变成牛马，这正是荷兰对印度尼西亚进行殖民掠夺的真实写照。

布昌卡听完父亲的叙述之后，决心去救贝巴沙丽。这时，代表老一代人的父亲和苟且偷生的沙巴里极力加以阻拦，向布昌卡大肆宣扬罗波那船坚炮利，兵多将猛，不可战胜，劝他还是明哲保身为好。而代表战斗人民的达卡拉迪等则积极鼓励布昌卡去拯救自己的未婚妻贝巴沙丽。布昌卡必须越过星罗棋布的海岛，其中有五大岛，最后才能到达囚禁贝巴沙丽的地方，人们不难领会那是象征印度尼西亚群岛。布昌卡克服了重重困难而勇往直前，最后打败了敌人并把罗波那赶跑了。贝巴沙丽得以重见天日，她感慨万千地对布昌卡说道：

> 哥呀，时代变迁，星转斗移
>
> 我的心永远不变，一直在等着你
>
> 哥一定会把自由带来
>
> 因为你对我的爱忠贞不渝
>
> 上刀山，过血海
>
> 千难万险你也一定会来到这里
>
> 哥呀，我的终生爱侣
>
> 没有靠乞讨得来的胜利
>
> 每个成功都以牺牲为代价
>
> 每个爱都要毫不利己

> 我们活在这个世界里
>
> 如同梦般稍纵即逝
>
> 活着就要战斗不息
>
> 此乃当今时代之所需
>
> 把爱献给自己的民族
>
> 由爱将崇高事业托举

《贝巴沙丽》是20年代民族主义文学中最有战斗气息的作品，尽管采用了象征性的神话故事作为外壳，其反殖民主义的实质仍然彰明较著，对荷兰殖民统治者构成了直接的威胁。所以1926年（一说1928年）《贝巴沙丽》一出版便遭到殖民政府的取缔，被列为禁书。

鲁斯丹是印度尼西亚现代诗歌的主要开拓者之一，在开创新的诗歌形式和语言风格方面都有突出的表现。与马尔戈为代表的无产阶级革命文学不同，他写诗不是直接为政治服务去向劳苦大众进行政治宣传鼓动工作，而是用诗歌来表达自己的心灵感受和战斗激情，把思想性和艺术性很好地结合起来。他强调诗歌必须是诗人自己真正的心声而不是词句的堆砌，正如他在《并非我善于遣词造句》（Bukan Beta Bidak Berperi）一诗中说的：

> 并非我善于遣词造句
>
> 善于写诗和作赋
>
> 我不是乡绅子弟
>
> 写诗必须循规蹈矩
>
> 词句的法则我全不理
>
> 旧的格律和韵律
>
> 统统被我否定和推翻
>
> 因为我的歌是心灵的声息

在诗歌形式上，鲁斯丹不但采用西方诗歌的商籁体，还根据内容的需要创造一些自由诗体，诗句的长短和排列不受传统格律的限制，特别是《贝巴沙丽》的人物独白和对白，其诗歌形式可谓多样化。在有些诗中，诗人甚至任意减少词的音节数，自己创造词典里没有的词。这都表现了诗人敢于打破旧框框和勇于创新的新作风，为现代诗歌的创作开辟新途径。1926年民族起义失败后鲁斯丹长期流亡荷兰，从此便脱离了印度尼西亚文坛。

第五节　浪漫派诗人沙努西·巴奈

　　沙努西·巴奈（Sanusi Pane）是早期具有代表性的民族主义诗人之一，与耶明和鲁斯丹相比，他的创作风格另有特色，在印度尼西亚诗坛上享有盛誉。沙努西于1905年出生在苏门答腊岛的打板努里，毕业于师范学校，曾在许多学校任教。在东西方文化冲撞中，他醉心于挖掘东方文化，主要是印度文化的精华，以对抗西方文化侵蚀的威胁。这也是他表现自己民族主义立场的一个独特方式。阿米尔·哈姆扎曾这样描述沙努西的特点："沙努西·巴奈的灵魂飞到了印度教和佛教的时代，眼睛注视着庙宇和佛龛的尽善尽美，为宝塔下的一串白玉兰所陶醉。他以宁静平和的心情仔细阅读婆罗浮屠大佛塔和门杜特陵庙壁上所有的故事和比喻，从而在他的心灵深处升起了无限祥和与幸福。他的作品犹如皎月遨游碧空，宁静而又清爽，加上他对语言出神入化的掌握，非其他诗人所能望其项背……。"印度文化讲"天人合一"、"梵我一如"，沙努西早期的诗歌创作就是以歌颂大自然美景为主题，把自己融入大自然的怀抱中去感悟美的最高境界。这可能是他想躲避殖民统治下丑恶的现实而到大自然中去寻觅理想的真美，同时也表达他对祖国江山的深情以及对大自然无限自由的向往。

　　沙努西16岁开始写诗，他的处女作《我的祖国》（Tanah airku）发表在《苏门答腊青年》杂志上。20年代初，他在雅加达和巴东的一些杂志上陆续发表一些诗作。他的第一部诗集《爱的激情》（Pantjaran Tjinta）大概于1926年面世，可惜现已失传。第二部诗集《彩云》（Puspa Mega）发表于1927年，代表了他早期诗歌的主要成就。诗集共收34首诗，除一首外，全采用商籁体，以歌颂大自然美景为主题，表达诗人内心的感慨，富有浪漫情调，这里不妨取《晚霞》（Tedja）一诗为例：

晚霞

遥望西边苍穹

彩霞染尽天空

飞云光耀夺目

掠过凡尘仙宫

光彩渐渐失去明亮

灰云徐徐向前飞翔

飞翔，飞翔，知向何方

浮梦一般不知去向

> 望彩云不禁兴叹
>
> 放光芒何其短暂
>
> 渐离去容颜凄惨
>
> 我的心阵阵悲泣
>
> 忆荣华一瞬即逝
>
> 那幸福永远离去

这首商籁体诗从写景开始，以抒怀结束，情景交融，意境浑成。诗人先对大自然晚霞的美景发出赞叹，但瞬息万变的夕阳红又触发了诗人人生苦短、浮生若梦的联想。过去历史上的荣华一瞬即逝，如今面对殖民统治下的现实那幸福已永远离去。诗人对民族命运的前途感到惘然失落，这时他的民族意识可以说尚未成型。下面的一首商籁体诗《月神》（Tjandra）更能代表诗人这个时期的诗歌特点：

月神

> 身上闪亮着万道金光
>
> 伫立在光耀夺目的彩车上
>
> 月神走出了广寒宫
>
> 含情脉脉地奔向遥远的西方
>
> 左右两排彩旗迎风招展
>
> 驾驭着喷火吐焰的神驹
>
> 月神遨游茫茫太空
>
> 将银花频频撒向人寰
>
> 晚风轻轻吹拂大地
>
> 犹如竹萧吹奏相思曲
>
> 凄凉委婉倍感孤寂
>
> 大地早入梦乡梦中不停叹息
>
> 只因心中又多一层思绪
>
> 但愿黑夜女王将他拥抱永不分离

这首商籁体诗体现了沙努西小我与大我（宇宙）、内我与外我的和合统一，在和谐中达到美的最高境界这样的宇宙观和艺术观。头两段通过月神的出现把"大我"、"外我"的美描绘得淋漓尽致。这两段也可以看作是兴句，以引出后两段的正句，即诗人所要表达的意蕴。与"大我"、"外我"的真美相比，作为"小我"、"内我"的诗人在殖民统治下的现实生活又何其丑恶，反差太大，二者实难和合统一。于是诗人把自己比作单相思的人默默地吹着相思曲，企盼着他有一天能和"黑夜女王"相拥抱而永不分离。这中间所含的不尽之意只有让读者自己去遐想，但从叹息和多层的思绪中至少可以意会到诗人对美好未来的憧憬，盼望实现大我与小我、外我与内我的和合统一。全诗结构严谨，把大自然涂上神话色彩更具浪漫情趣。全诗语言清新流畅，音韵圆转回旋，境界开阔而深邃，情浓而意远，轻罩着一层孤寂和怅惘的薄雾。这是沙努西早期的佳作之一。

沙努西的早期诗作虽然已经蕴含民族主义的情愫，但还处在朦胧状态。随着民族运动的日益高涨，特别是1926年的民族起义和1928年的全国青年代表大会的召开，他的民族意识越来越强烈，使他更执着于印度文化和民族文化的探索。他于1929—1930年去印度进行文化考察，企图寻求美的真谛。看来印度的泰戈尔给了他不小的影响，使他的思想意识和诗歌创作上了一个新台阶。然而，他在异国他乡还是没有找到他向往的"幸福乐园"。最后他终于感悟到"幸福乐园"就在他自己的祖国，在他自己的心底。他在《幸福乐园》(Tempat Bahagia)一诗中唱道：

> 我久久地四处寻觅
> 流浪到了异乡他地
> 走进庙宇参拜神祇
> 百花园里尽情嬉戏
> 到了今日才明事理
> 原来幸福就在心里

这首诗标志着沙努西从充满浪漫幻想的虚无世界回到了自己的现实生活，从此他要在自己的国土里寻找"幸福乐园"。他直接参与了民族运动，关心民族运动的发展。他献给基·哈查尔·德万托罗的一首诗《荷花》(Teratai)，就直接表达了他对这位民族运动的先锋、坚定不移的民族教育家的崇高敬意，同时也表明了他对民族运动的积极支持和拥护。下面是诗的全文：

荷花

> 在我祖国的花范里
> 一枝荷花婷婷玉立
> 把秀丽的脸庞遮住
> 过往行人全未在意
> 她把根深扎大地的心底
> 吉祥仙女让她枝繁叶绿
> 被人忽视又何足挂齿
> 荷花依然端庄和秀丽

> 盛开吧。啊，幸福的荷花
>
> 在印度尼西亚的花苑里大放光彩
>
> 哪怕没有几个园丁看家
>
> 无需在意无人将你观赏
>
> 更不管他人不把你放在心上
>
> 你仍然是捍卫时代的猛将

　　沙努西从1929年到1930年在印度和爪哇写的诗大都收进了他的最后一部诗集《流浪者之歌》（Madah Kelana）。这个时期他的诗显得更加成熟，在内容上民族主义倾向更加明显，在形式上也不再局限于充满浪漫气息的商籁体而采用了更为自由和多样化的诗体。除了讴歌民族运动的先驱人物，他的民族主义倾向也表现在对民族光荣历史的缅怀和歌颂，企图借助于过去民族历史的辉煌重新激起人们的民族自豪感和自信心，启发人们为恢复民族的光荣而奋斗。《怀古》（Rindu Dendam）一诗可作为一例：

怀古

> 在麻惹巴歇的遗迹上
>
> 我单独一人在徜徉
>
> 我进入了梦乡，回忆往昔岁月
>
> 而今又回到现代的时光
>
> 啊，大神，究竟要到何年
>
> 昔日的荣耀才能回来
>
> 恢复我祖国美丽的容颜？

　　沙努西对民族的悲惨命运也越来越关注，对殖民统治的怨恨更加明显。他的短诗《相逢》（Bertemu）表达了他对民族苦难的哀痛：

相逢

> 在海滩上我们相逢
>
> 彼此注视着对方的眼瞳
>
> 里面充满着辛酸和忧伤
>
> 因为国土捏在外族人的手中

　　沙努西越来越贴近现实生活，对平民百姓的受压和贫困深表同情，对殖民地社会的不公表示谴责。他的诗《平民》（Marhaen）一反过去的浪漫情调，现实主义地反映了平民百姓的悲惨生活，并为他们受到的不公平待遇大鸣不平：

平民

我们在黑暗的深谷

一代一代地向前移步

没有希望也没有需求

没有思想也没有爱情的幸福

大神早把我们遗忘了

平民的子孙在忍饥挨饿

我们拼死拼活地劳作

别人却整日享受欢乐

倘若你大神确实存在

啊，大神呀，究竟为什么

我们都被锁进了大牢

尽管我们没有犯罪和作恶？

以上可以看出沙努西的民族主义思想和诗歌创作在发生积极的变化，但印度文化的某些消极影响有时还在起作用，使他沉湎于虚无幻境，陶醉于和谐平静的无我境界寻求解脱。《门杜特陵庙》（Candi Mendut）是诗人这一消极面的典型代表作：

门杜特陵庙

在若暗若明的大殿堂

佛陀坐在莲花座上

面容安详，沉思冥想

菩萨站立于左右两旁

时光在此停住不移

纹丝不动，万籁俱寂

矛盾和对立同归一如

天地宁静，生活平淡无奇

静下来吧，我的心，不要有理想

不要再有情感的波浪

盼着虚幻世界的幸福吉祥

去吧灵魂，默默地飞翔

奔向碧蓝的天方

跨入太平的涅槃之乡

进入30年代以后，沙努西更积极参与民族运动，加入了进步组织印度尼西亚人民运动党。这时他把精力主要放在民族文化和民族历史的研究上，探讨民族文化的新出路，在东西方文化论战中成为东方派的代表人物。他很少写诗了，但在进步思想的影响下，偶而也会写一些带有鲜明政治色彩和语言通俗的诗，与过去的浪漫风格大不相同。例如下面的一首诗《祷告》(Do'a)：

祷告

尊贵的技师，将我锤锻

成为你机器中的螺丝钉

推动世界航船破浪前进

驶向您人人平等的彼岸

尊贵的机师，用您的机油

将我擦洗，倘若我已生锈

让我也能普度众生

带到您最美的大洲

诗人所说的"尊贵的机师"是指革命的导师，他希望自己也成为革命队伍中的一员，为实现人人平等的理想而作出自己的贡献。这首诗与过去的风格不同，没有浪漫的情调。此后沙努西便很少写诗，把自己的注意力转向戏剧创作上。

第六节　阿卜杜尔·慕依斯及其小说《错误的教育》

阿卜杜尔·慕依斯(Abdul Muis)1886年生于苏门答腊岛的武吉丁宜，曾在雅加达医科学校学习，后因病辍学，早年参加过东印度党，并从事民族新闻工作，在万隆任《独立之声》杂志的编辑。20年代曾任伊斯兰联盟中央理事会理事，1920—1923年代表伊斯兰联盟当"人民议会"的议员，1930年加入印度尼西亚民族党。由于对荷兰殖民政府持不合作态度，他曾被管制多年，失去人身自由，直到荷兰殖民政府垮台为止。他从20年代从事小说创作，自觉地以文艺为武器同殖民主义和封建主义进行斗争。为了促进印度尼西亚现代小说的创作，他很早就积极介绍西方的文学名著，翻译了塞万提斯的《堂吉诃德》、马克·吐温的《汤姆·索耶历险记》等。

阿卜杜尔·慕依斯是伊斯兰民族主义的代表，他极力反对荷兰殖民统治者的种族歧视和殖民奴化教育政策，要求以本民族文化(伊斯兰文化)为体，西方文化为用，来实现民族的振兴。他在1928年发表的长篇小说《错误的教育》(Salah

Asuhan)，除了深刻揭露殖民统治下种族歧视和殖民奴化教育给印度尼西亚民族带来的恶果，也充分表达了他的伊斯兰民族主义的理想。在反封建方面，他也提出自己的观点，反对强迫包办婚姻和门户之见，主张自由恋爱。1933年他发表的长篇小说《美满姻缘》(Pertemuan Jodoh)就是以男女青年敢于追求自己的爱情幸福为主题，并以青年一代的胜利为结局。此后他辍笔相当长时间，直到印度尼西亚独立后的50年代初才有新著面世。

阿卜杜尔·慕依斯的代表作、也是他最成功的小说是《错误的教育》。这部小说在反映当时民族矛盾的广度和深度上是独一无二的。20世纪初荷兰殖民统治者实行"道义政策"，在殖民奴化教育下，新一代知识分子中间出现了一批充满洋奴思想的人，他们数典忘祖，鄙视本民族，一心想当"洋人"，企图越过"种族界线"钻入白人社会的圈子里，享受白人的特权，但其结果只能是碰得头破血流。在本族人眼里看来，经过奴化教育之后，他们已成了"洋人"，脱离了本民族，而在种族歧视的殖民地社会里，尽管他们入了"洋人"的籍，在白人眼里看来，他们仍然是有色人种，只配当奴隶，决不能平等对待他们。所以，他们的命运最后只能以悲剧结局而告终。《错误的教育》通过典型人物和戏剧性的情节，把印度尼西亚殖民地社会这种民族矛盾的畸形现象暴露得淋漓尽致。下面先将小说的基本内容介绍一下：

小说的主人公汉纳非出生于苏门答腊索罗一贵族地主家庭，自幼丧父。其母为了让儿子将来在官场上飞黄腾达，从小就将他寄养在一个有身份的荷兰人的家庭，让他上荷兰小学，受到充分的洋人教育。在西方文明的熏陶下，汉纳非彻底"洋化"了，并当上索罗副州长的书记官。春风得意的汉纳非爱上了从小一起长大的土生白人姑娘柯丽。当柯丽从雅加达度假回来时，汉纳非便向她求婚。柯丽对汉纳非也很有感情，但作为白人姑娘要下嫁给土著人其后果是难以想象的。她犹疑不决，便将自己的心思告诉了父亲。父亲晓以利害，告诉她白种人与土著人之间有一条不可逾越的"种族界线"，谁敢破坏这条界线，必将遭到严厉的制裁而身败名裂。经父亲的劝说，柯丽不敢接受汉纳非的求爱，偷偷地跑回雅加达，从此断绝来往。汉纳非遭此打击之后，生了一场大病，痊愈后母亲根据传统习俗逼他娶他的表妹拉比娅为妻。汉纳非坚决反对，因为他对拉比娅根本没有感情，而且他非常瞧不起土著女人。可是最后他不得不接受这门亲事，因为他从小到大的全部费用都是由舅舅提供的。他觉得自己早已"典押"给舅舅家了，丧失了个人的人格。婚后生一子，但两人生活极不幸福，因为一个是彻底洋化的丈夫，满口洋话，瞧不起本族人；一个是标准的东方妻子，贤良温顺，逆来顺受。汉纳非把自己的不幸迁怒于拉比娅，经常虐待侮辱她。汉纳非对妻子的粗暴态度甚至引起白人的非议，使他更加孤立，对拉比娅的态度也更加粗暴恶劣。有一天，当他欺负拉比娅时，突然来了一条疯狗咬了他一口。汉纳非得了狂犬病之后，必须送往雅加达就医。在治病期间，他又遇上了柯丽。两人旧情复燃，而这时柯丽的父亲已经去世，只剩下她一人无亲无故。现在两人结合的唯一障碍是汉纳非的家。汉纳非为了实现当"洋人"的梦想，不惜抛弃自己的母亲和妻儿，设法调动工作离开家乡，并加入了荷兰籍，断绝与本民族的一切关系。他以为这样做就可以当真正的洋人而平步青云了，但现实是残酷的。柯丽的朋友原先同意在她父亲的庄园里为他们举行婚礼，但当那位朋友的父亲知道汉纳非原来是土著人时便断然拒绝了。他们处处遭到白人的白眼和抵制，婚礼只能悄悄地举行，十分凄凉。他们俩的婚后生活更加不幸，不但白人社会不能容纳他们，土著人社会也把他们视为异端。生活的极端孤独使他们俩经常吵架，而柯丽的处境更加可悲，她作为白人姑娘所承受的心理压力更大。她失去了所有的白人朋友而一人整日闷在家里。由于太无聊，有时她也让一些兜售货物的三姑六婆上门聊天，其中有一人是专门拉皮条的。这不免引起左邻右舍的猜疑，一些流言蜚语传到了汉纳非的耳里，他不由分说一口咬定柯丽对他不忠。柯丽忍无可忍，一气之下便离家出走，到三宝垄一家孤儿院当护理员。柯丽出走后，汉纳非遭到各方面的谴责，处境更加糟糕。汉纳非终于意识到自己错怪了柯丽，决心把柯丽找回来，亲自前往三宝垄向她忏悔。可惜太晚了，柯丽已染上霍乱而生命垂危，汉纳非只来得及见她最后一面。柯丽死后，汉纳非万念俱灰，他带着绝望的心情回到索罗他母亲那里，但本族人全把他当作外人而拒于门外，拉比娅也带儿子回娘家去了。在众叛亲离的情况下，汉纳非彻底绝望，觉得自己成了世上多余的人，于是服毒自杀。临死前，他恳求母亲的宽恕，并要求好好抚养他的儿子夏费，不要让儿子再步父亲的后尘。母亲和拉比娅接受这个由于错误的教育而得来的惨痛教训，决定让夏费从小念古兰经，上宗教课，接受民族文化(伊斯兰文化)的充分熏陶，然后才去接受西方的现代教育，掌握现代知识。夏费得到"正确的教育"之后，确实选择了与父亲不同的道路，他向母亲发誓，将来从荷兰学成之后，一定回到自己的家乡，为本族人的进步效力。

阿卜杜尔·慕依斯在《错误的教育》中成功地塑造了一个洋奴的典型形象汉纳非，把这个人物的灵魂和心理特征刻划得入木三分。汉纳非是荷兰殖民奴化教育的产物，他被奴化的结果，丧失了起码的民族意识，甚至比白人更加鄙视本族人。他常对荷兰人感叹说："米南加保确实是一个非常美丽的地方，只可惜住的是米南加保人"，他恨不得把米南加保变成白人的家乡。他自己的言谈举止全模仿白人，并且加入了荷兰籍。但他始终不明白，为什么会遭到如此厄运，最后以自杀了此一生。作者似乎也没有找到正确的答案，他把汉纳非的悲剧仅仅看作是"错误的教育"的结果，以为让他的儿子夏费不再走父亲的老路而给他以"正确的教育"就万事大吉，就可以避免重蹈覆辙了。这是受作者局限性的影响，没能透过现象看本质。造成汉纳非和柯丽悲剧的真正祸首应该是殖民地罪恶的种族歧视和奴化教育政策，但作者有意或无意地把矛头指向"错误的教育"可能有其难言之隐。在当时的政治环境下，作者不可能公开地把矛头指向殖民主义者，但深受其害的印度尼西亚人民自己是会作出正确的判断的。官方的图书编译局之所以愿意出版《错误的教育》，是因为这部小说艺术性高，写得很精彩，会受读者的欢迎，同时也是因为没有看出对殖民主义本质深藏不露的批判，以为对殖民统治无害。据说《错误的教育》的初稿是把柯丽塑造成反面人物，把她描绘成贪图享受和玩世不恭的白人女子，与汉纳非结婚后仍然与他人乱搞，以致两人的婚姻破裂，后来柯丽因负债累累而沦为暗娼。这当然被认为有损于白人的体面，审稿人要求作者作出重大的修改，把柯丽塑造成正面人物，成为现在的样子。殊不知经这样一修改，反而提高了《错误的教育》的思想性和艺术性，加深了小说的悲剧效果。柯丽成了敢于越过"种族界线"的白人叛逆女性，她为了爱情可以作出任何牺牲。她与汉纳非是真诚相爱的，本来可以结成美满的一对，硬是被殖民制度所拆散和摧残。从柯丽的悲剧命运里读者更能感悟到殖民主义的罪恶本质。

《错误的教育》是反映印度尼西亚现代殖民地社会民族矛盾的第一部杰出的现实主义小说。作者善于抓住人物的典型特征，以细腻的笔触把人物的内心世界揭示出来，使读者更深刻地了解人物性格的本质，从而更好地了解造就人物性格的社会本质。小说的故事情节富有戏剧性，但不落俗套，人物命运的起落乃是殖民地社会的本质所造成的，因此读者会从殖民地社会的本质去寻找产生人物悲剧的答案。此外，阿卜杜尔·慕依斯在语言方面也大有建树，他使用的语言更接近于现实生活的语言，人物的语言都个性化，表现了不同人物的不同气质，显得自然而流畅。以上正是阿卜杜尔·慕依斯远远超过其他作家的地方。

在《错误的教育》里，阿卜杜尔·慕依斯也涉及到封建强迫婚姻的问题，汉纳非与拉比娅的不幸婚姻就是封建习俗造成的，但作者没有刻意去剖析这个问题，因为小说的主题不在这里。1933年发表的长篇小说《美满姻缘》好像是为了弥补这方面的不足，通过这部小说作者想着重表达自己的婚姻恋爱观，反对封建的等级观念和包办婚姻。《美满婚姻》讲的是一对不同出身的男女青年的恋爱和婚姻波折。男主人公苏帕尔托是位贵族青年，在医科学校学习，思想开明，代表反封建的新一代知识分子。女主人公拉特娜是平民出身的幼儿师范学校的学生，美丽而又善良。两人在列车上相遇，很快坠入爱河。苏帕尔托的母亲是封建卫道士，因为门不当户不对而极力反对两人的结合。拉特娜只好断绝与苏帕尔托的书信来往。后来拉特娜的父亲破产，拉特娜被迫辍学外出打工，在雅加达一个荷兰人家里当保姆。苏帕尔托没有放弃自己的爱情，四处寻找拉特娜的下落而没有结果。拉特娜被诬陷偷主人的首饰而锒铛入狱。她不能忍受这不白之冤而投河自尽，被人救起后立刻送往医院抢救，而抢救的医生正好是苏帕尔托。从此苏帕尔托再也不放拉特娜走了，在他精心照料下，拉特娜逐渐恢复健康，她的冤案也得到昭雪了。经过一番磨难之后，真心相爱的一对终于结成美满的婚姻。

这部小说的思想性和艺术性大不如《错误的教育》，但与其他的个人反封建的小说相比又略胜一筹，作者在反对封建等级观念和在个人婚姻的问题上的态度是明确的，他认为只有建立在爱情的基础上才会有美满的婚姻。苏帕尔托与拉特娜的最终结合就是真诚爱情所结出的硕果。

第四章　印度尼西亚早期的个人反封建文学

第一节　图书编译局与个人反封建文学

　　20世纪初实行"道义政策"之后，从现代西式学校培养出来的印度尼西亚新一代知识分子的队伍逐渐扩大，他们对精神食粮的需求也越来越大。民族觉醒和无产阶级革命运动的出现促使民族报刊的兴起和革命文学以及民族主义文学的问世，在思想上给知识分子以很大的影响。荷兰殖民政府看到了那些非官方的读物"会带来不好的事态"，并且会被人利用，以致"破坏国家的秩序和安宁"，于是在1908年成立了"土著学校和民间读物管理委员会"作为官方图书出版的管理机构，以便控制土著民的读物。该委员会的秘书棱克斯于1911年提出的《民间读物备忘录》中有这样一段话："根据政府1908年9月14日第12号决议，在政府土著民事务顾问哈瑟的领导下成立一个委员会，为教育、宗教和工艺局局长提供有关选择供土著民阅读的好的读物"。所谓"好的读物"当然是指有利于或至少是无害于殖民统治的读物。为此该委员会负有三方面的任务：

　　一、收集或记录流传下来的印度尼西亚民间故事和神话故事，予以出版；

　　二、翻译或改写欧洲文学作品，予以出版；

　　三、设法出版有益于提高民众智力的作品。

　　1917年为了进一步加强和完善该机构，土著学校和民间读物管理委员会改名为图书编译局（Balai Pustaka）。该局局长棱克斯在1923年纪念荷兰女王登基25周年的一篇文章中提到，"开展教育的结果也可能带来危害，如果已经具有阅读能力的人从居心不良的书商或者从图谋不轨的人那里获得有害读物的话。因此，在开展教育的同时，必须给受教育的人提供他们所喜爱的、能增进他们知识的和尽可能符合当前世道的读物。在这个问题上，必须努力把一切能破坏政权和国家安宁的东西排除掉。"这说明图书编译局是荷兰殖民政府的御用工具，是彻头彻尾为殖民政权服务的，目的在于对付危害殖民政权的革命文学和民族主义文学，把印度尼西亚现代文学引向他们所希望的方向发展。

　　图书编译局在出书方面定下了政治标准，那就是必须不违反"道义政策"和有利或无害于殖民统治。凡是不符合其政治标准的就退稿或者责成修改。这大大限制了作家的创作自由，好些著名作家如沙努西、阿卜杜尔·慕依斯等对此甚为不满。此外，图书编译局还定下语言标准，那就是必须使用官方的"高级马来语"，强调马来语作为马来族语言的纯洁性。图书编译局雇用了许多苏门答腊的马来文人充当文字编辑，负责修改来稿的马来语言，使之符合规定的语言标准，从而形成千篇一律的语言风格，被称作"图书编译局语言风格"。图书编译局定下的语言标准无疑是有其政治目的的，那就是把使用通俗的"低级马来语"的革命文学和民族主义文学都排除在外，同时把马来语的作用限制在一定的范围内，不让它发展成为全民族的统一语言。

为了能垄断图书文化市场，图书编译局还建立了遍及全国的图书站，在学校和兵营里设立"图书园地"，用极低价出租图书，以扩大其影响。据统计，1920年图书编译局在全国设的图书站约1200个，到1925年已增至近3000个。此外，图书编译局还出版各种图书杂志（如《图书之光》、《图书旗帜》等）在全国发行。这样一来，在20年代，图书编译局便成为印度尼西亚最大的带有垄断性的集出版、印刷和发行为一体的官方图书出版机构。而它所制定的语言标准则为掌握"高级马来语"的马来文人提供了发表作品的机会和便利条件。所以，苏门答腊，尤其是米南加保的马来文人纷纷投奔旗下，他们成为图书编译局的作家队伍，而他们写的作品大都属于个人反封建的作品，矛头主要指向封建的包办婚姻和限制个性解放的陈规陋习，对殖民统治者来说，丝毫不构成威胁，相反在客观上却可以起到转移视线的作用，把知识分子的注意力从民族斗争移向个人的婚姻幸福上。这就是为什么在20年代图书编译局愿意大量出版个人反封建的文学作品，使之成为20年代印度尼西亚文学的一个重要潮流。由于图书编译局与个人反封建文学的风行有着密切和直接的关系，国内外的一些学者便有意无意地夸大了它在印度尼西亚现代文学中的作用。有的学者说："可以毫不夸张地说，印度尼西亚现代小说的出现以及得到普及是因为图书编译局的存在。"有的学者则说："对发展新图书，特别是用拉丁字母写的，图书编译局的贡献极大。"并认为"现代新文学是在图书编译局成立之后才开始的。"

总之，不少人把图书编译局看着是印度尼西亚现代文学的摇篮，认为它对印度尼西亚现代文学的早期发展起了决定性的作用。这种看法和评价当然有失偏颇，也不符合历史事实。如上所述，图书编译局是荷兰殖民政府为对付革命文学和民族主义文学、控制图书的发行而建立起来的官方机构，印度尼西亚的现代文学并不是有了图书编译局之后才问世。在图书编译局的个人反封建文学出现之前，以无产阶级革命文学和民族主义文学为代表的现代文学早已登上历史舞台。不过它一直受到官方的排斥和迫害，它之所以能生存和发展全依赖本民族的革命和进步的报刊以及私人出版商的支持，当时各方面的条件都很差，能正式出版的作品数量极有限，发行量也不大。而当那些革命和进步报刊遭到殖民政府取缔后，它便失去继续生存的可能，只好从印度尼西亚的文坛上销声匿迹了。与此相反，个人反封建的文学由于反封不反帝而受到图书编译局的大力扶植，其作品不但被正式出版，而且通过图书编译局的发行渠道向全国推广，使个人反封建文学得以蓬勃发展，20年代的书店书架上摆的文学作品几乎都是图书编译局出版的个人反封建的文学作品。

尽管图书编译局大量出版个人反封建的文学作品有其政治用意，但在客观上对印度尼西亚现代文学的早期发展还是起了重要的作用，这可以从几个方面来看：

首先，反封建是现代印度尼西亚的一个时代特征，而最早具有反封建意识的是接受西方教育和西方资产阶级文化影响的新一代知识分子。他们大多出生于封建贵族地主家庭，对他们来说，封建主义的压迫，首先表现在个人的婚姻问题上和对个性自由的限制上，因此反对封建强迫和包办婚姻，要求个性解放便成了他们文学创作的首要主题。从这点来讲，既使没有把反封建与反帝联系起来，仍不能否认此类文学有一定的进步意义，反映了新旧之间的矛盾和思想冲突，表现了历史进步的一个方面。

其次，图书编译局以其优越的出版发行条件和雄厚的财力物力在20年代造就了一批现代作家，特别是小说家，使印度尼西亚的现代小说创作有了很大的发展。荷兰学者德欧曾经这样评价图书编译局当时的作用："首先该局给印度尼西亚人提供了可能性和机会让他们去写作和让他们的作品被人阅读。任何有才华的人都可以去该局充当正式的雇员，或者以非雇员的身份把自己写的作品带给该局。他带去的作品必将受到重视和得到公平的考虑。而同样重要的是，如果他的作品被接受并予以出版，那么他的作品就一定会通过图书编译局所拥有的各地图书站和代理商而广为流传。"第一部具有个人反封建特色的小说就是由图书编译局出版发行的，接着同类题材的小说便一部接一部地涌现，从而形成一个比较固定的作家队伍，被人称作"图书编译局作家"。他们的小说从一个侧面反映了印度尼西亚殖民地社会的现实，特别是表现了新一代知识分子对封建传统的不满和叛逆精神，在青年知识分子中间引起了强烈的反响，但同时也遭到了封建保守派的非议和谴责。

其三，图书编译局设定的语言标准旨在排斥通俗马来语，防止把马来语变成印度尼西亚民族的统一语言。但是，一旦把"高级马来语"作为现代文学的语言，那么它必然要逐步适应现代生活的需要，把过去的"高级马来语"逐渐推向现代化，使之成为现代印度尼西亚民族的主要交际工具，在印度尼西亚民族中间不断加以推广。因此不以荷兰殖民统治者的意志为转移，客观上图书编译局是在促进印度尼西亚民族统一语言——印度尼西亚语的形成，而这个语言在1928年的全国青年代表大会上得到了全民族的确认。这可能为图书编译局始料所不及。

总之，从某种意义上讲，图书编译局确实为个人反封建文学提供了发展的机会和可能，但其出发点决不是为了发展印度尼西亚的现代文学。印度尼西亚现代文学是伴随印度尼西亚民族觉醒和民族运动而兴起的。个人反封建文学只是早期印度尼西亚现代文学的一个组成部分而不是其全部。

第二节　20年代兴起的个人反封建文学和图书编译局作家

个人反封建文学的兴起有其特定的历史原因。从内因上看，受西方教育和西方资产阶级文化影响的新一代知识分子与其封建家庭的矛盾越来越尖锐，特别是在个人婚姻和个性自由的问题上，他们反对旧习俗，要求自己作主。从外因上看，图书编译局为他们从事个人反封建的小说创作提供了出版发行的有利条件，并且对他们来说写此类作品没有政治风险。在这样的历史背景下，第一部个人反封建小说《多灾多难》(Azab dan Sengsara)便于1921年问世了。

由图书编译局正式出版的《多灾多难》其作者是麦拉里·希里格尔(Merari Siregar)，据作者说他是根据大板奴里发生的真实故事写的。作者在小说中通过一对青年人的爱情和婚姻悲剧，对封建包办婚姻表达了心中的不满。小说的主人公阿米努丁和玛丽娅敏从小青梅竹马，长大后变成一对恋人。阿米努丁离家到棉兰工作，与玛丽娅敏立下了山盟海誓，非她不娶。后来玛丽娅敏家道中落，阿米努丁的父母嫌弃她，为儿子另外物色门当户对的媳妇。当阿米努丁发现带给他的不是玛丽娅敏而是素不相识的女人时，他非常痛苦，但又不敢违抗封建旧习俗和父母之命，只好忍气吞声地接受了命运的摆布。玛丽娅敏更为不幸，她被迫嫁给一个染上一身梅毒的浪荡子而且不断受到虐待，最后离异了。玛丽娅敏带着被丈夫遗弃的坏名声回到自己的家乡，处处遭到冷遇，最后郁郁而死。作者在小说结尾部分说了这样一段话："以上就是那不幸女人成为古老习俗牺牲品的故事。倘若那两个年轻人的爱情，从小到大培育起来的爱情，变得越来越深厚，倘若那两个人的生命能结合在一起，那么在这个世界上就会多两个过幸福美满生活的人了。"

阿米努丁和玛丽娅敏的纯洁爱情眼睁睁地被封建包办婚姻所断送而两人毫无反抗，作者对两人的悲剧命运感到无奈，只能表示深切的同情和遗憾。这说明当时代表封建保守的老一代势力还很强大，而代表反封建的年轻一代力量还很薄弱。在新老两代的斗争中，保守的老一代取得了胜利，而反封建的新一代终归失败。所以初期的小说大都以悲剧形式来表现反封建的主题。例如柴努丁（H·M·Zainudin）于1922—1923年发表的小说《亚齐茉莉花》(Djeumpa Atjeh)就是另一例，尽管两个真诚相爱的主人公阿玛特和沙尼娅都是思想进步的知识青年，并且有志于办教育来促进民族的进步，但当封建势力进行破坏和父母前来逼迫时，阿玛特毫不反抗，沙尼娅也屈服于封建旧习俗，两人的爱情之花被摧残，最后沙尼娅被病魔夺走了生命。

《多灾多难》和《亚齐茉莉花》作为初期的小说，不但在内容上缺乏反封建的叛逆精神，在艺术上和语言上也存在明显的不足，仍残留着不少旧小说的陈词俗套，所以小说的发表没有引起社会太大的反响。1922年长篇小说《西蒂·努尔巴雅》的问世才引起社会的轰动，从此个人反封建小说便大行于世。这部小说仍然是一部悲剧，但其主人公已经不是逆来顺受和毫不反抗的弱者，他们敢于进行抗争，并最后和对手同归于尽。（详见下节）

随着民族觉醒的发展和新一代知识分子队伍的壮大，后来的个人反封建小说不再是悲剧式的了，在新老斗争中胜利的一方属于新一代青年，爱情终于战胜了封建势力而取得美满的结果。巴门扎克（A·St·Pamuntjak）的小说《相逢》（Pertemuan）就以年轻一代的胜利而告终。主人公马斯里在经历强迫包办婚姻的痛苦和失败之后，终于通过自由恋爱而建立起新的美满家庭。

阿迪尼哥罗（Adi Negoro）的小说《血气方刚》（Darah Muda）则表现得更为积极，对封建旧习俗进行了直接的批判。阿迪尼哥罗是一位著名的记者，曾在荷兰和德国留学，访问过欧洲许多国家并发表游记《西方漫游》(Melawat Ke Barat)。他受西方文化影响较深，视野比较开阔，对落后于时代的封建传统和旧习俗认识比较清楚。《血气方刚》发表于1927年，作者站在新一代人的立场上，对封建保守势力展开批判。小说主人公努尔丁是个医生，毕业于医科专门学校，在回家度假的船上与女教师鲁米妮相遇，两人情投意合，不久坠入爱河。努尔丁的舅舅是个封建卫道士，按传统习俗他准备招努尔丁为女婿，但他要亲自了解努尔丁的思想和为人。两人在交谈中就婚姻、多妻制和传统习俗等一系列问题发生严重的对立而剧烈地争吵。努尔丁的舅舅决定放弃招婿的念头，努尔丁的母亲也不满意努尔丁爱上出身平民的女人，告诉鲁米妮她的儿子已经订婚了。一个叫哈伦的色鬼也在追求鲁米妮，他设计破坏努尔丁与鲁米妮的爱情，让努尔丁看到一张鲁米妮与一个男人的照片，其实那男人是鲁米妮的哥哥，却说是鲁米妮所遗弃的丈夫。努尔丁信以为真，从此断绝与鲁米妮的来往。努尔丁的母亲大喜，以为拆散努尔丁与鲁米妮的目的已经达到。可是努尔丁因爱情受打击而生了一场大病，与母亲也越来越疏远。母亲临终前终于向儿子承认了错误，不该拆散他们。努尔丁要求鲁米妮前来看他，从鲁米妮的日记中，他看到了鲁米妮对他的一往情深。努尔丁病愈后立刻与鲁米妮结婚，两人的爱情终于开花结果了。

阿迪尼哥罗于1928年发表的另一部小说《伟大的爱情》(Asmara Jaya)继续把批判的矛头指向封建传统习俗。他在婚姻问题上除了强调自主恋爱，还打破了不外娶的地区和部族限制。出生于米南加保的埃芬迪在万隆工作，他不顾米南加保的传统习俗而娶了巽达族女人迪尔希娜为妻，并生了一个孩子。埃芬迪的父亲前来兴师问罪，要儿子立一个代理委托书，准备为他另选一个米南加保女人为妻。埃芬迪不敢违抗父命，写了代理委托书。父亲回去后就代儿子娶了米南加保姑娘奴莱妮，并把新娘送到万隆过门。这时埃芬迪已经醒悟过来，他深爱迪尔希娜，拒绝接受送来的新娘。奴莱妮只好带着陪嫁回去了。

阿迪尼哥罗的两部小说都以新一代人的胜利作为结局，反映新一代知识分子的自信心已大为提高，敢于同封建旧势力做正面的较量，但对老一代和旧习俗还保留一定的畏惧和妥协。

恩利(M·Enri)的小说《为了亲生子》(Karena Anak Kandung)则以不同的方式表达对封建包办婚姻的谴责。小说主人公凯里尔被迫娶不是他所爱的女人，当他为经济危机所困时，贪图享受的妻子离他而去，留下儿子不管。按米南加保的传统习俗，他的儿子应该由娘家抚养，他可以不管。但凯里尔宁可自食包办婚姻的苦果也要自己抚养亲生儿子。他牺牲了自己的爱情，把全部精力用在教育和培养下一代的身上。

达迪尔·阿里夏班纳的早期小说《长明灯》(Dian Yang Tak Kunjung Padam)也把争取个人自由的希望寄托在下一代人身上。乡下出身的耶辛与贵族出身的莫丽克真诚相爱，当耶辛上门求婚时，遭到莫丽克父亲的拒绝和羞辱，因为门第相差太远。莫丽克被父亲强迫嫁给一个阿拉伯裔，过着非常痛苦的生活。她因无法忍受而决定自杀，向耶辛表白说，她肉体已被玷污，但她的灵魂仍然纯洁，而且永远属于他。体魄健壮的耶辛却不敢与封建旧势力抗争，既使有机会也不敢带莫丽克去私奔，眼睁睁地看着心爱的人死去。耶辛带着绝望和破碎的心遁入山林隐居。在他暮年之时，他的义子带一位姑娘跑来求助。他们是一对恋人，为逃避父母的包办婚姻而私奔。耶辛想起他自己过去的悲惨遭遇，毅然决然把他们俩留下，让他们永远相爱地生活在一起。作者的这部小说想要说明，尽管一再遭到摧残，真正的爱情之火是永远不会灭的。

在表现新一代人的胜利方面，伊斯坎达尔的小说《错误选择》可以说最为典型。作者以正反两面的鲜明对比来表现新老之间的矛盾冲突，在经历较量之后，以新一代人的全面胜利而告终。伊斯坎达是图书编译局最主要的作家（详见下一节）。

20年代为图书编译局工作和写小说的还有好几位作家，其中稍有名气的作家杜里斯·苏丹·萨迪（Tulis Sutan Sati）、卡辛（Muhamad Kasim）、阿曼（Aman）、苏曼（Suman Hs）等。

杜里斯·苏丹·萨迪在图书编译局当改稿员，自己也写以米南加保社会为背景的小说。1928年发表第一部小说《苦难带来幸福》（Sengsara Membawa Nikmat），讲发生在米南加保农村的一个故事。一个人人喜爱的农村孩子遭族长儿子的忌恨，族长儿子用诬陷的办法使他坐牢。出狱后他离乡到雅加达谋生，经过多年奋斗之后终于衣锦还乡，并被推举为族长，善恶有报。1932年他发表的小说《忘恩负义》（Tidak Membalas Guna），讲米南加保的一个"陈世美"式的故事。妻子千辛万苦供丈夫到雅加达上学，当丈夫发达之后便不认前妻，在雅加达另娶女人。同年他发表另一部小说《断绝关系》（Memutuskan Pertalian），向米南加保母系封建社会的陈规陋习开火。一个米南加保的老师被派到坤甸工作，根据米南加保的传统习俗娘家不许他把妻儿带走。妻子死了，他便毅然决然离开家乡，从此再也不回来了。杜里斯的小说都以米南加保的社会现实为题材，米南加保情调特别浓重，对于米南加保的封建旧习俗和保守势力有一定的揭露和批判。

卡辛和阿曼可以说是最早的儿童文学作家。1924年图书编译局举行儿童文学创作比赛时，卡辛的《儿童世界大观》（Pemandangan Dalam Dunia Kanak-kanak）获得了一等奖。卡辛写了不少儿童题材的短篇小说，描写儿童日常生活中的各种有趣故事，诙谐幽默，颇受欢迎，后来编入他的小说集《同桌伙伴》（Teman Duduk）。阿曼从1920年就在图书编译局工作，先当改稿员，后当编辑。他最初的作品是《村童》（Anak Desa），描写苏门答腊中部山村牧童的日常生活。他更有特色的作品是《巴打威儿童希杜尔》（Si Dul Anak Betawi），巴打威就是现在的雅加达，描写那个时候这个大城市里的儿童日常生活，互相嬉戏，调皮捣蛋等，其中用了不少巴打威方言，使整个作品的雅加达味十足。阿曼还主持《图书旗帜》杂志的儿童乐园专栏，在那里经常发表儿童题材的短篇小说。除了儿童题材，阿曼也写社会题材的小说，特别对社会上的一些趋炎附势和攀龙附凤的人加以讽刺和挖苦。例如《癞蛤蟆想吃天鹅肉》（Si Tjebol Rindukan Bulan）就把不知量力而一心想当贵族的小市民阿玛特的可笑嘴脸彻底加以暴露，阿玛特有个漂亮的女儿，已许嫁给同村的小伙子，人人都知道，可是当他认识一位贵族少爷后，便改变了主意，想把女儿嫁给那位贵族少爷，以便他自己也能跻身贵族门第。他开始学贵族的打扮，言谈举止学贵族的样子，装模作样，丑态百出，成为大家的笑料。最后是鸡飞蛋打，把自己女儿的前途也断送了。

　　苏曼也写了不少儿童题材的短篇小说，后来汇成集子，取名《打斗伙伴》（Kawan Bergelut）。苏曼写的小说另有特色，除了诙谐风趣之外，还带有侦探小说的味道，常把严肃的题材变成滑稽的故事。他在1929年发表的小说《割不断的爱情》（Kasih Tak Terlarai）本是描写一对青年情侣达兰和奴尔海达敢于冲破封建家庭的束缚一起私奔的故事，但作者没有从反封建的角度去挖掘题材和塑造人物，而是安排些可笑和不合理的情节来表现割不断的爱情这个主题。例如当这一对私奔的情侣被村里人发现并受到围困时，他们让绑着的猪尖叫起来，使村里人感到恶心而撤回去。又如当奴尔海达被抓回村里时，达兰化装成阿拉伯裔伊斯兰长老前来娶奴尔海达，得逞后恢复了原形。这种人为和造作的情节让人觉得不可信，不近情理。这一对情侣的胜利不是靠斗争，而是靠使小聪明和雕虫小技。苏曼的其他小说如《忠诚的考验》（Percobaan Setia）、《寻觅少女绑匪》（Mencari Pencuri Anak Perawan）等也多注重故事情节的离奇，侦探小说的味道更加浓厚。总的来说，苏曼的小说重趣味性，缺乏深度，社会意义不大。

　　独立前荷兰殖民统治时期的印度尼西亚作家大多与图书编译局有瓜葛，他们的作品多数得依靠图书编译局才能出版，所以在政治上他们不能越过图书编译局所规定的界限。因此，除了阿卜杜尔·慕依斯的《错误的教育》，再也没有其他小说敢涉及到反殖民主义的主题。个人反封建的主题是20年代图书编译局在政治标准上所能允许的极限，所以20年代的图书编译局作家的最大成就仅限于个人反封建方面。到了30年代，随着民族运动的发展，个人反封建已经不是时代的突出主题，文学需要反映更本质的社会矛盾和现实。图书编译局已经不能控制社会潮流的发展，它逐渐失去垄断的地位。

第三节　马拉·鲁斯里和《西蒂·努尔巴雅》

　　马拉·鲁斯里（Marah Rusli）是20年代兴起的个人反封建小说的奠基者，他于1922年发表的长篇小说《西蒂·努尔芭雅》（Siti Nurbaya）在社会上引起轰动，大受年轻知识分子的欢迎，该小说到1937年已再版四次，后来还继续再版三次，但同时也招来了老一代守旧派的谴责和非难，作者的父亲也斥其大逆不道，从此父子反目，断绝一切关系。

马拉·鲁斯里1889年生于苏门答腊巴东一封建贵族家庭，毕业于爪哇茂物兽医学校。在茂物学习期间他不顾家庭的反对，自行与他所爱的姑娘结婚。他的父母非常生气，因为已经根据传统习俗在家乡为他物色好一个媳妇。后来马拉·鲁斯里在他写的小说《西蒂·努尔巴雅》中竟敢直接攻击米南加保封建社会的传统习俗，并在社会上引起强烈的反响。为此他和家庭的关系便彻底决裂了，从此长期居住在西爪哇，再也没有回过家乡了。

米南加保当时是一个还残留母系氏族传统的封建社会，宗法门第观念很严重，在婚姻问题上一向由父母包办，实行男方"入赘"女方的制度，所生子女由女方家族抚养。米南加保封建社会还实行一夫多妻制，贵族男人的职责就是到处传宗接代，生的孩子可以自己不管。马拉·鲁斯里就出生于这种封建社会的贵族家庭，但他从小受西式现代教育，西方资产阶级文化给他以很大的影响，使他与封建家庭之间产生越来越大的矛盾。对米南加保封建社会的陈规陋习，他有切肤之感，加上在婚姻问题上他有亲身经历，这引发他的文学创作灵感，即通过小说来反映他所熟悉的20世纪殖民地封建社会的现实，展示受西方教育的"新一代"与封建保守的"老一代"之间的矛盾和冲突。在他写的小说中可以看到作者本人的影子，在小说的男主人公身上倾注了作者的思想感受。

《西蒂·努尔巴雅》这部三百来页的长篇小说在印度尼西亚现代文学史上第一次比较全面地反映20世纪初期印度尼西亚殖民地封建社会所面临的现代思潮的挑战。代表新兴阶级的现代知识分子向束缚他们婚姻自由和个性解放的封建旧传统习俗宣战，发起了第一道攻势。作者塑造了四种人物形象，代表当时米南加保封建社会的四种人物典型。

第一种是以男女主人公萨姆素和努尔巴雅为代表的正面人物形象。他们受西式教育，向往婚姻自主和个人自由。他们是封建旧传统习俗的牺牲者，同时也是叛逆者。他们对封建传统习俗的反抗只限于个人的反抗，所以处于劣势。

第二种是以萨姆素的父亲苏丹·马赫穆·沙为代表的中间人物形象，他是贵族出身的殖民地官吏，巴东的区长，在维护封建贵族地位的同时，也受到现代思潮的一些影响，比保守的顽固派稍微开明，对某些陈规陋习有所批判，但阶级立场没有变。

第三种是以萨姆素的姑姑鲁比雅和叔叔苏丹·哈姆扎为代表的反面形象，他们是封建卫道士，顽固地维护封建传统习俗。

第四种是以拿督·默灵吉为代表的另一类反面形象。他是有钱的地方财主，在商品经济中拥有很大的势力，可以利用高利贷和各种阴谋手段巧取豪夺，霸占良女，是萨姆素的死对头。

小说的故事情节围绕着这四种人物的矛盾冲突而展开，下面先把故事的梗概介绍一下：

萨姆素和努尔巴雅从小在巴东一起长大，两人情投意合，亲密无间，是一对理想的恋人。萨姆素在雅加达学习，这次回来度假，在巴东山上与努尔雅相会，立下山盟海誓，学成后将回来娶她为妻。但是不久，命运之神便摧毁了他们的美梦。努尔巴雅的父亲被阴险狠毒的大财主拿督·默灵吉弄得彻底破产并欠了拿督·默灵吉一身债。努尔巴雅为了救父亲免受牢狱之灾，决定牺牲自己的幸福，接受拿督·默灵吉的条件下嫁给他。萨姆素听到这个消息如遭五雷轰，当他假期赶回巴东时，早已人去楼空。努尔巴雅的父亲病危，萨姆素前往探望。努尔巴雅的父亲知道自己将不久于人世，便恳求萨姆素在他死后照顾好孤苦伶仃的努尔巴雅。萨姆素答应并发誓将永远爱护努尔巴雅。这时躲在一旁的努尔巴雅知道萨姆素对她仍然一往情深，便出来相见，两人抱头大哭。正当两人互诉衷肠时，拿都·默灵吉突然出现，萨姆素和他打了起来。萨姆素和努尔巴雅的私下相会被社会认为伤风败俗，努尔巴雅被休妻，萨姆素也被父亲驱逐家门。萨姆素返回雅加达后，努尔巴雅决定私奔，坐船去雅加达投奔心上人。但不幸被拿督·默灵吉发现，诬告她携财潜逃，把她押送回来，最后将她毒死。萨姆素听到努尔巴雅的死讯痛不欲生，几次自杀未遂，后来加入荷兰雇佣军，想在战场上了此一生。因此他作战特别不怕死，而死神偏偏不来招他。萨姆素却因作战勇敢反而连连升官，当上中尉，化名马斯中尉。这是土著雇佣兵中最高的军衔。若干年后，巴东发生土著民的抗税暴乱，领头的是拿督·默灵吉。马斯中尉奉命前去镇压，与拿督·默灵吉在战场上相遇。仇人相见分外眼红，拿督·默灵吉死在马斯中尉的枪下，但临死前还来得及给马斯中尉重重砍上一刀。马斯中尉被送往医院抢救，临死前要求见巴东区长苏丹·马赫穆·沙，向他请求宽恕。马斯中尉死后，苏丹·马赫穆·沙才知道那个马斯中尉原来就是当年被他驱逐家门的儿子，心中悔恨无比。按照遗嘱，萨姆素的遗体被埋葬在巴东山努尔巴雅的墓旁，那里是他们初次相会的地方，也是他们永远安息的地方。

《西蒂·努尔巴雅》是一部悲剧，破坏努尔巴雅和萨姆素纯洁爱情的照理应该是封建社会的旧传统势力，但是在小说里却没有直接反映出来。两人的家长并没有反对他们的结合，尤其是萨姆素的父亲作为贵族官吏本应反对儿子与平民出身的女人相爱，但他没有加以阻止，只是当他认为萨姆素与努尔巴雅私下相会已败坏了家族的名声，才下狠心把儿子撵出家门。小说中，直接破坏两人爱情的是拿督·默灵吉，他是代表地方的恶势力，靠金钱为非作歹，但后来却成了抗税斗争的领袖。这里可以看出作者立场的两面性和反封建的不彻底性。而更难于接受的是，作者让萨姆素借荷兰殖民雇佣军的力量去报私仇，仿佛殖民主义和封建主义是对立的。尽管作者为萨姆素进行开脱，说他加入殖民雇佣军完全是为了去寻死，正如萨姆素自己说的："我参军不是为了别的，仅仅是……想去找死"，但雇佣军是荷兰殖民政府镇压印度尼西亚民族的杀人工具这一事实是无法否认的。所以在他参加多次战斗和杀了许多同胞之后，不能不受到良心上的严厉谴责，他说："什么时候我才能停止干这种罪恶的勾当，不在当我自己同胞的刽子手?"这多少反映作者还有一点民族意识，并不是完全站在殖民统治者的一边。当拿督·默灵吉变成抗税斗争的领袖时，作者还借他的嘴控诉荷兰殖民政府对印度尼西亚人民的横征暴敛，指出抗税暴乱是殖民政府逼出来的。

小说中对封建传统习俗的批判更多是通过人物的对话表现出来的，例如在苏丹·马赫穆·沙与他的姐姐鲁比雅的争论中就直接批判了门第等级观念和母系的"入赘"制等各种传统陋习。对弟弟苏丹·哈姆扎所热衷的一夫多妻制甚不以为然，说"只有禽兽才是多妻的"。有时作者甚至不顾人物的实际，自己出来发表长篇议论，发泄对某些封建陋习的不满。

至于作者为什么把拿督·默灵吉作为主要的反面人物，这里可能与当时封建贵族阶级和新兴工商地主阶级的矛盾有关。封建贵族阶级已日趋没落，除了当荷兰殖民政府的官吏，食殖民政府的俸禄，已没有什么前途。而以拿督·默灵吉为代表的地方财主在商品社会里则可以凭金钱的力量去左右他人的命运，甚至连苏丹·马赫穆·沙也要受制于他，因为他也被迫向拿督·默灵吉借贷。

《西蒂·努尔巴雅》所反映印度尼西亚殖民地封建社会中新一代与老一代的矛盾冲突显然要比《多灾多难》深刻和广泛得多。在《多灾多难》中，代表新一代的人物显得特别软弱，他们只能消极地听任封建传统习俗的摆布而毫无反抗之意。《西蒂·努尔巴雅》则不同，代表新一代的人物多少还敢于同命运抗争，不完全屈服于封建旧传统习俗的淫威，尽管最后还是以悲剧作为结局。马拉·鲁斯里从自身经历中直接感受到封建旧习俗与时代的潮流已经格格不入，所以他的批判锋芒更为毕露，超过同时代的其他作家。这就使《西蒂·努尔巴雅》成为20年代个人反封建小说的里程碑式作品。当然也应看到，小说在思想内容上和写作技巧上仍有明显的不足，甚至是失误，但我们应该历史地看问题，那些不足和失误可以说恰恰反映了当时个人反封建小说的局限性和作者立场的两面性，而这也正是当时的历史真实。那以后，马拉·鲁斯里再也没有写小说了，直到印度尼西亚独立后的50年代初，才有两部新作问世，但写的仍然是20年代的题材，已成为明日黄花了。

第四节　图书编译局的主要作家努尔·苏丹·伊斯坎达

努尔·苏丹·伊斯坎达（Nur Sutan Iskandar）是图书编译局最主要的作家。他不但在局里的任职时间最长，出的作品最多，作为主要改稿人他对图书编译局语言风格的形成所起的作用和影响也最大。他的创作生涯从一个侧面反映了独立前到独立初期印度尼西亚现代文学发展的历史进程。

伊斯坎达是米南加保人，1893年生于西苏门答腊的马宁兆，受过师范教育，当过教师。1919年任雅加达的苏门答腊青年联盟理事，1929年任至善社干事，1935年任大印度尼西亚党的司库，后来入印度尼西亚民族党。从1919年起在图书编译局工作，当改稿员、编辑和作家，直到退休。

伊斯坎达的创作生涯可分三个阶段：荷兰殖民统治时期，日本占领时期和印度尼西亚独立初期。在荷兰殖民统治时期，他的创作活动不能不受图书编译局的制约，在20年代当个人反封建文学方兴未艾时，他也热衷于此类题材，写了好些小说，对封建传统习俗进行笔伐。到30年代，他开始扩大写作题材的范围，涉及更广泛的社会问题，其中也有间接涉及民族斗争的问题。日本占领时期，他摆脱了图书编译局的约束，与日本占领当局合作，成为鼓吹民族主义的作家。印度尼西亚独立初期，他继续鼓吹民族主义，写反映民族资产阶级政治理想的小说，但其文学影响已十分有限。

20年代伊斯坎达开始从事小说创作，1922年发表的《无奈我是女人》（Apa Dayaku Karena Aku Perempuan）大概是他的处女作。接着1924年发表《为爱情而牺牲》（Korban Karena Cinta），1926年与阿卜杜尔·阿格尔合写《死亡爱情》（Cinta Yang Membawa Maut），1928年发表《错误的选择》（Salah Pilih）。

《错误的选择》是伊斯坎达20年代的代表作，同时也是一部描写新一代人在个人反封建斗争中取得全面胜利的长篇小说。整个故事发生在两个不同类型的贵族家庭之间，一个是思想比较开明的大屋，一个是顽固守旧的祖屋。小说的男主人公阿斯里是在大屋里长大的，与从小领养过来的妹妹阿斯娜一起生活，长大后两人的感情渐渐超出兄妹之情，但互相都在克制自己的情感，因为根据传统习俗他们是不可以结合的。阿斯里的母亲想给儿子娶亲，看上祖屋的千金小姐沙妮雅，认为门当户对，阿斯里只好接受母亲的选择。沙妮雅在她母亲的熏陶下思想特别保守，是典型的贵族小姐，对阿斯里的自由思想极为不满，决心婚后要把他改造过来。而阿斯里认为沙妮雅还年轻，过门后在大屋的自由环境里她的思想是可以改变过来的。殊不知婚后谁改造谁的斗争愈演愈烈，沙妮雅想方设法要把阿斯娜撵走。阿斯里感到非常后悔，但已无可奈何，只有知心的阿斯娜常来安慰他，减轻他的痛苦。后来矛盾的解决完全是意外，沙妮雅在一次出游中，突然遭到车祸而死于非命。阿斯里得到解脱之后，决定不顾传统习俗而娶他真正所爱的阿斯娜。他们离家出走前往爪哇岛，因为在那里他们可以自由结婚，不会受到传统习俗的阻挠。阿斯里走后，家乡日益衰败，乡人才醒悟失去阿斯里是多大的损失，于是派人专程把阿斯里和阿斯娜请回来，并让阿斯里当家乡的头领，带领大家前进……

《错误的选择》虽然以年轻新一代的胜利而告终，但并不是新旧斗争的结果。阿斯里并没有战胜沙妮雅，矛盾的解决是人为的意外，过于轻而易举。阿斯里的荣归故里和被推举为家乡的头领，只是作者的主观愿望。作者认为只有像阿斯里这样一位代表新一代的知识分子出来领导，才能改变家乡封建落后的面貌。作者在小说中写道："阿斯里的名誉得到了恢复，这是一个信号，即守旧的人们眼睛开始睁开，愿意接受真理。这标志着一种胜利！而如果习俗掌握在了解民族特性的年轻知识分子手里，那将会更加进步和美好。"作者认为年轻知识分子担当这个历史责任是义不容辞的，他说："阿斯里必须开辟这条道路，他必须接受家乡人民的请求。一旦他成了地方的头领，他就更容易招募和提拔有才干的人当领导。而尤其重要的是，他可以继续完成尚未实现的理想。"伊斯坎达对封建的陈规陋习是有所批判的，但他并不全盘否定。这里固然有他反封建的不彻底性，但也不是全无道理，不能用虚无主义的态度对待整个民族的传统。作者说阿斯里"当他在家乡的时候，就已经注意到米南加保习俗在处理事务和维护地方安宁方面所具有的优点。那习俗所坚持的原则实在好，那就是协商一致的原则，也就是民主！"作者认为应该废除的"只是一些可能与时代不相适应了的习俗"。

进入30年代，伊斯坎达还写了一部个人反封建题材的小说《都怪老丈人》（Karena Mentua），发表于1932年。接着他的创作题材有所扩展，1934年发表历史题材的小说《国王的武将》（Hulubalang Raja）暗含一定的民族主义因素，看来多少受当时民族运动的影响。小说描写1665—1668年发生在西苏门答腊的一个历史事件。当时在米南加保地区有个小王朝，与亚齐王朝发生冲突，荷兰殖民主义者利用这个机会支一方打一方，从中得到好处，扩大了自己的殖民势力范围。小说似乎在讲一个历史故事而已，且主人公国王的武将还是同荷兰殖民主义者合作的，但如果与当时民族运动的发展相联系，作者创作这部小说不会是无的放矢，会有他自己一定的意图。读者从小说所描绘的历史事件中可以看到荷兰殖民主义者是如何利用印度尼西亚各民族间的矛盾而得到好处的，从而可以让人悟出一个道理，在反殖民主义的斗争中要加强各族间的团结，防止被殖民主义者利用。

这个时期，伊斯坎达对当时存在的一些社会问题似乎更为关注，如爱慕虚荣、嫖娼现象等给家庭带来的灾难。1935年他发表的小说《蛤蟆想充当黄牛》（Katak Hendak Jadi Lembu）就是讲一个小官员经不起诱惑，不知量力地想往上爬，最后身败名裂的故事。小说主人公苏里亚是巽达地区殖民政府的一名小官员，他为虚荣心所驱使，处处学显贵们的排场和奢侈生活，痴心妄想当上高官，为此不惜牺牲一切，借贷挥霍无度，最后把老婆孩子都搭上了，而他才四十岁也已垂垂老矣，只剩下皮包骨头。

伊斯坎达在1937年发表的小说《人间地狱》（Neraka Dunia）则把笔锋转向一个浪荡少爷身上。萨拉姆是泗水一木材商的儿子，因喜欢寻花问柳而染上梅毒。他只信巫医，没有去医院把病治好。后来他遇上美丽的姑娘艾莎，两人相爱并结了婚。没想到他把梅毒传给了怀孕的妻子，美丽的艾莎日渐消瘦，头发也脱落了，生下的畸形儿不久也夭折。作者在警告年轻人，不要过浪荡生活，否则后果不堪设想。

伊斯坎达在30年代虽然已经越过个人反封建的局限性，但还没有走进民族主义文学的行列。他的作品所反映的社会弊端一般与殖民统治者无关，对殖民统治可以说无害，所以其思想性一般不是很高，对民族运动影响不大。这可能是因为他在荷兰殖民政府的御用工具图书编译局工作，不能不有所顾忌。

第五章　20年代后的华裔马来语文学

第一节　20年代后华裔马来语文学的发展

20世纪20年代到40年代初，是华裔马来语文学的成长和繁荣时期。这个时期的华裔马来语文学已逐步地向印度尼西亚现代民族运动的大潮流靠拢，与印度尼西亚现代主流文学的流向趋于一致，以反帝反封建为主旋律。其发展特点有以下几个方面：

一、华裔作家越来越关注原住民社会的变化，更深地融入当地的社会。他们的作品有的反映华裔与原住民的自然融合，通过相爱的两族青年的结合表现两种文化的相互交融，有的则反映纯原住民社会的现实生活，小说的男女主人公都是原住民。

二、华裔作家直接关心印度尼西亚的民族运动，他们写的小说有的直接揭露殖民主义者的罪行，有的则表达对民族运动的同情和支持，与印度尼西亚的民族运动结合得比较紧密。

三、当日本帝国主义侵略中国时，华裔作家对中国的命运也予以极大的关注，30年代涌现以抗日为题材的小说，热情赞扬抗日的英雄。

四、华裔作家的写作技巧有很大的进步，更加现代化了，他们的语言也有很大的提高，更适合描写现代人的生活，与图书编译局的语言相抗衡。华裔作家的作品无论是思想性还是艺术性都上了一个台阶。

五、随着民族运动的发展，华裔马来语文学逐渐与主流文学并轨。印度尼西亚独立后，绝大部分的华裔作家都成了印度尼西亚公民，他们的创作在内容上或语言上都与原住民作家没有多大差别。就是过去华裔作家写的具有中国特色的武侠小说也本土化了，有作家在写本土的武侠小说。华裔作家不但是中国与印度尼西亚文化交流的桥梁，也是文化融和的推动者。

20年代的印度尼西亚现代文学盛行以反对包办强迫婚姻、要求自由恋爱和个性解放为主题的个人反封建小说。这个时期的华裔马来语文学也出了不少同类主题和题材的小说，其主人公有的是华裔与原住民，有的则全是原住民。爱情这个永恒的主题不仅能体现反封建的叛逆精神，许多爱情悲剧是封建迫害所造成的；也能体现两个不同民族超越文化差异的结合，使两种文化自然地相融合。

　　以爱情为主题表现两个民族相融合的小说在20年代的华裔马来语文学中相当盛行，张振文发表于1921的小说《谁的子女？》（Anak Siapa?）就描写华裔青年与原住民姑娘的爱情故事。华裔青年的母亲起先反对儿子娶土著姑娘，后来被土著姑娘的爱心和孝心所感动，不仅接纳了，而且成为很好的一对婆媳。

　　陈秦江于1922年发表的小说《钻石领带别针》（Peniti-dasi Barlian）以更曲折和感人的情节描写异族的爱情故事。华裔青年良仁富有正义感，他叔叔是个坏农场主，逼他手下的土著人把女儿苏玛尔蒂交给他当侍妾。良仁帮助父女逃跑，为此遭到叔叔的忌恨。良仁逃脱了叔叔的谋杀，经过一番波折后又遇上落到坏人手里的苏玛尔蒂。良仁把苏玛尔蒂救出来，从磨难中两人产生了真诚的爱情，终于结为夫妻。婚后还经历了许多考验。这部小说颇受欢迎，很快就再版了。

　　郭德怀于1927年发表的小说《芝甘邦的玫瑰花》（Boenga Roos dari Tjikembang）引起的反响更大，小说一发表便大受欢迎，再版了三次，并于1931年和1976年两次被拍成电影。《芝甘邦的玫瑰花》的故事缠绵悱恻，情节起伏跌宕。男主人公华裔青年艾正是华人橡胶园的职员，娶了土著姑娘玛尔希蒂，两人非常恩爱。橡胶园主也看中艾正，想把自己的独生女月娘嫁给他。艾正非常为难，玛尔希蒂为了让艾正与月娘结婚，决定自我牺牲，不辞而别到他乡隐居。艾正和月娘结婚了，发现月娘在许多地方与玛尔希蒂很相似。原来玛尔希蒂是橡胶园主与土著女人所生的私生女，她和月娘实际上是同父异母。两人婚后生了一个女儿叫莉莉，长大后许嫁给芝甘邦庄园主的儿子绵昆，但不幸莉莉于婚前病逝了。绵昆极度伤心，想回中国参加北伐战争。临行前去莉莉墓前凭吊，突然发现莉莉出现在他面前，把他吓得病倒了。后经调查才知道，那女人并不是莉莉而是住在坟地附近的芝甘邦之女鲁斯敏娜。原来玛尔希蒂走时已经怀孕，生下的女儿就是鲁斯敏娜。艾正认回自己的女儿，让她受教育，最后与绵昆完婚。

　　同一时期，在华裔马来语文学中，以原住民社会和原住民为主人公的小说也有不少。郭德怀于1928年发表的小说《克拉卡岛火山的戏剧》（Drama Dari Krakatau）就是其中的一部。作者大概是受英国作家利顿的小说《庞贝末日》的启发而写的。小说带有浓厚的爪哇神秘主义色彩，从印度宗教的因果论和轮回说，讲两个兄弟在克拉卡岛火山于1883年爆发时如何失散，而于1928年的再度爆发时又如何重逢，说克拉卡岛火山的爆发是破坏毗湿奴大神雕像所致，是遭到大神诅咒的结果。这里作者似乎在暗示，爪哇受印度文化影响的传统若遭到破坏必将引起灾难。

　　陈文丰于1930年发表的小说《草莽泪水》（Ketesan Air-mata di Padang Lalang）

也是其中的一部。松戈沃与斯迪亚蒂是村里一对热恋的青年男女。松戈沃为了能娶斯迪亚蒂决定外出挣钱。斯迪亚蒂的母亲看不上松戈沃，逼女儿嫁给一个有钱人。斯迪亚蒂不得不逃跑，当被人追得走投无路时便自杀身亡。松戈沃在外攒了一些钱，兴高采烈地赶回来准备娶心上人斯迪亚蒂。但当他赶到时，斯迪亚蒂已经身亡，他把带来的耳环和肩巾给斯迪亚蒂戴上，然后殉情而死，倒在他心上人的身旁。

陈修才于1931年发表的小说《旷野呼叫》（Djeritan di Ladang Sunji）则描写渔民青年苏卡尔迪与贵族地主小姐玛尔希娜不可能实现的爱情。玛尔希娜被他的父亲强迫嫁给她不爱的人。苏卡尔迪在绝望中自杀身亡。

同年杨众生发表的小说《惜别》（Bercerai Kasih）也是一部悲剧，发生在苏门答腊的贵族家庭。故事情节比较曲折复杂，讲三角恋爱和情与义的矛盾。沙菲与伊卜拉欣实际上是堂兄弟，他们同希蒂·哈娜菲娅从小一起长大。伊卜拉欣与希蒂相爱，想娶她为妻，被希蒂的母亲所拒绝，因为伊卜拉欣经济上还不能自立。伊卜拉欣决定出去闯荡，要希蒂等他五年，然后请沙菲帮他照顾好希蒂。沙菲常和希蒂在一起，日长月久之后两人发生感情，希蒂越来越感觉到她真正爱的是沙菲，而与伊卜拉欣只是少年时期朦胧的初恋。沙菲感到对不起伊卜拉欣，有意与希蒂疏远。后来传来消息，伊卜拉欣在锡矿遇难了。沙菲与希蒂又关系密切起来，但不久沙菲向希蒂道别，他将不再回来。希蒂极力阻止沙菲离开，并一再表白她只爱沙菲一人。沙菲只好告诉她伊卜拉欣并没有死，那消息是讹传。伊卜拉欣回来娶希蒂，婚后的生活很不幸福，因为希蒂忘不了沙菲。后来他们生个儿子也取名沙菲，其实就是沙菲的儿子。希蒂再也不能忍受情感上的折磨，便离开丈夫和儿子出走，藏在沙菲家里。希蒂让沙菲写信给伊卜拉欣，说她已经死了。但不久希蒂偷偷跑回去看她病重的儿子，这时伊卜拉欣刚巧买药回来，见到希蒂伏在儿子身上，他惊叫了一声。希蒂闻声赶紧跑掉，突然听到儿子最后的叫声，她便又跑了回来看咽最后一口气的儿子。儿子的死终于把两人又结合到一起了。

除了以上介绍的情况，这个时期华裔马来语文学最为难能可贵的地方是，它敢于直接揭露荷兰殖民主义者的罪行，反映当时尖锐的民族矛盾和社会矛盾。例如赵雨水于1924年发表的历史小说《彼得·埃伯菲尔德》（Pieter Elberveld），就是以发生在1721年土生印欧混血儿与土著人联合反荷暴动被残酷镇压这一历史惨剧为题材的。作者对荷兰殖民统治者如何以极端残酷的手段处置敢于犯上作乱的彼得·埃伯菲尔德作了详细的描述，"他的右臂被砍断，然后用烧红的铁钳把他身上的肉一点一点地夹掉，再用利刀把他的胸膛剖开，取出里面的肝脏。他的首级被拿下，躯体被碎成四块，扔到荒郊野外喂鸟……"这种惨无人道的暴行令人发指。从此彼得·埃伯菲尔德住的地方被称作"碎死万段"，并立上一个刻着骷髅的警示碑，写道："这是对叛逆的罪犯彼得·埃伯菲尔德的警示。这里从现在起直到永远禁止人们盖房筑墙或种植作物"。赵雨水在20年代写这样的小说看来不会与那时正在高涨的民族运动毫无关系。

1926年印度尼西亚爆发反对荷兰殖民统治的民族大起义，这是印度尼西亚现代民族运动史上第一个反殖民主义斗争的高潮。起义失败后，许多印度尼西亚民族运动的优秀儿女被荷兰殖民政府流放到疟疾猖獗的地辜儿地区（在今之伊里安扎雅）备受煎熬。然而这样惊天动地的民族斗争，在当时图书编译局的作品里是看不到有丝毫反映的。在白色恐怖的气氛中，只有华裔作家敢于顶风逆水，把这一重大的历史事件反映到自己的作品里。对华裔作家来说，及时反映印度尼西亚社会的重大事件乃是他们的优良传统。因此，在起义被镇压不久，他们便写出多部以这一历史事件为题材或背景的小说，如温无敌的《波偾·地辜儿的血泪史》（Darah dan Aer Mata di Boven Digoel，1931）、包求安的《扑不灭的火焰》（Api Jang Tidak Bisa Dibikin Padem，1939）等。而最杰出的是郭德怀的长篇小说《波偾·地辜儿囚岛悲喜剧》，它代表了华裔马来语文学的最高成就。（详见下节）

华裔作家对当时的劳工斗争也同样予以关注，林庆和的《红潮》（Merah，1937）可能是印度尼西亚现代文学中最早描写劳资纠纷的小说。华裔马来语文学对印度尼西亚殖民地社会所发生的重大问题和各种不良现象从不回避，也从不放过，这就使它能比较及时地反映时代脉搏的跳动，展示时代前进的步伐，为同时期里的其他文学所不及。

除了当时印度尼西亚的民族矛盾和社会矛盾，在30年代中国日益高涨的抗日救亡斗争也成了华裔马来语文学集中反映的一个焦点，以抗日救亡为题材的小说大量涌现。例如写有关"沈阳事件"的就有季德观的《满洲》（Mandchuria，1932）、侯妙生的《九一八》（Chu I Pah，1941）等。写有关淞沪抗日战争的有郭德怀的《闸北来的勇士》（Pendekar Dari Chapei，1932），描写印度尼西亚华裔支持中国抗日的事迹。还有季德观的《上海……！》（Shanghai……！，1933），描写淞沪战争中中国抗战英雄的英勇事迹。写有关卢沟桥事件的有陈文宣的《卢沟桥——上海》（Lukuochiao-Shanghai！，1937）、杨众生的《魔鬼营》（Battalion Setan，1938）等。上述作品都表现了印度尼西亚华裔对中国抗日战争的积极支持和对抗日英雄的热情歌颂，而有意思的是，所有的作者没有一个去过中国，他们是从新闻报道中收集创作素材的。这里有必要提一下，原住民作家中也不乏对中国抗日战争表示同情和支持的。例如一位叫达努维勒加的巽达作家就用巽达语写了一部小说，题目叫《战场上的贞娘》（1938），歌颂印度尼西亚华裔青年与上海姑娘在抗日战场上结下的良缘。

华裔马来语文学在日本占领期间（1942—1945）完全停止活动，不少作家因支持中国抗日而遭到迫害，被关在集中营里受尽折磨。1945年8月17日印度尼西亚宣布独立后，战火连绵不断，在烽火年代里华裔马来语文学也难于恢复元气，但还是有一些作品问世，其中比较有价值的是写有关日本占领时期华裔的悲惨遭遇和独立战争期间华裔的血泪沧桑。在此类作品中，陈默源的《天翻地覆！》（Dunia Terbalik！，1949），被认为具有史料价值。不过这个时期的华裔马来语文学已逐渐式微，成了强弩之末。

印度尼西亚宣布独立后，整个社会发生了根本性的变化，华裔马来语文学赖以生存和发展的历史条件已不复存在。尤其在双重国籍问题解决之后，绝大部分的华裔都已经成为印度尼西亚公民。老一代的华裔作家仿佛已完成其历史使命，一个个退出文坛，很少再从事创作了。而新一代的华裔作家则已完全归化，与印度尼西亚的主流文学汇合在一起了。他们的作品从形式、内容到语言已完全印度尼西亚化了，与原住民作家没有多大区别。华裔马来语文学走过了漫长而又艰难的历史道路，如今已完成自己的历史使命，回归到它的印度尼西亚母体。这应该说是华裔马来语文学作为印度尼西亚文学的组成部分必然的历史归宿。

第二节　杰出的华裔作家郭德怀及其代表作
《波债·地辜儿囚岛悲喜剧》

郭德怀（Kwee Tek Hoay）1886年生于西爪哇茂物。他上过私塾和小学，跟好些外国教师学荷语、英语和马来语。他天生好学，酷爱读书，博览群籍，基本上靠自学成才。他对社会文化、东西方宗教哲学、文学艺术等具有广泛的兴趣和深入的研究，在他身上可以看到中国文化、本地文化和西方文化的影响和相互融合。1934年他创办三教会（儒、释、道三结合），旨在弘扬中国文化，但不排斥其他文化。他从事多方面的事业，有商业、新闻业、出版业等，是当时华裔社会著名的活动家。

郭德怀是个多产的作家和剧作家，1905年在茂物的《和报》上发表第一部小说《一个日本女人的复仇》（Pembalesannja Satu Prampoean Djepang），可惜已经失传。1919年他发表第一部剧作《假上帝》（Allah jang Palsu），这部六幕剧着重刻画性格截然不同的两兄弟。哥哥是拜金主义者，人不为己天诛地灭。弟弟崇尚道德，为人善良正直。两人有着不同的结局。哥哥最后身败名裂，在逃避警察追捕时自杀身亡。1926年郭德怀发表另一部四幕剧《公益事业的损失》（Korbannja Kong Ek），对华人公益事业中的滥用职权和腐败现象进行批评，有人认为该剧受易卜生作品《人民公敌》的影响。郭德怀的剧作许多是针对华裔社会存在的问题而写的，具有现实的社会批判意义。

郭德怀的成名之作是发表于1927年的长篇小说《芝甘邦的玫瑰花》（Boenga Roos Dari Tjikembang），接着于1928年和1931年接连又发表长篇小说《克拉卡岛火山的戏剧》（Drama Dari Kerakatau）和《麦拉比火山的戏剧》（Drama Dari Merapi）。这三部作品以华裔社会和原住民社会为背景，描写华裔与原住民或者原住民与原住民之间的爱情婚姻问题，反映两族之间的亲密关系和文化的相互融合。头两部在上节已有提及，后一部篇幅很大，共620页，主要描写1930年麦拉比火山爆发所带来的灾难。作者以爪哇的神秘主义和佛教的因果论和轮回说解释大自然的变化和人类命运的变迁，把读者带到超现实的神秘世界。郭德怀的创作情况比较复杂，他很重视文学的社会影响和教育功能，有时表现为清醒的现实主义者，有时则表现为超现实的神秘主义者。作为清醒的现实主义者，他能看到社会的某些弊端并加以揭露和批判，给人以启迪和教育。例如他创作的六幕剧《活僵尸》（Mait Hidoep，1931）就是为了告诫年轻人不要寻花问柳，荒淫无度，得了性病会殃及后代，贻害无穷。而当他宣扬神秘主义时，又会把人带到虚无幻境里，聆听神秘莫测的轮回说教。例如长篇小说《鸡蛋花的灵魂》（Soemangetnja Boenga Tjempaka，1932），讲的是一个隐居的华裔青年与花魂的爱情悲剧故事，充满神秘主义的气氛。

这个时期最能代表郭德怀小说创作的最高成就是《波偿·地辜儿囚岛悲喜剧》（Drama di Boven Digoel）。这部长达718页的小说从1929年至1932年先用连载的方式在《全景》杂志上发表，由于深受欢迎，于1938年被印成四册出版。托玛斯·理格儿在《简评郭德怀的＜波偿·地辜儿囚岛悲喜剧＞》一文中给郭德怀的这部力作以极高的评价，他说："这部长篇小说以718页的篇幅和极其精湛的写作技巧堪称印度尼西亚文学中带有里程碑式的作品之一。"的确，这部以1926—1927年民族大起义为背景的长篇小说在反映当时印度尼西亚殖民地社会的阶级矛盾和民族矛盾的深度和广度上是无与伦比的，在独立前的印度尼西亚现代文学中可以说是绝无仅有的。下面先把小说的基本内容介绍一下：

小说的故事发生在巴达维亚（雅加达），男女主人公都是原住民，是一对相恋的情侣。男主人公叫慕斯达利，是位受过西方教育的殖民地县太爷的公子。女主人公是位女教师，叫努拉妮，是1926年民族起义时期印度尼西亚共产党支部领导人的女儿。他们的恋爱必然要遭到双方家庭的激烈反对。努拉妮的父亲不可能接受为荷兰殖民政府效命的封建贵族的儿子当女婿，但慕斯达利还是决定于1926年11月12日（即起义的当天）傍晚去努拉妮的家亲自做说服工作。当时努拉妮的父亲不在，慕斯达利和努拉妮两人只好在家里等着。突然听到门外有人发暗号，慕斯达利赶快躲进努拉妮的房间。进来的是努拉妮父亲的同党，一个叫拉迪戈的激进分子。他也在死命追求努拉妮，要努拉妮嫁给他。努拉妮为了摆脱他的纠缠，好让他赶快离开，便假意答应。拉迪戈高兴地走了，留下准备晚上炸电厂用的一大包炸药。慕斯达利听到努拉妮对拉迪戈说的许诺话误以为真，便和努拉妮闹翻了。努拉妮气得当场晕倒，被送往医院。慕斯达利赶紧把那包炸药扔进井里，然后去警察局报告共产党的起义计划。但警察早已把房子团团包围住，慕斯达利被当做同党嫌疑而被押送到警察局。在那里他见到努拉妮的父亲和他的同党已经落网，原来警察早已察觉共产党的起义计划。慕斯达利在亮出自己的身份和说明情况之后被释放，努拉妮的父亲却以为他就是告密者。在监狱病房里躺着的努拉妮也以为慕斯达利是在欺骗她和利用她去害她的父亲，便决定从此断绝关系。慕斯达利的舅舅知道后趁机出来活动，想把女儿赶紧嫁给慕斯达利，而处在失恋中的慕斯达利也贸然答应了。后来慕斯达利在努拉妮的好友苏拜达的帮助下见到了努拉妮，两人的误会消除了。然而，这时慕斯达利接到了调令，要他立刻去他父亲的管区莅任，使他不得不离开努拉妮。努拉妮想恢复两人的恋爱关系，便接连写信给慕斯达利，但一直没有得到回音。努拉妮在痊愈后决定去找他，到他舅舅家打听他的住址。这个时候他舅舅家正忙着张罗女儿与慕斯达利的婚事。努拉妮以为慕斯达利又背叛了她，便决定去加里曼丹找拉迪戈，而对房东则说是去棉兰谋职。正在被拘留的苏拜达得知此事后，设法逃跑去见慕斯达利问个究竟。慕斯达利说他从未接到过努拉妮的信，原来努拉妮的信落到他舅舅手里而被扣住了。慕斯达利决定逃婚，与苏拜达装扮成夫妻按房东说的去棉兰寻找努拉妮。其实努拉妮并没有走成，因为她被当做是逃犯苏拜达而被扣留，验明身份后才被释放出来。正当走投无路时，努拉妮遇上华裔作家朱达墨的女儿托罗列斯。托罗列斯很同情她的遭遇，把她带到她父亲在芝朱录山村的家里。华裔作家朱达墨对努拉妮关怀备至，给她讲了许多人生哲理，使努拉妮茅塞顿开，受益匪浅。不久获悉努拉妮的父亲要被流放到伊里安的地窜儿，努拉妮便决定遵照华裔作家的教导去尽孝道，自愿陪父亲去伊里安当护士。这个消息见报后，慕斯达利和拉迪戈也都设法去伊里安找努拉妮。三人终于在地窜儿相会合了。为了摆脱拉迪戈的逼婚纠缠，努拉妮和慕斯达利逃往内地巴布亚族的部落，在那里大受欢迎，因为努拉妮曾给巴布亚人治好过病而被他们看做是神女。他们俩被部落人拥立为国王和王后。就这样努拉妮和慕斯达利在伊里安的深山密林里建立了一个新国家，取名"自由之邦"，他们俩把文明和进步带给了部落民。后来努拉妮生了一个女儿，而当怀上第二胎时，拉迪戈突然出现。他一直纠缠努拉妮不放，最后送去了一盒礼物。努拉妮把盒子打开时，发现里面装的竟是拉迪戈的首级。努拉妮当场吓倒，从此卧床不起。她病势日危，临终前交代了两件事：一是把女儿托付给托罗列斯去抚养，以便将来能成为有用的人；一是要慕斯达利娶苏拜达为妻，两人永远不分离……

《波偾·地辜儿的悲喜剧》通过艺术形象生动地再现了印度尼西亚民族运动第一个高潮时期错综复杂的民族矛盾和阶级矛盾。从小说中可以看到三种文化在不同人物身上的不同影响和体现，特别是中国文化的传统思想被巧妙地注入到人物的性格和编织到整个故事情节之中。与此同时，我们还可以看到西方小说的写作技巧和中国演义小说、印度尼西亚班基故事悬念迭起的表现手法，三种不同文学的传统被融会贯通地加以运用，使这部小说色彩斑斓，含有更深的文化底蕴。小说最主要的人物是三个，慕斯达利、努拉妮和苏拜达。慕斯达利是代表封建贵族出身和受西方教育的现代知识分子，在小说中主要扮演男情人的角色。他为爱情可以牺牲自己的仕途和名誉地位，但在政治上却是亲荷兰殖民政府的。努拉妮和苏拜达是作者精心刻画的人物。努拉妮是印度尼西亚共产党人的女儿，就其出身而言已经非同一般。她与父亲相依为命，但并没有接受父亲的政治信念和理想。她心地善良，纯朴温顺，一心想办教育来提高本民族的素质。她的出身和所处的历史和家庭环境使她一再遭到不幸。而当她处于彷徨失落的时候，是华裔作家给她指点了迷津，使她重新振作和坚强起来。在她身上我们可以看到中国文化传统的好些影响，作者把她塑造成东方女性的典型。苏拜达则是另一种典型性格，属于行侠仗义型的人物。她见义勇为，胆略过人，有中国武侠小说中的女侠气质，为帮助努拉妮可以牺牲自己的一切。小说的结局是努拉妮要慕斯达利娶苏拜达，而把自己的女儿则托付给华裔父女去抚养。作者这样安排似乎有其特殊的象征意义，那就是希望将来的印度尼西亚儿女能集努拉妮和苏拜达的优良品质于一身，以完成振兴民族的使命。正如华裔作家朱达墨说的："印度尼西亚需要有英勇顽强和具有坚定信心的儿女去促使这个国家的进步。而这样的儿女只能是勇敢、智慧和品德高尚的子女的后代。"努拉妮、慕斯达利和苏拜达就是这类子女的代表。此外，作者在小说中也阐明了他自己的政治观点和理想。他对1926年的起义有自己的看法，他不赞同采用暴力革命的手段而更主张采取进化演变的方式去实现目标。作者的政治理想集中体现在努拉妮和慕斯达利在伊利安的深山密林中所建立的"自由之邦"。在这个乌托邦式的国度里，各族人将一起和睦相处，互相尊重彼此的个性，完全没有人压迫人的现象。他甚至说："这个国家的版图将会扩大，人民也将会更多……这个国家的主人将是一个由印度尼西亚人、巴布亚人、印欧混血人、华裔、阿拉伯裔混合组成的新民族。而各民族的融合是为了创造一个更能干和更聪明的新民族来掌握这个伟大的国家。"这说明作者早在20年代就已具有印度尼西亚各民族"殊途同归"的思想。除此以外，还值得一提的是，作者对通俗马来语与图书编译局马来语也有他的独到之见。他认为图书编译局马来语的语言风格不好，"很不自然，当描述一个人的言谈举止时与那个人的真实情况不符，仿佛是人造的产品，或者是皮影戏艺人嘴里说出来的话，"因而"不宜用来描述西方式那种简洁明快的思维活动"。他认为通俗马来语就没有这个问题，它更适合于描写现代人的思想行为。郭德怀的评论是对当时官方马来语的公然挑战，也是为通俗马来语在文学中的地位讨回公道。

郭德怀不仅关心华裔和原住民社会，关心印度尼西亚的民族运动，也关心中国的命运。30年代当日本帝国主义发动侵华战争时，他写了一部长篇小说《闸北来的勇士》，讴歌1932年印度尼西亚华裔医生在上海前线参加战地救护工作的动人事迹，同时还描述在印度尼西亚的华人抵制日货的情形，表现了对日本侵略者的同仇敌忾。

郭德怀是华裔马来语文学的一颗巨星。他不但是最多产的作家，发表的各种文学作品不下50种，也是从事创作的时间最长的作家，从1905年至1942年几乎经历了战前整个荷兰殖民统治的时期。而最可贵的是，他创作的作品反映了这个时期的时代特征和本质矛盾，表现了印度尼西亚各民族的自然融合和各种文化的交融，特别是中国的文化融入本地文化。郭德怀给印度尼西亚的现代文学留下了非常宝贵的精神财富。

第六章 30年代"新作家"时期印度尼西亚现代文学的发展

第一节 东西方文化论战和《新作家》的创立

1926年民族大起义失败后，荷兰殖民政府实行"白色恐怖"政策，不但共产党和革命组织被取缔，与荷兰殖民政府持不合作态度的民族主义政党也被勒令解散，民族运动进入了低潮时期。在这个时期里，一切反殖民政府的政治活动都是无法进行的，于是人们把斗争的重点转移到文化战线上来。在这种形势下，印度尼西亚的民族运动仍然在继续前进。

1928年全国青年代表大会提出"一个祖国、一个民族、一个语言"的誓言之后，印度尼西亚的民族统一意识大大提高了，在知识界掀起了东西方文化的大论战。争论的焦点是，应该建设一个怎样的印度尼西亚民族的新文化。这个争论表面上是一个纯文化的问题，而实质上是关系到今后民族精神建设的大方向问题。因此虽然没有与反殖民主义的政治斗争直接相联系，但仍应看作是整个民族运动的一个重要组成部分。

东西方文化论战的阵线很分明，一方是以达迪尔·阿里夏巴纳为代表的"西方派"，一方是以沙努西·巴奈为代表的"东方派"。双方的观点针锋相对，整个论战延续到40年代初荷兰殖民政权垮台为止，影响了印度尼西亚文学在这一时期的整个发展。

代表"西方派"的达迪尔·阿里夏巴纳否定东方文化的历史传统，主张全盘西方化。他说："产生神圣的婆罗浮屠大佛塔的精神与20世纪印度尼西亚理想的倡导者们胸中所燃烧的精神毫不相干"，"印度尼西亚精神从内容到形式都是全新的，他不依赖于过去的年代。"他说："我们民族所提出的印度尼西亚这个词是与印度尼西亚的情感和精神分不开的。而印度尼西亚精神乃是20世纪的产物，是精神和力量觉醒的体现。"他强调"印度尼西亚的历史始于20世纪"，这以前的历史他称之为"前印度尼西亚史"，二者之间没有传承关系。他说："新一代人所期望的印度尼西亚不是马打兰王朝，也不是米南加保或马辰王朝的延续"，因而"印度尼西亚文化也不是爪哇文化、马来文化、巽达文化或其他文化的延续"。他说："我们所说的印度尼西亚精神，即觉醒的精神、复兴的精神、民族的精神，是或者大部分是从西方获取的，至少也是通过西方而来的。故而由此产生的社会和文化势必含有许多西方的成分。"他甚至说："我们现在引以为豪的'印度尼西亚'这个词也是从西方民族那里来的。"他认为印度尼西亚社会所以停滞不前和死气沉沉是因为缺乏西方社会那种生气勃勃的活力，而那种活力的源泉就是智力主义、个人主义、自我中心主义、功利主义等。他说："对我来说，西方意味着一种蓬勃进取和充满活力的生活，所以我热爱浮士德。我相信只有西方，从充满活力这点来讲，才能把东方从奴役中解脱出来。"因此，他主张全盘西方化，提出这样的口号：

必须把印度尼西亚人的头脑磨练成同西方人一样的头脑！

必须充分发挥个人的作用！

必须尽可能地唤起个人利益的意识！

必须提倡印度尼西亚民族聚敛尽可能多的世界财富！

必须让印度尼西亚民族全面发展！

首先对达迪尔·阿里夏巴纳的历史虚无主义态度和全盘西方化的主张持相反观点的是"东方派"的代表沙努西·巴奈。他指出："历史是一个前后相继的发展链条，今乃昔之延续。人们没有能力创造全新的时代，因为这等于从无中去生有。"他说："印度尼西亚精神在麻若巴歇时代，在迪波尼哥罗时代，在德古·乌马尔时代就已经存在，体现在习俗上，在艺术上。只是印度尼西亚民族尚未出现，印度尼西亚人尚未意识到他们是一个民族。"他认为西方是"重视物资以致忽略精神，把智力用于征服自然。它犹如只要能掌握物资便可以牺牲灵魂的浮士德"，而东方是"重视精神以致忽略物资，智力用来寻求梵我一如，它犹如在因陀罗峰修行的阿周那。"沙努西·巴奈主张东西结合，以东方文化为体西方文化为用，他说："最完美的方向是，把浮士德与阿周那结合起来，把功利主义、智力主义和个人主义同精神至上主义、集体主义情感协调起来。"他说："我站在我视为神圣的东方土地上来营造新的文化，用从西方来的香料去丰富过去的东方香料。"

普尔扎拉卡也反对"西方派"的观点，他说："从往后看所获得的知识用于观察现在的情势，即我们国土上目前的西方化的时代。只有我们做到了从往后看中看到现在的情势，我们才可以着手安排我们的未来。否则，如果我们只看现代的情势，我认为那是很危险的，我们将会一头直朝西方走。"他说："不要陶醉于过去的文化，但也不要陶醉于西方文化。对二者都应有所了解，尔后从二者中筛选出好的东西，使我们能于日后稳妥地加以利用。这是我们这些关心我们民族未来命运的倡导者们所面临的艰巨任务。"

东西方文化论战的出现不是偶然的，而是民族运动发展到一定阶段的结果。

对于两派的观点和主张应该从印度尼西亚殖民地国家的实际出发，用历史的观点去进行分析。

"西方派"代表达迪尔·阿里夏巴纳的历史虚无主义态度和全盘西方化的主张当然是不可取的，但也不宜一棍子打死。印度尼西亚是个封建殖民地社会，长期的封建统治使印度尼西亚社会停滞不前，而封建时代东方传统的思维方式严重地束缚了个性的发展，遏制了个人的创造性，使印度尼西亚民族无法赶上时代的潮流。达迪尔·阿里夏巴纳看到了这一点，所以极力主张用西方的思维方式去替代东方传统的思维方式。他的问题是，把西方文化看得十全十美，只看到其进步的一面，而没有看到其另一面，即西方文化已成为殖民统治者进行奴化政策的工具。从反封建来讲，达迪尔·阿里夏巴纳主张充分发扬自我意识，反对封建传统的精神束缚，要求个性的彻底解放，这点还是有一定的积极意义的，也是符合现代潮流的发展的。但是他的全盘西方化的主张则走过了头，因为这不但会丧失印度尼西亚的民族特性，不利于提高民族意识，同时也会模糊人们的视线，看不到殖民主义者文化侵略的现实危险。这是不利于反殖民主义的民族斗争的，因此一直遭到民族主义者的反对。

"东方派"的观点和主张比较符合当时民族主义者的立场，既要继承和发扬自己民族的传统文化，以增强民族意识和自信心，又要吸收西方的先进文化，克服本民族文化的不足，赶上时代前进的步伐。"东方派"以东方文化为体西方文化为用，把东西方文化结合起来，较符合当时印度尼西亚民族运动的文化路线，但他们没有对传统文化进行必要的科学分析，以致没能做到取其民主精华，弃其封建糟粕，而是无批判地继承。这是"东方派"欠缺的地方。至于当时"东方派"也没有把矛头直接指向殖民统治者，这点除了自身的局限性，也是当时险恶的政治生态环境所造成的。

在东西方文化论战的背景下，1933年由达迪尔·阿里夏巴纳、尔敏·巴奈、阿米尔·哈姆扎创办的《新作家》（Pujangga Baru）杂志问世了。这是第一家由印度尼西亚作家自己创办的全国性的文艺月刊，打破了官方图书编译局的长期垄断。关于该杂志的宗旨，起初提出的是，"文学、语言和一般文化的杂志"，1935年改提为"给文学、艺术、文化和一般社会问题带来新精神"，1936年又改为"当充满活力的新精神的领路人，建立统一的印度尼西亚文化"。《新作家》突出一个"新"字，即以新精神建立新文化，三位创办人在创刊号前发表的告读者书中提到："在这个复兴的时代，我们民族的文学负有神圣的责任和义务。它要使我们的社会充满新精神。它必须传达所有相信这个伟大时代到来的印度尼西亚人心里所憧憬的真理信息。"告读者书说："我们的力量还很分散。在给印度尼西亚文学以合适阵地的努力中，迄今为止日益增多的作家之间仍然互不相联系。他们各干各的，互不关心，只利用人家愿意提供的机会。"一般来说，他们的作品发表在各自有联系的报刊上，作为附带品，甚至只用来填补剩余的空栏。在这种情况下，"人们越来越期待一个杂志的出现，这个杂志把着重点放在文学上，把分散四处的作家团结到一起并予以指导。与此同时，根据时代的要求和印度尼西亚社会交往中的新情况，印度尼西亚语也在等待着人们去研究它和指导它。"最后告读者书把《新作家》的性质归纳如下："《新作家》将着重于一切与印度尼西亚语言和文学有关的事宜，它将刊登诗歌、散文、戏剧、文艺评论、图书研究、语言和文学一般评述等类的作品和文章。对于所有心中感觉到新时代脉搏跳动的作家，《新作家》将成为他们表达心中感受的场所。《新作家》将站在前面高举文艺的旗帜，给需要指导的年轻作家和文人指明道路。"在创刊之前，他们曾发出50封信给各地的作家征求意见，得到了积极的回应。可见《新作家》的创办是适应印度尼西亚现代文学发展的需要，正如告读者书说的："现在是时候了，印度尼西亚民族要向世人显示她有能力创造和维护一个能焕发民族新精神和美化民族新面貌的事物。"《新作家》确实为处于分散状态的印度尼西亚作家提供了一个共同的论坛和园地，所以它很快就成为当时印度尼西亚各地作家的一个中心，像磁铁石一样不但吸引了为数众多的苏门答腊作家，也吸引了印度尼西亚其他地区的作家。《新作家》在打破官方图书编译局的局限性，为把印度尼西亚现代文学推向全国发挥了重要的作用。

第二节　30年代"新作家"时期印度尼西亚现代文学的发展

30年代的东西方文化论战和《新作家》的创办大大推动了印度尼西亚现代文学的发展。这个时期《新作家》发挥了重大的作用，它首先成功地把全国分散的作家吸引到自己的周围，形成一定规模的作家队伍，有人称之为"新作家派"，称这个时期（即整个30年代到1941年荷兰殖民政权垮台为止）为"新作家"时期。其实《新作家》只是一个全国性的文艺刊物，不是一个文艺团体。所谓"新作家派"也不是一个文艺流派，它并没有自己的文艺纲领，各作家的创作风格也各不相同。但它有一种无形的凝聚力，能把全国的作家调动起来，为创造民族的新文化和新文学共同出力。所以，从某种意义上讲，所谓"新作家派"确实代表了那个时期文学发展的主流，是指30年代最活跃和最有成就的作家群体。

30年代可以说是印度尼西亚现代文学的全面成长时期，比起20年代来，它在各个方面都有长足的进步，主要表现在以下几个方面：

首先，作家的队伍已扩展到全国，不局限于苏门答腊。20年代图书编译局的作家几乎清一色都是苏门答腊的马来族人，所反映的社会面比较窄，主要反映苏门答腊马来封建社会新一代和老一代之间的矛盾。到了30年代，虽然苏门答腊的马来作家仍占多数，但其他地区的非马来族作家在日益增多，其中较有名的作家和诗人如波杭是茂物人，丁雅迪是梭罗人，达登庚是苏拉威西人，约曼·迪斯纳是巴厘人，阿斯马拉·哈迪是雅加达人等，他们的作品反映了不同地区不同民族的社会现实，使印度尼西亚现代文学的面真正涵盖了全国和全民族。此外还应指出，不但作家来自全国，而且来自不同的政治派别，在《新作家》的编辑部里就有政治上属左、中、右三种不同的人物，做到了既能面向全国又能兼容并蓄，因此《新作家》能起到调动各个方面积极因素的作用。

其次，创作的主题不限于个人反封建的范畴，已扩大到社会文化的更多层面，有的着重于揭露批判社会的不良现象；有的在探讨东西方文化冲撞中人们的世界观和价值观的变化；有的表现个人命运的不幸遭遇；有的则表现强烈的民族主义精神。而对创作主题产生非常深刻影响的是东西方文化论战，有的作家就是利用自己的创作来宣传自己的文化观点和主张。与此同时，创作的题材体裁也更加多样化，小说、诗歌、戏剧全面发展。此外，艺术风格也更加个性化，不同的作家有不同的特点，打破了图书编译局千面一孔的单一风格，突出了作家的自我意识和个人风格。

其三，文艺界的思想相当活跃，开始出现各种不同的文艺理论和主张，并且贯彻到各自的创作中去。《新作家》创办人的文艺思想和主张就各有不同，主要有三种：一、达迪尔·阿里夏巴纳反对"为艺术而艺术"，主张艺术为民族建设服务。他说："在崇高的服务中，只有真诚地把自己的全身心献出去，艺术才能拥有完美的内涵。"还说："一个对自己的地位和使命有觉悟的印度尼西亚艺术家不会无视自己作品的内容，他将选择对自己人民有益的东西，并能区别其利弊。"他说："在各个方面都大大落后的印度尼西亚民族必须着重选择有用的东西，因为民族的未来命运远比美学价值重要。"他认为文学必须有倾向性，必须发挥宣传教育的作用。对他来说，所谓"有用的东西"就是西方的东西，所谓倾向性就是倾向西方化，为他的西方化主张进行宣传教育，他的代表作《扬帆》就是他贯彻文艺倾向性的样板。二、尔敏·巴奈则主张文艺是社会的一面镜子，要反映社会的真实面貌，所以他比较倾向于现实主义。他说："一个真正的艺术奴仆是他自己灵魂的奴仆。"而"那艺术的奴仆是社会的儿子，他就是那个社会的影像。"但是尔敏·巴奈所熟悉的社会是在东西方文化撞击中处于彷徨状态的知识分子社会，他说："这个国家的人民是生活在具有不同性质的东西文明的双重性社会里，他们生活在殖民地的社会。毫无疑问，作家在其心灵中必然要描绘那个殖民地社会和两个文明的汇合。"他认为："这个时代是彷徨的时代，各方面都还捉摸不定。所有的人都好像悬在半空中，上不着天下不着地，连立足点也还没有。"当时印度尼西亚的许多知识分子，包括他本人，在时代变迁的风口上感到彷徨，无所适从。他把这个当作是当时殖民地社会的真实面貌，并努力把它反映到自己的作品中。在东西方之间彷徨成了尔敏·巴奈这个时期创作的一大特色。三、与达迪尔·阿里夏巴纳的文艺观点和主张直接相对立的是沙努西·巴奈的文艺观点和主张。他反对达迪尔·阿里夏巴纳的文艺要有倾向性的主张，提出"艺术为艺术"的口号，但又有别于西方的"为艺术而艺术"的主张。他的"艺术为艺术"就是艺术要体现"梵我一如"的境界。他说："一个人在追求宇宙的梵我一如，自然要趋向集体主义。与宇宙精神合一的感觉反映在小我上就是与人性合一的感觉。"又说："依我看，作家必须把自己的灵魂与世界和人性紧密地结合在一起，至少在创造艺术的时候必须同世界和人性结合在一起。"他的所谓"艺术为艺术"就是指"艺术产生于梵我一如和集体主义之中，产生于我与宇宙和人性的合一"。这是艺术的最高境界，艺术就是为了这个而艺术的。沙努西·巴奈的文艺思想显然是受印度宗教文化和哲学思想的很深影响，带有形而上学的色彩，但是在他的创作实践中并没有真正加以贯彻。他在30年代创作的作品还是紧密地与当时的东西方文化论战相结合，不是表现什么"梵我一如"的境界，而是在传达他的"东方派"的观点和主张。看来沙努西·巴奈对"梵我一如"有他自己的解释，他说一个广义的作家，"是和他的时代合一的人，是和历史的发展合一的人，是生活在永恒和与时间同步的人，亦即生活在生活里的人。"这就是说，作家必须跟上时代，必须贴近生活，所以他的作品还是与现实生活结合得比较紧密。

其四，突破了图书编译局马来语的语言标准，把马来族的马来语变成了全民族的印度尼西亚语。在20年代，为了遏制印度尼西亚民族运动的发展，荷兰殖民政府极力阻挠马来语变成印度尼西亚民族的统一语言。为此，作为官方的御用工具图书编译局规定了严格的语言标准，那就是必须使用苏门答腊马来族的纯粹马来语。但在1928年发表"青年誓词"之后，把马来族的马来语变成全民族的印度尼西亚语已成为不可阻挡的历史潮流。30年代的印度尼西亚文学，特别是"新作家派"在这方面起到了积极的促进作用。许多作家在创作中不受图书编译局语言标准的限制，自觉地采用更为现代化和全民化的印度尼西亚语。达迪尔·阿里夏巴纳说："印度尼西亚语是几世纪以来在亚洲南部的居民中逐渐发展起来的交际语言，而在20世纪印度尼西亚人民复兴运动起来之后，便自觉地把它提升为统一的语言。"可见"新作家派"对民族语言问题已经有了相当的认识，在贯彻中有了较高的自觉性，他们有的还对印度尼西亚语进行了专门的研究。1938年在梭罗举行了第一届印度尼西亚语言代表大会，不少作家发表了语言的专题论文，其中有阿米尔·沙利弗丁的《把外国的词汇和观念融入印度尼西亚语言里》、达迪尔·阿里夏巴纳的《语言的革新及其步骤》、阿迪·尼哥罗的《新闻报刊中的印度尼西亚语》等。30年代的"新作家派"对于印度尼西亚语的普及和提高无疑作出了重要的贡献。

在东西方文化论战和《新作家》新文化运动的推动下，30年代的文学创作出现繁荣的景象，作家辈出，名著连篇，呈现百花齐放的盛况。在小说创作方面，最有代表性的是达迪尔·阿里夏巴纳和尔敏·巴奈。此外还涌现不少独具特色的作家和作品。在诗歌创作方面，出现了桂冠诗人阿米尔·哈姆扎，把印度尼西亚的现代诗歌提高到一个新水平。在戏剧创作方面，沙努西·巴奈的历史剧和现代剧代表了这个时期的最高成就。30年代印度尼西亚文学的全面发展为独立后的印度尼西亚文学打下了坚实的基础。

第三节　达迪尔·阿里夏巴纳的《扬帆》及其他小说

达迪尔·阿里夏巴纳（Sutan Takdir Alisyahbana）是"西方派"的代表，《新作家》的主要创办人。他1908年生于苏门答腊北部的纳达尔，从小受西方教育，1928年毕业于万隆高级师范学校，1942年在雅加达高等政法学校获法学士学位，1979年获印度尼西亚大学名誉博士学位。1944—1949年他作为印度尼西亚社会党党员任印度尼西亚国民议会（代国会）议员，1956—1960年任制宪议会议员，后因与地方的反政府叛乱有牵连而移居国外多年。达迪尔的主要兴趣还是在文化哲学和语言文学方面，1930年任图书编译局的刊物《图书旗帜》的主编，1933—1942年和1948—1953年主持《新作家》的工作，1947—1952年任《印度尼西亚语言建设》（Pembina Bahasa Indonesia）的主编。50年代前后他还创办人民图书出版社，经营文化图书的出版和发行业务。

达迪尔在图书编译局工作期间就开始写小说，他的处女作是《命途多舛》（Tak Putus dirundung Malang，1929），描写一对兄妹从小失去父母，寄养在姨母家，因不堪姨父的虐待而出走。离家后，兄妹俩遭到接二连三的厄运，哥哥被人诬陷而入狱，妹妹受尽凌辱而投海自尽。哥哥出狱后，孤苦伶仃一个人，失去了生活目标，便当海员漂流四海。十五年后他溺死于当年妹妹自尽的海中。作者对社会上不幸的孤儿有所同情，描写了他们悲惨的遭遇，但没有指出造成他们不幸的社会根源，只罗列了一些现象，缺乏深度。他的另一部小说《匪窟少女》(Anak Perawan di Sarang Penjamun, 1932)也不大成功，甚至有学者认为是他最差的作品。小说描写一匪首如何被他所掠走的少女说服而改邪归正的故事。一伙匪徒洗劫一家商人，不但杀了那商人，还掠走他的女儿莎优，把她押在匪窟里。匪首默达兴因手下人的出卖而屡屡失手，最后他负重伤，带着莎优逃进密林里。在他濒临绝境的时候，莎优悉心照料他并努力说服他改邪归正，重返社会。默达兴本是良家子弟，也是家遭土匪洗劫时被匪首俘去，后来才当上匪首的。莎优使他重新做人并成为有钱的体面人，两人过着幸福的生活。整个故事都是编造的，不真实，一个罪恶累累的匪首竟然就这样容易就被说服而幡然悔改，这实在难于令人置信。又如少女在匪窟里呆了一年却仍保持着贞操，这也似乎不大可能。从思想内容上讲，达迪尔的第三部小说《长明灯》(Dian yang Tak Kunjung Padam, 1932)多少还有点个人反封建的意味，上文已有述及，这里就不再重复。以上三部小说是达迪尔的早期作品，尽管在艺术上还存在许多不足，但在语言上却已显示出他的才华。他的文笔流畅，词句规整，尤其擅长描绘自然景色，他的描写犹如优美的散文。

对达迪尔来说，奠定他在印度尼西亚现代文学中地位的是他的长篇小说《扬帆》(Layar Terkembang)，发表于1936年。这是他贯彻他的西方化观点和有倾向性的文艺主张的代表作。

《扬帆》表面上是个爱情故事，实际上是反映东西方文化论战的一种艺术表现。中心人物有三个：一对姐妹杜蒂和玛丽亚和医学院的大学生尤素夫。杜蒂和玛丽亚这对姐妹性格截然不同。杜蒂在中学里任教，同时也是妇女觉醒社的主要领导人，她富有理性和进取精神，有强烈的事业心和社会责任感，致力于妇女解放运动，是体现作者西方化理想的最完美的新女性形象。玛丽亚是个无愁无虑的热情少女，只求个人的生活享受，是乐天知命和胸无大志的少女形象。尤素夫是个大学生，新青年社的成员，代表受高等教育的现代青年知识分子的形象，但在小说中他没有自己的主见，担任给杜蒂当陪衬的角色。有一天，三人在水族馆里相遇而互相认识，相互都很有好感。在交往中，尤素夫对杜蒂更多的是敬重和赞赏，有点敬而远之，而对玛丽亚的天真烂漫和热情乐天的性格则更有亲切感。最后他选择了玛丽亚作为心上人。杜蒂则把自己的全部精力放在事业和妇女运动上，作者说："她把自己视为自己民族和妇女新道路的指路人。"杜蒂代表现代的独立女性，她在恋爱和婚姻问题上非常看重独立的人格和自己的的崇高理想，决不作男人的附庸。为此她断绝了与追名逐利的汉巴利的婚约。后来又拒绝了参加民族运动的苏波莫的求婚，因为在她眼里此人属平庸之辈，无大作为。杜蒂"为了不背叛自己对生活和婚姻的立场和原则"决不屈就于他。但是，杜蒂作为女人光有理智不行，她也需要感情生活。随着年龄的增长，理智和感情的矛盾越来越明显，有时她也会感到感情上的空虚。对一个理想的新女性来讲，缺乏感情生活仍然是个很大的缺憾，且有损于她的完美形象。所以必须给杜蒂物色一个与她相般配的伴侣。在作者眼里，杜蒂的理想伴侣应该是有抱负的尤素夫。但尤素夫正与玛丽亚热恋，以杜蒂的为人，她决不会去破坏妹妹的幸福。于是作者想出一个最容易的解决办法，那就是让玛丽亚于临近举行婚礼之时突然染上严重的肺病，让病魔夺走她的生命。在临终前玛丽亚把杜蒂和尤素夫叫到跟前，要他们答应在她死后两人结为夫妻，以完成她未竟的凤愿。玛丽亚死后，杜蒂和尤素夫一起到玛丽亚墓前凭吊，他们俩出于对玛丽亚的爱和"内心互相了解和尊重"结合在一起了。

从艺术的角度来看，《扬帆》存在着明显的不足，对人物性格的刻画比较肤浅，有些概念化，没有深入到内心世界去揭示人物思想感情的活动。此外，故事情节的发展也不大合理，玛丽亚之死完全是作者的故意安排，以解决作者面临的难题。尽管有这些缺陷，《扬帆》还是被认为是30年代"新作家"时期最重要的作品之一，因为它是当时"西方派"的代表作，达迪尔通过艺术形象实现了宣扬西方化观点的目的。第一主人公杜蒂可以说是达迪尔西方化理想人物的体现，也是达迪尔的传声筒，她对"东方派"沙努西·巴奈的戏剧《麻若巴歇的黄昏》所进行的抨击，全是作者批判"东方派"观点所要说的话。杜蒂和尤素夫在假期中造访萨勒夫妇的山庄，对他们到农村去"开导智力不发达的农民"，帮农民进行"模范乡村建设"的做法大加赞扬，这实际上也是在宣扬达迪尔的民粹主义主张，认为只有靠西方化的知识分子的指导才能改变农村的落后面貌。《扬帆》反映了当时"西方派"的主要观点和立场，贯彻了作者所谓的文学的倾向性，但对当时殖民地社会的民族矛盾却没有表现出其倾向性来，可见达迪尔的倾向性只是在为自己的观点服务。

除了小说，达迪尔对现代诗歌也感兴趣，有时也写一些抒情诗，直抒胸臆。1935年出了一部诗集《彩云飞》(Tebaran Mega)。后来他还收集出版了两部诗歌选，《旧诗歌选》(Puisi Lama, 1946)和《新诗歌选》(Puisi Baru, 1946)。

日本占领期间，达迪尔由于他的全盘西化的主张不可能再从事创作，他完全脱离了当时的文坛。战后的民族独立前期，他也没有新作问世，直到60—70年代他流亡外国期间才有新著出版，即1969年的长篇小说《蓝色岩洞》(Grotta Azzura)和1978年的长篇小说《优胜劣败》(Kalah dan Menang)。在这两部小说中，达迪尔仍然坚持他的西方化观点，但在某些方面已做了一些调整和修正。

第四节　尔敏·巴奈及其代表作《枷锁》

《新作家》的另一位创办人尔敏·巴奈是30年代最有成就的作家之一。他是萨努西·巴奈的胞弟，生于1908年，从小受西式教育，当过记者和教师。1935年尔敏·巴奈发表短篇小说《生活的目的》(Tudjuan Hidup)，1937年在《新作家》发表剧作《时代的画像》(Lukisan Masa)，这可以说是他从事创作的开始，也是他创作长篇小说《枷锁》(Belenggu)的战前演习和材料准备。他从一开始就把注意力集中在当时的知识分子身上，反映他们在面对东西方文化撞击中的矛盾和彷徨的心态以及在民族运动进入低潮期的困惑和失望的心情。《枷锁》是尔敏·巴奈的力作，也是独立前最有创新精神和最有影响力的现代小说。人们对于这部小说的评价褒贬不一，褒者说它开印度尼西亚现代小说之新风，为战后的小说创作开辟了新道路。贬者说它揭他人家庭之隐私，是不道德的小说，而所使用的口语化的语言是对马来语的恣意践踏。但大家还是承认，《枷锁》在独立前的印度尼西亚现代文学中占有十分重要的地位。

《枷锁》描写一个高级知识分子家庭的婚姻危机和最后的破裂。男主人公叫托诺，是位医生，在社会上颇有名望，因医德高尚而受人尊敬。女主人公叫蒂妮，是托诺的妻子，过去的校花，多才多艺，男人们都拜倒在她的石榴裙下。夫妻二人郎才女貌，被社会认为是最般配和最理想的一对。其实他们在家里过的却是同床异梦的生活，夫妻矛盾日益尖锐。托诺虽然受西式教育，穿的是西装革履，生活相当洋化，但他思想深处仍保留着东方的传统观念。他要的妻子是体贴入微和百依百顺的东方式女人。在他忙碌一天之后，回家时妻子就已准备好为他脱鞋端茶，把他当老爷似的细心伺候。而蒂妮是个受过西式教育的女人，个性很强又爱慕虚荣，一向是男人围着她转。她要的丈夫是拜倒在她石榴裙下的男人，处处捧着她，为她效劳。就这样夫妻之间因个人的欲望得不到满足而反目。蒂妮扔下家务不管，热心于社会的交际活动，以满足自己的虚荣心。托诺则以早出晚归和经常出诊来填补心中的空虚。一个叫罗哈雅的暗娼化名厄妮太太请托诺医生到家出诊，托诺看她一人在家愁容满面，以为是被丈夫所遗弃，不免对她深表同情。托诺觉得她需要多从心理上加以开导，便经常来陪她散心解闷。托诺每次来都受到罗哈雅体贴入微的招待，而罗哈雅的温柔服贴，百依百顺，正是托诺所梦寐以求的那种家庭主妇，他在罗哈雅家里感到极大的满足。罗哈雅后来向托诺透露她悲凉的身世，其实她是托诺小时的邻居，两人曾有过青梅竹马的童年经历。罗哈雅长大后被逼嫁给一老头儿，她不堪其苦便只身逃跑，为生活所迫而沦为暗娼，过着漂泊不定的生活。起初她把托诺骗来只是想逢场作戏而已，不料却成了假戏真做，两人在爱河里越陷越深而不能自拔。托诺有外遇的消息终于传到蒂妮的耳里，蒂妮便亲自到罗哈雅的家里大兴问罪之师。其先蒂妮以为罗哈雅是个下贱的娼妇，但当她见到罗哈雅时，被罗哈雅的温文尔雅和善解人意所感动，便打消了原来的念头。她现在了解了托诺为什么会迷上罗哈雅，于是决定离开托诺去成全他们俩的幸福。而罗哈雅这时也了解了托诺与蒂妮关系的破裂是她的第三者插足所致。所以她也决定离开托诺，好让他们夫妻破镜重圆。托诺回家时，蒂妮已离他而去，当他赶到罗哈雅的家时，也已人去楼空。托诺无限感慨，往事如烟，不堪回首。但他还没有忘掉自己"做人的职责"，决定从此往后把自己的全部精力投放在医疗事业上。托诺仿佛已经从精神枷锁中解脱出来，他找到了自己的人生目标。

尔敏·巴奈把《枷锁》看作是社会的一面镜子，向人们展示30年代印度尼西亚上流社会某些方面的真实面貌，把温情脉脉的虚伪面纱彻底揭开。作者集笔力于三个人物身上：托诺、蒂妮和罗哈雅。托诺和蒂妮被上流社会看作是最理想的一对夫妻，其实他们是最不幸福的，因为他们之间根本没有真正的爱情。托诺娶蒂妮是为了证明自己强过别人，能征服大家所追逐的校花。而蒂妮嫁给托诺也是为了向女友们显示自己有魅力，能占有托诺的心。双方都为了满足征服对方的欲望和虚荣心而结婚的，所以婚后出现家庭危机是必然的。拖诺以我为中心的占有欲乃是西方文化影响的结果，然而在他的灵魂深处却仍根深蒂固地保留着东方文化传统的烙印，使托诺的性格具有双重性。这种双重性格是东西方两种文化互相撞击所造成的。蒂妮也是以自我为中心，她要出人头地，要驾驭男人而不甘当男人的附属品，这也是来自西方文化的影响。但在她身上仍有东方的传统美德，为了成人之美她可以作出自我牺牲。罗哈雅是东方式旧女性的典型，她温柔善良，对心上人百依百顺，甘当男人的奴婢。她的命运最悲惨，好不容易脱离了苦海，找到了属于自己的爱情幸福，但没多久又必须放弃，因为她不愿破坏别人的家庭幸福。作者认为在这三个人物身上都有精神枷锁，正如托诺说的："我们每个人，所有人类都一样，仿佛都被自己的梦想套上了枷锁。那枷锁渐渐束缚住你的精神、思想和灵魂，像手脚上了镣铐和脖子上了刑枷的囚徒一样，越来越沉重。"在作者看来，小说里的主人公都被套上精神枷锁而无所适从，失去了生活的目标。小说的结局实际上是没有结局的结局，蒂妮和罗哈雅的离去以及托诺的专心事业并不意味着他们已经摆脱了精神枷锁，问题也远没有得到解决。实际上作者并没有从迷雾中找到出路，他自己也还处在彷徨之中。在小说中，作者还描写另一个失败的人物，他是托诺的同学，叫哈尔托诺，曾是蒂妮的情人。这个人物因过于热衷政治活动而荒废了学业和离开了蒂妮。当民族运动高涨时，他春风得意，到处演讲受欢迎，成了政治明星。但当民族运动转入低潮时，没有人再理他了，连朋友也不敢接近他。到头来他一事无成，生活潦倒。作者把哈尔托诺看作是当时他看到的处于逆境的民族资产阶级的某些政治人物的代表，他们都属于当时的彷徨人物。

《枷锁》是30年代"新作家"时期最有创新意义的小说。尔敏·巴奈在反映社会现实的深度上大大超过了同期的其他作家，而在创作方法和写作技巧上也大大超前于他们。在印度尼西亚现代小说创作中，尔敏·巴奈可以说是最早运用弗洛伊特的精神分析法和现代意识流写作技巧的作家。他塑造的人物都有鲜明的个性，作者自己从不出来替他们说话而让他们完全按照各自的性格和思想去行事。尔敏·巴奈注重人物内心世界的活动，揭示人物内心世界的心理活动和精神状态，使呈现在读者面前的人物个个都是有灵有肉的。他采用的意识流写法打破了时空的限制，使场景的变化像电影一样快速，人物的思想活动也瞬息多变，故事情节的发展呈跳跃式，一反传统的平铺直叙的方式。难怪当时有些人说看不懂尔敏·巴奈的小说，认为过于离经叛道。为了适应这种新的创作方法和技巧，尔敏·巴奈使用的语言也与高级马来语的风格大不相同，更接近于日常生活的语言，简洁明快，清新流畅，摒弃一切陈词滥调。有人认为尔敏·巴奈在《枷锁》中所使用的语言，才是现代的印度尼西亚语，对战后的作家有很大的影响。

第五节　"新作家"时期其他作家的小说创作

30年代"新作家"时期的小说创作已经越过20年代个人反封建文学的局限性而向纵深发展。个人反封建的主题已经退居第二位，围绕东西方文化论战的民族新文化建设问题成了作家注意力的焦点，而在反荷兰殖民统治方面则表现得比较隐晦含蓄。此外，社会存在的各种弊端和不良风气，妇女解放问题以及宗教信仰问题等也成了作家的关注对象。所以这个时期的小说创作题材多样化，涉及了民族和社会的诸多方面。与此同时，风格也更加个性化，不同作家有不同的创作倾向和艺术风格。这个时期的重要作家除达迪尔·阿里夏巴纳和尔敏·巴奈外，还有伊斯兰作家哈姆卡、巴厘作家约曼·迪斯纳、米那哈沙作家达约、爪哇作家苏托莫·查哈尔·阿里芬等，另外还出现两位女作家哈密达和丝拉希。他们各具特色，从不同角度和不同方面反映30年代印度尼西亚社会的发展变化。

哈姆卡（Hamka）是这个时期比较有特色的伊斯兰作家。他是伊斯兰教的长老学者，1908年生于苏门答腊西部的马宁召。一般来说，一个伊斯兰教的宗教教师和学者是不宜从事文学创作的。他是第一个打破这种禁忌于30年代公开写小说的伊斯兰作家。正如他自己说的："对一位宗教人士来说，写小说确实违反了当时的一般习俗。起初我遭到宗教界的激烈反对，但十年后那些反对和批评的声音消失了，人们越来越理解，艺术和美在生活中是何等重要。"哈姆卡在30年代发表了五部小说，其中最重要的是《在天房的庇护下》（Di Bawah Lindungan Ka'bah）和《凡·德·威克号的沉没》（Tenggelamnya Kapal Van Der Wijk）。他的小说创作深受埃及作家曼法鲁蒂的影响。

《在天房的庇护下》发表于1938年，是哈姆卡的代表作。小说讲一个缠绵悱恻的爱情悲剧。男主人公叫哈密特，自幼丧父，为一有钱的贵族所收养。那贵族让哈密特陪自己的女儿蔡娜普一起上学，两人从小亲如兄妹。长大后哈密特深深爱上蔡娜普，但只能深埋心底，不敢表露出来，因为两人的家庭出身差别太悬殊。蔡娜普的母亲要逼蔡娜普嫁给其表兄，蔡娜普死活不答应。蔡娜普的母亲只好求哈密特去劝说蔡娜普。哈密特为报答收养之恩，痛苦地答应了。在劝说蔡娜普之后，他便永远离开蔡娜普四处漂泊。当到达麦加圣地时，从朋友那里他才知道蔡娜普也在深深地爱着他，并因他的离去而卧病不起。哈密特非常痛苦和伤心，也因此而生了一场大病。当被人抬去巡礼天房七圈时，他接到蔡娜普的死耗。他长叹一声，噙着眼泪在天房前断气了。他脸上露出安详的笑容，仿佛已在天房的庇护下得到了彻底的解脱。

据说这部小说与埃及作家曼法鲁蒂德的某部小说有些相似，在写作风格上也很相像，都带着浓重的伤感色彩。本来这是一部个人反封建的作品，对封建强迫婚姻，门第之见和封建家庭对年轻人爱情的摧残有所揭露，但作者是从宗教的立场看待主人公今世的所有不幸，以宿命论的观点去对待命运的摆布。人们在今世的苦难是天命的，但求在后世中得到安宁和幸福。哈密特就是抱着这样的思想而不敢去争取自己的爱情幸福，他以逃避现实来对待爱情的呼唤。最后他的死并没有触动封建旧习俗，也没有从爱情的绝望中得到真正的解脱。在米南加保的封建社会里，死抱旧习俗的封建主与传播伊斯兰教的宗教师之间存在一定的矛盾，二者之间既有冲突也有妥协。哈姆卡想通过改良主义的办法去调和二者的矛盾，使传统习俗不至于妨碍宗教在该地区的传播和发展。站在这样的立场上，哈姆卡的反封建不可能是彻底的，当碰到严重的冲突时往往会退缩，跑到宗教那里去寻求慰藉。

　　哈姆卡于1939年发表的长篇小说《凡·德·威克号的沉没》也是讲被封建传统习俗所摧残的爱情悲剧。男主人公柴努丁是个孤儿，他的父亲是被流放到望加锡的米南加保人，母亲是望加锡人。根据米南加保母系封建社会的传统习俗，他已经不是族里的人了。所以当他回到米南加保父亲的老家时，受到了种种的歧视，族里人把他完全看作是外人。一个美丽的米南加保姑娘叫哈雅蒂，对他深表同情，后来由同情演变成爱情。两人立下了山盟海誓。但他们的相爱是为传统习俗所不容的，柴努丁遭到族人的唾骂，被逼离开家乡进城谋生。哈雅蒂后来经不起荣华富贵的诱惑，屈服于封建家族的压力而嫁给了城里名门贵族的花花公子阿齐兹。柴努丁痛苦地离开米南加保到爪哇另谋生路。他开始从事创作，不久成为名作家。阿齐兹后来也调到爪哇工作，哈雅蒂随丈夫而来，三人又相遇了。阿齐兹生活放荡，最后身败名裂。哈雅蒂想回到柴努丁的身边，但柴努丁不能原谅她的背约毁誓，把她送回米南加保老家。其实柴努丁的内心一直在深爱着哈雅蒂，只是一时为怨恨情绪所蒙蔽，当他醒悟过来时却为时已晚了。哈雅蒂乘的凡·德·威克号油轮遇难沉没了，哈雅蒂虽被救起，但失血过多。柴努丁只来得及见哈雅蒂最后一眼，两人互相倾诉了最后的爱情。哈雅蒂死后一年，柴努丁也郁郁而死，被埋葬在哈雅蒂的墓旁。

　　与第一部小说相比，《凡·德·威克号的沉没》对米南加保母系封建社会根深蒂固的传统习俗所进行的揭露和批判要深入些。主人公在爱情和婚姻问题上遭到封建传统习俗更严酷的压迫和摧残，但他们仍不敢进行反抗，他们只有祈求真主，听任命运的摆布，最后以死来结束悲剧人生。小说对米南加保社会的民情风俗和主人公的爱情悲欢有比较生动和细致的描写，充满哀怨伤感的情调和浓厚的宗教情绪。小说更充分地表达了作者伊斯兰教的宗教思想，宣扬宗教的人生哲理和价值观念。哈姆卡把这部小说看作是他的得意之作，再版了多次。不料1962年却有人指责这部小说是从埃及作家曼法鲁蒂翻译的19世纪一个法国作家的小说剽窃过来的，因为发现其中的情节乃至细节如出一辙。这一揭露引起轩然大波，一度成了文坛上最引起争议的焦点，哈姆卡也遭到了严厉的抨击。哈姆卡在30年代还发表过其他小说，如《去德里谋生》(Merantau ke Deli, 1938)、《诬陷》(Karena Fitnah, 1938)、《经理先生》(Tuan Direktur, 1939)等，对社会上存在的一些不良现象有所揭露，但质量一般，没有引起人们的重视。

　　另一个比较有特色的作家是约曼·班基·迪斯纳(I Gusti Nyoman Panji Tisna)。他是巴厘人，1908年生于巴厘岛新雅拉查的贵族家庭，受西方教育，曾在雅加达念高中。他的第一部小说《人口贩子尼·拉威特·庶迪》（Ni Rawit Tjeti Pendjual Orang）发表于1935年，描写巴厘封建社会贩卖人口的残酷现实和巴厘的民情风俗，充满巴厘独特的文化情调。这是第一部由非马来族的巴厘人写的有关巴厘社会的小说，其语言风格也有别于马来族作家，显得更加清新活泼。第二年他的第二部小说《巴厘姑娘苏克列妮》（Gadis Bali Sukreni）接着问世，内容讲一个巴厘姑娘被人强奸后的悲惨遭遇。苏克列妮被村里的警官强奸而生了一个儿子。这个儿子长大后成了土匪头，在与警察搏斗中与生父相遇，但两人互不认识。结果儿子死在父亲的刀下，而父亲也被儿子砍伤了头。临死前父亲才知道躺在身边的匪首原来是他自己唯一的亲生儿子，这是因果报应。苏克列妮得知之后非常悲伤，不久也离开人世。在小说中，作者对巴厘封建社会的某些习俗和迷信现象有所批判，但对因果报应和轮回之说却深信不疑。

迪斯纳最有巴厘宗教文化特色的作品是《伊·斯瓦士达在布达胡鲁的一年》（I Swasta Setahun di Bedahulu），发表于1938年。这是一部历史题材的小说，讲10世纪在巴厘岛布达胡鲁宫廷里发生的故事。乌达雅那王有两个儿子，大儿子准备送往爪哇继承那里的王位（可能是后来东爪哇的爱尔朗卡王），让爪哇宫女侍候他。小王子留下准备将来继承巴厘的王位，让一个叫诺卡蒂的巴厘宫女侍候他。整个故事就从这里开始，美丽的诺卡蒂成了武士阿尔雅·贝拉和侍臣拉斯迪亚的争夺对象。诺卡蒂看上拉斯迪亚，两人秘密相爱，不敢公开，因为害怕阿尔雅·贝拉的权势。后来来了一位打虎英雄叫伊·斯瓦士达，他也爱上诺卡蒂。斯瓦士达与拉斯迪亚是好朋友，当拉斯迪亚知道斯瓦士达也爱上诺卡蒂时思想斗争非常剧烈。诺卡蒂也很喜欢斯瓦士达，但她与拉斯迪亚有约在先，只能在两人中选一个。可最后的结果是，诺卡蒂被叛逃的阿尔雅·贝拉拐跑了，斯瓦士达和拉斯迪亚都落空了。这样的结局乃是前世做孽后世报应的结果。这部小说反映印度宗教文化的传统影响已渗透到巴厘社会的各个方面和人们的思想意识，特别是因果报应和生死轮回之说在巴厘社会至今仍然根深蒂固，影响着人们的思想行为。

达约（M·R·Dayoh）是米纳哈萨作家和诗人，生于1909年。1931年他发表第一部小说《米那哈萨人与西班牙人之战》（Peperangan Orang Minahasa dengan Orang Spanjol），描写米那哈萨人英勇抗拒来犯的西班牙人的事迹，使西班牙殖民主义者无法染指印度尼西亚。这是达约比较有反殖民主义倾向的作品，后来的小说则回到地方英雄传奇故事的老套。他对米那哈萨民间流传的本民族传奇故事甚感兴趣，搜集之后用现代印度尼西亚语加以改写。《米那哈萨英雄》（Pahlawan Minahasa）就是他此类题材的代表作品。这部传奇小说发表于1935年，叙述苏拉威西北部山区格拉巴特和万迪克两各部族之间的争斗。格拉巴特族的英雄愣刚瓦亚打败了敌人，杀了万迪克族的首领，娶了他的女儿万迪安为妻。万迪安怀孕时，愣刚瓦亚已回自己的部落，所以后来父子各不相识。在一次战斗中，父子相遇，双方对打，父亲把儿子杀了……，这也是因果报应的结果。这部小说除了保存了米那哈萨的民间传奇故事，没有更多的现实意义。达约于1941年发表的小说《高贵王子》（Putera Budiman）也是米那哈萨的民间传奇，讲一公主因不愿嫁给她不喜欢的人而离宫出逃的故事。故事的主题似乎与反对强迫婚姻有关，其实两者之间毫无关系。在这部小说里，除了神话和天意，根本看不到有反封建的影子。达约对小说创作的主要贡献仅在于保存了米那哈萨的民间传奇故事并把它介绍给全国的读者。

苏托莫·查哈尔·阿里芬（Sutomo Djauhar Arifin）是爪哇作家，1916年生于东爪哇茉莉芬。1941年他发表了他唯一的小说《青年火炬》（Andang Taruna），这可能是30年代第一部以爪哇社会和人物为内容的小说。《青年火炬》是一部爱情小说，描写青年人对爱情的追求。一位来三宝垅求学的茉莉芬青年古那迪寄宿在一户人家。古那迪因人品好被房东视如己子，房东的独生女哈尔蒂妮也对他多方关心和照顾，但两人一直以兄妹真诚相待。古那迪已经和斯里·苏雅希订婚，两人相爱很久了，不料毕业之后苏雅希变心，与一位医生结婚了。古那迪受打击之后，回到茉莉芬找工作，途中遇到哈尔蒂妮的同学苏瓦尔妮。古那迪为苏瓦尔妮所勾引而和她订婚，就在即将举行婚礼的时候，苏瓦尔妮却变了心，跟古那迪的同学花花公子布迪曼跑了。古那迪在爱情上遭到两次打击之后已经心灰意冷，他的母亲也因此而去世。只有哈尔蒂妮仍对他关怀备至，一如既往，从不变心。后来他从哈尔蒂妮的日记本里才知道哈尔蒂妮原来一直在真心实意地爱着他。

作为爱情小说，《青年火炬》并没有什么特别的地方，通过小说作者想告诫青年人在爱情问题上不要被虚情假意所蒙蔽，最重要的是真心实爱，而这往往是藏而不露的。这部小说的意义主要在于它是30年代印度尼西亚现代文学中最早描写爪哇社会风土人情的作品。其次因为作者是非马来族的爪哇作家，所以在语言上也摆脱了图书编译局马来语的束缚，更接近于现代的印度尼西亚语。从这点来看，苏托莫·查哈尔·阿里芬可以说是爪哇族走进印度尼西亚现代文学作家行列的先行者。

在30年代，两位女作家的出现可视为印度尼西亚现代文学的一个新发展。第一位女作家是丝拉希（Selasih），又名萨丽雅敏（Sariamin），1909年生于苏门答腊米南加保与打板努里交界处的达鲁。她就读于师范学校，毕业后当教师。她16岁就已在报刊上发表诗歌和短篇小说，1933年发表第一部长篇小说《时运不济》

（Kalau Tak Untung），讲一对农村男女青年的爱情悲剧。马斯鲁尔与鲁斯马妮是农村的穷苦青年，从小一起长大，彼此相爱，但由于贫困和生活艰难，他们最终不能结合在一起。与一般的米南加保作家不同，作者选择的小说主人公不是贵族和有钱人出身的知识分子，而是农村普通穷人家的子女。小说描写的大部分也是农村社会的景象。作为一名教师，丝拉希比较关注和同情一般的贫民阶层。1937她发表的另一部小说《环境影响》（Pengaruh Keadaan）也是讲一个普通少女的不幸故事，她受继母的百般虐待而丧失了对生活的信心，幸亏后来被她的好心亲人接走才脱离了苦海，并与帮助她的一位年轻男教师结了婚，终于有了美满的结局。丝拉希的小说没有英雄人物，也没有大的场面和曲折的情节，讲的都是普通人的一般悲欢故事，但给人以亲切感，因为倾注了作者深厚的同情心。

　　另一位女作家哈密达（Hamidah）似乎更关心妇女的命运。她发表于1935年的唯一小说《失去珍宝》（Kehilangan Mestika）主要讲妇女在印度尼西亚的社会地位问题。小说采用第一人称叙述一个女人的经历。她在争取自己的地位和当教师的权利时，处处遭到男人暗中或公开的排挤。在她的父亲去世和男朋友被人抢走之后，她的命运更加悲惨。后来由于绝望她竟然同意嫁给她所不爱的男人。婚后的生活还算平静，但由于她的不育，丈夫要求娶第二个妻子传宗接代。她不得不答应，不过有个条件，即孩子生下来之后必须由她抚养和教育。但事实上不可能做到，她在家庭中的地位越来越糟糕，最后被迫跑回自己的老家，成为无人过问的孤寡老人。直到最后她遇上过去的情人，才知道还有人在爱着她，但爱情来的太迟了。从小说的思想内容来看，哈密达显然比丝拉希更加进步，她以一个女人的悲剧控诉了封建殖民地社会的男权主义，要求给妇女以平等的社会地位。在印度尼西亚现代小说中，反映印度尼西亚妇女解放问题的，《失去珍宝》可以说是第一部。

第六节　"新作家"时期的桂冠诗人阿米尔·哈姆扎

　　阿米尔·哈姆扎（Amir Hamzah）是《新作家》创办人之一，被人誉为"新作家诗歌之王"，1911年生于苏门答腊东部朗卡特宫廷贵族的家庭。他在朗卡特素丹宫廷里长大，从小受马来传统文化和伊斯兰教的熏陶，马来古典语言文学的造诣很高，被人称作"最纯粹的马来人"。他同时又受现代的西式教育，在荷兰中学念书，最后肄业于雅加达高级政法学校。在他身上可以看到两种文化的撞击和封建贵族的阶级烙印与现代民族意识之间的矛盾冲突。他在爪哇学习期间曾参加青年学生运动，受民族运动的影响，同时还背着家庭同一位非马来贵族出身的爪哇姑娘恋爱。这两件事引起荷兰殖民当局的不安，他们害怕阿米尔·哈姆扎被卷入印度尼西亚民族运动的洪流里，同时也害怕阿米尔·哈姆扎与爪哇姑娘结秦晋之好将会不利于他们分而治之的政策。所以荷兰总督授意朗卡特素丹把阿米尔·哈姆扎立刻召回去，按传统习俗与朗卡特公主结婚，继承宫廷的爵位。这对阿米尔·哈姆扎来说，无疑是个致命的打击，决定了他悲剧的一生，同时也影响了他后来的诗歌创作。阿米尔·哈姆扎是新旧交替时代的牺牲者，他不敢抗拒命运的安排，只好乖乖地回去当这封建宫廷的殉葬品。1946年当"八月革命"的烈火烧到苏门答腊东部时，朗卡特封建宫廷被愤怒的群众所推翻，阿米尔·哈姆扎也被当作革命的对象，死于那场"社会革命"的暴乱中。

阿米尔·哈姆扎的诗歌创作可分两个阶段。第一阶段的诗歌是他离开朗卡特素丹宫廷到爪哇学习期间写的。这个阶段的作品大多已收进他的诗集《相思果》（Buah Rindu，1941）。第二阶段的诗歌是在他被召回朗卡特宫廷之后写的，这个阶段的作品大多已收进另一部诗集《寂寞之歌》（Nyanyi Sunyi，1937）。

《相思果》共收25首阿米尔·哈姆扎第一阶段（1832—1837年）的诗作，但要到1941年才得以出版。大部分诗歌以抒发个人的幽幽情思和乡愁为内容，思想比较单纯，感情率真质朴，充满年轻人的浪漫情调。这个时期他爱上一位爪哇姑娘，从他的一首诗《我心中的歌》（Berlagu Hatiku）可以感受到诗人初恋时的激情：

我心中的歌

给你的头戴上一只鲜艳的花
我崇拜，我赞美，我喷夸
我心中的笛子奏起了相思曲
从此幸福在我的心底里发芽
我心中升起一座巍峨的宫殿
将你扶上金灿灿的宝座中间
为你铺上了鲜花撒成的地毯
笑迎我的仙女下凡来到人间
可惜你是凡人而非神仙
命运面前慨叹举步维艰
我的尊贵使你羞怯相会
世俗陈见使你顾影自怜

诗人在这首诗中对第一次得来的爱情大唱赞歌，但已隐约感觉到封建门第之见给他的爱情笼罩了不祥的阴影。他向往自由平等的爱情，但又不敢违背自己的贵族家庭出身，这种矛盾的心情，这时已经表露出来了。阿米尔·哈姆扎的早期诗作多为抒情诗，表达诗人的个人情怀和感慨，表现了诗人的个人气质。但他在诗歌形式上仍继承沙依尔四行诗的传统，不过其遣词造句不落俗套，富有自己的想象力，表现了个人的独创风格，尤其在韵律方面，诗人可以说已经把它发挥到了极致，使他的诗歌节奏明快，铿锵悦耳，极富音乐感。《伫立》（Berdiri-aku）是他这个时期的代表作之一：

伫立

在暮色中，我久久地伫立
海鸥低翔，掠起阵阵浪花
红树垂扬，披开彤云长发
水母漂游，舒展柔软躯体
海风习习，送来阵阵凉意
拍击海岸，溅起金珠粒粒
飞越山巅，划破周围静谧
层层树涛，搅得此伏彼起
天上彩练，浸染浩瀚大海
七彩纷呈，展现多姿美景
高空苍鹰，忘了拍翅展飞
彤云朵朵，使它如痴如醉
如今置身，这迷人的仙境
百感交集，绵绵无尽思情
但愿得到，那祥宁的幸福
享受生活，领悟人生真谛

诗人在这首诗中，从景物着笔，以景传情，赞叹祖国山水之美，向往一个美好的生活，托意深微。诗中词语的选用，韵律的变换，在色彩上，在韵味上也达到了高度的一致，为人们所称道。这首诗被视为阿米尔·哈姆扎这个时期的上乘之作。

这个时期，阿米尔·哈姆扎也受到民族运动的影响，有的诗表现了一定的民族意识，《杭·杜亚》（Hang Tuah）就是其中的一首。诗人通过描述杭·杜亚抗拒葡萄牙侵略者的英雄事迹颂扬了反殖民主义的大无畏民族精神。这是他表现民族立场最鲜明的一首诗。

阿米尔·哈姆扎在第二阶段的诗歌创作中，从内容上和形式上都发生了巨大的变化。这与他在事业上和爱情上遭到的双重打击直接有关。阿米尔·哈姆扎处在极度的苦闷中，不知要走向何方，他彷徨在十字路口上。他的好友勃杭在一篇文章中对他当时的彷徨心态有相当生动的描述："阿米尔的生命之船在自由航行之后，仿佛迷失了目标，如今必须选择决定未来命运好坏的航向。在他面前有两个岛供他选择，他知道如果他的船到达其中的一个岛，将有什么在等待着他，那就是他深爱的母亲，他的家族和乡亲们以及他将在他们中间承担的工作。另一个岛则仍被希望之烟雾所笼罩，还深藏在他的内心里。他确实知道有一个人在等着他，那就是他可以倾诉衷肠的心上人。他将选择哪一个呢？在种种现实的逼迫下，作为诗人阿米尔·哈姆扎从行为上和精神上都不知所措，他为突如其来的命运问题所困惑而处于极度的彷徨之中。他难道事前就已经知道将要发生的事不成？他暂时让船停在生活的海洋上不动。该朝哪一方向去……？朝心上人居住的希望之岛去，那里可以向她倾吐衷肠并可能有最美好的理想，不是吗？然而此时此刻，他内心里又听到来自家乡的对他责任的呼唤，于是他改变了主意，把船驶向他应负责任的岛。但那纯洁的爱情又不情愿放手，仿佛在他耳边低声诉说：'亲爱的，怎么会这样，为什么把我一人抛下不管？看来你被情欲所迷住，忘了在我们热烈亲吻时从你嘴里说出来的誓言。难道你忘了在我们谈情说爱时一起憧憬的生活理想吗？难道你忘了我们所到过的那些地方，在那里我们找到僻静之处互相倾吐爱情，难道这一切都忘了吗？我们在一起曾经历了多少美妙的时光呀……'

在彷徨中，作家的心中有两种声音在争相呼唤，听了这一个声音，另一个声音便高喊不休……

就在这个时刻，他的灵魂看到了寂寞之岛在向他招手。看来他要作出决定了，那个岛将是他的去处。他不再犹疑地把船朝那个方向驶去，在那个岛上登岸。他感到寂寞笼罩了周围的一切。"

阿米而·哈姆扎就是在这样的精神极度痛苦中进入第二阶段的诗歌创作。其实这个阶段持续的时间很短，他回到朗卡特宫廷与公主结婚和继承爵位后便退出诗坛，从此无声无息了。阿米尔·哈姆扎在这个时期的诗作大多已收进他的诗集《寂寞之歌》。寂寞这个词集中地体现了他失去一切美好理想和感情的孤独感，是他这个时期诗歌创作的基调，正如他在《寂寞之歌》的篇头上写的：

寂寞就是悲切

寂寞就是圣洁

寂寞就是忘却

寂寞就是死别

　　在这部诗集里再也看不到鲜花、阳光、彩练、爱情的甜美和青春的浪漫情调，所能看到的是诗人灵魂的凄惨哭叫，他埋怨命运对他的作弄和不公，祈求死亡赶快将他从绝望中解脱出来。《重归你身旁》(Padamu Jua)是他这个时期的代表作：

重归你身旁

　　　　彻底完了

　　　　我全部的爱都已飞逝云外

　　　　如今又重归你身旁

　　　　像从前一样

　　　　你是闪闪发光的蜡烛

　　　　是黑夜中窗前的明灯

　　　　你轻缓地向我招招手

　　　　还是那样耐心和至诚

　　　　至爱呀，有一点要说的

　　　　我是尘世凡人

　　　　极需情感的交融

　　　　渴望见到你的音容

　　　　你在哪里呀？

　　　　尊容不见

　　　　声音模糊朦胧

　　　　只有以祷告和你相通

　　　　你妒嫉

　　　　你无情

　　　　你把我紧捏在手中

　　　　随意地折腾和摆弄

　　　　我恍惚迷离

　　　　悔不该重归于你

　　　　你狠心想把我拽住

　　　　如同帘后忸怩羞涩的少女

　　　　你的慈爱已经冰冷

　　　　可我仍在苦苦久等

　　　　星移斗转，终未如愿

　　　　九泉之下，仍然无缘……

　　这首诗的风格和情调与前期作品迥然不同，过去那种怡情遣兴和明丽工稳的诗风不见了，代之以悲凉沉郁和哀怨孤寂的咏叹，感情也显得更加深沉刻骨，是一个绝望者的灵魂呼叫。为了让感情得到最大限度的宣泄，诗人突破了诗歌传统格律的束缚，自由地遣词造句，一字一句都蕴蓄着丰富的内涵，饱含着诗人怨恨之情。就艺术技巧而论，全篇大匠运斤，自然混成，无斧凿之痕，显示阿米尔·哈姆扎的诗已达到其艺术之巅峰。

　　阿米尔·哈姆扎的后期诗作主要表达他当时悲观绝望的心情。他把殖民主义和封建主义的压迫看作是命运对他的作弄，而作为封建贵族的孝子贤孙，他又不敢与此相抗争。他的一首诗《我要淹没了》（Hanyut Aku）充分表达了诗人这种精神上的极大痛苦：

我要淹没了

　　　　我的至爱呀，我要淹没了！

　　　　我要淹没了！

　　　　伸出你的手，救救我吧

　　　　在我周围万籁俱寂！

　　　　没有怜悯声，没有清风的抚慰

　　　　没有解渴的甘泉

　　　　我渴望你的慈悲，你的窃窃私语

　　　　你的沉默将置我于死地

　　　　苍穹向下压，潮水齐撒手

　　　　我要淹没了

　　　　在黑夜中我沉没了

　　　　上面的水使劲向下压

　　　　下面的地拼命往上托

　　　　我要死了，我的至爱呀，我要死了！

　　从思想内容上来看，阿米尔·哈姆扎的后期诗作过于悲观绝望，似乎没有积极的意义，但如果把他的悲观绝望与他所遭受的殖民主义和封建主义的打击相联系，他的诗还是有一定的历史意义，反映在荷兰殖民统治时期一代诗人的悲剧命运。而他在诗歌创作中的艺术成就更是把印度尼西亚现代诗歌提高到了一个新的水平。有学者说他是"马来诗歌的结束者和印度尼西亚诗歌的开创者"，是"战前唯一达到国际水平和具有永恒文艺价值的诗人"。对阿米尔·哈姆扎作为诗人会有不同的评价，但在一点上是一致的，那就是都承认他是印度尼西亚30年代最重要和最具影响力的现代诗人。

阿米尔·哈姆扎曾在梭罗学校的东方文学专业学习，比较重视东方的诗人，翻译了一些东方著名诗人的作品，其中包括李白的诗，后来汇集成册，于1939年出版，取名《东方的安息香》（Setanggi Timur）。早先他还翻译了印度的《薄伽梵歌》（Bahgavad Gita, 1933），后来还出了一部有关马来文学的著述《马来文学及其文豪》（Sastra Melayu dan Raja-rajanya, 1942）。

第七节　高举民族主义火炬的诗人阿斯玛拉·哈迪和 30年代的重要诗人

除了阿米尔·哈姆扎，在30年代还涌现不少新的诗人。他们各有自己的立场和出发点，有的高举民族主义的旗帜为民族运动高声呐喊；有的同情黎民百姓，为他们的贫困鸣不平；有的抒发自己的宗教感情，为真主而歌唱。诗坛上呈现百花齐放的景象，诗歌的创作，无论是主题思想还是艺术形式，都向多样化和个性化的方向发展。

阿斯玛拉·哈迪（Asmara Hadi）是代表民族主义倾向的诗人，被人誉为"高举民族主义火炬的诗人"，1914年生于彭姑鹿，1929年到雅加达上学，开始接触民族运动，后来到万隆进中学，加入民族主义的左翼政党印度尼西亚党，成为苏加诺忠实的追随者，一起被流放过。他在几家民族报刊担任编辑和主编，为民族独立奔走呼号，发表许多歌颂民族主义精神的诗歌。他也因此而多次被荷兰殖民政府逮捕入狱。1941年当太平洋战争爆发时，他又再次被捕入狱，历经种种折磨。他把这段苦难的经历用日记形式写成一本书，取名《在带刺铁丝网的背后》（Di Belakang Kawat Berduri, 1942）。

阿斯玛拉·哈迪的诗歌创作与他的政治思想和活动紧密相连，他在1932年发表的一篇论文《文化冲突》中对当时印度尼西亚社会的政治力量进行了分析，指出存在三种大的潮流，一是朝印度尼西亚独立的方向前进的潮流；一是阻挡印度尼西亚独立的潮流，即帝国主义的反动潮流；一是摇摆在二者之间游离不定的潮流，他们无所适从。他的结论是印度尼西亚社会正处于动荡不定之中，"这种动荡不定只有在帝国主义和资本主义从地球上消失之后才会停止下来。印度尼西亚在获得独立之前，一切都处于落后状态。"这个时候阿斯玛拉·哈迪就已经有了明确的民族独立的目标，所以他的诗歌创作与民族运动始终紧密地结合在一起，民族独立的理想、印度尼西亚人民的贫困生活和对自由爱情的追求成了他诗歌创作的基调。

在30年代没有其他诗人像他那样坚定而勇敢地高举民族主义的旗帜，为争取民族独立大声呐喊。1932年他发表的《我的民族，团结起来吧》（Bangsaku Bersatulah）是他公开发出战斗号召的一首诗篇：

我的民族，团结起来吧

倘若我细想，我思索

我的心呀，难言苦衷

我好比在茫茫大海中泅泳

工作艰巨，道远任重

印度尼西亚独立是我的理想

时刻都在我心中回响

然而我无言以对

我的民族尚未团结如钢

他们表示想要独立

队伍涣散缺乏纪律

如何能够奔赴前线

倘如我们力量不济

我全国的同胞兄弟

请听我的恳切呼吁

为了实现印度尼西亚独立

扔掉一切争吵和猜疑

啊，我苦难的同胞兄弟

为了达到我们的目的

快把队伍整顿，使之坚强无比

我们团结一致，大家齐心协力

在诗歌创作上，阿斯玛拉·哈迪受20年代民族主义诗人鲁斯丹·埃芬迪和萨努西·巴奈的一定影响，他也喜欢采用商籁体诗来抒发自己的民族感情。他于1932年发表的商籁体诗《什么时候》（Bilakah）就与鲁斯丹·埃芬迪在20年代写的商籁体诗《悲叹》颇为相似：

什么时候

什么时候独立的阳光

能普照整个大地？

什么时候人民能自由自在

呼吸清新的独立空气？

什么时候"独立"之星复出

照耀印度尼西亚的土地？

什么时候人间苦难消失

人人欢乐，享受幸福？

到那时，我才心花怒放

印度尼西亚已经独立了

红白旗正在迎风飘扬

到那时，我才停止悲哀

不再沉思和忧伤

热血在沸腾，不能再等待

萨努西·巴奈曾当过阿斯玛拉·哈迪的老师，在思想上和诗歌创作上给了他一定的影响。他也写了一些歌颂民族英雄的商籁体诗，如《鲁苏娜·莎依特》（Rusuna Said，1933）、《致迪波尼哥罗》（Kepada Dipanegara，1933—1934）等，与萨努西·巴奈在20年代写的商籁体诗《荷花》在好多方面都很相似。但30年代的民族运动已有了进一步的发展，人们的印度尼西亚民族意识和独立要求更加明确，阿斯玛拉·哈迪的诗在这方面表现得也就更加直截了当了，他在诗中敢于直接提出印度尼西亚独立的要求，甚至提出希望看到红白旗在印度尼西亚的上空飘扬。

作为一个激进的民族主义者，阿斯玛拉·哈迪对殖民统治下印度尼西亚人民所过的苦难生活不能不感到极大的愤慨。他在1933年发表的《你能……吗？》（Dapatkah Tuan……?）一诗中大声责问：

倘若人民仍在苦难

有了上餐没有下餐

你能自己安享幸福

欢欢喜喜平平安安？

倘若人民仍受奴役

你的国家没有独立

你能自己心安理得

开怀大笑春风得意？

倘若你看苦海无边

人民都在备受熬煎

你能自己静坐养神

心平气和无忧无怨?

你能吗?

我不能!

……

……

阿斯玛拉·哈迪的忧国忧民在诗中表现得非常突出,在30年代无人可与他相比。他的诗思想性很高,是民族独立运动时代的战歌,但有时过于注重鼓动宣传的作用而在艺术加工上有所不足,诗句往往过于直白,有时过于夸张,感情虽然热烈激昂但缺乏诗的意境。尽管在艺术性方面存在一些缺点,阿斯玛拉·哈迪仍不愧为印度尼西亚战前民族主义诗人的主要代表。

30年代还涌现其他诗人,达登庚(J.E.Tatengkeng)属另一种类型的诗人。他1907年生于苏拉威西东部小岛尚义合,在基督教教会学校受教育,1924年开始从教,前后在几个教会学校当教师和校长。他作为30年代的诗人有两大特点:一、他来自东印度尼西亚,这意味着印度尼西亚语(马来语)对他来说不是他的母语,他不受马来传统诗歌的影响和约束,所以他的诗歌与占多数的苏门答腊马来诗人的诗歌不同,更具自己的特色;二、他是虔诚的基督教徒,与大部分为伊斯兰教徒的诗人情调不同,他在诗歌中赞美的是上帝的伟大和博爱。

达登庚的诗歌创作深受荷兰"80年代派"的影响。荷兰的"80年代派"是荷兰19世纪80年代的文艺革新派,他们反传统,特别反对宗教说教和对个人的束缚,要求个性解放,认为"艺术是个人最强烈感情的最强烈的个人表现",提出"为艺术而艺术"的口号。荷兰"80年代派"的文艺主张和实践,通过学校的文学课对印度尼西亚30年代"新作家"的诗人产生了很大的影响,而达登庚是受影响最深的一位诗人。他的诗《诗人的心灵》(Sukma Pujangga)集中体现了他当时的创作思想:

诗人的心灵

啊,把我从牢笼里解脱出来吧,

让我自由自在地飞翔,

飞过高山,越过大海,

寻求爱情、爱心和慈善心肠。

我不愿为形式所遮拦!

我喜欢展翅高高飞翔,

俯视生活之五彩斑斓,

在广袤无垠的大地上。

> 我不愿被紧紧地捆绑，
>
> 我喜欢自由献身艺术，
>
> 而我只遵循一个规律，
>
> 艺术心灵活动的规律。
>
> 我热爱生活！心灵的活动，
>
> 闪耀在双眸之中，
>
> 直接转换，
>
> 言词之美感。

达登庚主要的诗作已收进他的诗集《相思》（Rindu Dendam，1934），其余散见于《新作家》及其他杂志上。他的诗充满对上帝的赞美，赞美上帝创造了大自然的美景，赞美上帝创造了万物生命。就是当他的儿子夭折时，他也把上帝看作是一切的主宰，在《我的儿子》（Anakku）一诗中，他最后这样唱道：

> 我的儿子是上帝的赐予，
>
> 我的儿子是上帝召回去，
>
> 我们的心由上帝来抚慰，
>
> 上帝的名我时时在赞誉。

在30年代，还有一些诗人对劳动人民的贫困生活深表同情，用诗歌反映他们的疾苦。这说明有些诗人已经走出象牙塔，看到了殖民统治下广大劳动人民受苦受难的真实生活。其中代表性的诗人有上面提到过的达约，他1935年出的诗集《A..S..I..B.献诗》（Sjair Untuk A..S..I..B）里面就有不少此类题材的诗歌。例如《舂米的女人》（Perempuan Menumbuk Padi），描写抱着幼婴的贫困妇女为了糊口而日夜不停地舂米，疲惫不堪。又如《男童的工作》（Pekerdjaan Anak），描写一个未成年就被生活所逼而当挑夫的儿童。他所挑的重担与其年龄极不相称。诗人对他满怀恻隐之心，诗中最后感叹道：

> 道路曲折，地面滚烫
>
> 挑着重担，气喘吁吁
>
> 小小年纪，弯腰肩扛
>
> 干的重活，大人一样

另一位望加锡诗人达昂·米亚拉（Daeng. Miyala）也对劳动人民的艰难生活深有感受，因为他自己当过职工。他的诗《工人》（Buruh）就以下层职工的惨淡生活为题材，描写一般工薪阶层入不敷出的拮据生活。这些反映殖民地统治下劳苦大众现实生活的作品表明在印度尼西亚现代诗歌创作中开始出现现实主义的创作倾向。

　　30年代稍有名气的诗人还有：莫扎萨（Mozasa），他以写山水诗见长。约吉（Yogi），他出有两部诗集《创作》（Gubahan，1930）和《集锦》（Puspa Aneka，1931），深受黑天派和神秘学的影响。亚齐诗人哈斯米（A. Hasjmy）出版了两部诗集《一个流浪者的故事》（Kisah Seorang Pengembara，1936）和《诗坛》（Dewan Sadjak，1940），带有伊斯兰教的色彩。另一个带有伊斯兰教色彩的诗人是里怀·阿里（Rifai Ali），他也出了一部诗集《心之声》（Kata Hati，1941）。曼唐（Or Mandank）的诗则带有悲观的情调，他出版了两部诗集《年轻人的板顿诗》（Pantun Orang Muda，1939）和《我之沉默不语》（Sebab Aku Terdiam，1939）。还有一位爪哇诗人因托约（Intojo）也应该提到，他经常在《新作家》发表诗歌，表现比较积极乐观的精神。从他的一首商籁体诗《科学》（Wetenschap）可以看到，他对科学的作用有较深的理解，热情赞扬科学和理性，这在当时也是少有的。

第八节　　30年代沙努西·巴奈的戏剧创作

　　印度尼西亚的现代戏剧创作在20年代就开始了，鲁斯丹·埃芬迪的《贝巴沙丽》和耶明的《庚·阿洛克与庚·德德丝》是当时的代表作。30年代出现东西方文化论战后，戏剧创作受其直接影响而进入一个新的发展阶段。萨努西·巴奈是这个时期最主要的剧作家。

　　沙努西·巴奈是30年代东西方文化论战中的"东方派"代表。为了宣扬"东方派"的立场和观点，这个时期他把创作从诗歌转向戏剧，以戏剧来表达他的思想主张。他开始的时候用荷兰语写了两部历史剧《爱尔朗卡》（Erlangga.1928）和《金翅大鹏鹰单独飞翔》（Enzame Garoedavlucht，1930），因语言问题而未引起重视。后来他用印度尼西亚语接连写了两部历史剧《克尔达查雅》（Kertadjaja，1932）和《麻若巴歇的黄昏》（Sandhyakala ning Madjapahit，1933），借古喻今，在文化界引起了很大的反响。1940年他又写了一部现代剧《新人》（Manusia Baru），透过现实社会的矛盾进一步宣扬他"东方派"的思想主张。以上三部可以说是萨努西·巴奈这个时期的代表剧作。

　　《克尔达查雅》是四幕历史剧，展示柬义里王朝（1042—1222）最后灭亡的过程。克尔达查雅是这个王朝的最后一位国王，他想重振国威，但遭到享有特权的封建贵族们和僧侣们的反对而以悲剧告终。下面先把整个剧情作简单的介绍：

　　第一幕讲克尔达查雅与出家人的孙女黛威·阿米莎妮的相爱经过。克尔达查雅当时是被流放的王子，他来到静修院求法，在那里遇上黛威·阿米莎妮。他一见倾心，再三向她求爱。黛威·阿米莎妮则半推半就，最后两人坠入了爱河。黛威·阿米莎妮的爷爷曾提醒其出身不配当王后，但克尔达查雅还是不顾一切要娶她并要立她为王后。不久父王驾崩，克尔达查雅被召回去继承王位。这一幕主要描写男女主人公的相爱，充满浪漫的情调。

第二幕讲克尔达查雅回去继承王位后，在治国问题上与大臣们和僧侣们出现严重的矛盾和冲突。克尔达查雅拒绝大臣们提出的为了求得与室利佛逝和好废黛威·阿米莎妮而娶室利佛逝公主并立她为后的建议。克尔达查雅宁可放弃王位也不愿违背自己对黛威·阿米莎妮的爱情誓言，表现了他对爱情的忠诚不渝。克尔达查雅为了解决国库的空虚，决定减少大臣们的俸禄和向僧侣领地征税，这加剧了他与贵族大臣和僧侣阶层的矛盾。后来庚·阿洛克兴兵来犯，克尔达查雅听信了一些大臣的建议，对庚·阿洛克采取姑息的绥靖政策并让僧侣的领袖去进行斡旋。这都为柬义里王朝的灭亡埋下了祸根。

第三幕讲克尔达查雅与庚·阿洛克的决战。探子来报，庚·阿洛克在僧侣们的帮助下重新来犯。克尔达查雅知道僧侣们想要推翻他的王位，便决定亲自出征。他已经预感到柬义里王朝的末日即将来临，他不明白老百姓为什么不理解他的苦衷而那样容易被人所煽动。当他动身上战场时，病重的黛威·阿米莎妮赶来向他拼命呼喊，然后倒地不起。

第四幕是全剧的高潮，讲克尔达查雅和黛威·阿米莎妮的悲剧结局。黛威·阿米莎妮在宫中日夜忐忑不安，心里有不祥的预兆。她先听到克尔达查雅获胜的消息，接着又听到克尔达查雅已经阵亡的噩耗，其实是谣言。黛威·阿米莎妮在绝望中自杀，这时克尔达查雅赶来了，看到心上人已气绝，便下令放火烧王宫，他也用剑自刎，倒在黛威·阿米莎妮的尸体旁边。这时疯女人又出现，高喊："柬义里国王死了！疯子在国王宝座上跳舞了！"

显然，沙努西·巴奈写这部历史剧的目的不在于客观地反映历史的真实，例如关于克尔达查雅之死，史学界就有不同的说法，有的说他最后是出家隐居而不知所终，有的则说他在战场上失踪，可能已阵亡，也可能逃跑了，但决不是剧本里的那种结局。从全剧所表现的主题来看，作者想突出说明柬义里王朝的灭亡主要是内因造成的。在王朝衰微之时，克尔达查雅本想重新振作，励精图治，但遭到了国内贵族和僧侣特权阶层的反对和背叛，从而回天乏力。克尔达查雅与黛威·阿米莎妮的纯洁爱情也被那股浊流所淹没。作者刻意渲染悲剧的气氛就是要让人们从自己的民族历史中悟出一些教训来。

沙努西·巴奈写的另一部历史剧《麻若巴歇的黄昏》也有异曲同工之妙。麻若巴歇是印度尼西亚历史上最大和最强盛的王朝，它的灭亡又何以无法避免，这不能不让人深思。全剧分五幕，简介如下：

第一幕讲刹帝利达马尔·乌兰沉迷于宗教哲理的探索而忘了刹帝利的卫国职责。他向大仙询问有关大梵天，梵我一如，生命的意义等深奥的玄学问题，都没能得到满意的解答，使他昼思夜想不能自拔。大仙劝他回去拯救垂危的麻若巴歇，那里正发生诸侯叛乱，那才是他作为刹帝利责任之所在，不应在这里探究宗教问题。后来他的母亲也来了，晓之以大义，使他明白过来，终于答应回去。

第二幕讲达马尔·乌兰回到麻若巴歇后所面对的险恶形势。他不受重用，宰相舅舅让他当马倌。他工作不到一个月，便看到了麻若巴歇种种的腐败现象，心里感到疑惑和彷徨。他的表妹安查斯玛拉一再向他劝说，作为刹帝利他不应该在后方养马，而应该上前方杀敌。后来毗湿奴和诸大神也纷纷显圣，要他履行刹帝利的职责，投入战斗。达马尔·乌兰醒悟过来了，决定履行刹帝利的职责。他要求在上前线之前与安查斯玛拉结婚。

第三幕讲大敌当前，麻若巴歇的大臣们如何贪生怕死，互相推诿。叛乱诸侯莫纳克·京卡率军已逼京城，提出要麻若巴歇女王苏希达嫁给他当王后作为议和的条件。对于这个奇耻大辱，全国百姓无不愤慨，然而满朝文武大臣竟无一人敢出来接受帅印御敌，有的人反而主张割让半壁江山以求偏安。这时达马尔·乌兰挺身而出，临难受命率军出来与敌决一死战，挽狂澜于既倒。临行前，达马尔·乌兰请求女王恩准他与安查斯玛拉完婚。

第四幕讲达马尔·乌兰战胜敌人后凯旋而归。苏希达女王和安查斯玛拉在宫里天天听候捷报。达马尔·乌兰最后打败了敌人并杀了莫纳克·京卡，举国为之欢腾，欢迎凯旋归来的英雄。达马尔·乌兰被女王封为王侯，沉溺在喜气洋洋的气氛中。

第五幕讲达马尔·乌兰遭佞臣陷害致死和麻若巴歇终于灭亡的过程。达马尔·乌兰遭到大臣们和僧侣们的诬陷，说他谋反企图篡夺王位。苏希达女王召开宫廷会议进行审判，大臣们和僧侣们拿出种种伪证，使达马尔·乌兰有口难辩。苏希达女王明知达玛尔·乌兰无辜，还是交由议会去作出决定。达马尔·乌兰最后被判处死刑。当安查斯玛拉和默纳·肯查尔赶到时，达马尔·乌兰已经死了，安查斯玛拉当场晕倒。这时传来宾达拉大军已经压境的消息，宫廷乱成一团。默纳·肯查亚大呼："神的诅咒将要毁灭你们，这些大臣们和僧侣的领袖们以及整个麻若巴歇！很快这座京城就要毁灭而只剩下残垣败瓦，而你苏希达将跪在上面失声痛哭！……麻若巴歇完蛋了！"

为什么沙努西·巴奈要拿两个王朝的覆灭作为题材并把它写成悲剧，这里自有他创作的意图。作者强调应树立国家兴亡匹夫有责的精神，在民族生死存亡之秋，每个热血青年都应挺身而出。达玛尔·乌兰只是一个象征，他最后放弃个人的探索而担负起挽救麻若巴歇的大任，就是这种精神的体现。第一幕的内容主要是达玛尔·乌兰与大仙的对话，大谈有关印度宗教的宇宙观和人生观，有点类似《薄伽梵歌》，这是沙努西·巴奈东方文化的哲学精髓。为此"西方派"的达迪尔在其小说《扬帆》中拿了相当大的篇幅对它进行批判。其实第一幕只是个序幕，并非该剧的主题。这部剧的主题是要表明麻若巴歇王朝的最后灭亡也是内部原因所造成的。那些逆历史潮流的反动势力，为了维护自己的既得利益和特权不惜牺牲整个国家和民族的利益。作者想以这历史悲剧告示人们，在民族斗争中必须警惕内部蟊贼的破坏，要维护队伍的纯洁与团结，否则一切努力都会失败。剧中穿插的爱情故事也有其特殊的象征意义，那就是纯真的爱情也不能不受国家命运的影响，国家亡了，爱情也完了。作为"东方派"的代表，沙努西·巴奈重视自己的民族历史，他说"印度尼西亚精神"在麻若巴歇时代就已存在，他想从自己的民族历史中把早已存在的民族精神挖掘出来。在他看来，那精神就是把国家民族利益放在第一位的爱国主义精神。两个王朝的灭亡就是因为那爱国主义精神遭到了损国利己者的破坏，所以人们在争取民族独立的斗争中都应以史为鉴，不要重蹈覆辙。这两部历史剧的现实意义也就在这里。

历史是过去的现实，在当今的现实中又如何体现"东方派"的理想呢？1940年沙努西·巴奈发表的现代剧《新人》对此作了解答。这部剧以印度的纺织厂劳资纠纷为题材，通过工人的罢工斗争来表现作者心目中的时代"新人"，全剧共分四幕：

第一幕是劳资双方亮相，就罢工问题进行谈判。沙斯特利是纺织厂主女儿沙拉斯娃蒂的未婚夫，资方忠实的走卒，正在与为资方所豢养的新闻记者密谋破坏工人的罢工斗争。沙拉斯娃蒂听到他们在议论罢工领袖达斯，说他是企图改变社会现状和煽动工人闹事的罪魁祸首，使沙拉斯娃蒂对达斯产生了很坏的印象。劳资双方进行谈判，资方顽固地拒绝工人的要求，从而导致谈判的破裂，工人宣布罢工。

第二幕是工厂主的女儿沙拉斯娃蒂与达斯的巧遇。萨拉斯娃蒂正在一画家的画室里准备买一幅画用来装饰新房，她即将与沙斯特利结婚。这时达斯进来了，与画家大谈有关文化艺术的问题。达斯显得很有文化修养，他对新旧文化艺术的分析很有见地，使萨拉斯娃蒂大为惊讶，改变了对他的看法并渐渐地被他的人品和气质所吸引。后来两人互相产生好感，进而互相产生感情。

第三幕讲工人克服经济上的种种困难，坚持罢工斗争，最后取得胜利。工人的罢工斗争遇到两大困难：一是经济上难以维持，工人生活日益困难，有的工人已经被迫复工；一是受报纸舆论的蛊惑有些工人开始动摇了。达斯感到焦头烂额，工会财库已经枯竭，眼看难以为继。在这关键的时刻，沙拉斯娃蒂前来支援，慷慨解囊把自己所有的钱连同首饰捐了出去，以解罢工工人的燃眉之急。不久总工会和各地工会支援的捐款也陆续到来，资方终于被迫让步，工人的罢工斗争取得胜利。

第四幕讲沙拉斯娃蒂与达斯如何冲破旧藩篱，一起迎接新生活。工人罢工斗争的胜利在纺织厂主的家庭里掀起巨大的波澜，厂主们对达斯恨之入骨。沙斯特利和厂主们告发沙斯拉娃蒂与达斯有瓜葛，经常来往，沙斯拉娃蒂的父亲听了大怒，要亲自查实。这时达斯进来，要向沙斯拉娃蒂道别，他准备永远离开她，因为他认为以他的身份是无法给沙斯拉娃蒂带来幸福的。沙斯特利以未婚丈夫的身份横加阻拦，不准达斯去见他的未婚妻。沙斯拉娃蒂认清了沙斯特利丑恶的面目，当场解除与他的婚约。见面之后，沙斯拉娃蒂责怪达斯胆怯，不敢面对挑战去争取自由的爱情。达斯深爱沙斯拉娃蒂，但他不愿让沙斯拉娃蒂跟他一起过穷日子而受苦，所以还是决定离她而去。沙斯拉娃蒂的母亲出来干预，但沙斯拉娃蒂决心已定，为了爱情与自由她不惜与家庭决裂。她抛弃一切荣华富贵，只身追赶达斯……

与前两部的历史剧的悲剧结局截然不同，《新人》给人指出了光明和希望。剧中的两个主人公，工人领袖达斯和工厂主的女儿沙斯拉娃蒂是作者理想中的"新人"典型。沙努西·巴奈主张"把浮士德与阿周那结合起来"，达斯这个"新人"形象就是根据这一主张塑造出来的。达斯说"精神必须与物质统一起来"，这样才能前进。他在谈论新旧文化的问题时指出，"应该创造新事物，不应该成为旧文化的寄生植物。印度只有重新拥有生机勃勃的文化，只有她的儿子真正拥有生命力，朝气蓬勃，有所作为，而不是萎靡不振，苟延残喘，她才能进步。"沙斯拉娃蒂这个理想的女性"新人"也是作者根据同一主张塑造出来的。她一方面忠于爱情，愿意舍弃一切追随心爱的人同甘共苦，她还同情劳苦大众，乐善好施，舍己为人，这都是东方文化传统美德的体现。但另一方面，她又敢于自己决定自己的命运，同旧家庭彻底决裂去追求自己的幸福，这点则是西方文化影响的结果。所以在沙斯拉娃蒂身上仍然可以看到东西方文化的结合。此外，东方文化追求和谐和矛盾的统一，这在《新人》一剧中也得到充分的体现。沙努西·巴奈在同情劳动者的同时，也主张阶级调和，那场劳资纠纷的解决实际上是两个对立阶级互相妥协和调和的结果，而达斯与沙斯拉娃蒂的结合可以说也是资方与劳方阶级调和的一个象征。至于《新人》把故事发生的地点放在印度，人物也都用印度人的名字，应看作是作者为了避免殖民统治者的迫害而有意这样安排的。实际上该剧所反映的不是印度而是印度尼西亚的社会现实，是印度尼西亚民族运动中的新文化建设问题。

第一章　日本占领时期印度尼西亚文学的变化

　　1941年底日本偷袭珍珠港，拉开了太平洋战争的序幕。日军以秋风扫落叶之势在短短的三个月内就打败了西方的盟军，摧垮了西方在东南亚几百年来的殖民统治。荷兰总督也于1942年3月9日在万隆签订投降书，把统治了三百多年的印度尼西亚殖民地双手拱让给日本帝国主义。从此印度尼西亚民族便生活在日本法西斯铁蹄下达三年半之久。

　　日本帝国主义对印度尼西亚的占领和统治，实际上是以新的殖民统治来代替荷兰旧的殖民统治，其残酷程度有过之而无不及。日本为了骗取印度尼西亚人民对"大东亚战争"的全力支持，在印度尼西亚实行"胡萝卜和大棒的政策"，一方面以允许印度尼西亚将来独立为诱饵，把自己装扮成印度尼西亚民族的"大救星"，企图骗取渴望独立的印度尼西亚人民的全力支持，把他们绑在日本的战车上；一方面对印度尼西亚人民进行残酷的法西斯统治，严厉镇压一切抗日和反日分子，在加里曼丹西部就曾屠杀成千上万的人，与此同时大肆掠夺印度尼西亚的人力物力资源，使印度尼西亚人民的生活陷入空前的极端贫困。

　　日本占领爪哇一个月后便开展所谓的"三亚运动"，即"日本是亚洲的领导者，日本是亚洲的保护者，日本是亚洲之光"，大树日本帝国的绝对权威。日本占领者还从政治上和组织上加强对印度尼西亚人民的全面控制，解散了所有的政治和群众组织，建立由它直接控制的傀儡团体，如"青年团"、"妇人会"、"警防团"等，把各阶层的印度尼西亚人牢牢控制在手中。1943年又开展所谓的"民众总力集结运动"，后改称"爪哇奉公会"，提出建立以日本为中心的"大东亚共荣圈"，强迫印度尼西亚人民向东京"遥拜"，把时钟拨块一小时，以东京时间为标准，废公元而改用日本皇纪为纪元，企图从思想上彻底奴化印度尼西亚人民。它鼓吹印度尼西亚人民要"奉公灭私"，要"枵腹从公"，拿出全部的人力物力来支持日本的"大东亚战争"。它采取三种办法对印度尼西亚进行肆无忌惮的掠夺，一种是实行严厉统制，所有重要物资都由日本军政府管制，不许自由买卖；一种是用军用票套购物资，以日益贬值的纸币换取大量的军需物资；一种是强迫种植和生产战争所需要的作物和物品。在掠夺人力资源方面，日本占领者主要采用无偿的劳务制，强迫印度尼西亚人民服各种劳役，甚至把"劳务者"派往缅泰修"死亡铁路"，有去无回。当兵力不足时，日本占领者从印度尼西亚人中招募"兵补"和建立"乡土防卫军"，为其充当炮灰。日本三年半的占领把印度尼西亚变成了人间地狱，缺吃少穿，饿殍遍野，民怨沸腾。

印度尼西亚人民对日本法西斯的真面目和它宣传的"大东亚战争"有一段认识的过程。起初，他们看到一个亚洲国家日本能在短短几个月内打败不可一世的西方白人殖民统治者无不感到惊讶和钦佩。白人不可战胜的神话彻底破产了，这大大鼓舞了印度尼西亚人民的斗志，提高了他们的民族自信心。而日本的欺骗性宣传也使不少人相信日本是为解放亚洲被西方长期殖民奴役的民族而来的，因此有不少过去坚决反荷的民族主义者也对日本占领者采取合作的态度。当然，他们与日本占领者合作是有自己的政治考虑的，他们幻想借日本的力量打倒西方的帝国主义和殖民主义，以实现民族独立的理想。另外，通过与日本占领者合作，他们还可以借机取代荷兰人的位置，填补荷兰人走后在各部门留下的空位，以扩大自己的政治势力和影响。在面对日本的"两面政策"时，他们也采取了所谓的"双刃政策"，即一"刃"为日本的"大东亚战争"效劳，替日本人办事；另一"刃"为民族独立斗争服务，借机鼓吹民族主义和爱国主义精神。这个"双刃政策"随着日本在太平洋战争中的节节失利，为日本效劳的一"刃"逐渐削弱，而为民族独立斗争服务的一"刃"日益增强。到了后期，印度尼西亚人民从自己的实践中越来越认清日本法西斯的真面目，一些地方开始出现抗征粮的斗争和反日暴动，其中以1945年2月在勿里达爆发的乡土防卫军起义规模最大。在反日情绪日益高涨、要求民族独立的呼声越来越强烈的情况下，日本占领者不得不假装同意印度尼西亚"将来独立"，并煞有介事地于1945年8月7日成立"印度尼西亚独立筹备委员会"，企图继续蒙骗印度尼西亚人民。但这已经无济于事，日本帝国主义的败局已定，印度尼西亚人民在经历了两次外国的殖民统治之后，再也不会把自己的民族命运交给他人，民族独立的时机已经成熟了。所以，当日本于1948年8月15日宣布无条件投降时，印度尼西亚人民便不失时机地于第三天，也就是1945年8月17日宣布印度尼西亚独立，结束了长达三百多年的外国殖民统治。

日本对印度尼西亚的占领以及三百多年荷兰殖民统治的顷刻瓦解，在思想上给印度尼西亚人民以强烈的震撼，不少民族主义者，特别是青年人，为日本的宣传所蒙蔽，曾热情地欢迎日本的到来并与之合作，相信日本会让印度尼西亚民族独立的。但随着时间的推移，他们逐渐认清日本法西斯的掠夺性和残酷性以及"大东亚战争"的侵略实质，对日本占领者的态度逐渐发生变化，由热烈欢迎、满怀希望到渐渐失望，直到最后变成反感和憎恶。而民族主义的情绪，对独立的渴望越来越强烈。这就是印度尼西亚人民在日本三年半的统治中思想感情变化的轨迹。三年半的日本占领时期可以说是印度尼西亚人民最苦难的时期，同时也是印度尼西亚民族为将来的民族独立从思想上、政治上、组织上、军事上作最后准备的时期。

印度尼西亚殖民地社会在日本占领时期所发生的巨大而又深刻的变化必然要反映到文学领域里来。有几点对印度尼西亚文学的发展起了重大的作用。首先是荷兰殖民统治的垮台直接冲击了西方文化的长期影响，使印度尼西亚文学摆脱了荷兰殖民统治时期的旧羁绊。其次是荷兰语的被禁止使用使印度尼西亚语得到全面发展和提高。日本占领当局本想改用日本语为官方语，强迫印度尼西亚人学习日语，但是要在短期内掌握日语是不可能的。因此，日本占领当局不得不还要借助于印度尼西亚语，使印度尼西亚语成为全国通行的唯一语言。这当然大大有利于印度尼西亚文学的发展。再就是日本占领当局为了动员印度尼西亚人民全力支持"大东亚战争"，需要有强大的宣传工具，为此成立了文化中心和各种专门的文艺机构，把全国的作家组织起来，给他们提供创作的便利条件。这无疑推动了印度尼西亚作家从事创作的积极性，使诗歌、小说和戏剧都有不同程度的发展。

日本占领时期的作家队伍由两部分人所组成，一小部分是荷兰殖民统治时期的老作家，而大部分是新涌现的青年作家。在老作家中扮演重要角色的有沙努西·巴奈，他担任官方的文化中心主任的职务，但没有从事创作。还有是尔敏·巴奈，他主要从事戏剧创作，发表了几部属"双刃文学"的剧作。另外，图书编译局的苏丹·伊斯坎达也出来写长篇小说，参加为日本宣传的大合唱。新涌现的年轻作家大多与过去的文学没有瓜葛，他们是在日本战胜西方殖民主义者的鼓舞下开始创作的。他们特别活跃，在诗歌、小说、戏剧等方面的创作都有突出的表现，代表了日本占领时期印度尼西亚文学的主流。

日本占领时期印度尼西亚文学的主要特点是它的"两面性"，即一面为日本的"大东亚战争"效力，一面为民族独立斗争服务，这是"双刃政策"在文学领域里的表现，后人称之为"双刃文学"。这个"双刃文学"是在日本帝国主义占领下这一特殊的历史条件所造成的特殊的文学现象，它只存在于日本占领时期。"双刃文学"的两个"刃"并非自始至终同样锋利。在日本初来乍到时，为日本效力的一"刃"锋芒毕露，而为民族独立斗争服务的另一"刃"则只起配合和衬托的作用。在早期作品中，可以看到民族主义和爱国主义只是用来激励印度尼西亚人为日本的"大东亚战争"卖命，把民族独立的命运与日本"大东亚战争"的命运联系在一起。后来，随着日本在战场上的节节失利和人民对日本法西斯统治的日益不满，为民族独立斗争服务的一"刃"便越来越锋利，而为日本效力的一"刃"则用于敷衍而已。在后期作品中，可以看到对"大东亚战争"的宣传日趋式微，而对民族主义的鼓吹越发强劲。

在面临日本帝国主义的侵略威胁时，因为荷兰殖民政府拒绝了印度尼西亚人民提出的联合抗日的主张，所以在印度尼西亚终于没能建立起一个抗日的反法西斯统一战线。1939年底印度尼西亚政治联盟曾向荷兰殖民当局提出成立代表民意的议会和武装印度尼西亚人民共同抗日的建议，但都被拒绝了。因此在日本占领时期也就没有出现过有组织有领导的地下抗日斗争，没有出现过抗日的反法西斯文学。后来即使在作家中有对日本法西斯统治感到不满的，在他们作品中有反日倾向的，大多也只是出于自发和个别的行为，没有形成文学潮流。

日本占领时期的印度尼西亚文学与荷兰殖民统治时期的印度尼西亚文学表面上看似乎没有传承关系，其实二者都是印度尼西亚民族运动的组成部分，是朝向民族独立的目标迈进的两个不同阶段，后者更接近于民族独立后的文学，所以与民族独立后的文学关系更为直接和密切。

第二章　日本占领时期的文学创作

第一节　诗歌创作

当日本帝国主义以"胜利者"和"解放者"的姿态占领印度尼西亚时，长期被荷兰殖民统治的印度尼西亚民族当中，有许多人为日本的欺骗性宣传所蒙蔽，以满腔热忱迎接日本人的到来。他们积极响应日本"大亚细亚"的号召，把争取民族的独立与日本的"大东亚战争"联系在一起。特别在新涌现的年轻诗人身上，这种盲目的激动心情表现得非常突出。在日本初来乍到的时候，好些青年诗人在报刊上发表了慷慨激昂的诗歌，表达他们那种热切的心情。罗西汉·安瓦尔（Rosihan Anwar）的一首诗《赠友人》（Untuk Saudara）具有代表性：

赠友人

当你写诗作赋之时
从不吝啬赞美之词
旋律优美悦耳动听
大亚细亚铭刻在心
你愿意否重新审视
毫不留情剖析心迹
是否真的热爱民族
灵魂肉体内外一致？
绝非一时玩弄词句
而是出于相信真理
关键时刻毫不犹疑
牺牲生命在所不惜。

罗西汉·安瓦尔把对日本"大亚细亚"的拥护与对民族的热爱联系在一起，他要求其他人也像他一样，要做到真心实意的拥护而不是停留在口头上，并且要随时准备为此做出自我牺牲。这种对"大亚细亚"号召的真诚拥护在乌斯玛尔·伊斯马义（Usmar lsmail）的诗《诗人与理想》（Pudjangga dan Tita-tjita）中也表现得很突出：

诗人与理想

我要向人们提出问题：

　　倘若诗人就是你自己

　　怀有圣洁崇高的理想

　　你是否曾经审查自己

　　在你参加大合唱之前

　　内心和灵魂仔细剖析？

　　你胸中是否真的在燃烧

　　大亚细亚，心中的至宝？

　　倘若你心里明白无疑

　　生命与理想已融合为一

　　你就赞美吧，民族的动力

　　你就是文豪，艺术的真谛

　　倘若你只是善于玩弄词句

　　你就感恩真主的赐予

　　但千万别提"拿生命做赌注"

　　这是有罪于亚细亚，有罪于民族

　　经过一时的激动和兴奋之后，日本法西斯统治下残酷的现实使他们逐渐冷静和醒悟过来了。他们对日本所宣传的"大东亚共荣圈"开始产生怀疑，过去那种对日本的急切期望消失了，而对民族独立的要求却变得越来越强烈。罗西汉·安瓦尔后来的一首诗《憧憬》（Damba）反映了这种情绪上的变化：

憧憬

　　我曾经有过

　　丧失了信心

　　没有了依靠

　　向谁去问津？

　　周围漆黑一片

　　伸手五指不见

　　然而在我心中

　　憧憬光明出现

　　啊，你何时降临

　　我等待的……光明

　　让我的心灵亮堂

　　恢复我的自信。

有的诗人则更直接地呼唤民族独立，例如卢比斯（L.H.Lubis）的诗《我的一代人》（Angkatanku）：

我的一代人

乌云满天，漆黑如墨，
急切等待，闪电将它划破，
滚滚风暴，即将咆哮而过，
地动山摇，灾难频频降落，
新一代人，已看到时代烽火。
请听我们的呼声，听着！
让它在天空飘荡回响，
我们的决心只有一样，
为印度尼西亚战斗不息，
争取全民族的独立。
别试图阻挡我们前进，
我们的武装就是信心，
在这惊天动地的大战中，
在新一代人的尸骨堆上，
印度尼西亚独立一定会实现，
伟大辉煌，万世流芳，
崇高文明，代代相传。

在年轻诗人中也有从一开始就对日本法西斯统治不满和反感的，特别鄙视那些摇身一变的投机分子。阿斯哈尔（M.S.Ashar）的讽刺诗《变色龙》（Bonglon）就专门揭露那种人的嘴脸，把他们比作变色龙，由于善于变换身上的颜色而无往不利：

变色龙

展翅高翔，俯首低飞
沉着观望，茫茫大地
无需忧虑，四伏危机
周围环境，给我武器
刚刚飞过，片片竹丛
如今又到，金色稻田
树间来回，心旷神怡
谁能阻挡，我的心愿

啊，身上多彩，真叫开心

千变万化，多么方便

只要做到，随机应变

啊，真主呀，我却宁可，生活艰难

让我身体，遭受火炼

万万不愿，学他嘴脸

对日本法西斯统治表现最反感的诗人是阿玛尔·哈姆扎（Amal Hamzah），他是阿米尔·哈姆扎的胞弟。他的诗《我的恨如怒潮汹涌》（Melaut Bentjiku）以十分夸张的手法发泄他对日本法西斯统治下丑恶现实的极大不满和厌恶：

我的恨如怒潮汹涌

我对人的恨如怒潮汹涌

我对自己的恨也像怒潮汹涌

因为在他们的行为中

也看到了自己的本来面孔

献媚

欺诈

撒谎

压榨

巧取豪夺

使得

肚子空空

像大空桶

张口大笑

露出排牙

污黄

从未漱刷

口臭如腐尸难闻

呸！

这就是所谓世道

充满欺诈害人的世道？

倘若事先我可以要求

但愿我不降生这骗人的地球

> 然而多不幸呀!
>
> 我出世非出本愿!
>
> 在情欲的拥抱中
>
> 播下了这个孽种
>
> 两人情欲的发泄
>
> 把我抛入了这个世界!
>
> 呃!
>
> 倘若事先我可以要求
>
> 我绝不到这个荒洲!

应该指出,在日本占领期间能公开发表的诗大部分属歌功颂德类或者"双刃文学"类的作品。那些对日本法西斯统治表示强烈不满的作品只有到日本投降之后才能公开发表。前一类的诗一般都没有摆脱传统的诗歌形式,在语言风格上与"新作家"时期的诗歌无多大区别。后一类的诗在表现形式上则有较大的突破,诗人为了直抒胸中的积怨,往往不顾诗歌的传统格律,不受约束地自由发挥。所以他们的诗歌在形式上和语言风格上大大不同于"新作家"时期的诗歌,热衷于标新立异,极力想要表现自我意识和情感。

在诗歌创作上最离经叛道的和最能代表时代大变迁的诗人是凯利尔·安瓦尔尔(Chairil Anwar)。他是印度尼西亚现代新潮诗人的先锋,彻底告别了旧诗。他是第一个采用西方现代派表现主义手法写诗的年轻诗人。起初他也为日本军国主义不可一世的气势所震撼,认为他们身上充满着"活力",使他产生仰慕之心。然而他又非常强调不受任何束缚的自我意识,坚决与一切旧传统彻底决裂,要求个性的发展不受任何限制,使个性得到彻底的解放。这又与日本提倡的"大东亚共荣圈"的"奉公灭私"精神相抵触。日本法西斯统治对个性的扼杀和对印度尼西亚人民的压榨打破了他对日本的幻想,产生了失望和不满的情绪。他在日本占领时期创作的诗主要表现他那桀骜不驯的自我意识和主观战斗精神以及对日本统治的不满和警惕。所以他的许多作品在日本占领时期没能公开发表,直到日本投降和印度尼西亚宣布独立之后才公之于世,并引起了非常强烈的反响。他对印度尼西亚诗歌所产生的深远影响主要是在印度尼西亚宣布独立之后,也就是在"八月革命"时期,所以他也被人奉为"45年派"的先锋(详见下一章)。

第二节 小说和散文创作，伊德鲁斯和他的短篇小说

日本占领当局要求文艺为其"大东亚战争"的宣传服务，要求作家紧锣密鼓地配合日本每一时期的中心任务。在这种情况下，加上物质上的极端匮乏，长篇小说的创作是难于进行的，所以，在整个日本占领期间只有苏丹·伊斯坎达和卡林·哈林（Karim Halim）两位作家发表过长篇小说。

苏丹·伊斯坎达是荷兰殖民统治时期图书编译局的老资格作家，30年代加入大印度尼西亚党，在民族运动中属温和派，日本来了之后，他由温和派一下变成了激进派，于1942年发表一部带有强烈反荷倾向的长篇小说《巴厘舞女》（Djanger Bali），先在《图书旗帜》杂志上连载，1946年印成书出版。《巴厘舞女》是讲一个民族主义者为发展民族教育事业和民族经济而不断遭到荷兰殖民当局迫害的故事。小说的主人公苏西拉出生于马都拉封建贵族家庭，他是一位坚定的民族主义者，在巴厘因从事民族教育工作和促进当地民族经济的发展而受到当地人民的拥戴，但也遭到荷兰殖民当局的仇视，被视为危险分子而遭逮捕。后来他被从巴厘驱逐出去，继续遭到迫害，他与出身低微的巴厘舞女布多莎茜相恋，他们有共同的理想，但他们的结合不断遭到封建家庭和殖民统治者的破坏。经过一波三折之后他们终于结成患难夫妻……伊斯坎达过去写的小说从来不敢把矛头直接对准荷兰殖民统治者，这部小说可以说是一个转折点。

伊斯坎达于1945年发表的长篇小说《热爱祖国》（Tjinta Tanah Air）更具"双刃文学"的特点。小说讲一对年轻人的恋爱故事，他们志同道合，准备为共同的理想做出一切牺牲。作者在小说中处处把日本宣传的"大亚细亚"精神与爱国主义精神紧密地结合起来，是一部非常典型的"双刃文学"作品，其艺术性很差。

卡林·哈林于1945年发表的长篇小说《五谷杂粮》（Palawidja）也属"双刃文学"作品。小说讲一个年轻教师无私奉献的故事，他为促进各族人民的团结和整个民族的进步而忘我地工作。尽管小说中没有日本人出现，但日本的"共存共荣"宣传仍充斥全篇。从文学的角度来看，《热爱祖国》和《五谷杂粮》纯粹是为日本的政治宣传服务的，没有多大艺术价值，但这两部长篇小说可以说也是日本占领时期的一个具体实例，说明日本统治者是如何让当时的作家为其"大东亚战争"服务的。

在日本占领时期，更加兴旺的是短篇小说的创作，其作者大部分是新涌现出来的年轻作家。他们在时代大变迁中，有的为亚洲人的日本战胜荷兰殖民统治者

而欢欣鼓舞，对自己的未来充满美好的憧憬；有的对突如其来的巨变缺乏思想准备，一时无所适从，感到彷徨；有的则看到了日本法西斯统治给印度尼西亚人民带来空前的灾难，但又无力反抗，只好采取洁身自好和不去同流合污的消极态度，以影射的手法私下发泄对日本法西斯统治的不满。不同作家的不同态度在短篇小说中得到了不同程度的反映。

一般来说，在日本占领时期能为短篇小说提供发表园地的只有日本占领当局所控制的报刊，如《图书旗帜》《新爪哇》等。所以，公开发表的短篇小说大多属经过严格审查和符合日本宣传要求的应景作品，只昙花一现而已，没有什么文学价值。然而也有一些作品，从中多少还能看到当时年轻知识分子对时局巨大变化的不同反应，如罗西汉·安瓦尔的短篇小说《社会广播》(Radio Masjarakat)就是其中之一。小说描写一位年轻人跟不上形势的大变化，不能跟其他人一样适应日本的"大亚细亚"精神而成为"新人"，因此内心非常苦闷，整日唉声叹气。一位医生不断对他进行思想教育，要他跟其他年轻人一样振作起来，迎接新时代的来临。但他仍未能被说服，最后决定离开当地到巨港谋生。他想以一走了之来解决思想上的困惑。这实际上反映作者本人当时对日本占领的矛盾心态，他一时还没能找到自己的位置。

日本占领时期另一个比较有代表性的作家是巴格里·希里格尔(Bakri Siregar)，1922年生于亚齐地区。他对日本的到来从一开始就持消极的态度。他不愿同流合污，但又无力抗拒，只好采取逃避的办法，远离充满"大东亚战争"叫嚣的尘世跑到深山密林里过世外桃源的隐居生活。他的短篇小说《在火山口畔》(Di Tepi Kawah)是表现作者当时那种避世态度的代表作。小说描写一对年轻夫妻在远离人寰的火山口畔过着与世无争的平静生活，他们听不到"大东亚战争"的叫嚣，沉醉于大自然的美景之中，享受世外桃源式的生活。如果不与当时的时代背景相联系，这部小说充其量也只不过是一部逃避现实的浪漫主义作品，以至于日本占领当局也没有看出其实质而让它在小说征文比赛中获奖。这部小说所美化的避世生活实际上是对日本"大东亚战争"号召的消极抵制，日本当局后来似乎也察觉到其中的奥秘，因此后来再也不准此类作品出现。巴格里·希里格尔的这部短篇小说后来收进他的小说集《足迹》(Djedjak Langkah)，于1953年出版。

女散文家玛丽亚·阿敏(Maria Amin)在面对日本法西斯暴政时，采用的是另一种更加隐蔽的手法，她以充满象征意义的散文来表达她对日本法西斯的不满和对自由光明的企盼。她的散文《瞧呀那里的世界》(Tindjaulah Dunia Sana)描写水族馆里弱肉强食的情景。这实际上是在影射日本法西斯的残暴统治，把弱小民族都变成了它的牺牲品。她的另一篇散文《听听芒果树的感叹》（ Dengarkan Keluhan Pohon Mangga ）则通过芒果树的成长过程来表达作者对光明未来的憧憬。芒果核被人埋在黑暗的小洞里，它感到暗无天日，迫切盼望看到外部广阔的世界和明媚的阳光。它在焦急地等待着，一个月后终于破土而出。它在一天一天地成长起来，总有一天会开花结果的。最后以这样一段意味深长的话作为结尾："啊，真主呀，倘若芒果树会说话，它一定能讲述在它成长过程中所经受的苦难。只有哲人和智者才能了解它的生活并懂得它刚才的感叹。"的确，当时敏感的印度尼西亚读者对这部作品的内在含义是能够心领神会的。

玛丽亚·阿敏的散文所描写的都是人类社会以外的大自然景象，描写的对象是鱼禽花木和变幻莫测的云彩，似乎与当时的人类社会生活无关，其实她的每一篇散文都与现实生活息息相关，她以借景抒情的手法来表达她对日本法西斯的不满和对自由的向往。尽管她采用了很隐蔽的象征手法，但还是被日本占领当局所察觉，最后她也被列入了黑名单。

还有一位作家需要一提的，是上面提到过的阿玛尔·哈姆扎，他也写了一些非常辛辣的讽刺作品严厉批判与日本合作的作家。他的散文作品《背叛的艺术家》（ Seniman Pengchianat ），以极严厉的语气谴责那些出卖灵魂为日本人卖命的作家，他最后说："我不会闭上我的嘴。我将不断地叫喊，谴责你对自己民族的背叛。你把自己的民族变成了你那冷酷主子的猎物，并为了你自己的腰包而极力用你的作品去为他们宣传。即使你让你的主子砍掉我那瘦小的脑脖，我仍将继续地叫喊，谴责你的一贯背叛。"在日本占领时期，阿玛尔·哈姆扎的作品所表现的不满和怨恨情绪是最强烈的，他的主要诗歌和散文作品后来收进他的集子里，取名《初次解放》（ Pembebasan Pertama ），于1949年出版。

日本占领时期涌现的青年作家大多还没有定型，他们对时代的变迁既满怀期望，又感到困惑。他们大部分要到日本投降后的"八月革命"时期才成熟起来，所以他们大多属于跨时代的作家，具有跨时代的特征。伊德鲁斯（ Idrus ）是日本占领时期新涌现的对后来"八月革命"时期的印度尼西亚文学产生重大影响的年轻作家之一。他1921年生于巴东，中学毕业后曾在图书编译局工作。他接触过当时著名的作家如达迪尔·阿里夏巴纳、沙努西·巴奈、苏丹·伊斯坎达等，对文学开始发生兴趣。他的文学创作始于日本占领时期，而成名于1945年后的"八月革命"时期。他与凯里尔·安瓦尔是同时代人，一个在诗歌创作上，一个在小说创作上，被认为是独领风骚的人物。所以有人把他列入"45年派"的作家行列，但他自己却拒不接受。

　　伊德鲁斯对日本的到来最初所持的态度可见于他的短篇小说《阿芙·玛丽亚》（Ave Maria）。这部小说描写一个青年因陷入个人的情感危机而精神颓废和生活潦倒，什么民族命运全然不顾。在阅读报刊上的小说之后，他终于从个人的小圈子里醒悟过来，决定参加"敢死队"去为国捐躯。小说的主题没有超出当时日本宣传的基调：积极参加"大东亚战争"就是在为祖国作贡献。

　　在日本占领期间，新涌现的年轻作家往往标榜自己是"新时代"的代表，把荷兰殖民统治时期的作家看做是旧时代的遗老，认为已经过时了，应该让位给他们。所以他们对那些受日本重用而占据领导地位的老作家很不服气，要求他们给年轻的一代让贤。于是新老作家之间发生龃龉，一些年轻作家用讽刺作品对老作家进行猛烈的抨击。伊德鲁斯的四幕剧《以怨报怨》（Kedjahatan Membalas Dendam）就是这样的一部作品。剧中的苏克梭罗是代表保守的老一代作家，他不能容忍代表年轻一代的作家伊斯哈克的离经叛道，认为其作品危害性极大，所以著文加以猛烈抨击，企图一棍子将其打死。伊斯哈克被迫离开城市隐居农村，在那里继续写作。后来在女儿等人，甚至还有巫婆的帮助下，苏克梭罗终于认识到时代已经变了，时代是在青年作家的一边，因而不得不承认"在年轻一代与老一代的斗争中，年轻一代总是胜利者"。小说中的青年作家伊斯哈克实际上就是作者自己的化身，这部作品表现了伊德鲁斯以我为中心的思想观点和创作特征。

　　伊德鲁斯非常强调自我，以我为中心看待一切事物，有人称他是个人主义者。他的这种态度当然不符合日本的"大东亚精神"，因此在日本占领时期他很不得志。他思想上感到很受压抑，生活上也很拮据，同时看到民生凋敝，到处民怨沸腾。这促使他写出一系列短篇小说，把感觉到的和看到的惨状用速写和白描的手法一一记录下来，取名《地下随笔》（Tjorat-tjoret di Bawah Tanah）。他善于捕捉日常生活中人们司空见惯的琐事来揭露日本法西斯的暴政。例如他写的《城区—哈尔莫尼》（Kota-Harmoni），把城区电车上的乘客怨气和日本兵的飞扬跋扈描绘得活灵活现，好像就发生在自己的身边。他写的《哦……哦……哦！》（Och…Och…Och!），对火车站和火车上的龌龊不堪和黑市的猖獗作了细致的描写，看了令人作呕，使人对日本的世道有个更形象的了解。他写的《兵补》（Heiho），揭露日本占领当局诱骗印度尼西亚青年去当他们的炮灰，最后无声无息地死于远离家乡的缅甸，相当悲惨。他写的《夜市》（Pasar Malam），深刻地揭露日本所宣传的"大东亚共荣圈"的虚假性。所谓的"共存共荣"就是对印度尼西亚人民的巧取豪夺，弄得印度尼西亚人民食不果腹，衣不蔽体，让住在热带的印度尼西亚人民去穿橡胶制的筒裙，这确实是对"大东亚共荣圈"的极大讽刺。伊德鲁斯《地下随笔》里的每一篇可以说是印度尼西亚人民在日本法西斯统治下的受难图。

除了内容的真实性，伊德鲁斯的《地下随笔》还开创了一种与"新作家"时期极不相同的写作风格，他以犬儒主义的态度看待日本法西斯统治下各种丑恶现象，使用非常辛辣、简练和直截了当的口语化语言描绘令人作呕的生活现实，发泄他愤世嫉俗的不满情绪。他的那种风格大概受美国作家海明威、考德威尔、斯坦贝克和荷兰作家威廉·埃尔斯霍特的影响，被人称作"新简练风格"。伊德鲁斯的《地下随笔》当然不可能在日本占领期间发表，所以当时还鲜为人知。日本投降后《地下随笔》才得以面世，并以其暴露日本法西斯罪行的真实性和语言风格的独创性而为人们所称道。顷刻之间他成为"八月革命"时期很有影响力的散文作家，尤其他的"新简练风格"影响了战后新一代的青年作家。

伊德鲁斯在"八月革命"时期继续写短篇小说，他仍然采取犬儒主义的态度，像对待日本的"大东亚战争"那样对待"八月革命"的民族独立战争：他站在个人主义的立场上，以个人情绪看待"八月革命"风暴的到来。他看不到印度尼西亚正在发生翻天覆地的革命，看不到印度尼西亚人民在捍卫民族独立的战争中所表现出来的大无畏英雄气概和自我牺牲的精神，而看到的却是革命的种种阴暗面，并热衷于暴露那些阴暗面加以冷嘲热讽。他在"八月革命"时期写的小说大多与独立时代的革命精神相悖，因而理所当然的要引起人们的非议和不满。关于他在"八月革命"时期的创作下一章还会提到。

第三节　戏剧创作的发展和主要的剧作家

日本占领时期戏剧得到更多的发展机会，这是因为大众的文化娱乐生活非常贫乏，就电影来讲，西方片子一律禁演，而日本的和本地的片子又很少，远不能满足社会的需要。于是戏剧便取而代之，并受到当时社会各阶层的广泛欢迎。日本占领当局也看到戏剧的宣传效果更佳，影响面更广，所以大力予以扶植，成立专业话剧团到全国各地巡回演出。在这种形势下，戏剧创作繁荣起来了，那些与日本合作的民族主义者也纷纷利用戏剧鼓吹爱国主义和民族主义思想。这样，"双刃文学"在戏剧创作上便得到了最充分的体现。

日本占领时期的戏剧创作反映了"双刃文学"两"刃"的消长变化。初期的作品，为日本"大东亚战争"效劳的那一"刃"还相当突出，积极配合日本的各种宣传。后期的作品则不同，为民族斗争服务的那一"刃"越来越锋芒毕露，反映民族主义者的政治主张和理想。主要的剧作家有尔敏·巴奈、埃尔·哈金和乌斯马尔·伊斯马义等。

尔敏·巴奈在日本占领时期的创作活动集中在戏剧方面，1943年他写了一部短剧《我们妇女》(Kami Perempuan)，鼓励年轻人参军去当战场上的英雄。剧情很简单：妻子以为丈夫是个胆小鬼，不敢去报名参加"乡土保卫军"，因而感到脸上无光，整日埋怨。未婚妻也因为未婚夫不去报名参军而准备和他解除婚约。后来才知道原来他们早已偷偷报名，马上就要报到了，这才使那妻子和未婚妻心花怒放，感到无比自豪。这个短剧完全是为日本的"大东亚战争"进行宣传的应景之作，没有什么艺术价值。

尔敏·巴奈这个时期的代表作是《温而不驯的鸽子》(Djinak-djinak Merpati)，发表于1944年。这部剧作所着重描写的是一个被人称作"女妖精"的女人，她叫慕妮雅迪，专门勾引有妇之夫，与太太们争风吃醋，让她们的丈夫围着她团团转，弄得个个家庭鸡犬不宁。其实慕妮雅迪的本质并不坏，她美丽而又聪明，同时很有个性，因为看不惯那些男人的虚伪而故意作弄他们。慕妮雅迪后来遇上被人称作"农民知识分子"的卡雅迪，为其品德所打动而真正爱上了他。但卡雅迪同她交往完全是为了挽救别人的家庭而别无他意。正当慕妮雅迪感到失望的时候，她的朋友朱薇达前来求她帮助挽回自己的婚约，原来朱薇达就是卡雅迪的未婚妻。慕妮雅迪经过剧烈的思想斗争后，决定牺牲自己而去成全朱薇达。最后慕妮雅迪也找到了自己的归宿，她接受了海员苏布罗托的求婚。苏布罗托也因为陆地上有了等待着他的心上人而念念不忘自己的祖国了。慕妮雅迪从一个玩世不恭的女人，变成舍己为人和为祖国作贡献的新人，这就是尔敏·巴奈在剧中所要着重表现的主题。当然他还得顾及为日本效劳的另一"刃"，剧里多少还要美化当时的日本统治，但只是作为点缀而已。

尔敏·巴奈于1945年发表的另一剧作《不值钱的东西》(Barang Tiada Berharga)多少含有反封建的意味，描写发生在两代人的爱情故事。25年前一个出身贫贱的青年与贵族小姐相恋，因门第悬殊而被女方的封建家庭所扼杀。25年后那个贫贱的青年变成了富翁，把已经败落的女方的大宅院买了下来，让自己的儿子与过去恋人的女儿成婚，圆25年前的梦。这部作品带有一定的象征意义。25年前反对封建包办婚姻是文学创作的一个重要主题，当时封建势力还很强大，压过了新兴的民族资产阶级。25年后这个封建势力已经衰败，而新兴的民族资产阶级已经占了上风，压过了封建阶级。这部剧仍有日本占领时期的色彩，例如剧中的人物有的是乡土保卫军的军官，但为日本效劳的那一"刃"已经淡化，因为日本的战败已成定局。

尔敏·巴奈还有一部剧作《上不着天下不着地》（Antara Bumi Dan Langit），据他自己说是写于1944年，但有人怀疑此说，因为讲的是有关印欧混血儿的前途问题，似乎应该是战后的事。剧中的主角是主张民族融合和统一的民族主义者，20年前他爱上一个印欧混血姑娘，但在荷兰殖民统治下他们俩是不可能结合的。20年后他积极帮助"上不着荷兰的天，下不着印度尼西亚的地"的印欧混血儿，使他们在印度尼西亚有个归宿。作者以今昔对比来表达他的民族理想，主张各民族统一在印度尼西亚的大家庭中。尔敏·巴奈在日本占领时期的剧作后来汇编成一部戏剧集，取名《温而不驯的鸽子》，于1953年出版。

日本占领时期另一个具有代表性的剧作家是埃尔·哈金（El Hakim），真名阿布·哈尼发（Abu Hanifah）。他1906年生于西苏门答腊的巴当班昌，1932年毕业于医学专科学校，从事戏剧创作时已快到不惑之年。他代表当时的伊斯兰知识分子，对日本发动太平洋战争和日本占领印度尼西亚所带来的翻天覆地变化感到非常兴奋和充满期待。他写了好几部戏来表达他当时的心情和他对印度尼西亚民族前途的想法。

四幕剧《亚洲上空的风暴》（Taufan di Atas Asia）是他对日本发动太平洋战争的最初反应，该剧以新加坡为背景，描写东南亚的各族人以不同的焦急心情等待着即将来临的亚洲风暴。代表不同典型的人聚集在一起议论当时紧张的时局和民族未来的前途，主角是一位印度尼西亚的年轻商人叫阿卜杜尔·阿萨斯。他代表印度尼西亚的民族资产阶级，对即将来临的亚洲风暴持欢迎的态度，相信日本能取胜，认为亚洲民族团结起来就能打败西方的联盟，从而可以摆脱西方的控制和影响，取得自我发展的机会。作者似乎在为30年代的东西方文化论战下结论。他通过阿卜杜尔·阿萨斯的嘴说："我们东方民族，尤其是印度尼西亚民族，在各个方面都受西方的影响。至于科学知识，另当别论，对科学知识我们不但要接受，甚至还要尽全力去追赶，以弥补这方面的不足。除此之外，我们必须摆脱西方的束缚。"他主张坚持伊斯兰教和民族的风俗习惯，他说："伊斯兰教，三个世纪以来我们祖先传下来的宗教，已经和我们民族的大部分人血肉相连了。我们的风俗习惯对我来说，就是东方式的文明礼貌，几乎被现代的年轻人所遗忘了。"可以看出，作者是欢迎日本的到来的，认为日本的到来可以结束西方对印度尼西亚的长期统治和影响，而印度尼西亚民族应该以伊斯兰教和本民族的传统习俗为本去开创自己的前途。他基本上站在"东方派"的立场，不过是以阿拉伯伊斯兰文化作为基础。当时"西方派"的达迪尔·阿里夏巴纳已无反手之力，直到战后《新作家》复刊时，才出现阿布·哈尼发与达迪尔·阿里夏巴纳之间的东西方文化之争，但也只是一种回光返照，已成不了气候。

埃尔·哈金本人是一位医生，代表高级知识分子。他把知识分子看作是民族斗争的中坚力量，决定民族的未来命运。他的四幕剧《特殊的知识分子》（Intelek Istimewa）着重于刻画他心目中理想的知识分子形象。剧中的主要人物代表两种不同人生观和价值观的知识分子。一个是代表极端自私的唯我主义者，他相信"知识就是力量"和"金钱是万能的"，其他什么民族的前途，人民的福利，概不闻不问，这大概是全盘西方化的知识分子典型。另一个是代表伊斯兰民族主义者，他主张知识要为国家和民族服务，关心民族的命运和相信真主的万能。作者通过对二者的对比和矛盾冲突，贬了前者而褒了后者，并最后让后者改造了前者，充分表达了作者的伊斯兰知识分子立场和观点。

在埃尔·哈金的剧作中，最能反映他的政治和思想主张的是《黛薇·勒妮》（Dewi Reni）。这是一部象征剧，女主角黛薇·勒妮象征着印度尼西亚祖国，在她周围有商人、艺术家、知识分子、军人和政客等在向她拼命地求爱。他们以各自的方式甘当护花神，处处在爱护着她，而这一切又都在一位伊斯兰长老的指导下进行的。其中以知识分子和政客之间的竞争最为激烈，最后黛薇·勒妮选定了代表知识分子的阿卜杜拉医生作为终生伴侣，但对所有追求她的人都保持着深厚的感情。这部三幕剧所要表达的思想主题十分明显，就是突出以作者为代表的伊斯兰知识分子在印度尼西亚的主导地位。

埃尔·哈金还写了一部以年轻人的爱情纠葛为题材的三幕剧《尹善·凯米尔》（Insan Kamil），这是男主角的名字，意思是"完人"，描写他如何面对三个同时爱他的女人并最后作出自己的选择，里面充满人生哲理的说教。埃尔·哈金在这个时期的剧作后来收进他的戏剧集《亚洲上空的风暴》，于1949年出版。

日本占领时期在戏剧界最活跃的剧作家是上面提到过的新涌现的年轻人乌斯马尔·义斯马义。他是埃尔·哈金的弟弟，生于1921年。他在日本占领时期才开始从事文学创作，起初写诗，后来集中精力于戏剧创作。他不但写了好几部剧本，还组织了"玛雅剧团"到各地巡回演出，积极推动话剧事业的发展，在当时颇有影响。

乌斯马尔·伊斯马义在日本占领时期的代表作是《吉特拉》（Tjitra），这也是一部带有象征意义的剧作。吉特拉是女主角的名字，象征印度尼西亚祖国，她从小被人遗弃，为一民族种植园主收养为义女。种植园主有两个同母异父的儿子，大儿子苏托波是个正直诚实和富有责任感的人，掌管着种植园，小儿子哈尔梭诺是个浪荡子，沉溺于声色犬马之中。哈尔梭诺善于讨好姑娘，赢得了吉特拉的芳心，但当吉特拉怀孕时，他却不愿负责任，离家跑掉了，与有钱的寡妇结婚，过着花天酒地的生活。苏托波为了掩盖家丑，维护吉特拉的名声，决定娶吉特拉，当名义夫妻，等着弟弟的回来。哈尔梭诺终于浪子回头，他醒悟了，为了赎罪决心参加"敢死队"为国捐躯，并要求哥哥与吉特拉成为真正的夫妻。其实苏托波在内心里早就深深爱着吉特拉，而吉特拉也终于意识到她真正爱的是苏托波，从此两人过着幸福美满的生活。作者把苏托波看作是国家和民族的可靠栋梁，应该把国家和民族的命运托付给他，而苏托波是民族资产阶级的代表，这反映了当时作者所持的政治态度和民族理想。

乌斯马尔·伊斯马义的其他剧作多以知识分子和艺术家的活动为题材。他写的《火》(Api)所表现的主题与埃尔·哈金的《特殊的知识分子》有些相似，描写两代知识分子在世界观和价值观上的对立。剧中的药房主代表老一代知识分子，是恶的化身。他极端自私，不顾他人和民族的安危，为了个人发财而研制一种新炸药。他的助手则是一位关心人民健康和民族命运的年轻知识分子，是善的化身。他偷偷地研制新的抗疟疾药来挽救众多的垂危病人。两人的对立和矛盾越来越严重，最后药房主在研制新炸药时发生爆炸，他死于熊熊的大火中，而其年轻助手则以造福病人而受到拥戴。双方的矛盾和对立以善胜恶败而告终。

日本占领时期有一群年青年艺术家十分活跃，他们群策群力地积极推动戏剧事业的发展。乌斯马尔·伊斯马义的剧作《艺术家的假日》(Liburan Seniman)就是描写他们当时的活动情况。他们提出这样的口号："艺术家在工作中度假！青年们起来战斗，扫除一切障碍……，戏剧便诞生了……有了我们团结的力量，就能实现印度尼西亚独立……亚洲独立……世界太平……！"不同领域的青年人为了共同创作《觉醒》这部戏走到一起来了。他们没日没夜地工作，有的写剧本，有的做布景，有的作曲，有的当演员，都是自觉自愿的，为的是表达对祖国的一片真情和共同的理想。这部剧仍然表现"双刃文学"的特点，但重心在"印度尼西亚独立"上，当然还必须连带提到"亚洲独立"，仿佛并未离开"大东亚共荣圈"，否则会引起日本占领当局的疑心。

乌斯马尔·伊斯马义在日本占领时期的剧作后来汇编成书，取名《悲与喜》(Sedih Dan Gembira)，于1948年出版。战后他不再搞戏剧，把主要精力转移到电影事业上。

日本占领时期的戏剧是在特定的历史条件下发展起来的，与"新作家"时期的戏剧不同，它不再和东西方文化论战挂钩而直接反映当时民族斗争的趋向。在日本占领下，当时的民族主义者只能采取"双刃政策"来鼓吹民族独立，发展民族力量。这种"双刃性"在当时的戏剧创作中体现得最为突出，而日本一投降，那"双刃性"也就失去了存在的必要，"八月革命"时期的戏剧只继承了为民族独立服务的一"刃"。

日本占领时期戏剧的发展还得力于专业剧团的推动，那些专业剧团把戏剧创作与演出结合在一起，使戏剧活动成为一个整体。印度尼西亚的现代剧团早在荷兰殖民统治时期就已经有了，当时叫着"邦沙万剧团"或"伊斯坦布尔剧团"，是一种以娱乐观众为宗旨的商业性剧团。当时剧团的演出是没有剧本的，所以跟文学上的戏剧创作没有什么关联。文学上的戏剧创作始于20年代，鲁斯丹·埃芬迪的《贝巴沙丽》和耶明的《庚·阿罗克与庚·德德丝》是最早的剧作，但只是作为反映民族运动的一种文学体裁而没有被商业剧团所吸收而成为演出的剧目。一直到"新作家"时期，戏剧创作与戏剧演出还是分离的，所以文学的戏剧发展很缓慢，只限制在知识分子的范围内，缺乏广泛的群众基础。日本占领时期由于戏剧创作与戏剧演出结合得很紧密，文学的戏剧创作才繁荣起来，然而又受日本占领的制约而不能自由地发展，戏剧创作必须带上日本"大东亚战争"的印记才能生存。所以日本时期的戏剧创作具有"双刃性"的特色乃是当时历史条件所使然，是印度尼西亚戏剧发展史的一个特殊现象。

第一章 "八月革命"时期的文学发展与变化

第一节 "八月革命"时期的民族独立战争和文学

1945年8月14日日本被迫宣布无条件投降,日本在印度尼西亚三年半的法西斯统治倾刻之间垮台了。日本的投降使西方的原殖民主义者措手不及,一时还派不出军队去恢复旧的殖民统治。印度尼西亚民族抓住这个有利时机,于1945年8月17日宣布独立,成立印度尼西亚共和国。但荷兰殖民主义者不甘心放弃这块肥沃的殖民地,借受降的以英军为主的盟军之力企图卷土重来,以武力复辟荷兰的殖民政权。印度尼西亚人民举国上下同仇敌忾,以革命的武装捍卫民族的独立,与敌人展开浴血奋战,这就是印度尼西亚民族运动史上著名的"八月革命"。

"八月革命"刚爆发之时,印度尼西亚人民上下一致对外,提出"一旦独立,永远独立"的战斗口号,表现出空前未有的高昂士气和大无畏的战斗精神。1945年10月的"泗水之战"是印度尼西亚人民以自己的武装力量第一次抗击来犯的英国盟军,鼓舞了全国人民反帝反殖民主义的斗志,掀起了捍卫民族独立斗争的高潮。当时印度尼西亚左、中、右三种政治力量结成了反帝统一战线,但领导权掌握在民族资产阶级和右翼政党手里。荷兰殖民主义者在英美的扶植和支持下,对印度尼西亚共和国政府采取软硬兼施和分化瓦解的策略:一方面用武力逼迫印度尼西亚共和国政府作出重大妥协,先后签订了《林牙椰蒂协定》和《伦维尔协定》,让出地盘把在西爪哇进行游击战的印度尼西亚军队从"袋形地带"撤走,使印度尼西亚的"共和区"大大缩小,只剩中爪哇中部的日惹一带和西部的万丹一带以及苏门答腊的内地。一方面通过成立地方傀儡邦来进行分化瓦解,使印度尼西亚共和国成为荷兰属下印度尼西亚联邦中的一个邦,丧失独立主权。在敌人的威胁和挑拨下,共和国阵营内部左、中、右力量之间的矛盾日益尖锐化,终于导致民族统一战线的破裂。荷兰殖民主义者趁机于1948年12月19日发动第二次殖民战争(第一次殖民战争发生在1947年7月),占领了共和国临时首都日惹,总统和副总统被俘。但印度尼西亚人民并没有因此而丧失斗志,相反他们在全国范围内积极开展游击战和抵制荷兰殖民政府的运动,使荷兰殖民者疲于奔命和难于招架,最后不得不接受安理会决议，释放共和国总统，在海牙举行荷兰、印度尼西亚共和国和各傀儡邦的三方圆桌会议，并于1949年11月2日达成《圆桌会议协定》。根据该协定成立印度尼西亚联邦共和国，把印度尼西亚共和国降格成为16个邦国中的一个，同时还缔结印度尼西亚荷兰联盟，由荷兰国王任"最高元首"，在外交、国防、经贸、文化等方面听命于荷兰。荷兰于1949年底以前将主权移交给印度尼西亚联邦共和国。就这样，轰轰烈烈的"八月革命"便以失败而告终，印度尼西亚实际上变成了半殖民地，人民依然过着贫困的生活，沮丧、失望和不满情绪弥漫全国。

"八月革命"初期，全民斗志高昂，充满战斗激情，后来革命遭到一次又一次的挫折，局势动荡，人心焦虑，最后则以失败而告终，人心沮丧，充满失败主义情绪。"八月革命"这种由高潮变低潮的发展过程也反映到文学领域里来。在"八月革命"初期，可以看到不少的年轻诗人发表充满激情的战斗诗篇，欢呼独立时代的到来，同时也有不少年轻作家发表以独立战争为题材的小说，描写当时印度尼西亚人民英勇抗击敌人、捍卫民族独立的英雄事迹。创作主题大都围绕着"八月革命"的独立战争，展示当时印度尼西亚人民捍卫民族独立的战斗风貌。后来革命阵营内部左、中、右的矛盾愈演愈烈，革命形势不断恶化，而荷兰殖民主义者也从思想上和文化上加强攻势，进行渗透，大力鼓吹"普遍人道主义"精神和"世界主义"思想，企图模糊正义战争与非正义战争之间的界限，使印度尼西亚人民对民族斗争的认识产生混乱。这时的作品有不少着重于描写战争的残酷性，暴露独立战争中的过激行为及其他的阴暗面，而革命初期的那种豪情壮志已不大看到了。到了"八月革命"后期，尤其是以失败而告终的时候，许多作品所反映的是战争带来的苦难，人民的白白牺牲和悲观失望的情绪。以上的大起大落显示了"八月革命"时期印度尼西亚文学整个发展的轨迹。

除了主题思想与过去的不同，"八月革命"时期的文学在创作方法上和语言风格上也有重大的变化。在诗歌方面，凯里尔·安瓦尔为现代主义诗歌开辟了道路，把年轻诗人从传统诗歌形式的束缚中解放出来，以便更充分地展示自己的个性。在散文方面，伊德鲁斯的"新简练风格"和普拉姆迪亚·阿南达·杜尔的新小说创作给印度尼西亚文学带来了新气象，使小说更直接贴近现实生活，反映时代脉搏的跳动和普通百姓的疾苦。"八月革命"时期烽火连天，物质条件很差，然而文学创作却相当繁荣，这是因为捍卫民族独立的战争不但激发了作家的创作热情，也提供了极为丰富的创作素材和取之不尽的创作源泉。"八月革命"时期涌现了一批很有才华的年轻诗人和作家，他们异军突起，与过去的"新作家派"没有什么瓜葛。他们以全新的面貌活跃在文坛上，他们的作品具有"八月革命"的时代印记，代表了这个时期文学创作的主流。有人把这个时期以凯里尔·安瓦尔为代表的诗人和作家称作"45年派",但也有人对此持不同的观点。

第二节　凯里尔·安瓦尔与"45年派"

凯里尔·安瓦尔1922年生于棉兰,1949年卒于雅加达,在世不过27年,但在印度尼西亚现代文学史上却占据了极为重要的地位,特别是他的诗歌创作深远地影响了战后的一代诗人。他只上过荷印中学而且没有念完。他和其他青年诗人一样,起初对日本的到来和荷兰殖民政权的垮台感到欣欣鼓舞,充满幻想。他仿佛刚从长期的牢笼中被释放出来的小鸟,热切希望能在广阔的天空无拘无束地自由飞翔。他强烈要求表现遗世独立的自我意识,摆脱一切对个人有形和无形的束缚,与旧传统彻底决裂。他受一次大战后荷兰现代派表现主义诗人马尔斯曼的很深影响,也极力主张"活力论"。他说:"活力是实现美不可或缺的因素。"又说:"我们再也不能成为生活的乐器。我们要成为生活乐章的演奏者,因此我们永远必须坦诚率直。"他脍炙人口的诗《我》(Aku,1943)就是他的宣言诗,公开宣布他决心要离经叛道,与旧传统和旧意识彻底决裂:

我

倘若我死期已到

我不愿有任何人为我哀悼

即便是你

也无须悲痛号啕

我是桀骜不驯的猛兽

为其群体所遗弃而远走

哪怕子弹将我的皮肉穿透

我仍要狂奔怒吼

我将带着溃烂的枪伤奋力奔跑

奋力奔跑

直至疼痛全部消失掉

我将更加不顾四周

我要再活一千个春秋

这首诗表达了诗人的叛逆决心,并相信存在于个人的"活力"将万古长存。他把自己比作"桀骜不驯的猛兽",而且"要再活一千个春秋",这就是说,只要一息尚存，他将坚持不懈地同一切束缚个人自由的传统和势力相拼搏。这首诗的"我"实际上也包含着"大我"，即整个民族要与旧世界彻底决裂。

他的这种以自我为主体的反潮流叛逆精神当然与当时日本的法西斯主义不相容，所以他不久也感觉到日本的法西斯统治将会给个人和整个民族带来可怕的毁灭，1943年他写了一首含有象征意义的诗，题目就叫《1943》：

1943

毒素已在咽入的第一口

渗入肺腑刺痛胸口

血沉积在脓液之中

黑夜越来越深沉

道路僵直。断了

鸦片

坍塌

我托着的手断裂

崩溃

沉沦

消失

瘫痪

重生

站立

跨步

倒下

倒下

怒吼。咆哮

反抗。搏击

黄色

红色

黑色

凋谢

光秃

夷平

夷平

夷平

世界

你

我

全僵硬。

这是印度尼西亚诗坛上出现的第一首用表现主义手法写的诗，完全打破了相沿成习的板顿诗和沙依尔诗的传统格律，不但形式怪异，内容也颇费解。有人认为这首诗是诗人在看到一个14个月的婴儿吮奶时得来的灵感。他觉得婴孩在吮上第一口奶时就已经把死亡的因素带进体内。这婴孩的一生将与死亡不停地博斗，而最终还是不免一死。这样的诠释脱离了当时的时代背景，不仅有些牵强附会，而且曲解了这首诗的实际意义。诗人以《1943》作为诗的标题不是没有含义的，这正是日本刚占领印度尼西亚和不可一世的时候。当时诗人已看到日本法西斯的到来将危害生存，但他看不到反法西斯的力量，所以只好无可奈何地等待末日的到来。凯里尔·安瓦尔这种对日本占领的消极看法和无奈的等待在他的另一首诗《空虚》（Hampa）表现得更加明显：

空虚

外面寂寞，寂寞在步步逼迫

树木僵直凝固，连树梢也纹丝不动。

寂寞把人拥抱

谁也不敢私自跑掉

一切在等待，一直等待

寂寞

这等待更加令人窒息

沉重地把肩膀压成弯曲

空气中弥漫着毒素

全部树叶凋落。妖魔在欢叫作乐

而寂寞继续存在。等待呀，等待

这首诗也写于1943年，当时日本正在叫嚣"大东亚战争"，开展大规模的"三亚运动"，而诗人却感到特别寂寞，觉得一切死气沉沉，只有"妖魔在欢叫作乐"，这不是在唱反调吗？当时凯里尔·安瓦尔还不是抗日分子，他只是把个人当作"桀骜不驯的猛兽"不能忍受法西斯统治对自我意识和个性的压制和扼杀。他的"活力论"是从自我出发的，要求以我为主体穷尽生活，最大限度地享有自我的天地。

所以有人把他看作是不顾一切的个人主义者，不受约束的无政府主义者和不满现状的颓废主义者。这样的评价当然有失偏颇，他的有些诗如《接纳》（Penerimaan）、《致友人》（Kepada Kawan）等确实强烈地表现了上述的几个倾向，但是从另一个角度来看，又何尝不是他对封建主义、殖民主义和法西斯主义长期摧残个性和遏制个人自由的一种反叛，而他的"我"可以是"小我"，也可以是"大我"，所以当他的"活力论"受民族斗争的鼓舞和影响时，也可以迸发出民族战斗精神的光芒。同样于1943年写的著名诗篇《迪波·尼哥罗》（Dipo Negero）就是一首充满民族战斗激情的时代战歌：

迪波·尼哥罗

在这民族复兴的时期

您重新站立

敬仰的火焰又燃遍大地

您在最前方揭竿而起

无所畏惧，即使敌人百倍多于自己

右举长宝刀，左握格利斯剑

斗志昂扬，自强不息

前进

这个队伍没有军号和战鼓

勇往直前而信心十足

一旦报国如愿

含笑长眠九泉

前进

为了你，祖国

我们燃起了燎原烈火

宁可牺牲，不作牛马

宁愿毁灭，不受欺压

即使死后才能赢得一切

也该分享那胜利的喜悦

前进

冲锋

进攻

荡平

这是凯里尔·安瓦尔最有积极意义的一首诗，特别是在战后的"八月革命"时期，到处被人传诵，成为鼓舞民族斗志最响亮的战歌。凯里尔·安瓦尔在日本占领时期创作的诗歌在"八月革命"时期才广泛流传，而他也更积极地投入战后的诗歌创作，成为"八月革命"时期最有影响力的新潮诗人。

"八月革命"初期，全国上下同仇敌忾，这时凯里尔·安瓦尔受到民族斗争高潮的鼓舞，也写了好些满怀战斗激情的诗，表达他反对殖民主义侵略和捍卫民族独立的决心，其中著名的有《给迪恩·丹麦拉的故事》(Tjerita Buat Dien Tamaela)、《格拉旺—勿加锡》(Kerawang-Bekasi)等。前者以神话中的守护神口吻向胆敢前来侵犯的帝国主义者和殖民主义者发出严厉的警告：如果他们敢来，等待他们的将是毁灭。后者是对在格拉旺—勿加锡战役中牺牲的几千名战士表示最崇高的敬意，要人们记住他们的功勋，继续他们捍卫民族独立的战斗，不要让他们的血白流。还有《与苏加诺的约定》(Persetudjuan Dengan Bung Karno)、《守夜的战士》(Perdjurit Djaga Malam)等以更直接的方式表达诗人对苏加诺的拥护和歌颂守卫在战斗第一线的独立战士。这都是凯里尔·安瓦尔"活力论"在与民族斗争相结合时所表现的积极的一面。

凯里尔·安瓦尔是个复杂和矛盾的诗人，他的"活力论"是建立在自我的基础上。所以在那些激越人心的战斗诗篇之外，他也写了好些反映个人颓废情绪的诗，显示出他"活力论"消极的另一面。这一消极面随着革命形势的恶化而越来越显现出来。他对混乱的时局感到厌恶和沮丧，对前途感到迷茫和失望。他在《被剥夺者和绝望者》(Yang Terampas Dan Yang Putus)一诗中说了这样一句话："活着只是在延缓死亡"。他甚至预感到自己的死亡即将来临，惊呼："那飒飒的风声也到达卡列（我未来的墓地）了……"。果然，凯里尔·安瓦尔于1949年病故了。他的一生都在苦苦探索生命的真谛和至美的境界，他对活的要求越强烈，就越恐惧死亡的到来，越意识到他所追求的在他短暂的有生之年将无法实现。他的诗《我的恋人在遥远的岛上》(Tjintaku Djauh di Pulau)充分地表现了他的这种悲观无奈的心情：

我的恋人在遥远的岛上

我的恋人呵，在遥远的岛上

可爱的姑娘，如今她孤独忧伤

小船满帆疾驶，明月一路照耀

我把送她的礼品紧挂在脖子上

虽说风和浪平，心中却已知晓

　　　　她那里我永远到达不了

　　　　在宁静的海面上，春风轻吹

　　　　在情感的末潮中，时光流飞

　　　　而死神早已登上宝座，对着我大吼：

　　　　"快把小船驶向我的怀抱！"

　　　　啊，多少岁月我沿着这条航道走！

　　　　而今小船已经残破，不堪回首！

　　　　为什么呀，死神

　　　　在我与心上人拥抱之前

　　　　你却向我匆匆招手

　　　　我的恋人呵，在遥远的岛上

　　　　倘若我死去，你也将在孤独中消亡

　　凯里尔·安瓦尔的生命很短促，只活不到27岁，他从事诗歌创作前后也只有六七年的时间，作品不到70首，后来汇集在三部诗集里：《尘嚣》(Deru Tjampur Debu，1949)、《尖砾与被剥夺者和绝望者》(Kerikil Tadjam dan Jang Terampas Dan Jang Putus，1949)和同阿斯鲁尔·萨尼、律怀·阿宾合出的诗集《三人向命运怒吼》(Tiga Menguak Takdir，1950)。

　　凯里尔·安瓦尔为什么会对印度尼西亚战后的诗歌发展产生如此巨大的影响呢？原因当然是多方面的，其中最主要的是两点：首先是"八月革命"的爆发意味着印度尼西亚民族要求彻底摆脱几百年来殖民主义的枷锁，与旧时代彻底决裂。凯里尔·安瓦尔与旧传统彻底决裂的叛逆精神在一定意义上体现了印度尼西亚民族当时的迫切愿望，"一旦报国如愿，含笑长眠九泉"成了当时印度尼西亚青年决心捍卫民族独立的誓言。其次他那表现主义的表现手法彻底打破了长期主导印度尼西亚诗歌的传统形式和语言风格，为战后的印度尼西亚诗歌开一代新风。有人说他给印度尼西亚诗歌带来了一场"革命"，这未免有些言过其实，然而也不能否认，凯里尔·安瓦尔给印度尼西亚诗歌切实带来了新的风尚，开辟了新的创作道路，特别是对印度尼西亚语言潜力的挖掘贡献最大。他说："这个时代的科技水平已经很高……我们不但可以获取一般的图像，而且有能力获取照出骨髓的透视图像。……简洁明了但不是没有内容。"他在词句的锤炼上确实非常苛刻，努力做到以最少的字表达最丰富的内涵，把印度尼西亚语的表现能力提高到一个新的水平。但在肯定的同时，也不能不看到他所带来的负面影响，即助长了个人主义和形式主义的蔓延。有些诗人只一味突出个人和追求形式上的标新立异而越来越故弄玄虚和脱离现实。后来有人揭发凯里尔·安瓦尔的有些诗是剽窃别人的，例如他的诗《少女来去无踪》(Datang Dara Hilang Dara)是抄袭中国现代新潮诗人徐志摩的一首诗,《格拉旺—勿加锡》也有抄袭一个英国诗人作品之嫌，一时在诗坛上引起轰动和剧烈的争论。看来对凯里尔·安瓦尔的评价还是应该一分为二，要根据历史实事求是地肯定他积极的一面和否定他消极的一面，不能一言以蔽之。

1946年11月以凯里尔·安瓦尔为首的青年诗人和艺术家在雅加达成立了一个文艺组织叫"独立艺术家文坛"。他们在《策略》杂志上开设的文艺专栏"文坛"成了他们的文学阵地和文艺论坛，故人们称其为"文坛派"。他们标榜自己是战后崛起的与"新作家派"完全不同的新一代作家。起初"文坛派"对"八月革命"还满怀热情和期望，他们的作品也反映了革命初期朝气蓬勃的新气象。但随着革命形势的不断恶化和"共和国阵营"内部矛盾和分裂的扩大，他们越来越对革命感到失望和沮丧，受"普遍人道主义"和"世界主义"思想宣传的影响也越来越深。凯里尔·安瓦尔在1948年任《环境的回响》(Gema Suasana)主编，他在创刊号上写道："为了要铲除我国两年来弥漫在新闻界和写作界的迷雾和臭气，他们相互之间一直在互相攻讦和无端叫嚣，于是我们设法创办《环境的回响》这个月刊。"同时他还提出："要为世界上一切最进步的思想敞开大门"，而这个"最进步的思想"实际上指的是"普遍人道主义"和"世界主义"。

凯里尔·安瓦尔去世后，罗西汉·安瓦尔在1949年1月19日的《策略》杂志上第一次以"45年派"改称"文坛派"，而凯里尔·安瓦尔便成了"45年派"的先锋。被视为"45年派"的作家都是出生于20年代前后、也就是当时平均年龄在20岁上下的青年作家。"45年派"这个名称一提出便引起激烈的争论。"新作家派"的老一代作家不承认所谓"45年派"的存在，认为他们只不过是"新作家派"的延续，并没有质的差别。50年代的左翼作家则认为他们没有资格采用"45年派"的名称，塔尔达说："'45年派'这个名称不属于一个投降的作家群而是属于一个英勇战斗的作家群，他们的每个创作都以民族革命的原则为根本依据。"他问："一个人有什么权利借用'45年派'的名称，如果他没有积极参加战斗的话?"他认为那些自称"45年派"的人都背叛了民族革命的原则，所以他说："'45年代派'已经夭折了。"

究竟什么是"45年派"，是一个文艺组织，还是一种文艺流派? 当初"文坛派"成立时并没有发表宣言，也没有提出自己的文艺纲领。他们只是志同道合的一些青年诗人和艺术家聚在一起，常在《文坛》专栏上发表文章和作品，所以人们称之为"文坛派"。而所谓"45年派"是后改的，其概念更模糊，没有一个科学的界定。那些所谓"45年派"的作家实际上只是在1945年"八月革命"时期涌现出来的青年作家中的一部分，而不是其全部。难怪有些"八月革命"时期的青年作家拒绝把自己列入"45年派"，甚至与"45年派"划清界限。在这种情况下，那些坚持"45年派"说法的人便于1950年2月18日，也就是在凯里尔·安瓦尔逝世不到一年的时候，发表《文坛派宣言》(Surat Kepercayaan Gelanggang)，阐述自己的文艺观点和立场。这个宣言对50年代的文艺路线斗争起了非常重要的作用，有必要将其全文摘录于下：

文坛派宣言

　　我们是世界文化的合法继承人，我们以我们自己的方式继承这个文化。我们出生于普通人的家庭，而按我们的理解，人民是指一个多种混合的群体，一个健康的新世界就从那里产生。

　　我们的印度尼西亚特征并不仅仅表现在我们黄褐色的皮肤上，在我们黝黑的头发上和突出的颧骨上，而更多的是表现在我们内心和思想的具体表达上。我们不会给印度尼西亚文化以一个限制性的定义。如果我们谈及印度尼西亚文化，我们不想去把旧文化擦的亮锃锃以炫耀自己，我们考虑的是一个健康的新的文化生活。印度尼西亚文化是由各种呼声的统一体所决定的，那呼声来自世界的各个角落，然后用自己的声音反弹过来。我们将反对一切压制和阻挠不同衡量标准的企图。

　　对我们来说，革命意味着在那些必须被摧毁的旧价值观上重新建立新价值观。就这点来说，我们认为在我们国土上的革命尚未完成。

　　在我们的探索中，我们可能并不是一向正确，我们所要探索的主要是人。在探索、分析和研究的过程中，我们带着自己的个性。

　　我们对周围环境(社会)的评价是这样一些人的评价，他们懂得社会与艺术家之间存在着相互的影响。

　　这个宣言写得比较含糊和抽象，但如果与当时印度尼西亚的国内形势相联系，还是可以看出其思想核心仍是世界主义和普遍人道主义。他们以世界主义反对民族主义，以普遍人道主义反对民族性和阶级性。"45年派"的坚决捍卫者文艺评论家耶辛(H.B. Yasin)说："'45年派'不为一个主义服务，而是为人道主义服务，其中包含了所有主义的优点。"又说："我试图以普遍人道主义的特征来概括'45年派'的性质，而我仍然看到那就是它的性质。"耶辛还认为"45年派"与战前的"新作家派"的本质区别是"在于风格"，他说："对我来说不难看出，战前和战后两派的区别就在风格上。""'45年派'之间尽管观点有多种多样，但在一点上是相同的，那就是风格。"其实"45年派"各作家之间的风格并不一致，耶辛是在想方设法为

"45年派"寻找根据，使主张普遍人道主义和世界主义的"文坛派"成为代表"八月革命"时期印度尼西亚文学的主流，反对为民族斗争和政治斗争服务的进步和革命的文学。所以，当50年代出现两种文艺路线斗争的时候，耶辛便成了代表革命文艺路线的人民文化协会的对立面，"45年派"的问题也就成了双方争论的一个焦点。

第三节　普拉姆迪亚·阿南达·杜尔的小说创作

普拉姆迪亚·阿南达·杜尔（Pramudya Ananta Tur）是印度尼西亚独立以来最负盛名和最有代表性的多产作家。他是在"八月革命"战火纷飞的年代里涌现出来的年轻作家，坎坷的人生道路，峥嵘的狱中岁月，为他提供了丰富的创作源泉，使他的作品具有浓厚的时代气息和独特的艺术风格，在印度尼西亚的文坛上独树一帜。他走过的创作道路是曲折的，遇到过急流险滩，经历过苦闷彷徨，最后走上了文艺为人民服务的道路。

普拉姆迪亚1925年2月6日生于中爪哇的一个小城镇布罗拉。父亲是位教师，民族主义者，对荷兰殖民政府持不合作的态度，宁可放弃月薪二百盾的官办学校的教职而去当月薪只有十八盾的私立民族学校的校长。后来由于屡遭荷兰殖民当局的迫害和打击和对现实的不满，他逐渐消沉起来，终于沦为自暴自弃的赌徒。母亲是位虔诚的伊斯兰教徒。一生含辛茹苦，操持家务，对子女管教甚严。父母对他的成长和日后的创作有着深刻的影响，在他的许多作品中经常可以看到他们的影子。

普拉姆迪亚在青少年时期有相当一段时间处于逆境。当他上小学时，家道中落，生活拮据，父母经常为此而吵架，给他幼小的心灵蒙上了阴影。由于父亲整日在外赌博，他不得不帮助母亲劳动，以维持一家生计。1940年他进泗水无线电专科学校学习，毕业时正值太平洋战争爆发，没有领到文凭。

日本占领时期，普拉姆迪亚的家境更加困难。这时母亲病重，他作为长子不得不负起养活八个弟妹的重担，每天得骑自行车到直布往返六十公里贩卖烟叶等物品。但这也使他很早就进入社会，接触劳苦大众，亲尝生活艰辛。这段生活经历成为他日后创作的一个重要源泉。母亲去世后，他于1942年离开家乡去雅加达，在日本新闻机构同盟社当打字员。这时他对文学开始发生兴趣，工作之余进行大量阅读。1944年他考进速记学校，当时一些著名的政界人物在该校讲课，开阔了他的眼界。1945年速记学校毕业后仍留在同盟社工作，后因与日本上司闹翻而愤然离去，到中、东爪哇一带漫游。同年8月他在棣义里听到日本无条件投降和印度尼西亚宣布独立的消息，便立即返回雅加达，以满腔热情投入到"八月革命"的洪流中去。

1945年10月他加入人民保安队（印度尼西亚国民军的前身），被派往芝甘北前线，任新闻军官从事战地新闻的报道工作，同时也开始了他的文学创作生涯。他亲自参加了著名的克拉望—勿加西战役，他的最初作品就以这场战斗作为题材。后来他离开军队于1947年回到雅加达，在印度尼西亚自由之声出版社当编辑。同年7月，荷兰殖民军向"共和区"发动第一次殖民战争，他奉上级之命在雅加达印发号召抵抗的传单，不幸被荷兰海军陆战队所逮捕。他遭到毒打后被投入监狱，住处被查抄，所有稿件被没收。在狱中他坚持斗争，曾因拒绝服劳役而被关进熏房四天四夜不给饭吃。但残酷的折磨不仅没能挫伤他的意志，反而更加激励他的斗志和创作的热情。狱中两年多成了他创作的旺季，他的主要作品都是在这个时候完成的。1949年底"移交主权"前夕，他作为最后一批政治犯（共八人）被释放，从此又开始了他新的征途。

在"八月革命"大潮的起落中和坎坷的生活经历中，普拉姆迪亚艰难地从事他的创作事业。他在这个时期的创作可分被捕前和被捕后两个阶段。被捕前，他的作品直接描写"八月革命"火热的战斗生活和战斗在前线的英勇战士，讴歌他们捍卫民族独立的决心和视死如归的战斗精神，表现了"八月革命"初期印度尼西亚人民高昂的革命气概。当时他是驻芝甘北的新闻军官，那里是最激烈的战场之一。他看到了许多可歌可泣的战斗场面和英雄人物，同时也看到了在战斗的考验中各色人物的不同表现和心理状态。这为他的小说创作提供了十分丰富的素材，使他写的小说富有真实感和时代感。他写的第一部短篇小说据说是《十个尼加首级》（Sepuluh Kepala Nica），"尼加"是"荷印民政管理署"的缩写，也泛指荷兰殖民统治者，可惜这部作品已失传。

被捕前，普拉姆迪亚于1946年底发表一部短篇小说《往何处去？？》（Kemana??），描写芝甘北前线一位年轻战士马南的英雄事迹。他经历了多次剧烈的战斗，最后负了重伤，两腿被截肢后复员回家，而社会渐渐把他遗忘了。他在念书时曾经有过当工程师的美好理想，如今残废了，他的美好理想彻底破灭了。他一人孤独地坐在椅子上，"一再望着总统的画像重复地问：往何处去？……"。作者对这个为捍卫民族独立作出重大牺牲的青年满怀同情，要求社会对他的命运作出回答。

普拉姆迪亚被捕前最重要的作品是长篇小说《勿加西河畔》（Di Tepi Kali

Bekasi），可惜小说手稿在他被捕时被荷兰特务机关没收了，后来不知下落。小说的一个片断曾以《克兰吉和勿加西陷落》（Kerandji dan Bekasi Djatoeh）为标题在1947年发表过。1951年又以《勿加西河畔之一》（Di Tepi Kali Bekasi I）为题发表小说的另一个片断，而1957年出版的《勿加西河畔》实际上是由以上两个片断合并而成的。所以现在能看到的小说其完整性受到很大的影响，故事情节似乎还没有充分展开，人物的形象也还没有塑造完毕。但尽管有这些方面的缺陷，这部小说仍不失为革命初期最重要的作品，它是正面描写"八月革命"的第一部长篇小说。地处雅加达郊外的勿加西是"八月革命"初期的一个主战场，作者直接投身其中，深深感受到这场革命是印度尼西亚民族斗争中最为壮烈的革命，所有的人都被卷入这场革命的漩涡，每个人的思想灵魂都受到极大的触动和震撼。小说通过主人公法律德，一个响应祖国号召到芝甘北前线参加捍卫民族独立战争的热血青年的战斗经历和爱情瓜葛，展示了革命初期印度尼西亚民族的战斗风貌和各种人物的思想矛盾和变化。小说像一篇战地报道，情节比较简单，有些平铺直叙，以法律德的战斗经历为主线，描述整个战斗的过程和出现的各种人物典型。人人在战斗面前都要经受考验，露出其真实的面目，有英雄也有懦夫，有斗志昂扬的新一代也有忧心忡忡的老一代。许多细节描写得相当真实生动和细致入微，因为不少是作者身历其境的真实记录。

普拉姆迪亚从事大量创作是在他被捕之后。狱中的两年多，他不仅有充裕的时间进行创作思考和酝酿，而且有机会接触到各种各类的犯人，从而扩大了他的社会视野，加深了他的人生感受，使他的小说题材更加多样化，思想内容更加深刻，反映的社会层面更加广阔。他前后一共出了三部短篇小说集和三部长篇小说。三部短篇小说集是收有九部作品的《革命的火花》（Pertjikan Revolusi）、收有十一部作品的《布罗拉的故事》（Tjerita Dari Blora）和收有三部作品的《黎明》（Subuh）。三部长篇小说是《追捕》（Perburuan）、《被摧残的人们》（Mereka Yang Dilumpuhkan）和《游击队之家》（Keluarga Gerilya）。

三部短篇小说集里所描述的故事和人物多半是从作者自己走过的人生道路上摄取的，都是作者所特别熟悉和难于忘怀的，因此写得真切感人，很富人情味，归纳起来可以分成两大类：一类是作者的童年回忆，写他童年生活中印象最深刻的某些片断，如家庭的不幸遭遇，故乡贫苦百姓的可悲命运等；一类是写作者在"八月革命"烽火中的经历和被捕的经过，写他在战乱年代里看到的形形色色的人物群象以及他们的悲欢离合。

第一类作品大部分集中在《布罗拉的故事》，其中《流逝的岁月》（Jang Sudah

Hilang ）,《割礼》(Sunat),《他终于出世》(Kemudian Lahirlah Dia) 等，是描写作者童年时代生活的艰难和家庭的败落，写得淳朴、委婉和凄凉。他的父亲成为赌徒后把家扔下不管，连母亲快生弟弟也不回来看一下。家庭的这一段不幸像阴影一样长期笼罩着作者的心灵。至于他所描写的故乡人物也都是一些呻吟在社会最底层的不幸者。例如《伊奴姆》(Inem)，写的是一个天真无邪的小丫头，在她还不懂事的时候就被送出去嫁人，她还以为是在玩家家，高高兴兴地成为早婚陋习的可怜受害者。又如《逃匿》(Pelarian Yang Tak Ditjari)，写的是一位贫穷的妇女，由于不堪生活的重压和丈夫的打骂而潜逃，但是等待她的是更悲惨的命运——当暗娼。显然，作者不是一般的在写他的童年回忆录，而是写他童年生活中所看到的由贫困、愚昧和落后所造成的可悲现实。因此，这一类作品实际上是在反映大战前荷兰殖民统治下印度尼西亚人民所过的苦难生活，是对荷兰殖民统治的控诉。

第二类作品占的比重较大，内容也较庞杂，描写"八月革命"的风风雨雨以及在残酷斗争中各种人物的命运遭遇。从此类作品中，可以看到普拉姆迪亚的创作受当时革命形势变化的影响，同时也受"普遍人道主义"思想的一定影响。当革命形势逐渐恶化时，他的心情越来越沉重，对革命的前途感到迷茫和不安，他更加关心那些被损害的小人物和他们的不幸，而"普遍人道主义"思想又把他的注意力引向战争的残酷上，使他看到的更多是战争所带来的毁灭和人性的丧失。因此此类作品较多地描写战争的残酷性以及它给人们带来的灾难，所刻画的人物大多属战争的受害者和时代的牺牲品。例如《时代》(Masa)里的小囚犯才十二岁就学会了干各种罪恶勾当，作者认为他是"时代的牺牲品"，是"时代培育出来的"。而所谓的"时代"就是"八月革命"的战争年代。于是作者不分战争的正义和非正义，笼统地说"战争的时代是可诅咒的时代"。《古兰迪尔大街28号》(Djalan Kurantil No.28)写的也是战争造成的悲剧，一个年轻丈夫离别自己的爱妻参加捍卫民族独立的战争，在战斗中不幸被俘，但讹传他已经阵亡。当他被释放出来时，发现爱妻已经改嫁，他有家归不得，最后投河自尽。《仇恨》(Dendam)描写的是战争如何使人充满仇恨而丧失理智和人性，一个人可以被无端指控为敌人的奸细而随意遭虐杀。《祸殃》(Kemelut)则着重于揭露当时人性的善恶。一列火车出轨翻车，乘客死伤无数，亟待救援。这时，那些相信"上帝可以装进口袋"的商人、投机倒把者等趁机敲诈勒索而大发横财，只有那些相信"上帝在天上"的乡下穷人们在无私地拿出自己的全部所有去救助受难者。《古董橱柜》(Lemari Antik)所描写的是战争给一个家庭带来的苦难，一个有七个孩子的母亲为了生存被迫把自己的嫁妆——一个古色古香的大橱柜卖掉。当买主打开柜门时，发现里面装着死猫肉，是准备给嗷嗷待哺的孩子们吃的。买主感到心酸和不忍，把身上的一点钱留下，然后挥手离去。当然也有的作品是揭露敌人暴行的，如《花生酱杂拌菜》（Gado-gado）描述了作者本人被荷兰海军陆战队逮捕和受虐待的经过，把敌人的残暴面目公诸于世。总的说来，在普拉姆迪亚的创作中，可以看到两条明显的主线贯穿在他的作品当中，一是坚定的民族立场和强烈的民族感情；一是人道主义立场和对被侮辱、被损害的小人物的深切同情。他的民族立场和民族感情不能不使他站在独立战士的一边，赞颂他们的英勇杀敌和自我牺牲的精神，鞭挞那些出卖民族的败类。他的人道主义立场，尤其受"普遍人道主义"影响之后，则往往使他只看到战争的残酷性，更关心战争的受害者。因此在普拉姆迪亚的作品中常常可以看到二者的矛盾和冲突，这在他的长篇小说里表现得更为明显和突出。

长篇小说《追捕》这部狱中之作曾获图书编译局的1950年小说奖。小说以日本占领末期布里达尔乡土防卫军的暴动为背景，描写独立前夕印度尼西亚人民独立情绪高涨的情景。乡土防卫军的暴动因变节者的出卖而失败，领导暴动的小队长哈尔佐四处逃亡，一直遭日本宪兵队的追捕。一天，哈尔佐化装成乞丐潜回家乡偷偷看望未婚妻，被当村长的未婚妻父亲发现了。这个村长看到哈尔佐已经落魄便企图悔婚，先用甜言蜜语将哈尔佐诓住，一边向日本宪兵队通风报信，但哈尔佐跑掉了，没有被逮住。于是日本宪兵把他的未婚妻及其父亲拘留起来，逼哈尔佐出来自首。当日本宪兵对父女进行威胁时，哈尔佐出现了。日本宪兵队以为得计，正兴高彩烈的时候，突然从外面传来阵阵欢呼声：日本投降了！印度尼西亚独立了。日本宪兵惊慌失措，朝情绪激昂的人群开枪，把哈尔佐的未婚妻打死了。群众异常愤怒，要求清算变节者，把他处决，但为哈尔佐所阻止。哈尔佐说："人不会永远和在一切方面都变节的"，这是说人总有软弱的一面，有一时失足的时候，从人道主义出发不应过于追究，而应帮他去克服自己的缺点。这种为变节者开脱和辩解的结果当然使小说的思想内容受到损害，同时也不大符合当时的现实。另外，小说所描写的是发生在一天里的事，但整个故事的结构比较松散，情节的发展比较缓慢，尤其结尾部分比较突然，有人为戏剧化之嫌，不能让人信服。这些都是小说的不足之处，不过在好些细节的描写上仍有过人之处，笔锋细腻而富有文采。

《被摧残的人们》（Mereka Yang Dilumpuhkan）是普拉姆迪亚狱中写的最长的小说，分上下两集，主要描写作者的狱中见闻和狱中生活。作者以自己所在的监狱为舞台，把接触到的来自社会三教九流的囚徒像拉洋片似地一个一个拿到读者面前亮相，其中有游击战士，有暴徒和恶汉，有工匠、病夫和小丑，大都来自社会底层。这些人物比较集中地出现在上集里,作者对他们逐一地作漫画式的素描,人物与人物之间,情节与情节之间没有什么关联,缺乏一个总体的结构和提挈全篇的主线,给人以松散拖沓之感。下集比较集中地描写作者在埃丹岛服苦役的囚徒生活,反映他的思想苦闷和无聊,例如谈女人和与女人的鬼混以及一些趣闻轶事,有些叙述没有什么意义,信马由缰,缺乏一个明确的主题和艺术上的典型概括,自然主义倾向比较突出。

普拉姆迪亚在"八月革命"时期的代表作是《游击队之家》(Keluarga Gerilya)。小说集中地反映了作者民族主义思想和人道主义思想之间的尖锐矛盾和对立。要争取民族独立就必须进行民族解放战争,消灭所有的敌人,而这又和人道主义精神相违背,二者不能相容。小说描写一个游击队之家是如何在这样的矛盾冲突中毁灭的。主人公萨阿曼是一个城市游击队的积极分子,他的父亲却当荷兰的殖民雇佣兵,而母亲又是过去荷兰兵营的军妓。作者选择这样一种家庭是含有象征意义的,它是过去殖民地时代的产物,在民族独立斗争的风暴中注定要毁灭的。萨阿曼本是一个富有人道主义精神的人,但为了民族独立他不得不牺牲自己的人道主义,去干杀人的勾当。他先后杀了五十多个敌人,还跟他的弟弟一起亲手杀了当荷兰雇佣兵的父亲。他感到自己罪孽深重,但为了民族独立不得不这样做。他说:"我强迫自己从事杀人的残忍勾当,为的是让生活在我立足的土地上的人们再也不需要这样做了。"他在被捕之后,这种思想和行为的矛盾一直在困扰着他,使他陷入精神痛苦之中而不能自拔,唯有结束自己的生命才能彻底解脱。他说:"当灵魂和肉体发生矛盾时,当自己的所作所为同自己的崇高信念相抵触时,这就意味着必须消灭肉体,以赢得灵魂的胜利,赢得崇高信念的胜利。"这也是为什么当宣判他死刑时他拒绝上诉请求赦免,还有当监狱长被他感化而要放他逃跑时,他拒绝越狱逃跑的原因。因为让他继续活下去就意味着他必须继续违背他的人道主义精神去干杀人的勾当。小说从萨阿曼被捕开始展开故事情节,描写他一家在三天三夜里如何毁灭。事情都发生在以他的家为中心、方圆不出40平方公里的地方,人物也都出自他的家。他的两个弟弟正在不远的前线战斗,其中一人牺牲了。他的妹妹为了营救他而上当受骗,被人奸污了。他的母亲想他想疯了,到处寻找他,最后死在他的坟头上。……作者着重描写战争的残酷性和印度尼西亚人民为民族独立所作出的重大牺牲。作者在序言中说:"有多少家庭毁于战争呀?不管是什么样的战争,包括由民族革命所引起的战争在内……"作者深感战争对人性的摧残,但这又是争民族独立所不能不付出的代价。作者还是把民族独立置于人道主义之上,因为只有民族独立才能实现真正的人道主义,想用"死"来回避这个矛盾,使个人得到解脱是不可能的。

普拉姆迪亚在"八月革命"时期创作大量的长短篇小说，都是以描写生活在社会底层的小人物为主，对于他们的苦难和悲惨的命运予以极大的同情，这是他人道主义思想积极的一面。但另外他也写了一些描写战争残酷性和革命阴暗面的作品，模糊了正义战争与非正义战争的界限，这是他人道主义思想消极的一面。而他这个时期的思想矛盾使他的作品时而表现为清醒的现实主义，时而表现为琐碎的自然主义。从艺术上来看，普拉姆迪亚这个时期的创作是很有特色的，他善于刻画人物的性格特征，能深入到人物的内部世界揭示人物的心理活动和思想斗争。他在故事的结构和情节的安排上有不够紧凑和不太合理的地方，但在细节的描写上却往往非常成功，栩栩如生，颇能传神。他的语言风格也与众不同，使用的比喻新颖生动，不落俗套，描写的文笔简练酣畅，委婉抒情时有余品回甘之力，辛辣尖刻处有入木三分之感，在印度尼西亚文坛上被誉为"普拉姆迪亚风格"。

第四节　伊德鲁斯的《泗水》和阿赫迪亚特·卡尔达·米哈查的《无神论者》

伊德鲁斯在"八月革命"时期的创作态度仍然没有变，他站在个人主义的立场上冷眼旁观民族革命时代所发生的翻天覆地变化，对他所看不惯的事物进行冷讽热嘲。他把注意力不是放在民族独立斗争的大目标上，而是放在大动荡中出现的负面现象上，如有人趁火打劫、投机倒把、损人利己等。他看不到也不关心那些为捍卫民族独立在前线同敌人浴血奋战的英勇战士和人民。他看到的是那些只关心个人得失的鼠目寸光小市民，他们似乎与民族独立斗争无关，只求有饭吃有衣穿就行了。独立后他发表的第一部短篇小说《一条短裤的故事》(Kissah Sebuah Tjelana Pendek)就讲了一个人只为自己唯一短裤的破旧而发愁，至于外面的变化如何翻天覆地，他概不关心。他说："只有大人物想打仗，普通百姓只想和平！"，"普通百姓不愿打仗，他们只想过简简单单的日子，过不愁明天没有裤子穿的日子。"

伊德鲁斯接着发表的中篇小说《泗水》更进一步抹黑正在为捍卫民族独立而进行战斗的印度尼西亚人民，引起了公愤，甚至有人指责他是"反革命"和"反民族分子"。1945年11月10日，代表盟国受降的英军向拒绝屈服和缴械的泗水印度尼西亚军民发动总攻，泗水的印度尼西亚军民奋起抵抗，与英军展开激烈的巷战，给英军以重创，这就是震撼全国的"泗水之战"。这场战争虽然以英军得胜而告终，但它向全世界显示了印度尼西亚民族捍卫独立不可动摇的决心，同时极大地鼓舞了全国人民的斗志，从而赢得了"英雄城市"的美称，11月10日后来也被法定为"英雄节"。"八月革命"初期，这样一个可歌可泣的历史事件，在《泗水》这部小说里，却被伊德鲁斯描绘成美国西部电影里牛仔与匪徒之枪战，把捍卫民族独立的战争看作在玩儿戏。小说里看不到印度尼西亚军民英勇战斗的场面，没有英雄人物和英雄事迹，看到的是人性的扭曲，作者用大量笔墨描写从泗水向内地逃难的人群，他们一路只顾逃命，或互相倾轧，或被人敲诈，一幅令人触目惊心的逃难图，这可以说是对"英雄城市"的嘲讽，所以遭到众人的非议。

为了给自己辩解，伊德鲁斯后来写了一部短篇小说《通往罗马的另一条路》（Djalan Lain ke Roma），小说主人公的名字欧本是他父母取的，意思是"开诚布公"，即要讲真话不讲假话。他母亲对他说："欧本，在一切方面你都必须坦白直率，这样做你才能使这个充满谎言的世界进步。"也正因为他成了这样的人才不为人们所理解，处处遭到白眼。这是在说他的《泗水》之所以遭非议，无非是因为讲真话写真实。伊德鲁斯很强调写真实，但真实有本质的真实和非本质的真实之别。"泗水之战"的本质真实是印度尼西亚民族拿起武器抗拒侵略者捍卫民族独立，是一场伟大的民族独立战争。这个本质的真实伊德鲁斯看不到，而看到的却是这场战争的非本质的真实，某些阴暗面。这和伊德鲁斯的个人主义世界观和犬儒主义的创作态度是分不开的，他在"八月革命"时期发表的作品没有一部是正面反映"八月革命"的。

1948年伊德鲁斯发表一部剧作《苏罗梭之家》（Keluarga Suroso），描写老一代人被新一代人所改造，从坏人变回好人。一家之主的父亲苏罗梭生活糜烂，荒淫无度，给子女带来了坏影响。幸亏他的儿子哈尔利是一位很有理想的作家，在他及妻子耐心的帮助下，家里老人终于都认识了自己的过错而幡然悔改，使一家重新团圆，恢复了往昔的和睦。小说里的哈尔利和《以恶报恶》里的伊斯哈克很相似，都是作者的自我标榜。从这部小说中是看不到这个家庭的变化与"八月革命"有什么关系的。

1949年伊德鲁斯还发表一部带有自传性质的小说《妇女与民族》（Perempuan dan Kebangsaan），作者自己也承认这部小说是失败的。写这部小说的目的也是在发泄自己的不满以及对那些反对自己的人进行反击，所以其艺术性很差，不过也可以提供一些情况，让人更好了解伊德鲁斯其人。

同年他发表另一部中篇小说《阿吉》（Aki），讲的是一个很荒诞的故事。阿吉是个得了痨病的机关公务员，久病之后身体非常虚弱，常不来上班。有一天他突然宣布一年后，也就是8月16日，他将死去。为之他积极安排自己的后事，可是他的身体健康却在逐渐恢复，脸色也红润起来了。他向上级提出辞呈，因为明年8月16日他将死去。他的上级和同事们都非常吃惊，以为是在开玩笑，但看到阿吉的认真样子，渐渐相信他是个通天的预言家。于是整个机关轰动了，都在谈论阿吉的死，甚至有人在为他写歌，到处传唱。第二年的8月16日终于来到，阿吉作了最后的交代之后便在床上紧闭双眼，状如死去。突然听到妻子的嚎啕大哭声，外面等待着的同事们以为阿吉已经死了，便冲了进来，但发现阿吉正在坐着吸烟，若无其事的样子……。故事很荒唐，但很有讽刺意味，作者在讽刺群众都是盲目地，因轻信一个人说的话而做出荒唐事。这也反映伊德鲁斯一贯鄙视群众的观点和自命不凡的态度。

有人把伊德鲁斯与凯里尔·安瓦尔并列为"45年派"的先锋，一个在诗歌方面，一个在散文方面，都为"45年派"开新风。这个说法遭到很多人的反对，伊德鲁斯自己也不愿与"45年派"沾边。实际上伊德鲁斯从未加入过"文坛派"，与凯里尔·安瓦尔也互不相谋。从他的创作实践来看，伊德鲁斯也不能代表"八月革命"时期的文学，因为他的作品根本没有反映当时的时代精神，不能代表"八月革命"的文学主流。正因为他的立场和态度有悖于时代的潮流，到了50年代，他在文坛上的地位和影响已经大大下降，他写的短篇小说不再引起人们的重视。后来他长期在国外，与印度尼西亚社会越来越疏远，60年代在吉隆坡还出过两部小说：《睁开双眼》（Dengan Mata Terbuka, 1961）和《人的良知》（Hati Nurani Manusia, 1963）。

"八月革命"时期还有一位一鸣惊人的作家叫阿赫迪亚特·卡尔达·米哈查（Achdiat Karta Mihardja）。如果说伊德鲁斯的小说没能做到反映革命时代的本质真实，那么阿赫迪亚特的长篇小说《无神论者》（Atheis）在一定程度上可以说已做到了这一点。阿赫迪亚特1911年生于西爪哇的牙律，曾是阿米尔·哈姆扎在梭罗中学时的同班同学，1934年从事新闻工作，1941年在图书编译局工作。他应该是属于"新作家"时期的人物，但那时他没有参与文学创作。"八月革命"时期，他投身"共和阵营"，在荷兰发动第一次殖民战争后他藏匿在西爪哇勃良安山区，1948年开始写长篇小说《无神论者》，于第二年出版。

《无神论者》的发表使阿赫迪亚特一举成名，一夜之间成了文坛新星。这部小说之所以引起轰动是因为其题材之新颖和主题思想之深刻，它在印度尼西亚文学史上第一次描述在民族革命风暴来临之时，有神论与无神论之间的矛盾冲突。他看到根深蒂固的传统宗教观念正遇到外来的唯物主义思潮的猛烈冲击。小说的主人公哈山就是在传统的有神论和新潮的有神论的夹击下，丧失了自己的立足点，从而成为时代的悲剧人物。哈山从小受到严格的宗教教育，比谁都更笃信真主，是个非常虔诚的教徒和有神论者。他在万隆市政府工作，遇上老同乡鲁斯里和卡尔蒂妮。鲁斯里是个唯物论者而卡尔蒂妮是个很开放的新潮女性，他们在一起经常谈论宗教问题。哈山认为他们俩已迷失方向，想劝导他们回到真主的正道上来，但在辩论中哈山反而被鲁斯里的唯物主义观点所折服。他与卡尔蒂妮的关系日益密切，最后两人坠入情网。这时又来了一个无政府主义者安瓦尔，他彻底摧毁哈山有神论的最后防线。哈山不顾父亲的反对，与新潮的卡尔蒂妮结婚，放弃有神论而成为无神论者，从此与宗教家庭断绝一切关系。然而结婚三年多便出现危机，哈山和卡尔蒂妮互相猜疑对方不忠，加上安瓦尔的出现，使这个家庭的危机更加严重，终于导致两人的离异。哈山受到致命的打击，想回到原来的有神论上来，求父亲的宽恕，但临终的父亲把他拒于门外，不愿逆子妨碍自己回到真主的身边。哈山的精神彻底崩溃了，他盲目地跑到街上，这时响起空袭警报声，他仍不顾一切地奔跑，日本宪兵朝他开枪，他应声倒地。在他断气前还来得及喊声"真主伟大"。

《无神论者》的发表像一颗大石掉进水里，掀起层层波澜。阿赫迪亚特在印度尼西亚文坛上本来名不见经传，怎么会突然冒出来而且写出如此有分量的小说？他为什么这个时候要写如此敏感的题材呢？其实这一切都不是出于偶然的，民族革命的风云变幻必然要在意识形态上表现出来，首先从西方来的新思潮直接向传统的思想观念进行挑战，其中马克思主义的无神论对印度尼西亚传统的有神论冲击最大，许多青年人思想都受到影响，产生激烈的思想斗争，阿赫迪亚特自己就经历了这个过程。他小的时候是在有神论的家庭中长大的，曾向宗教长老学习和钻研神秘派教义。在政治上他是亲印度尼西亚社会党的，接触了马克思无神论的学说，所以在他身上就曾发生过有神论与无神论的思想较量。他写《无神论者》是经过一个长期的酝酿过程，是试图通过文学来阐述他对两种对立思潮的看法。他就写了这一部长篇小说，好多年之后才看到他的短篇小说集《破裂和紧张》（Keretakan dan Ketegangan）于1956出版。小说描写的多是一些生活上不顺利的人和他们遇到的挫折和精神危机，其中写的最好的是《命运的缠扰》（Belitan Nasib），讲一个村民杀恶霸的事件，那恶霸勾引了他的妻子从而毁了他的生活，在精神极度紧张的情况下，他把自己的妻子和刚出生的婴儿也杀了。阿赫迪亚特对弗洛伊德的精神分析法很感兴趣，从他的作品中常可以看到其影响。此外，阿赫迪亚特还做了一件很有意义的事，那就是收编了30年代东西方文化论战的论文，并于1948年出版，书名就叫《文化论战》（Polemik Kebudajaan），是研究印度尼西亚的东西方文化论战很有价值的资料。

第五节 莫赫达尔·卢比斯和乌杜依·达当·宋达尼

莫赫达尔·卢比斯(Mochtar Lubis)1919年生于苏门答腊巴东，也是"八月革命"时期涌现出来的比较有代表性的作家。印度尼西亚宣布独立后，他投身新闻界，参加创立安打拉通讯社，积极从事对印度尼西亚民族独立斗争的新闻报道工作。他是新闻记者出身，很注意观察当时社会上发生的事和各种人物的心态，所以他写的小说带有新闻报道的特点，与时事比较贴近。他在小说中往往只扮演报导者的角色，自己没有参与到事件里去，但其中也表达了他自己的一些观点。

他的第一部长篇小说是《没有明天》(Tak Ada Esok)，发表于1950年，写一位国民军少尉卓汉参加"八月革命"直到最后为国捐躯的过程。卓汉少尉在艰苦的行军中，在战斗的间歇中，不断回忆起他过去曲折的经历。作者就这样运用大量的倒叙法，把二次大战以来直到"八月革命"后期民族斗争的历史演变一幕幕地呈现在读者的面前。小说从伏击敌人的运输车队讲起，卓汉少尉和他的战友们一起在公路边的丛林里埋伏着，耐心等待敌人车队的到来。在等待中卓汉少尉回忆起他在荷兰殖民统治时期与一个少妇的风流往事，那时他年轻无知，没有什么理想，还处于混沌状态。后来在其他的行军中和战斗间歇中，他继续自己的回忆：日本进来，印度尼西亚的民族情绪高涨，他积极响应号召参加了乡土防卫军。印度尼西亚宣布独立后，他立即加入印度尼西亚国民军，经历了"八月革命"的整个战斗过程。除了卓汉的回忆，还穿插其他人对各个重要时期和历史事件的述评，反映作者对形势的看法。最后卓汉在敌人的包围中阵亡，临死前他又想起那些一直生活在恐惧中和已经没有明天的战友们，他们的牺牲究竟为了什么呢？ 他经常思考的这一问题终于有了解答，那就是为了"那些老妈妈、她的孩子们、那少女、那两个男孩、母亲、刚出生的婴孩，他们都能活下去，从恐惧中解脱出来……"，不会再有"没有明天的恐惧"了。莫赫达尔把"恐惧哲学"作为他小说的一个思想基础，这在他的另一部长篇小说《路漫漫》(Djalan Tak Ada Udjung)表现得更加突出。

《路漫漫》是莫赫达尔的代表作，曾获全国文学奖，以描写战争环境中人们的恐惧心理而闻名。作者认为"恐惧"是人的共性，无论是勇士还是懦夫都要接受"恐惧"的最后考验。小说主人公叫伊萨，他本是一个胆小怕事的老师，一直生活在"恐惧"的笼罩中，连在妻子的怀抱里也感到不安全，以至丧失生殖能力。他由于怕人家说他不革命而被迫参加城市的地下斗争，每次执行任务都是惶惶不安，惊恐万状。与他成鲜明对比的是地下斗争的首领哈希尔，他看起来是个无所畏惧的勇士，在战斗中总是乐观豪迈，勇往直前。但有一次，在完成炸敌人影院的任务后，他不幸被捕。在敌人的严刑拷打下，他终于经受不住恐惧的最后考验而精神崩溃。他出卖了伊萨老师，但这位生性懦弱的人在经受最残酷的刑罚后反而失去了一切恐惧感。伊萨老师终于战胜一直困扰着他的恐惧而得到彻底的解脱，恢复了他男人的阳刚之气，成为真正无所畏惧的人。莫赫达尔用"恐惧哲学"看待参加革命的各色人物，有的是出于恐惧而参加革命的，有的则把恐惧隐藏起来，只有到最后才能考验出来。谁能最后战胜恐惧，他才是真正自由的人。

乌杜依·达当·宋达尼（Utuy Tatang Sontani）1920年生于西爪哇的展玉，他也是"八月革命"时期崭露头角的青年作家和剧作家。日本占领时期他开始用巽达语进行创作，"八月革命"时期改用印度尼西亚语写剧本和小说。他的第一部作品是带有象征意义的诗剧《笛子》（Suling, 1948），描述印度尼西亚民族整个历史的演变过程。剧中的女主角丝丽是个舞女，象征着印度尼西亚。男主角班基是从天上下来的吹笛手，带着圣火到人间，丝丽是按他吹出的旋律而翩翩起舞的。在整个行程中，他们先后遇到四个伙伴，象征着对印度尼西亚产生深远影响的印度文化、伊斯兰文化、西方文化和日本的占领。后来班基起来造反，与那四种影响相抗争，以争取独立，找到真理。最后班基只有在丝丽身上才找到他梦寐以求的真理。这部诗剧写得相当优美和含蓄，可惜没有拿到舞台上演出过，没能充分发挥其艺术效果。

1947年乌杜依写另一部剧本《饭馆之花》（Bunga Rumah Makan），1948年正式出版。这个独幕剧也含有一定的象征意义，讲饭馆一个女招待的命运遭遇。阿妮是位美丽纯洁的姑娘，在一家饭馆当女招待，老板把她当作招徕顾客的摇钱树，许多顾客则把她当玩物，都想占她的便宜。老板的儿子卡尔纳恩也想占有她，逼她结婚。在众多的追求者当中，只有一人例外，那就是伊斯坎达。他与众不同，不随俗俯仰，不愿听命于他人，要求绝对的自由和独立的人格。他经常讥讽那些伪善的追求者，劝导阿妮要自重，其实他才是真心实意爱阿妮的人。其初阿妮对他没有好感，因为他说话尖刻，自命清高，后来在关键时刻才发现只有他把自己真正当人看待，尊重自己的人格。最后阿妮不顾老板的威胁，毅然决然地跟伊斯坎达走了，饭馆第二天便关门大吉。这部剧宣扬自由和独立高于一切，为之而奉献出自己的爱，这符合当时的时代精神，所以其演出深受欢迎，还被拍成电影。

1949年乌杜依发表以17世纪荷兰东印度公司侵占班达岛为背景的历史题材长篇小说《丹贝拉》（Tambera）。荷兰殖民主义者在班达岛立足之后，便得寸进尺地逼班达人民就范。他们先要求在岛上建商馆城堡，增援军队，羽毛丰满后便对豆蔻贸易实行垄断，用一斤十分钱的极低价强迫收购当地的豆蔻。班达人民忍无可忍，在卡威斯达的领导下举行抗荷起义。班达乡长的儿子丹贝拉被荷兰指挥官的侄女克拉拉所迷住，陶醉于她的聪明才智和西方文明，以致背叛了自己的民族去为荷兰人效力，当荷兰指挥官的马弁。班达的起义者把克拉拉当人质要求荷兰人离开班达岛，于是一场大战不可避免地发生了。荷兰凭先进的武器打败了起义者，卡威斯达被俘，然后被流放到外岛去。起义被残酷镇压后，荷兰殖民者的压迫变本加厉，丹贝拉感到越来越失去自由，连回去看病危的母亲最后一眼也受严格的限制。这时他终于醒悟过来，对荷兰和克拉拉的幻想破灭了。小说描写的重点不在领导人民起义的卡威斯达而在为荷兰人效力的丹贝拉，看来是有作者自己的意图的。严格地说，这不是一部真正的历史小说，作者的创作意图不是在叙述一个历史事件，歌颂印度尼西亚人民的反殖斗争，而是在揭示印度尼西亚民族长期以来的精神奴役创伤。三百多年的殖民统治使许多人被西方的文明进步所迷惑，对西方殖民统治者存有幻想，以为可以给印度尼西亚带来进步和幸福。三百多年前丹贝拉的醒悟现在才真正得以实现，这也正是作者现在所醒悟到的。

"八月革命"后期的形势越来越严峻，1949年底《圆桌会议协定》的签订意味着"八月革命"以妥协和失败而告终，几年来的革命斗争不但没有给印度尼西亚人民的生活带来改善，反而使他们的生活更加贫困化，全国弥漫着悲观失望和强烈不满的情绪。这在乌杜依的短篇小说集《倒霉的人们》（Orang-orang Sial，1951）得到充分的反映。小说集共收八部短篇小说，有好几部是描写战争给小百姓带来的不幸和灾难，例如：《铁钉与槌子》（Paku dan Palu）写一个修鞋匠逃难到山区后，因山里人无鞋可穿而失业了，只好把修鞋工具卖掉了以维持生活。《舞妓》（Doger）写一个妻子因丈夫离她参加革命，她在荷兰占领下的雅加达为生活所逼只好当舞妓出卖肉体。有的小说是专门揭露和讽刺官场虚伪的，如《油画》（Lukisan）讽刺一个不学无术的大官如何装模作样地在欣赏他根本看不懂的超现实主义作品。《小丑》（Badut）揭露官场新贵的丑态和裙带关系。而最能反映作者对"八月革命"的失望情绪的是《国旗》（Bendera），一个贫穷的家长曾以他褪色的旧国旗而自豪，因为那是他为国捐躯的儿子留下来的，每有节日总要挂起来。现在"八月革命"的结果使他一无所有，只好把旗杆劈成柴火，他对儿子愤然地说："明天就把你母亲的胸罩和我的内裤挂起来，那就是你的国旗！懂吗？"这句话包含着极大的心酸和愤慨，表现出一种彻底绝望的情绪。

乌杜依于1951年发表的剧作《阿瓦尔和米拉》（Awal dan Mira）更充分地表现了"八月革命"理想的破灭感。阿瓦尔是出身高贵的知识青年，他和其他人一样爱上守在咖啡摊背后的米拉，并不断向她表白自己的真心实意。但米拉仍不相信他的真爱，始终不肯离开咖啡摊背后的座位一步。阿瓦尔把自己的全部幸福寄托在米拉身上，决意要把她带走，便不顾一切动手砸咖啡摊，把她从背后拽出来。这时他突然发现米拉之所以不愿离开坐位是因为她的双腿已经没有了，是革命战争给她带来的灾难。阿瓦尔感到理想彻底破灭了，当场晕倒在地……。阿瓦尔代表执着追求美好理想的印度尼西亚青年，而米拉代表他们所追求的美好理想。如今米拉成了缺双腿的残疾人，这意味着那美好理想已被战争毁掉了。《阿瓦尔和米拉》集中地反映了乌杜依对"八月革命"的悲观主义和失败主义情绪，他陷入苦闷和彷徨之中，直到50年代他走上文艺为人民服务的道路之后，才从悲观主义和失败主义的阴影中走出来。《天上有星星》(Di Langit Ada Bintang)是代表他思想转折的一部作品，描写那些大桥底下的劳苦大众，如三轮车夫、妓女等，他们都生活在饥饿线上，但能互相同情和支持，因而对生活仍然抱有希望，相信前途会光明的。

第六节　其他作家

"八月革命"时期涌现不少青年诗人和作家，他们笼统地都被称作"45年派"，其实所谓"45年派"是"文坛派"的改名，而加入"文坛派"的人并不多。"文坛派"的主要人物除了凯里尔·安瓦尔，还有阿斯鲁尔·萨尼（Asrul Sani）和律怀·阿宾（ Rivai Apin ），被人称作"45年派"诗歌革新三先锋，三人还合出过一部诗集《三人向命运怒吼》。有人说这个诗集名含双关意义，"命运"在印度尼西亚语里与"达迪尔"谐音，指三人向过去的"新作家派"代表人物达迪尔·阿里夏巴纳发出挑战，他们将开创与"新作家"时期完全不同的新文学。这只是一种说法，因为他们确实想要超越"新作家派"，但"命运"也可以理解为当时正处在"八月革命"关口上的"民族命运"，他们想让自己声音成为新时代的最强音。

"文坛派"的主要诗人之一阿斯鲁尔·萨尼1926年生于廖岛，"八月革命"初期在一些杂志上开始发表诗歌和评论文章。1948年跟凯里尔·安瓦尔一起在《环境的回声》杂志当编辑，后来在《策略》杂志上的文艺专栏《文坛》当编辑。他除了写诗，也写短篇小说和评论文章。阿斯鲁尔的诗歌和其他作品多发表在杂志上，除了上面提到过的三人的诗歌合集外，他自己没有单独出过专集。阿斯鲁尔·萨尼受世界主义和普遍人道主义思想的影响较深，他的好些观点和《文坛派宣言》提出的观点如出一辙，强调普遍的人性和泛爱。他在《雅加达悲歌》(Elegi Jakarta)一诗中这样唱道：

> 他想要创作
>
> 就在这土地上创作吧
>
> 他将要死亡
>
> 就让他因生活而死亡吧
>
> 我们这些要创作和将要死亡的人
>
> 将为了爱而从事这一切
>
> 同时将如同王冠上的珠宝
>
> 一颗一颗地散落在人间

"文坛派"的另一个代表诗人律怀·阿宾，1927年生于苏门答腊的巴东班昌，他更强调要有坚定的民族立场。他的诗《界桩》(Batu Tapal) 强烈地表达了他身在荷兰占领下的雅加达而心永远在共和国临时首都日惹这样一个信念，其中他写道：

> 记住，当晚风吹来
>
> 带着尸体的腐臭
>
> 和还没有夺回的土地
>
> 记住，没有花园游憩地的孩子们
>
> 没有太阳作为玩具的孩子们
>
> 我们的敌人可以赞扬死亡
>
> 在标志死亡的夜晚爬行
>
> 但是我们的信念不被死亡所界定
>
> 不被死亡所界定
>
> 我们的信念是由日惹[①]的界桩所界定
>
> 那里是孩子们游憩的花园
>
> 是太阳追逐云彩的蓝天

律怀·阿宾的另一首致万隆友人的诗《坚定信念》(Putusan Cita) 也表达了他对"八月革命"坚定不移的信念，当时万隆正在对敌人实行焦土抵抗，陷入一片火海，但诗人没有被吓倒，他在诗中写道：

> 楼宇没有了
>
> 森林被大火吞噬
>
> 是呀，这一切都没有了……
>
> 没关系，没关系

---

① 当时印度尼西亚共和国的临时首都。

那里已经变成平地

那里我们重建楼宇

与凯里尔·安瓦尔和阿斯鲁尔·萨尼有所不同，律怀·阿宾怀有更多的忧国忧民的情愫，他没有因"八月革命"形势的恶化而丧失信心。到了50年代，随着国内形势的变化，他终于决定走另一条路，加入了左翼文艺组织人民文化协会，与"45年派"决裂了。

"八月革命"期间，战火纷飞，兵慌马乱，生活很不安定，一般作家只能写短篇作品，在报刊杂志上发表，而能自己出集子的为数不多，其中知名的有巴尔法斯（M. Balfas），他自认属"45年派"作家，他的短篇小说集《破裂的链环》（Lingkaran-Lingkaran Retak, 1952），大部分以雅加达小市民的苦难生活为题材，描写战争给他们带来的种种创伤。他的创作特色是雅加达情调很浓，特别是他只发表了一些片断而未能完成的长篇小说《戈马尔》（Si Gomar），专门描述一个雅加达百姓家庭的孩子所过的日常生活。另一位是鲁斯曼·苏迪亚苏马尔卡（Rusman Sutiasumarga），也被列为"45年派"作家，他写的短篇小说,《勿加西少女》（Gadis Bekasi）曾获图书编译局的小说奖，小说描写一个少女成为战争的受害者，后来流落勿加西车站变为疯女人，也是一部描写战争残酷性的小说。这部小说和后来几部也是描写战争受害者的短篇小说一起收进他的短篇小说集《被抛弃的人和被损害的人》（Yang Terempas Dan Yang Terkandas, 1951）。还有一位与"45年派"有关系的作家巴鲁斯·西里格尔（Barus Siregar），他的短篇小说集《生活的浪花》（Busa Di Laut Hidup, 1951）所表现的是另一种主题，即热衷于追求物质财富与潜心于艺术创作，两种不同的世界观和价值观之间的矛盾冲突。

有些作家与"45年派"没有多大关系，他们各自行事，互不联系，如德利斯诺·苏马尔佐（Trisno Sumardjo），他1947年在梭罗创办《艺术家》杂志之后才开始自己的创作生涯。他不但是一位作家，而且还是一位画家。此外，他也是一位出色的翻译家，翻译了多部莎士比亚的名著。他从1948年至1950年写的5部短篇小说、2部短剧和若干诗作，后来编入到一本集子里，取名《心声与行为》（Katahati dan Perbuatan, 1952）。他强调艺术的良知和真诚，他说："我不愿违背我的心声和灵魂，那是我生命的动力和我的根本。"他于1946年写的剧本《甘布查医生》（Dokter Kambudja）就以真诚和虚伪的对立为主题，描写革命时期一个自私自利的假革命分子，最后因背叛革命而被真正的革命者所处决。剧本虽然写得并不成功，但反映了作者个人的艺术观。他一直独来独往，在50年代还继续他的创作。

"八月革命"时期也出现几位女作家，其中最有成就的是鲁吉娅（S. Rukiah）。

她的长篇小说《失落的心》(Kejatuhan dan Hati, 1950)描写一个女人爱上了一个革命者的辛酸后果。小说女主人公苏希用第一人称自述自己的经历,她是三姐妹中性情最温顺听话的小妹妹,但她还是拒绝了母亲的逼婚,离家参加游击队当一名战地护士。在那里她认识了游击队的英雄鲁克曼并深深地爱上了他。但鲁克曼全心全意为革命,不可能把整个心交给她,后来鲁克曼下落不明,人们以为已经牺牲了。苏希带着绝望的心情回到家里并接受了母亲提出的婚事,与一个俗气的商人结婚。其实鲁克曼没有死,后来也回来了,但一切都已无法挽回。苏希带着终身的遗憾告别自己的爱情,但她始终没能忘怀,当生下一个儿子时,特意给他取名鲁克曼。……这部小说有作者自己的亲身经历和感受,所以写得缠绵悱恻,情真意切,讲述了大革命时期一个弱女子对个人命运的无奈。鲁吉娅还出一部诗歌和短篇小说集《荒芜》(Tandus, 1952)。短篇小说大部分仍以"八月革命"战争为题材,而且以女人的命运为主题,没有走出《失落的心》的阴影。例如《两幅画之间》(Antara Dua Gambaran)描写一个年轻女人必须在两个男人之间作出命运的选择,她选择了献身革命的有志青年,但那青年后来为国牺牲了,只剩下她和另一个男人。看来革命与爱情的矛盾一直困扰着鲁吉娅,到了50年代她终于摆脱了个人的失落感而走上新的道路,她加入了人民文化协会。

"八月革命"时期的女作家还有瓦鲁娅蒂(Walujati)、希蒂·努莱妮(Siti Nuraini)、苏瓦尔希·佐约普斯比朵(Suwarsih Djojopuspito)等。瓦鲁娅蒂在日本占领后期已经开始写诗,"八月革命"初期她发表的诗《别离》(Berpisah)得到凯里尔·安瓦尔的赏识,后来她经常在杂志上发表诗作,1950年还发表过一部小说《布查妮》(Pudjani)。希蒂·努莱妮曾在《策略》杂志的《文坛》专栏当编辑部秘书,与"文坛派"关系密切。她的诗以表现细腻的女性情感见长,特别是母爱精神。苏瓦尔希年龄较大,在1940年已经用荷兰语写小说,"八月革命"时期开始用印度尼西亚语写短篇小说并出版了一部短篇小说集《七部短篇小说》(Tudjuh Tjerita Pendek, 1950)。以上几个女作家的创作生涯都很短,"八月革命"后便无声无息了。

至于战前老一代的作家,也有一些受"八月革命"的鼓舞和影响而继续创作的,但发表的作品不多,其中努尔·苏丹·伊斯坎达于1946年发表了两部长篇小说《珍珠》(Mutiara)和《尝试》(Tjobaan),尔敏·巴奈也写了一些短篇小说,后来收进他的短篇小说集《人间故事》(Kisah Antara Manusia, 1953)。他们通过各自的小说试图表明自己对民族独立斗争的态度和立场,同时反映他们当时所看到的某些社会现实。但这些老作家已失去昔日的光芒,他们的作品不像过去那样引起人们的重视。

第二章 "移交主权"后两种文艺路线斗争时期的文学

第一节 "移交主权"后的国内形势和两种文艺路线的斗争

　　1949年12月7日荷兰根据《圆桌会议协定》将"主权"移交给印度尼西亚联邦共和国政府，至此轰轰烈烈的"八月革命"宣告结束。"移交主权"后，印度尼西亚的局势依然动荡，殖民主义势力不甘心退出历史舞台，一方面通过傀儡邦继续搞分裂活动，一方面支持地方叛乱，扶植极右势力。面对国内外反动势力的勾结和破坏，印度尼西亚民族的首要任务是恢复国家的统一。经过一番斗争之后，苏加诺总统于1950年8月15日宣布恢复"统一的"印度尼西亚共和国，取消了印度尼西亚的联邦制。然而国内局势在右翼政党的把持下，并没有因此而好转起来，国内矛盾逐渐上升成为主要矛盾了。这期间发生了1951年的"八月大逮捕"、1952年的"十·一七政变"、"回教国运动"等重大的反革命事件，使印度尼西亚社会日益不安定，人民生活日益困苦，不满和失望情绪也日益激烈。

　　在国内形势日益恶化的情况下，印度尼西亚共产党恢复了公开活动，于1951年成立了新的中央委员会和新的政治局，提出《争取建立民族联合政府的纲领》，与极右势力展开斗争。从此，印度尼西亚便出现左、中、右三种政治力量的对比较量，影响着国内整个局势的发展。1955年9月印度尼西亚举行第一次普选，三种政治力量的对比发生了重大的变化，右翼政党在普选中惨败而印度尼西亚共产党则上升成为第四大党。1957年苏加诺提出"总统方案"、"有领导的民主"和"纳沙贡"（民族主义者、宗教徒和共产主义）合作等主张，使右翼势力更加孤立，国内局势日益"向左转"。这时，在政治上惨遭失败的右翼力量企图假借军人力量和地方势力进行反扑，1956年发生鲁比斯的"陆军事件"，接着发生地方军人的叛乱，他们纷纷私设"雄牛委员会"、"象委员会"、"鹰委员会"等，实行地方割据。1958年在苏门答腊中部和苏拉威西发生了"印度尼西亚共和国革命政府—全民斗争约章"的武装叛乱，与中央政府公开对抗。这些叛乱被镇压之后，军人势力便成为右翼政治势力的主力。印度尼西亚左、中、右三种力量的矛盾和较量后来集中表现在左翼与右翼军人势力之间的直接冲突，1965年终于爆发"九·三〇事件"，使国内政局急转直下。在镇压和取缔印度尼西亚共产党和所有革命和进步团体之后，军人独揽大权，印度尼西亚从此便进入军人专权的所谓"新秩序"时期。

从50年代初至60年代中，印度尼西亚国内局势的发展变化还受到世界大局的影响。1949年中华人民共和国的成立改变了世界整个力量的对比，逐渐形成两大阵营，世界进入冷战时期。两大阵营的全面对抗和冷战局面的出现不能不影响到印度尼西亚国内局势的发展和变化，左、中、右三种力量的较量和变化都直接间接与此相关。这种情况必然也要反映到文艺战线上来，从世界文艺思潮的影响来看，主要来自两个方面，一是来自社会主义国家的无产阶级革命文艺思潮，一是来自西方现代主义的各种流派。这就使印度尼西亚文学的发展贯穿着两种对立文艺路线的斗争。二者之间为争夺文艺领导权而进行的长期斗争成为这个时期文学发展的主要特征。

"移交主权"后右翼势力把持了政权，在文艺战线上也是右翼势力得势，主张接受《圆桌会议协定》，鼓吹"普遍人道主义"和"世界主义"。1950年8月召开的文化代表会议就作出这样的决议："圆桌会议的文化协定还是有好处的，只要印度尼西亚方面在执行中能根据自己的主权采取坚定的态度"。这个决议的实质是主张同荷兰殖民主义合作，扩大右翼的势力。这时，印度尼西亚共产党的复出为革命和进步文学的重振旗鼓创造了条件。在革命处于低潮的时候，为了动员群众和重振革命士气，正需要有一个革命的文艺组织为之服务，于是1950年8月17日人民文化协会（简称"人民文协"）便宣告成立。人民文协是印度尼西亚现代文学史上第一个有组织有纲领的革命文艺团体，它提出"文艺为人民服务"的口号，把全国革命和进步的文艺工作者团结到自己的周围，形成从未有过的革命文艺大军。

人民文协从一开始就代表革命文艺路线，首先向以耶辛为代表的"普遍性"文艺路线发难，就"45年派"问题展开激烈的论战。耶辛是个文艺评论家，"45年派"的坚定捍卫者，他是"普遍性"文艺路线的思想代表，所谓"普遍性"就是否认文艺的"民族性"和"阶级性"。耶辛自己并不属于某一文艺组织，也没有建立一个与人民文协相抗衡的文艺团体，然而他提出的文艺路线和主张却影响了这个时期相当一部分的作家，成为人民文协的直接对立面。有人称他为"普遍性"文艺路线的精神"教父"。

关于"45年派"问题的论战实质上是文艺为人民服务路线与"普遍性"文艺路线的第一次较量。人民文协的克拉拉·阿库斯迪亚（Klara Akustia）在《致"普遍性"艺术家》（Kepada Seniman "Universil"）一文中对耶辛的"45年派"论点进行较系统的批驳。他首先指出："'45年派'不是投降派的称号，而是英勇战斗者的称号，他们的每一部作品都是来源于民族革命的原则。"他说："一个人有什么权利使用'45年派'的称号假如他自己没有积极参加战斗？"克拉拉认为"45年派"的先锋凯里尔·安瓦尔的大部分诗作"从内容上讲，不代表'45年派'，因为他宣扬的是个人主义"而"个人主义的文学是排他性的，它不谈人民大众的生活，因而对资本主义无害，反而可以成为资本主义的代言人"。他承认凯里尔·安瓦尔"给文学带来了新的形式，与新作家派不同的新颖的形式，但凯里尔·安瓦尔带来的文学形式的革新没有涉及到内容，只涉及到形式而已。凯里尔·安瓦尔开始了文学作品在形式上的改进，这是他对印度尼西亚文学发展的贡献，然而凯里尔·安瓦尔同时也给我们的文学带来了个人主义和无政府主义，这是他不健康的一面"。总之，"'45年派'没有把文艺当作武器去改善全体人民的生活，去实践和实现1945年独立宣言的要求"，所以没有资格自称为"45年派"。这只是代表当时左翼作家的一般观点，有其片面性，不能视为历史的正确评价。耶辛则把"为人民服务的文学"视为"有倾向性的"和"为政治服务的"文学，因而不具"普遍性"。他说"45年派"作家是"普遍人道主义"者，"他们反对的矛头主要指向一切的不公正，不管何人所为，不只对着一个民族，一个主义，而是对着人性的丑恶面，不管来自哪一个民族和哪一个流派。"由此可见，有关"45年派"问题的争论已经超出一般文艺流派问题的争论，它是两种对立的文艺路线的直接交锋。以人民文协为代表的文艺路线主张文艺为人民大众服务，要表现劳动人民的生活和斗争，强调文艺的阶级性和革命的战斗作用。而以耶辛为代表的文艺路线则主张文艺为"普遍人道主义"服务，要表现普遍的人性，反对阶级性和政治倾向性。

　　50年代两种不同文艺路线的对抗和冲突随着国内政治斗争的激化而愈演愈烈，所有的作家直接间接都被卷入进去。进步的作家，其中不少是"八月革命"时期的著名作家，先后都加入了人民文协，使人民文协迅速地发展壮大起来而成为当时最强大和最有战斗力的文艺组织。其他一些党派看到人民文协的巨大作用也纷纷建立起自己的文艺协会，如印度尼西亚民族党建立了民族文化协会，伊斯兰教师联合会建立了印度尼西亚穆斯林艺术文化协会等。这使作家队伍进一步分化，纷纷加入某一文化协会，为某一政党的政治路线效劳，但其规模和影响有限，无法与人民文协相比。而那些坚持"普遍性文学"的作家则以耶辛为旗手，以他主编的《小说》月刊为主要阵地，继续与人民文协相对抗。进入60年代，随着国内政治斗争的尖锐化，文艺战线的火药味也越来越浓，双方都在加强攻势。1959年人民文协在梭罗召开的第一次全国代表大会提出"政治是统帅"的口号，把反资产阶级文艺路线的斗争推向了高潮，使文艺战线的斗争更加政治化，与政治战线上的斗争更直接地挂钩。

　　面对人民文协的强大攻势，以耶辛为代表坚持"普遍性"文艺路线的一批作家也于1963年8月17日发表《文化宣言》，其全文如下：

●我们印度尼西亚的艺术家和知识分子特此发表《文化宣言》，以表明我们的立场、理想和民族文化的政策。

●对我们来说，文化是为改善人的生活条件而斗争的。我们不把文化的一个部门突出于其他文化部门之上。每个部门都按各自的职责为这个文化共同斗争。

●在实现民族文化的过程中，我们努力以最坦率的认真态度从事创作，以争取维护和发扬我们自身的人格尊严，我们是国际社会中的印度尼西亚民族。

●建国五基是我们的文化哲学。

这个《文化宣言》说得比较含糊，但只要与当时的政治形势和两种文艺路线斗争的背景相联系，就不难看出其实际用意和矛头之所向。其实际用意是，以普遍性的文艺反对政治性和阶级性的文艺，以强调自我和突出个人的"普遍性文艺"反对为人民服务的文艺。所以其矛头主要是对准人民文协，因此人民文协也立即作出了强烈的反应，把"文化宣言派"当作主要的打击对象，集中揭露其实质和批驳其言论主张。《文化宣言》的发表把反对人民文协的力量动员起来，在军人的支持下，于1964年3月在雅加达召开了全印度尼西亚写作者大会并成立了印度尼西亚写作者联合会，准备向人民文协的文艺路线发起进攻。然而这个组织还没有来得及运作就被当时的苏加诺政府所取缔，"文化宣言派"纷纷落荒而逃。人民文协在这次斗争中似乎得胜了，其实那不是人民文艺路线战胜了"普遍性"文艺路线的结果，而是政治干预的结果。"文化宣言派"遭到沉重打击之后，人民文协更加壮大，进入鼎盛时期。然而不久国内政局发生大逆转，改变了印度尼西亚整个历史的进程。1965年发生"九·三〇事件"，右翼军人上台，印度尼西亚共产党被宣布为非法，人民文协也被取缔，从印度尼西亚的文坛上销声匿迹了。人民文协的消亡也不是"文艺为人民服务路线"的失败而是政治斗争的结果。

第二节　人民文化协会的文艺路线

"移交主权"后印度尼西亚革命进入低潮，国内矛盾上升为主要矛盾。复出后的印度尼西亚共产党需要重新建立革命的文艺做为政治斗争的武器，于是人民文化协会便应运而生，并发表了《成立宣言》，其内容如下：

毫无疑问，1945年8月革命的失败将使印度尼西亚人民再度面临灾难，不仅将在政治、经济和军事上，也在文化上再度遭受奴役。

1945年8月革命的失败意味着文化工作者所进行的为摧毁殖民主义文化、以民主的文化和人民的文化取而代之的斗争也失败了。

1945年8月革命的失败也意味着给封建文化和帝国主义文化以继续从事毒害和摧残印度尼西亚人民身心提供机会。经验告诉我们，封建主义文化和帝国主义文化曾经使印度尼西亚人民愚昧，使他们变成胆小怕事的人，软骨头，自卑和无所作为。

总之，封建主义文化和帝国主义文化摧残了印度尼西亚人民的灵魂，使他们充满奴性。

我们目前所处的半殖民地社会是对帝国主义妥协政策的产物，它自然而然将为殖民地文化的继续生存打开大门。殖民地文化是封建主义文化和帝国主义文化的化合物。

半殖民地社会需要有殖民地文化作为统治阶级压迫被统治阶级的一个武器。殖民地文化是"上流"阶级的武器，他们享受着人民大众血汗创造出来的物质和精神财富。

因此，人民文化，即占印度尼西亚民族总人数90%以上的人民大众的文化的发展进程将受到遏制，而反人民的文化，封建主义文化和帝国主义文化则将重新泛滥。

印度尼西亚祖国的半殖民地地位也意味着印度尼西亚将被卷入由帝国主义所准备的战争旋涡。帝国主义战争对人民文化的发展构成了最大的障碍。

因此，我们这些准备成为人民文化工作者的人，有不可推卸的责任去驱赶殖民地文化和维护人民文化。

为此，我们这些准备成为人民文化工作者的人团结在一起，组织力量来捍卫人民文化，反对一切复辟反动的殖民主义文化和旧文化的图谋。

我们人民文化的工作者将维护和加强人民文化的阵地，出于这个目的我们成立基于人民文化思想的人民文化协会。

《成立宣言》接着对人民文化的概念作进一步的阐述。首先指出人民掌握文化的重要性，人民要把文化从少数人手中夺回来。其次指出印度尼西亚人民的目标是进行人民民主革命，没有这场革命人民掌握文化的理想就不可能实现。接着指出人民文化是人民斗争事业，尤其是工农阶级斗争事业不可分割的一个部分。"人民文化现在的职能是成为摧毁帝国主义和封建主义的战斗武器。它必须成为鼓舞人民的力量，成为不断提供新鲜血液和永不熄灭的革命火种的源泉。它必须歌颂、赞扬和记载人民的斗争，同时必须抨击、揭露和挫败帝国主义和封建主义。人民文化有责任教育人民使他们成为战斗中的英雄。"在对待外国文化和古代文化方面采取的方针是:"对外国的进步文化将尽量吸取其精华以促进印度尼西亚人民文化的发展,但在吸取其精华时,不盲目地照搬和模仿","同样,对古代文化也不一概排斥,但也不生吞活剥。我们将批判地接受古代文化,以提高新印度尼西亚文化或人民民主文化的水平。"

人民文协的《成立宣言》第一次向世人较系统地阐明当时革命文艺的路线、纲领和方针政策,使革命文艺从自在阶段迈入了自为阶段。但从纲领中也可以看到有些提法不利于扩大反帝反封建的统一战线,所以在1955年7月召开的全国代表会议上又提出了第二个《宣言》,向更广大的文艺工作者敞开大门。《宣言》中说:"人民文协不但向其成员也向人民文协以外的艺术家们、学者们和文化工作者们建议,深刻研究现实,研究生活的真谛,而且以忠诚的态度去对待生活和真理。""人民文协向其他文艺组织伸出双手,不管其流派和信仰是什么,在这方面作出贡献的过程中一起合作。"这个《宣言》的发表大大促进了人民文协的统战工作,队伍迅速扩大,不少"八月革命"时期的著名作家,如阿斯哈尔、律怀·阿宾、普拉姆迪亚·阿纳达·杜尔、乌杜依·宋达尼、鲁吉娅等也先后加入了人民文协。

随着国内左、中、右三种力量对比的变化,人民文协的发展与革命形势的发展结合得更加紧密。当国内政局出现"向左转"时,为了适应政治斗争的需要,1959年1月人民文协召开了第一次全国代表大会,一方面作了组织调整,成立了7个专业组织,有印度尼西亚文学协会、印度尼西亚戏剧协会、印度尼西亚电影协会、印度尼西亚音乐协会、印度尼西亚舞蹈协会、印度尼西亚美术协会、印度尼西亚科学协会;一方面极力强调文化与政治的关系,指出"政治没有文化还行,而文化没有政治则不成,因此,在一切行动中,我们的口号必须是'政治是统帅'。"为此大会制定了今后的指导方针,即"以政治是统帅为基本原则,通过深入基层的工作方法,贯彻五结合的方针,即普及和提高相结合,高度的思想性和高度的艺术性相结合,优良的文化传统与革命的现实相结合,个人的智慧和群众的智慧相结合,革命现实主义和革命浪漫主义相结合。"代表大会之后,人民文协发展得更快,全国都有其组织,会员达50万人,成为印度尼西亚历史上最强大的文艺组织。人民文协继续开展文艺战线上的两条路线斗争,同时紧锣密鼓地配合革命斗争每个时期的中心任务开展活动,充分发挥文艺为政治服务的战斗作用。

在挫败"文化宣言派"之后,1964年8月27日至9月2日印度尼西亚共产党在雅加达召开了第一次全国革命文艺会议,总结了14年来革命文艺的实践经验,回顾革命文艺与劳动人民相结合的历史,要求艺术家和作家把与劳动人民相结合当作贯彻正确的政治路线的绝对条件。会议第一次明确提出"革命文艺不但要为工农服务，也要为兵服务"，但还没有来得及加以贯彻，就发生"九·三○事件"，人民文协的历史戛然而止了。

第三节　人民文协的创作活动和主要作家

人民文协成立后，一方面展开反对以耶辛为代表的"普遍性"资产阶级文艺路线的斗争，一方面积极探索革命文学新的创作道路，提倡社会主义现实主义（后改称为"创造性现实主义"）的创作方法，要求"具有革命的内容和民族的形式"，把革命现实主义和革命浪漫主义结合起来，同时主张"普及基础上的提高，提高指导下的普及"，要求作家"下基层"体验劳动人民的生活，同工农打成一片，努力反映和表现他们的生活斗争和思想感情。人民文协的作家按这些要求去实践，他们的创作及时地反映革命斗争的现实，自觉地为现实的革命斗争服务。所以他们的作品一般比较紧跟形势，每当出现重大的政治斗争，必有相关的作品问世，及时反映那场斗争，发挥革命文艺的战斗作用。因此，他们的创作一般为短篇作品，没有长篇，以诗歌和短篇小说为主，大多数刊登在人民文协机关刊物《新时代》和各地的进步报刊上。

人民文协的诗歌创作成就较大，涌现一些优秀的诗人，如塔尔达（A·S·Dharta）、班达哈罗（Hr·Bandaharo）、阿卡姆·韦斯比（Agam Wispi）、阿南达·古纳（Ananta Guna）、哈迪（Hadi·S）、里沙哥达（F.L. Risahotta）、古斯尼·苏朗（Kusni Sulang）等。

塔尔达常用笔名克拉拉·阿库斯迪亚（Klara Akusetia），1923年生于展玉，是人民文协的发起人之一，并首任人民文协的总书记。他的诗集《感物咏志》（Rangsang Detik，1957）是贯彻人民文协文艺路线的第一部诗集。塔尔达在表现劳动人民的苦难生活和思想感情方面与人民文协以外的诗人大不相同。其中的一首诗《老巴刹的舞女》（Kepada Penari Senen）可以作为例子：

老巴刹的舞伎

玛尔希每晚都跳舞

内心寂寞，精神恍惚

玛尔希来自农村

房屋被烧，荡然无存

丈夫失踪，音信全无

> 玛尔希来到城里
>
> 每晚跳舞呀，跳舞
>
> 玛尔希不懂革命含义
>
> 只知道热爱独立
>
> 独立对她意味土地
>
> 玛尔希，啊，痛苦无比
>
> 房屋丈夫，离他而去
>
> 玛尔希不懂道德危机
>
> 强颜欢笑，摆弄舞姿
>
> 玛尔希没有获得独立
>
> 饥肠辘辘，肚空如洗
>
> 玛尔希每晚都跳舞
>
> 内心在等待何时能独立

同样描写流落街头的不幸者，与托托·苏达尔托·巴赫迪尔的《小乞女》相比，这首诗的思想要更加深刻。塔尔达不只是消极和同情地描写街头舞伎的悲惨命运，而且指出其社会根源，同时还看到她心中仍然在燃烧着希望之火。

班达哈罗1917年生于棉兰，是人民文协最有成就的诗人，其实他很早就从事诗歌创作，"新作家"后期曾发表过作品《莎丽娜和我》（Sarinah dan Aku, 1941），但他在诗坛上的成名是在入人民文协之后。他的诗集《来自饥饿与爱情的诞生地》（Dari Daerah Kehadiran Lapar dan Kasih, 1957）曾获1960年全国民族文化协商机构的诗歌优秀奖。班达哈罗的诗豪迈而又清丽，充满革命者的战斗激情，诗句铿锵有力，很能鼓舞人心。他的诗《没有人愿意往回走》（Tak Seorang Berniat Pulang）在当时相当脍炙人口，常被人朗诵以表达自己的革命决心：

没有人愿意往回走

> 队伍迎接未来的时光
>
> 我代表着当今的时代
>
> 我将时代的全部苦难
>
> 都扛在我自己的肩上
>
> 没有人愿意往回走
>
> 即使死亡在等候
>
> 这条道路通向黎明的曙光
>
> 和充满歌声的嘹亮

　　　　　　理想产生了爱情

　　　　　　在生活中去直接品尝

　　　　　　没有人愿意往回走

　　　　　　即使死亡在等候

　　班达哈罗的另一首诗《新的决心》（Tekad Baru）也是经常被人所朗诵，以简练朴素的诗句表达一个革命者为理想而奋斗到底的决心：

新的决心

　　　　　　我们从法西斯的铁蹄下磨练出来

　　　　　　如今在革命的烈火中相逢

　　　　　　我们不是从三个世纪的黑夜中逃亡

　　　　　　而是自觉地向黑暗告别

　　　　　　迈向璀璨的阳光

　　　　　　让我们扪心自问

　　　　　　我想干什么？

　　　　　　我们将感到震惊

　　　　　　听到从内心发出的声音：

　　　　　　我要自由地生活

　　　　　　没有恐惧

　　　　　　没有压迫

　　　　　　没有饥饿

　　　　　　我们再也没有犹疑

　　　　　　就在这年初下定决心：

　　　　　　为了人民民主

　　　　　　为了持久和平

　　　　　　这就是不朽的传家宝

　　　　　　送给布特和安标

　　阿卡姆·韦斯比1934年生于亚齐，他的诗集《友谊》（Sahabat，1959）记录了他访问德意志民主共和国的感受和体会，洋溢着国际主义的精神。他的另一部诗集《一个农民之死》（Matinya Seorang Tani，1962）表达了他对农民斗争的同情和声援。阿卡姆·韦斯比的许多诗直接反映国内现实的政治斗争，他用诗歌直接表达对工农和劳动人民的支持和同情。例如在1957、1958年接连发生地方武装叛乱时，将军们成为"战时掌权者"，他们利用"紧急状态法"任意剥夺劳动人民的民主权利，打击左派力量。阿卡姆·韦斯比的诗《民主》（DEMOKRASI）就代表工农兵义正辞严地问将军们要回民主权利：

民主

将军，我们把一颗颗勋章

别在你的胸膛

在地主和高利贷者的压榨下

我们直问你的勋章：土地在哪里？

将军，我们将一颗颗勋章

别在你的胸膛

在七小时变十小时的流汗中

我们直问你的勋章：工资在哪里？

将军，我们一个个地阵亡

在抗荷的战场上

以手中握着的枪

我们直问你的勋章：伊里安在哪里？

将军，当然不是你

给我们伊里安、工资和土地

我们只要求站在一个队伍里

先要做到：给我们言论自由的权利！

阿南达·古纳1930年生于吉兰丹，他的诗集《有祖国而没有土地》（Yang Bertanahair Tapi Tidak Bertanah，1964）直接反映当时农民反对地主的斗争。他对失去土地的农民充满同情，为他们的悲惨命运呐喊。阿南达除了写诗，后来也写短篇小说和杂文。

哈迪早在50年代就写诗，1951年发表的诗《致高尔基》（Kepada Maxim Gorki）已明确地表达他的政治立场和理想。他的诗集《倒下的和成长的》（Yang Jatuh dan Yang Tumbuh，1954），思想性和革命性都比较突出，表现了革命者自强不息的精神。

里沙哥达、古斯尼·苏朗等比较年轻的诗人都积极参加斗争，贯彻文艺为人民服务的路线。他们的作品一般发表在进步的报刊上，还没有出自己的诗集。

人民文协的诗人很少写个人的和抒情浪漫的诗歌，也很少写长诗。他们诗歌的特点是思想性、革命性和战斗性强，立场鲜明，感情质朴，容易为劳动人民所接受。同样，人民文协作家写的作品也都没有长篇的，一般为短篇小说和独幕剧。短篇小说的内容以描写工农和其他劳动人民的生活斗争为主，反映他们的苦难和要求。比较有代表性的短篇小说有萨曼查雅（Samandjaja）的《阿赫马迪》（Achmadi），描写当时工人的罢工斗争；鲁曼比（Rumambi）的《独立和土地》（Merdeka dan Tanah）和班查里（Pantjari）的《勃特罗村的斗争故事》（Kisah Perjuangan di Desa Petro），描写农民对"八月革命"结果的失望和不满，他们为独立作出了重大的贡献，而独立后却仍然没有土地，过着穷困的生活。独幕剧以巴赫迪尔·赛坎（Bachtiar Saigan）的《后巷》（Lorong Belakang）较有分量，描写"八月革命"失败后各种人物的境遇和精神面貌，有革命者，有无政府主义者，有被迫卖淫的革命者的妻子，也有资产阶级人物，他们对革命的失败采取不同的态度，反映当时存在的普遍不满情绪和沉重的失落感。以上作品代表"移交主权"后的早期作品，着重于表现对革命失败的沉重心情和劳动人民对当时的现实不满和失望。

随着革命形势的发展和人民文协的成长壮大，作家的创作与形势结合得更加紧密，同时也走出了早期失败主义的阴影而重新燃起希望之火。如今他们有了明确的革命目标，找到了前进的道路，因此充满着积极向上的革命朝气和革命乐观主义精神。他们更自觉地把自己的创作直接服务于革命斗争，使文艺成为"整个革命机器的齿轮和螺丝钉"。所以每当出现一个斗争高潮时，就会有相应的作品问世，发挥文艺的战斗作用。例如在开展收复西伊里安的斗争时，就可以看到以此为主题的短篇小说，如尤巴尔·阿由布的《驶向祖国》（Haluan Tanah Air），昆·查约的《接管时刻》（Detik-detik Pengoperan）等。在发生"印度尼西亚共和国革命政府"的地方叛乱时，就可以看到卓比尔的短篇小说《向党宣誓》（Amanat Kepada Partai）、巴赫迪尔·塞坎的剧本《火山下的红岩》（Batu Merah Lembah Merapi）等。

人民文协作家写的短篇作品大多发表在进步报刊上，比较零散，出有专集的只有卓别尔、苏吉尔蒂·希斯娃蒂（Sugiarti Siswadi）和梭勃伦·艾地（Sobron Aidit）。

卓别尔于1954年加入人民文协，他积极配合政治斗争进行短篇小说的创作。他的作品不但数量多而且紧跟形势的发展，每当出现重大的政治斗争，差不多都有作品出来，直接反映当时斗争的现实，例如《一个公务员之死》（Gugurnya Seorang Pamong）、《第二十九个》（Yang Kedua Puluh Sembilan）等就直接反映当时广大人民反对"伊斯兰教国运动"的斗争；《不是为了屈服》（Bukan Untuk Menyerah）、《一个镇长的造访》（Kunjungan Seorang Wedana）等，所反映的是当时反地方武装叛乱的农民斗争。他的作品反映面较广，有着重揭露敌人的，有热情歌颂劳动人民的，爱憎分明。他的短篇小说集《追日》（Berpatju Matahari）收入了他不同题材的代表作品。

苏吉尔蒂·希斯娃蒂的情况也相类似，不过她是一位女作家，同时也是一位女教师和妇女运动的积极分子。她的作品带有女性文学的特点，感情比较细腻。她的短篇小说集《天堂在人间》（Surga di Bumi）收入了她的代表作，颇受好评。

梭勃伦·艾地与阿育普等曾合出过诗集《邂逅》（Ketemu Di Djalan）。加入人民文协后，他在诗歌创作上有了很大的转变，努力贯彻文艺为人民服务的路线。1959年他的新诗集《战斗归来》（Pulang Bertempur）出版。他同时也在写短篇小说，1962年发表短篇小说集《革命的脚步声》（Derap Revolusi），描写印度尼西亚人民革命斗争的历程。

人民文协在戏剧方面的创作也以独幕剧为主，主要剧作家巴赫迪尔·赛坎继《后巷》之后发表的剧作有《浪花与爱情》（Buih dan Kasih）、《蜜之囚》（Sangkar Madu）和《火山下的红岩》等。另外他也写短篇小说，其中《养老金》（Pensiun）和《明天》（Besok）曾获奖。

老作家巴格里·西里格尔也发表过一部剧作《赛查与阿丁达》（Saidjah dan Adinda），取材于荷兰著名的人道主义作家慕尔达杜利的作品《马克斯·哈夫拉尔》（Max Havelaar），揭露19世纪荷兰殖民主义者对印度尼西亚人民的压迫和摧残。

60年代初加入人民文协的乌杜依·达当·宋达尼后来也成为人民文协主要的剧作家。1962年他发表的剧作《再见，不入教的孩子》（Selamat Djalan Anak Kufur）描写敢于反抗命运安排的妓女，她冲破金钱的束缚，跟着一个三轮车夫一起重新开始自由的生活。1964年他先后又发表的两部剧作《希·萨巴尔》（Si Sapar）和《希·甘彭》（Si Kampeng），以城市和农村下层人民的苦难生活为题材。前者描写雅加达一年轻三轮车夫因不愿受侮辱而杀人和自杀的悲剧。后者描写农民反对地主老财的斗争，主人公希·甘彭不信邪不被收买，最后把地主老财杀了。乌杜依的剧作往往采取小说的形式，所以也有人把它看作是小说作品。

总的说来，人民文协把"文艺为人民"当作自己的文艺方向，要求文艺表现工农和劳动人民的生活和斗争，要求为革命人民的政治斗争服务，发挥文艺的战斗鼓舞作用。人民文协的作家多半是在政治斗争的风口上进行创作的，所以他们的作品一般比较短小精干，政治色彩较浓，像一把把刺向敌人的匕首。而当时的客观条件也使他们难于从事长篇作品的创作，这不能不影响他们在创作上取得更大的成就。

第四节 "文艺危机"之争和当时文学的发展

1953年出现关于"文艺危机"的争论，这个争论的导火线是1952年在雅加达由几个文艺团体举办的有关"目前过渡时期的困境"的研讨会。会上有人针对印度尼西亚国内的乱局提出存在"道德危机"、"经济危机"和其他危机的说法。1953年在荷兰的阿姆斯特丹举行的印度尼西亚文学研讨会上有人第一次提出"印度尼西亚文艺危机"的问题。1954年苏查莫戈在《对抗》杂志上发表一篇题为《为何对抗》的论文,肯定地认为印度尼西亚文学正陷入危机。他说这是出现政治领导危机的结果,故而发表的尽是些围绕个人心理失态的小作品,见不到有价值的大作品。这篇文章的发表首先遭到文艺界各方面的反驳,有人认为提出"文艺危机论"的是那些失去联邦制时期荣华富贵的悲观主义者,或者是那些怀念"45年派"的辉煌而以今为非的人,有的认为存在的不是"文艺危机"而是"文艺批评理论的危机",而耶辛则以自己掌握的资料来证明"印度尼西亚现代文学没有危机"等等。

关于"文艺危机"的争论在1953、1954年曾经喧嚣一时,其实问题的本质不在于印度尼西亚文艺有无"危机"的问题,而在于如何看待"移交主权"后印度尼西亚文学的发展及其前途。"移交主权"后的印度尼西亚百废待兴,在右翼政党的把持下,不但没有"兴",反而越来越"败",国内矛盾急剧上升,腐败现象日益蔓延,人民生活越加困苦,不满、失望、彷徨和悲观的情绪弥漫整个社会,人们无所适从。如果说当时存在"危机",乃是印度尼西亚整个国家和社会的"危机",而当时的印度尼西亚文学只是反映了这个"危机",同时也在寻求摆脱这个"危机"的出路。

"八月革命"时期的印度尼西亚文学是以捍卫民族独立作为时代的主旋律,是朝着民族独立的方向发展的,因此作家们似乎都有自己追求的理想和目标。"移交主权"后,"八月革命"的理想破灭了,人民不但没有尝到独立的果实,处境反而更加可悲,文艺界也弥漫着悲观失望和沮丧的情绪。"八月革命"时期的激情已不复存在,不少作家感到彷徨和迷惘。所谓"45年派",在凯里尔·安瓦尔去世后,也消沉了或者分化了。"新作家派"的代表人物达迪尔·阿里夏巴纳曾出来创办《对抗》杂志,企图东山再起,但已成为明日黄花,在文学界再也不能执牛耳了。印度尼西亚文学向何处发展,谁来领导,当时仿佛群龙无首,这就是苏查莫戈说的"政治领导危机"。人民文协的成立就是为了挽回革命的颓势,指出文学今后的发展方向,但当时刚刚开始,没有掌握主动权。印度尼西亚文学正处于困难之中,然而并没有"停滞不前"。苏查莫戈把当时没有出现大作品看作是"文艺危机"的一种表现,这只是从表面看问题。其实在50年代初还是有一些长篇小说和有价值的作品问世。至于所谓没有出现大作品,那也是有原因的,比如当时的经济困难就使出版业很不景气,过去出过大量长篇作品的图书编译局也因其地位没有确定而无所作为,作家则为生活所逼而难于从事长篇作品的创作等等,这些都造成了不利的因素。在这种情况下，许多作家只好写一些短篇作品发表在杂志上，由此而兴起了所谓的"杂志文学"。不少全国性的杂志都辟有文艺专栏，成为作家和诗人发表作品的主要园地。而杂志一般只能容纳短小的作品，所以诗歌和短篇小说的创作便兴旺起来了。

在争论"文艺危机"的时候，印度尼西亚文学仍然有所发展，首先可以看到一些战前的老作家纷纷发表新作品，他们经过"八月革命"的洗礼之后，在反帝反封建方面的觉悟有所提高。1950年阿卜杜尔·慕依斯发表历史传记小说《苏拉巴蒂》（Surapati），描写17—18世纪著名的奴隶起义领袖苏拉巴蒂抗荷斗争的英雄事迹，作者的反殖民主义的立场更加鲜明，他的伊斯兰民族主义精神也得到进一步的发挥。他在整个奴隶起义的故事中塑造了一个起精神领袖作用的人物伊斯兰教长老，使苏拉巴蒂的整个抗荷斗争置于伊斯兰精神的指导下。1953年他接着发表其续集《苏拉巴蒂之子罗伯特》（Robert Anak Surapati），从东西方文化的不同背景反映民族矛盾的错综复杂。作者是受20世纪初韦格斯的通俗马来语小说《从奴隶到国王》的影响和启发而写就这两部小说的。20年代初发表《西蒂·努尔巴雅》之后沉寂多年的马拉·鲁斯里也于1953年发表新的小说《拉·哈密》（La Hami），描写一个历史人物，被流放的亲王拉·哈密在流放地松巴哇岛所过的隐姓埋名生活。作者曾于1915年在松巴哇岛居住过一段时间，他第一次把那里鲜为人知的景物通过细致生动的描写展示给读者，相当引人入胜。1956年他发表另一部小说《儿子与外甥》（Anak dan Kemanakan），所讲的故事又回到米南加保的传统社会里。一个在荷兰获得法学博士学位的青年耶丁回到米南加保后立刻成为当地母系家族的争夺对象，都想把他招进来成为自己的外甥女婿。封建遗老们不惜耍阴谋来破坏耶丁与他所钟情的姑娘的爱情，但没能得逞，最后耶丁打破重重障碍跟自己所爱的姑娘结合了。作者对米南加保封建社会的愚昧落后作了进一步的揭露和批判。此外，伊斯坎达在1952年也发表了一部长篇的日记小说《时代的考验》（Udjian Masa），里面记载了"八月革命"初期至1948年所发生的许多事，相当详细。还有30年代的巴厘作家约曼·班基·迪斯纳于1955年前后也发表一部小说《伊·玛德·韦迪亚地回到上帝那里》（I Made Widiadi, Kembali Kepada Tuhan），描写一位巴厘知识分子在漫游印度、巴厘、龙目等地之后终于放弃了自己的印度教信仰而改奉基督教。小说讲的实际上是作者自己改宗基督教的思想转变过程。这些老作家的作品讲的大多为他们所熟悉的过去社会的人和事，缺乏新意，离开当今的现实较远，所以反响不大，可以说是他们发表的最后作品了。

"八月革命"时期的作家如普拉姆迪亚·阿纳达·杜尔、乌杜依·达当·宋达尼等在50年代初期仍在继续创作，发表的作品主要反映"移交主权"后印度尼西亚社会的黑暗现实和下层人民的悲惨生活，着重于对社会丑恶现象的揭露，带有"暴露文学"的特点。

另外，有些作家发表的作品仍以刚刚过去的"八月革命"为题材，他们大多为"八月革命"的参加者，对革命往事记忆犹新，激动的心情尚未平息。上面提到过的莫赫达尔·鲁比斯、巴尔法斯、鲁斯曼·苏迪亚苏马尔卡、巴鲁斯·西里格尔等，他们以"八月革命"为题材的小说都在50年代初陆续发表。这里需要提到的还有两位新出现的作家，即德里斯诺尤沃诺（Trisnojuwono）和 拖哈·莫赫达尔（Toha Mohtar）。

德里斯诺尤沃诺在50年代初开始写短篇小说，发表在报刊上。1957年发表的军事小说集《男人与军火》（Laki-laki dan Mesiu），生动地描写"八月革命"时期印度尼西亚国民军开展抗荷游击战的艰难历程，其中有不少是作者的亲身经历。小说发表后深得好评，获民族文化协商机构的全国文学奖。后来他又把其中的一篇《带刺的铁丝篱笆》（Pagar Kawat Berduri，1962）扩写成长篇小说，并被搬上银幕。德里斯诺尤沃诺后来发表的类似题材小说集还有《在战场上》（Di Medan Perang，1961）、《革命故事》（Kisah-kisah Revolusi，1965）等。他被人视为印度尼西亚军事文学的第一位作家。

这个时期发表作品的作家还有门丁·萨利（Mundingsari），他于1952年发表长篇小说《查耶·威查耶》（Djaja Widjaja），描写一个没有父亲的孤儿把当一名著名作家作为人生的奋斗目标，而当他的目标实现时，则因耗尽精力而过早谢世。爪哇出身的作家慕罕默德·丁雅迪（Muhammad Dimyati）也于1952年发表短篇小说集《人物与事件》（Manusia dan Peristiwa），描述从日本占领时期到共和国时期出现的各种人物和事件，作者企图用伊斯兰教精神对读者进行教育。这个时期的短篇小说集还有慕利亚迪（Sk·Muljadi）的《逃跑》（Kaburan，1951）、萨勒·萨斯特拉威纳达（Saleh Sastrawinata）的《真实的故事》（Kisah Sewajarnya，1952）等。

与小说创作一样，50年代初的戏剧创作也是以短剧为主，多为独幕剧。乌杜依写的独幕剧除《阿瓦尔和米拉》外，还有《无聊的人》（Manusia Iseng）、《可惜有其他人》（Sayang Ada Orang Lain）、《危急时刻》（Saat Yang Genting）等，着重描写当时社会的黑暗面和下层人民的疾苦，悲观气氛很浓厚，思想很压抑。这个时期发表的短剧还有鲁斯丹·巴林迪（Rustam Palindih）的《礼品》（Tjindera Mata，1952）、斯拉默慕利亚纳（Slametmuljana）的诗剧《丹戎沙里》（Tandjung Sari，1952）、德利斯诺·苏马尔佐的《青春爱情》（Tjinta Teruna，1953）等。那些剧作的分量都比较轻，反响不大。

50年代初的诗歌创作有更大的发展，涌现出一批有才华的新诗人，其中以托托·苏达尔托·巴赫迪尔（Toto Sudarto Bachtiar）和希托·希图莫朗（Sitor Situmorang）最有特色和最有成就。

托托·苏达尔托·巴赫迪尔1929年生于井里汶，1950年才开始发表诗作，他的成名之作《首都的黄昏》（Ibukota Sendja）发表于1951年，而他的大部分诗写于1953年以后。1956年出的诗集《呼声》（Suara）收集了他从1950至1955年的诗作，并获民族文化协商机构的全国文学奖。他还有另一部诗集《埃特萨》（Etsa），于1958年出版。托托的诗带"朦胧诗"的特点，比较晦涩难懂，文句不按常规，有时难于捉摸。诗人强调个性化，独来独往，自称是"流浪者"。他特别关注首都雅加达的社会生活，深深同情被压在社会底层的穷苦人。他对当时处于病态的首都既爱又恨，但只怨而不怒，对社会底层的受苦人也只同情而没有为他们鸣不平或要求改变他们的命运。他特别喜欢描写首都雅加达黄昏的特有景色和都市的病态，故有"首都黄昏诗人"之雅称。下面他的一首比较容易看懂的诗《小乞女》（Gadis Peminta-minta）可以作为典型例子：

小乞女

每当同你相遇，捧着铁罐的小乞女

你那长驻的笑容不知人间还有悲痛

在黄澄澄的月色下你向我伸出小手

而我的城市也顿时消失，灵魂无影无踪

我想跟你在一起，捧着铁罐的小乞女

回到那吞噬你躯壳的黑桥底

让生活沉浸在光辉灿烂的梦幻里

享受那虚幻带来的空欢喜

你的天穹高过教堂的尖顶

上面流着的污水你最为熟悉

啊，灵魂是多么纯洁

纯洁得无法分担我的忧虑

你倘若死去，捧着铁罐的小乞女

那天上的明月将失去主人

而我的城市，哦，我的城市

在生活中将失去标志而无法辨认

有人说托托·苏达尔托的诗歌受法国象征主义和超现实主义的影响。诗人生活在可悲的现实而又想超越于现实，他不依附于任何方面而自行其是，以流浪者的目光看待可悲的社会现实。他公开宣布同情受难者，但又感到无力回天，只好冷眼旁观。这实际上反映一些知识分子对当时的社会现实所感到的迷惘、无奈和沮丧。但他还不是一个绝望者，他仍然对独立有所憧憬。他的一首短诗《关于独立》（Tentang Kemerdekaan）说明了这一点：

关于独立

独立就是山河与海洋的全部声音

不要怕它

独立就是诗人和流浪者的江山

不要怕我

独立就是至诚和温馨的爱

把我带到它那里吧

希托·希图莫朗是最早受法国存在主义影响的印度尼西亚诗人。他1924年生于打巴奴里，1950年去荷兰，1952至1953年在法国巴黎工作，回到印度尼西亚后积极从事诗歌创作，成为50年代初发表诗作最多和影响很大的诗人。1953年他发表第一部诗集《绿色信笺》（Surat Kertas Hidjau），里面分成两个部分：（一）《绿色信笺》，共有13首诗；（二）《陌生人》（Orang Asing），共有20首，从此名声鹊起。接着他又发表两部诗集《诗中诗》（Dalam Sajak）和《无名氏的脸孔》（Wadjah Tak Bernama），奠定了他在印度尼西亚诗坛上的重要地位。

希托从小生活的家乡沙莫希尔是个秀丽而又充满神话传说的神秘小岛，而他的家庭却信奉基督教，他受荷兰学校的教育，后来又多年在欧洲生活，这个背景和经历使他在诗歌创作中能把民族传统与西方的现代潮流结合在一起，把原始的万物有灵论与现代的基督教精神融合在一起。他受法国存在主义的影响，往往抱着这样的态度，"人情辗转闲中看，世路崎岖倦后知"，以闲情的目光看待现代社会与个人的分裂和矛盾，故有人称他为"闲情诗人"。他的诗有不少是表达他在欧洲的生活经历和感受，西方汹涌的现代化浪潮和家乡宁静的田园生活形成了强烈的时代反差，使他惘然若失，常陷入空虚孤寂的惆怅情绪之中。他的诗歌风格独特，不但能把异国情调与乡土本色协调地结合起来，而且还能把古今的诗体熔铸于一炉而不落俗套。在他的诗集里可以看到相当数量的战后诗人已不用的传统诗体，如板顿诗体和20年代非常盛行的商籁诗体。他用板顿诗体写的《意大利姑娘之歌》（Lagu Gadis Itali）就是把传统形式与现代意识结合得很成功的一首佳作：

意大利姑娘之歌
—— 献给希尔法纳·马卡丽

赏览湖色，晨光灿烂

教堂钟声，意大利山

桃讯乍到，春暖花开

快把哥接，拿布勒湾

赏览湖色，晨光灿烂

教堂钟声，意大利山

天涯分手，音讯渺然

朝思暮想，魂飞魄散

赏览湖色，晨光灿烂

教堂钟声，意大利山

哥不归来，妹将苦等

天长地久，死而无憾

嶙嶙山石，葡萄满园

皑皑细沙，椰林成片

哥已他去，撕心裂肺

跟影追踪，积雪纷坠

这首诗讲述诗人在意大利与异国情侣难于忘怀的一段恋情。诗人似乎在刻意描述意大利姑娘的痴情苦等，其实是在抒发诗人自己割不断的悠悠思情。希托采用质朴的板顿诗体来表达自己想忆之诚和相思之深，其丰神之妙，全在语淡而意浓，情真且语挚之中。这首诗成了他的代表作之一，但不是他唯一的风格。希托写诗并不拘于形式，他往往随着自己的突发奇想而信手拈来他当时认为最合适的表达形式。他在《顶极》杂志上发表过一首诗，题为《开斋节之夜》(Malam Lebaran)，就只有一行诗句：

开斋节之夜
坟头上的明月

这首诗一发表，引来种种评论和解释，甚至有人任意加以发挥，说得玄而又玄。其实这首诗的由来很简单，据说是诗人有天晚上路过坟场，头上顶着明月，他一时心血来潮，想起那天是开斋节的夜晚，便信口说出以上的诗句。

希托·希图莫朗写诗是为了探索和表明自己的个人存在，但他似乎也并不能真正了解自己。他把自己比作"浪子"，四处漂泊，彷佛无根的浮萍。所以他的诗没有倾向性，也与国内的政治相脱离。有一天"浪子"终于回头，他回国后渐渐卷入国内的政治斗争，后来加入印度尼西亚民族党，1959年任民族文化协会主席，积极贯彻民族党的政治路线。他的诗风也发生巨大变化，1962年发表的诗集《新时代》（Zaman Baru）是他的新开始，与现实斗争紧密结合，充满政治激情，再也看不到诗人昔日的影子。

希托·希图莫朗早期也写过好些短剧和短篇小说。《珍珠路》（Jalan Mutiara）是他于1954年发表的戏剧集，共有三部短剧。《战斗与巴黎之雪》（Pertempuran dan Salju di Paris）是他于1956年发表的短篇小说集，共有六部作品。这两部集子反映作者在东西方两种截然不同社会的生活经历和感受。我们可以同时看到巴黎和沙莫希尔两种截然不同社会的生活风貌，有的作品讲他在巴黎寂寞生活中的风流韵事，有的讲他故乡的神话传说和"八月革命"期间的战乱经历，故事与故事之间互不相干，也没有一个中心思想，各自独立成篇，但都是反映作者真实的个人存在。

60年代印度尼西亚的国内局势继续"向左转"，希托·希图莫朗作为民族文化协会的主席加强与人民文协的合作，共同反对"普遍性"文艺路线和"文化宣言派"。1965年发生"九·三〇事件"后他被捕，从1967年被关押到1975年，后来流亡到荷兰，从此便离开了印度尼西亚文坛。

50年代初，人民文协以外的新诗人一般不属于一个流派，彼此间互不联系。有的诗人受西方现代派的影响较大，除上面提到的希托·希图莫朗，还有盛戈佐（P. Sengodjo）。他的诗带有超现实主义的色彩，现实与虚幻之间的界限非常模糊，他可以算是印度尼西亚早期的朦胧派诗人。有的诗人则更为关注社会问题，如穆罕默德·阿里（Muhammad.Ali），这个印度裔诗人在各杂志上经常发表社会问题题材的诗歌、短篇小说和短剧，后来把其中的一些作品收进他的集子《白纸黑字》（Hitam Atas Putih），于1957年出版。同期出有诗集的诗人还有鲁斯丹迪·卡尔达库苏玛（Rustandi Kartakusuma），他于1951年发表了他的诗集《七个地区的记录》（Rekaman dari Tudjuh Daerah）。另外，哈里雅迪·哈托瓦托约（Harijadi S. Hartowardojo）也在1951至1953年间发表了不少诗作，后来收进他的诗集《影子的伤痕》（Luka Bajang），不过到1964年才得以出版。托唐·吉瓦普拉扎（Dodong Djiwapradja）从1948年就开始写诗，50年代在主要的文艺刊物上经常发表诗作，被认为是很有成就的诗人，可惜一直没有出单独的诗集。

第五节 50年代的"最新一代派"和新生代作家

50年代中期，在印度尼西亚文坛上出现一批年轻的作家，年龄在20几岁上下，他们的青少年时期是在"八月革命"的烽火中度过的。他们与西方文化接触不多而与本土文化则血肉相连，所以他们觉得自己与"新作家派"和"45年派"不同，他们是代表"45年派"之后的最新一代的作家，自认代表当代文学的主流。1955年印度尼西亚大学文学院举办的文学研讨会讨论了凯里尔·安瓦尔之后的印度尼西亚文学，开始有人认为目前已经出现新的一代人，不能列入"45年代派"的范畴了。1960年在雅加达召开的文学研讨会上阿育普·罗希迪（Ajip Rosidi）发表题为《印度尼西亚最新一代派对印度尼西亚文学发展的贡献》的讲话，正式提出"最新一代派"这个称谓。他根据黑格尔的否定之否定律把印度尼西亚现代文学的发展分成三个阶段：第一阶段认为印度尼西亚文化是由各地方文化的精华所组成的。第二阶段是对第一阶段的否定，以"新作家派"和"45年派"为代表，认为印度尼西亚现代文化是世界化文化，否定民族的地方文化。第三阶段是对第二阶段的否定之否定，认为印度尼西亚民族文化是印度尼西亚各地方文化和外来文化影响的产物，是最新一代人把植根其中的各地方文化与世界文化的强劲影响结合起来，从而产生真正的印度尼西亚民族文化。所以，"最新一代派"是第一个真正的"印度尼西亚派"，因为他们是在印度尼西亚的环境中长大的，他们的语言文化都是印度尼西亚的，同时又从未断绝过与自己地方文化的联系。在50年代他们已经有了"一个印度尼西亚传统作为出发点"，模仿荷兰和欧洲的现象在减少，向外看也不限于看荷兰和欧洲，而是看全世界，他们更尊重印度尼西亚自己的作家。

其实所谓"最新一代派"并非一个文艺流派，而是指50年代涌现出来的一批新生代。他们并没有自己的组织，也没有统一的文艺纲领，创作风格也各不相同，但有一点比较相似，那就是多来自地方，以来自爪哇和巽达的居多。他们青春年少，没有出过远门，所以受外国影响较小，作品的地方色彩比较浓厚，反映地方社会的民情风俗，保存比较醇厚的地方风味。有的作家还热心于挖掘地方文学的宝库，把地方传统的内容和现代的表现形式结合起来。

在50年代中期崭露头角的新生代诗人和作家中，阿育普·罗西迪是个代表人物。他是巽达人，1938年生于井里汶。1956年他发表第一部诗集《宴会》（Pesta），同年与梭勃伦·艾地（Sobron Aidit）、阿尔丹（S.M. Ardan）三人合出另一部诗集《邂逅》（Ketemu Di Djalan）。后来他还出了两部诗集《揽载客》（Tjari Muatan.1959）

和《安黛·拉稀丁的情书》(Surat Tjinta Enday Rasidin，1960)。他的诗比较质朴明快，不用令人费解的词句和比喻，诗的主题比较鲜明。前期的诗更着重于描写雅加达城市家庭的日常生活以及同原来家乡的关系。诗人生活在喧闹的大城市里，心却时时牵挂着故乡的一家老小。他的诗《扎记》(Tjatatan-tjatatan)有这样一段描述：

> 奶奶微笑发问，斋月期间我在苦等
>
> 母亲感慨，流露一丝笑容
>
> 父亲一直默不作声
>
> 酷日已把感情烧旺
>
> 汗流浃背，超过平生
>
> 小弟来吧，给你造个桥看
>
> 哥在雅加达已疲惫不堪
>
> 我的小弟呀，近来都上哪儿
>
> 上学上几年级班

阿育普以朴实的诗句表达了游子思乡的心情，仿佛已置身于故乡的家中。他后来的诗更注重把地方传统社会与现代化潮流结合起来，体现他说的"最新一代派"的创作特点。他的不少诗描写雅加达大城市里远离自己故乡的下层市民的生活，对他们所过的艰难日子深表同情。

除了诗歌，阿育普也写了不少短篇小说，在50、60年代之间出了五部短篇小说集：《死亡年代》(Tahun-tahun Kematian，1955)、《在家庭中间》(Di Tengah Keluarga，1956)、《养老的房子》(Sebuah Rumah buat Haritua.1957)、《新婚之行》(Perdjalanan Pengantin，1958)和《重逢》(Pertemuan Kembali，1961)。从这五部短篇小说集中可以看到阿育普在创作上的成长过程。头两部是他年少的作品，在第一部里作者以少年的目光看待他在"八月革命"期间所发生的事。对于一个少年儿童来说，他难于理解独立战争中残酷的现实，如父亲被带走、哥哥被打死、房屋被烧毁等等。战争的灾难给他留下了不可磨灭的印象。在第二部里作者讲述他生活在传统社会里的童年回忆，讲的似乎是家庭的日常琐事，但却暴露了传统家庭的种种弊端和落后的一面，叙述得很自然，不加任何掩饰。后几部的作品已经比较成熟，不再用少年的目光看待现实，但讲的多半还是作者自己的经历。例如《新婚之行》讲的就是作者自己的结婚经历，描写新人来往于城市和农村之间所感受到的城乡的文化差异。作者对巽达乡镇习俗的描写相当细腻真实，从婚礼仪式到分娩过程都有详细的记载，可以作为民俗学的参考资料。其他作品一般也都反映传统与现代、农村与城市的文明反差。例如《山羊》里所描写的乡下老人，他总是不能适应城市的现代生活，心里一直怀念着农村和谐宁静的简朴生活。这也是反映了作者的一种恋乡情结，本乡本土的社会文化始终是作者创作灵感的一个源泉。

其他的巽达诗人和作家也有相似的特点，都表现比较浓厚的巽达情调。例如1927年出生于万隆的拉玛丹（Ramadhan K.H.），虽然年纪较大，但1952年才开始写作，所以也算新生代的诗人。他在西班牙学习过，翻译了许多西班牙诗人和剧作家的作品。他自己于1958年发表的诗集《秀丽的勃良安》（Priangan Sidjelita），曾获民族文化协商机构的文学奖。他的诗表现某种伤时忧国的心情，为故乡的失去安宁和百姓遭受叛乱之苦而哀叹。

另外，1936年出生于牙律的苏拉赫曼（Surachman R.M.）、1936年出生于井里汶的阿雅特罗哈迪（Ajatrohaedi）、1930年出生于双木丹的欧德·苏尔迪（Odeh Suardi）等也都是巽达地区的新生代诗人，他们除了发表用印度尼西亚语写的诗，也发表许多用巽达语写的诗，有的还出了巽达语的诗集。他们在把巽达的地方文化融合到印度尼西亚文化方面做了积极的尝试。

50年代的新生代中，爪哇出生的诗人和作家为数众多，以连特拉（W.S.Rendra）最为突出和最具特色。他1935年生于中爪哇梭罗市，1954年开始在文学杂志上发表诗作。1957年出第一部诗集《可爱的人之歌》（Ballada Orang-orang Tertjinta），获民族文化协商机构的文学奖，1961年出另一部诗集《四集诗》（4 Kumpulan Sadjak）。连特拉是个地道的爪哇诗人作家，他深深地了解自己的爪哇本性，所以他一直住在梭罗而不愿移居雅加达。他在给朋友的信上说："我再三考虑，如果我在雅加达，我将写不出诗来。在雅加达人们写诗是因为脑子受到那里问题的困扰。而我写诗是因为感情，那感情必须是自然地促使人去行动的那些感情。……这就是说不需要知识分子的思虑，为此我不愿走进大城市的生活而愿意依然与树叶、青山和流水为伍……"。他的不少诗带有爪哇的民谣曲调，歌颂那里的山山水水，倾听那里自然的呼吸声，叙述那里的爱情、婚姻和民俗，关注那里的受难者，讴歌那里为独立而牺牲的普通人。他善于化平凡为神奇，寓深刻的思想内涵于简朴的叙述之中。有时他也敢于反对社会上不公正的偏见，不顾社会舆论公然同情人所不齿的妓女，反对歧视她们，肯定她们重新开始新生活的勇气。他有时也从民间故事和传奇中吸取灵感，写一些带有爪哇民间史诗色彩的作品。连特拉是个天主教徒，他的诗有时也会流露一定的宗教情绪，宣扬博爱精神。在《用爱心》（Dengan Kasih Sayang）这首诗中，他甚至要人们对吸血鬼和强盗也采取宽恕的态度，但不是去进行宗教的说教，而是表达他的宗教情感和审美观。诗中最后写道：

> 就是最虚妄的诗歌
>
> 也要用耐心的笑容去读它
>
> 不要去憎恨那些凶手
>
> 不要让婴孩自己与死亡挣扎
>
> 不要再让乞丐们行乞
>
> 对最可咒的坏人
>
> 也要以纯洁的心扉看待他

但是连特拉对民族独立则立场非常鲜明，在《牺牲》(Gugur)这首诗中他热情讴歌为捍卫民族独立而牺牲的一位老战士。这位老战士在向敌人射出最后一颗子弹后倒下了，他感到无比欣慰，因为他已经为自己的子孙后代作出自己的贡献。诗中最后写道：

> 那老人又开口说话：
>
> "瞧，曙光已经出现！
>
> 啊，美丽的土地，
>
> 我将拥抱你，
>
> 再也不分离！
>
> 将来有一天
>
> 我的一个子孙
>
> 将把他的铁犁
>
> 插入埋葬着我的土地
>
> 然后撒上种子
>
> 苗壮成长，充满生气
>
> 他将赞叹地说
>
> 啊，这土地多肥沃和富有生机！

除了写诗，连特拉也写短篇小说，他的短篇小说集《他冒过险》(Ia Sudah Bertualang)于1963年出版。1964—1967年他到美国戏剧学院学戏剧，1968年回国后在日惹创办"戏剧工作室"(Bengkel Teanter)，从此他积极开展现代即兴戏剧的试验活动，翻译了不少欧美的戏剧名著。戏剧工作室当时成为印度尼西亚一个著名的艺术活动中心，对印度尼西亚新戏剧的发展起了重要的作用。

爪哇出生的另一位诗人吉尔佐慕利约(Kirdjomulio)1936年生于日惹。1953至1956年他在许多杂志上发表大量诗歌，1955年出第一部诗集《旅途浪漫曲》

（Romance Perdjalanan I）的第一册，后来却一直未见出第二册。他的诗一般比较长，旋律缓慢如同爪哇古典诗的玛扎巴，以抒情为主，抒发诗人对故乡山水人物的深厚感情。除了写诗，他也写了很多剧本，但见书的只有一部，题为《马尔燕小姐》（Nona Maryan），被收入连特拉的戏剧选《岔口上的人们》。

另一位爪哇诗人苏巴吉约·沙斯特罗瓦尔多约（Subagio Sastrowardojo）是茉莉芬人，生于1924年。他于1957年发表诗集《交响曲》（Simphoni），后来继续写大量的诗，但没有再出诗集了。他也写短篇小说，1965年发表短篇小说集《假男子汉》（Kedjantanan di Sumbing）。他的不少作品描写灵与肉之间的矛盾冲突，对人物的内心活动刻画得比较细腻。

在小说创作方面，也有不少爪哇作家。拖哈·莫赫达尔（Toha Mochtar）便是其中之一。他1926年生于东爪哇的束义里，50年代初开始写短篇小说，经常用化名发表在娱乐刊物上，起初在文坛上并不知名。1958年他发表的长篇小说《回来》（Pulang）使他一举成名。这部小说不但获民族文化协商机构的全国文学奖，而且还被人搬上银幕。小说描写一个在日本占领时期当过"兵补"的青年回乡后虽然为家乡做了好事，使家乡恢复生气和欢乐，但他心里一直感到内疚，因为他从缅甸战场回乡后没有像其他青年一样参加捍卫民族独立的斗争，反而帮了盟军镇压革命者。当时他是没有觉悟，但乡民对他的爱戴使他再也不能隐瞒下去，于是决定出走。最后乡里人把他找回来，不但给他以谅解，而且让他继续为家乡作贡献。拖哈于1963年还发表另一部长篇小说《无人区》（Daerah Tak Bertuan），描写1946年年轻的独立战士在"泗水之战"中英勇战斗的事迹。

努格罗霍·诺托苏山托（Nugroho Notosusanto）也是比较知名的爪哇作家，1930年生于中爪哇的伦旺县。起初他也写诗，因感到不满意而改从事短篇小说的创作，1958年出第一部短篇小说集《早来的雨》（Hudjan Kepagian），描写"八月革命"时期青年学生参加捍卫民族独立的战斗故事。接着他又发表两部短篇小说集，《三个城市》（Tiga Kota，1959）和《怜爱》（Rasa Sajange，1963），其中的不少作品是50年代初期写的。尔后，他致力于史学研究，与武装部队的关系越来越密切，担任武装部队历史研究中心的主任工作，"九·三〇事件"之后成为印度尼西亚武装部队重要的文职官员，被授予名义上校的军衔。

里约诺·普拉迪托（（Riojono Praktito）也是爪哇作家，1932年生于三宝垄，50年代初至1956年是他创作的旺季。他于1951年发表第一部短篇小说集《火与其他短篇小说》（Api dan Beberapa Tjerita Pendek Lain），可以看出他早期受伊德鲁斯写作风格的影响很深，例如其中的一篇《伊沙克结婚》（Isak Kawin）就与伊德鲁斯的

《阿居》颇为相似。后来他找到了自己的风格，写了许多阴森可怖的故事，有人称他为"恐怖小说作家"。1958年他发表另一部短篇小说集《骷髅精及其他短篇小说》（Si Kerangka dan Beberapa Tjerita Pendek Lain）。他善于渲染恐怖气氛，把现实生活与鬼魂世界结合起来，说明信鬼神在印度尼西亚的城郊一带还很盛行。

还有两位爪哇作家需要一提。一位是苏拉尔托（B. Soelarto），1936年生于中爪哇的普沃勒佐。他写的短篇小说和剧本与时事政治的关系比较密切。他对当时的政治非常不满，写了讽刺革命的作品，其中以剧本《革命的羔羊》（Domba-domba Revolusi，1962）最露骨，遭到人民文协的猛烈抨击。后来他又把这部剧本改写成小说，题为《无名氏》（Tanpa Nama），于1963年出版。他写的小说还有《小姐》（Si Nona）和《新贵》（Kasta Baru）。另外他还写了两部剧本：《坚持到底的人们》（Orang-orang Konsekuen）和《不可摧毁》（Tak Terpatahkan）。

另一位是查米尔·苏赫尔曼（Djamil Suherman），1924年生于泗水，起初写诗，后来以写小说为主。他比较侧重于描写乡镇小清真寺学堂的生活，这种题材是其他作家很少涉及到的。他的主要作品有短篇小说集《乌米·卡尔逊和其他短篇小说》（Umi Kalsum dan Tjerita-tjerita Pendek Lainnya，1963）和长篇小说《走向后世》（Perdjalanan ke Achirat，1965）。

爪哇也出女作家，以蒂妮（Nh. Dini）最为突出。她1936年生于三宝垄，1956年发表短篇小说集《两个世界》（Dua Dunia），1961年发表中篇小说《平静的心》（Hati Jang Damai）。她的作品以描写女性人物为主，关注女人的悲欢遭遇，希望能得到男人的宽容和呵护。例如《平静的心》就是讲一个妻子的四角关系。她的丈夫是空军飞行员，在失事后，她与两个年轻时期的男友发生感情纠葛。丈夫在空难中幸免于难，又回到了她的身边。她因得到丈夫的宽容而得以摆脱困境，恢复了内心的平静。蒂妮是从女性的角度来描写女人内心深处的情感世界，写得相当感人。

出短篇小说集的爪哇作家还有苏坎托（Sukanto S.A.），1930年生于中爪哇直葛，1958年发表短篇小说集《红月亮》（Bulan Merah），后来更偏重于写儿童文学作品。另一位穆罕默德·阿勒克斯·托平（Alex L. Tobing），1934年生于泗水，1959年发表短篇小说集《因烂心而绽开》（Mekar Karena Memar）。他是医生出身，小说多以医生的事业与爱情为主题。此外还有许多爪哇诗人和作家，只在各种报刊上发表作品，没有机会出自己的诗集或短篇小说集。

在50年代的新生代诗人和作家中，苏门答腊人仍然占相当大的比例，但米南加保人的优势已不复存在。他们独自进行创作，各有各的特色，作品中散发着各自的乡土气息。下面简单介绍几个比较有名气的诗人和作家：

纳菲斯（A.A. Navis）年纪比较大，1924年生于巴东·班昌，1955年才步入文坛。他发表的第一部短篇小说《我们小清真寺的倒塌》（Robohnja Surau Kami）使他成名。这部小说讽刺米南加保社会的不良现象：有些信伊斯兰教的人并不去认真了解教义，因而容易被人误导而做违反教义的事。1956年他把这部小说和其他几部合在一起出短篇小说集，仍以这部小说名为题。1964年他相继又出两部短篇小说集《热雨》（Hudjan Panas）和《彩虹》（Bianglala），内容多涉及米南加保社会的种种弊端，尤其在伊斯兰教的信仰问题上，对那些盲从的和违背教义的行为加以讽刺和鞭笞。1967年他还发表一部长篇小说《干旱》（Kemarau），矛头仍然对着宗教界的时弊，希望得到纠偏。所以有人说纳菲斯是一位"伊斯兰作家"。

莫丁戈·布舍（Motinggo Boesje）是苏门答腊南端的楠榜人，生于1937年。1958年他因剧作《可诅咒的夜晚》（Malam Djahanam）获奖而闻名。他是这个时期最多产作家，60年代起在十年内就出了几十部作品，大多为长篇和短篇小说。1962年发表的《不屈服》（Tidak Menjerah）是他赋予象征意义的长篇小说，讲一个孤独的老猎手如何同残害乡里的老恶虎进行不屈不挠的搏斗，从不屈服。同年发表的另一部小说《1949》是讲有关"八月革命"的故事。1963年可以说是他发表作品最多的一年。长篇小说就有好多部，其中较重要的有《一百万个太阳》（Sedjuta Matahari），反映社会问题，讲一个沦为烟花女的女子渴望回到正常人的生活，当个贤妻良母。《大黄蜂》（Buang Tondjam）是根据楠榜的民间传说改编的故事。《阿兴哈》（Ahim-Ha）是讲以收复西伊里安的斗争为背景的故事。此外，莫丁戈还写短篇小说和剧本。短篇小说集有《给我孩子的劝告》（Nasehat Buat Anakku, 1963）、《昏暗中的太阳》（Matahari Dalam Kelam, 1963）等。已发表的剧本有《风暴刮到下午》（Badai Sampai Sore, 1962）、《太太和太太》（Njonja dan Njonja, 1963）、《克拉山上的洞房花烛夜》（Malam Pengantin di Bukit Kera, 1963）等。莫丁戈的作品题材广泛，富有地方特色。他是第一个把鲜为人知的南苏门答腊的自然环境和人文景观带进了印度尼西亚文学。他作品的数量是够惊人的，但也不免有些滥，有的作品比较低级趣味。

与阿育普合出诗集《邂逅》的阿尔丹也是苏门答腊人，1932年生于棉兰。但他写的短篇小说却富有雅加达的地方风味。他1955年发表的短篇小说集《月光照在河面上》（Terang Bulan Terang di Kali），描写雅加达下层社会的贫困生活，使用了大量的雅加达方言。他用长篇小说形式写的剧本《达希玛姨娘》（Njai Dasima, 1965）也是根据雅加达著名的民间故事改编而成的。

　　阿烈克斯·阿历山大·勒约（Alex Alexandre Leo）是米南加保作家，1935年生于拉哈特，1956年发表短篇小说集《迷途知返的人》（Orang Jang Kembali）。小说内容较多涉及宗教问题，主要描写迷途知返的人，最后向真主忏悔自己的罪过。1963年他发表长篇小说《霾云》（Mendung），他自己说写的是"一部有关一个家庭悲欢的小说"，描写家庭夫妻因第三者的诽谤而发生的家庭危机。

　　苏瓦尔迪·伊德里斯（Suwardi Idris）1930年生于西苏门答腊的梭罗克。他经历了苏门答腊中部"印度尼西亚革命政府"的叛乱事件。他1963年出的两部短篇小说集《一个朋友的妻子》（Isteri Seorang Sahabat）和《出乎意料》（Diluar Dugaan），多以那场叛乱为题材，描述自己的经历。他在1964年发表的长篇小说《来自大朗山顶》（Dari Puntjak Bukit Talang）也是以那场叛乱为背景，写战斗与爱情的故事。

　　尤萨·比兰（H.M.Jusa Biran）1936年生于朗卡斯比东。他以写雅加达小市民生活见长，对当时的政治不满。他于1958年发表的剧本《朋大人》（Bung Besar）是在讽刺当时主要的政治领袖人物，引起不同的反响。后来他还出剧本《死前半小时》（Setengah Djam Mendjelang Maut，1968）和长篇小说《沿着血溅的足迹》（Menjusuri Djedjak Berdarah，1968），并被拍成电影。

　　波格尔·胡达苏胡特（Bokor Hutasuhut）1934年生于苏门答腊的巴里格。他在文坛上出现较晚，1963年才出第一部短篇小说集《黑夜降临》（Datang Malam）。后来他出了两部长篇小说，《天涯征服者》（Penakluk Udjung Dunia，1964）和《亲爱的土地》（Tanah Kesajangan，1965）。前者是根据巴达克的民间故事改写的；后者是描写日本占领时期和游击战时期的故事。波格尔的作品地方色彩也很浓厚，特别是《天涯征服者》，成功地把巴达克优美的民间传说变成了用印度尼西亚语写的现代作品。

　　纳萨·查敏（Nasjah Djamin）1924年生于棉兰，他长期生活在爪哇的日惹市，主要从事绘画。1958年他的剧本《一组巽达歌曲》（Sekelumit Njanjian Sunda）获文教部颁发的一等奖，他才以作家的身份为人所知。这部剧作后来与另一部剧作《斑斑黑点》（Titik-titik Hitam，1964）合在一起出版，仍以《一组巽达歌曲》为题。他还出了短篇小说集《在迪尔曼大爷脚下》（Di bawah Kaki Pak Dirman，1967）和四部长篇小说，《浪子失踪了》（Hilanglah Sianak Hilang，1963）、《樱花凋谢》（Helai-helai Sakura Gugur，1964）、《生与死的激情》（Gairah Untuk Hidup dan Untuk Mati，1968）和《吉隆坡之夜》（Malam Kuala Lumpur，1968）。他的作品主要表现站在个人主义立场上的艺术家与周围环境在道德观和价值观上的矛盾和冲突。

　　以上提到的是50年代中期到60年代中期比较知名的新生代诗人和作家，还有不少人只在报刊上发表过作品或者只是昙花一现，这里就不再一一介绍了。这批新生代的诗人和作家的共同特点一是年轻，二是与本乡本土的文化有不解之缘。在国内政治斗争越来越激烈和两种文艺路线的斗争越来越尖锐的情况下，倾向革命和进步的人大都加入了人民文协，其余一般没有明确的政治立场，他们大多从个人出发来面对社会的各种矛盾，有时也会针砭时弊，对社会不良现象和不公正行为进行揭露和讽刺，对弱小的受害者表示同情。但也有一部分人与人民文协越来越对立，后来加入到耶辛"文化宣言派"的阵营里。

第六节　普拉姆迪亚·阿南达·杜尔加入人民文协前后的创作

普拉姆迪亚是印度尼西亚现代文学的巨匠，被人称作"在一代人中可能只出现一个的作家"。他经历了"八月革命时期"、"移交主权"后两种文艺路线斗争时期和"九·三○事件"后的"新秩序时期"三个不同的历史阶段，无论面对的环境多么险恶，他从来没有停止过小说创作。他的作品不但数量最多，质量也最高，反映了战后印度尼西亚民族独立斗争的整个历史进程。本节着重介绍他加入人民文协前后的创作实践。

1949年12月7日荷兰根据"圆桌会协定"将"主权"移交给印度尼西亚联邦政府。刚从荷兰监狱里被释放出来的普拉姆迪亚看到的是这样的一个社会现实：贪污腐败现象泛滥，百业萧条，民不聊生，为独立斗争作出重大贡献和牺牲的劳动人民，不但没有享受到独立的果实，反而生活越来越贫困化。他对此感到无比痛心和愤慨，出狱后写的短篇小说《一片漆黑》（Jang Hitam，1950）和《她认命了》（Dia Jang Menjerah，1950）以及中篇小说《不是夜市》（Bukan Pasar Malam，1951）集中地表达了他当时的愤懑心情。

《一片漆黑》写一个在"八月革命"时期为捍卫民族独立而献出自己双眼和双腿的热血青年。在取得独立后，他却失去了一切，在他眼前只有一片漆黑，"独立"和"民主"成了空洞的口号。他惘然地发出哀叹："是呀，那民主该有多美呀！那民族独立该有多美呀！然而我在这个民主和独立的国土上却享受不到一丝一毫的权利，甚至连看东西的权利也没有。那权利到哪里去了呢？到哪里去了呢？"这是作者向社会的不公所发出的抗议呼声。

《她认命了》写他家乡布罗拉的一普通家庭对民族独立斗争的贡献和最后的结局。这一家经历了日本占领时期和"八月革命"时期的种种磨难，当"独立"来临之时全家却一贫如洗。最后姐姐无奈地对弟妹说："该发生的一切就让它发生吧。

我们必须学会让自己消失。我们权当自己不存在，而一切都将继续进行下去。让地痞流氓继续当地痞流氓吧。让好的继续好吧。我们五人向天认命吧。是呀，我们认命了。抗争已经毫无意义。"小说的这个家看来是作者家的影子，写得情真意切，声泪俱下，相当感人。

《不是夜市》写作者出狱后回乡探望病重的父亲所引发的无限感慨。父亲是一位坚定的民族主义者，"八月革命"期间积极参与地下斗争，倾其所有资助游击队的活动，作出了巨大的牺牲。然而在取得"独立"后，他却一无所得，反而染上一身重病，房子快塌了也无人过问，最后郁郁而终。一位了解父亲情况的街坊告诉作者说："令尊是被政治害死的。……他老人家对取得独立后的现状大为失望。看来他再也无力面对周围的腐败现象了。"普拉姆迪亚对家庭的可悲结局感到困惑和迷惘，他问人生为什么"不是夜市，大家热热闹闹地来到世界和热热闹闹地离开世界？"然而人生"不是夜市，人们是一个一个地来和一个一个地离开，而还没有离开的人则惶惶不安地等待着他灵魂离开躯体的一天……"

普拉姆迪亚是一位杰出的现实主义作家，他的小说都取材于现实生活和反映现实生活，而且有的与他家庭的现实有一定的关联。所以他的小说有比较坚实的现实基础，小说出现的人物都是作者所熟悉的真实人物的典型化。他出狱后看到的现实和他在狱中所想象的完全不同，面对黑暗的社会现实他感到彷徨和苦闷。在一段时间里，他创作的小说偏重于暴露社会的烂疮，鞭挞社会的腐败，描写挣扎在饥饿线上的穷苦百姓，对他们的悲惨命运给予更大的同情。1957年他出版的短篇小说集《雅加达的故事》（Tjerita Dari Djakarta）收了他到1956年为止写的12部短篇小说。内容大部分描写雅加达下层人物的悲惨生活，如女佣、妓女、小贩、无业者等，让雅加达社会阴暗的一角暴露在光天化日之下。作者对那些被遗忘的小人物充满同情，对他们过的非人生活作了细致的描写，让人感到十分心酸和难受。小说的气氛凄凉、压抑和悲辛，反映作者当时愤世嫉俗的心情。

另外，普拉姆迪亚还写了三部中篇小说，《雅加达的搏斗》（Gulat di Djakarta，1953）、《镶金牙的美女米达》（Midah Si Manis Bergigi Emas，1954）和《贪污》（Korupsi，1954），都是属于暴露文学作品。

《雅加达的搏斗》描写被革命洪流裹挟到雅加达的一对年轻人，他们在雅加达举目无亲，告贷无门。他们为生活所逼，后来沦为犯罪集团的马仔，过着打打杀杀的日子。从某种意义上讲，他们也是"八月革命"的牺牲品。

《镶金牙的美女米达》写得更有深度。米达是一个天真无邪的美丽少女，被逼嫁给已经有三妻四妾的老哈吉。她无法忍受痛苦的生活，在怀孕三个月的时候潜逃到雅加达，加入街头卖唱的行乞队伍，靠沿街卖唱维持生活。她在凄风苦雨中尝尽人间艰难，后来又在爱情上被人欺骗，使她看透了人间的虚伪和无情，于是她自己也变成一个玩世不恭的女人。米达不是自甘堕落，她的可悲命运是社会造成的，她成为玩世不恭的女人可以说是她对充满欺诈的黑暗社会的一种报复。

《贪污》是普拉姆迪亚这个时期最有社会意义的作品，对官场的贪污腐败现象作了最深刻的揭露。小说通过一个贪污官员的自白，向人们揭示一个人在歪风邪气的包围中如何一步一步地陷入贪污的泥坑而不能自拔。小说的主人公巴基尔是政府机关的一名科长，一向奉公守法，廉洁自律，因此生活很不宽裕，每天骑破单车上班，为人们所瞧不起。而他的同事，由于贪赃枉法，个个飞黄腾达，汽车洋房样样齐全，到处受人尊敬，成为社会上的体面人物。巴基尔终于抵挡不住诱惑，从小贪污开始逐步走向犯罪的道路。他贪污越来越大，财富也越来越多，他的社会地位也起变化，成为到处受人尊敬的上流人物。然而他那原先安宁和睦的小家庭也就破裂了。他抛弃了与自己共患难多年的妻子儿女，另置豪华别墅金屋藏娇，过着纸醉金迷的生活。最后他的贪污罪行终于暴露了，一场春梦化为乌有，他锒铛入狱，最后向妻子儿女深深忏悔，甘愿当世人的反面教员，以他为戒。这部小说写得很有深度，主要在于作者不但能一层一层地揭示贪污犯罪的演变过程，同时能深入到人物的灵魂深处去剖析内心的思想矛盾和斗争，把人物的思想面貌和心理特征传神地勾勒出来。巴基尔不是一下就从一个廉洁奉公的好官变成贪得无厌的大贪污犯。他是经过一番剧烈的思想斗争过程，尤其在开始的时候，哪怕仅仅贪污公家的一点纸张拿去变卖，他都要经过反复的思想斗争，因为他的良知告诉他："一旦走上贪污的道路，就绝无可能反顾"。作者对这一段的描写相当细腻，口语心计之状，活现笔端。另外，作者在小说中还塑造一个正面人物形象西拉特，他是嫉恶如仇的年轻人，决心要为彻底铲除贪污现象而斗争。这个人物无疑是作者理想的化身，作者把治天下的希望寄托在这样的新一代青年身上。不过西拉特所提出的根治贪污的主张是"去掉领带，穿上适合印度尼西亚热带气候的短裤，永远保持男子汉大丈夫的本色……"这个主张只反映一种良好的主观愿望，它并没有触及到贪污的社会根源，因而不可能真正解决严重的贪污问题。但是在贪污横行的时候，作者能写出这样的作品来，实属难能可贵，对其积极意义应予充分的评价。

作为一个时代的作家，普拉姆迪亚并不是消极地对待黑暗的社会现实，而是在积极地探索新的出路。他访问过荷兰，考察那里的资本主义制度，但结果大失所望，认为不足为训。后来他访问中国，社会主义国家欣欣向荣的新气象给他留下了深刻的印象。当国内形势逐渐"向左转"的时候，他的思想发生重大的变化。1957年发表的文章《吊桥与总统方案》可以说是他的宣言书，宣告他与旧我决裂，从此他走上了新的创作道路。他在文章中对"移交主权"以来的形势作了总结性的分析，他说："恢复主权以后，一再地出现背叛革命的行为，不是出于无意而是出于有心。当我们面对背叛革命准则的行为时，无需惧怕使用背叛这个词。过去的革命并非出于一时的冒险冲动，而是基于一个立场。但是在革命的进程中，尤其在恢复主权以后，故意混淆这个立场的反革命势力在日益增多，并通过政党的活动而更加猖獗。一个又一个政党的头面人物与丑闻有牵连，通常是与有关盗窃人民财富的丑闻有牵连。他们这些人不管有没有受到印度尼西亚现行法律的制裁，都属于背叛者之列，而不是刑事犯，因为我们必须从革命的根本去看待他们……他们不是对政府犯有过错，而是背叛了人民，因为只有人民才是革命的根本，使革命得以进行。"这表明普拉姆迪亚要和一切背叛"八月革命"的势力划清界限，坚决站在革命人民的一边。文章中普拉姆迪亚对劳动人民的认识也有很大的提高，尤其是对工人和农民的作用予以充分的肯定，他说："正是工人和农民几世纪以来为我们提供了衣、食、住。也是工人为我们修筑道路和创造目前国家的一切财富。然而恢复主权以来，他们却被抛弃了，甚至被诽谤、被出卖、被剥削和被蹂躏。"以上的公开表态，说明普拉姆迪亚已经结束了他的彷徨时期，在立场上和思想上有了重大的转变，不久，他加入人民文协，开始他创作生涯中新的一页。

　　加入人民文协之后，为了贯彻为人民服务的革命文艺路线，普拉姆迪亚需要再学习和深入工农群众去了解和体验他们的生活与斗争，同时他还要积极参加两种文艺路线的斗争，捍卫革命的文艺路线。所以，在这段时间内他只发表了两部作品，中篇小说《南万登发生的故事》（Suatu Peristiwa di Banten Selatan，1958）和《铁锤大叔》（Paman Martil）。这两部作品可以说是他直接描写工农、反映他们的生活和斗争的第一次尝试。

　　《南万登发生的故事》以50年代初"回教国运动"的叛乱为背景，描写贫困农民与恶霸地主之间的生死斗争。恶霸地主慕萨威逼农民为他偷种植园的橡胶树苗，偷来之后却对农民进行诬告，使农民吃了大亏。有一次，他又逼农民去偷，偷来之后又把农民拷打一顿。农民实在忍无可忍，在达兰的率领下对恶霸地主进行清算斗争。慕萨威在仓惶逃跑中丢下了他的公文包。在他的公文包中有秘密文件，发现这个恶霸地主原来是该地区"回教国运动"叛乱分子的头目。达兰立刻向军队报告，并积极协助军队搜捕慕萨威。经过来回斗智，狡猾的慕萨威终于被剥掉画皮而最后落网。农民欢呼胜利，达兰被推选为新村长，以代替与"回教国运动"相串通的原村长。这部小说后来被改编成剧本在农村演出，深受农民的欢迎。

《铁锤大叔》是描写1926—1927年的第一次民族大起义，作者是根据1926—1927年《新报》的报道材料和他自己进行的一些专访写成这部小说的。故事是虚构的，但有历史事实作依据，所以仍能真实地再现这场起义的悲壮场面和起义者的英雄气概。小说主人公铁锤大叔是一位修鞋工人，除了一把铁锤他身上一无所有。他积极参加策划巴达维亚（雅加达旧名）的起义，负责率领一支队伍攻占城区电话局并坚持了四个多小时。后来因弹尽粮绝而被迫撤离，他自己也负了重伤。最后他被围困在住处的附近，敌人喊他出来投降。他宁死不屈，壮烈牺牲在榴莲树下。起义被荷兰殖民统治者残酷地镇压下去，但这不意味着失败。正如铁锤大叔说的：“我们胜利了，因为我们进行了反抗，我们反抗了他们。”普拉姆迪亚的这部小说就是在赞扬那种对殖民统治者敢于起来反抗的精神。它是第一部正面描写印度尼西亚现代民族运动史上的第一次大起义的小说。

普拉姆迪亚从1962年至1965年在《东星报》的文艺专栏《明灯》连载的长篇小说《渔村少女》(Gadis Pantai)是他这个时期最有分量和最有深度的作品。当时这部小说是以连载的方式在报上发表，发生“九·三〇事件”后便中断，所以还没有完，因而也还没有引起人们足够的重视。直到1987年这部小说才得以正式出版，而据作者说，《渔村少女》是一部没有完的小说，它只是三部曲中的第一部。这三部曲在1962年就已经完稿，可惜其他两部的手稿已经丢失，再也找不回来了。作者说《渔村少女》“是根据我的想象写的有关我母亲娘家我姥姥的故事，她是我深爱的具有独立性格的姥姥。”在三部曲中，《渔村少女》是描写民族觉醒前夜殖民地封建社会的封建压迫，以反封建为主。第二部是描写作者父亲辈所进行的早期的民族斗争。第三部是描写作者这一代人所进行的独立斗争。虽然有家庭的背景，这三部曲并不是反映作者的家史，而是反映印度尼西亚现代反封建和反殖民统治的民族斗争史。

《渔村少女》的故事发生在19世纪末20世纪初爪哇北海岸芝巴拉州连旺县海边渔村的一个贫苦渔民家庭。家中的女儿“渔村少女”天生丽质，是渔村之花，早被县太爷所看中，在她十四岁的时候就被娶到城里来。“渔村少女”一夜之间就从一个贫贱的穷家女变成了县太爷的“贵妇人”，她和父母之间也突然变成了主仆关系。尽管她的社会地位变了，但她的平民出身并没有变，在贵族的大宅院里，她只是县太爷的玩物，她的唯一任务就是小心翼翼和百依百顺地侍候好县太爷，一旦失宠就会被抛弃。在她之前已经有两个平民出身的“贵妇人”在生孩子之后被抛弃，并永远不得与自己的亲生子见面。县太爷的大宅院里奴婢成群，但“渔家少女”

连一个知心人也没有，她感到特别孤独寂寞，时刻想念着海边温馨的小家和自由自在的海边生活。她还得时刻防范那些寄宿在大宅院里与县太爷沾亲带故的贵族子弟，他们因为她出身平民而瞧不起她。有一次，她的贴身老妈子向县太爷告发一寄宿的贵族子弟偷钱，经查实后，那贵族子弟被撵出家门，而那老妈子也马上被解雇，因为她竟敢犯上告发贵族子弟。"渔家少女"就在这样的封建等级森严的环境中过着死气沉沉的孤独生活。后来由德马克县太爷派来的一个人接替老妈子当她的贴身侍女，她叫玛尔迪纳，出身士绅之家，受过教育。她对"渔家少女"非常放肆和傲慢无礼，因为她出身高贵。其实派她来并不是去当侍女而是去设法陷害"渔村少女"，好让县太爷娶德马克县的贵族女人为妻，以维护贵族的正统和门第。两年之后，"渔村少女"回渔村娘家探亲，她以"贵妇人"的身份衣锦返乡，然而她发现自己与父母和乡里之间已经有一道高墙把彼此隔开，她已永远失去她日夜向往的亲情和乡情。陪她回乡探亲的玛尔迪纳奉德马克县太爷的指示准备在海边谋害"渔家少女"，由于父亲和乡民们的及时相救，谋杀没能得逞，玛尔迪纳反而丢了自己的性命。"渔家少女"回县城后不久便怀孕，足月后生下一女儿，但县太爷三个月一直没有来看她和新生的千金一眼。有一天，作为丈夫的县太爷终于来了，不过不是来看她和新生的女儿，而是给她带来一纸休书，要她留下新生的女儿立刻走人，再也不许回来看自己的女儿。"渔家少女"被撵出县太爷的大宅院，茫茫人海她往何处安身？海边渔村已经不是她的家，她再也不愿回去了。最后她决定只身前往布罗拉，在举目无亲的地方开始寻找新的人生。

普拉姆迪亚的这部小说写得相当深刻，反映了世纪之交民族觉醒之前印度尼西亚殖民地的封建势力还十分强大，对印度尼西亚人民的精神奴役还相当严重。这就是为什么印度尼西亚的民族觉醒必须和反封建相联系，反封建主义和反殖民主义成为印度尼西亚现代民族独立运动的基本内容。从这一点来看，《渔家少女》应该说是普拉姆迪亚这个时期最重要和最成功的作品，也是两条文艺路线斗争时期最有分量的作品，可惜三部曲未能出齐，否则其文学成就和价值将更加显著。

第三章　1965年"九·三〇事件"以后的文学发展

第一节　"九·三〇事件"与"66年派"

1965年的9月底发生震撼世界的"九·三〇事件"。印度尼西亚的政局发生大逆转，军队利用这个机会，以恢复社会治安和秩序为名，直接打击左翼和进步力量。印度尼西亚共产党遭到残酷的镇压，人民文协等革命和进步组织也被取缔，全部处于瘫痪状态。中间力量则被孤立分化，使之处于被动的地位，然后用"逼宫"的办法逐步逼总统交权，最后完成了政权的更迭。从此印度尼西亚便进入所谓的"新秩序时期"。

在这个政权更迭的过程中，1966年是关键的一年。这一年，在军队的纵容和支持下，以"大学生统一行动"（简称"卡米"）和"中学生统一行动"（简称"卡比"）为首的一群情绪激昂的青年学生举行了大规模的反政府示威游行，对政局的逆转起了非常重要的推波助澜的作用。游行示威中，他们提出"三项人民要求"，即（一）解散印度尼西亚共产党；（二）改组"两项人民命令"内阁；（三）降低生活必需品的物价。游行示威的浪潮使整个首都处于失控的动乱状态。为了大造声势，煽动反政府的情绪，这时出现大量的所谓的"示威诗"和"反抗诗"。诗的作者有不少是属过去被政府取缔的"文化宣言派"，还有是示威游行中青年学生的积极分子。当时的文学和舆论完全一边倒，为右翼势力所操纵，都是他们的声音，因为所有的革命和进步的报刊于1965年10月2日起全被查封了。

1966年5月6日至9日，"卡米"和"卡比"等组织举办了关于"1966年精神的崛起"的研讨会，与会者第一次把自己称作"66年派"，并公开宣称他们的理想是"自由"，不仅是"政治上的自由"，而且是"普遍性的自由"，因为他们认为那是人性本质真正价值之所在。新创办的当时唯一的文艺月刊《地平线》成了他们的重要阵地。耶辛在《地平线》第2期发表一篇题为《新一代派的崛起》的文章，正式宣布"66年派"的诞生。他说他之所以用"66年"作为新一代派的名称是因为就在这一年长期被压抑的人们能够自由地喊出自己内心的呼声，反映当时对政治变革的强烈要求，就像1945年的独立革命造就了"45年派"一样。他还说"'66年派'作品的特征是社会抗议和后来的政治抗议"。耶辛关于"66年派"的提法当时就遭到一些人的反对和置疑。他们认为一个文艺流派的产生不应该由政治事件来决定，不管那政治事件有多重要，而是应该由文学本身的特征来决定。他们认为在1966年并没有出现在文学特征上与过去不同的新的一代派。有的人则认为没有理由宣布1966年或1967年或1968年已经出现一个新的一代派，只有将来才能断定当时出现的文学现象，根据其特征，确实证明了新的一代派已经产生。后来耶辛为了坚持他"66年派"的说法，又进一步提出更加不能令人接受的论点。他说："每15或25年就会出现新的一代派……可以预见1980年将会出现新的一代派，接着是2000年，以此类推"。他认为"45年派"的出现迄今已经21年了，因此是出现新一代派的时候了。"66年派"与"45年派"一样都与一个重要的历史年代相关联，因此如同"45年派"一样，用"66年派"来称呼新的一代派是理所当然的。根据这个理论，耶辛认为"66年派"的作家应该是"那些在1945年刚6岁左右和刚入小学的人，他们在1966年的年龄在25岁上下。"然而被他列入"66年派"的人却有不少在此前已经是知名的诗人和作家，如阿育普·罗希迪、连特拉、纳菲斯、查米尔·苏赫尔曼等，其中有的年龄已经有三四十岁了。还有不少是过去"文化宣言派"的积极参与者，如古纳万·穆罕默德、波格尔·胡达苏胡特、陶菲克·伊斯马义等。而他们有的更愿意称自己是"文化宣言派"。当时大力支持学生游行示威运动的《地平线》其主编是莫赫达尔·鲁比斯，而编辑有耶辛、陶菲克·伊斯马义、阿里夫·布迪曼等，都是当年"文化宣言派"的干将。可见所谓"66年派"根本不是什么新的文艺流派，而是1966年青年学生反政府示威游行的激进分子。以"社会抗议"和"政治抗议"为特征的"示威诗"和"反抗诗"都是为当时的政治斗争直接服务的，实际上也是政治宣传品，旨在煽动示威者的反政府情绪，为之摇旗呐喊。"示威诗"和"反抗诗"大都为配合示威游行的需要而仓促出台，有的是示威者写的即兴讽刺诗和打油诗，其政治倾向性非常明显，以油印传单的方式散发出去，在游行示威的队伍中互相传播。耶辛为了证明"66年派"的存在，搜集了他认为具有代表性的作品，于1968年出一部选集，取名《66年派散文诗歌选》（Angkatan 66. Prosa dan Puisi）并且加上这样的小标题："为正义和真理的文学"。耶辛一反过去反对人民文协的文艺为政治服务，这时他竟然也大力赞扬"示威诗"和"反抗诗"的特征是"政治抗议"，直接表达抗议者的政治诉求。他似乎也感觉到前后有些矛盾，便强调那些政治诗并不乏艺术性和美学价值。而有些人则不得不承认"66年派"的诗其意义首先不在于艺术成就，而在于表达了年轻人长期政治上受压抑的心声。总之，无法否认的是，所谓"66年派"是政治斗争的产物，他们的诗都是为当时的政治斗争直接服务的。

被耶辛奉为"66年派"的代表诗人是陶菲克·伊斯马义（Taufiq Ismail），1937

年生于武吉丁宜。其实他并非新出现的诗人，早在1954年就已经发表诗歌、短篇小说等作品。不过要到1966年他用化名发表"示威诗"《暴虐》（Tirani）之后，才名噪一时。《暴虐》被视为"示威诗"和"反抗诗"的代表作品，共收18首诗，是陶菲克为反政府示威游行的需要在一周之内写成的，最初以油印件的形式散发给游行示威者。这里不妨举出一首颇有代表性的诗《一位红毛丹小贩给妻子的话》（Seorang Tukang Rambutan Pada Istrinja）作为例子：

一位红毛丹小贩给妻子的话

今天下午有人死去

送葬的人其多无比

是啊，那些大学生，莘莘学子

以前高喊：二百！二百！

汽油随之降下了价格

我们也坐上了廉价的公共汽车

烈日当头他们口干舌焦

在敞蓬车上太阳直晒脸颊

我给他们扔去十捆红毛丹，爱妻

就是十捆而已

那是他们的口福

他们高兴得直叫，互相争抢

如同一群孩子一样

他们向我欢呼，真的，向我欢呼：

"红毛丹大叔万岁！红毛丹大叔万岁！"

有人从车上下来，爱妻

到我跟前向我致敬

高喊"老百姓万岁！"

他们将我拥抱和簇拥

叫喊："红毛丹大叔万岁！

谢谢大叔！谢谢了！

您支持我们，不是吗？"

我直点头，说不出话来

他们回到了车上

嘴上还在喊谢谢

> "红毛丹大叔万岁！老百姓万岁！"
>
> 我喉咙哽咽，爱妻，我这一辈子
>
> 从未有人如此真诚地道谢
>
> 向我们这样的小人物道谢

陶菲克充分地利用示威游行中出现的伤亡事故，极力加以渲染，使之情绪化，为游行示威队伍呐喊助阵，以争取更多的同情者。另外他的有些诗则把矛头直接对准当权者，抨击其暴虐无道，煽动人们对政府的不满情绪，使事态不断恶化。他接着用真名发表另一部诗集《堡垒》（Benteng），也都是此类内容的诗。

除了陶菲克·伊斯马义，当时比较知名的还有曼苏尔·萨敏（Mansur Samin）和他的诗集《反抗》（Perlawanan）、布尔·拉苏安托（Bur Rasuanto）和他的诗集《他们觉醒了》（Mereka Telah Bangkit）、阿卜杜尔·瓦希德·希杜眉扬（Abdul Wahid Situmeang）和他的诗集《解放》（Pembebasan）等，他们的作品都发表于1966年。此外还有大量的"示威诗"和"反抗诗"是游行示威的青年学生写的，直接表达他们的抗议呼声。

当示威游行的高潮过去和政权更迭完成之后，作为"66年派"文学特征的"示威诗"和"反抗诗"也就云消雾散了，对后来的文学发展几乎没有产生多大影响。难怪耶辛在出第一部"66年代派"作品选之后，再也没有出第二部了。许多所谓"66年代派"的诗人成为昙花一现的人物。

第二节　"新秩序时期"的"通俗文学"

经过剧烈的政治动荡之后，新的政权取代了旧的政权，从此印度尼西亚进入军人和右翼势力专权的所谓"新秩序"时期。这个时期的印度尼西亚文学与过去的最大不同是，长期的两种文艺路线斗争的局面已不复存在。人民文化协会和进步的文艺组织都被取缔，其他的文艺组织也解散了。革命和进步的作家不是被逮捕和流放，就是逃亡国外。其中普拉姆迪亚被捕后便被关押在布鲁岛的集中营达十几年之久，希托尔·希图莫朗也被关押多年后流亡荷兰。印度尼西亚文坛已经没有革命和进步作家的生存余地，连他们的作品也被列为禁书。这个时期的印度尼西亚文坛，没有文艺组织，没有作家协会，作家都各自活动，各行其是，处于自流状态。

在两种文艺路线的斗争中止之后，"新秩序"时期的文学发展大致有以下几个特点：一、"通俗文学"泛滥，"严肃文学"受到冲击；二、"普遍性"文艺路线独占文坛，西方现代主义流派的影响回流；三、对"普遍性"文艺的反弹，出现回归本土文化的倾向和通俗文学与严肃文学的相互接近。

"新秩序"政权建立后，暴风骤雨式的政治斗争结束了。国内政局甫定之时，民生凋敝，百业待兴，图书出版业更是萧条。在这种情况下，"严肃文学"很难发展，在70年代以前很少见到有"严肃文学"作品问世。这时，代之而起的是"通俗文学"，1966—1969年期间，书店书架上摆的几乎全是"通俗小说"作品。"通俗文学"的兴旺和通俗小说的泛滥与现代都市文化的急剧发展分不开。新政权的建立得到巩固后，当局便把重点转移到经济建设上来。随着大量外资的引进和经济的发展，城市建设的速度大大加快，市民阶层的队伍日益庞大，他们对文化娱乐的需求正是"通俗文学"得以迅速发展的基础，他们是书刊市场"通俗小说"的主要消费者。在60年代初已经是个多产作家的莫丁戈·布舍首先看到书刊市场对"通俗小说"的需求，他即转而写"通俗小说"，从1967年起在短短的几年内发表了几十部"通俗小说"作品，其中有不少是长篇的三部曲，如《玛尔希蒂姨妈》（Bibi Marsiti，1967）、《玛尔雅蒂婶婶》（Tante Maryati，1967）、《蕾特诺·勒斯达利》（Retno Lestari，1968）、《斯利·阿雅蒂》（Sri Ayati，1968）。他写的"通俗小说"大多以城市的饮食男女为题材，重消遣性和趣味性，尤其偏重于性爱方面的描写，故常被人视为"色情小说"。莫丁戈·布舍成为率先打开"通俗小说"市场的作家，随后而起的"通俗小说"作家多仿效他的写作风格，如阿斯巴里（Asbari Nurpatria Keisna）、阿卜杜拉·哈拉哈普（Abdullah Harahap）、阿丁达（Adinda）、列约（Leo T.）等，他们作品的内容有的更加庸俗色情和低级趣味，造成不良的影响，给"通俗小说"带来不大好的名声。

进入70年代后，"通俗小说"的状况才有所改变。一批新起的青年作家能拔出流俗，写出比较能表现"青年人生活气息"的作品，给人以耳目一新之感。其中以青年女作家玛尔卡·特（Marga T.）所产生的影响较大。1973年她发表的第一部小说《卡尔米拉》（Karmila）大受青年学生的欢迎。她写这部小说时还是医学院的学生，小说以医院为背景描写医生、大学生、护士、病人之间的爱情浪漫故事，内容轻松活泼，充满当代年轻人的生活情趣，很适合青年学生的口味。接着她发表第二部小说《风暴一定会过去》（Badai Pasti Berlalu.1974），也是描写年轻人的爱情故事。1976年她发表的小说《心声》（Gema Sebuah Hati），讲述她就读的大学在"九·三〇事件"前后所发生的种种事情和大学生的生活风貌，对了解当时年轻人的思想感情有一定的认识价值。玛尔卡的有些小说如《不是一个季节的梦》（Bukan Impian Semusim，1976）着重于描写家庭的情感故事和妇女的作用，这对促进女性文学的发展有一定的影响。在她之后出现的几位女作家所写的小说多从女性角度来描写爱情和婚姻的主题，缠绵悱恻，带点伤感的色彩，其中以玛丽亚纳（Marianne Katoppo）的《饶曼嫩》（Raumannen，1977）和《兰花从未撒谎》（Angrek Tak Pernah Berdusta）、蒂迪·萨依特（Titie Said）的《不要夺走我的生命》（Jangan Ambil Nyawaku，1978）较有特色。

玛尔卡的小说带动了"校园小说"的兴起，其代表作家是阿斯哈迪·西里格尔（Ashadi Siregar）。他是大学讲师，对校园生活非常熟悉，很了解青年学生的心理特征。他于1974年发表的小说《我的爱在蓝色的校园》（Cintaku di Kampus Biru）和《我抓住我的爱》（Kugapai Cintaku）以及1975年发表的《最后爱情的终点站》（Terminal Cinta Terakhir. 1975）形成他"校园小说"的三部曲，在青年学生中引起广泛的兴趣，大受他们的欢迎。阿斯哈迪的作品采用了"通俗小说"的写法，但其内容并不庸俗和低级。他的"通俗小说"包含一定的社会内容，反映现实生活中的某些问题，有的甚至还触及当时非常敏感的政治问题，如《散架的车轮》（Jentera Lepas，1979）就涉及"九·三〇事件"后一些受害者的可悲命运。这部小说以"九·三〇事件"为背景，主人公是一位叫欣托的爪哇妇女，她的丈夫是位司机，积极参加进步的工人运动，"九·三〇事件"时失踪，生死不明。欣托从此成了寡妇，命途多舛，在爱情和生活上一再遭到打击和挫折。欣托因其丈夫涉嫌与"九·三〇事件"有牵连而被社会所遗弃，她成为政治斗争无辜的牺牲品，处处遭到歧视和排斥。她对自己遭到的不公正待遇毫不反抗，因为她从小深受爪哇传统文化和人生哲学的影响，相信天命，逆来顺受。作者同情这一类的人，认为他们是从正常的生活车轮中散落下来的人，没有人敢去改变他们的命运。阿斯哈迪的这部小说不停留在一般的男女爱情故事的层面上而能触及社会生活中更深层的问题，已经和"严肃文学"比较接近了。阿斯哈迪发表的其他小说如《恶性循环》（Sirkuit Kemelut，1976）、《山顶上的挫折》（Frustrasi Puncak Gunung，1977）等也都含有一定的社会内容，对人物的刻画也有一定的深度。

"通俗小说"向"严肃小说"靠拢的现象也出现在一些作家身上，布尔·拉苏安托（Bur Rasuanto）于1978年发表的小说《杜月》（Tuyet）就是一例。这部小说以越南战争为背景，描写一位越南姑娘杜月在战争中的悲惨遭遇。她的父亲被指控为越共而被南越军官关押。为了拯救父亲她准备卖身给印度尼西亚记者阿利敏，以便拿到赎金，否则她就必须把自己的贞操献给那个南越军官。阿利敏非常同情杜月的不幸，设法为她筹集赎金。当他把赎金筹足送去时，杜月已经不在了，她正在去南越军官那里的途中……这部小说的故事还没有完，杜月的命运后来如何没有下文。作者企图通过小说揭露战争和军人政权的残暴，对受害者表示同情和人道主义的声援，具有一定的思想内容和文学价值。尤迪斯迪拉（Yudhistira Ardi Noegraha）的小说《阿周那寻找爱情》（Arjuna Mencari Cinta，1977）和《尝试不屈服》（Mencoba Tidak Menyerah，1979）也广受好评，尤其后者的内容与阿斯哈迪的《散架的车轮》相似，描写一个"九·三〇事件"无辜的受害者不屈服于命运的故事。这些作家的作品已经超出"通俗小说"的男女爱情主题和题材范围，反映更深层的社会问题。70年代出现的新秀和"校园小说"为通俗小说挽回了声誉，也缩短了"通俗文学"与"严肃文学"的距离，有人甚至认为这时"通俗文学"的文学价值已不亚于"严肃文学"。特别应该提到的是，"通俗小说"所使用的语言对文学语言和印度尼西亚语的发展产生了一定的影响。"通俗小说"使用的语言直接取自当今社会年轻人最流行的语言。他们往往不顾语言的规范化而自由地发挥，根据生活时尚不断创造新的词句和流行语，所以更能体现当代青年的生活气息，备受青年学生的喜爱。"通俗小说"的语言甚至也影响到一些老作家的语言风格，例如普拉姆迪亚后来写的小说就有意识地采用通俗小说的某些语言风格，以便能吸引更多年轻读者的兴趣。"通俗文学"向"严肃文学"靠拢的趋势在80年代表现得更加明显，有好些作品确实很难说是属"通俗小说"还是"严肃小说"。当然在书刊市场上，仍然还有不少属于低级趣味的"通俗小说"，因为还拥有一定数量的消费者。

第三节 "新秩序时期"的"反思文学"和"侨民文学"

在一个时期里，"严肃文学"的不景气除市场原因外，不良的政治文化生态环境也是一个重要的因素。1968年曾经发生轰动一时的"文学官司"。1968年8月耶辛主办的文学杂志《文学》刊登了一篇题为《天越来越阴沉》（Langit Makin Mendung）的短篇小说。小说讲的是一个杜撰的带有象征意义的神话故事，说穆罕默德先知请真主恩准他下到人间去进行实地考察。他在云端上看到下面的一块地方以为是地狱，陪同他的哲布勒伊来天使告诉他那是世界上最糟糕的地方雅加达……这部小说一发表立即引起宗教界的强烈反应和抗议，认为亵渎宗教，要求予以查禁，最后演变成"文学官司"。著名的伊斯兰教作家哈姆卡还出庭作证，指出被告有罪，耶辛被判了缓刑。写那篇小说的化名作者也发表公开道歉信，小说的续篇不再刊登了。

后来又发生不少政治事件，好些作家受到牵连，有的被拘留。如1972年1月爆发的学生反对实施建造"美丽印度尼西亚缩微公园"计划的示威游行，参与其中的作家阿里夫·布迪曼就遭到拘捕。同年2月一批艺术家上请愿书，反对在政治问题上的人身迫害，这就是当时著名的"13人请愿书"事件。1974年1月青年学生举行抗议示威，反对日本首相的来访，一批报刊被查封，莫赫达尔·鲁比斯和一些青年作家也被捕入狱。从此往后，再也没有作家敢参与涉及反贪污、反腐败、反军人专权的示威运动了，只有连特拉除外，1977—1978年万隆学生举行反对总统连任的示威游行，他因与此有牵连而遭到拘留。

在政治的高压气候下，印度尼西亚文坛越来越死气沉沉，1965年以来基本上没有召开过真正的文学会议，文学越来越远离政治，极力回避当前社会的现实矛盾。"新秩序"政权不但彻底摧毁了人民文协，严禁一切革命和进步文艺思想的传播，同时也大大钳制了人们的思想和言论自由，使作家的创作积极性大受影响。但尽管如此，对一些著名老作家来说，仍有他们的创作空间。过去的东西方文化论战，对"旧秩序"政权的批判等都可以成为他们的创作题材。于是在70年代初，他们便陆续发表带有历史反思特点的作品。他们在经历战前战后的时代变迁后，对自己过去的政治文化思想和主张进行了反思，并提出他们认为更为成熟的想法和观点。

首先是"新作家派"的主将达迪尔·阿里夏巴纳于1970—1971年发表长篇小说《蓝色岩洞——爱情和理想的故事》(Grotta Azzura)，里面分三部分：第一部《爱情最可爱》(Terchintanya Chinta)，第二部《理想维护爱情》(Chita Membela Chinta)，第三部《爱情化为理想》(Chinta Menjelma Chita)，长达556页。从文学的角度来评价，多数人认为这三部小说并不成功，因为作者是在利用小说来进一步发挥他过去"西方派"的文化论点。小说主人公阿赫马特是流亡意大利的反政府分子，其实是作者的传声筒。他在意大利的游览胜地蓝色岩洞遇上了刚失去丈夫的法国女人查奈特，两人坠入爱河。两人一起到意大利各地旅游，遇到各色各样的人物，与他们不停地交谈和辩论有关西方文化哲学的问题，大肆宣扬西方的生活方式，包括性解放。后来阿赫马特听到国内发生政变和政府被推翻的消息，认为时机已到，他该回去发挥作用了，于是两人便痛苦地分手。小说中，作者既没有花精力去塑造人物典型，刻画人物的性格特征，也没有去精心安排故事情节使之起伏跌宕，而是刻意通过人物没完没了的对话，把自己"西方化"的文化思想和主张拼命灌输给读者。因此，小说的人物形象都很苍白，故事也很平淡无奇，和他战前写的《扬帆》一样，是他"文学要有倾向性"这一主张的继续贯彻。1978年达迪尔发表另一部长篇小说《优胜劣败》(Kalah dan Menang)，虽然比前一部小说强些，也更有文学味道，但其中心内容还是在于进一步宣扬和证实他的西方文化优越论。小说以太平洋战争为时代背景，从1942年荷兰在印度尼西亚的殖民统治垮台的前夕讲起，一直讲到日本的占领和最后的战败。小说的主人公希达雅特是达迪尔的影子，他一家与瑞士寡妇伊丽莎白关系密切，经常来往。伊丽莎白的丈夫在爪哇海战中牺牲。他还与印欧血统的寡妇丽燕过从甚密，丽燕的丈夫为日本人所杀。那两个寡妇后来与日本人相恋，直到日本战败才被迫分手，各回各的家园。希达雅特也迁往共和国临时首都日惹。小说中出现的人物不下83人，但大多数为跑龙套式的人物，没有什么个性。他们在太平洋战争的过程中不断地从文化思想的角度谈论日本和盟军的胜败问题，其中阿赫迪亚特和伊丽莎白代表西方文化思想，日本年轻军官代表日本军国主义神道文化思想，而叫威波沃的爪哇人代表爪哇文化思想。实质上这是东西方两种文化的对比和较量，后两者是代表东方文化的思维模式。从谈论中最后悟出，日本的战败乃是西方文明优于东方文明的结果。达迪尔的两部小说从根本上来看，还是没有超出东西方文化论战的问题范围，不过他想通过战争和时间的考验来进一步论证他"西方派"主张的正确性。但是时代已经不同，战前的东西方文化论战已经过时了，所以他的这两部新小说已经不能唤起人们对这个老问题的兴趣了，成了最后的回光返照。

70年代还在积极从事创作的另一位老作家是莫赫达尔·鲁比斯，他于1975年发表中篇小说《虎！虎！》(Harimau, Harimau!)。这部小说用象征手法影射政坛领袖人物的人格缺陷和权欲膨胀最后导致的身败名裂结果。小说是个虚构的故事，讲七个人结伙到原始大森林里采集树脂而被恶虎跟踪的经过。年过半百的卡托克是村里最有威望的人，他手中有枪，所以成为这个采树脂队的头领。其他六人代表各种人物典型，其中最年轻的布勇代表新一代的青年。他们采毕树脂之后，在回村路上被恶虎跟踪。先是岁数大的巴拉姆大伯成了恶虎的第一个牺牲品。他临死前指出，"老虎是真主派来惩罚我们有罪之人的"，要大家都忏悔认罪。他把卡托克过去的所作所为和盘托出，原来这个被人敬畏的领袖人物实际上是个欺世盗名和阴险残暴的伪君子。后来每个人都忏悔和交代了自己的罪过，有的只是一般问题罢了。卡托克的真面目被暴露后，他为维护自己的权威便设法除掉其余的知情人，让恶虎把他们一一吃掉。最后他们只剩下四个人，布勇和剩下的两个人密谋夺卡托克手中象征"力量和权力"的枪。事成后，他们把卡托克绑在树下作诱饵引老虎出来，最后把那吃人的恶虎打死……莫赫达尔是一位有名的记者，曾因冒犯当局而几次锒铛入狱。他对国内政局有自己独立的看法，写的东西都是有的放矢，往往带有政治讽刺漫画的特色。他说："我不写与社会无关的作品，也不愿写悬在空中楼阁里的文章。"这部小说可以说是他对过去的历史反思。布勇在经过与恶虎和卡托克惊心动魄的斗争之后，悟出这样的人生哲理："每个人都有责任反对暴虐，不管暴虐出现在什么地方。对每个人来说，如果对压迫别人的暴行回避或视而不见，那是错误的。普天下之人必须互相关爱。为了能成为一个纯洁的人，人类必须消灭自身心中的老虎。"1977年莫赫达尔发表另一部长篇小说《死亡与爱情》（Maut dan Cinta），是作者在狱中写的，1966年5月被释放时才完成四分之三，后来几经辗转才于1973年完稿，前后写了近十年之久。这部小说主要讲"八月革命"时期冲破荷兰封锁线偷运军火的故事。印度尼西亚共和军的情报少校沙德利奉命去新加坡调查那里代理人乌玛尔的贪污问题和组织一次军火的偷运工作。沙德利调查属实后，要求乌玛尔把贪污的钱交返给国家，但被拒绝。沙德利绑架了乌玛尔，乘上偷运军火的船把他押回国内候审。在冲过封锁线时，遇上了荷兰的巡逻艇，双方发生激烈的交火。在生死关头的时刻乌玛尔醒悟了，他同意全部交返贪污的钱财，并愿意戴罪立功。他也因战斗有功而被宽大处理，只受降职处分。从此他走上了人生的正道。作者写这部小说的目的是对过去的革命进行反思和重新检讨。他要人们反思这样一个问题："印度尼西亚民族争取独立究竟是为了什么？"他认为那些贪赃枉法的行为都是对民族独立理想的背叛，应该予以严厉的批判。

有些老作家虽身居国外仍在不停地笔耕，他们的作品带有"侨民文学"的特点。阿赫迪亚特于1973年在新加坡出版他的长篇小说《爱情的尘埃飞扬》（Debu Cinta Bertebaran），描写旅居澳大利亚的印度尼西亚人的生活面面观，其不足之处在于缺乏一个中心思想。这部小说因属境外出版物而被"新秩序"政府禁止在印度尼西亚发行。阿赫迪亚特后来还出过两部短篇小说集，《命运的纠缠》（Belitan Nasib，1975）和《凶手与黑犬》（Pembunuh dan Anjing Hitam，1975）。

与阿赫迪亚特同龄的作家阿沃·卡尔达·哈迪马查（Aoh Karta Hadimadja）于1973年在去伦敦英国广播公司任职前后也发表好些作品，1975年发表长篇小说《黄土碧海展现眼前》（Dan Terhamparlah Darat Yang Kuning, Laut Yang Biru），描写旅居荷兰的一位印度尼西亚青年纳尔迪与荷兰姑娘芙蕾达的失败爱情。芙蕾达已经有男友，两人只能偷偷相爱并发生了性关系。作为东方人的纳尔迪感到良心受到谴责，便与芙蕾达不告而别，希望她回到她男友的身边。小说似乎要表现东方的道德观与西方的性解放之间的冲突这样一个主题，但没有很好地展开，因为小说还没有全部写完。1977年阿沃发表另一部长篇小说《孤独寂寞》（Sepi Terasing），描写一个家庭的婚姻危机。巴沙尔与妮达是恩爱夫妻，他们有一个好友叫哈尔托约，过从甚密。哈尔托约后来成为高官，常要出席招待会，但他已经丧妻，所以常借巴沙尔的妻子妮达陪他出来应酬。久而久之妮达爱上了哈尔托约，与丈夫日益疏远。巴沙尔为了能满足妻子的虚荣心，干起了贪污的勾当，后来事发而被捕入狱。巴沙尔总结这样的人生：世界充满冒险，因为世界不是神仙居住的天堂。这部小说比较侧重于揭示社会道德问题，因为没有写完，所以也没有结论。

纳萨·查敏曾在日本住过多年，他于1968年发表长篇小说《生与死的渴望》（Gairah untuk Hidup dan untuk Mati），对西方工业化国家的日本所面临的人的危机和年轻的发展中国家印度尼西亚的未来命运作了对比。高度工业化的日本把人变成了机器人，自杀成为摆脱孤独感的传统办法。印度尼西亚是个年轻的国家，还有机会来筹划自己的未来命运，使之更符合人性。作者通过对比似乎已看到全盘西方化的潜在危险，他认为印度尼西亚不应走日本的西化道路。

伊德鲁斯后来长期居住澳大利亚，他于1965年在马来西亚出版的长篇小说《人的良心》（Hati Nurani Manusia）在印度尼西亚要到1976年才能见到。这部小说揭露年过半百的高层官员梭利兴的贪污腐败行为，他侵吞大量公款，荒淫无耻，连自己儿子的女友也霸占。最后他的两个儿子把他所有的钱财卷走离他而去。他无可奈何，因为那些钱财都是他贪污得来的。作者认为梭利兴的腐败堕落乃环境造成的，是动荡年代的产物。一个代表正面形象的人物说："倘若日本不来到这个国家，梭利兴大叔将仍然是一位受人尊敬的官员，俸禄够用，生活安定而不受诱惑，也不存发财的念头。"把贪污泛滥的现象全归咎于外因当然是不对的，这反映作者思想的局限性。小说中已看不到伊德鲁斯过去的新简练风格，描述的语言过于冗长和重复，给人以拖沓之感，所以这部小说没有引起人们的重视和兴趣。伊德鲁斯的另一部小说《波娜罗普公主传》（Hikayat Puteri Penelope，1973）是个虚构的故事，讲澳大利亚的波娜罗普公主因身材矮小而没有欧洲王子愿意娶她。后来印度尼西亚的贵族青年想娶她却遭到父王的反对。最后她决定离开澳大利亚，自己一人去意大利旅游。在那里找到了意中人，她便宣布放弃王位而当个平民百姓。澳大利亚从此变成了共和制国家。这部小说带象征意义，讽刺澳大利亚的白澳政策。澳大利亚是亚洲唯一的白人国家，但欧洲的白人却不认他们，而他们又不愿融入亚洲，所以造成他们的尴尬处境。

爪哇女作家蒂妮后来嫁给一个法国的外交官而移居国外，这使她有机会对西方人的道德观、性解放和女权运动进行直接的观察，并以一位东方女人固有的含蓄和细腻写下域内域外各种女性的命运和遭遇，指出印度尼西亚女性在现代化大潮中面临的种种问题和困惑。在70年代她陆续发表了十几部大小作品，其中以《在一艘船上》（Pada Sebuah Kapal，1973）、《拉·巴尔卡》（La Barka，1975）、《我的名字叫广子》(Namaku Hiroko，1977)、《启程》(Keberangkatan，1979)等最受好评。

《在一艘船上》讲的是一个爪哇舞女丝丽的悲欢故事，她与一名飞行员同居，过着恩爱的幸福生活，但时间不长，那飞行员死于空难。她后来嫁给法国人，在日本生活多年但很不幸福。丈夫要从日本举家迁回法国，他自己坐飞机而让妻子和女儿乘船。在船上丝丽遇上法国船长米哲尔，两人在家庭婚姻问题上都很不幸福，互相认识后很快便相爱了，在驶往法国的航程上尽情享受爱情的幸福……小说的题目《在一艘船上》具有象征意义，那艘船象征着两个同命运的恋人离开了陆地，摆脱了家庭的一切苦恼，幸福地沉浸在爱情的海洋中。作者赞赏丝丽为追求自己的幸福而永不低头的精神。

《拉·巴尔卡》也是讲嫁给法国人的一位印度尼西亚女人利娜的故事。她在法国南部拉·巴尔卡别墅里消夏，与五位法国妇女交往。利娜和她们都是婚姻的失败者，有的在等候离婚的判决，有的在寻找今后的出路，她们互相交流彼此的经历，谈论各自对未来的看法。利娜把他们的故事一一记在自己的日记里，从而形成了这部小说。拉·巴尔卡也是一种象征，在那里人们可以了解到各种婚姻失败的妇女对爱情、婚姻、家庭的不同看法。

《我的名字叫广子》讲的是一个日本乡下穷姑娘广子到大城市后的生活变化。她从一个单纯朴实的乡下穷人后来变成了夜总会酒吧间的脱衣舞舞女，在物欲横流的都市夜生活中成了男人的玩物。但她没有失去人的尊严，她只接受她爱上的男人，甚至为了她所爱的男人甘愿当情妇。作者相当了解日本大都市的夜生活，对那些为生活所逼而当女招待和舞女的人怀有同情心，认为她们也有权利寻求自己的爱情和幸福。

《启程》讲的是印度尼西亚印欧血统女人的命运遭遇。艾丽莎是印欧血统的姑娘，在50年代印度尼西亚反荷的高潮中她的家迁回荷兰，而她自己却留下。她一心想要融入印度尼西亚民族当中去，与一位爪哇男人相爱并结婚。没想到她的丈夫后来却背叛了她，她只好伤心地离开印度尼西亚，启程回荷兰……

蒂妮的小说总是以女人世界作为焦点，无论是印度尼西亚的女人，还是荷兰或是日本的女人，描写她们的遭遇和内心世界的活动。她对妇女的命运特别关注，在爱情和婚姻问题上思想比较开放。对她来说，最重要的是真正的爱情，没有爱情的家庭可以抛弃，为了爱情可以牺牲一切。这大概是她长期在西方国家生活所受到的西方爱情观和价值观影响的结果，但她爪哇女性含蓄的气质并没有消失。

以上海外作家的作品比较侧重于反映旅居海外的印度尼西亚侨民对西方文化的感受和他们在西方文化氛围中的悲欢生活。在一定意义上，这也可以看作是印度尼西亚民族文化与西方文化相碰撞的一个部分。

第四节　现代派小说的兴起

"新秩序"政权建立之后，对西方实行全面开放，西方各种现代主义流派大受青睐，对印度尼西亚文学的发展产生直接的影响。不少作家以搞"试验文学"为名，纷纷向西方现代派看齐，热衷于形形色色的标新立异，例如有的纯粹是为了赶时髦，发表由电子符号组成的所谓"电子小说"，里面没有几个文字，看了令人莫名其妙。此类无奇不有的作品没有什么文学价值，只是昙花一现，很快就被人遗忘。但也有严肃认真的作家，他们接受西方现代派文艺思潮并不是在赶浪潮，而是想从中找到新的文艺理念，新的创作方法和新的表现形式。好些作家经历了五六十年代的风风雨雨和政治风波之后，对于社会的不合理性和荒诞性、人性的异化和道德的沦丧感到迷惑不解，产生了恐惧感、荒谬感和孤独感，认为人与人之间难于沟通，缺乏善意和理解，人生迷失了方向。这时他们从西方的荒诞派那里找到了可借鉴的创作方法，用最荒诞的形式表现当代社会的谎诞性以及当代人对常规理性和客观真理的疑惑和由此而产生的复杂的心理状态。在这方面具有代表性的作家有伊万·希马杜邦（Iwan Simatupang）、布杜·威查雅（Putu Wijaya）、布迪·达尔玛（Budi Darma）和达纳尔托（Danarto）等。

伊万·希马杜邦1928年生于苏门答腊北部的希波尔卡。他的代表作《祭奠》（Ziarah）写于1961年他从欧洲回国之后，但要到1969年才正式出版，并立即受到广泛的重视，1978年还获东南亚国家联盟的小说奖。耶辛认为伊万·希马杜邦将和当年的凯里尔·安瓦尔一样"为印度尼西亚文学打开新的一页"。

《祭奠》是印度尼西亚第一部打破传统和常规写法的"反小说"的小说。主人公没有名字，原是一位很有前途的天才画家，丧妻后不再作画，整天疯疯癫癫，大叫大嚷。他每天都要到路口边死死等候亡妻前来接他，天天如此，全市都知道，习以为常。所以，他的"不正常"便被社会看作是"正常"了。原画家最喜欢的工作是刷漆刷粉，后来被坟场管理员聘去做粉刷坟场外墙的工作。于是他恢复了"正常"，每天认认真真地刷墙。然而他的"正常"却被社会看作是"不正常"，从而引起全市的大恐慌。市长立刻召开常委会紧急会议并作出决议："立即停止刷墙工作，直到情况和笼罩我们可爱城市的异常气氛过去。"这件事甚至惊动国家元首和内阁总理前来视察，闹得沸沸扬扬。整个故事没有连贯性的情节，人物都没有名字而以职位代称。作者以非理性对待理性，以无意识对待意识，以支离破碎的片断代替完整合理的结构,这恰恰是作者为了表现社会的荒诞性和人性的异化。他以坟场作为中心舞台,因为他认为活人与死人没有什么不同,"其差别仅仅是:他在地面上而他们(指坟墓里的死人)在地底下"。坟场管理员自杀时留下的遗言是:"为了充实和完善",而"每一个不完善就是美"。"哲学是死亡的学科"而"坟场是哲学的最高学府"。这部"反小说"的小说用传统和常规的尺度来衡量,确实非常荒诞不经,似乎没有一个中心思想和内容,但在荒诞的背后仍可以感受到作者对现实社会的不满和嘲讽,特别是对官场和高官们的丑态揭露和嘲讽得比较深刻。

伊万·希马杜邦后来陆续发表的小说有:《红中红》(Merahnya Merah. 1968)、《干旱》(Kering, 1972)、《戈翁》(Koong, 1975)等。《红中红》描写在十字街头寻找出路的一群流浪者,有穷困潦倒的人,有卖淫的和胡作非为的人。他们在作者笔下都成了漫画式的人物,然而却是社会上真实存在的人。

《干旱》是个没有情节的小说,人物也没有性格特征,主人公没有名字,只称他为"我们的主人公"。他是学哲学和历史的大学生,才华横溢,甚至超过了他的老师。但他不求个人的飞黄腾达而甘愿到一个干旱的移民区去工作。为了克服可怕的干旱,他坚持不懈地深挖井,哪怕把地球挖穿。他的同事们忍受不了艰苦,纷纷离开他跑回城里,而他一直坚持挖井直到有一天晕倒在地。他被送往城里的医院,在那里遇到了过去的同事,如今他们个个因贪污而发大财,过着豪华的生活。他们约他回城里一起干,可他拒绝了,仍然回到移民区继续他的事业。他终于建成了一座城市,但不久被暴风雨所摧毁。许多人都想放弃移民区,是他把他们叫了回来,一起重建新的城市……在充满贪污腐败和自私自利的社会里,像"我们的主人公"那样的人是根本不存在的,作者以不存在的人来对照存在的人,让人们看到现实生活中人的真实面貌,同时也在呼唤像"我们的主人公"那样的人出来领导,把荒芜干旱的家园建设成美丽的城市,然而这只是作者的主观愿望而已。

《戈翁》比较不那么荒诞,基本上还有故事情节,人物也还有个性。小说的主人公有名字,叫萨斯特罗,是个不幸的农民。他的家园遭到水灾,妻子死了,剩下的唯一儿子也死于车祸。在绝望中,他买了一只布谷鸟,它不会叫,但给他带来了希望,使他有勇气去改变生活。他种的庄稼年年获得丰收,开始富了起来。但是有一天他的布谷鸟失踪了,他决定离开家园把失踪的布谷鸟找回来。他到处寻找,直到有一天他遇上一位老寡妇,她也有一只会叫的布谷鸟,生活得很幸福。他终于醒悟了,人生就是要不断地有所追求,他要继续寻求下去……这部小说所要表达的思想与《干旱》相类似,那就是不管结果如何必须自强不息,把失去的找回来。"找到"和"找不到"已经不重要,重要的是要不断地"找"。作者说:"倘若那布谷鸟找不回来也无碍，因为它已经待在萨斯特罗大叔的心坎里了。"

在伊万的小说中，第一次出现没有名字的主人公和人物，他们都是在现实生活中被抽象化了的人物模特而非血肉之躯。故事的发展反情节和反常理，不受任何约束，任其自流。伊万这种反传统的荒诞小说为他赢得了声誉，有评论家甚至认为"伊万的小说开始了印度尼西亚小说迄今为止最为激进的一场革命"，其实那只是对传统的现实主义小说的反潮流，是西方现代派，特别是荒诞派文艺思潮在印度尼西亚的回响。

另一个著名的荒诞派作家布杜·威查雅是巴厘出生的，生于1944年。他是70年代最多产的作家和剧作家，几乎年年都有作品获奖。他的第一部小说《当夜色深沉》（Bila Malam Bertambah Malam）发表于1971年，其实是1964年的作品。这部小说还是采用比较传统的写法，讲巴厘社会的一个故事。他于1973年发表的小说《工厂》（Pabrik）写于1968年，是一部过渡性的作品，把社会的现实性和荒诞性结合起来。小说描写一个工厂的劳资纠纷，由于无法相互沟通和协调立场而最后导致工厂被烧毁……作者采用电影剪辑的手法把各种片段交接在一起，场景的变换呈跳跃式。他用电影"蒙太奇"的手法表现意识流，别具一格。

布杜·威查雅的成名之作是《电报》（Telegram），发表于1973年，讲一个年轻人于恍惚之中似乎收到关于他母亲病故的电报。他必须立即回乡奔丧，但小说刻意描写的是主人公的精神错乱，他把现实与虚幻混在一起，把生活的过去，现在和将来搅在一块，使他弄不清自己是存在于现实还是虚幻之中。他对一切都感到怀疑，不能确定其实在性或虚幻性，甚至连做爱过数千次的女朋友也怀疑其实在性。"他不能再区别什么时候他是幻觉，什么时候他是实实在在地为自己之所为尝到后果"。他不知道自己是谁，是干什么的，只有电报把他与现实联系起来。我们都会收到电报，通知我们有关出世或死亡的消息，直到别人也收到有关我们的消息，这就是人生。这部小说没有前后连贯的情节，很难说清其故事梗概。作者让故事顺着主人公的有意识、无意识和下意识的时隐时现而不断地流动，让读者也跟着东奔西跑而"精神错乱"起来。

布杜·威查雅于1977年发表的小说《车站》（Stasiun）被认为是他最成功的作品。这部表现人性失落和孤独感的小说以火车站作为背景。火车站上熙熙攘攘的人流，嘈杂的人声，污秽的地板象征着社会的乱七八糟和乌烟瘴气。而主人公是一个来路不明的老人，他只觉得自己必须动身，但不知道要去哪里和干什么。必须动身的潜意识把他带到火车站，从而开始他的灵魂在火车上恶梦般的经历。当火车到站时，灵魂找不到自己的躯体了，原来躯体还在原来的火车站上等着买票。

小说极力表现人世间的冷漠、无情、混乱和空虚，那老人代表被社会压得喘不过气的弱者，他孤独和空虚的灵魂在寻找人们的同情和关怀，但结局还是回不到自己的躯体。

布杜·威查雅于1978年发表的小说《输了》（Keok），也是类似的作品。此外，他还写了不少剧本，有《海洋在歌唱》（Lautan Bernyanyi，1967）、《某人》（Anu，1974）、《唉哟》（Aduh，1975）、《扑通扑通》（Dag ding dug，1976）等，都属荒诞派的戏剧作品，对印度尼西亚戏剧的发展有很大的影响。

布迪·达尔玛也是荒诞派作家，是大学讲师。他属于学院派，主要从事短篇小说的创作，发表在《地平线》和其他杂志上，没有出过自己的专集。他深受卡夫卡的影响，其代表作《批评家阿迪南》（Kritikus Adinan，1974）有脱胎于卡夫卡小说《审判》的痕迹。小说主人公一位批评家在经过卡夫卡式的审判后被释放，他被一位出版商带到新的办公大楼并答应将出版他的作品。他像被囚禁在玻璃塔里，从玻璃窗上看到了他写的所有小说的人物都在盯着他，而最后看到的是他自己眼睛。作者用自己独特的风格描述了世道的荒诞性，有人认为小说写得过散，缺乏完整性，没有一个主题，但也有人认为这恰恰是小说的成功之处，它的不完整性正有力地反映了社会的不完整性。布迪·达尔玛被认为是印度尼西亚小说的重要革新者，他的小说充满对社会荒诞性的冷嘲热讽。

达纳尔托是爪哇作家，美术学院讲师，他的短篇小说有两大特点，一是"以图为题"和"以图为文"；一是爪哇传统文化色彩浓厚，笼罩着爪哇泛神论和神秘主义的气氛。小说中可以看到各种异乎寻常的事碰在一起，一切最荒诞的东西都可能产生，从短暂中看到了永恒，在永恒中看到了短暂。他以爪哇的独特方式吸收西方现代派的艺术，把西方的典型人物融入于爪哇的神话人物。他喜欢阴森的坟地、惨烈的战场和寂静的旷野夜晚，描写得富有诗意。他的故事很怪诞，其实他在表现这样一个思想：真正的实在是单纯，要排除一切欲念，回到单纯的自我，拒绝任何装模作样，而最好的人生就是从历史舞台上消失。他的短篇小说《琳特利克》（Rintrik，1968）曾获奖，其他作品还有短篇小说集《科德罗普》（Godlob，1976）和一些剧本。

第五节　回归本土文化的小说

当荒诞派文学盛行的时候，一些地方出生的作家，却朝相反的方向发展，从向外看转为向内看，回归本乡本土的传统文化寻找灵感和创作源泉。他们仿佛又把我们带回到20年代和30年代的时代主题,如新老之间的矛盾,传统与现代的冲突等等,但不是简单的重复,而是从更高的层面上重新审视。他们的小说比较贴近现实,反映现实社会存在的各种矛盾。他们分布于全国各地,把各地方文化融入到印度尼西亚文学中来。到了80年代,这种发展趋势方兴未艾,其中爪哇作家和爪哇文化的影响和作用尤为突出。下面先介绍几位爪哇以外的比较有代表性的作家:

威尔丹·雅丁(Wildan Yatim)是苏门答腊打板奴利人,生于1933年。他所写的短篇小说与20年代的小说一样,大多以米南加保的传统社会为背景,不过时间已经大大挪前,故事发生在50年代"印度尼西亚共和国革命政府"叛乱时期和60年代发生"九·三〇事件"的期间。他的长篇小说《风波》(Pergolakan,1974)描述这个期间米南加保一个保持传统文化的农村社会所经历的时代变化。这个农村远离城市,没有受现代化的影响,非常落后但很平静和安宁。一位年轻教师萨兰想引进现代知识以改变农村的落后面貌,但遭到保守派的反对和迫害。他只好带领一部分村民到森林里另立新村,以实现他的抱负。新村日益进步和繁荣,但后来还是为"印度尼西亚共和国革命政府"的叛乱和"九·三〇事件"的政治风波所摧毁。作者认为家乡农村的落后和无法进步是城市政治斗争波及农村的结果。他的另一部长篇小说《达姆历险记》(Petualangan Tam)有点仿美国马克·吐温的《汤姆·索耶历险记》,但表现的主题大不相同。小说的主人公达姆是米南加保的农村青年,他靠自己的奋斗,克服种种困难,才得以上万隆工学院深造。学成后他回去想为改变家乡的落后面貌作贡献……威尔丹的乡土之情较浓,小说对家乡的一草一木描写得很细致且富有情感。

凯鲁尔·哈伦(Chairul Harun)也是米南加保人,生于1940年。他的长篇小说《遗产》(Warisan,1979)是一部描写米南加保传统母系社会的作品,但与20年代同类题材的小说有所不同。这部小说不是从内向外看而是从外向内看,即用生活在大城市里的现代人的眼光去看待米南加保传统社会的旧习俗。小说主人公拉费鲁斯长起期居住在雅加达,是米南加保的现代青年,他回乡看望病危的父亲。根据米南加保的传统习俗,他有权继承家族的财产,于是发生严重的财产纠纷,充分暴露了米南加保传统社会里各种人物的贪婪、无耻和阴险的嘴脸……作者以现代人的目光在小说中详细描述了米南加保母系传统社会的宗法关系和各种习俗,可以为民俗学提供许多感性资料。

巴拉吉特利(Parakitri)是巴达克作家,1947年生于苏门答腊北部的沙姆西尔。他最初写传记小说《库斯尼·卡斯突》(Kusni Kasdut)在报上连载,1979年才正式出版。他的成名之作是长篇小说《驼背》（Si Bongkok），描写"九·三〇事件"之后巴达克地区发生的故事。小说主人公钦托是一位农园主的儿子，其父涉嫌"九·三〇事件"而死于狱中，母亲忧伤过度而自杀。他14岁就成为孤儿，由一位"叔叔"抚养，生活在僻静的沼泽地区。他经过爱情的纠葛和种种磨难之后去雅加达谋生，后来入了黑道。原来抚养他的那位"叔叔"是黑道的老大……小说讲的是一个"九·三〇事件"受害者后代的故事，虽然没有直接与政治相联系，就所选择的题材和人物而言已经是不一般的了。作者对巴达克复杂的家族宗法关系写得颇为详细，族外人一般不易看懂。

克尔讼·勃克（Gerson Poyk）是唯一的东努沙·丁加拉作家，生于1931年。他的小说有许多是描写努沙·丁加拉的百姓故事，特别关注那里被忽视的小老百姓的命运。他的小说《老师》（Sang Guru，1971）讲一个师范学校的毕业生被派往边远的德尔纳德岛教书。他在那保持古扑民风的岛上工作、生活和恋爱，虽然清苦，却也很宁静和谐。但后来被"全面斗争约章"的叛乱所破坏……他的另一部小说《爱的绿洲》（Cumbuan Sabana，1979），描写印度尼西亚东部帝汶岛上的爱情故事，一对青年情侣因门户不当而不能结合，最后一起私奔……作者对帝汶岛上传统的封建势力予以有力的揭露，他对帝汶的社会文化情况非常熟悉并作了详尽的描述。克尔讼是第一个把帝汶的文化带进印度尼西亚文学的作家。

阿斯巴尔（Aspar）是南苏拉威西乌戎班昌人，生于1943年。他热心于在印度尼西亚文学中挖掘有关苏拉威西地区的生活题材。他的获奖作品《潮流》（Arus，1974）描写乌戎班昌一个农村青年教师的艰辛生活。在60年代，一个农村教师靠工资是难于维持生活的。他为了改变自己的命运而半工半读上大学，但从此也招来了种种的麻烦和是非，最后他不得不放弃教学，全力去完成学业。这是时代潮流的要求，否则他无法改善自己的生活和娶得自己理想的妻子……他的另一部小说《岛》（Pulau，1976），有点像鲁宾逊飘流记的故事，描写生活在南苏拉威西传统社会里的一对情侣，因遭到双方家长的反对和触犯传统习俗而逃往一座孤岛在那里隐居下来。若干年之后，他们决定返回原来的家族社会，但没有成功，最后家乡人在海滩上发现了他们俩的死体……小说通过爱情悲剧生动地描述南苏拉威西航海民族的倔强、诚实、重视荣誉的特性和当地社会的文化传统和价值观。小说的地方色彩和民族情调特别浓厚。

还有一位南苏拉威西乌戎班昌出身的作家是希南萨利（S. Sinansari Ecip）。他的小说也是富有南苏拉威西的地方色彩和民族情调。他的长篇小说《旅途》（Perjalanan），是一部描写布吉斯族青年与马都拉族姑娘的爱情故事，里面可以看到不同文化的冲撞。《付出》(Pembayaran)描写南苏拉威西的黑社会，里面充满抢劫、格斗和复仇的场面，同时穿插爱情的故事，有点类似美国西部牛仔小说，这在印度尼西亚的文学中是不多见的。

苏拉威西还有一位作家坎尼(Canny R. Talibonso)也需要一提，他1939年生于北苏拉威西的万鸦佬。他的小说《花蕾凋谢》(Tunas-tunas Luruh Selagi Tumbuh，1977)以北苏拉威西的米纳哈萨社会为背景，描写一个积极参与"全面斗争约章"叛乱的年轻人所经历的事和亲身的感受，也很有地方特色。

加里曼丹的年轻作家柯利(Korrie Layun Rampan)于1978年发表的小说《祭祀》(Upacara，1978)引起人们的注意。这部小说可以说是一幅大型的达雅克族的民俗图，主人公是"我"，他用现代人的眼光详细描述加里曼丹内陆达雅克族的各种各样的祭祀活动。他对每一个祭祀的目的和进行的方式都作了详细的说明。作者对达雅克族比较原始的社会文化有相当的了解，这个族还保留着非常浓厚的原始信仰，他们仿佛生活在各种祭祀活动之中，与现代社会相隔绝。作者对达雅克族这种原始的生活方式感到疑惑。他问："难道这就是生活？我经常这样想。生活难道只是一个祭祀接着一个祭祀的循环往复，或者生活就是祭祀本身？"以达雅克族的社会文化作为题材在印度尼西亚小说中也是罕见的。

在回归本土文化的作家中更多是爪哇出生的，哈里亚迪(Harijadi S. Hartowardojo)便是其中之一。他1930年生于勃兰邦岸，50年代已开始写小说，对社会问题比较关注。他于1971年发表的小说《被放逐的人》(Orang Buangan)描写爪哇农村社会里传统观念与现代意识的冲突，如传统巫医与现代西医、迷信与科学的对立等。作者着重揭露爪哇内地还十分盛行的对"神秘力量"的迷信和崇拜，小说主人公丹特利在中爪哇内地当农村教师，差一点就成为这种愚昧和迷信的牺牲品，他被指控是神秘瘟疫的祸首。哈里亚迪于1976年发表的另一部小说《与死亡的协议》(Perjanjian dengan Maut)更是充满爪哇的神秘主义色彩。小说以日本占领后期的反日斗争和"八月革命"初期捍卫独立的战争为背景，描写主人公如何在南海女神的庇护下逃脱一次又一次的劫难。小说的爪哇传统文化气氛相当浓厚，把神话传说与现实生活结合起来，别有一番情趣。

还有一位爪哇日惹作家昆托维佐约(Kontowijoyo)，他的作品也带有浓厚的爪哇神秘主义色彩。1976年他发表的《山上的讲道》(Khotbah di Atas Bukit)是一部东方哲理小说，主人公巴尔曼想给芸芸众生点破迷津，让他们到山上听他讲道。他宣扬虚无主义的神秘观点，认为人生无意义，他说："生活不值得去继续，结束自己的生命吧"，又说"生活把人拖着走，是不可理解的"。这反映作者对现实社会的困惑和迷惘，他看不到前途，认为适应生活的最好办法是不去思想地生活，谁想解答生活之谜和改善生活都是徒劳的。

阿尔斯文托（Arswendo Atmowiloto）是位多产的作家，1948年出生于梭罗。他的小说主要以爪哇现代年轻人的生活为题材，描述他们的思想状况和生活态度。他于1976年发表的第一部长篇小说《混杂的影子》（Bayang-bayang Baur）描写年轻人的爱情婚姻问题，在传统与现代的文化氛围中许多人毁于生活的放荡和不检点以及社会的道德败坏。他的另一部小说《马杜比和朱敏登的婚配》（Kawinnya Martubi dan Juminten）描写农村里还盛行的指腹为婚的陋习，两个从小就被父母配对的人最终不能成婚。阿尔斯文托也从事戏剧创作，有不少剧作获奖。

出生于中爪哇的耶索（Jasso Winarto）于1978年发表的长篇小说《二人世界》（Dua Manusia）也有自己的特色。小说通过夫妻生活出现的种种矛盾反映不同文化教育背景的冲突和相互依存。二人世界是二人各自的世界，互相排斥但又互相需要。妻子是一位生活上很传统和保守的医生，丈夫是一位生活上很自由和奔放的艺术家，两种截然不同的性格使夫妻之间经常闹矛盾，但经过生死的考验之后，夫妻还是对二人世界的简朴生活感到满意。小说所描写的家庭矛盾，表面上是性格不同所引起的，其实是文化教育上的差异造成的，只要彼此能相互沟通和宽容，矛盾是可以解决的。

乌玛尔·卡雅姆（Umar Kayam）是东爪哇作家，1934年生于牙威。他的作品比较有深度，文笔精炼，结构紧凑，把爪哇和西方两种不同的文化气质和谐地糅合在一起。他以写短篇小说为主，1972年出短篇小说集《曼哈顿的万家灯火》（Seribu Kunang-kunang di Manhattan），1975年出另一部短篇小说集《斯利·苏米拉与巴乌克》（Sri Sumirah dan Bawuk），收入他的十篇作品。《斯利·苏米拉》是其中的代表性作品，描写一对当老师的爪哇夫妻生活。妻子斯利·苏米拉从小就被奶奶灌输爪哇传统文化思想，对丈夫百依百顺，忍受着丈夫去娶第二个妻子。其实斯利·苏米拉的内心在剧烈地反抗，但囿于爪哇人顺天认命和出嫁从夫的传统思想，她还是逆来顺受。丈夫终于被她的温顺无争的精神所感动，放弃了娶第二个妻子的念头……爪哇家庭的夫妻问题经常出现在乌玛尔·卡雅姆的作品里，尤其对爪哇妇女的典型气质有细致的描述。他的另一部具有代表性的作品《巴乌克》也体现这个特点。小说描写一个爪哇妇女对丈夫的坚贞不移，在丈夫因涉嫌"九·三〇事件"而被捕之后，她仍不顾家族的反对而继续忠于自己的丈夫。乌玛尔·卡雅姆所描写的爪哇妇女都带有悲剧色彩，她们深受爪哇传统思想的约束，听天由命，逆来顺受，然而她们的内心却很坚强，外柔内刚。

东爪哇出生的作家还有苏巴尔托·巴拉达（Suparto Brata），1932年生与泗水。他的小说以描写日本占领时期和"八月革命"时期的故事为主。《我的出生地泗水》（Surabaya Tumpah Darahku）描写日本占领时期日本人对安汶族人的残酷迫害激发了他们的民族主义精神，后来积极参加捍卫民族独立的"泗水战役"。另一部小说《间谍》（Mata-Mata）描写"八月革命"时期印度尼西亚军队的反间谍斗争，歌颂机智勇敢的学生军战士。

有一位比较特殊的作家是芒温威查亚（Y.B. Mangunwijaya），1929年生于安巴拉瓦。他是一位神职人员，在斯列曼村当神父。他的长篇小说《织巢莺》（Burung-Burung Mayar）和《拉哈迪神父》（Romo Rahadi）描写年轻神父灵与肉之间的矛盾和斗争。作为正常的男人，他有七情六欲，也想与女人恋爱，但是他已经委身教会事业，不得结婚。这种矛盾贯穿于两部小说之中，主人公最后还是战胜了情欲而全心全意地担负起神父的职责。这个结局不难理解，因为作者本人就是一位神父。

拉玛丹（Ramadhan K.H.）是巽达诗人和小说家，1927年出生于西爪哇万隆。他于1958年发表过诗集《秀丽的勃良安》（Priangan Si Jelita），尽情抒发他对勃良安故乡深厚的情愫，曾获民族文化协商机构的文学奖。后来他忙于记者和编辑工作，经常出国，到70年代才有新作问世，前后发表了三部长篇小说。1971的小说《革命的产褥热》（Royan Revolusi），描写一个大学生在独立革命之后决定当一名作家，但他必须面对"独立"后的黑暗现实，如贪污腐败、权力之争、欺压百姓等，同时他又要不断净化自己的灵魂，赋"独立"以实际的内容和意义。1977年的小说《生活危机》（Kemelut Hidup）也是描写社会贪污腐败的问题。主人公阿卜杜尔拉赫曼不顾年纪已大，仍去上大学深造并获得了学位。他以为从此前途光明，但事实却相反，等待他的是接二连三的厄运。原因是他当高官之后洁身自好，不愿跟贪官们同流合污。1978年发表的小说《普尔马纳的家庭》（Keluarga Permana）另有特色，描写一天主教青年与一伊斯兰教姑娘爱情婚姻的悲剧故事。两人跨宗教的结合在伊斯兰教的传统社会里是不能被接受的。历尽磨难之后两人终于结婚了，但一周之后新娘突然死亡，最后还是以悲剧告终。拉玛丹的小说有两大特色，一是涉及社会现实存在的问题，主人公往往是那些社会问题的受害者；一是巽达地方文化的气氛比较浓厚。拉玛丹的小说多以巽达社会为背景，但所反映的现实不局限于巽达族和地区的范围，而是带有全国性的和印度尼西亚民族性的。

与荒诞派作家相比，以上的作家和作品，除了表现浓厚的地方文化传统之外，也比较贴近当地当时的社会现实，在一定程度上反映印度尼西亚的社会矛盾和人们对现实的疑惑和不满，具有现实意义。到了80年代，从"向外看"转为"向内看"的势头在不断加强，文坛更加活跃。1984年阿里夫·布迪曼提出"关联文学"的主张，即文学必须与其社会的存在相关联，不能脱离其社会的历史和现实。这是对"普遍性"和超现实主义文学的反弹，是"世界性"与"民族性"之争的又一新回合。在这方面表现最突出的是爪哇作家的更加爪哇化。爪哇文化是印度尼西亚各族文化中历史最悠久和影响最深远的一个文化，而今爪哇又是印度尼西亚的政治、经济、文化的中心，因此出现"印度尼西亚文学爪哇化"的现象并非偶然。许多爪哇作家企图从文化的层面上重新审视现代城市的文明进步与农村社会的保守落后的矛盾和统一。在现代爪哇人生活中，爪哇文化传统的深层影响仍然牢牢地在起作用。作为自然经济的产物和印度宗教文化长期影响的结果，爪哇人的传统宇宙观是"天人合一"，他们把"顺受"（nerimo）、"认命"（nerimopandum）、"无争"（pasrah）、"情愿"（ridlo）和"听从"（sumarah）当作是做人的基本准则。这与现代人自私自利的拜金主义，谋求个人发展的功利主义等互相矛盾然而又互相包容，因为现代的并非皆完美而传统的也并非皆糟粕。对于爪哇传统文化的"反思"和"寻根"在80年代有进一步的发展，出现在文化内涵上更有深度的作品，其中最有代表性的作品是阿赫马·多哈里的《爪哇舞妓》（Ronggeng Dukuh Paruk）和乌玛尔·卡雅姆的《士绅门第》（Para Priyayi）。

阿赫马·多哈里（Ahmad Tohari）1948年生于万由旺宜，是文坛新秀，70年代中才初露头角。1977年他发表处女作《芝巴拉克山麓》（Di Kaki Bukit Cibalak），1980年发表第二部长篇小说《圆顶》（Kubah），被文教部"大作基金会"评为当年的最佳小说。但最引起文坛轰动的是他的《爪哇舞妓》三部曲（1981年出第一部《杜古巴鲁的摇钱树》，1985年出第二部《清晨的扫帚星》，1989年出第三部《月晕》）。《爪哇舞妓》三部曲的问世受到评论界高度的评价，同时也引起国内外学者对爪哇传统文化的广泛兴趣。这三部曲既可以看作是一部悲剧性的爱情故事，又可视为爪哇农村传统文化的横截面记录；既可以作为社会文化和民俗小说来研究，又可以从女权问题的角度去探讨。作者凭着他对自己故乡山水和风土人情的熟悉，对爪哇传统文化影响的直接感受，以及对典型人物的典型性格和心理状态的把握，把一个叫杜古巴鲁的小山村从1950年到1971年所发生的深刻变化艺术地再现在读者面前。小说的主人公叫斯琳蒂尔，她命里注定要当共男人玩赏的舞妓。对此她不但毫无怨言，反而引以为荣，这正是受爪哇传统文化精神奴役的爪哇妇女的悲哀。她把自己人权的被践踏看作是一种义不容辞的"奉献"。而全村人可以从她的"奉献"中大大受益。小说以斯琳蒂尔的一生经历为主线展开情节，叙述她十一、二岁开始履行"神妓"义务前如何度过"揭闺帐之夜"，即让舞师爷拿她的贞操作为拍卖品，让出价最高的男人享有"初夜权"；叙述她当上舞妓后如何为婚前的男人当"哥娥"，即为雇他的男人以自己的身体传授性经验，实际上等于卖身；叙述她如何被卷入政治漩涡而成为政治斗争的牺牲品；叙述她出狱后又如何被男人欺骗和愚弄，使她重新做人的最后希望彻底破灭。斯琳蒂尔的一生即可怜又可悲，她对自己的悲惨命运几乎没有抗争过，然而她也向往能过正常人的生活，希望能有自己的爱情幸福。在少女时代她曾经有过恋人叫拉苏斯，在她当上舞妓后拉苏斯便离她而去。多年后，当拉苏斯回来并决心改变家乡的愚昧落后面貌时，斯琳蒂尔却已经疯了……斯琳蒂尔与拉苏斯的经历具有象征意义，是整个故事的经纬线。两人时离时合，交叉进行，在叙述方式上与美国现代作家斯坦倍克的手法有相似之处，即第一人称与第三人称的叙述交叉使用。作者对自己的故乡及其传统文化充满着爱和恨，爱其纯朴善良，恨其愚昧落后。这三部曲是作者爱和恨的交响曲，告诫人们在面对现代文化的挑战时，若要保持民族文化的传统就必须扬其精华，弃其糟粕，把其中合理的成分优化为现代民族文化的精髓。多哈里的三部曲是80年代文学更加"爪哇化"的一个典型作品，是"严肃文学"与"通俗文学"相互接近的实例，它兼有"严肃文学"的主题深刻性和"通俗小说"的故事趣味性，雅俗共赏。

　　乌玛尔·卡雅姆于1991年发表的《士绅门第》也是一部深刻反映爪哇社会文化横断面的长篇小说。作者本人还是一位教授，印度尼西亚科学院院士。这部小说可以说是他多年对爪哇文化传统的研究和了解的结果用文学的艺术形象加以图解说明，因此不但具有文学价值，也有学术价值。在爪哇的传统社会里，有一个相当于士大夫阶级的"士绅门第"（Priyayi），他们通过"学而优则仕"成为这个社会文化的主要继承者和捍卫者。到了19世纪末20世纪初，他们开始分化，其中的先进分子成为印度尼西亚民族觉醒的先驱者，在20世纪的民族运动中发挥重要的作用。独立后，他们又经历了政治斗争的大风大浪而进一步分化，但他们仍然存在，尤其是他们的"士绅门第精神"仍在发挥影响。《士绅门第》讲的就是这样一个士绅大家庭的三代家史。这个大家庭的创立者原是一个雇农的儿子叫苏达索诺，他得到副区长的栽培而得以上学念书，后来当了农村教师，从而跻身士绅门第。他的三个子女经历了荷兰殖民统治时期和日本占领时期的时代变迁，有的当上老师，有的成了乡土保卫军军官，有的则贵为区长太太，这个"士绅门第"可谓人丁兴旺了。"八月革命"以后，这个"士绅门第"的孙子辈面临着不同的时代挑战，政治上的分化加剧，有的成了官僚分子，有的成了左派分子，后来还受"九·三〇事件"的牵连而被捕。经过三代的演变，这个"士绅门第"已进入历史的尾声。种在大门前象征着这个大家庭显赫一时的大婆罗蜜树终于倒下去了。大家庭的老祖母临终前吩咐把倒下的大婆罗蜜树分发给所有的百姓，她说："这棵大树荫庇了这一家大小的安康，它的倒下意味着它庇护这个家的任务已经完结。我希望把这棵大树的精神传播给百姓。所有的人，无论是谁都可以拿走这棵树的木材、树叶和果实，只要还有。"究竟什么是"士绅门第的精神"，这个大家庭的私生孙子蓝迪普把它概括为这样一句话："这个精神的实质就是为社会大众服务，尤其是为小老百姓服务，无私奉献，鞠躬尽瘁。""士绅门第"一直是为统治阶级服务的，如今时代变了，只有转变立场，改成为社会大众服务，才能跟上时代的前进步伐。当然这只是作者的主观愿望，至于"士绅"这个具有爪哇传统特色的社会阶层将如何演变下去，只有历史才能作出回答。

第六节　"新秩序"时期的诗歌

在经过1966年的政治大动荡之后，盛极一时的"示威诗"和"反抗诗"沉寂下来了。当激动的情绪冷却之后，许多人看到的现实与自己的向往相距甚远，不禁大失所望，思想空虚，寂寞之感油然而生，"寂寞"一时又成为诗歌创作的主题。1969年苏巴尔迪（Supardi Djoko Darmono）发表的诗集《你的悲伤无止境》（Dukamu Abadi）被古纳万称之为"第二个寂寞之歌"。诗人在《序诗》中写道：

> 我探望你的悲伤，过去的
>
> 它把微粒吹满时间和空间
>
> 最后化成了字母。我来念一念：
>
> 人间寂寞，如黑烟

另一位诗人阿卜杜尔·哈迪（Abdul Hadi）于1971年发表的诗集《潮水还没有上涨》（Laut Belum Pasang）也唱起寂寞之歌：

> ……终于听到
>
> 我向往的其中歌声！
>
> 寂寞
>
> 寂寞
>
> 寂寞
>
> ……
>
> ……
>
> 接着我演奏我的烦恼！

> 我演奏！
>
> 寂寞
>
> 寂寞
>
> 寂寞
>
> 寂寞！

　　诗人苏巴吉约（Subagio Sastrowardojo）也承认寂寞与对死的恐惧是他诗歌创作的主题之一。他1970年发表的诗集《边境地区》（Daerah Perbatasan）中有一首诗《太空的第一人》（Manusia Pertama di Angkasa Luar）描述了诗人对寂寞的可怕感觉，诗中写道：

> 我越来越远，越来越远
>
> 离开我热爱的地球。心越来越寂寞
>
> 越来越惶惑
>
> 别让我一人孤独地生活

　　30年代荷兰殖民统治时期的阿米尔·哈姆扎，40年代日本占领时期的凯里尔·安瓦尔都曾把寂寞作为诗歌的主题，表达他们对现实的抵触和不满。如今不仅已成名的诗人，就是新起的诗人也大唱起寂寞之歌来了，反映他们对当前现实的悲观情绪。这种情绪也表现在诗人希托·希图莫朗的身上。他被关押多年后，不得不离开自己的国土，飘泊异国他乡。他后来写的诗歌就不时流露出这种孤独寂寞的情绪，1977年发表的诗集《行程图》（Peta Perjalanan）中的一首诗《不是勃萨吉神庙》（Bukan Pura Besakih）可以作为例证：

不是波萨吉神庙

> 一张197- 的月历纸
>
> 用来包油炸木薯
>
> 上面画着一座巴厘神庙
>
> 一幅鸟瞰图
>
> 最后的天堂在彩色胶版上
>
> 我把它抚平，然后贴在
>
> 牢墙上
>
> 神庙的内部
>
> 让我想起监狱的操场
>
> 飞机从上空每隔五分掠过
>
> 然后便着陆

在北方的国际机场

神庙与监牢

一个为神仙准备

一个为像我这样的人建造

太想遨游世界了

除了寂寞成为诗歌的主题外，回归本土文化是诗歌发展的另一个特色。著名诗人阿育普·罗希迪在70年代写的诗就充满巽达的地方情调，赞颂他自己故乡的山山水水和那里的人民以及文化传统。他的诗《恩黛·拉希丁的情书》（Suratcinta Endaj Rasidin）大部分取材于巽达的传奇故事，用现代的表现方式保留原来的神话色彩。阿育普还对纯朴的农村日益被现代化都市所吞噬感到不安，他眼看着现代的都市文化正在一步一步地毁灭农村的传统文化而感到万般无奈。他在《一个寓言》（Sebuah Parabel）这首诗中描述了他对这种趋势的焦虑：

人们爬到山上，雕刻石块

到了傍晚都回去

人们扬帆出海，捕鱼捞虾

风暴过后都回去

人们进入森林，砍伐木材

背着沉重的柴火都回去

人们进了城市，碰碰运气

没有一人再回去

连特拉在70年代有两件事引起社会的关注：一是1970年他皈依伊斯兰教，一是1978年因支持学生反对苏哈托连任总统的活动而被捕。几个月后他获释，但从此他很难再从事戏剧活动了。在70年代连特拉的诗歌创作除了表达寂寞之感，也表现回归本土文化的倾向。他于1971年出的诗集《普鲁斯致波妮》（Blues untuk Bonnie）和1972年出的诗集《旧鞋诗》（Sajak-sajak Sepatu Tua），反映诗人对现实的不满和对被损害者的深切同情，充满着伤感和寂寞的心情。1980年出的诗集《诗中的建设图》（Potret Pembangunan dalam Puisi）则反映诗人在积极寻求与爪哇文化，尤其是与爪哇文学的关系。他的作品含有源于爪哇神秘主义的神秘色彩，追求宇宙万物的和谐统一，体现天人合一。他在《我写这个传单》（Aku Tulis Pamilet ini）一诗中写道：

我写这个传单

因为敌我都是兄弟

　　　　在大自然中仍有光辉

　　　　落山的太阳由月亮代替

　　　　而明天它必将重现大地

　　　　在生活的污泥浊水里

　　　　我仿佛看到可辨认的字迹:

　　　　显然我们，啊，都是人类自己!

　　另一方面，连特拉看到国家政治和经济的发展造成许多社会的不公正现象、如贪污腐败泛滥，财富集中在少数人手里，而大多数人的个人自由被摧残，遭到不公正的待遇。他特别关注受伤野兽的呼叫和迷途羔羊的失群，此类主题在《诗中的建没图》里表现得尤为突出。

　　杜蒂·赫拉蒂(Toeti Heraty)是70年代惟一的女诗人，出生于万隆。她的诗很有特色，从女性的角度表达女性的心声。她于1973年出诗集《33岁的诗》(Sajak-sajak 33)，收入她33岁时写的作品，1979年出另一部诗集《一片槟榔一张篓叶》(Seserpih Pinang Sepucuk Sirih)。她在诗中表达了她对女性在传统的男性统治的社会里没有地位和任人摆布的愤懑心情，同时也表达了她对女性由于愚昧无知和失去自尊而作践自己的悲哀。杜蒂善于使用讽刺的语言揭露世代相传的男尊女卑现象。

　　"爪哇化"倾向最为突出的诗人是里努斯·苏雅迪(Linus Suryadi AG.)。他生于日惹附近的农村，从小受爪哇传统文化的熏陶。1981年他发表的长篇叙事诗《巴丽燕的自白》(Pengakuan Pariyem)是爪哇化的典型作品。《巴丽燕的自白》描写一位爪哇妇女的心灵历程。巴丽燕是个女佣，她安于自己当女佣的命运，但内心仍蕴含着对人生哲理的深刻理解。她说:"我没有负罪感，但我的廉耻之心很强。"她来自日惹附近的偏僻农村沃诺沙利，从自身的经历中了解到许多有关人生的问题，社会的各种问题和她侍候的贵族家庭的各种情况。她生活在浓厚的爪哇文化氛围里，里努斯通过她把爪哇文化的"顺受"、"认命"、"无争"、"随愿"、"听从"以及宇宙和谐统一的人生哲理和宇宙观生动而又形象地展示出来:爪哇人的性格充满着矛盾，一方面非常谦虚，一方面又非常自尊，巴丽燕在自白中作了生动的概括:

　　　　我只要求一种理解

　　　　不用还价，不要伤害

　　　　倘若你是地道的爪哇人

　　　　就不必去问

　　　　——负罪的问题

　　　　我也不知作何答复

> 但要是他被你羞辱
>
> 就在大庭广众
>
> 你的命也将保不住

除了浓厚的爪哇文化情调，诗人还把大量的爪哇谚语熟语和语汇融入诗句之中，以增加爪哇色调的浓度，但这也使不懂爪昨语的人阅读起来产生很大的困难，于是诗人不得不在后面附上了大量的注释。

70年代印度尼西亚诗歌的发展还有另外一种趋向，那就是从"具象艺术"走向"抽象艺术"，更注重主观性和向内性以及自由化的想象，有的则返朴归真，回到最原始的形态中去。这里最典型的诗人是苏达吉（Sutardji Calzumm Bachri），他是马来族诗人，1941年生于廖岛。70年代他以梦语式和近乎语无伦次的咒辞体诗而名噪一时。咒辞是印度尼西亚最原始的诗歌雏形，建立在原始信仰的基础上，诗人相信语言的声音可以打动"超自然力"，所以苏达吉把词视为诗歌的根基，他说词"必须摆脱词义的殖民统治，摆脱概念。词应该自由地自己决定自己"。他把诗歌的创作视为返朴归真的过程，他说："写诗对我来说就是把词解放出来，这意味着把词还原于其本原，其本原就是词。而最初的词就是咒辞。因此对我来说，写诗就是把词还原给咒辞。"他特别看重词的音响效果和声音所具有的魔力。读者从词的词义上无法了解诗人所要表达的意思，只有从词的声音中去遐想和琢磨可能是这个意思或者是那个意思。这里不妨拿他的一首诗《花盆》（Pot）作为例子：

花盆

> 那盆什么盆你的盆还是我的盆
>
> 盆，盆，盆
>
> 回答盆盆盆的是你吗那个盆
>
> 回答盆盆盆的是你吗我的盆
>
> 什么盆那个盆你的盆吗我的盆
>
> 盆

这样的一首咒辞诗究竟有什么含义，人们可以自己去猜想，有人说花盆的形状像人而且都是用泥土创造出来的，所以"盆"象征着"人"。就说是吧，那又要表达什么含意呢？下面再举一个以猫为主题的一首诗作为例子，也许能琢磨出一点意思来：

> 猫 烦躁
>
> 猫 发烧
>
> 猫 自尊

猫　狂暴

猫　渗透

猫　火燎

猫　尖利

猫　快刀

猫　我的心灵

喵！

有人认为诗人把"猫"比作自己的"心灵"，是表达诗人在追求自我时那种火烧火燎的焦急心情，他像猫一样到处寻找捕食的对象，而最后还是没有找到，只好叫一声"喵"。有人说苏达尔吉的诗歌魅力根本不在词句的含义而在发出的声音，像古代咒辞那样，通过不断重复出现的词所发出的声音把人带进一种超自然的梦境，所以苏达尔吉的诗不是用眼睛去阅读而是用耳朵去欣赏。他在70年代发表两部诗集，《哦》（O，1971）和《狂暴》（Amuk，1977），后者还获东南亚联盟的文学奖。可见苏达尔吉别出心裁的咒辞体诗还是颇有影响的。

第七节　80年代普拉姆迪亚·阿南达·杜尔的布鲁岛四部曲小说

普拉姆迪亚在"九·三〇事件"后被禁锢达14年之久，1979年底才获释。他被关在布鲁岛拘留营期间，克服了种种困难继续进行创作，先用口述的方式讲给难友们听，有了条件之后再写成书稿，据说共完成了11部长篇著作，其中最杰出的是被命名为布鲁岛四部曲的长篇小说《人世间》（Bumi Manusia）、《万国之子》（Anak Semua Bangsa）、《足迹》（Jejak Langkah）和《玻璃屋》（Rumah Kaca）。

四部曲的头两部《人世间》和《万国之子》于普拉姆迪亚获释后的第二年先后正式出版发行，在国内外引起巨大的反响。当《人世间》第一次出现时，有评论家说："普拉姆迪亚的这部小说一举结束了印度尼西亚文坛死气沉沉的局面。"有的说这部小说"将进入世界文学之林"并且"不比那些荣获诺贝尔文学奖的巨著逊色"。舆论界提名他为诺贝尔文学奖候选人的呼声越来越高，甚至著名的荷兰学者德欧也认为，如果普拉姆迪亚的后几部小说仍能保持已达的水平，那么对他的提名就应该"予以认真的考虑"。然而普拉姆迪亚博得一致好评的小说却被印度尼西亚的"新秩序"政府宣布为禁书，并禁止在印度尼西亚全境收藏和传播。

普拉姆迪亚的四部曲所以有石破天惊之功主要在于它在艺术上的卓越成就。四部曲从内因和外因上，通过感人的艺术形象深刻地反映了1898年至1918年印度尼西亚民族觉醒的历史进程。像如此重大的历史题材在印度尼西亚文学史上还是第一次出现。

四部曲之一《人世间》主要描写印度尼西亚民族觉醒的萌芽阶段，故事发生在1898年，地点在爪哇的大商阜泗水附近的一家荷兰人的大农场—"逸乐农场"。小说的主人公一个是给荷兰人当"姨娘"的土著妇女，叫温托索罗。"姨娘"是给白人当侍妾或姘妇的土著女人的称呼，她处于女奴的地位，不受任何法律的保护。温托索罗14岁就被父亲卖给荷兰农场主梅莱玛当"姨娘"，但她不屈服于命运的摆布，经过自己的勤奋好学和刻苦努力从白人主子那里学到了西方现代文化知识和管理技能，终于成了农场的实际掌管人。她生的儿子罗伯特向着白人父亲，自认为白人，瞧不起土著人。她生的女儿安娜丽丝却向着母亲，自认是土著人，乐意同土著人交往。另一个主人公叫明克，代表印度尼西亚新型的知识分子。他父亲是土著县太爷，他自己是当时泗水荷兰高级中学里唯一的土著学生。整个故事围绕着温托索罗姨娘一家的变化而展开。明克与安娜丽丝相爱，得到温托索罗姨娘的赞许，但遭到罗伯特父子的极力反对。一天，从荷兰来了一位叫毛里茨的年轻人向梅莱玛兴师问罪。原来梅莱玛在荷兰已经有了妻室，那个年轻人就是他的儿子。从那以后，梅莱玛便一蹶不振，丢下农场不管，整日在外过浪荡生活，最后在一家妓院中毒身亡。法院欲加罪于温托索罗姨娘和明克，说成是土著人对白人的谋财害命，但因无确证而未果。明克中学一毕业就与安娜丽丝按伊斯兰教的仪式结婚，但他们的幸福日子不长。安娜丽丝的异母哥哥毛里茨向白人法院提出财产继承权的问题，同时援引白人的法律要求把未满18岁的安娜丽丝遣回荷兰归他监护，不承认安娜丽丝与明克的夫妻关系。明克和温托索罗姨娘为维护自身的权力进行了不屈不挠的斗争，他们向社会和伊斯兰教界发出强烈的呼吁，震撼了荷属东印度，甚至引起了马都拉人的武装暴乱。最后荷兰殖民当局不得不出动军警进行镇压，包围了"逸乐农场"，把他们两人软禁起来，最后把安娜丽丝强行遣返荷兰。

从以上的故事梗概中可以看出，这部小说并非一般的描写男恩女怨的爱情故事。作者在谈到这部作品的创作时说："故事本身是描写一个受压迫的妇女，她正是由于受到压迫而变得坚强起来。"又说："我只不过希望土著人被人踩在脚下时不至于被踩扁，不至于被踩成薄片。越是受压迫，就越要起来反抗。"这些话道出了作者在小说中所力求表现的主题思想。《人世间》就是要向人们揭示印度尼西亚民族是如何被荷兰殖民统治者踩在脚下的，而他们又是如何越受压迫越要起来反抗的。印度尼西亚的现代民族觉醒就是从这种压迫和反抗中被激发出来的。

《人世间》的极大成功表明普拉姆迪亚的现实主义创作已上了一个新的台阶，

他通过正确地把握典型环境中的典型性格生动地反映了印度尼西亚民族觉醒萌发时期的本质特征。他选择了"逸乐农场"这个由白人和土著人结合而成的殖民地怪胎作为小说的中心舞台，是有特别的典型意义和象征意义的。"逸乐农场"可以说是当时印度尼西亚殖民地社会的一个缩影，在那里所发生的一切，与其说是家庭的矛盾和冲突，不如说是民族的矛盾和冲突更为确切。在这个家庭里，可以看到有一条不可逾越的种族界线把一家分成两个阵营：一个是以梅莱玛、罗伯特和毛里茨等为代表的白人殖民统治者阵营；一个是以温托索罗、安娜丽丝、明克等为代表的受殖民压迫的土著人阵营。双方围绕着爱情、婚姻、财产等而展开的复杂斗争，在一定意义上可以说是殖民地社会的基本矛盾在这个家庭里的反映和体现。在人物的塑造上，作者也下了很大的熔铸功夫，力求使每个人物都能代表一定的典型，同时又寓于一定的象征意义。温托索罗是作者浓墨重彩刻画的中心人物，她不仅是"姨娘"的典型人物，也是印度尼西亚民族从长年的沉睡中开始觉醒的象征。明克是作者精心刻画的另一个中心人物，他既是一个具有民族自尊心、不愿低声下气的新型知识分子的典型，也是印度尼西亚民族在接受西方先进文化影响之后开始觉醒起来的象征。其他出场的众多人物也都带有一定的典型意义和象征意义，描绘出印度尼西亚民族觉醒前夕殖民地社会的众生相。

四部曲之二《万国之子》把描写印度尼西亚民族觉醒的历史画面进一步向前铺开，展示出更加广阔和纷繁的场景。小说仍以泗水温托索罗姨娘的家为中心，但通过扩大主人公与外界的接触面，特别是与东方被压迫民族和国内被压迫农民的接触，把体现在明克身上的民族觉醒过程置于更加广阔的国际国内的历史背景之上，从而烘托出明克不仅是印度尼西亚之子，也是万国之子这个主题，把印度尼西亚的民族觉醒与东方的民族觉醒联系在一起。

《万国之子》以安娜丽丝的死作为序幕，这象征着一个历史阶段的结束，从此明克将走出个人的小天地，到广阔的社会寻找民族解放的出路。他如饥似渴地从东方其他民族的斗争中吸取营养来充实和激励自己。当时中国清末反帝反封建的民族民主运动给了他极深刻的印象。在这里，作者成功地塑造一个代表清末革命志士的正面形象许阿仕，与《人世间》里代表华人腐朽落后势力的反面人物阿章形成了鲜明的对比。许阿仕的革命活动使荷兰殖民统治者和华人的反动势力惊恐万状，但却博得了明克和温托索罗姨娘的高度赞赏和同情，他们甚至不顾危险资助和掩护许阿仕的革命活动。当许阿仕惨遭反革命势力杀害时，温托索罗姨娘十分感慨地说："任何一个做母亲的都会为有这样的儿子而感到骄傲。"明克和许阿仕的战斗友谊象征着两大民族在争取民族解放的斗争中从来都是互相同情和互相支持的。除了学习其他国家民族解放斗争的经验，作为贵族出身的新型知识分子，明克还必须深入基层了解自己的民族和人民，这样他的民族觉醒才会有坚实的基础。温托索罗姨娘带他回乡探亲就是为了给他补上这一课。其间有两件事给了他以极大的震撼和教育：一件是温托索罗姨娘的侄女苏拉蒂非同寻常的遭遇，她与当年的温托索罗一样，被迫嫁给糖厂的白人经理当"姨娘"，但他的反抗更加惊心动魄和可歌可泣，已经从消极反抗走向积极反抗。另一件事是当地农民的反对糖厂夺地的斗争，他们最后遭到了残酷的镇压。这两件事使明克认识到殖民统治和资本主义的罪恶本质，同时也使他了解自己民族的苦难和自己力量的源泉，这对他日后的斗争起了十分重要的作用。小说以梅莱玛在荷兰的儿子毛里茨前来接收"逸乐农场"的全部财产作为结尾，表面上是殖民势力取得了胜利，实际上毛里茨是作为被告出场的，受到了人民的正义审判。

　　《万国之子》描写的重点已经从温托索罗姨娘转移到明克的身上，显然明克才是四部曲的真正主角。这是符合印度尼西亚历史事实的。在印度尼西亚的民族运动史上首先揭开民族觉醒第一页的就是受西方教育的新型知识分子，而明克正是代表这个新兴阶层中最先觉醒的先驱者。小说从外因内因诸方面深挖人物觉醒的根源，揭示印度尼西亚民族觉醒的历史发展轨迹。明克终于告别"逸乐农场"，开始走上新的征途。

　　《足迹》向人们描述的就是明克如何开始走上新的征途，展示出更加壮观伟烈和激动人心的历史画面。如果说在前两部小说里的明克还处于民族觉醒的自在阶段的话，那么在《足迹》里他就已开始进入自为阶段了。小说一开头，明克就宣布向自己的昨天告别，他说："巴达维亚（今雅加达——引者），我步入你的界域，意味着跨进了20世纪，那么19世纪，你也将永远离我而去！"从此，整个故事的舞台中心转移了，从商业中心的泗水转移到政治中心的巴达维亚，从19世纪过渡到20世纪。这个转移具有划时代的意义，因为印度尼西亚现代民族觉醒和民族运动的起点正是20世纪初的巴达维亚。《足迹》里的明克在新的典型环境里已变成了民族觉醒先驱者的新形象。作者是以印度尼西亚民族运动史上真正的先驱者迪尔托·阿迪·苏里约作为人物的原型的，描写他当年的战斗风貌和他在民族运动初期留下的历史足迹。作者以巧妙的艺术构思和高超的艺术手法把印度尼西亚民族运动与世界历史发展的潮流有机地联系起来，特别赞扬印度尼西亚和中国的优秀儿女在民族解放斗争中的相互同情和相互支持。小说里明克与华人姑娘洪山梅的结合不仅充满爱情的浪漫情调，也生动地表现了两大民族在民族运动中的战斗情谊。这和明克过去与安娜里丝的结合和后来与卡西鲁达公主的结合一样，都有深刻的象征意义，说明一个民族觉醒者的成长是一个复杂曲折的过程，要受到历史的和社会的各种因素的影响。作为民族觉醒的先驱者，明克所要完成的历史任务是，如何让千千万万受压迫的、停滞在中世纪状态的印度尼西亚人民觉醒起来，自觉地去争取自己的民族权利。所以明克致力于唤起民众和组织民众的工作成了贯穿整个小说的两根红线。明克所进行的唤起民众和组织民众的工作初见成效，得到了印度尼西亚人民越来越广泛和积极的响应。这必然要遭到荷兰殖民统治者接二连三的迫害。小说以明克被荷兰殖民政府流放外岛而告终，但这不是明克从事民族解放斗争的最后结局。明克的斗争刚刚开始，更加艰巨和更加复杂的斗争还在后头。

《玻璃屋》是四部曲的终曲，经过好长一段时间之后才得以面世。小说描写明克在民族运动初兴时期的战斗历程。为了唤起民众和组织民众，明克创办了民族报纸和创建了第一个民族政党，把星星之火点燃起来，逐渐形成燎原之势。荷兰殖民统治者对于印度尼西亚民族觉醒的兴起感到非常惊恐，他们绞尽脑汁，采取各种措施，耍弄各种阴谋诡计，企图把它扼杀于摇篮。他们把整个殖民地变成一个"玻璃屋"，使屋里土著人的一举一动都受到他们的严密监视。明克就是在这样险恶的政治环境中不屈不挠地进行他的民族斗争。荷兰殖民政府从里到外，从明到暗，采取软硬兼施的卑鄙手段对明克进行种种政治迫害，把他从社会中孤立起来，摧残他的身心，最后置他于死地。作者根据大量的史料安排整个故事情节，形象地再现了这段重要历史的全貌。

在"新秩序"时期，普拉姆迪亚的四部曲的出版经历了非常艰难和曲折的过程。如此杰出的文学巨著竟然在印度尼西亚被列为禁书，无疑是一个时代的错误和悲哀。但是普拉姆迪亚在印度尼西亚文学中的地位和贡献是否定不了的。一位评论家说："普拉姆迪亚·阿南达·杜尔从印度尼西亚文坛上销声匿迹近15年后发表的第一部作品，证明他仍不失为印度尼西亚迄今为止最伟大的小说家。"普拉姆迪亚的四部曲小说被普遍认为是"近年来非常难得的作品"，而四部曲之外，其他很有分量的作品则要等十五年之后才得以出版，例如以西方殖民入侵的早期历史为题材的长篇小说《逆流》(Arus Balik)要到1995年才能和读者见面。普拉姆迪亚的四部曲《人世间》、《万国之子》、《足迹》、《玻璃屋》加上《逆流》生动地反映了印度尼西亚民族从西方殖民入侵开始到出现民族觉醒这一漫长的历史过程，这在印度尼西亚文学史上是无以伦比的，可以说没有其他作家的作品能在反映时代本质的广度上和深度上与之媲美。